MARIETTE LINDSTEIN
Die Sekte – Dein Albtraum nimmt kein Ende

Autorin

Mariette Lindstein war fünfundzwanzig Jahre lang Mitglied bei Scientology. Sie arbeitete unter anderem im Hauptquartier der Kirche in Los Angeles, bis sie die Gemeinschaft 2004 verließ. Heute ist sie mit dem Autor und Künstler Dan Koon verheiratet. Die beiden leben mit ihren drei Hunden in einem Wald außerhalb von Halmstad. »Die Sekte – Es gibt kein Entkommen« ist ihr erster Roman und wurde in Schweden mit dem Crimetime Specsavers Award für das beste Debüt ausgezeichnet und für den CWA Dagger Award 2019 nominiert. Aktuell wird ihre Reihe für das Fernsehen verfilmt. Neben dem Schreiben hält Mariette Vorträge über die Gefahren von Sekten.

Von Mariette Lindstein bereits erschienen

Die Sekte – Es gibt kein Entkommen
Die Sekte – Deine Angst ist erst der Anfang
Die Sekte – Dein Albtraum nimmt kein Ende
Die Sekte – Deine Welt steht in Flammen
Die Sekte – Dein Feind ist dir ganz nah

Weitere Bände in Vorbereitung

Der Kult – Sein Griff hält dich gefangen
Der Kult – Sein Wort ist dein Gesetz

MARIETTE LINDSTEIN

DIE SEKTE

DEIN ALBTRAUM NIMMT KEIN ENDE

THRILLER

Aus dem Schwedischen
von Kerstin Schöps

blanvalet

Die Originalausgabe erschien 2017 unter dem Titel
»Sektens barn« bei Mörkersdottir Förlag, Rättvik.

Penguin Random House Verlagsgruppe FSC® N001967

4. Auflage
Copyright der Originalausgabe © Mariette Lindstein 2017
Copyright der deutschsprachigen Ausgabe © 2020 by Blanvalet
in der Penguin Random House Verlagsgruppe GmbH,
Neumarkter Str. 28, 81673 München
Redaktion: Joern Rauser
Umschlaggestaltung: www.buerosued.de
Umschlagmotiv: Arcangel Images (Marc Owen; Rekha Arcangel);
Wil Immink; www.buerosued.de
BL · Herstellung: sam
Satz: KCFG – Medienagentur, Neuss
Druck und Bindung: GGP Media GmbH, Pößneck
Printed in Germany
ISBN 978-3-7341-0785-6

www.blanvalet.de

Prolog

Die Schreie des Mädchens durchdringen das Heulen des Windes. Vic hat ihre Handgelenke gepackt und zerrt sie auf dem Rücken über den felsigen Boden. Ich will ihn aufhalten, aber wenn Vic in diesem Zustand ist, kann man nichts dagegen machen. Dann hat er eine nahezu überschäumende Energie, die ich nur zu gut kenne. Er ist ganz aufgekratzt von seinem schrecklichen Vorhaben und verfügt über fast übermenschliche Kräfte, die von seinem Hass geschürt werden.

Als ich das Mädchen zum ersten Mal gesehen habe, wusste ich gleich, dass sie etwas Besonderes ist. Sie stach aus der Menge heraus, glitzerte wie Venus in einer kalten Winternacht. Ihre Augen funkelten, ihre Haare schmiegten sich um ihre Schultern und reichten bis zur Taille. Rote Wangen, Lebenslust und eine wunderbare Bosheit. Sie war das schönste Wesen, das ich jemals gesehen hatte.

Jetzt brüllt sie wie eine Wahnsinnige. Sie tritt um sich und versucht, sich aus seinem unerbittlichen Griff zu befreien. Aber Vic ist zu stark. Wir sind auf dem Abhang unter dem Teufelsfelsen. Ich weiß genau, wo er hinwill. Zur Hin Håle, das ist die höchste Klippe – sie grinst uns mit ihrem hervorstehenden Zahn an, streckt sich weit über den Abgrund hinaus und schnuppert mit ihrer Nase an den tiefgrauen Wolken über dem Wasser.

»Tu es nicht!«, schreie ich. Aber er hört mich nicht. Ungeduldig reißt er an ihrem Arm, aber sie wehrt sich und bringt ihn fast aus dem Gleichgewicht. Er legt einen Arm um ihren Hals und drückt zu, damit sie still ist. Ihre Arme und Beine zucken hilflos durch die Luft, bis sie leblos am Boden liegen bleibt.

Jetzt schleift er sie hinter sich her, klettert den Felsen hoch wie eine Bergziege, die jeden Stein und jede Spalte kennt, immer höher hinauf, zum Hin Håle.

»Hör auf damit! Lass sie los!«, schreie ich, aber meine Stimme wird vom Wind davongetragen.

Ich bin von Sturm und Meer umgeben, hier ist es kalt und verlassen. Riesige Wellen schleudern ihre Gischt in die Luft. Möwen stürzen mal in die eine, mal in die andere Richtung. Der Wind kommt wie aus dem Nichts und ist überall gleichzeitig. Abenddämmerung. Am Himmel versteckt sich ein blasser Halbmond hinter Schleierwolken. Die Zeitschaltuhr im Herrenhaus springt an und wirft ein unruhiges Licht über das Heidekraut hinter uns.

Mein Blick jagt zwischen Haus und Mädchen hin und her. Stürze ich mich jetzt auf Vic, wird er sie sofort in den Abgrund stoßen. Ich muss zu ihm und irgendwie durch die Mauer seines Wahnsinns dringen.

Sie haben den Hin Håle erreicht. Vic steht an der Stelle, wo sich der Felsen über das Wasser streckt, seine Bewegungen sind hektisch, ungeduldig.

»Kannst du nicht mal helfen?«, ruft er. »Wir werfen sie ins Meer, dann sind wir sie los. Guck nicht so. Das wird niemand erfahren.«

Meine Beine tragen mich nicht mehr. Ich falle auf die Knie und brülle ihn an, dass er damit aufhören soll. Aber er starrt mich entschlossen und aufreizend an.

Das ist nicht mehr Vics Gesicht, in das ich sehe, sondern das meines Vaters, zerstörerisch und höhnisch. Seine Augen sind wie schwarze Würmer, die sich tief in meine Seele bohren.

In meinem Kopf hämmert es. Da will was befreit werden. Das Hämmern geht über in etwas anderes, Schlimmeres und Unbelehrbares. Wie eine Motorsäge, die sich durch mein gefrorenes Gehirn arbeitet.

Ich schreie das Einzige heraus, das mir einfällt.

»Papa wird stinksauer sein!«

Und während ich diese Worte brülle, begreife ich, dass sie wahr sind.

Vic starrt mich mit offenem Mund und weit aufgerissenen, panischen Augen an. Dieser kurze Augenblick der Begeisterung, ihn in letzter Sekunde doch noch aufgehalten zu haben, verwandelt sich in schreckliche Angst, als ich begreife, dass sein Blick auf etwas hinter mir gerichtet ist. Ich muss mich nicht umdrehen, ich weiß, wer hinter mir steht. Der Schatten verdunkelt alles, wie eine unvorhergesehene Sonnenfinsternis, und ich bin umgeben von etwas Dunklem und Unheilverkündendem. Die Geräusche von Meer und Wind sind verstummt. Die Luft fühlt sich jetzt anders an, sie ist härter und kälter.

Ich sehe zu Vic hinüber, für eine Sekunde verschmelzen wir. Etwas verbindet uns. Die Erkenntnis, dass es jemanden gibt, der genau in diesem Augenblick über uns steht.

Die Erkenntnis, dass unser Leben eine vollkommen neue Wendung genommen hat und nie wieder so sein wird wie davor.

1

Der Lärm, der vom Fernseher kam, war ohrenbetäubend. *Die Windböen werden eine Geschwindigkeit von bis zu 180 Stundenkilometern erreichen, die höchste Windstärke, die jemals in Westschweden gemessen ...*

Sofia stellte die Einkaufstaschen in der Küche ab, ging ins Wohnzimmer, riss Benjamin die Fernbedienung aus der Hand und schaltete den Fernseher aus.

»Hey, was soll das?«, rief er.

»Du sollst hier nicht rumsitzen, sondern was tun.«

»Das war aber gerade ziemlich interessant. Die haben gesagt, wie man sich darauf vorbereiten kann.«

»Darauf kann man doch auch selbst kommen. Hol einfach die Gartenmöbel rein und befestige alles, was lose ist. Ich hab eingekauft, damit wir ein paar Tage überbrücken können. Dann müssen wir noch Teelichter, Taschenlampen und so was bereitlegen. Weißt du, wo Julia ist?«

»Keine Ahnung.« Er stand auf und legte seine Hände auf ihre Schultern. »Mein Schatz, mach dir nicht so große Sorgen wegen dieses Sturms. Wird schon alles gut ausgehen. Die Meteorologen haben doch nur Angst, dass sie Ärger bekommen, wenn sie die Leute nicht ausreichend vorgewarnt haben. Wird schon alles nicht so schlimm werden, wie sie es ankündigen. Du machst dir zu viele Gedanken.«

»Wir werden sehen«, sagte sie und wand sich aus seiner Berührung.

Es stimmte schon, dass der bevorstehende Sturm sie sehr beunruhigte. Und das lag nicht nur daran, dass auch die Meteorologen besorgt klangen. Zusätzlich hatte sie eine böse Vorahnung beschlichen, die sie nicht so einfach abschütteln konnte.

Sie ging in den Garten hinaus und sah auf den See. Die Stille war geradezu unnatürlich und kroch ihr unter die Haut. Das lag an der vollständigen Abwesenheit von Vogelgezwitscher. Die Wasseroberfläche war ein einziger schwarzer Spiegel, der hinter den Bäumen lag. Die einzige Bewegung wurde von einem Blatt erzeugt, das heftig am Zweig flatterte, bevor es zu Boden fiel. Der Himmel war sternenklar. Die Zugvögel glitten lautlos wie Segelflugzeuge durch die Luft. Es war so still, dass sie das schwache Rauschen in ihren Ohren hörte, das immer dort war.

Die Herbstluft war kalt und schneidend. Irgendwo wurde Laub verbrannt. Normalerweise liebte sie diesen Geruch, aber heute machte er sie ganz wehmütig. Da hörte sie ein Geräusch über ihrem Kopf, etwas wie ein langes Seufzen. Aber das war nur ein schwacher Windzug, der über das Laub der Bäume strich. Dann war es wieder still. Sie hatte einen Kloß im Hals.

Ich habe alles, was ich liebe, dachte sie. Meinen wunderbaren Mann, meine wunderbare Tochter, mein schönes Haus. Und trotzdem stehe ich jetzt hier ... mit schwerem Herzen.

Sie schämte sich dafür, dass sie Benjamin so angefahren hatte. In letzter Zeit war sie oft unruhig und leicht irritierbar gewesen. Sie wusste genau, warum das so war, hatte es aber weder sich, geschweige denn ihm gegenüber eingestehen wollen. Sie hatte wieder angefangen, von dem Sektenführer Franz Oswald zu träumen. Nach fünfzehn Jahren war er auf unerklärliche Weise wieder zurück und in ihren Träumen aufgetaucht. Die Vergewaltigung, mit der sie sich so ausführlich beschäftigt hatte, bis auch das letzte Gefühl aus den Tiefen ihrer Seele nach außen gekehrt worden war und nichts mehr übrig blieb. Sie spielte sich vor ihrem inneren Auge ab. Aber jetzt hatten die Bilder an Klarheit und Schärfe gewonnen. Sie erinnerte sich an neue Details, sah sie jetzt viel deutlicher.

Ihr Verstand beruhigte sie jedoch und sagte ihr, dass Franz Oswald untergetaucht war. Seit zehn Jahren hatte er sich nicht mehr in der Öffentlichkeit gezeigt. Es hieß, er würde sich im Herrenhaus der Sekte ViaTerra auf der Insel Dimö aufhalten, um dort neue Thesen zu entwickeln. Außerdem hatte sich das Gerücht verbreitet, dass er den Verstand verloren hatte. Sofia hegte aber noch andere, viel dunklere Hoffnungen. Dass er an einer furchtbaren, schmerzhaften Krankheit gestorben war und die verbliebenen Idioten der Sekte entwaffnet und zitternd vor Kälte sowie ohne Strom in dem abgeschiedenen Herrenhaus hockten.

Franz Oswald war nach wie vor Gesprächsthema. Als wäre die Legende des charismatischen Sektenführers unsterblich und unausrottbar. Obwohl er wegen sexueller Nötigung einer Minderjährigen vor fünfzehn Jahren im Gefängnis gesessen hatte, gab es nach wie vor unzählige Verehrer. Sofia versuchte, sich einzureden, dass er sich für immer zurückgezogen hatte, vielleicht sogar gestorben war. Aber ihr Gefühl sagte ihr etwas anderes. Nämlich, dass er nach wie vor äußerst lebendig war.

Ihre Finger zitterten. Das musste an dem kühlen Windzug liegen. Sie ging ins Haus zurück und hielt ihre Hände im Badezimmer unter warmes Wasser.

Im Spiegel über dem Waschbecken sah sie das Mädchen, das der ViaTerra entkommen war. Zweimal. Nur die Lachfalten an Augen und Mund waren dazugekommen. Ein paar graue Haare im Pony. Ansonsten sah man ihr nicht an, wie sehr sie gelitten hatte. Gab es überhaupt einen vernünftigen Grund, dass der herannahende Sturm und ihre Träume von Franz Oswald sie so aus dem Gleichgewicht brachten?

Das Handy in ihrer Hosentasche vibrierte. Auf dem Display war eine SMS von Julia. *Komme später nach Hause.* Als wäre alles wie immer. Als hätte sie gar nichts von der Sturmwarnung mitbekommen. Sofia durchfuhr der Gedanke, dass sie vielleicht wirklich nichts davon wusste. Sie versuchte sofort, sie zu erreichen, aber es antwortete nur die Mailbox: *Hej, Mamalein, da du die einzige Person bist, die mir eine Nachricht hinterlässt, ist die hier für dich. Alles ist in Ordnung, ich melde mich. Ciao, ciao!*

Sofia hatte schon kurz nach Julias Geburt erkannt, dass sie einen Wirbelwind zur Welt gebracht hatte. Ein Gewitter, das immer mehr an Stärke zunahm – und zu einem Orkan wurde. Julia hatte eine Energie, die weder Sofia geschweige denn Benjamin bändigen konnten.

Von Benjamin hatte Julia überhaupt nichts. Sie hatte Sofias Haarfarbe, ihre dunklen Augen und Gesichtszüge geerbt. Aber da war noch mehr, eine Intensität, die unter ihrer Oberfläche schlummerte. Julia stürzte sich mit einer unersättlichen Lust in das Leben, trotzig und vollkommen hemmungslos. Im Frühling letzten Jahres hatte sie an einem Gesangswettbewerb im Fernsehen teilgenommen, ihn gewonnen und war über Nacht zum Liebling der Nation geworden. Das Mädchen hatte aber nur mit den Schultern gezuckt und gesagt: »Ach, ich glaube, die Singerei ist doch nicht mein Ding.« Sie wolle es lieber ruhig angehen lassen, bis sie ihre *Berufung* gefunden habe. Aus irgendeinem Grund hatte Sofia Angst davor, was diese Berufung sein könnte.

Aber nicht nur Julias Aussehen ließ sie aus der Menge hervorstechen. Sie hatte auch eine besondere Präsenz. Wenn man einen Raum mit hundert Menschen betrat, war Julia die erste Person, die einem ins Auge fiel. Sie war etwas Besonderes.

Und Sofia war bisher nur einem einzigen Menschen begegnet, der genauso war.

Sie schrieb Julia eine SMS: *Geh bitte ans Telefon, wenn ich anrufe.* Dann wartete sie einen Augenblick. Und dann rief sie wieder an, und danach noch ein drittes und viertes Mal, bis Julia sich endlich mit einem »Was ist denn?« meldete.

»Du musst sofort nach Hause kommen.«

»Und warum?«

»Wir bereiten uns auf den Sturm vor.«

»Könnt ihr das nicht allein machen?«

»Nein, du sollst jetzt gleich nach Hause kommen. Du sollst bei Sturm nicht Moped fahren.«

»Jetzt hör mal auf, die übertreiben doch voll.«

»Da wär ich mir nicht so sicher, die Meteorologen im Fernsehen haben ziemlich besorgt ausgesehen. Die haben dem Sturm auch gleich einen unheimlichen Namen gegeben. Herkules.«

»Meinetwegen, ich komme.«

Benjamin stand im Flur. Ein Schuldgefühl überkam sie, und sie schmiegte sich an ihn. »Tut mir leid, dass ich vorhin so explodiert bin. Mich macht dieses Gerede über den Sturm ganz hysterisch.«

»Das ist doch okay. Du siehst müde aus, mein Schatz. Und so niedergeschlagen.«

»Ich mag es nicht, wenn die Dinge sich verändern«, sagte sie und sah zu ihm hoch. »Aber du nicht, zum Glück. Du bleibst immer derselbe.«

Benjamin war ihr Anker. Er hatte damals einen Job in einer Speditionsfirma angenommen, und seine Arbeitgeber hatten sein Talent für Logistik und Effizienz erkannt und ihn überredet, eine eigene Firma zu gründen. Und diese Firma, die er im Home-Office betrieb, lief hervorragend. Er konnte die Familie damit versorgen, und sie waren sogar in der Lage gewesen, sich das Haus auf der Insel Orust – an der Westküste Schwedens – zu kaufen.

Sofia hatte vor ein paar Jahren ihren Job als Bibliotheksleiterin aufgegeben, um ihren Traum zu verwirklichen. Sie half Sektenaussteigern bei der Rückkehr ins Leben. Zurzeit betrieb sie eine Einrichtung, zusammen mit Anna Hedberg, die ebenfalls eine Aussteigerin von ViaTerra war. Die *Herberge* erhielt staatliche Subventionen, und auch Benjamin gab Mittel dazu, wenn was fehlte. Noch warf sie keinen Gewinn ab, aber Sofia liebte ihre Tätigkeit.

Unter dem Sofa lag Denzel, ihr Hund, und zitterte.

»Wie lange ist er schon so?«, fragte sie Benjamin.

»Seit heute früh. Ich habe ihn kaum vor die Tür bekommen. Und sonst ist er doch immer draußen und will kaum wieder rein.«

»Glaubst du, dass er krank ist?«

»Nein, ich nehme an, er spürt den kommenden Sturm. Tiere merken so was ja viel früher als wir.«

Sofia kniete sich hin und zog Denzel unter dem Sofa hervor. Sie nahm ihn in den Arm und wiegte ihn, aber er hörte nicht auf zu zittern.

»Willst du rausgehen?«, fragte sie ihn und setzte ihn ab.

Aber der Hund legte sich flach auf den Boden und drehte den Kopf weg. Daraufhin nahm ihn Sofia an die Leine und zog ihn hinter sich her in den Garten, wo er pflichtbewusst pinkelte und dann sofort wieder ins Haus zurückwollte.

Sie sah die Wolken, die tief und schwer am Himmel hingen, schmutzig grau und dunkellila. Ein sanfter Wind raschelte in den Bäumen. Die schwarze Wasseroberfläche des Sees kräuselte sich jetzt, es sah aus wie früher das Schwarzweißbild im Fernseher nach Sendeschluss. Noch war alles still. Kein einziger Vogel zwitscherte. Kein Auto fuhr vorbei. Es fühlte sich an, als wären sie allein in einem menschenleeren Niemandsland.

Benjamin kam zu ihr nach draußen, er hatte die Kopfhörer mit seinem Handy verbunden und nahm einen Stöpsel heraus.

»Du, die kündigen einen Orkan an. Wenn es wirklich so schlimm wird, wie sie sagen, dann habe ich danach ordentlich zu tun«, sagte er.

»Wie kannst du nur so denken?«

»Man muss jederzeit versuchen, das Positive im Leben zu sehen.«

Das tat Benjamin in der Tat immer.

»Und siehe da, da kommt auch schon unsere Julia!«

Benjamin zeigte Richtung Straße, auf der ihre Tochter auf dem Moped angefahren kam. Ihr langes Haar schlug ihr auf den Rücken. Sie fuhr so schnell, dass Sofia Angst hatte, dass sie die Einfahrt verpasste. Aber dann machte sie einen eleganten Schlenker und hielt vor ihnen an.

»Bist du jetzt zufrieden?«, fragte sie und machte einen Schmollmund.

Gott sei Dank, dachte Sofia. Jetzt wird alles gut. Wir werden auch das hier überstehen.

Als sie gegen Mitternacht ins Bett gingen, hatte der Wind zugenommen. Er pfiff drohend ums Haus und brachte die Dachbalken zum Knarren und Wimmern. Die Bäume vor dem Haus bogen sich tief. Aber das alles hatte weder etwas Bedrohliches noch Urgewaltiges. Und obwohl der Strom während der Nachrichtensendung plötzlich ausfiel, in der ein Reporter vom Wind gepeitscht wurde, gingen sie unbekümmert ins Bett. Der Sturm würde am nächsten Morgen vorbei sein. Davon waren sie überzeugt. Keiner von ihnen wollte wach bleiben und dem fauchenden Wind zuhören.

Julia schleppte ihre Matratze in das Schlafzimmer ihrer Eltern. Sie unterhielten sich, kicherten in der Dunkelheit und schliefen schnell ein.

Einige Stunden später schreckte Sofia von einem unheimlichen Krachen auf. Es war so laut, dass sie aus dem Bett sprang. Der Wind heulte nicht mehr nur, sondern brüllte wie ein Wahnsinniger. Es war stockdunkel, dunkler als in der tiefsten und kältesten Winternacht. Das Dach knackte und knarzte unfassbar laut, es klang, als würde es gleich abheben. Dann ertönte das Geräusch von splitterndem Glas, ohrenbetäubend und durchdringend, geradezu zerstörerisch.

Sturm »Herkules« war da.

2

Das ist meine Geschichte. Meine Gedanken zu den Ereignissen, die zu dem schrecklichen Abend auf der Klippe am Teufelsfelsen geführt haben. In den achtzehn Jahren meines Lebens ist einiges passiert, ich habe viel zu erzählen. Viel zu viel. Deshalb habe ich auch beschlossen, alles aufzuschreiben, um es dir leichter zu machen, die Zusammenhänge zu verstehen. Wie alles dazu kam, wie es kam.

Ich bitte weder um dein Verständnis noch um deine Vergebung. Eigentlich schreibe ich es auf, weil in mir so Vieles ist, was rauswill.

Was wirst du davon halten, solltest du es je lesen?

Aber ich hoffe, du tust es.

Ich kam als zweieiiger Zwilling auf die Welt. Es dauerte Jahre, bis ich begriff, dass Vic und ich zusammengehören. Wir waren so unterschiedlich, vom ersten Tag an. Wie diese Zwillinge aus Australien – der eine hatte helle Haut, der andere war dunkelhäutig. So ähnlich war es auch bei Vic und mir.

Ich habe viel über Zwillinge gelesen, habe nach Erklärungen dafür gesucht, warum es zwischen uns keine Geschwisterliebe gab. In diesem Berg an Informationen bin ich an einer Tatsache hängen geblieben, die immer wieder auftauchte: *Auch wenn es Zwillinge sind, handelt es sich um zwei unterschiedliche Individuen.*

Die meisten zweieiigen Zwillinge sind sich so ähnlich, wie Geschwister es sind, auch wenn sie sich nicht so gleichen wie eineiige Zwillinge. Vic und ich aber sahen aus, als hätten wir vollkommen unterschiedliche Eltern. Vic war ein Prachtkerl, bei der Geburt wog er über vier Kilo. Ich hingegen war ein kleiner Jämmerling von knapp drei Kilo, schmal und blass.

Und aus diesen beiden Körpern wurden zwei sehr unterschiedliche Persönlichkeiten.

In einem ihrer boshaften Momente hat uns das Kindermädchen Fanny erzählt, wie unser Vater reagiert hat, als er uns das erste Mal gesehen hat. Sie war von ihm auserwählt worden, uns zu betreuen, weil sie »reif« und »erfahren« war und nicht so ein »Kindchen« wie unsere Mutter. Fanny war eine verkniffene vierzigjährige Frau mit kurzen Haaren, schmalen Lippen und tiefliegenden, herzlosen Augen. Ich kann mich gut an die Blicke erinnern, die sie mir zuwarf, herablassend und höhnisch. Eigentlich hatte sie meiner Mutter beibringen sollen, wie man Kinder erzieht. In Wirklichkeit aber ging sie ihr nur mit dem ständigen Genörgel und den spitzen Bemerkungen auf die Nerven, was sie alles falsch machte.

Auf jeden Fall erzählte uns diese Fanny von der ersten Begegnung mit unserem Vater. Bei unserer Geburt hatte er noch im Gefängnis gesessen. Erst viel später erfuhr ich, dass er verurteilt worden war, weil er meine Mutter auf dem Dachboden eingesperrt und sie vergewaltigt hatte. Da war sie vierzehn gewesen. So sind Vic und ich entstanden. Aber das habe ich erst sehr viel später erfahren. Als er nach Via-Terra zurückkam, wohnten wir in dem kleinen Haus neben dem Herrenhaus. Wir waren erst ein paar Monate alt. Meine

Mutter hatte der Rückkehr meines Vaters voller Angst entgegengesehen. Sogar Fanny war nervös. Die Stimmung im Haus wirkte besonders angespannt. Als würde der Gottvater persönlich vom Himmel herabsteigen und die Kinder segnen. Dann rief einer der Angestellten aus dem Herrenhaus an und teilte mit, dass er in einer Viertelstunde ankäme. Fanny steckte uns schnell noch in die Badewanne, damit wir auch bloß gut rochen.

Als unser Vater dann endlich eintraf, wirkte er gehetzt.

»Sie sollen nach den Prinzipien von ViaTerra erzogen werden«, waren seine ersten Worte, als er das Häuschen betrat.

Wir lagen nackt auf dem großen Wickeltisch, bereit für die väterliche Inspektion und Besichtigung. Wir brabbelten nach dem Bad wohlig vor uns hin und schrien kein einziges Mal. Zumindest behauptete Fanny das.

Unser Vater trat an den Tisch und sah Vic zuerst an.

»Der sieht aus wie ich«, stellte er fest.

Dann fiel sein Blick auf mich, und er fing an zu lachen. Ganz schrill, vor Schreck zuckte Fanny zusammen. Dann packte er einen meiner Füße und zog daran.

»Das ist ja der jämmerlichste Penis, den ich je gesehen habe!«

Mit diesen Worten drehte er sich um und verließ uns wieder.

Willkommen auf der Erde, Invictus und Thor.
Willkommen auf ViaTerra.

Aus diesen Körpern wurden wir.

Vic – mit seinen breiten Schultern, den dunklen Haaren und Augen, dem selbstbewussten Gang, den geraden Zähnen und den Lachgrübchen – war geradezu ein Abbild unseres Vaters. Sogar sein Lachen hatte denselben Klang.

Aus mir wurde eine blasse Kopie meiner Mutter. Spindeldürr und sommersprossig. Rothaarig mit langen Wimpern. Auch noch mit zehn Jahren wurde ich von einigen für ein Mädchen gehalten.

Vic konnte als Erster laufen. Und als Erster sprechen. Als Erster einen Ball mit dem Fuß treffen. Er saß als Erster auf dem Topf. Er bekam als Erster einen Zahn. Er konnte am höchsten klettern. Und als Erster schwimmen.

Das Einzige, was ich vor ihm hatte, war eine Gehirnerschütterung, als Vic mich mit dem Eishockeyschläger verprügelte. Und ich war auch der Einzige, der eine Zahnspange tragen musste.

Er übertraf mich in allem, obwohl das gar nicht notwendig war. Meine Unterlegenheit war vom ersten Atemzug an unverkennbar gewesen.

Die Sonne schien immer für Vic, und ich lebte in seinem Schatten. Manchmal war das unerträglich. Manchmal war es auch herrlich, auf diesem Weg der Aufmerksamkeit zu entkommen.

Aber eines habe ich von unserem Vater geerbt. Sein untrügliches Gedächtnis.

3

Sie öffnete die Schlafzimmertür, wurde aber sofort von einem Windstoß zurückgedrückt. Ein Fenster im Wohnzimmer war zerbrochen. Ihre Haare peitschten ihr ins Gesicht. Ihr Instinkt signalisierte ihr, dass sie in Gefahr war. Trotzdem zog es sie in Richtung Chaos. Möbel und Blumentöpfe waren umgefallen, zum Teil sogar gegen die Wand geschleudert worden.

Sie konnte den Blick nicht abwenden, obwohl alle ihre Sinne in Alarmbereitschaft waren. Die Fensterscheiben klapperten. Die Dachbalken ächzten. Die Bäume im Garten bogen sich nicht mehr im Wind, sie lagen jetzt am Boden und klagten, als ihre Äste abgerissen wurden. Auch die Büsche hatten sich vergeblich gegen das Massaker gewehrt, das der rücksichtslose Wind anrichtete, wenn er sie mit den Wurzeln aus der Erde zerrte. Die Eschen, deren Holz von einer schweren Baumkrankheit ausgetrocknet war, gaben fürchterliche Geräusche von sich, als sie in der Mitte durchbrachen und in den Graben hinter dem Gartengrundstück stürzten.

Der Himmel sah wie ein heimtückischer Zyklon aus Müll und Gerümpel aus. Aus diesem Wirbel kam plötzlich ein Gewächshaus auf sie zugeflogen und verpasste das Haus nur um Haaresbreite. Ihr kam der Gedanke, dass sie für etwas bestraft wurde, sie fühlte sich förmlich ausgepeitscht, unfähig, sich noch zu bewegen.

Da spürte sie Benjamins Hände um ihre Taille, der sie mit sich zog.

»Komm, wir müssen runter in den Keller! Beeil dich!«

Julia war schon auf der Kellertreppe, sie trug Denzel unter dem einen Arm und eine Decke unter dem anderen. Benjamin hatte seine Hände auf Sofias Schultern gelegt und schob sie vor sich her. Hielt sie fest, wenn sie stolperte. Sie war noch hypnotisiert von dem Anblick des verwüsteten Wohnzimmers. Der hatte sich ihr eingebrannt wie das stehende Bild aus einem Horrorfilm.

Julia stand im Keller, kreidebleich und mit weit aufgerissenen Augen. Sofia hatte ihre Tochter noch nie so verängstigt gesehen. Sie leuchtete förmlich vor Angst. Und trotzdem war da dieser schwache Schimmer von Erregung in ihren Augen. Denzel hatte sich in eine Ecke verkrochen und zitterte.

Benjamin verschloss die Kellertür. Sie legten sich auf die Matratzen, die sie vor dem Zubettgehen nach unten geschleppt hatten. Sie kauerten sich zusammen, lagen dicht beieinander, als wären sie zu einem einzigen Körper verschmolzen. Es war unmöglich, die schrecklichen Geräusche von oben auszuschalten oder zu verdrängen. Gegenstände wurden gegen die Wände geschleudert, und der Wind warf sich mit einer so unfassbaren Wucht gegen das Haus, als würde ihn eine rasende Wut über dessen bloße Existenz antreiben. Möbel und Einrichtungsgegenstände polterten zu Boden und schabten über die Fliesen. Angsterfüllt und ohnmächtig waren sie den Gewalten ausgeliefert, die ihr Haus in Schutt und Asche legten. Die mitleidlosen Kräfte des Sturms entdeckten jeden Ritz in den Rahmen der Kellerfenster. Kalte Luft drang erbarmungslos in den Raum. Sie war wie elektrisch aufgeladen und roch verbrannt.

Sie sprachen nicht viel, vermieden vor allem ängstliche Schreie und Kommentare, um die Panik nicht noch zu verstärken, die ohnehin schon herrschte. Stattdessen versicherten sie einander, wie sehr sie sich liebten, während es über ihnen donnerte, als würde das Dach einstürzen. Benjamin hatte eine Taschenlampe mitgenommen, die aber nach einer Weile anfing zu flackern und dann ganz ausging. In der Dunkelheit hörte sich dann alles nur noch schrecklicher und bedrohlicher an.

Sie hatten das Zeitgefühl verloren. Es gab nur die gruseligen Geräusche, ihre Angst und neue, noch unheimlichere Geräusche. Sie hatte keine Ahnung, wie lange sie so ineinander verschlungen dalagen, zu einem warmen, pulsierenden Körper verschmolzen. Eine Stunde, vielleicht auch fünf. Jedes Mal, wenn der Wind abzunehmen schien, kam etwas Neues hinzu: ein Splittern, ein Krachen oder ein schrilles Fiepen.

Aber nach und nach verwandelte sich das Brüllen des Windes in ein gleichmäßiges Sausen. Durch das Kellerfenster fiel das kalte Licht der Morgendämmerung. Alles war still. Vollkommen still.

Sofia löste sich aus Julias Umarmung. Sie war tatsächlich eingeschlafen. Benjamin, der sich von hinten an sie geklammert hatte, stöhnte auf.

»Ich glaube, es ist vorbei.«

Sie standen auf, streckten ihre steifen Glieder und gingen langsam die Kellertreppe hoch. Sofia zitterte vor Angst, was für ein Anblick sie hinter der Tür erwarten würde.

»Mach auf«, sagte Benjamin hinter ihr. »Ich hoffe, dass die Wände und das Dach noch stehen.«

Sie öffnete die Tür, und ihr erster Gedanke war, dass ein

Wunder geschehen war. Obwohl im Wohnzimmer ein wildes Durcheinander aus Möbeln, zersplittertem Glas, Erde und anderen Gegenständen herrschte, hatte ihr Haus doch standgehalten. Nur das Dach des Wintergartens hatte sich gelöst und hing in den Bäumen. Ansonsten aber konnte sie keine größeren Schäden sehen.

Der Wind blies ungehindert in den Raum und wirbelte Staub auf, der wie ein Vorhang in der Luft hing. Aber im Vergleich zu dem Sturm, der in der Nacht gewütet hatte, fühlte er sich wie eine sanfte Brise an.

Sie traten auf das Grundstück hinaus. Am Horizont riss der Himmel auf, als wäre nichts passiert. Die Wolken warfen dunkle Schatten auf die Landschaft, aber das waren nur harmlose Nachzügler des Sturms. Viele der schönen Linden- und Ahornbäume waren entwurzelt worden und lagen nun wie gefällt am Boden. Die mächtige Linde im Garten war geköpft worden, ihre Krone hing herunter und baumelte im Wind. Die Bäume, die noch standen, schwangen ergeben im Wind. Das Einzige, was unverändert schien, war der Rasen unter ihren Füßen.

Der Sturm hatte den kleinen Schuppen in Brennholz verwandelt. Auf der Straße waren weder Autos noch Menschen zu sehen, ab und zu flatterte mal eine Zeitung vorbei. Der See war angewachsen, sein Wasser schwappte über die Uferkante. Die Luft war milder, auch süßer, und roch nach See.

Diese Freude, die sie in diesem Augenblick empfand, die Freude zu leben, die hatte sie erst ein einziges Mal so tief empfunden. Damals, vor fünfzehn Jahren, als sie auf einem Boot saß und ihr zum zweiten Mal die Flucht von ViaTerra gelungen war. Die Bucht und die weite Landschaft lösten das gleiche euphorische Gefühl in ihr aus. *Ich lebe. Mein Herz schlägt. Das Blut fließt durch meine Adern.*

Erst nach drei Tagen konnten sie wieder Kontakt mit der Außenwelt aufnehmen. Der Sturm hatte auch jede Internetverbindung unmöglich gemacht, trotz jahrelanger Schufterei, um auf der Insel Glasfaserkabel zu verlegen. Später erfuhren sie, dass die Multifunktionsgehäuse beschädigt und vom tagelangen Stromausfall zerstört worden waren.

Sie versuchten, die Nachbarschaft zu Fuß zu erreichen, aber der See war an einigen Stellen über die Ufer getreten und hatte die Straßen unpassierbar gemacht. Außerdem waren auch hier die Bäume wie Kegel umgefallen und blockierten die Durchfahrt.

Am Ende akzeptierten sie den Umstand, dass sie bis auf weiteres in ihrem Haus festsaßen. Sie räumten im Garten das Gröbste weg, setzten vor die zerborstenen Fensterscheiben Holzplatten, reparierten das Dach des Wintergartens und putzten so gründlich wie noch nie zuvor. Auf der Rückseite des Hauses sammelte sich ein großer Berg Unrat. Denzel rannte über das Grundstück und schnüffelte wie besessen, glückselig über die vielen neuen Gerüche, die der Wind hervorgebracht hatte.

Ungeduldig und rastlos machte sie das fehlende Wissen über alles, was der Sturm den anderen Einwohnern des Landes angetan hatte. Die meiste Zeit arbeiteten sie schweigsam, sahen gelegentlich auf und lächelten sich erleichtert an, wenn sie das Gesicht des anderen sahen, unverletzt und am Leben.

Sofia machte sich große Sorgen um den Zustand ihrer kleinen Unterkunft für Aussteiger, aber sie konnte nichts tun. Es war unmöglich, mit jemandem vor Ort Kontakt aufzunehmen. Auch ihre Angst um die Eltern und Freunde wuchs stündlich. Sie hatte das Gefühl, nach dem Jüngsten Gericht in einer geschützten Blase gefangen zu sein.

Die Akkus ihrer Handys waren schon lange leer. Den ersten Tag hatte Julia noch damit verbracht, mit ihrem Tablet herumzulaufen, auf der Suche nach einem Netz. Am Ende war auch dieser Akku leer. Sie warf das Tablet auf den Boden, stürmte auf die Toilette, knallte die Tür hinter sich zu und schloss ab. Sofia hörte, dass sie weinte. Als sie wieder herauskam, waren ihre Augen rot und geschwollen. Sofia wollte sie in den Arm nehmen, sie trösten, aber Julia wollte offensichtlich nicht berührt werden.

Sofia ließ sie in Ruhe, denn sie wusste, dass Julia – wenn man sie allein ließ – sich meistens nach einer halben Stunde von allein wieder beruhigte.

In der ersten Nacht konnte Sofia nicht schlafen, sie lauschte, meinte in der Ferne ein Grollen zu hören und wartete voller Angst darauf, dass die Hölle erneut über ihr hereinbrach. Bei jedem noch so kleinen Poltern hatte sie das Gefühl, keine Luft zu bekommen. In der zweiten Nacht aber war sie so erschöpft, dass sie schon um acht Uhr einnickte und dann zwölf Stunden durchschlief. In den Tagen danach befiel sie immer wieder ein Schwindel, als würde der Boden unter ihren Füßen nachgeben. Manchmal musste sie sich an der Wand abstützen, um nicht zu fallen.

Schon am dritten Tag waren sie so genervt davon, trocknes Brot zu essen, dass sie anfingen, sich wegen Kleinigkeiten zu streiten. Da hatte Benjamin die Idee, seinen Laptop mit der Autobatterie aufzuladen, und bekam sogar Netz. Sie saßen dicht nebeneinander auf dem Sofa und lasen die Schreckensnachrichten.

Der Sturm Herkules hatte nahezu die gesamte Infrastruktur des Landes zerstört. Die Verluste waren enorm.

Über hundert Tote waren zu beklagen.

Tausende Häuser waren zerstört, der Wind hatte die Dächer und Wände fortgetragen. Jetzt standen nur noch die Keller da.

Schulen, Kindertagesstätten und kommunale Einrichtungen – zerstört und nicht einsatzfähig.

Der Flug-, Zug- und Fährverkehr war lahmgelegt, und niemand wusste, wie lange das noch dauerte.

Archäologische Fundstätten und jahrhundertealte Gebäude waren vernichtet worden.

Alles war im Chaos versunken.

Sie verschlangen alles, was sie finden konnten, waren entsetzt und bedrückt.

»Steht meine Schule noch?«, fragte Julia.

»Ich weiß es nicht, mein Herz«, sagte Benjamin. »Darüber finden wir nichts im Netz. Aber wahrscheinlich hat sie es geschafft. Die war ja nagelneu. Ich kann unsere Handys aufladen, dann können wir alle anrufen und fragen, wie es ihnen geht.«

»Und was, wenn einer von meinen Freunden tot ist?«

»Das glaube ich nicht. Sobald das Handy aufgeladen ist, kannst du sie anrufen und mit ihnen reden.«

Sofia schickte von Benjamins Laptop Mails an Anna und ihre Eltern. Mit brennenden Augen und einem Kloß im Hals machte sie sich auf das Schlimmste gefasst. Annas Antwort traf ein paar Stunden später ein.

Uns geht es gut, wir haben es alle geschafft. Aber das Haus ist dem Erdboden gleichgemacht. Wir konnten nichts retten.

Benjamin nahm sie in den Arm, während sie schluchzte. Das schöne Haus mit der Veranda. Die Gemeinschaft. Die Geborgenheit für jene, die kein Zuhause hatten. Das alles hatte der Wind zunichtegemacht.

»Das kriegen wir wieder hin«, beruhigte Benjamin sie.

»Wir werden es neu aufbauen. Du solltest das Positive sehen. Alle leben.«

Das war so typisch für Benjamin.

Auch Sofias Elternhaus in Fjelie außerhalb von Lund hatte den Sturm bis auf ein paar gefällte Kirschbäume, die aufs Dach gestürzt waren, unbeschadet überstanden.

An diesem Tag kam der Strom zurück. Der Fernseher schaltete sich von allein an und zeigte eine Flut von Bildern der Zerstörung. Benjamin saß gebannt vor dem Bildschirm. Auch von ihrer Gegend wurden Filmaufnahmen gezeigt. Die Pension an der Schleuse war überschwemmt, die Veranda und das Restaurant waren zerstört worden. Die Uddevallabrücke war gesperrt, Teile der Fahrbahn waren beschädigt. Es würde lange dauern, bis sie wieder passierbar wäre. Auch die Brücke nach Stenungsund war gesperrt, aber dort waren die Schäden geringer.

Sofia und Julia hielten das nicht so lange aus wie Benjamin, vor allem wiederholten sich die Nachrichten in Dauerschleife. Kaum waren die Handys geladen, konnten sie endlich die Familie und Freunde anrufen.

Alle hatten den Sturm überlebt. Benjamins Schwester war wegen Schnittwunden, die von einer zersplitterten Fensterscheibe herrührten, im Krankenhaus gewesen, konnte es aber am gleichen Tag wieder verlassen.

Julias Schule in Henån war tatsächlich mit geringen Schäden davongekommen und würde schon in wenigen Tagen wieder benutzbar sein. Julia wurde unruhig, nachdem sie mit ihren Freunden telefoniert hatte. Wenn sie nicht mit der Nase auf dem Display hing, lief sie wie ein Tier im Käfig durchs Haus und biss Nägel.

Am siebten Tag sah sie irgendeine Sendung über Prominews im Fernsehen.

Das war nur Klatsch und Tratsch, fand Sofia, aber Julia mochte es.

»Komm, Mama! Schnell! Beeil dich!«, rief Julia plötzlich und so laut, dass Sofia sofort aus der Küche gestürmt kam.

Auf dem Bildschirm war ein schwarz gekleideter Mann auf einer Böschung zu sehen, im Hintergrund Klippen und das Meer. Langsam zoomte die Kamera näher an den Sprecher heran.

Sofia wusste sofort, wer es war. Sie hätten ihn auf zehn Kilometer Entfernung erkannt.

Für eine gefühlte Ewigkeit lang hörte ihr Herz auf zu schlagen.

Franz Oswald.

Ihr erster Gedanke war, dass es eine himmelschreiende Ungerechtigkeit war, dass er noch immer so gut aussah.

Ihr zweiter Gedanke war, dass die eigentliche Hölle noch auf sie wartete.

4

Mein bisheriges, noch recht kurzes Leben lässt sich in zwei voneinander getrennte Phasen einteilen: die Zeit vor und nach *Kinder der Erde*. Und es ist keine Übertreibung, wenn ich die Zeit davor als paradiesisch bezeichne im Vergleich zu dem, was danach kam.

Vic und ich waren sechs Jahre alt, als sich alles veränderte. Die Tage bis dahin waren von den Depressionen unserer Mutter und der Launenhaftigkeit unseres Vaters geprägt. Aber trotzdem gab es Zeiten, in denen wir ihre kräftezehrenden Beziehungsprobleme nicht erlebt haben und glücklich waren, wie nur Kinder das sein können.

Außerdem hatten wir viele Freiheiten.

Hin Håle

Es ist früh am Abend, es ist Frühling. Fanny ist nach Hause gegangen. Mutter sitzt zusammengekauert auf dem Sofa, die Arme um die Beine geschlungen. Sie trägt noch ihr Nachthemd, das sie den ganzen Tag nicht ausgezogen hat. Vic und ich sind in diesem Zustand für sie unsichtbar. Sie befindet sich in einer anderen Welt, die wir ohnehin nicht verstehen.

Wir sind drei, fast vier Jahre alt. Fanny ist weg, wir können machen, was wir wollen und nutzen diese Gelegenheit. Ich nehme Bücher aus den Regalen, blättere sie durch, versuche ver-

geblich, die Buchstaben zu entziffern, und reiße die Seiten aus, die ich besonders spannend finde. Vic ist in der Küche. Ich höre das laute Scheppern, als er mit der Kelle auf Töpfe schlägt. Kurz darauf folgt das Geräusch von zersplitterndem Glas und dann ein wütender Schrei.

Mutter reagiert nicht. Sie starrt aus dem Fenster. Unerreichbar. Sie zittert, obwohl es im Wohnzimmer überhaupt nicht kalt ist.

»Mama! Der dumme Krug ist auf den Boden gefallen«, ruft Vic.

Aber sie hört ihn nicht.

Als ich die Haustür ins Schloss fallen höre, zucke ich instinktiv zusammen. Ich drehe mich um und erkenne Vaters Schuhe sofort. Ich kenne sie so gut, ich würde sie überall wiedererkennen. Auch seinen Geruch. Manchmal wache ich nachts auf und kann ihn riechen. Ich weiß, dass ich mir das einbilde, aber schon der Gedanke daran lässt mein Herz rasen.

Schweigend steht er in der Tür und betrachtet das Chaos. Dann entdeckt er mich und die herausgerissenen Buchseiten. Seine Kiefer arbeiten, der Blick ist unerbittlich. Ich versuche, ihn mit einem unschuldigen Lächeln milde zu stimmen. Erfolglos.

Vic hat ihn auch kommen hören und steht mit dem kaputten Krug in der Hand in der Tür. Er ist direkt unter dem Henkel zerbrochen. Die Bruchstellen sehen wie Haizähne aus.

Vater reißt ihm den Krug aus der Hand, legt ihn auf den Couchtisch, hebt Vic hoch und setzt ihn aufs Sofa. Mit etwas zu viel Nachdruck allerdings, denn Vic hüpft ein paarmal auf und ab und sieht ihn aus erschreckten, aufgerissenen Augen an.

Mutter taucht langsam aus ihrem Dämmerzustand auf. Sie sieht noch ängstlicher aus als Vic.

Vater zerrt sie vom Sofa hoch und schüttelt sie. Er schreit sie an, brüllt böse Dinge. »Nutzloser Psycho!« und »Du bist zu *nichts zu gebrauchen!« Ich befürchte, dass er sie schlägt, aber das tut er nicht. Er will ihr nur Angst einjagen.*

»Du kannst die Kinder behalten, aber bitte lass mich gehen«, sagt sie mit piepsiger Stimme.

Früher sind wir öfter mit meiner Mutter aufs Festland gefahren. Davon habe ich nur noch wenige, verschwommene Erinnerungen. Aber Fanny hat uns erzählt, dass Mutter die Insel verlassen wollte, was Vater sehr wütend gemacht hat. Und jetzt darf sie das Anwesen überhaupt nicht mehr verlassen, was Mutter sehr traurig macht. Aber mehr weiß ich nicht.

Er stößt sie aufs Sofa zurück, zischt etwas davon, dass sie sich zusammenreißen soll, sonst …

Die letzten Worte verstehe ich nicht.

Du kannst die Kinder behalten. *Die Worte hallen mir noch jetzt im Kopf.*

Dann wendet er sich an uns. Und lächelt. Und wenn er lächelt, fühlt sich das an, als hätte man den Hauptgewinn gezogen. Er sieht so vollkommen freundlich aus, als würde das Chaos im Wohnzimmer gar nicht existieren.

»Kommt, Jungs! Ich möchte euch etwas zeigen. Zieht euch an, wir gehen raus.«

Uns allein anziehen, das können wir schon. Außerdem geht es noch schneller, wenn Vater uns dazu auffordert.

Er nimmt uns an die Hand. Mir wird ganz warm im Inneren von seiner Berührung. Ein bisschen von seiner Energie fließt in meinen Körper. Ich halte seine große, trockene Hand so fest ich kann.

Wir gehen über die Heide zum Meer. Er läuft schnell, ich stolpere immer wieder, aber das macht ihn nicht wütend. Im Gegenteil, er hebt mich hoch, ich schwebe für einen Moment in der Luft, dann setzt er mich wieder ab. Es kribbelt so toll im Bauch.

Hier draußen ist es schön. Es ist Tag und Nacht gleichzeitig. Auf der einen Seite versinkt die Sonne wie flüssige Bronze im Meer, auf der anderen Seite kann man den Mond erahnen, der gerade erst aufgewacht ist. Der Wind ist nicht stark, aber er genügt, um kleine, sich kräuselnde Wellen zu erzeugen.

Beim Teufelsfelsen bleibt Vater stehen und zeigt auf den Felsen.

»Wisst ihr, wie man diesen Felsen nennt?«, fragt er uns.

»Klar«, antwortet Vic frech. »Teufelsfelsen.«

»Das ist richtig. Aber wenn das der Teufelsfelsen ist, wo ist dann der Teufel?«

Vic und ich sehen uns ratlos an. Vater lacht laut auf. Er zeigt auf den Felsen neben der Böschung, wo die spitzen Konturen in den Himmel ragen.

»Erkennt ihr die Klippe dort? Das sieht doch aus wie ein Gesicht mit einem hervorstehenden Zahn?«

Jetzt sehe ich ihn. Der große Felsen sieht tatsächlich wie das Profil eines Mannes aus, aus dessen Mund etwas herausragt. Als wäre dieses Bild bis zu diesem Augenblick unsichtbar gewesen. Aber jetzt sehe ich ihn das erste Mal so deutlich, und es macht mir Angst.

»Die alten Bewohner dieser Insel haben diesen Felsen Hin Håle genannt. Das Böse«, erklärt uns Vater. »Für sie wachte der Teufel dort oben persönlich über die Insel. Und der Teufelsfelsen war eine Falle, mit der er die Menschen anlockte, damit sie von dort ins Meer und damit in den sicheren Tod stürzten.«

Vic und ich sind sprachlos. Das ist alles so spannend, dass ich eine Gänsehaut bekomme. Es ist plötzlich ein Gefühl von Gemeinsamkeit, Zusammengehörigkeit zwischen uns dreien entstanden. Ein fast intimes Gefühl, das ich so nicht kenne.

»Wollt ihr mit mir zusammen dort hochlaufen?«, fragt er.

»Ja, ja!«, ruft Vic begeistert, ich aber habe Angst davor.

Wir setzen uns alle drei in Bewegung. Vater merkt schnell, dass ich zurückfalle. Er hebt mich hoch, ich darf auf seinem Rücken reiten. Ich schlinge meine Arme um seine breiten Schultern, spüre die Wärme seines Rückens, bin ihm so nah, dass es mir fast den Atem nimmt. Vic muss nicht getragen werden. Er springt und hüpft den ganzen Weg bis hoch zur Felsenkuppe.

Das Heidekraut badet im Mondlicht, der Ort ist wie auf einer Bühne ausgeleuchtet. Das Wasser tief unter uns plätschert träge gegen das steinige Ufer.

Vater setzt mich ab.

»Na los! Geht bis vorn an die Spitze. Ich will mal sehen, was ihr euch traut!«

Vic rennt los, fast zu schnell, denn er muss sich abbremsen. Ich schleppe mich nach vorne, will Vater so gern beweisen, dass ich auch so mutig bin. Als ich die Spitze fast erreicht habe, packt mich Vater von hinten und hebt mich hoch. Ich habe einen freien Blick aufs Meer. Es erstreckt sich in seiner ganzen Schwärze bis an den Horizont. Das Licht des Festlandes glimmt auf der anderen Seite des Sundes. Ich schwebe in der Luft. Kleine Wassertropfen landen auf meinem Gesicht. Auch Vater schwebt. Mir wird schwindlig. Mein Magen dreht sich um. Da lässt er mich wieder runter und drückt mich fest an sich.

»Früher hat man auch ungehorsame Kinder von diesem Felsen gestoßen«, sagt er. »Vergesst das nicht, wenn ihr das nächste Mal so eine Unordnung macht.«

Die Wellen haben zugenommen, donnernd brechen sie unter uns und übertönen Vaters Stimme. Aber wir haben ihn verstanden.

Vic hat Panik in den Augen und rennt los, stürmt die Böschung hinunter und bleibt dort stehen. Vater trägt mich zurück, setzt mich neben Vic ab. Er mustert uns eingehend. Die Wärme in seinem Blick ist erloschen.

Aber dann fängt er plötzlich an zu lachen und geht neben uns in die Hocke.

»Seht doch nicht so ängstlich aus. Diese Lektion habt ihr jetzt gelernt. Kommt, lasst euch mal drücken!«

Aber eine richtige Umarmung wird es nicht, nur eine kurze Berührung, dann wird es Zeit, wieder nach Hause zu gehen.

Das Atmen fällt mir schwer, ein großer Druck liegt auf meiner Brust.

Das schöne Gefühl, das ich vorher hatte, ist verschwunden.

5

Sofia griff nach Benjamins Hand. Die Kamera hatte nah an Franz Oswalds Gesicht herangezoomt. Er sah noch genauso aus wie früher: sonnengebräunt, durchdringender Blick, kein Schatten von auch nur *einem* grauen Haar in seiner schwarzen Haarpracht. Die einzigen sichtbaren Spuren der vergangenen fünfzehn Jahre waren die schmalen Falten an den Mundwinkeln. Oder sind das Lachgrübchen gewesen? Unmöglich.

Aber an seiner Stimme und Tonlage hatte sich etwas verändert. Hier sprach ein ruhiger, beherrschter Franz. Er hatte seine Rolle als versessener Erlöser abgelegt und sich eine reifere Persona gewählt. Eine seriöse, Geborgenheit ausstrahlende Vaterfigur.

»Es ist für uns Schweden eine Zeit großer Trauer und auch eine Zeit zum Nachdenken«, sagte er mit ernster Miene. »Was will ich mit meinem Leben anfangen? Was tun wir unserem Lebensraum, unserer Erde an? Diese Fragen sollten wir uns in der gegenwärtigen Situation alle stellen. Die Klimaveränderungen sind die größte Bedrohung der menschlichen Existenz. Wir haben keine Zeit, noch länger abzuwarten. Es ist nicht der richtige Zeitpunkt für Gier. Das Schicksal der Menschheit, die Zukunft unserer Kinder und Kindeskinder steht auf dem Spiel.«

Er lächelte fast wehmütig in die Kamera.

»Allen, die einen geliebten Menschen oder ihr Zuhause

verloren haben. Deren Existenz vor den eigenen Augen vernichtet wurde. Die ein traumatisches Erlebnis verarbeiten müssen. Euch allen möchte ich sagen: Ich fühle mit euch. Und euretwegen bin ich zurückgekommen.«

Eine Windböe ergriff eine seiner Haarsträhnen, aber er verzog keine Miene. Er sah feierlich und ernst aus, beschwert von dieser neuen Last, die er sich auf seine Schultern laden wollte. Um dem schwedischen Volk aus seiner Krise zu helfen. Er erinnerte die Zuschauer daran, dass er bereits vor zwanzig Jahren Naturkatastrophen dieses Ausmaßes vorhergesagt hätte. Wenn mehr Menschen den Reinheitslehren von ViaTerra gefolgt wären, hätte das vielleicht verhindert werden können. Er wiederholte mehrmals die Phrase: »Lauscht der Mutter Erde.« Und machte auch vor poetischen Elementen keinen Halt: »Ihren Hunger, ihren Durst, ihren Atem.« Merkwürdigerweise klang es schön, wenn er das sagte.

Benjamin drückte Sofias Hand und flüsterte: »Was für ein Heuchler!«

»Ja, oder?« Sie wusste aus ihrer Zeit bei ViaTerra, dass sich Franz Oswald kein bisschen für die Umwelt interessierte. Er hatte ihr einmal gesagt, dass die Reinheitslehre lediglich eine Methode war, um Mitglieder zu werben. Die Leute würden so etwas mögen. In Wirklichkeit ging es ihm immer nur um seine Thesen, die eigentlich nichts anderes waren als gängige Übungen, um Hilfe zur Selbsthilfe anzubieten. Aber er behauptete, sie alle selbst erfunden zu haben. Ziel war es dabei, die Erinnerung an Vergangenes zu wecken und daraus Kraft und Energie zu schöpfen. Ein Teil der Thesen waren für sie unverständlich geblieben, sogar als enge Mitarbeiterin und Vertraute.

Julia war vom Sofa aufgesprungen und stand mit den

Ellenbogen auf die Rückenlehne gestützt. Allem Anschein nach war sie schwer begeistert von Franz Oswald.

Der machte gerade eine Pause.

»Ich weiß. Das Leben fühlt sich manchmal hoffnungslos und ungerecht an. Es ist schwer, nach einer solchen Katastrophe weiterzumachen. Aber es gibt einen Weg – Via Terra, der Weg der Erde. Ihr dürft diesen Weg gerne mit mir gemeinsam gehen. Vielen Dank, dass ihr mir zugehört habt!«

Sofia spürte den warmen Atem ihrer Tochter an der Wange.

»Verdammt, Mama! Der ist ja noch immer heiß!«

Sofia blieb reglos sitzen und starrte auf den Fernseher. *Wenn du wüsstest.*

Die Kamera zoomte weg von den Klippen auf Dimö, und der Zuschauer befand sich auf einmal in einem Fernsehstudio, in dem ein paar Menschen auf dem Sofa saßen und sich unterhielten. Der Sender nannte das den *Krisenraum.* Einige Promis, ein Psychologe und ein Architekt diskutierten über die verschiedenen Aspekte des verheerenden Sturms Herkules.

Allerdings gab es jetzt nur *ein* Thema – Franz Oswalds Comeback.

»Dieses Video wurde uns heute zugesandt«, erklärte der Moderator. »Wir hier bei *Extra* sind die Ersten mit diesen Breaking News über sein Comeback. Was sagen meine Experten dazu?«

Der Psychologe war besonders skeptisch. Er betonte, dass Franz Oswald nicht der Einzige sei, der vor den Konsequenzen des Treibhauseffektes gewarnt habe. Außerdem habe er eine mehr als zweifelhafte Vergangenheit. Eine der Promis, eine platinblonde Schauspielerin, unterbrach ihn vehement.

»Come on! Man sollte ihm doch wenigstens eine Chance geben. Diese angebliche Vergewaltigung ist über fünfzehn Jahre her. Damals hat das Wort der Frau gegen seins gestanden. Er wurde wegen Nötigung verurteilt und hat seine Strafe abgesessen. Ich habe gehört, dass er das Sorgerecht für die Kinder hat, die er mit dieser Frau bekommen hat und sich sehr gut um sie kümmert.«

Eine ältere Dame, eine Autorin, nickte zustimmend. »In seiner Rede wurde wunderbar deutlich, wie sehr ihn das alles bewegt. Das konnte man auch gut in seinen Augen sehen, das war unverkennbar.«

»Es ist doch bewundernswert, dass wenigstens *einer* versucht, die Menschen aus dieser Krise zu führen«, fügte die Platinblonde hinzu. »Die Politiker reden immer nur dummes Zeug.«

Dann unterhielten sie sich über die Gerüchte, die über Franz Oswalds Verschwinden aus der Öffentlichkeit kursierten. Erst danach kehrten sie zum eigentlichen Thema, dem Sturm und seinen Folgen, zurück. Fürchterliche Aufnahmen der Zerstörungen wurden gezeigt. Diese Bilder hatte Sofia schon an die hundert Mal gesehen. Unter den Aufnahmen standen in der Laufschrift Aussagen von Prominenten: *Mein Herz blutet. Kräftige Küsse an alle, denen Herkules Schlimmes angetan hat.*

Sofia seufzte und schaltete den Fernseher aus. Sie löste ihre Hand aus Benjamins, weil sie schweißnass war.

»Es ist einfach unfassbar! Die Leute hören dem tatsächlich zu! Die glauben ihm.«

»Verdammt!«, sagte Benjamin. »Die Leute haben einfach keine Ahnung, was er uns angetan hat. Sie wissen nicht, wie er seine Angestellten auf ViaTerra behandelt hat. Das Letzte, was sie von ihm mitbekommen haben, waren seine

Abschlussworte bei der Gerichtsverhandlung. Als er behauptet hat, dass Elvira mit allem einverstanden gewesen war. Und wenn sie älter als vierzehn gewesen wäre, hätte er den Gerichtssaal hundertprozentig als freier Mann verlassen. Es gibt Politiker und andere Anführer, die bei wesentlich größeren Vergehen straffrei ausgegangen sind. Außerdem, was kann er schon ausrichten? Eine kleine Rede auf seiner Insel halten? Seine Methoden sind völlig altbacken und unmodern.«

Julia saß rittlings auf der Armlehne des Sofas, versunken im Display ihres Handys.

»Das Netz ist voll mit dem!«, rief sie. »In allen sozialen Medien ist der unterwegs. Twitter, Facebook, Newsflashs, Online-Sendungen, überall. Hunderte von Tweets allein in den letzten Minuten. *Doch* nicht so unmodern, was? Und seht mal! Es gibt auch eine neue Homepage.«

»Julia!«, ermahnte sie Benjamin. »Dein Enthusiasmus ist ziemlich unpassend, wenn man bedenkt, was dieser Typ deiner Mutter und mir und vielen anderen angetan hat.«

»Schon bei dem Gedanken daran, dass er wieder aktiv ist, muss ich kotzen«, sagte Sofia.

»Liebling, das hat alles nichts mit uns zu tun«, sagte Benjamin beschwichtigend und nahm sie in den Arm.

»Die Medien werden einen ökologischen Nationalhelden aus ihm machen.«

»Wohl kaum. Schließlich ist er nicht der Einzige, der über die Umweltzerstörung spricht. Außerdem hat er in den letzten zehn Jahren nichts von Bedeutung von sich gegeben.«

Julia schien von ihren Worten vollkommen unbeeindruckt zu bleiben. Sie klickte eine Seite an und betrachtete ein Foto von Oswald. Ihr fasziniertes Lächeln gefiel Sofia überhaupt nicht. Auf einmal bekam sie keine Luft mehr, sprang auf und rannte in den Garten.

Es war Oktober. Der Sturm hatte den Bäumen viel zu früh ihr Laub genommen, es machte den Eindruck, als wären die brennenden Farben des Herbstes ein Feuer gewesen, das er mit einem einzigen Atemzug ausgepustet hatte. Die Bäume, die den Sturm überlebt hatten, streckten ihre nackten Zweige in den Himmel. Es mochte karg und kahl sein, war aber trotzdem schön. Der Tau hatte sich schon wie eine silberne Decke auf den Rasen gelegt. In den Herbstduft hatte sich der Geruch von Seewasser gemischt, es roch süßer und stechender.

Sie musste an ihre kleine Unterkunft für Aussteiger und das Telefonat mit Anna denken. Das Haus war in der stürmischen Nacht dem Erdboden gleichgemacht worden. Wenn sie nicht schnell eine große Summe zusammenbekämen, würden sie nicht weitermachen können. Sieben Aussteiger hatten sie zurzeit aufgenommen. Die waren mit Anna ins Landesinnere geflohen und für ein paar Tage bei einer freundlichen Familie im Keller untergekommen. Mittlerweile hatte Anna einen alten VW-Bus organisieren können und war mit den Aussteigern auf dem Weg in das Sommerhaus ihrer Eltern, das in den Stockholmer Schären stand. Von dort aus würde es ihr hoffentlich gelingen, sie so schonend wie möglich ins richtige Leben zu entlassen. Sofia wollte sie zuerst begleiten, aber Anna fand es besser, dass sie vor Ort blieb und sich nach den Möglichkeiten erkundigte, das Haus wiederherzustellen. Mithilfe von Spenden vielleicht. Auf erneute staatliche Subventionen konnten sie nicht hoffen, der Sturm hatte Schäden in einem solchen Ausmaß verursacht, dass erst andere gesellschaftlich relevante Bereiche bevorzugt werden würden.

Nach dem Telefonat fühlte sich Sofia, als läge ihr ein Stein im Magen. Die Bilder von dem schönen Haus tauchten auf, die schönen Sommerabende auf der Veranda, die Gesichter derer, denen sie hatten helfen können. Obwohl die *Herberge* nur ein paar Kilometer entfernt war, wollte sie lieber nicht dort hinfahren und sich das Elend ansehen. Noch nicht. Das Haus war zwar versichert, aber nicht gegen Naturkatastrophen. Nicht gegen Herkules.

Damit war alles, wofür sie in den letzten Jahren gekämpft und gearbeitet hatte, zerstört worden. Und gleichzeitig feierte Franz sein Comeback und bereicherte sich an der Katastrophe. Da meldete sich ihr glühender Hass wieder zu Wort. Obwohl sie gedacht hatte, dass sie ihn endlich hinter sich gelassen hatte. Ihr Verlangen nach Gerechtigkeit – Wiedergutmachung – war so stark, dass ihr ganz schwindelig wurde. Sie wollte ihn in die Zange nehmen. Am liebsten wollte sie alles zerstören, was ihm etwas bedeutete.

Sie legte sich auf den Rasen und wurde sofort von der Dunkelheit, den Millionen von Sternen und der vollkommenen Stille umschlungen. Ihr Atem erzeugte kleine Wolken, sie stiegen auf und lösten sich auf. Der kalte Tau drang durch ihre Kleidung, als würde sie auf einer Eisscholle liegen.

Mein Leben ist nur ein kurzer Atemhauch in der Unendlichkeit des Universums, dachte sie voller Ehrfurcht bei dem Anblick der Sterne am Himmel. Sie schloss die Augen, und plötzlich war sie wieder einundzwanzig, genauso trotzig wie Julia und auf dem Weg nach Dimö – zu dem größten Abenteuer ihres Lebens. Sie erinnerte sich an die Insel. An die Sonnenuntergänge, die Stürme, die Kälte in den Winternächten und die ständig wiederkehrenden Nebel. Sie erinnerte sich an das Glücksgefühl am Anfang, als sie sich in Benjamin verliebt hatte. Aber auch an die Gefangenschaft und ihre Verzweiflung, bis sie endlich befreit wurde. Sie ließ alle Erinnerungen Revue passieren. Wie schnell einem das Leben zwischen den Fingern hindurchrinnen konnte, ohne dass man den geringsten Abdruck auf der Erde hinterlassen hatte. Ich muss die *Herberge* retten, beschloss sie, sie wiederaufbauen. Das werde ich auf jeden Fall tun, koste es, was es wolle.

Eine kleine Windböe trug Julias Lachen aus dem Haus zu ihr. Die Feuchtigkeit war durch ihre Hosenbeine gedrungen, sie stand auf und ging zurück. Franz Oswalds Erfolg sollte ein schnelles Ende haben. Die Medien würden ihm ein paar Glanztage bescheren, aber ViaTerra würde in der erschütterten Gesellschaft nie wieder Fuß fassen können. Die Leute würden sich um ihre Sachen kümmern. Es gab keine Zeit mehr für mystische Zusammenkünfte und Götzenverehrung.

Außerdem interessiert mich das alles nicht mehr, sagte sie sich.

Aber das tat es doch.

6

Es hieß, Vater sei abgetaucht. Es klang fast so, als wünschten sich die Medien das für ihre Schlagzeilen. Das ließ ihn nur noch mystischer erscheinen. Doch zugleich war er die ganze Zeit da und in unserem Leben mehr als präsent.

Kurz bevor er sich aus der Öffentlichkeit zurückgezogen hatte, war das Herrenhaus in Flammen aufgegangen. Die Polizei war zuerst von Versicherungsbetrug ausgegangen und hatte Vater verdächtigt, aber sie fanden keine Beweise. Bis heute ist es ein Rätsel, wie es dazu kommen konnte. Aber er hatte das Haus sofort wiederaufbauen lassen, jetzt sieht es noch prachtvoller und stattlicher aus als vorher. Ich war damals – als es geschah – natürlich noch viel zu klein, aber ich habe gehört, dass es nicht lange gedauert hat. Und danach war alles genauso wie zuvor.

Die Frage bleibt: Warum hat sich Vater danach aus der Öffentlichkeit zurückgezogen?

Ich habe keine endgültige Antwort, aber eine Sache ist gewiss: Er tauchte ab und in eine ganze Reihe von neuen Projekten ein. Zukunftsvisionen, die er verwirklichen wollte.

Eines dieser Projekte war *Kinder der Erde*.

Aber bevor das ins Leben gerufen wurde, kam Großmutter. Wäre sie nicht gewesen, würde ich heute nicht hiersitzen und dir diese Geschichte aufschreiben.

Großmutter

Mutter hat einen ihrer besseren Tage. Sie ist mit uns draußen auf dem Spielplatz und auf einem kleinen Waldspaziergang gewesen. Jetzt sitzen wir drei auf dem Sofa, und sie liest uns etwas vor. Sie kann nicht so gut lesen, nur ganz langsam und ein bisschen abgehackt, aber das macht nichts.

Wir sind so von der Geschichte gepackt, dass wir Vater erst bemerken, als sein Schatten auf uns fällt.

»Liest du denen immer noch vor? Wann sollen die denn bitte selber lesen lernen?«, fragt er.

Mutter windet sich. Ihre Fröhlichkeit ist wie weggeblasen.

Ihre Stimme klingt kindlich und flehend.

»Sie sind doch erst vier. Außerdem kann Thor schon ein bisschen lesen.«

Er reißt ihr das Buch aus den Händen und legt es in meinen Schoß. Ich sehe Mutter unsicher an, hoffe inständig, dass sie mich aus dieser unangenehmen Situation befreit, aber sie sagt kein Wort.

»Also, Thor. Dann lies mir mal was vor! Da bin ich ja gespannt.«

Ich starre auf die aufgeschlagene Seite. Sie ist voller unbegreiflicher Zeichen in langen schwarzen Reihen, die alle ineinanderfließen. Mir steigen die Tränen in die Augen, und alles verschwimmt.

»Die Sterne leuchten an dem großen, dummen Himmel«, stammele ich, weil ich mich an Mutters Worte erinnere. Aber Vater schüttelt verärgert den Kopf.

»Da steht dunklen, Thor, nicht dummen«, korrigiert er mich. »Ich sehe, so gut kann er also lesen. Analphabetin.«

Ich weiß, dass er Mutter die Schuld dafür gibt. Sie ist kreidebleich und kaut nervös auf ihrer Unterlippe.

Vater reißt mir das Buch aus den Händen und schleudert es quer durch den Raum. Es fliegt gegen die Wand und fällt mit einem lauten Poltern zu Boden. Seine Augen glühen vor Zorn, er brüllt Mutter an, wie nichtsnutzig und faul sie sei. Wie außer sich wirft er Sachen durch die Gegend, Bücher, Kaffeebecher und Mutters Nagellack, der an der Wand zerschellt und sie mit roten Flecken übersät. Ich habe ihn noch nie so wütend gesehen. Er starrt mich an, und ich bekomme furchtbare Angst. Ich habe keine Angst, geschlagen zu werden, sondern dass ich seine Liebe verliere.

Fanny kommt aus der Küche gestürmt, auch sie wird angeschrien. Sie solle sofort ins Büßerprogramm verschwinden. Das Wort kenne und verstehe ich nicht, aber Fanny ist zu Tode erschrocken, sammelt ihre Sachen zusammen und geht. Mutter hat sich aufgerappelt und steht wie ein Soldat vor Vater stramm. Er packt ihre schönen, langen Haare und zieht sie zu sich heran.

»Wenn du versuchst, mir dumm zu kommen, wirst du sehen, was du davon hast«, zischt er.

Dann lässt er ihre Haare los und reißt mit einem Griff ihre Bluse auf, die Knöpfe fliegen zu Boden, der Stoff gibt nach und entblößt ihre Brüste. Er packt sie und drückt so fest zu, dass sie laut aufschreit.

»Wenn du nicht so fett geworden wärst, würde ich dir jetzt eine Lektion erteilen. Du bist noch nicht mal zum Ficken geeignet.«

Angewidert stößt er sie von sich und stampft davon.

Vic und ich weinen. Meine größte Sorge ist, dass ich nie wieder Vaters Hand halten und auf seinen Schultern reiten darf, weil ich ihn angelogen habe und er mich jetzt dumm und unnütz findet. Auch Mutter weint. Sie unternimmt einen halbherzigen Versuch, das Wohnzimmer aufzuräumen, dabei höre ich sie vor sich hin murmeln. Dieser verdammte Scheißkerl, bescheuerter Idiot ... *Mutter sagt manchmal schlimme Wörter. Fanny hat uns erzählt, dass sie noch sehr jung ist und nie gelernt hat, wie man sich richtig ausdrückt. Also wie eine Erwachsene. Danach aber schweigt sie für den Rest des Abends. Wir essen die Reste vom Nudelauflauf, und es gibt auch keine Gutenachtgeschichte.*

Den nächsten Tag verbringt sie auf dem Sofa und starrt wortlos aus dem Fenster.

Fanny kommt nicht. Vic und ich, wir müssen uns allein versorgen, was wir auch tun. Allerdings sorgen wir dafür, keine Unordnung zu machen. Denn keiner von uns will vom Teufelsfelsen geworfen werden.

Das große Wunder geschieht am darauffolgenden Tag. Draußen vor dem Haus hören wir laute Stimmen. Ich klettere aufs Sofa und spähe durch das geöffnete Fenster.

Auf dem Rasen vor der Eingangstür steht Vater mit einer älteren Frau. Sie hat langes weißes Haar, ist braungebrannt und fast so groß wie Vater selbst. Sie streiten.

»Wie bist du hier hereingekommen?«, schreit er.

»Die Wachen haben mich reingelassen, das ist doch offensichtlich.«

»Du bist hier nicht willkommen. Für mich bist du tot, du alte Hexe. Mausetot.«

»Nach alldem, was du mir angetan hast, bist auch du für mich gestorben«, erwidert sie. »Aber ich möchte meine Enkelkinder sehen.«

»Du hast noch nie etwas für mich getan. Ich mag dich nicht in meiner Nähe haben.«

Vater ist wie von Sinnen vor Wut, aber die Frau hat überhaupt keine Angst vor ihm. Sie hat die Arme vor der Brust verschränkt und starrt ihn unverwandt an. Ich habe Angst, dass sie mich entdecken könnten, aber sie sind so in ihren wortlosen Kampf versunken, dass sie mich nicht bemerken.

Dann bewegt sich etwas in Vaters Gesicht. Ich kann fast hören, wie die Kugeln an ihren Platz rollen. So sieht er immer aus, wenn er einen Einfall hat. In solchen Augenblicken darf man ihn auf keinen Fall stören.

»Bei einer Sache könntest du allerdings von Nutzen sein«, sagt er. »Du hast mir das Lesen beigebracht. Bring jetzt auch meinen Kindern das Lesen und Schreiben bei. Du darfst zweimal in der Woche kommen, aber nicht öfter. Und ich will dich weder sehen noch hören.«

Er wartet ihre Antwort gar nicht erst ab, dreht sich auf dem Absatz um und marschiert zum Herrenhaus hinüber. Sie lächelt. Und obwohl sie schon so alt ist, sieht sie wunderschön aus, wenn sie lächelt.

Dann bewegt sich das Wunder auf unser Haus zu. Sie nimmt uns in den Arm und drückt uns so fest, dass uns fast die Luft ausgeht. Wir sind verlegen, weil wir die Frau, die so gut riecht, gar nicht kennen. Trotzdem genieße ich es sehr. Es ist so weich und warm in ihren Armen.

Von diesem Tag an kommt sie zweimal in der Woche, immer wenn Vater nicht auf dem Anwesen ist.

Sie bringt uns bei, die Buchstaben in den Büchern zu erkennen, und erklärt uns, wie sie sich unterscheiden, wie sie klingen und wie man sie zu Wörtern zusammensetzt.

Bei jedem Besuch bringt sie auch Mutter etwas Neues bei. Großmutter zeigt ihr, wie man andere Gerichte als Nudeln kocht, wie man Brötchen backt und solche Sachen. Mutter gefällt das sehr. Sie lacht sogar wieder, wenn Großmutter da ist.

Ihr Duft aber ist das Beste, sie riecht wie eine Mischung aus Holz und süßen Winteräpfeln. Wir dürfen sie Großmutter nennen, aber nicht, wenn Vater es hören kann. Sie erzählt uns auch, wo sie wohnt. In einer kleinen Hütte nämlich, in der Vater als Kind gelebt hatte. Aber auch das sollen wir am besten nie ansprechen.

»Ich werde das Häuschen isolieren und für den Winter bereit machen, damit ich das ganze Jahr dort wohnen und euch besuchen kann«, sagt sie eines Tages.

»Und wie macht man das?«, frage ich.

»Man tauscht die Fenster gegen doppelverglaste Scheiben aus und baut eine Heizung ein.«

»Oh, ist das nicht sehr teuer?«, fragt Vic.

Da lacht sie.

»Ja, das ist es, aber das seid ihr mir wert.«

Das klingt so schön, dass mir ganz warm wird, wie nach einem Bad in der Wanne. Das macht mich so mutig, dass ich auf ihren Schoß klettere. Zum allerersten Mal.

7

Es war schon ein Uhr nachts und Sofia hundemüde. Trotzdem saß sie wie hypnotisiert im dunklen Wohnzimmer vor dem Computer.

Benjamin schlief schon längst. Er hatte den ganzen Tag damit verbracht, die Straßen freizuräumen, und kam jetzt mit euphorisch leuchtenden Augen zurück, um die frohe Botschaft zu verkünden, dass die Straße bis Stenungsund schon am nächsten Tag wieder passierbar sei.

Julia, die sich zunehmend wie ein Tiger in einem viel zu kleinen Käfig verhielt, war durchs Haus gehüpft und hatte vor Freude gejubelt.

Sofias Tag hingegen war nur von Rückschlägen und Frustration gezeichnet gewesen. Sie hatte potentielle Sponsoren und Stifter angerufen und um finanzielle Unterstützung für den Wiederaufbau der *Herberge* gebeten. Mit ihrer sanftesten Stimme hatte sie an das Gute im Menschen appelliert, gebettelt und geschmeichelt, aber immer die gleiche, etwas unterkühlte Antwort bekommen. Zurzeit gäbe es wichtigere Projekte, die es zu unterstützen gelte. Leider. Sie würden darüber nachdenken und auf sie zurückkommen, sobald die Aufräumarbeiten der Sturmschäden erfolgreich beendet waren. Sie hatte sich dann auf die Suche nach einer neuen Immobilie gemacht, wurde aber auch da überall abgewiesen. Viele soziale Einrichtungen hätten ihre Räumlichkeiten durch den Sturm verloren – und unzählige

Familien mit Kleinkindern ihr Zuhause. Und bei allen Absagen schwang dieser Unterton mit: *Das, was du tust, hat jetzt keine Bedeutung mehr.*

Vor Erschöpfung war sie auf dem Sofa eingeschlafen, und als sie wieder aufwachte, war es ganz still im Haus. Da beschloss sie, nur ganz kurz im Netz nachzusehen, was Franz Oswald so vorhatte. Einige Klicks später hatte sie Zutritt zu seinem neuen Imperium erlangt.

Als Erstes tauchte seine Website auf, die unglaublich modern war, mit protzigem Design und einem ganz neuen ViaTerra-Logo. Das bestand hauptsächlich aus einem Foto des Herrenhauses. Sofia raubte der Anblick fast den Atem. Als sie das Gebäude vor fünfzehn Jahren zum letzten Mal gesehen hatte, hatte es in Flammen gestanden. Damit hatte sie sich an Franz Oswald für die Vergewaltigung gerächt. Benjamin und Sofias bester Freund Simon hatten ihr bei der Flucht über den Sund geholfen. Sie hatten auf Simons Boot gestanden und die Rauchschwaden gesehen, die über die Insel gezogen waren. Auf dem Logo aber sah das Herrenhaus genauso aus wie früher, stattlich und glänzend weiß. Unter dem Logo stand: *Das Herrenhaus von ViaTerra ist zu 100% umweltfreundlich, nachhaltig und orkansicher. Es wurde für die nächsten tausend Jahre errichtet.* Auf der Seite gab es noch Videos über das Anwesen und die Gästehäuser, die ebenfalls renoviert worden waren.

Auch von Franz gab es Aufnahmen, sogar viele, in allen erdenklichen Posen, von allen Seiten, mal ernst, mal ausgelassen. Ein Foto zeigte ihn auf dem Teufelsfelsen, von dem aus er über das indigoblaue Meer sah. Unter diesem Foto stand ein Zitat, das Sofia – was den Inhalt betraf – sofort wiedererkannte. *Wir können das Leben auf der Erde nur langsam verändern, indem wir die Menschen ändern, einen*

nach dem anderen. Ein Leben, eine gerettete Seele, die danach
auf dem Weg der Erde wandert.

Man konnte sich auch alte Mitschnitte von seinen Vorträgen ansehen, und es gab einen Link zu Videobotschaften, die offensichtlich jeden Abend um acht Uhr stattfanden. Dort konnten Menschen auf der ganzen Welt kurze Impulsvorträge von Franz live erleben, die automatisch mit Untertiteln in achtundvierzig Sprachen versehen wurden. Diese Live-Websendungen hielt er auf Englisch, und am Ende beantwortete er Fragen. Vier Vorträge waren bisher hochgeladen worden. Sie öffnete den jüngsten mit dem Titel *Die Grundlagen des Lebens.* Franz stand mit dem Rücken vor einem großen Fenster, im Hintergrund war das Meer zu sehen. Die Aufnahmen waren in seinem Büro gemacht worden.

»Heute möchte ich über das Unabänderliche sprechen«, sagte er. »Die Utopisten sagen uns eine sensationelle Zukunft voraus. Raumfahrzeuge werden uns in andere Sonnensysteme unserer Galaxis bringen, und es wird neuronale Netzwerke geben, die die Fähigkeiten des menschlichen Gehirns weit übertreffen. Andere Zukunftsvisionen sprechen eher von dystopischer Anarchie. In Wirklichkeit aber entwickelt sich das Leben wesentlich langsamer. Unsere wahren Begrenzungen finden sich zu einem Großteil in unseren Körpern. Denn es gibt Dinge – und zwar unabänderliche Dinge –, die unseren Körper steuern.«

Dann sprach er über Altbekanntes. Schlaf in absoluter Dunkelheit, ökologische und regionale Lebensmittel, seine übliche Marketingmasche. Er machte eine Kunstpause.

»Und natürlich der Sex. Eine Zukunft ohne Sex in all seinen Formen ist undenkbar«, sagte er und lächelte verschmitzt.

Dem Vortrag folgte eine Fragerunde. Eine Zuschauerin

aus Frankreich fragte Franz nach seiner Ansicht, ob man länger leben würde, wenn man guten Sex habe. Franz antwortete in fließendem Französisch, was ihn sofort als Sprachgenie erscheinen ließ. Aber Sofia wusste ja, dass er als Kind in Frankreich gelebt hatte. Sex sei der größtmögliche Genuss, und das Leben bewege sich in einem Spektrum von Tod bis zur vollständigen Ekstase. Also könnte Sex selbstverständlich das Leben verlängern. Dann wollte die Frau wissen, was er von offenen Beziehungen halte.

»Sex ist Natur in reinster Form, und ich sehe gar keine Veranlassung, seine sexuellen Fantasien einzuschränken.«

Er war in Höchstform, mit glitzernden Augen und einer charmanten Ausstrahlung.

Sofia hätte zu gern gewusst, wie viele seiner Zuschauerinnen nach der Ausstrahlung davon träumten, mit ihm ins Bett zu steigen. Wenn die wüssten.

Sie klickte sich durch die Seite. Im kommenden Jahr sollte ein neues Buch erscheinen: *Die Kraft der Erde und deine Zukunft*. In fünfzig Sprachen würde es übersetzt werden. Es gab Lobeshymnen von verschiedenen Oberhäuptern der Welt. Schwärmende Äußerungen über ViaTerra – von schwedischen Prominenten. Dann fand sie einen Artikel von Franz über einen Sturm an der Bohusküste, der eine Unmenge an Unrat und Müll an den Strand gespült hatte. Franz hatte daraufhin die Bevölkerung dazu aufgerufen, mit ihm an einer Müllsammelaktion teilzunehmen. Unter dem Namen *Die besten Freunde unserer Erde* hatte er sich ein neues Sponsorenprogramm ausgedacht, bei dem man, je nach Spendenhöhe, verschiedene Mitgliedschaften eingehen konnte.

Und auf einer verlinkten Liste mit umweltfördernden Organisationen nahm ViaTerra den ersten Platz ein.

Ein weiterer Link führte zu der Seite mit dem »Winterprogramm«. Dort wurde die Einladung zu einer fünftägigen Konferenz in den schwedischen Bergen angekündigt, auf der man Franz persönlich treffen konnte, um gemeinsam Neujahr zu feiern und über seine Zukunftspläne zu diskutieren. Am Ende der Seite stand die muntere Aufforderung: *Hast du Lust, in deiner Gegend eine ViaTerra-Gruppe zu gründen?* Wer das hatte, sollte mit einer Bella Svahnberg Kontakt aufnehmen.

Sofia starrte zugegebenermaßen etwas erleichtert auf das Foto des wiederhergestellten Herrenhauses. Sie freute sich, dass dieses schöne Gebäude bewahrt und gepflegt wurde. Aber die anderen Vorhaben bereiteten ihr starke Kopfschmerzen. Sie schenkte sich noch mehr Wein ein. Normalerweise trank sie nicht viel, aber jetzt hatte sie das Bedürfnis, ihre Angst zu betäuben.

Ihre Suche im Netz ergab, dass ViaTerra und Franz in allen sozialen Netzwerken präsent waren, dort fand man Texte über ihn oder Ausschnitte aus seinen Vorträgen. Auch die Medien waren mit auf den Zug gesprungen. Es gab einige positive Artikel, die andeuteten, dass er schon vor zwanzig Jahren Antworten auf viele existentielle Fragen gegeben hätte. Damals, als er wie aus dem Nichts aufgetaucht war und seine Reinheitslehre gepredigt hatte.

Sofia fragte sich ernsthaft, ob die Leute wohl darauf reinfielen. Das war alles so durchschaubar. Aber dann erinnerte sie sich daran, wie blind und ergeben sie sich damals verhalten hatte. Er würde mit seinem Charme ganz bestimmt viele um den Finger wickeln. Betrachtete man nur die Anzahl der Likes, war er schon auf dem besten Weg.

Sie ging zurück auf die Anfangsseite, zoomte nahe an sein Gesicht heran. Sein intensiver Blick verriet ihr, dass er das von langer Hand vorbereitet hatte. Er hatte nur auf den richtigen Augenblick gewartet, um seine neuen Heilsmaschinerie in Gang zu setzen. Sie füllte das Weinglas auf und merkte, dass sie schon fast die ganze Flasche ausgetrunken hatte.

Sofia hörte Schritte hinter sich, und als sie sich umdrehte, verschluckte sie sich fast an ihrem Wein. Julia trug schwarze Unterwäsche, die aus Bustier, Strapsen und Strumpfhosen im Retrolook bestand. Dazu hatte sie sich schwarze lange Handschuhe und Stiefel mit zehn Zentimeter hohen Absätzen angezogen. So stand sie vor ihrer Mutter und grinste wie eine wunderschöne schwarze Puppe, viel zu jung, um zu begreifen, wie umwerfend ihr Körper darin aussah.

»Das ist mein Halloweenkostüm. Wie findest du es?«

»Bist du noch ganz dicht? So gehst du nicht aus dem Haus! Nur über meine Leiche!«

Julia sah gekränkt aus.

»Mama, ich sehe aus wie Dita von Teese. Die ist doch noch aus deiner Zeit, oder?«

»Wohl kaum. Du kannst ja Oma danach fragen.«

»Auf jeden Fall ist die wieder total in. Also, ihr Stil. Wir wollen Halloween in der Pfadfinderhütte feiern. Aus Uddevalla kommen auch ganz viele.«

»So darfst du da nicht hingehen. Unter gar keinen Umständen.«

Jede andere Fünfzehnjährige hätte in diesem Aufzug vollkommen bescheuert ausgesehen, aber Julia nicht. Sie war zwar erst fünfzehn, hatte aber schon eine sehr weibliche Figur mit Wespentaille.

»Das sieht doch toll aus, oder? Ich wollte eine Flasche Sekt mitnehmen und mich damit begießen, es gibt ein Foto von Dita, darauf tut sie das auch ... Immer mit der Ruhe, Mama. Ich mach doch nur Spaß! Ich werd schon noch ein Kleid darüber tragen.«

Da musste Sofia lachen, diese Lust zu provozieren war typisch für Julia.

»Ich glaube, dir fällt hier langsam die Decke auf den Kopf, was? Ganz gut, dass die Schule übermorgen wieder losgeht.«

Julias Blick fiel auf Sofias Monitor, bevor sie ihren Laptop zuklappen konnte.

»Mama! Bist du besessen von dem Schönling?«

»Kein Stück! Ich finde es nur so schrecklich, dass die Leute diesem Typen zuhören.«

»Aber deine Zeit in seiner Sekte ist doch schon so lange her, vielleicht hat er sich ja geändert.«

»Das glaube ich nie im Leben«, sagte sie, etwas zu schnell.

»Gibt es da was, was du mir noch nicht erzählt hast?«

»Nein, oder, na ja, es gibt schon Dinge, die ich dir später vielleicht mal erzählen werde. Das ist kompliziert.«

Julia schien sich damit abspeisen zu lassen. Sie drehte eine Pirouette.

»Okay, also ich werde ein Kleid darüber anziehen, aber es muss ganz eng anliegen, kurz und tief ausgeschnitten sein.«

Sofia schnappte nach Luft.

»Komm, lass uns ins Bett gehen, es ist schon spät«, sagte sie, stand auf und umarmte Julia, vergrub ihr Gesicht in den eigenen Haaren und inhalierte den süßen Duft.

Sofia fiel es an diesem Abend schwer, in den Schlaf zu fallen. Es fühlte sich nicht richtig an, Julia anzulügen, aber hatte sie eine Wahl? Niemand sollte je erfahren, dass Franz sie vergewaltigt hatte. Damals, vor fünfzehn Jahren, als er sie entführt und auf dem Anwesen von ViaTerra im Keller gefangen gehalten hatte. Nachdem ihr die Flucht gelungen war und sie im Herrenhaus einen Brand gelegt hatte, war die Entscheidung gefallen, die Vergewaltigung nicht zur Anzeige zu bringen. Ironischerweise hatte ihr Franz selbst ein perfektes Alibi gegeben, mit dem sie beweisen konnte, dass sie sich zur Tatzeit nicht auf der Insel befunden hatte. Zweimal war sie eine Gefangene auf ViaTerra gewesen, sie hatte nicht vorgehabt, wegen Brandstiftung ins Gefängnis zu gehen. Keinen Tag hatte sie bereut, das Feuer gelegt zu haben. Das war eine süße Rache gewesen. Nur ihre Fluchthelfer kannten die ganze Wahrheit, und so würde es auch für immer bleiben.

Und dann gab es da noch das Manuskript, das seit zehn Jahren in ihrer Schublade verfaulte.

Sofia hatte ein Buch geschrieben, das auf einer Familienchronik basierte, die Franz Oswalds Großmutter geschrieben hatte, Sigrid von Bärensten. Diese Chronik war ein ausführlicher und entsetzlicher Bericht über das Schicksal der Frauen auf dem Anwesen auf Dimö und über die väterlichen Torturen, denen Franz als Dreijähriger ausgesetzt war. Dieses Buch hatte Sofia auf der Flucht vor der Sekte mitgenommen, oder besser gesagt gestohlen. Und es danach als Quelle für ein eigenes Buch verwendet. Aber der Verlag wollte erst über eine Veröffentlichung nachdenken, wenn sie mit Franz die Urheberrechtsfragen geklärt hatten. Und da konnte sie bis ans Ende der Welt warten. Sie ging davon aus, dass Franz nicht wusste, dass sie im Besitz der Familienchronik war. Vermutlich würden die Medien mit Franz' zunehmender Popularität auch die Witterung nach Sigrid von Bärenstens gruseliger Familienchronik aufnehmen. Und vielleicht würde sich dann doch noch ein mutiger Verlag finden.

Sie wälzte sich im Bett hin und her, starrte an die Decke und lauschte der Stille im Haus. Sie war ungewöhnlich und erdrückend. Am liebsten würde sie jetzt mit jemandem sprechen. Über Franz' Wiederauferstehung. Über diesen Medienhype. Wohin das alles führen mochte. Benjamin weigerte sich standhaft, sich mit der Vergangenheit zu beschäftigen. Er sagte ihr, dass sie in der Gegenwart leben und das Vergangene hinter sich lassen sollte. Aber so viel stand auf dem Spiel.

Sie ließ ihren Gedanken freien Lauf, und da tauchte Simon auf. Er war jahrelang ihr bester Freund gewesen. Sie hatten zusammen auf ViaTerra gearbeitet, Simon als Chefgärtner und Sofia als Assistentin des Sektenführers. Nach ihrer Flucht aus der Sekte hatte Simon einen Job in der Inselpension angeboten bekommen. Ihm war es zu verdanken gewesen, dass die dort verwendeten Lebensmittel ökologisch angebaut wurden. Er war auch der Erste gewesen, dem sie sich anvertraut hatte und mit dem sie über die Terrorherrschaft von Franz sprechen konnte. Zweimal war sie geflohen, und beide Male hatte er ihr dabei geholfen. Wenn alles dunkel und hoffnungslos war, hatte sie in Simon jemanden zum Reden gehabt.

Er würde sie verstehen.

Es gab nur ein Problem.

Seit fünf Jahren war Simon wie vom Erdboden verschluckt. Kein Lebenszeichen.

8

Dem Personal war es grundsätzlich nicht erlaubt, ViaTerra zu verlassen, wenn sich Vater auf dem Anwesen befand. Von den Angestellten wurde erwartet, dass sie jederzeit zur Verfügung standen, wenn er sie brauchte.

Vic und ich waren fünf Jahre alt, da durften wir mit Mutter einmal im Monat aufs Festland fahren, um ihre Tante zu besuchen. Aber nur, wenn wir eine Begleitung dabeihatten. Meistens hatten wir Madde im Schlepptau. Sie war Vaters Assistentin und verehrte ihn, so wie sonst keiner. Nervös kreiste sie um Mutter herum, immer in Sorge, dass sie etwas Falsches sagen oder tun könnte. Fragen nach unserem Wohlbefinden sollten immer fröhlich und positiv beantwortet werden, das hatte uns Madde eingetrichtert.

Ich spürte die Spannung zwischen den beiden, denn sie nahm uns den Spaß an der Reise. Madde hatte eine genaue Vorstellung davon, wie alles ablaufen sollte. Erst die Fährfahrt, dann auch, wo wir einkaufen gingen, einfach alles.

Wen wir fast nie sahen, war unser Opa, Mutters Vater. Obwohl er auch für ViaTerra arbeitete. Zuerst war er ziemlich lang im Büßerprogramm, und da durfte man sowieso mit niemandem reden. Und dann hatte Vater entschieden, dass er kein guter Einfluss für uns wäre. Er nannte ihn »Schwächling« und »Lahmarsch« und »Speichellecker«. Und Mutter nannte ihn »Feigling« und »Betrüger«. Sie schien sogar erleichtert, dass er nicht so oft zu Besuch kommen durfte.

Damit will ich sagen, dass wir die meiste Zeit mit Mutter in unserem Häuschen verbrachten. Unsere Aufenthalte außerhalb der vier Wände waren auf den Spielplatz auf dem Anwesen beschränkt. Kein Wunder also, dass wir uns langweilten und unruhig wurden.

Deshalb war es eine willkommene Ablenkung, wenn uns Vater seine Besucher vorstellte.

Der Besuch

Wir haben unsere feinsten Sachen angezogen. Auch Mutter hat sich hübsch gemacht, Vater hat es so gewollt. Heute kommt eine Frau namens Carmen Gardell zu Besuch. Vic fragt Mutter, warum sie so wichtig ist, und erhält als Antwort, dass sie Vaters Ratgeberin ist. Sein Kontakt, sein Gesicht zur Außenwelt. Sie bemüht sich sehr, uns ihre Funktion zu erklären, aber wir verstehen es nicht. An Vaters Gesicht ist doch nichts auszusetzen, solange er nicht wütend ist.

Vic und ich sitzen im Erker, drücken unsere Nasen am Fenster platt und warten gespannt auf den Besuch. Gerade als wir aus Langeweile unseren Späherposten aufgeben wollen, da taucht sie zusammen mit Vater auf dem Hofplatz auf. Sie gehen Arm in Arm. Sie wirft ihren Kopf in den Nacken und lacht über etwas, was Vater gesagt hat. Sie kommen auf unser Haus zu. Sie sieht merkwürdig aus. Ihr Rock ist sehr kurz, die Absätze sehr hoch, und die Bluse ist so eng, dass man ihre Brüste sieht, die viel zu groß für diesen kleinen Körper sind. Ihre Haare sehen wie ein Vogelnest aus.

»Setzt euch hin!«, schimpft Mutter.

Ihre Nervosität steckt mich an, es kribbelt im ganzen Körper. Aber Vic ist besonders aufgekratzt und schubst mich. Ich stolpere und wäre fast gestürzt.

»Versteck dich im Schrank, du Trottel«, sagt er. »Sie glaubt bestimmt, dass du ein Mädchen bist, und dann will sie mit dir schmusen und so, voll eklig.«

Ich erwidere nichts. Das würde alles nur noch schlimmer machen. Aber ich verstecke mich auch nicht im Schrank.

Da fliegt die Haustür auf. Carmens Parfum strömt ins Zimmer, so stark, dass ich zusammenzucke. Vater trägt einen Anzug und sieht darin so gut aus, dass es mir den Hals zuschnürt.

»Da sind sie!«, sagt er und zeigt mit einer großen Geste auf uns beide. »Invictus und Thor, sagt Carmen Guten Tag.«

Pflichtbewusst gehorchen wir.

»Oha!«, entfährt es Carmen. Sie sieht uns erstaunt an. Ihre Stimme ist so tief wie die eines Mannes.

»Da sagst du was«, Vater nickt. »Man mag sich kaum mit ihnen in der Öffentlichkeit zeigen.«

Sie mustert uns von oben bis unten und lächelt uns dabei an. Aber es ist ein kaltes, berechnendes Lächeln.

»Doch natürlich, das solltest du auf jeden Fall tun!«, sagt sie. »Das Bild eines hingebungsvollen Familienvaters, das ist großartig.«

Vater sieht sie irritiert an.

»Ich werde mich in den kommenden Jahren nicht in der Öffentlichkeit zeigen. Und genau da kommst du ins Spiel. Denn bei meinem nächsten Auftritt muss mein Image tadellos sein.«

»Für das Image wäre es auch sehr gut, wenn du eine Frau an deiner Seite hast«, erwidert Carmen mit einem Augenzwinkern.

Obwohl ich erst fünf Jahre alt bin, verstehe ich diese Anspielung und habe Angst, dass diese unheimliche Frau in Zukunft viel Zeit mit Vater verbringen wird. Aber er lacht nur.

»Da irrst du dich gewaltig, Carmen. Für das Image, das mir vorschwebt, ist mein Singledasein elementar.«

Carmen schmollt. Aus der Nähe sieht sie noch merkwürdiger aus. Ihre Wimpern sind sehr lang und von Mascara verklebt. Sie sieht zwar aus wie ein Mensch, aber gleichzeitig doch nicht wirklich, sondern eher wie eine Figur aus einem Comicheft.

Sie geht auf Vic zu und wuschelt ihm durch die Haare.

»Aber der hier ist ja eine Kopie von dir.«

Sie wird mir immer unsympathischer.

In diesem Augenblick tut Vater etwas Unerwartetes. Er packt mich und nimmt mich auf den Arm.

»Ich liebe meine beiden Söhne gleichermaßen«, sagt er und drückt mich fest an sich. Sein Geruch überdeckt Carmens aufdringliches Parfum, und wenn ich ihm so nah bin, kann ich seinen Herzschlag spüren. Für einen kurzen Moment verliere ich den Kontakt zu meiner Umwelt. Ich werde zu einer Puppe, die in ihrem Kokon liegt. Und ich möchte da nie wieder raus.

Aber jetzt setzt mich Vater schon wieder ab und sieht sich um.

»Hat die alte Hexe hier aufgeräumt?«, fragt er Mutter.

»Meinst du Karin, die deinen Söhnen das Lesen und Rechnen beigebracht hat?«, entgegnet Mutter. Sie wirft uns einen nervösen Blick zu. Vermasselt mir das jetzt nicht.

»Wie wunderbar. Dann können sie mir und Carmen ja was vorlesen. Ich hoffe sehr, dass es nicht so abläuft wie beim letzten Mal.«

Vic und ich sind aufgeregt, wir wollen ihm zeigen, was wir können. Wir prügeln uns um das Buch, das auf dem Couchtisch liegt. Vic gewinnt natürlich und fängt an zu lesen. Zuerst etwas abgehackt, weil er nervös ist, aber dann wird es immer besser. Dann fordert mich Vater auf, bis zwanzig zu zählen, was ich tue. Sehr schnell. Wir vergessen fast, dass Carmen da ist. Wir sind wie im Rausch, weil Vater uns lobt. Er nickt zufrieden, aber der Blick, mit dem er Mutter ansieht, ist nicht freundlich.

»Ganz anders, als wenn du die Lehrerin bist.«

»Wie oft bekommen die beiden denn Unterricht?«, fragt Carmen.

»Zweimal in der Woche, aber bald wird es Zeit, dass sie zur Schule gehen. Natürlich werden sie zu Hause unterrichtet.«

Carmen starrt uns nachdenklich an.

»Das Einzige, was man dir später dann vorwerfen könnte, ist, dass deine Jungs zu isoliert aufwachsen, weil sie keine sozialen Kontakte haben.«

Vater, der im Wohnzimmer auf und ab gelaufen war, bleibt abrupt stehen. Er zischt Carmen an, sie solle kein Wort mehr sagen. Sie muss etwas ausgesprochen haben, was ihn zu einem neuen Gedanken inspiriert hat. Und wenn das so ist, dann muss man mucksmäuschenstill sein, denn das kleinste Geräusch kann ihn ablenken.

Nachdenklich läuft er auf und ab, reibt sich das Kinn. Es herrscht absolute Stille, nur das Knarren der Dielen unter seinen Füßen ist zu hören. Plötzlich bleibt er stehen und starrt Carmen an.

»Da hast du absolut recht. Aber sie können unmöglich eine staatliche oder private Schule besuchen, das schwedische Schulsystem ist der letzte Dreck. Außerdem sollen sie nach den Prinzipien von ViaTerra aufwachsen.«

»Selbstverständlich«, pflichtet Carmen ihm bei. »Das verstehe ich sehr gut.«

Dann stellt sich Vater an das Fenster, das auf den Hof zeigt. Nach einer Weile beginnt er, ganz langsam zu nicken.

»Komm mal her!«, fordert er Carmen schnell auf. »Sieh dir dieses wunderschöne Anwesen an. Kannst du dir für ein Kind einen besseren Ort vorstellen, um aufzuwachsen?«

Carmen steht auf und stellt sich neben Vater. Dicht neben ihn, ihre Körper berühren sich.

»Ein Traum, Franz, das ist wirklich ein wahrer Traum«, sagt sie mit heiserer Stimme. »Das reinste Paradies.«

»Wir werden für die Kinder etwas Großes erschaffen«, sagt Vater dann. »Etwas Einzigartiges.«

9

Simon.

Seit Simons Verschwinden hatte Sofia fast jeden Tag an ihn gedacht. Von seinen vielen guten Eigenschaften schätzte sie seine innere Ruhe am meisten. Sie musste nur seine Stimme hören und entspannte sich sofort. Er hatte ihr in Krisensituationen immer zur Seite gestanden. Aber dann, eines Abends vor fünf Jahren, da hatte er sie angerufen und war ohne Umschweife direkt zur Sache gekommen.

»Sofia, ich haue ab.«

»Wie meinst du das? Wohin denn?«

»Das weiß ich noch nicht genau.«

»Kannst du bitte aufhören, in Rätseln zu sprechen, und mir sagen, was los ist?«

»Ich habe eine Vertretung für mich in der Pension gefunden und werde auf Reisen gehen.«

»Und wie lange?«

»Das weiß ich auch noch nicht. Ich möchte jeden Tag so nehmen, wie er kommt. Du weißt, wie sehr ich unsere Telefonate schätze, aber ich werde eine Zeitlang nicht erreichbar sein. Das hat nichts mit dir zu tun. Da ist eine Sache, die ich zu Ende bringen muss.«

Zuerst hatte sie gedacht, dass er sie auf den Arm nehmen wollte, aber seine Stimme klang eher ernst.

Die Freundschaft mit Simon hatte bis dahin etwas Selbstverständliches gehabt, sie konnte sich auf sie immer verlassen. Als ihr die Tragweite seiner Worte bewusst wurde, befiel sie ein unheimliches Gefühl, das ihr die Kehle zuschnürte. Als hätte jemand einen Teil von ihr amputiert. Simon meinte es todernst, er wollte abtauchen.

»Aber Simon, warum können wir denn keinen Kontakt haben?«

»Dafür gibt es einen Grund, aber den kann ich dir jetzt noch nicht verraten.«

»Aber du kommst doch nochmal bei uns vorbei und verabschiedest dich?«

»Das würde ich wahnsinnig gern tun, aber dafür bleibt leider keine Zeit.«

»Warum kannst du mir nicht einfach sagen, wo du hinfährst?«

»Weil es kompliziert ist. Ich möchte für eine Zeitlang absolut anonym sein. Du musst mir vertrauen. Sobald ich kann, melde ich mich bei dir.«

»Ich werde dich furchtbar vermissen. Kann ich irgendetwas tun, um dich zu überzeugen hierzubleiben?«

»Leider nicht. Aber ich verspreche dir, dass du die Erste sein wirst, bei der ich mich melde, wenn ich wieder da bin.«

Sie hatte es an seiner Stimme hören können, dass ihn nichts und niemand überreden konnte. Sie hatte ihm sagen wollen, dass sie ihn liebte. Nicht *so* liebte. Er hätte das richtig verstanden.

Das Leben ohne ihn würde farblos und langweilig werden, davon war sie überzeugt. Und genau so war es auch. Es dauerte ein ganzes Jahr, bis sie damit aufhörte, reflexartig zum Telefon zu greifen, um ihn anzurufen. Sie schickte ihm SMS und Mails für den Fall, dass er seine Meinung änderte und doch Kontakt mit ihr aufnehmen wollte. Aber sie erhielt keine Antwort. Keine einzige Nachricht. In den ersten

Jahren suchte sie im Netz nach ihm, denn sie war davon überzeugt, dass er irgendwo auftauchen würde. Aber ohne Erfolg. Kein einziger Treffer. Sie fand nur alte Artikel über die ökologische Landwirtschaft der Pension, aber auch die brachen mit seinem Verschwinden ab. Unzählige Male fragte sie sich nach dem »Warum«. Sie konnte nicht verstehen, warum er so plötzlich abgetaucht war.

Schließlich aber akzeptierte sie den Umstand, dass Simon fort war. Aus ihren Gedanken hatte sie ihn allerdings nicht gelöscht. Und seit Franz Oswald wieder auf der Bildfläche aufgetaucht war, dachte sie auch wieder viel häufiger an ihren alten Freund.

Seit dem Sturm waren zehn Tage vergangen. Benjamin war unterwegs und half bei den Aufräumarbeiten, und Julia ging wieder zur Schule. Sofia war allein zu Hause. Unruhig tigerte sie durchs Haus. In der Nacht war der erste Frost gekommen. Der Tau hatte sich in eine schimmernde Decke verwandelt, der Boden glitzerte. Der Himmel war leicht bedeckt, und in der Luft lag die Vorahnung des Winters. Die Kälte hatte der Luft ihre Feuchtigkeit genommen, eifrig bemüht, den Boden mit seiner frostigen Schicht zu bedecken. Die Sonne hatte sich erfolgreich durch die dünne Wolkendecke gekämpft und wurde vom Raureif reflektiert.

Sie war einkaufen gewesen und hatte sich auf dem Heimweg spontan entschieden, an der *Herberge* vorbeizufahren, was leider keine gute Idee gewesen war. Das Grundstück sah jetzt wie eine Müllkippe aus. Nur das Fundament und ein paar Mauerreste standen noch. Die Möbel, Betten, Haushaltsgeräte und sonstiges Zeug lagen überall verstreut. Als wäre ein Riese durch das Haus gestampft und hätte wie von Sinnen alles durch die Gegend geworfen. Fassungslos starrte sie auf das Ausmaß der Verwüstung. Eine kalte Brise schob sich durch die Maschen ihres dicken Wollpullovers. Sie schauderte.

Und dann packte sie das Gefühl, das sie so lange nicht mehr empfunden hatte. Deshalb dauerte es auch einen Moment, bis sie es wiedererkannte. Tiefe panische Angst. Das ungute Gefühl, dass nichts wirklich glückte und letztlich doch immer etwas schiefging. Es hielt an, bis sie wieder zu Hause war. Nachdem sie die Einkäufe reingetragen und verstaut hatte, stellte sie fest, dass sie noch nichts gegessen hatte. Schnell steckte sie zwei Scheiben Brot in den Toaster, aber als sie geröstet waren und auf dem Teller vor ihr lagen, starrte sie wie gelähmt darauf. Sie hatte keinen Appetit, stellte den Teller in die Spüle, ging ins Wohnzimmer und ließ sich in den Sessel fallen.

Das Display ihres Handys begann zu leuchten, ein anonymer Anrufer. Ihr Puls schnellte in die Höhe. Vielleicht hatten ihren unermüdlichen Bemühungen in den letzten Tagen, neue Unterstützer für die *Herberge* zu finden, doch Früchte getragen.

Eine junge, sehr angenehme Frauenstimme sagte, dass sie im Namen der Investmentgesellschaft Stone Equity aus Stenungsund anriefe. Sofia hatte noch nie in ihrem Leben von dieser Firma gehört.

»Wir haben einen Interessenten, der sich an dem Wiederaufbau Ihrer sozialen Einrichtung auf Orust beteiligen will«, sagte sie.

»Das wundert mich, ich hatte mich doch gar nicht mit Ihnen in Verbindung gesetzt. Wie haben Sie von meinem Anliegen erfahren?«

»Na ja, in der Finanzwelt verbreiten sich Informationen schnell. Auf jeden Fall ist der potentielle Geldgeber an einem baldigen Treffen mit Ihnen interessiert, um alles Weitere mit Ihnen zu besprechen. Und zwar heute noch.«

»Und wer ist es?«

»Er möchte sich persönlich bei Ihnen vorstellen.«

»Meinetwegen, gern. Wann soll ich vorbeikommen?«

»Um vier Uhr, wenn Sie das einrichten können?«

Sie warf einen schnellen Blick auf ihre Uhr. Es war Viertel nach zwei. Das würde sie schaffen.

»Ich komme.«

Die Hoffnung stieg. Wenn sich dieser anonyme Wohltäter die Mühe machte, mit ihr in Kontakt zu treten, musste er wirklich interessiert sein. Wahrscheinlich hatte er die Vision, mit der *Herberge* Gewinn zu erzielen. Dann wusste er offenbar noch nicht, dass ihre Einrichtung bisher nur Verluste gemacht hatte und ihr Benjamin hier und da hatte finanziell unter die Arme greifen müssen. Sie sammelte alle Tabellen und Berechnungen hinsichtlich dessen, was der Wiederaufbau kosten würde, zusammen und erstellte einen Ordner auf dem Desktop. Dann sprang sie schnell unter die Dusche, band sich die Haare und suchte in ihrem Kleiderschrank nach einem passenden Outfit. Sie entschied sich für ein marineblaues Kostüm, in dem sie nach Geschäftsfrau aussah. Sie zog die hohen Schuhe an und schminkte sich dezent. Im Flur warf sie einen letzten Blick in den Spiegel, ließ Denzel noch einmal kurz in den Garten und gab ihm einen Knochen, mit dem er sich beschäftigen konnte, solange sie unterwegs war.

Bevor sie losfuhr, rief sie Benjamin an und erkundigte sich, ob er die Firma Stone Equity kannte. Das tat er, und er wusste auch, dass ihr Büro im Stadtzentrum lag.

Auf der Fahrt nach Stenungsund ging sie durch, was sie sagen wollte. Sie wiederholte die bekannten Statistiken, wie viele Aussteiger es in Schweden gab, die Hilfe benötigten, und wie vielen sie bereits helfen konnte. Sie probte auch eine kurze Zusammenfassung ihrer Wiedereingliederungsmethoden. Diese Generalprobe lenkte sie von dem Anblick der Verwüstung ab, durch die sie fuhr.

So viele Bäume hatte der Sturm gefällt, so viele Hütten und Schuppen fortgerissen. Im ganzen Land hatte er Spuren hinterlassen. Innerlich war sie so müde – und wollte nicht mehr an Herkules erinnert werden.

Um Viertel vor vier stand sie vor der Tür von Stone Equity. Die Firma befand sich in einem Neubau mit weißem Putz und großer Glastür. Sie ging rastlos auf und ab, wollte nicht zu früh sein und zu bedürftig wirken. Aber dann fing sie an, zu frieren und zu zittern und schlüpfte schließlich um fünf vor vier ins Haus. Die sehr elegant gekleidete Frau am Empfang lächelte sie an, und Sofia fühlte sich sofort richtig bedeutsam.

»Willkommen, Sofia! Er ist noch nicht eingetroffen, aber ich bringe Sie in sein Büro. Dann können Sie dort auf ihn warten.«

Sie führte Sofia durch einen langen Flur und öffnete die letzte Tür. Das Büro war riesig, darin standen Sessel aus weißem Leder, ein großer Schreibtisch aus Mahagoni, und an der Wand hing eine Weltkarte aus bronzefarbenem Glas.

Die elegante Dame zeigte auf den Besucherstuhl vor dem Schreibtisch, und Sofia nahm vorsichtig darauf Platz.

»Möchten Sie einen Kaffee oder Tee?«

»Nein, vielen Dank.«

Als sie das Büro wieder verließ und die Tür hinter sich schloss, klackerten die Absätze der Empfangsdame über den Boden. Die darauffolgende Stille hatte etwas Erdrückendes. Es war kalt im Zimmer, oder Sofia hatte zu lange im

Kalten gestanden. Der Schreibtisch sah unbenutzt aus. Bis auf eine Unterlage aus weißem Leder, einen farblich passenden Stiftehalter und ein Tablet war er leer. Auf einem Beistelltisch stand ein großer Monitor. Sie versuchte etwas darauf zu erkennen, saß aber zu weit entfernt. Obwohl die Sonne durch das Fenster schien, war kein einziges Staubkorn zu sehen. Nirgendwo. Noch etwas anderes fiel ihr auf, die vollständige Abwesenheit von Gerüchen. Wie in einem sterilen Käfig. Etwas an dieser Stimmung löste unheilvolle Gedanken in ihr aus. Wer hier arbeitete, musste so pedantisch sein, dass er ganz bestimmt kein Interesse an ihrer kleinen, chaotischen Aussteigerunterkunft haben würde. Es musste sich um ein Missverständnis handeln.

Sie hörte nicht, wie die Tür hinter ihr geöffnet wurde, aber sie hörte die Schritte und dann die Stimme ihres Wohltäters.

»Herzlich willkommen, Sofia!«

Sie zuckte zusammen und drehte sich um.

Er war es?

Franz Oswald.

Er war ganz nah. So nah, dass sie ihre Hand ausstrecken und ihn berühren konnte. Auf einmal fühlte es sich an, als würde ihr Stuhl sich rasend schnell um die eigene Achse drehen und sie rückwärts in die Leere stürzen. Der Raum verschwamm in einem grauen Nebel. Eine unbeschreibliche Übelkeit überkam sie, als hätte da tief in ihr etwas Verfaultes geschlummert, das sie zum Glück vergessen hatte. *Verdammt, du darfst jetzt nicht ohnmächtig werden!* Sie presste die Fingernägel in ihre Handflächen, und der Schmerz verdrängte den Schwindel und den Nebel. Sie zwang sich, ihn anzusehen.

»Du hast etwas, das mir gehört«, sagte er und lächelte.

10

Hinter unserem Haus gab es eine große Wiese, auf der früher die Schafe geweidet haben. Als der Tierpfleger vor vielen Jahren floh, reduzierte Vater die Anzahl der Tiere auf dem Anwesen. Seitdem hat es nur noch vegetarisches Essen gegeben. Im Stall lebten lediglich noch ein paar Milchkühe und Legehennen. Die Wiese hatte jahrelang brach gelegen, nur Vic und ich spielten da ab und zu Fangen. Nachdem er mich aber einmal in einen Brennnessel- busch geschubst hatte, weigerte ich mich, die Wiese zu betreten.

Ein paar Wochen nach dem Besuch von Carmen Gardell aber machte Vater den Spatenstich für ein neues Projekt auf ebendieser Wiese. Wir waren von den Baggern und Last- wagen begeistert, die plötzlich auf dem Anwesen ein und aus fuhren und hielten uns ständig auf der Baustelle auf. Wir wussten nicht, was gebaut wurde, und auch Mutter wich unseren Fragen aus. Aber dann kam der Tag, an dem Vater es uns erzählte. Sein Gesicht hatte etwas Feierliches und Verschmitztes.

»Ihr werdet bald eure eigene Schule bekommen. Und Schulkameraden.«

Vic jubelte vor Freude. Ich fand die Vorstellung eher beängstigend, versuchte aber, fröhlich auszusehen. Was mir offenbar nicht gelang.

»Freust du dich gar nicht, Thor?«, fragte Vater mich.

»Doch, sehr«, antwortete ich und lächelte, so breit ich konnte. Erst dann wandte er den Blick von mir ab.

Ich denke oft an den Tag zurück, als die ersten Schulkinder mit ihren Eltern eintrafen. Im Nachhinein versuche ich zu verstehen, warum sie sich für diese Schule entschieden hatten. Am besten kann ich mich daran erinnern, wie sie Vater angesehen haben. Angehimmelt haben sie ihn. Voller Ehrfurcht und Bewunderung. Mit einer Liebe, die sich von der Liebe unterschied, mit der sie ihre Kinder ansahen. Vielleicht wollten sie deshalb nie wahrhaben, was in der Schule wirklich geschah.

Denn es gab Vieles, über das wir mit niemandem sprechen durften.

Die Schule

Die Schule ist fertiggestellt. Eines der Gebäude besteht aus mehreren Zimmern mit Stockbetten. Sonst befindet sich nichts in den Räumen, man kann also nur auf den Betten herumhüpfen. Aber das andere Gebäude ist groß und aufregend. Es gibt einen Schulraum mit Tischen und Stühlen, einen Gymnastiksaal und sogar eine Bibliothek. Es riecht ganz neu nach Holz und Linoleum, und es hallt, wenn man durch das Haus rennt. Eigentlich dürfen wir uns nicht im Schulgebäude aufhalten, aber das interessiert uns wenig. Mutter erzählte, dass auch das Schulamt irgendwann kommen würde und wir uns an diesem Tag nicht in der Schule aufhalten dürfen. Doch an diesem Morgen schleichen wir uns aus dem Haus, während Mutter noch schläft.

Plötzlich kommt sie reingestürmt und ruft uns mit schriller Stimme. Sie wirkt furchtbar nervös.

»Ihr müsst sofort reinkommen und euch was Ordentliches anziehen. Wir bekommen Besuch!«

Sie weigert sich, unsere Fragen zu beantworten, obwohl wir nicht lockerlassen. Wie gehetzt zieht sie uns um und kämmt unsere Haare. Sie reißt und zerrt an meinen widerspenstigen Locken. Das tut so weh, dass ich anfange zu weinen.

Wir hören ausgelassene und fröhliche Stimmen vor der Tür und dann Vaters Stimme, die alle anderen übertönt. Wir klettern in den Erker und sehen die kleine Versammlung vor unserer Haustür. Eine Gruppe von Erwachsenen, die Vater aufmerksam lauschen, und viele Kinder. Wir hatten schon sehr lange keinen Kontakt zu anderen Kindern. Vic ist so aufgedreht, dass er wie verrückt im Kreis rennt. Ich drücke meine Nase an der Fensterscheibe platt und bestaune atemlos die Fremden. Es sind drei Mädchen und drei Jungen. Die einen verstecken sich hinter ihren Eltern, die anderen rennen ausgelassen über den Hof. Ich werde nervös, weiß nicht, wie ich mit ihnen reden soll. Gleichzeitig aber möchte ich da draußen bei ihnen sein und mit ihnen spielen. Sie sehen so frei aus.

»Mama, was wollen die hier?«, frage ich.

»Sie werden hier mit euch zur Schule gehen. Das wird schön, nicht wahr?«

Die Gruppe verschwindet aus meinem Sichtfeld. Vater wird ihnen die Schule zeigen, erklärt mir Mutter, danach werden wir gemeinsam zu Abend essen.

Das Abendessen dauert eine Ewigkeit, und ich fühle mich die ganze Zeit beobachtet und angestarrt. Vater redet fast ununterbrochen. Er legt den Eltern seine Pädagogik dar und seine Ansichten über die Unterweisung und Erziehung. Seine Zuhörer sind von seinen Worten hingerissen. Einige bekommen glasige Augen, andere nicken die ganze Zeit. Sogar die Kinder starren ihn mit offenen Mündern an.

»Dieses Schulprojekt ist eines der wichtigsten in der Geschichte von ViaTerra, das kann ich Ihnen versichern. Die Kinder, die hier unterrichtet werden, sind rein und unzerstört. Mithilfe der Methoden von ViaTerra und der Tatsache, dass wir sie vor den destruktiven staatlichen Schulen bewahren, werden ihnen ganz andere Möglichkeiten geboten als anderen Kindern. Sie werden eine strahlende Zukunft haben, auch das sage ich Ihnen zu. Sie werden unser Stoßtrupp im Kampf für eine bessere Welt sein.«

Eine Frau, die direkt neben ihm sitzt, räuspert sich verlegen.

»Entschuldigen Sie bitte meinen Einwand, aber ich kann mich nicht an den Gedanken gewöhnen, meine Tochter die ganze Woche über wegzugeben und hierzulassen. Verzeihen Sie mein Zweifeln, aber es ist wohl mein Mutterherz, das ...«

»Das verstehe ich gut«, sagt Vater und legt seine Hand auf ihre. »Aber mitunter ist es sogar von Gewinn, dass die Kinder von ihren Eltern getrennt sind und lernen, allein zurechtzukommen. Sie sind die ganze Zeit unter kompetenter Aufsicht. Das Schulamt hat unseren Lehrplan geprüft und anerkannt, außerdem kommen Ihre Kinder ja jedes Wochenende nach Hause. Natürlich dürfen Sie die Wochenenden auch mit ihnen gemeinsam hier verbringen, sich in unserem Spa erholen und das ökologische Essen und die wunderschöne Natur auf dieser Insel genießen.«

Ich kann förmlich sehen, wie der Widerstand der Frau schmilzt. Das Bild ihres Gesichtes verfolgt mich noch lange danach. Wie sich ihre Sorge in Luft aufgelöst hat. Vor allem ist es der Blick, mit dem sie Vater ansieht. Der hat etwas Unheimliches, obwohl ich nicht bestimmen kann, was es genau ist.

»So, jetzt höre ich aber auf zu reden, damit Sie das Essen genießen können. Ein Letztes will ich noch sagen. Sie sollen wissen, dass Sie zu den Handverlesenen gehören, die ich mir für dieses Projekt ausgesucht habe. Sie gehören zu den ergebensten

Mitgliedern von ViaTerra, auf die ich mich immer verlassen konnte. Ich möchte Ihnen danken, dass Sie mich vor allem in den schweren Jahren so unterstützt haben.«

Nach dem Abendessen werden wir zurück ins Haus geschickt, denn Vater will den Eltern den Lehrplan im Einzelnen erläutern. Ich bin noch ganz benommen von meinen neuen Mitschülern. Der eine Junge mit der großen Zahnlücke zwischen den Schneidezähnen sah irgendwie besonders aus. Eines der Mädchen war ausgesprochen blass. Aber am meisten hat mich der Junge mit den freundlichen Augen und dem lockigen Haar interessiert. Er sah genauso aus wie ich, nur mit dunklen Haaren. Ich glaube, er heißt Matteo.

Am nächsten Morgen werden wir von lautem Poltern gegen die Haustür geweckt. Mutter macht auf. Wir stehen verschlafen hinter ihr und starren Vater an, der da in Begleitung von zwei Fremden steht. Eine dicke ältere Frau mit Brille, die sehr übellaunig aussieht, und ein sehr großer, junger Mann, größer noch als Vater, der sehr stark wirkt.

»Jetzt ist alles in trockenen Tüchern!«, verkündet er uns. »Die anderen Kinder kommen nächste Woche.«

Mutter murmelt leise und verängstigt eine Antwort. Vater fordert sie auf, sich und uns anzuziehen. Die drei sitzen im Wohnzimmer, als wir wieder nach unten kommen. Die beiden Fremden mustern uns neugierig.

»Kommt mal zu mir, Vic und Thor«, sagt Vater. »Ich möchte euch euren neuen Betreuer und eure neue Lehrerin vorstellen.«

Der junge Mann kommt auf uns zu. Er ist ungefähr so alt wie Mutter.

Er hat blondes, weiches Haar, das so kurz geschnitten ist, dass man die rosa Kopfhaut sehen kann. Seine Augen sind eisblau. Sein Blick wandert an uns herunter, und als er mich ansieht, verzieht sich sein Mund zu einem Lächeln. Aber es ist kein freundliches.

»Das ist Karsten Hoss. Er ist ab jetzt euer Betreuer und wird euch bei den Hausaufgaben helfen, mit euch Sport machen, Fußball spielen und so was.«

Mein Herz sinkt mir bis in die Knie, denn ich kann nicht gut Fußball spielen. Karsten grinst uns an.

»Das wird schon. Obwohl ich ziemlich hart bin, nur damit ihr es wisst. Faulpelze kann ich nicht ausstehen.« Vater nickt zustimmend und zeigt dann auf die Frau, die uns ebenfalls eingehend inspiziert.

»Und das wird eure neue Lehrerin sein«, sagt er.

Sie stellt sich als Alice Karlsson vor, aber sie spricht es so schnell aus, dass Vic »Alikan« versteht.

Später wird das unser Spitzname für sie: »Ali-Khan«. Großmutter hatte uns nämlich von Dschingis Khan vorgelesen, einem grausamen Krieger, der seine Untertanen in Angst und Schrecken versetzt hat. Und so eine war Alice Karlsson.

11

Sofia sprang so schnell vom Stuhl auf, dass dieser nach hinten kippte und mit einem lauten Knall auf dem Boden aufschlug. Sie drängte sich an Franz Oswald vorbei und eilte auf die Tür zu. Er unternahm zunächst nichts, um sie zurückzuhalten. Erst als sie ihre Hand auf die Türklinke legte, brüllte er: »Bleib stehen!«

Und sie gehorchte. Wie ein trainierter Hund hörte sie auf seine Kommandos. Ihre Großhirnrinde reagierte auch jetzt noch auf seine Stimme.

»Hör mir bitte einfach nur zu, was ich dir sagen will. Ich werde dich nicht berühren.«

Er hob beide Hände zu einer kapitulierenden Geste in die Luft.

»Du sadistisches Schwein, ich will nichts mit dir zu tun haben.«

»Meine liebe Sofia, hör mir nur eine Minute lang zu, bitte. Kein Tag ist vergangen, an dem ich nicht bereut habe, was ich dir angetan habe. Verzeih mir bitte. Die zwei Jahre im Gefängnis hatten mich so verbittert, und ich habe dir die Schuld an allem gegeben. Da war ich wie besessen von dem Wunsch, dich dafür zu bestrafen. Aber jetzt bitte ich dich, mir kurz zuzuhören.«

Später würde sie unzählige Male an diesen Augenblick zurückdenken und sich fragen, warum sie nicht einfach gegangen war. Tief in ihrem Herzen wusste sie ja ohnehin, warum. Sie waren durch ein unsichtbares Band miteinander verbunden. Und sie hoffte inständig, dass er niemals herausfinden würde, wer diese Verbindung ausmachte. *Julia.* Dass sie in den vergangenen fünfzehn Jahren jeden Tag an Franz Oswald gedacht hatte, hatte nichts mit seinen Gräueltaten von damals zu tun. Allein Julia galten ihre Sorge und ihre Gedanken. Denn wenn er auch nur die leiseste Ahnung, den geringsten Verdacht hätte, dass er ihr Vater sein könnte, wäre sie für immer verloren. Und diese Sorge, die unaufhörlich in ihrem Bewusstsein mitschwang, hatte eine neue Kraft und Dimension erreicht, als er plötzlich vor ihr stand.

Aber da war noch etwas anderes. Er sah nicht im Geringsten gefährlich aus. Wenn sie es nicht besser gewusst hätte, könnte man in seinem Blick tatsächlich Reue und Bedauern erkennen.

»Kannst du dir nicht vorstellen, mir jemals zu verzeihen, Sofia?«, fragte er.

»Nein. Niemals. So etwas ist unverzeihlich.«

»Aber du hast das Herrenhaus in Brand gesteckt. Ich wäre deinetwegen fast wegen Versicherungsbetrug ins Gefängnis gekommen. Da sind dreißig Millionen Kronen in Rauch aufgegangen.«

»Sehr gut. Ich hatte gehofft, dass die Summe noch höher ist. Wie hast du es geschafft, dass diese Firma mich hierhergelockt hat?«

»Niemand hat dich hergelockt«, sagte er und schmunzelte. »Mir gehört Stone Equity. Das ist eine meiner Investitionen. Dies hier ist mein Büro – das ich nur sehr selten benutze, wie man sieht. Ich habe wichtigere Dinge am Start, aber die spielen sich mehr auf internationaler Ebene ab.«

»Du lügst, sie haben mir am Telefon gesagt, dass es einen Interessenten für den Wiederaufbau der *Herberge* geben würde.«

»Und das entspricht auch der Wahrheit. Jetzt hör mir bitte zu. Nur eine Minute, dann kannst du meinetwegen gehen.«

»Was willst du denn von mir? Los, raus damit, dann kann ich Nein sagen und wirklich gehen.«

»Es ist etwas komplizierter. Ich glaube nämlich, dass du etwas hast, das mir gehört.«

»Ich schicke dir die Familienchronik mit der Post. War es das jetzt?«

»Kannst du dich nicht bitte kurz hinsetzen, damit ich es dir erklären kann?«

Sofia blieb stehen, lehnte sich gegen den Türrahmen und verschränkte die Arme vor der Brust. Sie würde ihm zuhören und danach sofort verschwinden. Er hatte sich wirklich verändert. Die vergangenen fünfzehn Jahre hatten der Selbstgefälligkeit, die sein Wesen bestimmt hatte, die hässliche Spitze genommen. Auch die ständige, unterschwellig lodernde Wut war erloschen. Was seine Ausstrahlung nur verstärkte und ihn vermutlich auch eher noch gefährlicher machte.

»Sofia«, sagte er mit einer so sanften Stimme, dass man sie kaum hören konnte. Er machte einen Schritt auf sie zu. »Nur wenige Frauen werden mit dem Alter schöner, du gehörst ohne Frage dazu.«

»Hör auf mit dem Gequatsche und komm zur Sache.«

»Ich möchte dir das Geld schenken, damit du die *Herberge* wiederaufbauen kannst. Außerdem hat mich ein Verlag angeschrieben, dass du ein Buch über meine Großmutter veröffentlichen willst. Ich habe vor, das zu genehmigen.

Wenn der Roman gut geschrieben ist, kann mir das ja nur von Nutzen sein. Es gibt bloß eine einzige Bedingung.«

Das ist jetzt der Zeitpunkt, an dem ich verschwinden muss, dachte Sofia. Aber sie war von seinem Blick wie hypnotisiert. Das Gefühl war ihr so vertraut, dass sie am liebsten ihren Körper verlassen hätte. Trotzdem blieb sie stehen, denn ihre Neugierde war geweckt worden. Aber sie war auf der Hut. Er registrierte ihre Unentschlossenheit sofort und kam noch einen Schritt näher. Jetzt war er sehr nah. Er hatte ein neues Rasierwasser, das teuer und exklusiv roch. Auch sein dunkelblauer Anzug war teuer und hundertprozentig maßgeschneidert. Er war breiter und muskulöser geworden. Und doch spürte sie, dass sie keine Angst mehr vor ihm hatte, obwohl er ihr nah war und ihr Puls raste.

»Es kommt ein Zeitpunkt im Leben, da muss man seine Taten und Entscheidungen überdenken«, sagte er. »Das habe ich nach dem Zwischenfall mit dir im Herrenhaus getan. Ich habe mich danach wirklich intensiv mit mir selbst beschäftigt, Reue empfunden und beschlossen, dass ich es wiedergutmachen will.«

»Ich möchte dein Geld nicht.«

»Warum nicht?«, entgegnete er. »Dann hättest du wenigstens ein Pflaster auf deiner Seele. Ich weiß, wie sehr du für deine Einrichtung gekämpft hast und wie wichtig sie dir ist, oder ich muss wohl eher sagen: *war*. Ist es nicht logisch und konsequent, dass ich eine Institution unterstütze, die sich um Sektenaussteiger kümmert? Denk darüber nach. Ich habe damit aufgehört, Leute festzuhalten, die nicht freiwillig dabei sein wollen.«

»Ach ja? So, dann sind wir ja fertig hier.«

Er fuhr sich mit der Hand durch die Haare. Sie hatte damals als seine Assistentin gelernt, dass diese Geste verriet, wenn er gestresst war. Dies war es – und das Zucken des kleinen Fingers. Aber der rührte sich nicht. Und sie konnte seinen Gesichtsausdruck nicht deuten.

»Natürlich springt da auch für mich etwas raus«, sagte er. »Wenn der unglückliche Zwischenfall vor fünfzehn Jahren wider Erwarten ans Licht der Öffentlichkeit gezerrt werden sollte, käme es mir zugute, wenn wir vorher Frieden geschlossen hätten.«

»Das werden wir niemals tun. Ist das so eine Art Bestechungsgeld? Damit die Vergewaltigung geheim bleibt?«

»Nein, überhaupt nicht. Du darfst erzählen, was du willst. Ich habe nur eine einzige Bedingung.«

»Und die wäre?«

»Ich möchte, dass du nach ViaTerra kommst. Nur zu einem kurzen Besuch. Ich will dir etwas zeigen und mit dir ein paar Ideen erörtern. Sobald wir das geklärt haben, überweise ich dir das Geld für die Instandsetzung der *Herberge*. Danach musst du nie wieder etwas mit mir zu tun haben.«

»Du willst, dass ich nach Dimö komme? Vergiss es. Ich will dein Geld nicht.«

»Du kannst meinetwegen mit einer ganzen Polizeimannschaft anrücken, wenn du das brauchst. Aber nimm bitte bloß nicht diesen Benjamin mit, den kann ich nicht ertragen. Vielleicht kommt der ... der Simon mit, obwohl der im Moment ja ordentlich zu tun hat. Also, ich will damit nur sagen – du musst nicht allein kommen. Ich möchte dir etwas zeigen, das ist alles.«

»Dann zeig es mir doch, jetzt und hier. Dann ist es überstanden.«

»Das geht leider nicht. Du musst es mit eigenen Augen sehen.«

»Warum ist dir das denn so wichtig? Nach fünfzehn Jahren?«

»Fünfzehn Jahre oder fünfzehn Minuten, was macht das für einen Unterschied? Es geht nur um den richtigen Zeitpunkt.«

Da klopfte es an der Tür.

»Jetzt nicht!«, brüllte er.

Die Stimme der Frau auf der anderen Seite der Tür war gedämpft und einschmeichelnd.

»Verzeihen Sie bitte, ich wollte nur fragen, ob Sie irgendetwas brauchen?«

»Ich sagte: *Jetzt nicht!*«

Das war eine willkommene Unterbrechung für Sofia, um kurz durchzuatmen. Warum wollte er das so verzweifelt? Was wollte er von ihr? In ihrem Inneren war etwas zum Leben erweckt worden. Ihre Intuition wand sich wie ein Wurm in ihrem Bauch. *Er ist alles andere als dumm. Seine Augen sind überall. Hau so schnell wie möglich ab von hier.*

»Ich werde darüber nachdenken«, sagte sie. »Mehr kann ich dir jetzt nicht versprechen. Aber wenn jemand bei mir zu Hause auftauchen und herumschnüffeln sollte oder mir oder meiner Familie irgendetwas … Merkwürdiges passiert, dann werde ich zu deinem allerschlimmsten Albtraum, das allerdings verspreche ich dir.«

»Und das wäre wirklich schade. Denn wenn du so bist, will ich auch nichts mit dir zu tun haben. Vielen Dank, dass du mir zugehört hast. Du kannst hier im Büro eine Nachricht hinterlassen oder in ViaTerra die Rezeption anrufen, wenn du dich entschieden hast. Dann melde ich mich umgehend bei dir.«

Er trat einen Schritt zurück und zeigte winkend mit der Hand zur Tür. Sofia holte tief Luft.

»Halte dich von meiner Familie und meinen Freunden fern.«

»Mir würde nicht im Traum einfallen, dir zu Schaden.«

So schnell sie konnte, verließ sie das Büro. Sie spürte seine Blicke. Die Frau am Empfang lächelte sie freundlich an, als wäre nichts vorgefallen.

Kaum saß sie im Auto, spürte sie, wie ihr Herz raste. Zuerst waren ihre Qualen rein physischer Natur. Schwindel. Atemnot. Übelkeit, trotz leerem Magen. Sie schwitzte am ganzen Körper, auf der Stirn, auf der Brust, unter den Achseln und zwischen den Beinen. Dann überkam sie die Scham, dass sie ihm nicht gesagt hatte, dass er zur Hölle fahren sollte, und einfach nur gegangen war.

Ich will dir etwas zeigen und mit dir ein paar Ideen erörtern.

Dieser Satz löste ein besonders starkes Unbehagen aus. Sie brauchte unbedingt Gewissheit, dass er keinen Verdacht geschöpft hatte. Sie wollte ihn zwingen, sich wieder zurück in sein Spinnennetz zu bewegen.

Sie nahm ein paar lange Atemzüge. Dann holte sie ihr Handy raus. Und spürte seit langem wieder den Impuls, Simon anzurufen. Franz hatte etwas angedeutet – hatte er vielleicht Neuigkeiten von Simon? War das möglich? Sie rief Benjamin an und erzählte ihm stotternd – in einem einzigen, unendlich langen Satz – von dem Treffen mit Franz Oswald. Benjamin schwieg die ganze Zeit, und Sofia hatte die Befürchtung, dass er schon aufgelegt hatte.

»Komm nach Hause, dann können wir da ganz in Ruhe drüber sprechen«, sagte er.

Kein Wutausbruch, dass sie sich auf ein Gespräch eingelassen und ihm zugehört hatte. Ein tiefes Gefühl von Liebe überkam sie.

»Ja, gut. Ich werde niemals Geld von ihm annehmen, aber jetzt habe ich Angst, dass er etwas ahnt, dass er vielleicht glaubt …«

»Nein, das glaube ich nicht.«

»Aber, worüber will er denn mit mir sprechen? Warum hat er ausdrücklich gesagt, dass er dich dort nicht sehen will?«

»Er ist schon immer auf dich fixiert gewesen. Und eifersüchtig auf mich. Er hasst mich. Erinnerst du dich daran, dass er mich gezwungen hat, vom Teufelsfelsen zu springen?«

»Erinnere mich bitte nicht daran, ich hab im Moment genug Chaos in meinem Kopf.«

»Wir sprechen heute Abend darüber. Mein Bauchgefühl sagt mir, dass wir nichts mit diesem Typen zu tun haben sollten.«

»Meins auch. Ich liebe dich, weißt du das?«

»Natürlich weiß ich das. Fahr vorsichtig.«

Nach dem Telefonat war sie noch viel zu aufgewühlt, um gleich loszufahren. Sie rief Anna an und erzählte auch ihr von dem Treffen mit Franz. Anna war ganz anderer Ansicht als Benjamin.

»Das ist doch nur gerecht, das Geld ist eine Wiedergutmachung. Franz Oswald spendet Geld für den Wiederaufbau einer Unterkunft für Sektenaussteiger. Entschuldige mal, das ist doch … wirklich einmalig«, sagte sie und lachte. »Wir könnten alle unsere Träume verwirklichen. Allerdings bin ich dagegen, dass du nach Dimö fährst. Und du solltest ihn auch unter keinen Umständen allein treffen. Das klingt viel zu gefährlich.«

»Anna, er hat fast mein Leben zerstört. Und das vieler anderer.«

»Ganz genau! Du könntest ihn jetzt dazu bringen, dass

er sich öffentlich für das entschuldigt, was er uns allen angetan hat. Es liegt doch auf der Hand, dass du am längeren Hebel sitzt. Nutz das aus. Aber versprich mir, dass du ihn nie wieder allein triffst.«

»Das werde ich nicht tun. Ich trau ihm nicht über den Weg. Wenn ich nicht aufpasse, kann er jederzeit angreifen.«

Die Fahrt nach Hause war zäh und nervenaufreibend, auf der Brücke hatte sich ein langer Stau gebildet. Sie fühlte sich seltsam, ihre Gedanken sprangen in die Vergangenheit, nach Dimö, von einer Erinnerung zur anderen. Die Zeit dort erschien ihr fast wirklicher als die Straße und die Autoschlange vor ihr.

Julia saß auf einem Barhocker und unterhielt sich mit Benjamin, der in der Küche Arme Ritter briet. Sofia legte einen Finger auf ihre Lippen, als Benjamin sich zu ihr umdrehte, aber ausgerechnet in diesem Moment sah auch Julia hoch.

»Was soll das jetzt? Hast du Geheimnisse vor mir, Mama?«

»Quatsch, es geht um Weihnachtsgeschenke.«

»Jetzt schon? Ist das nicht ein bisschen zu früh? Wo bist du eigentlich gewesen?«

»Ich habe einen potentiellen Geldgeber getroffen.«

»Und wie ist es gelaufen?«

»Mies, ziemlich mies sogar.«

Julia verschlang ihren Ritter und verkündete, sie wolle noch einen Kumpel in Henån treffen.

»Ich dachte, du musst für die nächste Klausur lernen?«

»In der Schule herrscht noch totales Chaos. Wir haben keine Hausaufgaben aufbekommen.«

Mit diesen Worten verließ sie das Haus. Draußen war es

schon längst dunkel. Sofia war es nie wohl bei dem Gedanken, wenn Julia spätabends unterwegs war.

Benjamin kam zu ihr und zog sie an sich.

»Mein Liebling ...«

Sie erwartete eine Standpauke wegen ihrer Leichtgläubigkeit, aber stattdessen berührte er ihr Kinn mit dem Zeigefinger und küsste sie. Sein Kuss war zärtlich. Seine Zunge vertraut und warm.

»Du siehst so hübsch aus«, sagte er.

»Danke, aber was hältst du von der Sache mit Franz?«

»Das hab ich doch schon gesagt. Du solltest dich von ihm fernhalten, so weit entfernt wie möglich. Ich könnte einen Kredit aufnehmen. Ich habe im Moment so viele Aufträge, das ist der Wahnsinn.«

»Mir geht es nicht um das Geld, sondern um Julia, und das weißt du auch. Ich würde alles tun, um sicherzustellen, dass er nicht mal auf den Gedanken kommt.«

»Dafür gibt es auch eine andere Lösung. Ein DNA-Test. Den hätten wir schon längst machen sollen.«

Sofia fing an zu weinen. Plötzlich und verzweifelt. Benjamin nahm sie in den Arm.

»Ich kann nicht. Ich trau mich nicht«, schluchzte sie. »Wenn sich herausstellt, dass er ihr Vater ist, dann gehe ich daran zugrunde. Ich glaube, dass ich das nicht aushalte. Denn ich wäre gezwungen, es Julia zu erzählen. Obwohl er ein Monster ist, würde ich mich dazu verpflichtet fühlen. Sogar, es ihm zu sagen. Und dann würde er ein Teil von uns sein, für den Rest unseres Lebens. Die letzten fünfzehn Jahre waren doch schön, trotz der Ungewissheit. Wir sind ja glücklich, oder nicht? Warum muss er ausgerechnet jetzt wieder auftauchen?«

»Nein, so richtig gut geht es uns nicht damit«, erwiderte

Benjamin. »Du denkst immer daran. Und ich auch. Aber ich liebe sie über alles und werde immer ihr Vater sein, ganz gleich, was passiert und dabei herauskommt.«

»Irgendetwas war merkwürdig an ihm.«

»Was denn?«

»Er hat sich verändert. Wirkt irgendwie schuldbewusst und reumütig. Glaubst du wirklich, dass es so gefährlich wäre, nach Dimö zu fahren? Ich möchte nur sicher sein, dass er nichts wegen Julia vermutet, und dann fahre ich wieder ab.«

»Mein Schatz, du darfst da unter keinen Umständen hinfahren. Ich würde mir solche Sorgen machen. Vergiss das bitte sofort wieder.«

»Aber, wenn ich jemanden mitnehme, kann er mir doch nichts antun.«

»Und an wen hattest du da gedacht?«

»Ich weiß nicht. Er hat Simon erwähnt ...«

Ein Gedanke, der die ganze Zeit in ihr rumort hatte, nahm mit einem Mal Form an. Franz hatte etwas über Simon gesagt. Hektisch kramte sie ihr Handy hervor.

»Warte kurz, ich muss was nachsehen.«

Sie tippte »Simon Ahlgren« in die Suchmaske ein, was sie schon seit vielen Monaten nicht mehr getan hatte.

Und hatte auf einen Schlag fünfhunderttausend Treffer.

12

Wenn Vater Geistesblitze hatte, produzierte er danach immer Berge von Papier. Diese Dokumente bestanden aus einem wilden Durcheinander von Notizen, Stichworten und philosophischen Auslegungen, die seine Sekretäre ins Reine schreiben mussten. Im Laufe der Jahre wurden bei diesem Prozess viele Sekretäre verschlissen. Auf ViaTerra kursierte sogar das Gerücht, dass der Posten als Vaters Sekretär eine regelrechte Todesfalle war.

Am Ende wurden alle Aufzeichnungen zu einem einzigen Dokument zusammengefasst, damit es auch alle lesen konnten, die in seine jüngsten Pläne unmittelbar eingebunden waren. So war es auch mit dem Projekt *Kinder der Erde*.

Karsten Hoss und Ali-Khan wurden mehrere Tage in dem nagelneuen Schulgebäude eingesperrt und mussten Vaters Pläne studieren und verinnerlichen, um zu wissen, wie wir in Zukunft erzogen werden sollten. Als sie fertig waren, stellte ihnen Vater Fangfragen, um sich zu vergewissern, dass sie auch wirklich alles verstanden hatten.

Vic und ich waren bei dieser Prüfung dabei. Warum, das weiß ich nicht. Vielleicht wollte uns Vater demonstrieren, wie viel Macht er über seine Angestellten hatte.

»Wie lautet die wichtigste Kernthese meines Konzeptes? Seine Grundlage?«, fragte er und starrte dabei Karsten Hoss durchdringend an, der an diesem Abend ungewöhnlich klein und kümmerlich wirkte.

Der zögerte, bekam keinen Ton heraus, und schließlich ließ Vater von ihm ab und wandte sich an Ali-Khan. Da räusperte sich Karsten.

»Dass Kinder wie Erwachsene sind, nur in einem kleinen Körper«, stammelte er.

Vater strahlte übers ganze Gesicht, so froh hatte ich ihn schon lange nicht mehr gesehen.

»Ganz genau. Hier habt ihr einen richtigen Anführer!«, sagte er und sah uns dabei an. »Karsten war beim Militär und weiß, wie man ein gutes Team aufbaut.«

Karsten streckte sich, sichtlich stolz über das Lob.

»Und vergessen Sie nicht, dass meine Söhne keine Sonderbehandlung bekommen«, sagte er. »Ganz im Gegenteil.«

An diesem Abend wurde die Tür zu unserem neuen Leben geöffnet. Und es bestand aus Appellen, Uniformen und körperlicher Ertüchtigung. Wir wurden frühmorgens geweckt und stolperten abends vollkommen erschöpft zurück ins Bett, allein. Denn unsere Kuscheltiere waren konfisziert worden. Wir waren noch Kinder, schufteten aber wie Sklaven.

Der Steinbruch

In der ersten Unterrichtsstunde lässt uns Ali-Khan rechnen, laut vorlesen und Fragen beantworten. Sie sagt, dass sie sich ein Bild machen müsse, wie viel wir schon können.

Vic und ich sind sechs Jahre alt, und die anderen Kinder, außer Livia, sind sieben oder acht und haben vorher schon ein paar Jahre lang eine staatliche Schule besucht. Darum sind Vic und ich natürlich nicht so gut wie die anderen. Außerdem war ich schon traurig und müde, bevor der Unterricht losging. Kars-

ten hatte nämlich mein Kuschelkaninchen entdeckt, mit dem ich heimlich schlafe, und gesagt, dass es wegmuss. Nur Babys würden mit Kuscheltieren schlafen. Es war die erste Nacht meines Lebens, die ich nicht zu Hause verbracht hatte. Im Schlafsaal war es dunkel und kalt. Es war unheimlich, als die Atemgeräusche der anderen Jungen immer leiser wurden, weil sie einschliefen. Durchs Fenster konnte ich den Mond sehen, der auch ganz einsam aussah, da oben am Himmel.

Ali-Khan macht mich nervös, weil sie mich im Unterricht immer so anstarrt. Ich spreche ziemlich leise, und dann schreit sie mich die ganze Zeit an, dass ich lauter sprechen soll. Einmal stellt sie sich vor meinen Tisch, kommt mit ihrem Gesicht ganz nah an meins und brüllt:

»Lauter sprechen, Thor!«

Ihr Atem riecht nach Rauch und nach etwas Säuerlichem. Es kostet mich viel Kraft, nicht den Kopf wegzudrehen. Didrik ist schon acht, riesengroß und grinst mich an. Ich sehne mich nach Großmutter. Weil Ali-Khan jetzt unsere Lehrerin ist, darf sie nur noch an den Sonntagen zu Besuch kommen.

Nach dem Unterricht müssen wir zum Appell bei Karsten. Wir stehen in Reih und Glied, wie beim Militär. In meiner Reihe stehen auch Didrik, ein vorlautes Mädchen namens Molly und Matteo mit den freundlichen Augen. Vic steht in einer Reihe mit Hugo, der schielt und sehr schmächtig ist, und den Schwestern Sara und Livia. Sara ist sieben und sieht besonders ordentlich und gepflegt aus, Livia ist erst fünf und sehr schüchtern.

Karsten redet laut mit uns, genau genommen brüllt er. Und er verwendet Wörter, die ich nicht verstehe, so wie »Disziplin« und »Hingabe«. Dann verkündet er uns, dass wir ab jetzt für die Tiere verantwortlich sind und die Schulräume putzen müssen. Beim Appell ruft er unsere Namen auf, und wir müssen mit einem lauten »Hier!« antworten.

Unsere erste Aufgabe ist es, ein Gehege für die Tiere zu bauen. Karsten hat zwei kleine Schubkarren organisiert und verkündet, dass wir jetzt im Steinbruch Steine holen sollen. Auf dem Weg dahin müssen wir in einer Reihe marschieren. Vic ist ganz aufgekratzt, er übernimmt das Kommando und schreit: »Vorwärts, marsch!« Und schon hüpfen die Schubkarren über Stock und Stein.

Der Steinbruch ist in Wirklichkeit eine Schlucht oder ein ehemaliges Flussbett. Vielleicht hat man hier früher etwas abgebaut, denn rechts und links vom Wasserlauf liegen einzelne Steinbrocken. Einige der Steine hat das Wasser glattgeschliffen, sie sind weich wie Samt. Andere liegen schief und krumm aufeinandergestapelt. Vic und ich dürfen normalerweise nicht hierhergehen, aber Karsten ist dabei, darum ist das jetzt erlaubt. Wir werden in zwei Gruppen eingeteilt. Didrik und Vic sind für die Schubkarren zuständig, Livia soll die Steine abzählen, die wir mitnehmen, weil sie noch zu klein ist für die harte Arbeit. Wir anderen müssen die Steine in die Schubkarren schleppen. So hart habe ich noch nie zuvor gearbeitet. Es ist warm, feucht, und die Steine sind tonnenschwer. Bei einigen müssen wir zu zweit anpacken, um sie in die Schubkarre zu heben.

Karsten hat zwar Handschuhe dabei, aber die sind für Erwachsene und viel zu groß für uns. Also müssen wir die Steine mit unseren bloßen Händen anfassen. Die ganze Zeit kreist Karsten um uns herum und gibt unterschiedliche Kommandos. Schneller, Thor, du bewegst dich wie eine Schnecke! Los, rein in die Schubkarre mit den Steinen, Hugo! Schneller!

Während Vic und Didrik die Steine zurück zum Schulgebäude fahren, dürfen wir eine kleine Pause machen und Wasser trinken, aber die Sonne brennt erbarmungslos, und es ist so warm, dass mir ganz schwindlig wird. Die Blasen an den Händen brennen. Hugo fällt fast ein Stein auf den Fuß, und er fängt an zu weinen. Da nimmt Karsten ihn beiseite und redet auf ihn ein. Er würde sich schon noch daran gewöhnen, dass es mit der Zeit besser und leichter werden würde. Aber das stimmt nicht. Es wird nicht besser. Stundenlang arbeiten wir im Steinbruch, und am Ende bin ich kurz davor, in Tränen auszubrechen, als Karsten in seine Trillerpfeife bläst.

»Gut gemacht! Für heute sind wir fertig. Ab mit euch unter die Dusche, danach versammeln wir uns im Speisesaal.«

Wir sind fünf Jungen, die sich eine Dusche teilen müssen. Didrik und Vic haben sich am schnellsten von allen ausgezogen und streiten, wer zuerst duschen darf. Didrik verlangt den Vortritt, weil er der Ältere ist. Ich stehe nackt und mit dem Handtuch in der Hand im Waschraum, als er aus der Dusche kommt. Abfällig sieht er an mir herunter.

»Das ist also der kleinste Pimmel der Welt!«, sagt er. Er sagt es extra laut, damit alle es hören können. Alle lachen, außer Matteo. Sein Pimmel ist auch nicht besonders groß. Es brennt in meiner Brust, alles um mich herum verschwimmt, aber ich drehe mich weg und schaffe es, die Tränen zu unterdrücken. Denn ich weiß, dass es nur noch schlimmer wird, wenn ich weine.

Vater kommt auch zum Appell. Er hält eine kleine Ansprache, mit seiner warmen, freundlichen Stimme. Geduldig erläutert er uns, dass uns die Arbeit abhärtet, stärker macht. Er sagt, wie wichtig wir für die Zukunft der Erde sind. Das klingt schön, aber auch etwas merkwürdig. Denn wir sind so klein, und die Welt ist so riesengroß.

»Wenn ihr euren Eltern von der Arbeit hier auf ViaTerra erzählt, dann werdet ihr sie immer als eine Art Spiel beschreiben, verstanden?«, bläut er uns ein. »Ihr sagt, dass ihr an der frischen Luft sein dürft und neue Sachen lernt.«

Dann wendet er sich an Didrik.

»Mir ist zu Ohren gekommen, dass du schon richtige Füh-

rungsqualitäten zeigst. Das werde ich deinen Eltern erzählen.«
Didrik wächst ein paar Zentimeter vor Stolz. Vic ärgert das
gewaltig.

»Stell dich nicht so an, Vic«, verwarnt Vater meinen Bruder.
»Du bist der geborene Anführer, du musst nur du selbst sein. Du
brauchst dich dafür nicht anzustrengen.«

Dann wandert Vaters Blick zu mir. In seinen Augen ist nur
Verachtung.

In diesem Augenblick erlebe ich dieses Gefühl zum ersten
Mal. Es ist eine Mischung aus Sehnsucht und Verzweiflung.
Die Wärme nach der Dusche wird aus meinem Körper gesogen.
Zurück bleibt nur die Kälte der Betonwände. Und ich möchte
nicht dort sein.

Vic und ich hatten uns vor einiger Zeit einen Horrorfilm
angesehen. Ich hatte die Augen fest zugekniffen, aber er zwang
mich hinzusehen, indem er mich zwischen seinen Beinen ein-
klemmte und meine Augenlider mit den Fingern hochzog.

Genauso fühlt es sich jetzt an. Mit dem einzigen Unterschied,
dass ich die Wirklichkeit anstarren muss.

Ich bin verwirrt und viel zu jung, um meine Gefühle zu
analysieren. Aber sie sind doch da, sie zerreißen mich innerlich,
und ich habe Angst, daran zugrunde zu gehen.

Vater bemerkt das. Ein Schatten zieht über sein Gesicht,
dann lächelt er mich an.

Aber nicht mal das hilft mir.

13

Julia fuhr so schnell, wie es das Moped zuließ. Die Luft war eiskalt, ihr Gesicht fühlte sich wie eine Maske an. Aber ihr Herz war warm und trällerte vor Vorfreude. Es war so einfach gewesen zu lügen, ohne zu lügen.

Ich treffe noch einen Kumpel.

Er war vor den Sommerferien plötzlich an ihrer Schule aufgetaucht. Das war nach dem Gesangswettbewerb gewesen, den sie gewonnen hatte. Danach hatte sich alles verändert, sie fühlte sich immer so gehetzt, hatte keine Lust mehr auf die Schule und litt unter großen Stimmungsschwankungen.

Und dann war er eines Tages plötzlich da gewesen. Als zusätzliches Personal, so eine Art Assistent der Lehrer. Achtzehn oder neunzehn Jahre alt. Und so gut aussehend, dass es unmöglich war, ihn nicht anzustarren. Dickes, lockiges schulterlanges Haar. Tiefliegende braune Augen, die einer wesentlich älteren Seele zu gehören schienen. Aber am schönsten waren seine Lippen. Sie musste unweigerlich ans Küssen denken, wenn sie seinen Mund sah. Er war auch nicht so überdreht wie die anderen Jungs an der Schule. Sondern selbstsicher, ohne arrogant zu sein.

Matt Larsen. Ein ziemlich langweiliger Name für einen so heißen Typen.

Am Anfang behandelte er sie wie Luft und machte sie

damit wahnsinnig. Sogar die älteren Lehrer warfen ein Auge auf sie und starrten ihr auf die Brüste. Aber für Matt Larsen war sie unsichtbar. Je öfter sie ihm auf dem Schulgelände begegnete, desto uninteressanter schien sie zu sein. Dabei war sie richtig besessen von ihm. Wenn die anderen Mädchen in den Pausen um ihn herumschwirrten, versetzte es ihr Stiche ins Herz. Ihr Frust wuchs mit jedem Tag. Am Ende überlegte sie sogar, drastische Maßnahmen zu ergreifen, zum Beispiel sich in seinem Auto zu verstecken und ihn von hinten zu umarmen. Natürlich wusste sie nicht, wie das ausgehen könnte. Im schlimmsten Fall ein Gespräch beim Direktor. Aber ihr Vater würde sie da rausholen, wie immer. Darin war er der Beste.

Sie hat in allen Fächern Bestnoten. Und dieses Verhalten verwächst sich bestimmt bald wieder.

Ihre Mutter hatte ihr einmal den Spitznamen verraten, den er in der Sekte gehabt hatte. Nur um ihn zu ärgern. »Schlingel« hatte ihn dieser Franz Oswald genannt. Ihrem Vater war es unendlich peinlich, und Julia hatte richtig Mitleid mit ihm gehabt. Trotzdem hatte sie kichern müssen. Denn der Spitzname passte einfach so gut zu ihm. Er konnte sich aus allem schlängeln, aber auf eine gute Art und Weise.

Julia hatte die gesamten Sommerferien an Matt gedacht. Sie hatte gehofft, ihn am See oder in einem der Cafés zu treffen. Sie hatte sich sogar auf dem Schulgelände aufgehalten, in der Hoffnung, ihn dort zu treffen. Aber die Schulgebäude waren alle verschlossen, und der Schulhof war leer und verlassen.

Ganz gleich, was sie auch unternahm, sie blieb in Gedanken bei ihm: beim Baden, auf Partys und bevor sie nachts einschlief. Vor allem immer vor dem Einschlafen und voller

Sorge, dass er in dem neuen Schuljahr nicht mehr da sein würde. Aber das war er. Und dann, eines Tages, erwischte sie ihn dabei, dass er sie anstarrte. Sie schenkte ihm ihr schönstes Lächeln, und er erwiderte es.

So, Matt Larsen! Jetzt hab ich dich!

Auf dem Nachhauseweg am selben Tag hielt er mit seinem Wagen neben ihr an und fragte, ob sie Hilfe bei den Hausaufgaben bräuchte. Als ob!

Von da an trafen sie sich mehrmals in der Woche an einsamen, menschenleeren Stellen, was die ganze Geschichte nur noch aufregender machte.

Sie versuchte, ihr Moped zu Höchstleistungen anzutreiben, aber das hustete nur laut und hielt stur sein Tempo. Hoffentlich hingen ihre Freunde nicht an der Tankstelle rum, aber wahrscheinlich war es zu kalt. Als sie am Treffpunkt ankam, war niemand da. Die Tankstelle war dunkel und leer. Hoffentlich war er nicht wieder weggefahren, weil sie sich etwas verspätet hatte. Aber da sah sie die Scheinwerfer auf der Straße und erkannte seinen Wagen. Er hielt etwas abseits der grellen Lichter, die über den Zapfsäulen hingen. Es war dunkel im Auto, aber sie gewöhnte sich schnell daran und sah, dass er grinste. Im Wageninneren roch es süßlich, nach seinem Deo und nach Kaugummi.

»Hallo, meine Schöne! Danke, dass du gekommen bist«, sagte er.

»Dafür nicht!«

Ihre Stimme klang viel ruhiger, als es sich in ihrem Inneren anfühlte.

Er beugte sich zu ihr und küsste sie, wärmte ihre kalten Lippen.

»Diese Lippen…«, schwärmte er. »Was du mir damit Gutes tun könntest.«

Ihr wurde ganz heiß im Gesicht, sie mochte es, wenn er so mit ihr sprach. Das erzeugte ein wunderbares Kribbeln im Bauch.

»Komm her«, sagte er leise und zog sie zu sich auf den Fahrersitz, sodass sie rittlings auf seinem Schoß, mit dem Rücken zum Steuer, saß. Er strich mit seinen Lippen über ihre Wange. Sie zitterte. Seine Hände glitten unter ihre Lederjacke und schoben sich hoch zu ihren Brüsten. Er keuchte, als er merkte, dass sie keinen BH trug. Langsam schob er den dünnen Stoff ihres Pullovers hoch, über ihre Brust. Sie hob instinktiv ihre Hände und bedeckte sie, aber er nahm ihre Handgelenke und drückte ihre Arme wieder nach unten.

»Es gibt keinen Grund, sich zu schämen«, flüsterte er.

Seine Pupillen waren groß und schwarz, er atmete schwer. Während seine Hände ihre Handgelenke fest im Griff hatten, leckte er mit seiner Zunge über ihre Brust und umschloss mit seinen Lippen eine Brustwarze. Er sog daran, was wieder dieses Kribbeln im Bauch erzeugte. Sie konnte nicht stillsitzen, wand sich und stieß heisere Laute aus. Da nahm er ihre Hand und schob sie in seinen Schritt.

»Spürst du, wie hart er ist?«

Sie drückte die harte Beule unter seiner Jeans, woraufhin ihm ein so lautes Stöhnen entfuhr, dass sie erschreckt zusammenzuckte.

»Keine Angst. Ich hab nicht vor, mit dir zu schlafen. Zumindest nicht hier.«

Sie seufzte enttäuscht.

»Und warum nicht? Ich bin keine Jungfrau mehr.«

»Okay ... wie waren sie denn? Die anderen Typen?«

»Scheißlangweilig. Man musste die nur berühren, und dann sind die schon gekommen.«

»Das wird dir bei mir nicht passieren.«

»Beweis es mir.«

»Es gibt noch so Vieles, was ich vorher mit dir machen will. Außerdem sollten wir uns einen schöneren Ort aussuchen, oder?«

»Und wenn wir den Sitz runterklappen?«, schlug sie vor.

Er fing an zu lachen.

»Du treibst mich in den Wahnsinn, wenn wir so weitermachen.«

»Warum?«

»Du hast keine Vorstellung davon, wie schön du bist, Julia. Diese langen Beine. Wie kann es eigentlich sein, dass du einen Kopf größer bist als deine Mutter?«

»Woher weißt du das?«

»Ich habe sie ein paarmal in der Schule gesehen.«

»Mein Vater ist ziemlich groß.«

»Wissen die, dass du mit mir rummachst?«

»Die müssen nicht wissen, mit was für Typen ich mich treffe.«

»Sehr gut. Das würde ihnen auch bestimmt nicht gefallen. Ich bin ja praktisch dein Lehrer.«

»Du bist Lehrassistent. Das ist ein riesengroßer Unterschied.«

»Ich würde trotzdem rausfliegen, und dann können wir uns nicht weiter sehen. Aber sag mal, diese Idee mit dem Herunterklappen des Sitzes ...«

Er forderte sie auf, zurück auf den Beifahrersitz zu klettern, dann klappte er den Sitz um und schubste sie sanft nach hinten.

Seine Hand berührte ihre Wade und glitt langsam an ihrem Bein hoch, unter den kurzen Rock, und hielt vor ihrem Schritt inne. Dann drückte er seine Lippen zaghaft auf ihre, während seine Finger sich unter ihre Unterhose schoben und sie streichelten. Es war so schön, dass sie den Kuss unterbrechen und nach Luft schnappen musste. Er fuhr fort, bis ihr Atem immer schneller wurde. Der Seufzer, der ihren Lippen entfuhr, klang so unwirklich, als käme er von jemand anderem.

»Gefällt dir das?«

»Und ob!«, keuchte sie.

Sie ließ ihn gewähren und gab sich ihrer Lust hin. Seine Finger bewegten sich ohne Pause, vor und zurück. Ihre Brustwarzen wurden ganz hart von der kalten Luft, die durch die Ritzen in der Autotür drang. Seine Lippen waren überall, aber am schönsten war dieses Kribbeln in ihrem Bauch, weil sie etwas Verbotenes tat. Auf einmal begannen ihre Beine zu zittern, und sie tauchte ab in ein wundervolles Reich. Ihr Körper spannte sich wie ein Bogen auf, um dann in sich zusammenzufallen. Es folgten kleine Nachbeben, schöne sanfte Zuckungen, die in ihr nachschwangen.

Das Erwachen in dem kalten Auto kam viel zu plötzlich.

»War das schön?«, fragte er.

»Ja, aber es ging viel zu schnell vorbei.«

»Ich kann dir beibringen, es länger zurückzuhalten. Dann wird der Genuss noch größer.«

»Und wann tust du das?«

»Wenn ich einen geeigneten Ort dafür gefunden habe.«

»Warum können wir nicht zu dir in die Wohnung?«

»Weil ich bei einem Kollegen zur Untermiete wohne. Das geht nicht. Aber wir könnten in den Weihnachtsferien für ein paar Tage wegfahren. Nur wir beide? Hast du eine Freundin, die du vorschieben kannst?«

»Ja, vielleicht. Aber wohin?«

»Meine Eltern haben eine kleine Hütte in den Schären.

Die steht im Winter leer«, sagte er und lächelte geheimnisvoll.

Konnte sie ihm vertrauen? Und einfach mit ihm allein wegfahren? Er strahlte Geborgenheit aus, mit ihm fühlte sie sich sicher.

Aber sie hatten es ja nicht eilig. Er zeigte ihr bei jedem Treffen etwas Neues, und sie genoss jeden Augenblick.

Nur ab und zu sehnte sie sich nach etwas anderem. Nach etwas noch Verbotenerem.

14

Oft träume ich von *Kinder der Erde*, ich träume, dass ich gezwungen wurde, dorthin zurückzukehren. Alle sind da: Ali-Khan, Karsten und die Kinder. Aber ich träume nicht von den Strafen, der Angst und den Aufgaben, zu denen wir gezwungen wurden. Ich tauche in eine Welt aus Scham und Lügen ein. Und ich bin umgeben von Augen, die mich bewachen. Ich kann mich nicht bewegen. Denn mit jeder Bewegung versinke ich tiefer in einer Art Treibsand. Manchmal schrecke ich aus dem Traum auf und bleibe reglos liegen, wie gelähmt. Es dauert, bis ich den Weg zurück in die Realität gefunden habe, als müsste ich durch einen Tunnel mit dichtem Nebel gehen.

Das Klassenzimmer

Es ist Samstag. Die anderen Kinder sollten eigentlich übers Wochenende nach Hause fahren, aber gestern Abend kam Karsten und überbrachte uns eine Nachricht von Vater. Wir bei Kinder der Erde *nennen ihn den »Chef«. Vic und ich dürfen nicht Vater sagen. Karsten verkündete, alle Kinder blieben einen Monat lang in ViaTerra, bevor sie nach Hause fahren dürfen, um sich einzugewöhnen. Es würde zu aufwendig und anstrengend werden, wenn sie fahren, bevor sie sich an alles gewöhnt hätten. In einem Monat würden wir ein Fest veranstalten, und dann könnten wir den Eltern zeigen, was wir alles gelernt haben.*

Wir haben auch unsere Uniformen bekommen. Graue Shorts, denn wir haben Sommer, weiße T-Shirts und graue Jacken, falls es kalt wird. Auf die Jacken ist das Logo von ViaTerra genäht und auf den T-Shirts die Flagge gedruckt: in Grün und Weiß. Wir haben auch Sandalen bekommen, aber die scheuern, wenn wir im Wald sind. Es ist unerträglich heiß. Der Schweiß klebt am Körper, die Hose auch. Den ganzen Morgen haben wir damit verbracht, Steine aus dem Flussbett zu holen. Das Gehege nimmt langsam Formen an. Wir haben dazugelernt, können jetzt besser marschieren und den Kommandos Halt! *und* Stillgestanden! *gehorchen. Die Hitze ist erdrückend, wir müssen oft Pause machen und Wasser trinken. Hugo ist so erschöpft, dass er einmal vornüber ins Gebüsch fällt, aber nachdem er sich eine Weile erholt hat, geht es ihm wieder gut. Verschwitzt und ausgepowert kommen wir nach Hause zurück, mit Verspätung, was zu einem heftigen Gedrängel in der Dusche führt.*

Nach der Arbeit haben wir wie immer Unterricht bei Ali-Khan. Die Fächer Mathematik und Schwedisch erledigt sie im Schnelldurchlauf, dann kommt sie zum Wesentlichen. Vater hat Übungsblätter entworfen – einen ganzen Stapel –, die auf ihrem Schreibtisch liegen. Sie nimmt das oberste Blatt vom Stapel und lächelt geheimnisvoll.

»Die erste Übung ist ziemlich einfach. Ihr sollt lernen, vor einer Gruppe zu sprechen. Kommt nacheinander vor und erzählt uns, warum euer Einsatz hier bei Kinder der Erde *so wichtig ist. Steht aufrecht, mit geradem Rücken, sprecht laut und deutlich. Wenn wir das jetzt üben, könnt ihr es auf dem Fest euren Eltern vorführen. Da werden sie sehr stolz auf euch sein.«*

Vic springt von seinem Stuhl und stellt sich vor die Klasse. Mit der Sicherheit und Gewandtheit eines geborenen Anführers erklärt er mit lauter, deutlicher Stimme, dass wir, die Kinder der Erde, die Welt vor dem Untergang retten werden, wenn ein Krieg ausbricht. Didrik ist sauer, dass Vic als Erster auftreten durfte, und meldet sich. Ali-Khan nickt ihm zu, und er stürmt nach vorn.

»Wir werden die Präsidenten und Könige der Welt und bestimmen alles. Alle werden auf uns hören und uns gehorchen.«

»Aber weshalb denn, Didrik? Warum sollten die Menschen auf euch hören?«

Dirdrik sieht sie ratlos an.

»Weil wir die Antworten auf alle Fragen haben«, sagt Ali-Khan. »Was ihr hier lernt, ist die einzig wahre Wahrheit. Vergesst das nie. Ihr werdet den Menschen helfen, indem ihr die Entscheidungen für sie trefft.«

Verwirrt nickt Didrik und kehrt an seinen Platz zurück.

»Wer will als Nächstes?« Ali-Khan lässt ihren Blick über uns gleiten und bleibt an Livia hängen.

»Livia, du bist dran!«

Livia gleitet langsam von ihrem Stuhl, der noch etwas zu hoch für sie ist. Sie wirft ihrer Schwester Sara einen nervösen Blick zu, die ihr aufmunternd zunickt.

»Komm her, Livia, stell dich hier vorne hin, mit dem Gesicht zur Klasse.«

Aber Livia kann sich nicht bewegen. Sie bleibt neben ihrem Stuhl stehen und ist zu Tode verängstigt. Ihre Augen sind weit aufgerissen, ihr Gesicht ist kreidebleich. Ali-Khan kommt zu ihr, packt ihren Arm und zieht sie hinter sich her.

»Na los, erzähl uns was.«

Livia steckt sich den Daumen in den Mund und nuckelt daran. Ihre Wangen sind rot.

»Daumen aus dem Mund, Livia!«, schimpft Ali-Khan sie aus. »Hör auf, dich so anzustellen!«

Aber das führt nur dazu, dass Livia noch leidenschaftlicher nuckelt. Auf der Vorderseite ihrer Shorts erscheint ein dunkler Fleck, der Rest läuft an der Innenseite ihres Beines nach unten und bildet eine kleine Pfütze.

Eine erdrückende Stille entsteht, aber da kreischt Molly laut auf: »Seht nur! Sie hat sich in die Hose gemacht.«

Die anderen fangen an zu kichern, dann entlädt sich die Spannung in lautem Gelächter.

Livia bricht in Tränen aus, sie laufen ihr die Wangen hinunter, und sie schluchzt, wirft sich auf den Boden und schreit.

Wir sind sprachlos. Und in Ali-Khans Augen sehe ich Enttäuschung, befürchte aber, dass die sich sehr schnell in Wut verwandeln kann. Sie geht auf Livia zu, vermeidet die kleine Pfütze, und packt ihre Oberarme. Livia wehrt sich, versucht, sich aus dem Griff zu befreien, den Daumen im Mund. Aber Ali-Khan ist unerbittlich. Sie ist furchtbar wütend und fängt an, Livia zu schütteln.

»Hör auf, dich so anzustellen! Hör auf damit, du kleines Miststück!«

Livia schreit und tritt um sich und trifft Ali-Khan, die noch wütender wird und Livia so fest schüttelt, dass ihr Kopf wie bei einer Puppe hin und her schleudert.

»Lassen Sie Livia los!«

Die helle, klare Stimme gehört Matteo, der aufgestanden ist. Ali-Khan lässt das Mädchen los, das leblos zu Boden sinkt. Dann wendet sie sich an Matteo. Ihre Augen funkeln. Jemand im Raum schnappt laut nach Luft. Ali-Khan geht auf Matteo zu, der nicht ausweicht, sondern sie aus seinen großen, traurigen Augen ansieht.

»Sie tun ihr weh«, *sagt er.*

»Ach ja, und das sagt unsere kleine Schwuchtel? Du glaubst also, dass die mit dem kleinsten Pimmel die Welt regieren werden?«

Lautes Gelächter durchbricht die unerträgliche Stille. Auch ich lache mit, obwohl ich es überhaupt nicht lustig finde. Aber das Lachen hat etwas Befreiendes, um diese Spannung loszuwerden, die sich aufgebaut hat. Wie eine elektrische Kraft, die nur durch Lachen entladen werden kann.

Ich habe Angst, dass Ali-Khan Matteo schlagen wird, weil sie so wütend aussieht. Aber plötzlich dreht sie auf dem Absatz um und verlässt das Klassenzimmer. Wir bleiben zurück, ratlos und mit einer schluchzenden Livia und der kleinen Pfütze auf dem Fußboden.

Sara hebt Livia auf die Füße und führt sie zu einem Stuhl. Molly stürmt nach draußen, um einen Eimer Wasser zu holen und die Pfütze wegzuwischen.

Als Ali-Khan zurückkommt, sieht sie genauso aus wie vorher. Sie atmet schwer, ihr Blick ist starr. Sie zieht Sara in eine Ecke des Klassenzimmers und spricht mit gedämpfter Stimme mit ihr. Wir können nicht hören, was sie sagt. Sara nickt mehrmals.

Dann tritt Ali-Khan wieder an ihr Pult und betrachtet uns eine Weile eingehend. Ihre Hände zittern.

»Im Klassenzimmer habe ich das Sagen«, sagt sie und fixiert dabei Matteo. »Hier bin ich euer Anführer, habt ihr das verstanden? Ihr dürft mich und mein Handeln niemals anzweifeln.«

In meinem Kopf drängeln sich die unterschiedlichsten Gefühle. Die Angst, die ich spüre, ist aber anders. Als würde ich von innen erfrieren.

»Dinge werden geschehen, die nicht immer angenehm sind. Und manchmal muss ich streng sein und Disziplin einfordern«, fährt sie fort. »Was in diesem Klassenzimmer passiert, das bleibt auch hier. Nur hier. Wenn ihr Fragen habt oder anderer Meinung seid, dann wendet ihr euch direkt an mich. An niemanden sonst, verstanden?«

Ein dumpfes Gemurmel erfüllt den Raum, wie eine wortlose Bestätigung.

Was in diesem Klassenzimmer passiert, das bleibt auch hier.

Wem sollte ich es auch erzählen? Vater würde mich nur als Petze bezeichnen, wenn ich etwas sage. Und Mutter hat im Augenblick nicht einmal Kraft genug, sich morgens etwas Neues anzuziehen. Sie könnte sowieso nichts unternehmen.

Matteo hat sich neben mich gesetzt. Ich schiebe meine Hand unter den Tisch und streichle ihm zaghaft über den Arm.

15

Sofia stieß einen Freudenschrei aus und griff nach Benjamins Arm.

»Ich fasse es nicht. Das ist Simon! Siehst du das? Der ist ja überall im Netz!«

Benjamin sah Sofia über die Schulter, während sie durch die verschiedensten Einträge blätterte. Es gab Artikel und kleine Videos von Vorträgen über ökologische Landwirtschaft, die er in Kalifornien gehalten hatte. Aber nicht irgendwelche Vorträge. Seine Zuhörer waren die Chefs der ganz großen Firmen im Silicon Valley, und die Veranstaltungsorte waren bekannte Universitäten und bedeutende Konferenzen. Er musste damit angefangen haben, nachdem Sofia ihre Suche nach ihm aufgegeben hatte. Sie scrollte durch die Liste der scheinbar unendlichen Einträge.

Simon Ahlgren hält einen Vortrag vor den Vorstandsmitgliedern im Silicon Valley über ökologische Landwirtschaft.

Der Geschäftsführer der gemeinnützigen Organisation Veggie Solutions trifft sich mit Simon Ahlgren.

Aus Grünem wird Nahrung: Simon Ahlgren wird an der University of California, Davis, sprechen.

»BITE« – die alljährliche Konferenz, auf der sich Techno-

logie und Lebensmittel treffen. Vortrag von und mit Simon Ahlgren.

Simon hatte ohne Zweifel eine effektive und ökonomische Methode entwickelt, um ökologische Lebensmittel zu produzieren, die mit der Unterstützung von philanthropischen Organisationen in arme Länder exportiert werden sollten. Sofia fiel es schwer, sich Simon an einem Rednerpult vorzustellen. Aber in dem Video stand er in einem schicken Anzug vor seinem Publikum und hielt einen Vortrag auf Englisch.

Benjamin schlug sich auf den Oberschenkel und fing an zu lachen.

»Ich werde verrückt! Der ist in den USA ja ein richtiger Superstar geworden.«

»Aber warum hat er sich nie wieder bei uns gemeldet?«

»Dafür gibt es bestimmt einen guten Grund. Vielleicht erinnern wir ihn zu sehr an ViaTerra. Das hat er alles hinter sich gelassen. Oder aus ihm ist jetzt ein Angeber geworden, und er will nichts mehr mit uns zu tun haben.«

»Niemals. Er wäre sich nie zu fein für uns oder würde sich eingebildet benehmen. Es muss eine andere Erklärung dafür geben.«

»Gibt es eine Website mit Kontaktangaben?«

Fieberhaft suchte Sofia danach, aber erfolglos. Dann recherchierte sie die Organisationen, bei denen Simon Vorträge gehalten hatte. Sie mailte ihnen ihre Telefonnummer und bat darum, sie an Simon weiterzuleiten. Stundenlang war sie damit beschäftigt, so lange, bis Julia nach Hause kam, in Plauderlaune und mit roten Wangen.

Dann endlich, an Halloween, rief Simon an. Es war schon spät am Abend, die ausgeschnittenen Kürbisse mit flackernden Kerzen säumten die Beete im Garten. Ein kühler Wind, der Regen verkündete, drang durchs Fenster im Wohnzimmer, das auf Kipp stand.

Julia hatte das Haus schon vor längerer Zeit verlassen und sich zur Halloweenparty in der Pfadfinderhütte aufgemacht. Über ihrem Dita-von-Teese-Outfit trug sie – wie angekündigt – ein knallenges, tiefausgeschnittenes Kleid. Sofia und Benjamin hatten auch eine Einladung zu einem Fest in der Nachbarschaft erhalten, aber abgelehnt. Die Begegnung mit Franz hatte Sofia erschöpft und gleichzeitig große Unruhe in ihr ausgelöst. Außerdem irritierte es sie massiv, dass Simon sich einfach nicht meldete. Benjamin saß vor seinem Laptop und war in Geldangelegenheiten versunken. Er wollte versuchen, genug Kapital für eine Anzahlung zusammenzukratzen, um mit einem Kredit den Wiederaufbau der *Herberge* zu finanzieren.

Da leuchtete Sofias Handy-Display auf. Ein Anruf. Anonym.

Seine Stimme klang wie immer, ruhig und ein bisschen träge.

»Bitte verzeih mir, dass ich mich nicht gemeldet habe!«

»Oh Gott, du bist es wirklich!«

»Es tut so gut, deine Stimme zu hören, Sofia.«

»Ebenso. Aber warum bist du abgetaucht? Warst du wütend auf mich?«

»Absolut nicht. Du wirst mir Fragen stellen wollen, aber die kann ich dir noch nicht beantworten.«

»Oh Simon, ich habe dich in den … Jahren so sehr vermisst.«

»Und ich dich erst.«

Benjamin streckte den Daumen hoch, als er begriff, dass Simon am Apparat war.

»Bitte erzähl mir, warum das alles so geheim sein musste?«, bat ihn Sofia. »Hat das was mit deinem neuen Job zu tun?«

»Nein, ganz und gar nicht. Das ist leider etwas kompliziert, aber es war wichtig, dass niemand wusste, wo ich bin. Das ist alles. Außerdem habe ich hier jemanden kennengelernt.«

Sofia spürte einen Stich. War das Eifersucht? Das Gefühl der Zusammengehörigkeit, das sie mit Simon verband, gönnte sie niemand anderem. Trotzdem reagierte sie fröhlich und fragte, ob er denn schon geheiratet hätte.

»Nein, auf keinen Fall. Aber Süße, bitte bohr nicht weiter, ich kann jetzt noch nichts dazu sagen. Es ist etwas komplizierter.«

»Okay. Wenn du das nicht willst – alles in Ordnung.«

Stattdessen unterhielten sie sich über Franz Oswalds Comeback auf der öffentlichen Bühne. Als sie über ViaTerra sprachen, fühlte es sich an, als wäre keine Zeit vergangen. Er war noch der alte Simon, mit dem sie sich immer am liebsten unterhalten hatte. Der sie nie unterbrach. Der sie immer verstand. Sogar sein ruhiger Atem im Hörer klang wie früher.

Nachdem sie von ihrer unfreiwilligen Begegnung mit Franz erzählt hatte, herrschte lange Stille am anderen Ende der Leitung.

»Was soll ich tun?«, fragte sie ihn.

»Ich bin der Meinung, du solltest nichts mit ihm zu tun haben. Und du darfst um Gottes willen bloß kein Geld von ihm annehmen.«

»Du hast recht. Es heißt, dass er seit dem Sturm sehr aktiv ist und Unterstützung zugesagt hat.«

»Natürlich. Und gleichzeitig wälzt er sich in der Katastrophe und im Leid und den Verlusten anderer.«

»Du hasst ihn noch genauso wie früher, was?«

»Du nicht?«

»Doch, ich verabscheue ihn. Aber das Schlimmste ist, dass er so gut aussah. Ich hatte gehofft, dass er an einer schrecklichen Krankheit sterben würde.«

Ihr Gespräch ging fast über eine Stunde lang. Simon erzählte, dass er sich damals in Kalifornien verliebt hatte, als er sie dort vor fünfzehn Jahren besucht hatte. Das war auch seine erste Anlaufstelle, als er Schweden verließ. Zuerst hatte er ein paar Kurse an der University of California, Davis, besucht und auf verschiedenen ökologischen Höfen gearbeitet, um dann eine Methode zu entwickeln, wie man günstig ökologisches Gemüse anbauen kann. In Kalifornien unterstützten offensichtlich alle größeren Unternehmen philanthropische Projekte, und es war ein Leichtes, Fördergelder zu bekommen.

»Ich bin gar nicht scharf darauf, Vorträge zu halten«, sagte er. »Du kennst mich ja. Mit Erde an den Händen fühle ich mich am wohlsten. Aber dann habe ich festgestellt, dass ich das ganz gut kann. Und dann lief alles wie geschmiert.«

»Und jetzt bist du also so ein Schlipsträger geworden?«

»Nicht zu glauben, was? Aber das ist ja nur eine Verkleidung. Ich habe meinen alten Overall von Dimö mitgenommen.«

Simon gab ihr seine Handynummer und sagte ihr, dass sie ihm jederzeit eine SMS schreiben oder ihn anrufen dürfte. Außerdem würde er in ein paar Monaten nach Schweden kommen, und dann würden sie sich ohnehin sehen.

»Kommt deine Freundin auch mit?«

»Wir werden sehen. Vielleicht.«

Simon unterhielt sich auch mit Benjamin. Als er auflegte, war es schon halb eins. Sofia war so aufgedreht und fröhlich, dass sie durchs Wohnzimmer lief und die ganze Zeit plappern musste. Sie konnte einfach nicht stillsitzen. Aber dann sah sie die tiefe Sorgenfalte auf Benjamins Stirn.

»Was ist denn?«

»Da stimmt was nicht mit unseren Konten.«

»Was denn?«

»Reg dich jetzt bitte nicht gleich auf. Im Herbst wurde eine große Summe auf Julias Sparkonto eingezahlt. Zweihunderttausend. Kann das von deinen Eltern gekommen sein?«

»Niemals. Das hätte mir meine Mutter doch gesagt.«

»Oder ist das der Gewinn von ihrem Gesangswettbewerb?«

»Den hatte sie doch in null Komma nichts ausgegeben. Sie hat sich das Moped gekauft, Klamotten und … Was ist das für Geld?«

Sofort tauchten die schrecklichsten Gedanken auf. Dass Julia in kriminelle Machenschaften verstrickt war. Mit Drogen dealte. Sie sah Julia in einem viel zu kurzen Rock auf den Strich gehen. Die Freude über das Telefonat mit Simon war wie weggewischt.

»Sie muss in Schwierigkeiten stecken. Oh Gott, wie furchtbar!«

»Beruhig dich. Das ist ein Sparkonto, sie hat gar keinen Zugriff darauf.«

»Nein, das stimmt. Aber Julia kann sich in jedes Konto hacken.«

»Bevor wir irgendwelche voreiligen Schlüsse ziehen, fragen wir sie erst mal.«

»Es ist Viertel vor eins, und sie ist noch nicht da! Sie hatte versprochen, um zwölf zu Hause zu sein.«

»Sofia, es ist Halloween. Sie ist auf einer Party. Wir sprechen morgen mit ihr darüber. Ruf sie an, wenn du dir Sorgen machst, aber erwähn das Geld jetzt noch nicht.«

Sofia versuchte mehrmals, Julia auf ihrem Handy zu erreichen, bekam aber immer nur die Mailbox. In ihren Kontakten suchte sie dann nach Einträgen von Julias Freunden, und nach ein paar Versuchen ging Laura dran. Sie war Julias beste Freundin. Im Hintergrund dröhnten die Bässe, und Laura klang betrunken, aber Sofia erfuhr immerhin, dass Julia die Party vielleicht schon verlassen hatte. Laura suchte gerade nach ihr, weil sie nach Hause wollte.

»Ist sie also gar nicht mehr bei euch in der Hütte?«, fragte Sofia nervös.

»Nein, sie muss wohl schon los sein.«

»Und sie hat sich nicht bei dir gemeldet?«

»Nein, aber das ist alles in Ordnung. Julia macht immer ihr eigenes Ding. Sie taucht bestimmt wieder auf.«

»Laura, wie lange ist Julia schon weg?«

»Vielleicht so seit einer halben Stunde?«

»Ich komme! Kannst du bitte bleiben, falls sie wieder auftaucht?«

»Klar, mach ich.«

Sofia nahm Benjamin mit. Ihre Nervosität war zu einer Hysterie geworden, darum wollte sie nicht allein fahren. Auch Benjamin sah besorgt aus. Julia war zwar unberechenbar, aber sie meldete sich immer, wenn es später wurde. Auf dem Weg rief Sofia ununterbrochen auf Julias Handy an.

Als sie an der Pfadfinderhütte ankamen, hatte sich Sofia so hochgeschaukelt, dass sie schon eine ganze Armada von Notarztwagen und Polizisten erwartete. Und natürlich die Bahre, auf der Julias lebloser Körper lag. Aber die Hütte sah jetzt eher menschenleer und verlassen aus. Auf dem Weg standen ein paar vereinzelte Autos, in denen Eltern saßen, die ihre Kinder abholten. Auf einer Bank saß ein Paar und knutschte. Aus der Hütte drang gedämpfte Musik.

Laura stand in der Tür mit ihrem Vater. Nach ein paar obligatorischen Höflichkeitsfloskeln und Lauras Versicherung, dass Julia nicht mehr in der Hütte sei, betraten Benjamin und Sofia sie trotzdem.

Der spärlich beleuchtete Raum war bis auf ein paar Jungs, die Bierdosen und Flaschen in großen Plastiktüten einsammelten, leer. Die Dekoration – Spinnweben, Monster, Gespenster und Hexen aus Plastik – hing traurig an den Wänden und sah alles andere als furchteinflößend aus. Es roch nach Bier und Erbrochenem. Keine Spur von Julia. Da griff Benjamin nach Sofias Arm.

»Pst! Ich höre was.«

Da hörte auch Sofia das Geräusch. Ein leises, unterdrücktes Lachen. Sie rannten einen dunklen Flur entlang, der vor einer Tür endete, die in einen Vorratsraum führte. Das Lachen war verstummt, jetzt hörten sie nur gedämpfte Stimmen.

Sofia riss die Tür auf. Es dauerte einen Augenblick, bis sich ihre Augen an die Dunkelheit gewöhnt hatten.

Julia stand mit dem Rücken zu einem Regal, sie hatte die Arme über den Kopf gestreckt, ihre Brüste waren entblößt. Vor ihr stand ein Typ, der nicht aussah wie ein Fünfzehnjähriger und seine Hände unter ihren Rock geschoben hatte.

Sofia schnappte nach Luft. Der junge Mann sah gleich schuldbewusst und peinlich berührt aus und ließ Julia sofort los. Julia hatte die Augen aufgerissen und schnell die Arme vor der Brust verschränkt. Eine sanfte Röte war ihr ins Gesicht gestiegen. Aber dann fand sie ihre Fassung wieder, und sie warf ihren Eltern einen wütenden Blick zu.

»Habt ihr Handschellen dabei, oder wollt ihr mich an den Haaren nach Hause schleifen?«

16

Wir beide sind in zwei verschiedenen Welten aufgewachsen. Während ich meine Geschichte aufschreibe, kommt mir der Gedanke, dass sie tatsächlich so unterschiedlich sind, dass du mir vielleicht gar nicht glauben wirst. Du sollst verstehen, dass nicht alles, was uns angetan wurde, durch und durch schlimm war. Dahinter stand die Überzeugung, dass uns diese Erziehung zu besseren Menschen machen wird.

Einige blieben in dem Netz aus Lügen hängen, aus dem sie sich nicht befreien konnten.

Ich will sie gar nicht verteidigen, ich möchte es dir nur leichter machen, die Zusammenhänge zu verstehen.

Der Schweinestall

Ali-Khan ist nach Hause gegangen. Karsten sieht ziemlich müde aus. Er sitzt auf einem Stuhl, eine aufgeschlagene Zeitung auf dem Schoß. Seine Augenlider sind schwer, sein Kinn wippt immer wieder auf seine Brust. Normalerweise ist er nicht so, sondern hat uns mit seinem starren Blick und seiner donnernden Stimme im Griff. Aber auch wir können ihm manchmal zu viel werden. So wie jetzt. Im Gemeinschaftsraum haben wir ein schreckliches Chaos angerichtet, Stühle umgeworfen und überall auf dem Boden Spielsachen verteilt. Jetzt spielen wir Fangen und rennen grölend durch den Raum. Karsten hat sich aus-geklinkt und ist tatsächlich eingeschlafen. Trotz des Lärms.

Wir hören nicht, wie Vater ins Zimmer kommt. Es ist einfach zu laut. Hugo bemerkt ihn als Erster.

»Der Chef!«, fiept er.

Vater steht in der Tür und betrachtet uns mit unverhohlener Verachtung. Sein Blick ist so dunkel wie eine Gewitterwolke. Mit wenigen Schritten ist er bei Karsten, packt ihn am Hemd-kragen und zerrt ihn hoch, bis er steht.

»Aufräumen! Auf der Stelle!«, brüllt er uns an.

Und wenn der Chef brüllt, gehorchen alle.

Zuerst schimpft Vater Karsten aus.

»Keine Disziplin in diesem Haufen ... sie müssen die Stra-fen, nein, die Konsequenzen *zu spüren bekommen ... die be-nehmen sich wie Kleinkinder ... Sie müssen das hier in den Griff bekommen, sonst ...«*

Wir werden in die Schlafsäle geschickt. Wir plaudern nicht miteinander, wie wir es sonst immer tun, wir putzen uns nur schweigend die Zähne, ziehen uns die Schlafanzüge an und kriechen in unsere Betten. Ich schlafe im oberen Stockbett und muss die Leiter hochklettern. Dort oben, unterm Dach, fühle ich mich sicher und geborgen. Wenn ich unter der Decke liege, kann mich niemand sehen. Und ich kann so tun, als wäre ich ganz woanders.

Als die Tür aufgerissen und das Licht angeschaltet wird, ist keiner von uns schon eingeschlafen. Karsten steht in unserem Schlafsaal.

»Hier sieht es aus wie im Schweinestall. Aufräumen! Ihr habt zehn Minuten Zeit, dann mache ich das Licht wieder aus.«

Matteo bittet mich, ihm beim Wegräumen eines Bücherstapels zu helfen. Es dauert ziemlich lange, bis wir alle Bücher ins Regal gestellt haben. Plötzlich steht Karsten wieder im Raum und befiehlt uns, ins Bett zu gehen. Ich bin noch nicht ganz oben, da hat er schon das Licht ausgemacht.

Ich habe einen Kloß im Hals. Meine Uniform liegt noch zusammengeknüllt auf dem Boden. Ich überlege, schnell noch herunterzuschleichen, um sie aufzuhängen, aber Karsten ist noch im Saal, ich kann ihn spüren.

Ich weiß nicht, wie lange ich geschlafen habe, werde aber von Karstens Gebrüll geweckt.

»Raus aus den Betten! Alle stillgestanden!«

Das Licht blendet mich. Ich rutsche auf einer Sprosse aus und schlage mein Knie an der Leiter an. Der Boden unter meinen Füßen ist eiskalt. Wir stellen uns neben unsere Betten in Habtachtstellung, denn so haben wir es gelernt. Hugo, der es nicht geschafft hat, seine Brille aufzusetzen, blinzelt wie eine Eule mit den Lidern.

Karsten verlässt kurz den Saal, und wir hören, wie er die Mädchen im Nachbarzimmer ausschimpft. Als er zurückkommt, bemerke ich den kleinen Stock in seiner Hand, wie bei einer Militärparade.

»Jetzt werde ich eine Inspektion durchführen, ob ihr auch ordentlich aufgeräumt habt«, sagt er. »Wer durchfällt, muss in den Schweinestall.«

Ich verstehe noch nicht, was er damit meint, wenig später dann aber schon.

Sein erster Gang führt ihn zu Didriks und Vics Bett. Er prüft die Uniformen, die auf Bügeln am Bett hängen. Da erinnere ich mich wieder an meine Uniform, die zerknittert auf dem Boden liegt. Karsten zieht die Decken beiseite und hebt die Kissen hoch. Nervös verfolgen Vic und Didrik seine Inspektion. Unter Didriks Kissen entdeckt Karsten ein kleines Spielzeugauto. Ich erkenne es sofort wieder, denn Didrik gibt immer damit an, dass es ein Geburtstagsgeschenk seines Vaters und besonders teuer ist.

»Was hat das unter deinem Kissen zu suchen?«, fragt Karsten.

»Lassen Sie das! Das gehört mir!«, jammert Didrik und wird ganz rot im Gesicht. »Das hat Papa mir gekauft, Sie dürfen es nicht anfassen.«

Karsten betrachtet das Spielzeugauto eine Weile, dann wirft es mit einem lauten Knall in den Mülleimer.

Didrik fängt an zu schreien, er stürzt sich mit geballten Fäusten auf Karsten und schlägt auf ihn ein. Er hat vollkommen die Kontrolle verloren, so wie Livia vorhin, als sie sich in die Hose gemacht hat.

»Doofmann, Doofmann, Doofmann!«, heult er.

Karsten wird jetzt richtig wütend, er packt ihn am Arm und zerrt ihn hinter sich her. Mit der anderen Hand öffnet er die Tür zur Abstellkammer, stößt Didrik hinein, knallt die Tür wieder zu und schließt sie ab.

»Du bleibst da drin, bis du dich wieder beruhigt hast!«, sagt er.

Didrik brüllt und schreit hysterisch und hämmert gegen die Tür. Aber Karsten steht mit verschränkten Armen im Saal und rührt sich nicht. Schließlich verstummt Didrik. Das Einzige, was wir noch hören, ist sein leises Flehen: »Bitte, lassen Sie mich wieder raus!« Was kurz darauf von einem gedämpften Schluchzen abgelöst wird.

Dann kommt Karsten zu dem Bett, das Matteo und ich uns teilen. Er hat schon längst die Uniform auf dem Boden gesehen, aber die würdigt er keines Blickes, sondern starrt Matteo durchdringend an.

»Wem gehört diese Uniform?«

»Das ist meine«, antworte ich, noch bevor Matteo etwas sagen kann.

Karsten sieht mich an. Bisher hatte er mir keine Angst ein-

jagen können, aber jetzt habe ich welche. Das liegt an seinen Augen. Es sind die Augen eines Wahnsinnigen.

Ich bekomme keine Gelegenheit, es zu erklären. Keine Entschuldigung wird angenommen.

Karstens Oberlippe zittert wie bei einem knurrenden Hund.

»Du schläfst heute Nacht im Schweinestall!«, sagt er und packt meinen Arm. Dann wendet er sich an die anderen.

»Und ihr habt fünf Minuten Zeit, um hier alles in Ordnung zu bringen. Wenn es noch immer so aussieht, wenn ich zurück bin, schlaft ihr alle im Schweinestall.«

Karsten zerrt mich hinter sich her. Mir wird ganz schwindelig, als wir auf den Hof kommen. Wie nach dem Karussellfahren. Die Kälte kriecht mir sofort unter den Schlafanzug, und der Kies sticht mir in die nackten Fußsohlen. Karsten lässt mich nicht los, schleift mich hinter sich her, treibt mich an. Ich wage nicht zu weinen. Hoffe, dass er mir nur Angst einjagen will und es eine Warnung für die anderen Kinder sein soll.

Kein Wort kommt über seine zusammengepressten Lippen. Auch im Stall bin ich noch voller Hoffnung, dass er es sich anders überlegt. Aber da sehe ich den Schlafsack in einer der Schweineboxen liegen. Dort leben schon lange keine Schweine mehr, und jemand hat frisches Stroh in die Box gelegt. Aber die Wände sind dreckig.

Karsten stößt mich in die Box.

»Du schläfst heute hier. Vielleicht gehorchst du das nächste Mal besser, wenn ich euch befehle aufzuräumen.«

Und schon ist er wieder verschwunden. Wie versteinert sitze ich im Stroh und starre meinen neuen Schlafplatz an. Hier riecht es streng nach Kühen und Hühnern, es ist kalt, ich zittere. Der Schock hat mich gelähmt.

Ich krieche in den Schlafsack, der muffig riecht, als hätte er sehr lange auf dem Dachboden gelegen. Ich bin von Schatten umgeben, die wie Silhouetten von Gespenstern und Werwölfen wirken, die nach mir greifen. Ich höre ein Kratzen, wie die Klauen eines Tieres, es sind die Zweige eines Baumes, die am Fenster schaben. Im Stall stehen zwei Kühe, die schlafen, das einzige Vieh, das es noch auf dem Hof gibt. Ich höre ihr Schnauben und das Klappern der Hufe auf dem Boden.

Aber keines dieser Geräusche und Schatten ängstigt mich so wie der Gedanke an das, was Vater sagen und denken wird, wenn er von meinem Fehler erfährt. Die Scham pocht in mir.

Ich kann nicht einschlafen. Außerdem drückt mich etwas. In dem Schlafsack liegt etwas Hartes. Ich schiebe meine Hand darunter und halte einen Schraubenzieher in der Hand. Ich klettere wieder aus dem Schlafsack und suche einen Werkzeugkasten, um ihn zurückzulegen. Langsam gewöhnen sich meine Augen an die Dunkelheit. Der Mond scheint durchs Fenster und leuchtet in die Pferdebox neben meinem Schlafplatz. Ich bin ganz verzaubert von diesem wunderschönen blauen Mondlicht. Das Heu pikst in meine Füße, aber ich bleibe noch ein bisschen in der Box stehen. Gerade als ich mich abwende, entdecke ich die Buchstaben an der Wand. Das Mondlicht hebt sie hervor, sie sind krakelig, aber tief ins Holz geritzt worden.

Sofia, steht über einer langen Reihe von Strichen. Es sind zu viele, um sie zu zählen. Der Anblick nimmt mir den Atem – die Gewissheit, dass jemand vor mir hier gewesen ist.

Es kostet mich viel Mühe, meinen Namen unter ihren zu ritzen.

Wer sie wohl gewesen ist?

17

Sie hatten gestritten. Es war fast unmöglich, Benjamin aus der Fassung zu bringen, aber hier ging es um seine Tochter. Julia hatte sich in ihrem Zimmer eingeschlossen und weinte schon den ganzen Morgen.

Alles hatte mit der Frage nach der Herkunft des Geldes angefangen. Julia hatte behauptet, dass sie nicht die geringste Ahnung hatte, woher das Geld stammte. Sofia glaubte ihr, denn ihre Überraschung war echt. Aber als sie Julia dann verbot, sich in Zukunft mit Matt Larsen zu treffen, nahm das Gespräch eine unglückliche Wendung.

Zumal diese Entscheidung nicht zur Diskussion stand. Julia war die Treppe hochgestürmt, und kurz darauf hörten sie sehr laute Musik von oben.

»Wir haben sie zu einem selbstständigen Wesen erzogen, also haben wir kein Recht, geschockt zu sein, wenn sie sich jetzt auch als ein solches verhält«, sagte Benjamin.

»Wie bitte? Der Typ ist Ersatzlehrer, wie kannst du das auch noch verteidigen?«

»Er ist *Lehrassistent*, Sofia, das ist ein himmelweiter Unterschied. Er ist nicht bei der Schule angestellt, er durchläuft dort nur einen zeitlich begrenzten Teil seiner Ausbildung. Du könntest doch wenigstens zuhören, was sie dazu zu sagen hat?«

»Aber sie will ja gar nicht mit mir reden.«

»Weil du sie wie ein Kleinkind behandelst.«

»Aber das ist sie doch auch noch. Trotzdem zieht es sie zu älteren, gefährlichen Typen hin.«

»Ach so, und du hast also das Recht, dir darüber ein Urteil zu erlauben? Zuerst gab es Ellis, der fast einen kleinen Pornostar im Netz aus dir gemacht hat. Und danach kam Franz, den du so superheiß fandest. Oh nee, warte. Fast hätte ich Mattias vergessen. Die personifizierte Tugend, der dir Drogen gegeben und dich entführt hat. Einen Kidnapper, einen Hacker und einen sadistischen Psychopathen. Du bist wirklich ein strahlendes Vorbild.«

In solchen Momenten wäre eine Ohrfeige die einzig richtige Antwort. Aber er sagte so selten etwas Ärgerliches, und wenn er es tat, dann nie mit der Absicht, ihr weh zu tun. Er war unkompliziert und scharfsinnig. Manchmal rutschten ihm solche Sachen einfach raus. Außerdem stimmte es auch, dass sie kein besonders gutes Vorbild war, obwohl er jetzt wahnsinnig übertrieb. Mit Ellis hatte sie Schluss gemacht, was der nicht gut weggesteckt hatte. Aus Rache hatte er Nacktbilder von ihr ins Netz gestellt. Allerdings war er es auch gewesen, der sich später in den Computer von Franz Oswald gehackt und ihr vor allem bei der ersten Flucht von Dimö sehr geholfen hatte. Mittlerweile waren sie gute Freunde. Mattias war eine flüchtige Bekanntschaft aus San Francisco, den Franz als Spion auf sie angesetzt hatte.

Es stimmte also, dass sich Sofia von gefährlichen Männern angezogen fühlte, aber genau wegen dieser Erfahrungen wollte sie doch Julia warnen und vor Schlimmerem bewahren.

»Okay, ich rede mit ihr. Kannst du sie holen?«

Nach einer Weile kamen Julia und Benjamin nach unten ins Wohnzimmer. Julia schmollte noch, sie trug nur ein großes, weites T-Shirt.

Sofia wollte versuchen, nicht sofort an die Decke zu gehen.

Julia setzte sich zu ihr aufs Sofa, aber so weit entfernt von ihrer Mutter wie möglich.

»Wir müssen miteinander reden, Julia. Komm, setz dich bitte zu mir.«

Aber Julia zog sich nur noch weiter zurück und kletterte auf die Armlehne.

»Ich verstehe nicht, warum du immer so zu mir bist«, sagte sie.

»Verzeih mir, das war keine böse Absicht. Ich weiß ja, wie das ist, wenn man sich verliebt. Das ist nicht immer leicht. Es ist nicht deine Schuld.«

»Was meinst du damit?«

»Ich glaube, dass es besonders schwer ist, wenn man so jung ist. Tief im Inneren weiß man vielleicht, dass es nicht für die Ewigkeit ist, und das tut weh.«

Julia lachte schrill.

»Mama, mach dich mal locker! Glaubst du wirklich, dass ich voll in Matt verliebt bin und ihn heiraten und mit ihm Kinder haben will? Ich finde ihn super, das ist alles. Außerdem ist er ein perfekter Zeitvertreib in diesem scheißöden Nest hier.«

»Ich will nicht, dass du mit ihm schläfst.«

»Mama, du hast immer von der Pille gesprochen, und jetzt darf ich das noch nicht mal ausprobieren. Guck nicht so geschockt! Ich habe nicht mit ihm geschlafen. Noch nicht!«

Sofia seufzte.

»Danke, das war sehr beruhigend.«

Julia rutschte von der Armlehne und kam näher. Sofia nahm sie in den Arm und spürte, dass ihre Tochter zitterte.

»Ich finde ältere Typen einfacher besser, genauso wie du. Papa ist sechs Jahre älter als du, und dieser Franz Oswald ...«

»Bitte, ich will diesen Namen nicht hören! Es ist vollkommen in Ordnung, dass du ältere Männer gut findest, solange sie dich nicht ausnutzen.«

»Das würde ich doch nie zulassen.«

»Nein, das glaube ich auch nicht. Aber wenn du mit ihm zusammen sein willst, finde ich es besser, wenn du ihn mit nach Hause nimmst. Und dich nicht heimlich in Putzkammern oder an anderen zwielichtigen Orten triffst. Außerdem weiß ich nicht, was seine Kollegen an der Schule davon halten.«

»Um die kümmere ich mich«, sagte Julia.

»Ja, das musst du auch, denn Papa kann nicht jedes Mal mit dem Direktor sprechen.«

Julia wurde nervös. Sie seufzte und fragte, ob sie noch mal rausdürfte. Dann sprang sie auf, stürmte nach oben und kam nur wenige Minuten später geschminkt und angezogen nach unten. Sie trug ein enges Shirt, darüber eine Lederjacke, Jeans und hochhackige Stiefel. Nach dem Gespräch machte sie sich nicht einmal die Mühe, ihre Eltern anzulügen. Sie warf ihnen eine Kusshand zu, und schon war sie zur Tür hinaus. Das Geräusch des Mopeds erinnerte Sofia an ihre Jugend. Heimliche Küsse, verbotene Treffen und sehr viel Drama.

Sie tröstete sich damit, dass Matt Larsen eigentlich ganz sympathisch wirkte. Nachdem er sich von dem ersten Schock in der Pfadfinderhütte erholt hatte, stellte er sich lehrbuchmäßig vor und gab ihnen sogar die Hand. Er sah gut aus, und seine Augen strahlten etwas Aufrichtiges aus.

Nachdem Julia das Haus mit fliegenden Fahnen verlassen hatte, saßen sie eine Weile schweigend da.

Plötzlich fing Benjamin an zu lachen.

»Sie erinnert mich daran, warum ich mich damals in dich verliebt habe.«

»Sag mal, was sollen wir mit dem Geld machen?«, wechselte Sofia das Thema.

»Ich rufe Montag gleich bei der Bank an. Auf dem Kontoauszug kann man nicht sehen, woher das Geld kommt. Diese Art von Überweisung kenne ich nicht.«

»Aber das muss man doch rückverfolgen können?«

»Ganz bestimmt. Mach dir keinen Kopf. Ich mach mir viel mehr Sorgen um dich. Seit deiner Begegnung mit Franz wirkst du so niedergeschlagen.«

»Ich habe Angst davor, seit Julia auf der Welt ist. Und als ich ihn wiedergesehen habe, da …«

Sie weinte. Die Ungewissheit, mit der sie seit fünfzehn Jahren lebte, überfiel sie mit einer massiven, unbekannten Kraft. Sie legte ihr Gesicht auf Benjamins Brust und schluchzte in seinen Pullover. Er nahm sie in den Arm und wiegte sie sanft hin und her.

»Sch…«, flüsterte er. »Er hat keine Rechte. Zu gar nichts.«

»Aber ich will sicher sein, dass es nicht *darum* geht.«

»Im Ernst? Glaubst du wirklich, dass er dich das fragen wird? Das hätte er doch auch in Stenungsund machen können.«

»Was sollte es sonst sein? Was sollte er mir unbedingt zeigen wollen?«

»Keine Ahnung. Eine seiner kranken Thesen? Oder ein neues Gebäude auf dem Grundstück, in denen sie ihre gestörten Séancen abhalten? Erinnerst du dich daran, dass er davon überzeugt war, dass du als Einzige die Tragweite und Tiefe seiner Thesen verstanden hast? Es würde mich nicht wundern, wenn es irgendein Sektenkram ist. Schließlich ist er verrückt. Vergiss das bitte nicht.«

Benjamin gab ihr einen Kuss auf die Stirn.

»Lass uns einen DNA-Test machen, das hätten wir schon längst tun sollen«, sagte er.

»Aber ich traue mich nicht. Ich sterbe, wenn du nicht ihr Vater bist. Das würde eine ganze Kettenreaktion von Problemen auslösen. Solange ich es nicht weiß, kann ich es verdrängen.«

»Mir geht es doch genauso. Aber ich halte es kaum aus, dich so traurig zu sehen. Warum bist du eigentlich der Ansicht, dass du nur vor Ort erfahren wirst, ob er einen Verdacht hat oder nicht?«

»Wir können ihn ja nicht einfach fragen. Oder? Er wird das garantiert ansprechen, wenn wir da sind. Und wenn er es nicht tut, verlieren wir kein Wort darüber. Auf der anderen Seite müssen wir auch an Julia denken. Wenn er nur den geringsten Verdacht schöpft, wird er nicht mehr lockerlassen, ich kenne ihn. Vielleicht sind wir es Julia schuldig, ihr die Wahrheit zu sagen. Dann soll sie selbst entscheiden, ob sie einen Test will. Und wie ich sie kenne, wird sie das wollen. Oh, Benjamin, ...«

Sie brach wieder in Tränen aus.

»Mein Schatz. Unsere Aufgabe ist es vor allem, sie zu beschützen, ganz gleich, was passiert.«

»Es war so viel einfacher, als sie noch klein war. Sie ist viel zu schnell groß geworden. Wenn wir dieses eine Mal auf die Insel fahren, muss Franz mir versprechen, dass er uns für immer in Frieden lässt.«

»Okay. Meinetwegen. Wenn du das Gefühl hast, dass du Dimö und alles Geschehene nur so aus deinem System bekommst, dann komme ich mit«, sagte er. »Vielleicht ist es sogar ganz gut, es noch einmal zu sehen, um endgültig damit abschließen zu können. Es für immer hinter uns zu lassen.«

Sofia rief noch am selben Abend bei ViaTerra an, und Franz Oswald rief auch wie angekündigt umgehend zurück.

»Du sprichst vielleicht von Reue, aber du bist und bleibst ein sadistischer Vergewaltiger«, sagte sie. »Ich werde niemals Geld von dir annehmen. Aber ich habe darüber nachgedacht, ein letztes Mal nach Dimö zu kommen, um mir das anzusehen, was du mir zeigen willst. Wenn ich das aber tue, versprichst du mir, dass du mich und meine Familie in Zukunft in Ruhe lässt?«

»Das hängt ein bisschen davon ab, wie unser Treffen hier verläuft, aber im Prinzip kann ich dir das zusagen, ja. Wenn du das so willst, dann verspreche ich es dir. Wen nimmst du mit?«

»Das ist meine Sache.«

Sie hätte schwören können, beim Auflegen sein unterdrücktes Lachen gehört zu haben.

18

Als wir das erste Mal mit den *Konsequenzen* konfrontiert wurden, waren Vic und ich acht Jahre alt. So wurden die Strafen für die Ungehorsamen, Schlampigen oder Faulen genannt und gleichzeitig als eine Art Regelwerk verkauft. Karsten verkündete, dass Vater sie als Ahndungen für schlechtes Benehmen genehmigt hätte und wir sie nicht als Strafen bezeichnen dürften.

Aber sie waren es.

Diese Strafen durften nicht nur von Karsten und Ali-Khan verhängt werden. Da Vic und Didrik die Anführer unserer Gruppen waren, hatten auch sie das Recht dazu. Meistens bestraften sie uns für Bagatellen, nur um uns zu ärgern und zu demütigen.

Wer zum Beispiel Widerworte gab, musste unter Aufsicht um den Kuhstall rennen. Wir nannten diese Runden »Touren«. Je wütender der Vollstrecker war, desto mehr Strafrunden wurden verhängt. »Drei Touren dafür!«, wurde laut verkündigt, und dann war es klug, gleich loszurennen.

Wenn man quengelig oder weinerlich war, bekam man unangenehme Aufgaben zugeteilt, die einen abhärten sollten. Das konnte alles Mögliche sein, Toiletten mit einer Zahnbürste putzen oder den Kuhstall ausmisten.

War man faul, musste man Liegestütze machen, was vor allem für meine dünnen Ärmchen eine große Herausforderung war.

Und dann gab es natürlich noch die Nacht im Schweine-stall, für den Fall, dass man unordentlich gewesen war.

Vor der Schweinestallstrafe hatten wir alle die größte Angst, sogar Vic und Didrik. Vic jagte uns mit seinen Schauergeschichten von dem Tierpfleger Angst ein, der sich vor hundert Jahren im Stall erhängt haben soll. Jetzt spukte er dort nachts, und es hieß, dass er bevorzugt kleine Kinder aß.

Eines Tages, wir mussten noch auf Ali-Khan warten, die sich verspätet hatte, erzählte ich den anderen von dem Namen, den ich in der Pferdebox entdeckt hatte. *Sofia.* Ausnahmsweise wurde ich nicht von Vic und Didrik fertiggemacht, denn auch sie fanden die Geschichte spannend. Sara vermutete, dass Sofia wahrscheinlich eine Prinzessin gewesen sei, die sich auf der Flucht vor einem Monster in dem Stall versteckt hatte. Molly glaubte eher, dass Sofia eine Hexe gewesen sei, die sich in letzter Sekunde vom Scheiterhaufen hatte retten können. Nachdem jeder seine Version vorgetragen hatte, schlug Matteo vor, dass wir unseren Namen jedes Mal unter Sofias ritzen sollten, wenn wir zur Strafe im Schweinestall schlafen mussten.

»So kann ihr Geist uns vor dem Geist des Tierpflegers schützen«, sagte er und sah so ernst aus, dass wir ihm glaubten.

Das war unser Geheimnis. Wir erzählten keinem Erwachsenen davon. Und es war eine Art Trost, wenn einem Kälte, Dunkelheit, Schatten und die beißenden Gerüche Angst machten.

Aber zurück zu den *Konsequenzen.* Wenn ein Vergehen ein so großes Ausmaß hatte, dass keine der bisherigen Strafen zu greifen schienen, da mussten sich die Zuständigen eine neue, noch härtere Strafe ausdenken.

Und so entstand das Eisbaden.

Das Eisbaden

Es ist früh am Morgen, die Sonne scheint, und es riecht nach feuchtem Gras. Wir arbeiten am Gehege. Sara singt, während wir anderen Steine aufeinanderstapeln. Vic erzählt Gespenstergeschichten, aber wenn die Sonne scheint, machen sie niemandem Angst. Das Gehege, an dem wir bei Wind und Wetter arbeiten, gewinnt allmählich an Gestalt. Wir sind stolz darauf. Karsten sitzt etwas abseits im Gras und hört Musik – aus Kopfhörern, die an seinem Handy hängen. Ich arbeite mit Matteo zusammen. Er hebt die Steine hoch, und ich verfuge sie, damit sie stabil aufeinanderliegen. Ich fühle mich stark und gelöst. Als würde mich nichts und niemand aus der Fassung bringen können.

Plötzlich höre ich lautes Gebrüll. Hugo steht mit aufgerissenen Augen neben Molly, die am Boden liegt und schreit. Sie ist feuerrot im Gesicht und hat ihren Fuß umklammert. Ihr Schrei geht mir durch Mark und Bein, und ich weiß sofort, dass etwas Schlimmes passiert ist.

Karsten reißt sich die Kopfhörer runter, kommt angestürmt und kniet sich neben sie.

Hugo hat einen Stein auf Mollys Fuß fallen lassen, und der ist jetzt ganz rot und schwillt immer mehr an.

Karsten hebt Molly hoch und trägt sie ins Hauptgebäude unserer Schule. Sie weint hysterisch. Karsten gibt Vic die Anweisung, den Verbandskasten zu holen, und uns brüllt er an, wir sollten gefälligst in den Schlafsälen warten. Wir warten ziemlich lange. Schweigend. Hugo sitzt wie ein blasses Häufchen Elend in der Ecke. Seine Unterlippe zittert.

Als Karsten uns in den Gemeinschaftsraum ruft, liegt Molly auf dem Sofa. Ihr Fuß ist bandagiert. Sie weint zwar noch, aber jetzt sind es eher Schluchzer. Karsten wird mit ihr zum Arzt *fahren, und wenn einer der anderen Erwachsenen fragt, sagen wir, dass sie umgeknickt ist und sich den Fuß verstaucht hat.*

Ich verstehe nicht, warum wir lügen sollen, aber am meisten Angst habe ich davor, dass Mollys Fuß abgenommen werden muss. Karsten erteilt Vic die Aufsicht, solange er fort ist. Kaum ist er gegangen, beschließt Vic, dass Hugo bestraft und in die Abstellkammer gesperrt wird. Hugo leistet keinen Widerstand. Wie eine leblose Puppe lässt er sich in die Dunkelheit schubsen.

Als Karsten später mit Molly zurückkommt, ruft er eine Versammlung ein.

Molly wird wieder gesund, sie muss sich nur ausruhen. Aber er will uns erzählen, wie es bei solchen Zwischenfällen auf hoher See zugeht. Während seiner Militärzeit hatte er nämlich auf einem großen Schiff angeheuert. An Bord darf man niemals ungeschickt sein, weil es dort draußen gefährlich werden kann. Und wenn einer von der Besatzung Mist baut, kann das fürchterliche Konsequenzen haben. Das Schiff könnte kentern. Seeleute, die herumschludern, werden sofort kielgeholt. Und es ist verdammt kalt im Wasser. Mit diesen Worten schickt er uns ins Bett.

Hugo, der den ganzen Tag in der Abstellkammer verbracht hat, macht einen irgendwie geschrumpften Eindruck. Er ist so klein und am Boden zerstört, dass ich richtig Mitleid mit ihm habe.

Wir gehen ins Bett. Das Licht wird ausgemacht. Aber kurze Zeit später ruft Karsten Vic und Didrik zu sich. Ich bin gerade dabei, in den Schlaf zu sinken, als ich höre, wie sich die Tür zum Schlafsaal öffnet. Außerdem höre ich Flüstern, Kichern und ein schwappendes Geräusch.

Dann geht alles ganz schnell. Das Licht wird angemacht. Vic und Didrik haben einen Eimer in den Händen. Ein Wasser-

schwall trifft Hugos Bett. Dann hören wir das Klirren von Eiswürfeln und Hugos durchdringenden Schrei, wie ein Tier in großer Not. Er springt aus dem Bett und fällt mit einem lauten Platschen bäuchlings auf den Boden. Seine Arme und Beine zucken, als hätte er jede Kontrolle über seine Muskeln verloren.

Mein erster Gedanke ist, dass ich die Wasserlache und die Eiswürfel auf dem Boden nur träume. Aber Hugo ist wirklich. Auch das hektische Schnappen nach Luft. Sein Wimmern.

Karsten steht in der Tür des Schlafsaals.

»So fühlt es sich an, kielgeholt zu werden, Hugo. Jetzt weißt du es.«

Dann kommt er näher, wirft ihm ein Handtuch hin. Hugo sitzt noch wie benommen in der Pfütze. Sein Bett ist nass, und auf der Decke liegen Eiswürfel. Wo soll er denn heute Nacht schlafen? Aber ich wage es nicht, diese Frage zu stellen.

»Molly hat sich den Fuß gebrochen«, sagt Karsten. »Wegen deiner Ungeschicklichkeit. Aber sie wird wieder ganz gesund. Und dir ist verziehen. Wenn man kielgeholt wurde, spült das Meer alle Sünden weg.«

19

Der dichte Nebel hing wie ein Schleier über dem Meer und
verschlang alles um sie herum. Irgendwo dort draußen ver-
steckte sich Dimö. Sogar das Gluckern des Wassers am
Rumpf der Fähre klang gedämpft. Sofia hob eine Hand
vors Gesicht, auch die war nur verschwommen zu sehen.
Mit der anderen Hand hielt sie sich an Benjamin fest.

Sie saßen auf der Bank neben dem Steuerhäuschen und
unterhielten sich mit dem Fährmann Edwin Björk. Der
hatte Augen gemacht, sich aber sehr gefreut, als sie die
Fähre betreten hatten. Ihre letzte Begegnung war fünfzehn
Jahre her, als Edwin den beiden auf der Flucht von Dimö
geholfen hatte. Mit seinem Motorboot hatte er sie über den
Sund gefahren. Seitdem hatten sie via Mail Kontakt gehalten.

»Was um alles in der Welt macht *ihr* hier?«, hatte er gerufen.

»Das ist etwas kompliziert. Man könnte vielleicht sagen,
dass wir ein paar ungeklärte Dinge in Angriff nehmen«,
hatte Benjamin erwidert. »Wenn wir aber morgen früh
nicht auf der ersten Fähre sind, dann rufst du bitte die
Polizei.«

Björk lachte laut, aber auf seiner Stirn hatten sich Sor-
genfalten gebildet.

»Ihr habt ja meine Handynummer«, sagte er. »Wenn ihr
Hilfe braucht, nur zu. Wenn ihr noch Zeit habt, müsst ihr

uns auch unbedingt besuchen. Elsa wird sich nicht mehr einkriegen vor Freude.«

An Björk waren die Jahre nicht spurlos vorbeigegangen. Sein Kopf war kahl, aber seine Koteletten standen noch immer wie eine Eins, und er roch auch genauso wie früher. Nach Diesel und Tang. Die Falten in seinem windgegerbten Gesicht waren tiefer als damals, aber der Glanz und Schelm in seinen Augen hatten sich nicht verändert. Er erzählte ihnen von den Sturmschäden auf der Insel. Die Landungsbrücke war aus den Halterungen gerissen und ins Meer gespült worden, und auch der Rumpf der Fähre hatte unter den Naturgewalten gelitten. Aber seine Freunde auf der Insel hatten ihm bei den Reparaturarbeiten sehr geholfen.

»Wie ist denn das Leben auf der Insel?«, fragte Benjamin. »Den Medien zufolge war Franz in den vergangenen Jahren untergetaucht und hatte auch seine Aktivitäten eingestellt.«

»Was für himmelschreiende Lügen!«, platzte Björk der Kragen. »Hier gab es überhaupt keine Pause von dem Wahnsinn. Ein ständiger Besucherstrom. Allerdings hat Franz selbst die Insel nicht so häufig verlassen – zumindest nicht mit der Fähre. Das letzte Mal, als ich ihn gesehen habe, blieb er die gesamte Überfahrt mit Sonnenbrille und Kappe im Wagen sitzen. Obwohl es bedeckt war.«

Langsam tauchte die Insel aus dem Nebel auf, zuerst nur als schwache Kontur am Horizont. In Sofia zog sich alles zusammen – mit einer Mischung aus Angst und Sehnsucht, was sie sehr überraschte.

»So, ich muss jetzt mal anlegen«, sagte Björk.

Sie sahen die Kiefern, die auf der Anhöhe standen, dann die Silhouette der kleinen Ortschaft. Die heiseren Schreie der Möwen drangen durch den Nebel und begleiteten sie, während der Motor verstummte und sie fast lautlos an der Brücke anlegten.

Sie verabschiedeten sich von Björk und gingen an Land.

Kaum etwas hatte sich verändert. Den Springbrunnen auf dem Marktplatz, um den sich die Häuser drängten, gab es noch. Die Geschäfte waren geschlossen, nur nicht der kleine Lebensmittelladen und der Bäcker, deren Fenster leuchteten und Wärme ausstrahlten. Hier gab es keine Spur von Sturmschäden. Als hätte er wie durch ein Wunder ausgerechnet diesen Ort verschont.

Die Luft auf der Fähre war mild gewesen, jetzt aber drang eine unangenehme Kälte in ihre Lungen. Sofia schauderte, ließ Benjamins Hand los und schlug die Arme um sich. Sie suchte nach dem »Chauffeur«, den Franz angekündigt hatte. Er sollte dort auf sie warten und sie nach ViaTerra bringen.

Tatsächlich tauchte er ganz unvermittelt auf. Plötzlich stand er nur wenige Schritte von ihnen entfernt.

Sie bekam keine Luft mehr. Da stand Franz – und doch war er es nicht. So und noch jünger hatte er vor etwa fünfzehn Jahren ausgesehen. Die beiden hatten eine so verblüffende Ähnlichkeit, dass sie zuerst dachte, sich geirrt zu haben. Sie trat einen Schritt zurück.

Der Junge vor ihr war im reiferen Teenageralter, er trug eine gebügelte graue Hose und ein passendes Jackett mit dem Logo von ViaTerra dazu. Das Material sah teuer und maßgeschneidert aus. Er musterte sie unverhohlen. Mit ausdrucksloser Miene wanderte sein Blick kurz zu Benjamin, dann kehrte er mit seiner ganzen Aufmerksamkeit zu ihr zurück.

»Ich bin Vic«, sagte er. »Vater hat mich geschickt.«

Das hatte sie sich schon gedacht. Aber sie konnte nicht einordnen, was sie von ihm halten sollte. Lag es wirklich nur an der Ähnlichkeit mit Franz, dass ihr Körper mit Unbehagen reagierte? Er ging vor zum Wagen, einem schwarzen Kombi, den er mitten auf dem Marktplatz lässig geparkt hatte. Sein selbstsicherer Gang, das arrogante Nicken mit dem Kopf, der Junge wirkte wie eine Parodie von Franz.

Automatisch musste sie an Julia denken. Was würde wohl passieren, wenn sie diesem wunderschönen Jüngling begegnete? Sie musste stehen bleiben, wollte den Gedankengang mit aller Macht unterdrücken, aber ihr Gehirn hatte andere Pläne und bestand darauf, ihn bis zum Ende auszuführen. Das Ergebnis war: Sie fasste den Entschluss, nicht zuzulassen, dass Julia und Vic sich jemals kennenlernten.

Auf dem Weg zum Wagen kamen sie an der Bäckerei vorbei, aus der die wunderbarsten Gerüche nach draußen drangen. Noch war es nicht zu spät, es sich anders zu überlegen, sich bloß etwas in der Bäckerei zu holen und mit der Fünfuhrfähre wieder zurückzufahren. Aber Benjamin stand schon neben dem Auto und stieg gleich ein. Sofia seufzte und setzte sich neben ihn auf den Rücksitz.

Sie errechnete das Alter von Elviras Kindern. Die konnten unmöglich schon volljährig sein.

»Darfst du denn … fahren?«, fragte sie. »Du bist doch noch nicht achtzehn, oder?«

»Nein, das werde ich erst nächstes Frühjahr. Ich übe aber schon«, sagte er und drehte sich mit einem umwerfenden Lächeln zu ihr um. »Hier auf der Insel interessiert das niemanden.«

Sie hatte nicht erwartet, dass er zu Smalltalk fähig war,

aber auf dem Weg unterhielt er sie mit kleinen Anekdoten von der Insel. Von einem Stier, der ausgebrochen war und die Inselbewohner in Angst und Schrecken versetzt hatte. Und von dem Sturm, der das Dach der Bibliothek abgedeckt hatte, das dann unglaublicherweise vollkommen unbeschädigt auf dem nächstgelegenen Acker gelandet war. Er war richtig ausgelassen und einnehmend, trotzdem hatte sie das Gefühl, dass er beim Erzählen an etwas vollkommen anderes dachte. Ihre Blicke begegneten sich im Rückspiegel, und er zwinkerte ihr zu. Wenn er sprach, strahlte er Wärme und Nähe aus. Aber seine Augen sprachen eine andere Sprache: Sie waren kalt und misstrauisch.

»Was machst du hier den ganzen Tag?«, fragte Sofia. »Es gibt doch keine Schule auf der Insel?«

»Wir haben unsere eigene Schule«, antwortete er. »Außerdem arbeite ich für Vater.«

Wie praktisch, wenn man eine exakte Kopie von sich als seinen Nachfolger ausbilden kann, dachte sie.

»Ich kenne deine Mutter«, sagte sie. »Wie geht es ihr?«

Darauf erhielt sie keine Antwort, stattdessen lenkte er das Thema auf etwas anderes. Auf der rechten Seite waren die Klippen, die direkt neben der Straße steil nach unten fielen. Dieser Anblick machte sie nach wie vor schwindelig.

Als der Wagen von der Straße auf den Kiesweg bog, der zum Herrenhaus führte, beschlich sie ein sentimentales Gefühl. Und als sich das Gebäude vor ihr auftürmte, spürte sie sogar einen Stich in der Brust. Als sie die enorme Pforte erreicht hatten, überkam sie eine so unbegreiflich heftige Angst, dass sie am liebsten kehrtgemacht hätte. Aber Benjamin legte ihr einen Arm um die Schulter und flüsterte ihr ins Ohr.

»Du schaffst das.«

Das löste ihre Anspannung. Sie konzentrierte sich, sie würde einen Schritt nach dem anderen machen. Die Pforte sah aus wie früher. Im Häuschen saß ein Wachposten, den sie nicht kannte. Der Rhododendronbusch hinter der Mauer war enorm gewachsen. Als sie die Pforte hinter sich gelassen hatten, beschlich sie für einen kurzen Moment Panik. Die Sorge, dass es jetzt kein Zurück mehr gab.

Sie stiegen aus. Und sahen sich um. Verdammt, das sah alles so vertraut aus. Sie stand ganz still da, überwältigt von der Kollision von Vergangenheit und Gegenwart. Irritiert registrierte sie, wie gepflegt das Anwesen aussah. Die nackten Bäume waren sorgfältig gestutzt worden, und nur ein paar Stümpfe von gefallenen Bäumen waren noch Zeugen des gewaltigen Sturmes. In mehreren Fenstern des Herrenhauses brannte warmes Licht, und in den Seitengebäuden hingen elegante, minimalistische Adventssterne. In der Mitte des Hofes stand ein riesiger Weihnachtsbaum. Das alles, damit sich die Gäste des Anwesens wohl fühlten. Franz selbst hasste nämlich Weihnachten. Ihr Blick fiel auf ein neues Gebäude, eine riesige Aula mit Glasdach. Hinter dem Herrenhaus befanden sich ebenfalls Neubauten, die sie noch nicht kannte. Sie erinnerte sich an die ehemaligen Brachflächen und Wiesen dort. Ihre Hoffnung nahm zu. Das musste es sein, was ihr Franz unbedingt zeigen wollte. Er wollte ihr die neuen Gebäude präsentieren, um mit seiner Ingenieurskunst zu prahlen.

Nicht ein einziger Mensch war zu sehen. Sofia fragte sich, ob Franz angeordnet hatte, ihr aus dem Weg zu gehen? Aber es machte ihr auch nichts aus. Wie würde sich eine solche Begegnung anfühlen – mit den Menschen, die seit zwanzig Jahren für ViaTerra gearbeitet hatten? Veränderte einen das? Wie waren sie heute?

»Vater hat mir gesagt, dass ich dich zu deiner Unterkunft im Nebengebäude bringen soll«, sagte Vic, als existierte Benjamin gar nicht. »Dort ist fürs Mittagessen gedeckt. Er dachte, du würdest … vielleicht allein essen wollen.«

»Das ist absolut richtig«, sagte sie. »Und ich hoffe sehr, dass für zwei gedeckt wurde.«

»Selbstverständlich.«

»Ich finde den Weg, danke dir.«

Vic gab ihr den Schlüssel zu ihrem Zimmer. Es war die Nummer drei. Das war die Suite, in der nur die Prominenten untergebracht werden durften. Sofia blickte über die Schulter zurück, bevor sie ins Haus ging. Sie sah, wie Vic ins Auto stieg und den Wagen an der Pforte parkte. Vermutlich hatte er es eilig, seinem Vater einen Lagebericht zu bringen. Plötzlich fühlte es sich an, als wären überall Augen, die sie beobachteten und bewachten.

Kaum waren sie im Zimmer, griff Benjamin nach ihren Händen.

»Wenn Franz sagt, dass ich nicht willkommen bin, reisen wir sofort ab. Versprich mir, dass du nicht allein hierbleibst.«

»Natürlich nicht. Er hat keine Macht mehr über mich.«

Das Zimmer war steril, was das monotone, schwache Brummen der Heizungsanlage noch betonte. Ihr war schwindelig, und sie setzte sich auf einen Stuhl.

»Benjamin, was tun wir hier?«

»Ja, das ist eine sehr berechtigte Frage. Mein Schatz, wir können jederzeit wieder fahren.«

Das Schrillen der internen Telefonanlage unterbrach ihn. Wie im Reflex nahm sie den Hörer ab.

»Welchen Teil von ›Aber nimm bloß nicht diesen Benjamin mit‹ hast du nicht verstanden?«, plärrte Franz in ihr Ohr.

Die Vibrationen in der Leitung ließen seine Stimme noch härter klingen. Als seine Assistentin hatte sie gelernt, am Klang seiner Stimme seine Verfassung abzulesen.

»Du hast mir nichts zu sagen. Wenn Benjamin nicht willkommen ist, dann nehmen wir die Fünfuhrfähre nach Hause.«

Schweigen.

»Schon in Ordnung. Wir sprechen nach dem Mittagessen.«

Der große Tisch in der riesigen Suite war für sie gedeckt worden. Es gab Schnittchen, Salate und frisch gebackenes Brot. Dazu Flaschen mit speziell angefertigtem ViaTerra-Mineralwasser. Benjamin verkündete, dass ihn die frische Seeluft hungrig gemacht hatte, und aß gierig von dem reichen Angebot. Sofia hatte keinen Appetit und nahm nur ein bisschen Salat.

»Fühlt es sich für dich gar nicht seltsam an, wieder hier zu sein?«, fragte sie Benjamin.

»Ich finde es ein bisschen unheimlich, aber alles ist so lange her.«

Da klopfte es laut an der Tür, und noch ehe sie Herein sagen konnten, wurde sie aufgerissen. Franz baute sich in der Tür auf. Das hier war ein Heimspiel für ihn, und er sah jetzt noch kraftstrotzender und energischer aus als bei ihrer Begegnung auf dem Festland. Er war lässig gekleidet, in Jeans und Daunenjacke. Und noch brauner gebrannt als in Stenungsund.

»Grüßt euch! Benjamin, das ist ja eine Ewigkeit her!«

Er schüttelte Benjamin die Hand und schlug ihm mit der Hand auf die Schulter. Benjamin wirkte überrumpelt und trat einen Schritt zurück. Franz versuchte, Sofia einen Kuss auf die Wange zu geben, aber sie entzog sich der Berührung.

»Können wir das hier so schnell wie möglich hinter uns bringen, bitte«, sagte Benjamin und war sichtlich genervt.

Aber diese unterkühlte Ansage ließ Franz vollkommen kalt. Er strahlte eine fröhliche Offenheit aus, die anscheinend durch nichts zu erschüttern war.

»Ich möchte euch was zeigen«, sagte er. »Und danach will ich mit Sofia unter vier Augen sprechen, wenn das okay ist? Nur ein paar Minuten.«

»Wir werden sehen«, brummte Benjamin. »Das muss sie selbst entscheiden.«

Franz führte sie über den Hof zu dem Hauptgebäude für die Gäste. Sie gingen durch den leeren Speisesaal, dann einen Korridor entlang, an dessen Ende sich ein Raum befand, an den sich Sofia erinnern konnte. Der hatte damals leer gestanden und war für einen Fitnessraum vorgesehen gewesen. Franz öffnete die Tür, schaltete das Licht ein und schob Sofia sanft mit der Hand in den Raum.

Außer einem großen Tisch in der Mitte war das Zimmer leer. An den Wänden hingen Skizzen und Pläne, und nachdem Franz einen Knopf gedrückt hatte, leuchtete der Tisch in klaren Farben.

»Das hier ist ein fotorealistisches 3-D-Modell«, sagte er. »Es besteht aus einer Unmenge von Bildmaterial. Ihr könnt es wie einen Laptop mit den Fingern bedienen und an die kleinsten Details im Gebäude heranzoomen. Jede verdammte Schraube lässt sich anzeigen.«

Sofia trat näher heran, versuchte das komplexe Modell zu begreifen. Auf einem großen Grundstück stand ein Gebäude. Einige Stellen waren farblich hervorgehoben, andere lagen im Schatten. Das Haus, es war weiß, sah wie von der Sonne beschienen aus. Hinter dem Haus konnte man das Meer sehen, sogar den Wellengang. Da sah sie die Klippen, den Weg, der sich zum Haus hinaufschlängelte, und dann die Formation der Bäume, die sie sehr gut kannte.

Das Modell stellte ihre *Herberge* dar, wie sie vor dem Sturm ausgesehen hatte. Nur noch schöner.

»Der Architekt heißt Gerhard Diller«, fuhr Franz fort. »Er hat sich auf 3-D-Modelle spezialisiert. Das ist doch fantastisch, oder? Und das Haus ist vollkommen orkansicher.«

Sofia holte nervös Luft. Sie lehnte sich vor, um sich die Einzelheiten aus der Nähe anzusehen. Das Hauptgebäude war eine exakte Kopie der *Herberge*, nur um ein zusätzliches Stockwerk erweitert. Auch die schöne Veranda war da. Und ein Gehege für Tiere. Ein Stall. Sowie ein Teich mit einem kleinen Wasserfall auf der Rückseite des Hauses.

Das Modell weckte die Erinnerungen an die schöne Zeit dort. Auf einmal hatte sie das unangenehme Gefühl, Franz hätte ihre Träume gestohlen. Sie drehte sich zu ihm um, aber er kam ihr zuvor.

»Ich weiß doch, dass du die Veranda so gern mochtest«, sagte er.

Woher zum Teufel wusste er das?

»Warum hast du das da gemacht?«, fragte sie mit schriller Stimme. »Was hast du vor?«

»Ich habe mir gedacht, ich übernehme die Planung, damit du das Geld für den Bau und dein Unternehmen einsetzen kannst. Du kannst mit einer einzigen Handbewegung in das Modell zoomen und alle Details verändern und kommentieren. Du hast das letzte Wort, wie es am Ende aussehen soll.«

»Aber warum hast du das hinter meinem Rücken gemacht?«

»Das habe ich dir doch schon gesagt, Sofia«, antwortete

er mit einem vorwurfsvollen Blick. »Ich möchte endlich unser Kriegsbeil begraben. Stell dir doch bitte mal vor, was du mit diesem Bauplan alles machen kannst. Du bist doch so dynamisch.«

Benjamin war ungewöhnlich still und ganz versunken in die Technik. Sofia wusste, dass er mit ähnlichen Projekten betraut gewesen war und garantiert auch schon von Gerhard Diller gehört hatte.

»Und ich habe dir bereits gesagt, dass ich dein Geld nicht will«, sagte sie kurz angebunden. »Wolltest du uns noch mehr zeigen?«

Franz übernahm die Führung, wie immer. Es gab einen kleinen Rundgang über das Anwesen, er zeigte ihnen die Aula, das Schulgebäude und sein neues Fitnessstudio. Er faselte von angeblichen Wundern, die ihnen aufgrund der Anwendung der ViaTerra-Methoden mit Schulkindern gelungen seien. Sofia hörte ihm nur mit halbem Ohr zu. Ein Großteil ihrer Aufmerksamkeit verschlang das Modell – das von der Sonne beschienene Haus.

Das klang nach einem besonders wichtigen Projekt für ihn, dachte sie. Warum bin ich ihm auf einmal so wichtig?

»Wo ist eigentlich das ganze Personal? Und wo sind die Schüler?«, fragte Benjamin.

»Im Ort, sie helfen bei den Vorbereitungen unserer alljährlichen Weihnachtsfeier für die Inselbewohner. Wir arbeiten mittlerweile hervorragend mit der Kirche zusammen. Und mit den Zuständigen im Gemeinderat. Alles fing mit dem Sturm an. Wir haben bei den Aufräumarbeiten geholfen. Unser Ruf war noch nie so gut wie jetzt.«

»Ich bin ganz überrascht, dass sie das Anwesen verlassen dürfen«, entgegnete sie giftig.

»Ich hatte doch gesagt, dass ich mich verändert habe.«

Am Ende des Rundgangs standen sie wieder auf dem Hof. Es war dunkel geworden. Überall flackerten Fackeln und Lichter. Auch der Weihnachtsbaum leuchtete. Es war so kalt, dass sie beim Sprechen weiße Wolken vor den Mündern hatten.

»Jetzt machen wir eine kleine Pause, dann könnt ihr in Ruhe zu Abend essen«, sagte Franz. »Und danach kommst du bitte kurz in mein Büro, Sofia. Nicht lang. Ist das in Ordnung?«

Zuerst wollte sie aufbegehren und darauf bestehen, Benjamin mitzunehmen. Aber sie war auch gespannt zu hören, was Franz zu sagen hatte. Und bei dem Rundgang übers Gelände war ihr immer deutlicher geworden, dass sie keine Angst mehr vor ihm hatte.

Benjamin atmete schwer.

»Du musst das nicht machen, Sofia.«

»Das ist schon in Ordnung«, sagte sie, und zu Franz gewandt: »Maximal fünf Minuten.«

Er nickte und verbeugte sich zum Scherz tief vor ihr.

In dem menschenleeren Speiseaal war ein Festmahl für sie gedeckt worden. Es gab ein Linsencurry und einen Rote-Beete-Salat mit Schafskäse. Dazu Riesengarnelen. Sofia aß ein paar Löffel von dem Curry und probierte auch das andere, aber es schmeckte alles gleich und nach nichts.

Benjamin nahm ihre Hand.

»Wenn dir etwas unangenehm ist, dann antwortest du ihm einfach nicht.«

»Du brauchst mich nicht zu schützen, ich weiß, wie man mit ihm umgehen muss.«

»Ich würde gerne erfahren, ob er mir den Kontakt zu Gerhard Diller vermitteln könnte. Der Mann ist ein Genie.«

»Vergiss es. Das ist genau das, was er damit erreichen will. Dass du scharf auf seine Kontakte bist.«

Sie nahmen sich viel Zeit fürs Abendessen. Dann zog sich Benjamin in die Suite zurück. Er würde dort auf sie warten.

Sie schleppte sich lustlos zum Herrenhaus und ging betont langsam die Treppen nach oben in Franz' Büro. Das Haus war still und verlassen, so ganz ohne Personal. Leere, dunkle Büroräume und Flure. Alles war sauber und ordentlich. In der Luft hing ein zarter Zitronenduft von den Reinigungsmitteln.

Ohne anzuklopfen, betrat sie sein Büro. Er saß an seinem großen Schreibtisch und nickte ihr mit seinem wölfischen Lächeln zu.

»Setz dich, Sofia. Wie schön, dich wieder einmal in meinem Büro zu begrüßen. Möchtest du was trinken?«

»Nein, danke. Kannst du bitte zur Sache kommen? Ich bin ganz erschöpft von den vielen Informationen, mit denen du uns heute vollgestopft hast.«

Er zeigte auf den Stuhl vor seinem Tisch, aber sie blieb an der Tür stehen. Der Raum hatte sich überhaupt nicht verändert. Lediglich ein paar Sessel und ein Couchtisch waren dazugekommen. Aber es hatte dieselbe Anmutung wie früher: weiß, grau und kalt. Keine Weihnachtsdekoration, aber auf einem kleinen Beistelltisch stand ein Korb mit Hyazinthen und Christrosen.

»Ein Geschenk von der Kirche«, sagte er. »Scheußlicher Geruch.«

Sie bemerkte, dass es den kleinen Schreibtisch, an dem sie gearbeitet hatte, nicht mehr gab. Er folgte ihrem Blick.

»Ich habe zurzeit keine Sekretärin. Hier ging eine ganze Armada von unfassbar inkompetenten Individuen ein und aus, bis ich am Ende aufgegeben habe. Ehrlich gesagt, du bist die beste Sekretärin gewesen, die ich je hatte. Und das habe ich mir alles selbst kaputt gemacht«, sagte er und seufzte. »Mal sehen, ob Madde wieder zur Vernunft kommt. Erinnerst du dich an sie? Sie ist zu nichts nutze, genau wie früher. Jetzt habe ich im Nebenzimmer eine Handvoll Mitarbeiter, die mir meine Thesen und Vorträge ins Reine schreiben und so was. Sie kommen, wenn ich auf diesen Knopf drücke. Hast du sonst noch Fragen? Wie es mir geht, oder so?«

»Nein, ich bin nicht im Geringsten daran interessiert. Komm auf den Punkt.«

Er holte tief Luft und starrte aus dem Fenster. Dann stand er auf und kam auf sie zu.

»Es fällt mir nicht leicht, diese Frage zu stellen, aber ich muss es tun.«

»Na dann, raus damit. Ich stehe nicht besonders auf Ratespiele.«

Er sah ihr tief in die Augen und seufzte.

»Ich möchte wissen, ob Julia meine Tochter ist«, sagte er.

Für einen schwindelerregenden Moment befand sich Sofia am Rande eines Abgrundes, vor einem schwarzen gierigen Loch, das sie zu verschlingen drohte. Und doch war da, mitten im Chaos, ein Moment vollkommener Klarheit.

Man kann sich fünfzehn Jahre lang mit einem Gedanken quälen und ist trotzdem nicht darauf vorbereitet, wenn er eines Tages Wirklichkeit wird.

20

Die Eltern, deren Kinder in unsere Schule gingen, waren von Vater handverlesen. Sie waren Mitglieder von ViaTerra, die ihm in allen Krisen unerschütterliche Treue bewiesen hatten. Sie bemühten sich, die Philosophie von ViaTerra auch in ihrem Alltag umzusetzen, indem sie zum Beispiel darauf achteten, der moralisch verdorbenen Gesellschaft den Rücken zu kehren. Sie waren Vater so ergeben, dass sie manchmal sogar salutierten, wenn sie ihm begegneten.

Sie waren davon überzeugt, zu den Glücklichen zu gehören, auserwählte Pioniere einer guten Sache. Und sie glaubten, dass ihre Kinder eines Tages zum Stoßtrupp im Kreuzzug für eine bessere Welt gehören würden. Deshalb wurden sie in einige Rituale auch eingeweiht. So erfuhren sie von den verschiedenen Konsequenzen, wie es das Rundenlaufen, die Liegestütze und die körperliche Arbeit sind. Sie unterstützten das, fanden es förderlich für die persönliche Entwicklung ihrer Kinder. Ein elementarer Unterschied zu den öffentlichen Schulen, in denen es keine Disziplin mehr gab und der Pöbel die Führung übernommen hatte. Sie wollten, dass aus ihren Kindern abgehärtete Menschen wurden. Und vor allem erfolgreiche.

Ich kann deine ungeduldige Stimme förmlich hören, die mich unterbrechen will. *Warum verteidigst du das alles?* Aber das tue ich gar nicht. Ich versuche, mir auf diesem Weg selbst die Zusammenhänge zu erklären.

Allerdings hatten auch diese Eltern natürlich ihre Grenzen. Und wenn diese Grenzen überschritten wurden, dann trat Vater auf den Plan.

Der Schulbesuch

Das Wochenende ist vorbei, die Schule fängt wieder an. Wir haben die Tage bei Großmutter in ihrer kleinen Hütte am Meer verbracht. Auf den Tapeten in unserem Zimmer sind Bälle und Schnecken zu sehen. Es ist Vaters ehemaliges Kinderzimmer. Wir waren tagsüber am Meer und wurden abends vom Rauschen der Wellen in den Schlaf gewiegt. Großmutter erzählen wir nichts von der Schule. Das haben wir Vater versprochen. Und Großmutter fragt uns auch nie danach. Ich genieße es, Zeit mit ihr zu verbringen. Aber der Kloß im Hals will nicht verschwinden. Ich vermisse sie immer so.

Wir haben Unterricht bei Ali-Khan. Heute werden wir Vaters Thesen durcharbeiten. Im Klassenzimmer hat sich eine feierliche Stimmung ausgebreitet.

Gerade als wir anfangen wollen, kommt Vater hereingestürmt und fragt, wo Karsten ist. Er ist wütend, so wütend, dass man am liebsten nicht in sein Gesichtsfeld gerät. Da taucht Karsten auf, und Vater geht mit ihm in den Flur. Wir hören, wie er ihn ausschimpft. Hugo hat seinen Eltern offensichtlich vom Eisbaden erzählt. Ich kann nur vereinzelte Satzfetzen aufgreifen: »verdammter Skandal« und »kurzsichtige Idioten«.

Hugo krümmt sich auf seinem Stuhl zusammen und wird kreidebleich.

Da kommt Vater wieder ins Klassenzimmer. Er lächelt.

»Komm, Hugo«, sagt er. »Ich möchte mit dir sprechen.«

Der Unterricht schleppt sich dahin, Ali-Khan ärgert sich

über unsere Unkonzentriertheit. Die Thesen pausieren, weil Hugo nicht dabei ist, und wir haben ausnahmsweise mal Mathematik.

Hugo kommt erst am späten Nachmittag zurück. Freude-strahlend berichtet er davon, dass er mit Vater Motorrad fahren war. Und zwar nicht auf irgendeinem Motorrad, sondern auf seiner Harley. Außerdem durfte er Spiele auf dem Computer spielen, was für alle Kinder der Erde sonst strengstens verboten ist. Ich bin eifersüchtig. Und Vics Augen sind schwarz vor Hass. Trotzdem wagt sich niemand, Hugo anzugreifen. Schließlich ist er jetzt der beste Freund des Chefs.

Gegen Abend wird es noch einmal wild. Karsten und Ali-Khan verkünden, dass wir am nächsten Tag Besuch bekommen. Wir putzen die Schule von oben bis unten, bügeln unsere Uniformen und räumen in den Schränken und Regalen auf. Dann werden wir ins Klassenzimmer gerufen. Dort prüft uns Ali-Khan in Mathematik und Schwedisch. Sie wiederholt dieselben Fragen noch tausend Mal, bis wir die Antworten auswendig können.

Zwischendurch kommt Vater rein, hört uns zu und nickt zufrieden. Bevor er das Klassenzimmer wieder verlässt, hat er Ali-Khan noch etwas Wichtiges zu sagen.

»Sie riechen wie eine alte Mülltonne«, zischt er. »Unternehmen Sie etwas gegen Ihren Mundgeruch, bevor der Besuch morgen kommt.«

Am nächsten Tag müssen wir nicht arbeiten. Stattdessen sitzen wir im Klassenzimmer, in dem es nach Ali-Khans Mentholpastillen stinkt. Ungeduldig warten wir auf das Eintreffen der Besucher. Endlich öffnet sich die Tür, und Vater kommt in Begleitung einer Frau und eines Mannes herein, die ich sofort erkenne. Es sind Hugos Eltern. Ali-Khan stellt daraufhin jedem Kind eine Frage. Wir machen keine Fehler, schließlich haben wir auch fleißig geübt. Hugo bekommt die schwerste Frage und weiß die Antwort. Er sieht zu seinen stolzen Eltern hinüber und strahlt übers ganze Gesicht.

»Hugo hat hervorragende Fortschritte gemacht«, sagt Vater. »Ich sehe einen Denker, einen Visionär in ihm.«

Zum Abschluss stellen wir uns in Formation auf und singen eines unserer Kampflieder: ViaTerra wird siegen. Livia steht ganz vorn. Sie sieht so niedlich aus. Ihre Haare sind hochgesteckt, und sie hat die Hände vor dem Bauch gefaltet. Das Lied haben wir schon sehr oft gesungen. Es soll mit einem Leuchten in den Augen gesungen werden. Und das tun wir.

Hugos Mutter klatscht verzückt in die Hände. Ihre Augen sind ganz feucht.

»Wollen wir uns zu einem Lunch in die Seitengebäude zurückziehen?«, fragt Vater. »Danach können Sie unseren Fitnessraum ausprobieren und den Salzwasserpool genießen, wenn Sie Lust dazu haben?«

Hugos Eltern nicken begeistert und winken Hugo zu, bevor sie das Klassenzimmer wieder verlassen.

Eine Welle der Erleichterung fließt durch mich. Ab jetzt wird es bestimmt kein Eisbaden mehr geben.

Aber da irre ich mich leider ziemlich.

21

Sofias Reaktion war eigentlich eher untypisch für sie. Aber ihr wurde plötzlich klar, warum Franz unbedingt gewollt hatte, dass sie nach Dimö kam. Fort aus ihrem vertrauten Umfeld, damit er ein Heimspiel hatte. An einen Ort, an dem sie sich klein und hilflos fühlen würde. Damit es ihm leichterfiel, hinter ihre Fassade zu sehen. Sie zu lesen. Für einen kurzen Augenblick fühlte sie sich ausgezählt und schwach. Dann aber meldete sich ihre Wut zu Wort. Sie sah sich nach etwas um, das sie durch die Gegend werfen konnte. Ihr Blick fiel auf den Korb mit den Weihnachtsblumen. Sie griff nach dem Topf und schleuderte ihn auf Franz. Er landete zu seinen Füßen, ein Haufen Erde und Scherben. Einige Blüten waren abgerissen und verteilten sich auf dem Boden, eine einzelne Blüte lag auf seinem frisch polierten Schuh.

»Du bist dir also auch nicht sicher«, hörte sie seine Stimme. Weit entfernt, wie aus einer anderen Dimension. »Du kannst auch gern meinen Laptop durch die Gegend werfen, wenn du willst. Der ist stoßfest. Und versichert.«

Er stand auf und kam auf sie zu. Instinktiv trat sie einen Schritt nach hinten, aber nicht schnell genug. Mit seiner Hand berührte er ihren Arm.

»Ich weiß, dass du mir unterstellst, dich damit nur ärgern zu wollen. Aber das ist nicht so. Wenn Julia meine Tochter ist, soll sie die Möglichkeit haben, mich kennenzulernen.«

»Das wird sie niemals wollen.«

»Und warum nicht?«

»Weil sie all das ist, was du nicht bist – bescheiden, warm und … sanftmütig.«

Und schon wieder lüge ich, schoss es ihr durch den Kopf. Julia war ihm so furchtbar ähnlich. Sie hatte alles von ihm. Nur nicht das Böse.

»Mir wäre der Gedanke nie im Leben gekommen, wenn ich sie nicht im Fernsehen bei diesem Gesangswettbewerb gesehen hätte«, sagte er. »Da keimte in mir so etwas wie eine Vermutung auf. Aber da wusste ich noch gar nicht, dass sie deine Tochter ist. Ich habe nur eine starke Verbindung gespürt. Darum flehe ich dich an, einen DNA-Test zu machen. Ich helfe dir – unabhängig vom Ergebnis – mit dem Wiederaufbau der *Herberge*. Und du darfst auch das Buch herausgeben.«

»Das alles hättest du mir doch auch schon in Stenungsund sagen können.«

»Ja, aber es fühlte sich hier richtiger an. Zu Hause. An dem Ort, der für uns auch mit guten Erinnerungen verbunden ist. Außerdem wollte ich dir das 3-D-Modell zeigen.«

»Du hast kein Recht. Zu gar nichts.«

»Das weiß ich doch. Aber du bist ein guter Mensch, Sofia. Du wirst das Richtige tun, das, was das Beste für Julia ist.«

Sie spürte große Erleichterung. Endlich hatte das Lügen ein Ende, sie musste nur noch Nein sagen.

»Triff jetzt keine voreiligen Entscheidungen«, warnte er. »Sprich mit Benjamin. Schlaf eine Nacht drüber. Versuch Julias Perspektive einzunehmen, bevor du etwas beschließt.«

»Sprich nicht von ihr, als würdest du sie kennen. Du hast überhaupt keine Ahnung, wer sie ist.«

»Ich weiß mehr, als du denkst. Ich habe etwas recherchiert.«

»Genau, darin bist du ja auch der Beste. Jetzt kannst du auf einen deiner Knöpfe drücken, und dann kommen deine Untergebenen und dürfen hier aufräumen. Ich geh schlafen. Das war es. Du wirst nichts mehr von mir hören.«

»Doch, das werde ich. Schön, dass du da warst. Es war so unterhaltsam!«, sagte er und lächelte.

Sie zwang sich, das Büro ohne Hast zu verlassen und ebenso langsam über den Hof zu gehen. Sie spürte seinen Blick im Nacken. Sie wusste, dass er am Fenster stand und ihr hinterherblickte. Und tatsächlich, als sie sich umdrehte, sah sie seine Silhouette.

Als sie die Suite betrat, sprang Benjamin vom Sessel auf. Sein Gesichtsausdruck verriet, dass er wusste, dass es natürlich um Julia gegangen war.

»Vielleicht ist es ganz gut, dass es jetzt geklärt werden muss«, sagte er. »Damit wir auch endlich aufhören können, uns selbst was vorzumachen.«

Sie brach in Tränen aus, bevor sie sich hingesetzt hatte. Benjamin nahm sie in den Arm.

»Ich möchte auf keinen Fall, dass er Julia begegnet, mit ihr redet oder sie berührt. Niemals, hörst du? Wie kann das Leben bloß so ungerecht sein? Wie kann so etwas Wunderbares von jemandem stammen, der so abscheulich ist?«

»Das wissen wir doch noch gar nicht. Liebes, komm, lass uns ins Bett gehen. Du bist ja vollkommen fertig. Nichts von dem, was heute geschehen ist, verändert unser Leben. Wir haben doch uns. Das sind bloß alte Dämonen. Die jagen wir davon, wie immer. Niemand kann dich zu etwas zwingen, was du nicht willst. Du bestimmst, nicht Franz. Verstehst du?«

»Warum habe ich ihn nicht einfach angelogen und behauptet, dass wir den Test gemacht haben und sie deine Tochter ist?«

»Weil du ein ehrlicher, aufrichtiger und starker Mensch bist. Deshalb liebe ich dich auch so sehr.«

»Aber er lügt! Er hat gesagt, dass er sie im Fernsehen gesehen hat, beim Gesangswettbewerb. Nie und nimmer. Er sieht nie fern und auf keinen Fall solche kommerziellen Programme. Der ist schon lange hinter uns her. Keine Ahnung, wie lange.«

»Reg dich bitte nicht so auf, mein Schatz. Komm, wir gehen jetzt schlafen und vergessen das alles.«

Sie kapitulierte und ließ sich aufs Bett sinken, kuschelte sich in seine Arme. Nach einer Weile stand sie aber wieder auf, sie wollte sich duschen, um das klebrige Gefühl abzuspülen, das das Gespräch mit Franz hinterlassen hatte. Als sie aus dem Badezimmer zurückkam, lag Benjamin unter der Decke. Sie kroch zu ihm, er schmiegte sich von hinten an sie. Da spürte sie seine Erregung. Er streichelte sanft über ihre Brüste.

»Ich hätte da eine Idee, wie wir für einen Augenblick an etwas ganz anderes denken könnten als an diesen Franz«, murmelte er.

Vorsichtig strich er den Träger ihres Nachthemdes von der Schulter und küsste ihre Haut, bis ihre Wut abgeklungen war. Nach dem Sex schlief Benjamin sofort ein und schnarchte laut. Sofia warf sich lange unruhig im Bett hin und her, bis sie schließlich in einen leichten Schlaf sank.

Als sie aufwachte, hatte sie einen steifen Nacken. Sie hatten nicht herausfinden können, wie das komplizierte Thermostat zu bedienen war, deshalb war es im Raum empfindlich kalt geworden. Sie fror. Draußen war es noch dunkel, aber das Licht des Mondes schien durchs Fenster und zeichnete einen leuchtenden Streifen auf den Boden. Sie stand vorsichtig auf. Das Display ihres Handys zeigte ihr die Uhrzeit. Viertel nach sechs. In weniger als zwei Stunden würden sie die nächste Fähre zurück aufs Festland nehmen.

Sie zog sich an, streifte sich ihre dicke Winterjacke, Stiefel und Handschuhe über. Dann schlich sie sich in den eisigen Wintermorgen hinaus. Das Anwesen lag im Dunkeln. Die Lichter am Weihnachtsbaum waren die einzige Beleuchtung außer dem Schein des Mondes, der voll und prachtvoll über dem Dach des Herrenhauses hing.

Sie schob ihre Hände in die Jackentasche und schlenderte zu dem kleinen Tor in der Mauer, die das Anwesen umgab. Es war unverschlossen und sprang gleich auf, als sie die Türklinke berührte. Der Mond war ihre Taschenlampe auf dem Weg über den kleinen Pfad, der zur Heide führte. Die Luft war kalt und brannte richtig in der Lunge. Aber der Himmel über ihr war voller unzähliger Sterne, die wie an unsichtbaren Fäden zu hängen schienen.

Sie kletterte die Felsen hoch und ging bis zur Spitze des Teufelsfelsens. Von dort sah sie, wie der Mond seinen silbernen Schein über das Meer warf. Die Silhouetten der Klippen leuchteten vor einem dunklen samtblauen Himmel. Sie schloss die Augen und lauschte dem sanften Plätschern der Wellen.

Jetzt fühle ich mich gerade wieder so jung wie damals, dachte sie, als sie so alt war, wie Julia heute ist. Ich stehe hier oben auf dem Teufelsfelsen und träume von einer spannenden Zukunft, will unter keinen Umständen ein normales, langweiliges Leben führen. Aber das war, bevor ich dem Bösen begegnet bin. Sie versuchte, sich in Julia hineinzuversetzen. Würde ich wissen wollen, ob ein geistesgestörter Sektenführer und Vergewaltiger mein leiblicher Vater ist?, fragte sie sich. Was würde das bedeuten – für mein Leben?

Sie öffnete die Augen und ging zum Herrenhaus zurück. Ihre Finger waren ganz taub vor Kälte, sie zog die Handschuhe aus und pustete sie warm. Ihr Herz machte einen Satz, als plötzlich ein ebenso ängstlicher Fuchs über den Weg sprang. Er drehte sich zu ihr um und starrte sie aus leuchtenden Augen an.

Benjamin trat gerade aus der Dusche, als sie das Zimmer betrat.

»Ich freue mich, gleich wieder nach Hause zu fahren. Wo bist du gewesen?«

»Oben beim Teufelsfelsen. Ich musste nachdenken.«

»Lass nicht zu, dass Franz so viel Platz einnimmt.«

»Und wenn er doch recht hat, dass Julia erfahren sollte, wer ihr leiblicher Vater ist?«

»Aber welchen Unterschied würde es machen, außer dass er dann tausend neue Gründe findet, um uns zu kontaktieren und im Auge zu behalten?«

»Aber vielleicht geht es ihm gar nicht so sehr um uns. Jedenfalls fühlt es sich irgendwie nicht richtig an, Julia anzulügen. Sie hat doch ein Recht darauf, es zu erfahren, oder? Und sie ist ihm in so vielen Dingen ähnlich.«

»Da liegst du aber völlig daneben, mein Schatz«, erwiderte Benjamin. »Offensichtlich hast du die Fähigkeit verloren, dich mit den Augen anderer zu sehen. In Julia gibt es nicht mal eine Spur von Franz. Und im Übrigen – von mir auch nicht. Sie ist nämlich zu hundert Prozent Sofia Bauman. Und *deshalb* ist er auch so besessen von ihr.«

Erst auf dem Weg nach Hause – auf der Fähre – sah Sofia, dass Julia mehrere Male versucht hatte, sie zu erreichen. Sie rief sofort zurück, bekam aber nur die Mailbox und sprach ihr drauf, dass sie bald zu Hause sein würden.

Da rief Anna an.

»Ich versuche seit zwei Tagen, dich zu erreichen. Was ist passiert?«

»Ich war auf Dimö, und hier gibt es kein Netz.«

»Wie bitte? Du bist tatsächlich hingefahren? Wie war es?«

»Das erzähl ich dir später, aber summa summarum ist Franz so böse und heimtückisch, wie er es schon immer war.«

»Okay. Allerdings ruf ich dich wegen einer anderen Sache an. Du erinnerst dich doch an Peder Santos, das ist dieser Typ, der für uns in der *Herberge* gearbeitet hat, unser Mädchen für alles?«

»Natürlich erinnere ich mich.«

Peder war kurz nach der Eröffnung ihrer Einrichtung aufgetaucht. Er hatte sich nicht nur um den Garten gekümmert, sondern alle möglichen Reparaturarbeiten übernommen, die in einer solchen Einrichtung anfielen: ein tropfender Wasserhahn oder eine Tür, die klemmte. Er war immer hilfsbereit gewesen, bescheiden, und wurde von allen gemocht.

»Also, mich hat vor kurzem jemand von der Gemeinde von Henån angerufen. Sie hatten bei Straßenarbeiten gesehen, dass auf unserem Grundstück Werkzeuge herumliegen und Maschinen, die ja Peder gehören. Also habe ich ihn angerufen, bekam aber nur die Auskunft, dass diese Nummer nicht vergeben ist. Dann habe ich im Netz nach ihm gesucht und auch bei ein paar Behörden angerufen und bin jetzt gelinde gesagt etwas entgeistert und verwirrt.«

»Und warum?«

»Die Adresse, die er bei uns angegeben hat, ist falsch. Dort wohnt jemand anderes, und zwar seit zehn Jahren. Ich habe wirklich nach ihm gesucht, aber er hat sich praktisch in Luft aufgelöst. Von ihm fehlt jede Spur.«

22

Ich war neun Jahre alt, als mein Vater den Kontakt zu mir abbrach. Danach habe ich ihn erst mal nicht mehr zu Gesicht bekommen. In den Anfängen von *Kinder der Erde* hat er am Wochenende noch ab und zu Zeit mit Vic und mir verbracht, mit uns gespielt und gefragt, wie es in der Schule lief.

Aber dann – von einem Tag auf den anderen – veränderte sich alles.

Die Ereignisse dieses Tages haben sich mir eingebrannt. Manchmal überkommen mich die Erinnerungen, wenn ich sie am wenigsten erwarte – und mit ihnen die Dunkelheit und die schrecklichen Geräusche.

Der Schwerpunkt unserer Ausbildung lag immer auf dem Teamgedanken. Die Appelle, das Marschieren, die Einteilung in Arbeitslager und die Mannschaftssportarten. Um den Teamgedanken noch zu verstärken, wurden die sogenannten Siegeslieder eingeführt. In der Regel waren es richtige Lieder über ViaTerra. Aber manchmal handelte es sich auch nur um das rhythmische Brüllen von Zitaten aus Vaters Thesen. Wir standen in Reih und Glied vor einem großen, eingerahmten Foto von ihm und riefen einstimmig und sehr laut Merksätze wie: »Ich lege mein Leben in die Hände der Erde« oder »Meine Stärke stammt von Mutter Erde«. Manchmal standen Karsten oder Ali-Khan vor uns und brüllten uns Fragen entgegen, die wir in identischer Lautstärke beantworteten.

»Wer ist euer Anführer?«

»*Franz Oswald!*«

»Welchen Weg wandert ihr?«

»*Den Weg der Erde!*«

»Welcher ist der einzig wahre Weg?«

»*Via Terra!*«

»Wer sind die Auserwählten?«

»*Wir sind die Auserwählten, die Kinder der Erde!*«

Diese Übungen dauerten so lange an, bis wir vom Schreien ganz heiser waren. Beendet wurden sie immer mit einem Applaus vor dem gerahmten Foto meines Vaters. Von allen Dingen, zu denen wir gezwungen wurden, war das für mich das Schlimmste. Etwas in mir sträubte sich. Ich fand es komisch, in Vaters Augen zu starren und dabei zu applaudieren. Er war doch weit weg, das fühlte sich so unwirklich an. Wer applaudiert seinem Vater?

In der Regel tat ich bloß so, als würde ich klatschen, aber meine Hände berührten sich nur lautlos. Ich hoffte, dass es niemand bemerkte.

Aber ausgerechnet das führte zu den schrecklichen Ereignissen an jenem Tag.

Die Isolation

Es ist schon spät am Abend. Ali-Khan hat endlich eine sehr lange, ermüdende Unterrichtseinheit mit uns beendet. Wir haben so viele Merksätze und Grundsätze gebrüllt, dass wir davon ganz heiser sind. Jetzt fehlt nur noch der Applaus, dann dürfen wir ins Bett.

Wie immer sperrt sich was in mir. Der Eifer der anderen steckt mich nicht an. Dieses Mal lege ich meine Handflächen nur aneinander, während die anderen frenetisch klatschen. Ich hoffe, dass auch heute niemand auf mich achtet. Aber als ich mich schon in Sicherheit wiege und denke, alles ist überstanden, stößt Vic einen grellen Schrei aus.

»Thor klatscht nicht!«

Es wird sofort ganz still. Alle Kinder starren mich misstrauisch an.

Auch Ali-Khan hat ihre Habichtaugen auf mich gerichtet.

»Ist das wahr, Thor?«

Ich habe den Kopf gesenkt und nicke, außerstande zu lügen. Wahrscheinlich habe ich nur darauf gewartet, entlarvt zu werden.

»Und warum klatschst du nicht, Thor?«

»Ich finde das seltsam«, stammele ich.

»Hör auf zu flüstern. Sprich deutlicher.« Ali-Khans Stimme ist unterkühlt, ich habe eindeutig eine Grenze überschritten. Anweisungen meines Vaters infrage zu stellen ist ein Ding der Unmöglichkeit und streng verboten.

»Vor einem Foto zu stehen und zu klatschen, finde ich komisch«, flüstere ich.

Vic baut sich vor mir auf. Er sieht unheimlich aus. Sein Gesicht ist feuerrot, seine Augen sprühen Funken. Er packt meine Hände und schlägt sie gegeneinander. Mehrmals.

»Klatsch jetzt, du Missgeburt. Du dummer Idiot, klatsch für den Chef!« Er stößt mir mit der Faust gegen die Brust, ich stolpere nach hinten und kann mich nur in letzter Sekunde fangen.

Ali-Khan starrt uns mit verschränkten Armen an.

»Vic hat recht. Du klatschst jetzt, Thor. Laut, damit wir es alle hören können.«

Aber etwas in mir sperrt sich. Ich kann meine Arme nicht

bewegen, sie hängen leblos an meinem Körper herunter. Ich bekomme keine Luft mehr und sinke zu Boden.

Da spüre ich Vaters Anwesenheit. Ich sehe ihn nicht, ich weiß aber, dass er da ist. Die anderen Kinder schnappen hörbar nach Luft, als sie ihn sehen. Ich wage es nicht, mich umzudrehen. Ich habe keine Kraft mehr, etwas vorzuspielen.

»Macht einfach weiter«, höre ich Vater sagen. »Ich bin nur ein Beobachter.«

Das spornt Vic noch mehr an. Er schreit mich an und tritt auf mich ein.

»Du sollst für den Chef klatschen! Klatsch jetzt, sonst bring ich dich um!«

Ali-Khan kommt mit ihren klauenartigen Fingern und zieht mich an den Armen hoch, bis ich stehe. Der Geruch ihres Zigarettenatems ist Übelkeit erregend. Ich spüre, dass sie zögert. Vater ist im Raum, und ich bin sein Sohn, dennoch muss sie handeln, denn die Situation ist untragbar.

Vic sieht Ali-Khans Zögern und übernimmt die Führung. Er schnappt mich und zerrt mich hinter sich her, während er wie von Sinnen brüllt: »Dummer Idiot. Ab mit dir in die Isolation.«

Ich wage es nicht, Widerstand zu leisten. Gegen Vic kann ich nichts ausrichten, und Vaters Augen beobachten unbeteiligt das Geschehen. Vic schleppt mich zur Abstellkammer, öffnet sie und stößt mich hinein. Es ist eng darin, ich muss die Beine anziehen. Dann schlägt er die Tür zu und dreht den Schlüssel im Schloss um. Es ist vollkommen dunkel. Ich sehe nichts, aber mein Gehör ist dafür umso ausgeprägter.

»Sehr gut gemacht, Vic!«, höre ich Vater vor der Tür sagen. »Heute hast du deine Führungsqualitäten bewiesen. Die geringste Abweichung von einem Team kann die gesamte Gruppe gefährden.«

Ich höre das zustimmende Gemurmel der anderen Kinder. Dann Ali-Khans Stimme.

»Bettzeit! In zehn Minuten wird das Licht ausgemacht!«

Die Geräusche und Schritte verstummen. Stille und Dunkelheit sind erdrückend.

Ich liege auf dem Rücken und warte. Lausche. Warte auf Schritte von demjenigen, der mich wieder aus der Kammer befreit. Aber nichts geschieht.

Die Grenze zwischen Tag und Nacht verschwimmt, es gibt keine Zeit. Die Dunkelheit bohrt sich in mich, bis aus der Angst Verzweiflung wird.

Mein kleines Herz tut so weh.

Ich schlucke die Tränen hinunter.

In dieser Nacht kommt niemand, um die Tür zu öffnen und mich herauszulassen.

23

Julia räkelte sich auf dem Sofa, spannte ihren Körper zu einem Bogen. Sie wollte Matt zurücklocken, der sich seine Jeans anzog. Dabei geriet er ins Stolpern und stürzte auf sie. In letzter Sekunde konnte er sich mit den Händen abstützen. Das sah so lustig aus, dass sie laut lachen musste. Und ihn damit ansteckte.

Er nahm ihr Gesicht in seine Hände. Diese Hände hatten gerade noch jeden Millimeter ihres Körpers erforscht und ihr drei Orgasmen geschenkt.

»Es fällt mir immer schwer, dich zu verlassen«, sagte er.

»Kannst du nicht bei mir übernachten?«

»Ich muss morgen früh in der Schule antanzen. Wenn ich also hierbleibe, müsste ich auch wirklich *schlafen*. Und dann ist es doch gehupft wie gesprungen, wo ich das tue.«

»Warum benutzt du immer diese altmodischen Ausdrücke? *Gehupft wie gesprungen*. Das sagt doch heute niemand mehr.«

»Ich bin eben nicht wie alle anderen.«

Er zog sich an, diesmal ohne zu fallen. Sie sah zu, wie er das T-Shirt über seinen muskulösen Körper streifte, sich auf einen Stuhl setzte und Strümpfe und Schuhe anzog.

»Wann kommen deine Eltern zurück?«, fragte er.

»Morgen Nachmittag.«

»Wo ist Denzel eigentlich?«

»Den haben sie zu den Nachbarn gebracht.«

Er gab ihr einen Kuss auf den Mund.

»Wir sehen uns morgen, Süße.«

»Wann haben wir endlich richtigen Sex?«

»Das hab ich dir doch schon gesagt. Wenn du sechzehn bist. Dann fahren wir weg, nur wir beide.«

»Hmmm. Meinetwegen. Aber ich bin jetzt schon alt genug, um Sex zu haben. Ich finde das so was von blöd zu warten.«

»Je länger wir warten, umso schöner wird es. Schläfst du hier? Nackt auf dem Sofa?«

»Jepp. Du hast mich bis aufs Mark ausgesaugt, wie die Alten immer sagen. Ich habe keine Kraft mehr, mich auch nur nach oben zu schleppen ... oder mit Denzel rauszugehen.«

Nachdem er gegangen war, lag sie noch eine Weile auf dem Sofa. Der Mond schien durchs Fenster und legte einen schwachen blauen Schimmer auf ihren Körper. Sie hörte, wie Matt mit dem Wagen wegfuhr, ihre Hand glitt zwischen ihre Beine, sie streichelte sich und dachte dabei an ihn. Ihre Brustwarzen wurden steif, und sie bekam schon wieder dieses schöne, schwere Gefühl da unten. Trotzdem beschloss sie, nach oben in ihr Zimmer zu gehen und sich in ihr Bett zu kuscheln. Sie stand auf und streckte sich, fühlte sich jetzt wunderbar weich, glücklich und zufrieden.

Plötzlich blitzte es draußen vor dem Fenster. Ein Gewitter? Doch nicht im Winter?, dachte sie. Der Himmel war klar und frei von Gewitterwolken, nur der Mond schien hell.

Da blitzte es wieder, mehrmals hintereinander, wie bei einem Feuerwerk. Sie spürte die Angst wie eine kalte Hand, die ihr Herz umklammerte. Da stand jemand vor dem

Wohnzimmerfenster. Julia starrte in ein Paar schwarze Augen in einer grinsenden Maske.

Die Kälte verbreitete sich rasend schnell im ganzen Körper.

Sie war wie gelähmt, konnte den Blick nicht von der schrecklichen Maske abwenden. Sie hörte ihren schrillen Schrei, aber der klang seltsam fremd.

Handy! Wo hatte sie ihr Handy hingelegt?

Die Maske verschwand wieder, sie aber blieb wie angewurzelt stehen. Ihr Kopf arbeitete auf Hochtouren, die Gedanken sprangen vom Handy zur Eingangstür, die nicht abgeschlossen war. *Zuerst die Tür, dann das Handy. Polizei, ich muss die Polizei rufen!*

Das Adrenalin schoss in ihre Muskeln und befreite sie mit einem heftigen Zucken aus der Lähmung. Sie dachte an den Hund, dann rutschte sie auf dem Teppich aus, konnte sich fangen und stolperte zur Tür. Drehte den Schlüssel zweimal im Schloss, um sicherzugehen. Sie lehnte sich gegen die Wand, versuchte ihr wild pochendes Herz zu beruhigen und überlegte fieberhaft, wo sie ihr Handy hingelegt hatte.

Da quietschte es plötzlich hinter ihr, es musste ein Bügel sein, in der Garderobe an der Tür. Ein leichter Windzug im Nacken, und Sekunden später überrumpelte er sie von hinten und packte sie. Ein Arm lag um ihren Hals, der andere um ihre Taille. Sie versuchte zu schreien, aber ihr Mund war trocken, sie brachte nur ein heiseres Krächzen hervor. Er war wahnsinnig stark, sein Griff fühlte sich wie eine Eisenkralle an. Ihr Gehirn hatte sich ausgeschaltet, ein Teil ihres Bewusstseins war zu Tode erschrocken und schien ihren Körper verlassen zu haben.

»Wenn du tust, was sich sage, passiert dir nichts«, flüsterte er. Er hatte eine tiefe Stimme, die sonderbar ruhig und sachlich klang, aber sie kannte sie nicht. Julia atmete schnell ein und aus, und doch hatte sie das Gefühl, dass nichts von dem Sauerstoff in ihrer Lunge ankam.

»Los, ins Wohnzimmer.«

Er trat ihr mit seinem Knie von hinten gegen den Oberschenkel. In ihr stieg Panik auf, reflexartig versuchte sie, sich loszureißen und trat nach ihm. Seine Antwort darauf war, dass er ihr den Hals mit dem Arm zudrückte, bis schwarze Sterne vor ihren Augen tanzten. Sie röchelte und schnaufte, wand sich, war aber eine leichte Beute für ihn.

Endlich lockerte er den Griff, damit sie nach Luft schnappen konnte.

»Kein Theater mehr. Los, geh jetzt!«

Er stieß sie vor sich her ins Wohnzimmer. An der Kücheninsel hielt er kurz an, lockerte seinen Arm um ihre Taille und griff nach einem Gegenstand, den er ihr gegen den Rücken drückte. Ein Messer? Ihre Gedanken überschlugen sich. *Lieber Gott, hilf mir. Er wird mich umbringen!* Sie hyperventilierte, schnappte hektisch nach Luft.

Am Sofa angekommen ließ er sie los, klemmte aber ihre Beine mit seinen ein. Dann holte er ein Seil aus seiner Jackentasche und fesselte ihre Handgelenke auf dem Rücken. Er zog so fest zu, dass es in die Haut schnitt und brannte. Ihr erster Impuls war, um ihr Leben zu kämpfen, aber eine Stimme im Hinterkopf warnte sie davor. *Er hat ein Messer. Du hast keine Chance.*

Sie schämte sich für ihre Nacktheit, ihr Po berührte seine Hose.

»Leg dich auf den Rücken!«

Als sie sich umdrehte, sah sie ihm direkt in die Augen. Sein Blick war kalt und berechnend. Sie kannte diesen

Blick, allerdings nicht von einem Menschen, sondern von einer Katze, die ein Vogeljunges entdeckt hatte, das gerade aus dem Nest gefallen war. Der Augenblick, bevor die Katze zum Sprung und Todesbiss ansetzte. Und *sie* war das Vogeljunge.

Sie wusste, dass jetzt der Moment gekommen war, um zu weinen, um Gnade zu betteln und ihn anzuflehen, aber sie hatte keinen Kontakt mehr zu ihren Gefühlen. Sie spürte nur das Hämmern ihres Herzens, ihren trockenen Mund und das unkontrollierte Zucken ihrer Glieder. Kaum hatte sie sich aufs Sofa gesetzt, drückte er sie nach unten. Das Seil, mit dem ihre Hände gefesselt waren, schabte gegen ihren Rücken. Das tat so weh, dass es ihr den Atem nahm.

Er kniete sich neben sie. Das Einzige, was sie von seinem Gesicht unter der Maske sah, war ein dunkler Dreitagebart. Er trug eine schwarze Jeansjacke mit einem Futter aus Schaffell und einen schwarzen Pullover darunter. Und mit einem ebenfalls schwarzen Tuch, das er aus seiner Tasche zog, verband er ihr die Augen. Dadurch wurde ihre Hörvermögen geschärft. Sie nahm ihren Herzschlag noch lauter wahr als zuvor, spürte das Zittern ihres Körpers und den Druck ihrer Kiefer weil sie die Zähne fest aufeinanderbiss, damit sie nicht so klapperten.

Das nächste Geräusch, das sie wahrnahm, kam von einem Reißverschluss, den er öffnete. Sein Hosenschlitz? Nein, dieser Reißverschluss war länger, wie von einem Rucksack oder einer Sporttasche.

Irgendetwas stimmte mit ihm nicht. Er verhielt sich überhaupt nicht wie erwartet. Kein Keuchen, kein widerlicher Körpergeruch wie bei einem wahnsinnigen Serienmörder. Er war geruchsfrei und schien völlig leidenschaftslos, erledigte sein Vorhaben methodisch und zielstrebig.

Tu, was er sagt. Dir wird nichts passieren, wenn du tust, was er will.

Dann folgte ein Kratzen und Schaben, es klirrte und klickte, als würde er etwas ausklappen.

Er trug Handschuhe und packte ihre Knöchel und zog ihre Beine über die Armlehne. Dann spreizte er ihre Beine weit auseinander. Sie stöhnte auf vor Schmerz.

»Nicht bewegen! Bleib so liegen.«

Es wurde ganz still, dann wurde sie trotz der Augenbinde von einer ganzen Serie von Blitzen geblendet. Sie hörte das Klicken einer Kamera, immer und immer wieder.

Er fotografiert mich!

War das ein perverses Vorspiel, bevor er ihr Schlimmeres antun und sie danach töten würde? Intuitiv spürte sie, dass es ihm um etwas vollkommen anderes ging. Aber sie konnte es sich nicht erklären. Da drückte er etwas Hartes, Kaltes an ihren Hals. *Das Messer!* Er platzierte die Messerspitze direkt an ihre Kehle. In ihrem Kopf regierte die Panik, ihr wurde ganz schwindlig. Und sie fing an zu reden, schnell und un-zusammenhängend, die Worte purzelten aus ihr heraus, die Sätze waren unvollständig. Da griff er in ihre Haare und riss daran. Sie schrie auf.

»Halt den Mund und lieg still.«

Eine erneute Sequenz von Blitzlichtgewitter ging über sie nieder, dieses Mal Nahaufnahmen von ihrem Gesicht.

»Schürze deine Lippen«, wies er sie an, und sie gehorchte umgehend. Ihre Unterlippe zitterte. Er nahm das Messer wieder weg, packte sie an den Schultern und drehte sie auf den Bauch. Sie wimmerte. Es war sinnlos zu schreien, sie war in diesem Albtraum gefangen, aus dem sie auch ihr Schreien nicht befreien konnte.

Er positionierte sie so auf dem Sofa, dass die eine Brust

über den Rand hing. Daraufhin folgten weitere Blitze und Aufnahmen.

»Mach den Mund auf und leck dir über die Lippen!«

Auch dieser Anweisung folgten Blitze. Dann wurde es plötzlich still.

Er packte ihre Knöchel und zog sie erneut über die Armlehne, dieses Mal waren die Knie am Boden, und ihr Po ragte in die Luft. In ihr drehte sich alles, als wäre sie mitten in der Nacht aufgewacht, weil sie sich erbrechen musste.

»Nicht bewegen!«

Die erniedrigende Stellung löste in ihr wieder heftige Krämpfe und Zuckungen aus, ihre Beine zitterten unkontrolliert. Da legte er eine Hand auf ihr Kreuzbein und drückte auf diese Stelle. Auf wundersame Weise hörten die Zuckungen augenblicklich auf.

Die Blitze deuteten jetzt darauf hin, dass er weiter entfernt stand. Hinter ihr.

Das Nächste, was sie hörte, war sein zufriedenes Murmeln, dann wurde es ganz plötzlich vollkommen still. Sie wusste, dass er sie ansah. Aber sie hörte nur ihren eigenen nervösen und stoßweisen Atem. Er löste die Fessel an ihren Handgelenken, als sie sich aber aufrichten wollte, drückte er sie grob ins Sofa zurück. Stattdessen fesselte er ihre Knöchel. Dann hielt er das Messer an ihren Nacken und ließ es an ihrem Rückgrat hinunterwandern.

»Wenn du dich jetzt bewegst, werde ich dich schwer verletzen.«

Sie hörte den Reißverschluss, er faltete den Gegenstand wieder zusammen und verstaute ihn, zusammen mit anderen Sachen in seinem Rucksack oder seiner Tasche.

Dann schlug er ihr mit der flachen Hand auf die Pobacke.

»Deine Mutter wird sehr stolz auf dich sein!«

Seine Schritte hallten über den Boden, wurden dann aber immer schwächer und schwächer, bis es ganz still war.

Er ist weg. Er ist abgehauen. Atmen, atmen!

Sie lauschte angestrengt. Aber sie hörte weder die Haustür noch einen Automotor.

Trotzdem wusste sie mit Sicherheit, dass er weg war und auch nicht wiederkommen würde.

24

Sofia war sehr erleichtert, dass dieser schreckliche Tag endlich ein Ende nahm und sich niemals wiederholen würde.

Der Albtraum hatte auf der Fähre begonnen, als Julia sie anrief und schluchzend von dem Überfall erzählte.

Dann hatte sie ihre Mutter angeschrien, warum sie gerade in dem Augenblick nicht erreichbar war, in dem man ein einziges Mal seine Mutter brauchte? Mit allem hätte sie allein zurechtkommen müssen, mit den gestörten Polizisten und der nervigen Polizeipsychologin, der sie tausendmal dasselbe erzählen sollte. Sie sei völlig am Ende, und jetzt sollten sie sie gefälligst abholen und nach Hause fahren. Obwohl Julia auf cool tat und schimpfte, konnte Sofia die Angst in der Stimme ihrer Tochter hören.

Während das Festland langsamer als je zuvor sichtbar wurde, nahm Sofias Hysterie neue Dimensionen an. Am Ende brüllte sie Björk an, dass er schneller fahren solle. Björk litt mit ihr, das konnte sie sehen, und er ärgerte sich kein bisschen über ihren Ausbruch. Stattdessen versicherte er ihr, dass die Fähre auch heute mit maximaler Kraft den Sund überquerte.

Benjamin war es zwar gelungen, zumindest äußerlich ruhig zu bleiben, aber Sofia sah die Schweißperlen auf seiner Stirn, obwohl draußen Minusgrade herrschten. Der Tag bestand aus unzähligen Gesprächen mit Polizeibeamten, Psychologen und Sozialarbeitern, deren vorwurfsvolle Blicke sich nur graduell unterschieden.

Was Sofia aber am meisten erschütterte, waren nicht diese Gespräche mit den Behörden, sondern Julias Reaktion auf das Geschehene. Sofia konnte ihr ansehen, dass es sie traumatisiert hatte. Sie zitterte immer wieder. Gleichzeitig aber war sie so voller Wut und teilte in alle Richtungen aus. Dieses miese Schwein hätte sie schon genug gequält, sie hätte jetzt genug und wollte nach Hause und ihre Ruhe haben.

Als sie dort ankamen, standen zwei Beamte mit mitleidsvollen Mienen vor dem Haus Wache. Und im Inneren hatten die Ermittler ihre Arbeit gerade beendet, den Tatort nach Spuren abzusuchen und zu sichern, und waren dabei, ihr Equipment einzupacken. Julia verkündete, dass sie einen Riesenhunger hätte und erst nach dem Essen über den Überfall reden wollte. Danach setzten sie sich hin, und Sofia legte einen Arm um Julia. Benjamin gesellte sich zu ihnen, sprang aber immer wieder auf, um sicherzustellen, dass auch wirklich alle Fenster und Türen verschlossen waren.

Julia legte ihren Kopf in Sofias Schoß. Als Sofia sie aber bat zu erzählen, was passiert war, reagierte sie verschlossen.

»Ich möchte nicht mehr darüber reden.«

»Liebes, ich verstehe nicht, warum du nicht über deine Gefühle sprechen willst? Ich bin überzeugt, es ist das Beste, wenn du gleich morgen mit einem Psychologen über dein Trauma sprichst, solange es noch so frisch ist. Das ist so wahnsinnig wichtig.«

»Das ist nicht notwendig.«

»Und warum nicht? Das wird dir helfen. Vor allem in der Zukunft.«

»Ich habe das schon versucht, den Polizisten zu erklären, aber die sind ja so strohdumm. Dieser Typ war irgendwie total seltsam. Aber ich habe überhaupt keine Angst, dass er noch einmal wiederkommen könnte.«

»Wie meinst du das?«

»Am Anfang hatte ich eine Scheißangst, ich war mir ganz sicher, dass er mich umbringen wird und habe voll gezittert die ganze Zeit. Aber nachdem er mir die Augenbinde umgebunden hatte und ich gehört habe, wie er sich bewegt hat, habe ich schnell begriffen, dass er gar nicht vorhat, mir weh zu tun. Er hatte nicht das geringste Interesse daran, mich zu vergewaltigen. Es war eher so, als wäre er... nur gekommen, um einen Job zu erledigen. Er war gruselig effektiv, hat die Sachen gemacht, die er wollte, und ist dann wieder abgehauen. Und bevor er gegangen ist, hat er meine Fesseln an den Händen gelöst und nur meine Beine gefesselt gelassen, damit ich die aufmachen konnte. Er hätte mich problemlos schwer verletzen können. Aber das hat er nicht getan.«

»Und wenn das erst der Anfang war...« Sofia unterbrach sich selbst. Sie wollte Julia nicht noch unnötig Angst machen, aber diese Erkenntnis kam leider etwas zu spät.

»Mensch, Mama«, stieß Julia aus, klammerte sich an sie und fing an zu schluchzen. Sofia streichelte ihr übers Haar und ließ sie weinen.

»Die Polizei wird ihn kriegen, mein Herz«, sagte sie.

»Die haben mehr Spaß daran gehabt, mich zu nerven und zu quälen. Du, Mama. Was ist, wenn er die Fotos verkauft? Wahrscheinlich wimmelt es im Netz bald von Pornobildern von mir. Oh nein!« Sie wimmerte und fing erneut an zu schluchzen. Sofia streichelte ihren Rücken, um sie zu beruhigen. Kurze Zeit später sprang Julia plötzlich auf.

»Jetzt geht es mir schon viel besser. Ich bin nur wahnsinnig müde.«

»Willst du bei uns schlafen?«

»Nein, ich möchte in meinem eigenen Bett schlafen. Ich will nicht, dass ihr mich verhätschelt. Ich habe auch keinen Bock auf Ausgehverbot und Zusatzregeln. Das war schließlich nicht meine Schuld. Ich möchte, dass alles so ist wie immer.«

Nachdem Julia ins Bett gegangen war, hatte Sofia das Bedürfnis, mit Benjamin über die Ereignisse zu sprechen.

»Was ist hier bitte los? Kaum ist Franz wieder aufgetaucht, ist die Hölle los. Erst löst sich Peder Santos in Luft auf und dann das hier?«

Benjamin runzelte die Stirn und schien einen Augenblick darüber nachzudenken.

»Ich finde es ziemlich unwahrscheinlich, dass Franz dahintersteckt«, sagte er. »Er hat ganz schön viel Energie aufgewendet, um dich nach dem DNA-Test zu fragen. Er ist pervers, das ist keine Frage, aber Inzest traue sogar ich ihm nicht zu. Das ist nicht sein Stil. Allerdings finde ich, dass die Beschreibung von Julia – klein, kräftig, dunkler Dreitagebart – nach Santos klingt. Was meinst du? Kann es sein, dass Julia einem Stalker zum Opfer gefallen ist? Sie war ja ab und zu draußen bei dir in der *Herberge*. Vielleicht hat er sie dort gesehen und sich verknallt. Er wäre nicht der Erste, der ganz verrückt nach ihr ist.«

»Aber warum sollte Santos so etwas tun? Ich bin bisher davon ausgegangen, dass er wegen der Einwanderungsbehörde eine falsche Adresse angegeben hat. Was wir aber nicht übersehen können, ist die Tatsache, dass all das eingetroffen ist, kurz nachdem Franz Kontakt mit mir aufgenommen hat. Ich glaube einfach nicht an Zufälle.«

»Ich auch nicht. Aber die Vorfälle liegen zeitlich alle nach dem Sturm. Der hat das Leben von allen ordentlich durcheinandergebracht. Ich glaube ja, dass solche Naturkatastrophen das Beste und das Schlechteste im Menschen hervorrufen können.«

Je länger sie sich unterhielten, umso deutlicher wurde ihnen, dass sie der Polizei von Peder Santos' Abtauchen hätten erzählen müssen. Benjamin rief auf der Wache an und meldete es. Danach verabschiedete er sich ins Bett, sie solle auch bald nachkommen, Schlaf würde ihr guttun. Aber sie wusste, dass sie ohnehin nicht würde schlafen können. Düstere Befürchtungen drängten sich in ihr Bewusstsein, und ihr Körper war nach wie vor voller Adrenalin.

Sofia wollte Franz nur allzu gern die Schuld für alles geben, aber sie konnte sich auch nicht erklären, wie das zusammenhängen sollte. Die Grübelei zerfraß sie förmlich von innen. Sie suchte im Netz unter den Stichworten »Julia – Frischfleisch« nach Fotos, die eventuell schon online gestellt worden waren, hatte aber keinen Treffer. Dann machte sie sich auf Pornoseiten auf die Suche nach Fotos von ihrer Tochter, brach das Unternehmen aber sofort wieder ab. Das war alles zu gestört. Stattdessen ging sie auf die Website von ViaTerra und stieß dort auf Neuigkeiten von Belang. In zwei Wochen nämlich, kurz vor Neujahr, lud Franz zu einer großen Konferenz für geistige Führer ein. Sie würde auf Dimö stattfinden und zwei große Themen behandeln: den Treibhauseffekt und das Bedürfnis der Menschheit nach geistiger Führung in einer instabilen Welt. Auch die Medien waren zahlreich geladen. Und es gab schon jetzt Fotos von Prominenten, die an diesem Abend auftreten würden.

Sie wurde augenblicklich von einer unendlichen Müdigkeit überfallen. Wie schaffte er das nur? Er zog wie ein zerstörerischer Orkan über die Erde.

Ihr gelang es, in den frühen Morgenstunden etwas Schlaf zu finden, sie wurde aber von Julia geweckt, die darauf bestand, in die Schule gehen zu dürfen. Sie sah müde und verletzlich aus.

»Bleib doch bitte zu Hause und ruh dich aus, mein Herz. Es ist viel zu früh, wieder in die Schule zu gehen.«

»Ich möchte mich gar nicht ausruhen. Ich will, dass alles so ist wie immer. Dieses fiese Schwein kann mich nicht brechen. Bitte Mama, lass mich bitte zur Schule gehen.«

Sofia war machtlos, also bat sie Benjamin, Julia zu fahren. Aber Julia musste ihr hoch und heilig versprechen, sie anzurufen, wenn sie nach Hause wollte.

Sofia verbrachte den Tag mit Putzen. Sie wollte jedes Molekül dieses Widerlings wegwischen, der in ihr Haus eingedrungen war und ihre Tochter zu Tode erschreckt hatte. In den Putzpausen stöberte sie im Internet und las alles, was sie über Vaterschaftstests und genetische Abstammungsuntersuchungen finden konnte. Und zwar zum wiederholten Mal. Sie suchte nach juristischen Schlupflöchern, die Franz nutzen könnte, fand aber keine. Franz hatte kein Anrecht auf irgendetwas, trotzdem konnte sie dieses ungute Gefühl nicht abschütteln, das sie seit der Begegnung mit ihm hatte. Gleichzeitig nahm ihr schlechtes Gewissen zu, dass sie Julia die Wahrheit vorenthielt.

Ihr Handy klingelte, der Anrufer war unbekannt. Sie zögerte einen Augenblick, wollte eigentlich nicht drangehen, aber die Hoffnung auf einen Sponsor für die *Herberge* hatte sie doch noch nicht ganz aufgegeben. Sie erkannte seine Stimme sofort und musste den Impuls unterdrücken, das Telefon gegen die Wand zu schleudern.

»Hallo, Sofia«, sagte er, als wären sie alte Freunde.

»Wir haben nichts mehr zu besprechen. Außerdem sollst du mich nicht auf dem Handy anrufen.«

»Wo soll ich denn sonst anrufen?«

»Du sollst mich gar nicht anrufen. Du hast mir *versprochen*, uns in Ruhe zu lassen, wenn ich auf die Insel komme.«

»Aber die Umstände haben sich doch elementar geändert. Ich habe gehört, was Julia passiert ist.«

»Und woher weißt du das?«

»Es stand in der Zeitung, und nachdem ich ein bisschen rumgefragt habe, wusste ich, dass es Julia war.«

»Steckst du hinter der Sache? Das wäre dein Stil.«

»Hast du den Verstand verloren? Warum sollte ich mich bei dir melden, wenn ich nur meiner Tochter schaden wollte? Begreifst du nicht, was für Sorgen ich mir gemacht habe?«

»Sie ist nicht deine Tochter!«

»Ich möchte euch doch nur helfen. Ich kann euch viel besseren Schutz bieten als die Polizei.«

Hinter seiner Fassade aus Gleichgültigkeit ahnte sie tatsächlich den Anflug von Besorgnis.

»Wir kommen ausgezeichnet ohne deine Hilfe zurecht. Viel Erfolg mit deiner idiotischen Konferenz.«

»Ich würde zu gern wissen, warum ich immer das Gefühl habe, mit einem Kleinkind zu reden. Als ich dreizehn Jahre alt war, wollte ich auch herausfinden, wer mein biologischer Vater ist. So etwas ist wichtig, wenn man jung ist.«

Sofia wusste natürlich, worauf er anspielte. Franz hatte seinen Siegeszug im Alter von dreizehn Jahren angetreten. Er war der sogenannte *Bastard* des damaligen Grafen im Herrenhaus auf Dimö. Die ersten drei Lebensjahre hatte er auf dem Anwesen verbracht, aber dann war seine Mutter mit ihm in ein kleines Sommerhaus im Wald gezogen. Dort lebte sie nach wie vor, soweit Sofia wusste. Mit dreizehn war Franz dann ausgerissen, hatte die Insel verlassen, um seinen leiblichen Vater in Frankreich zu suchen und ihn dazu zu bringen, die Vaterschaft anzuerkennen. Später war die ganze Familie bei einem verheerenden Brand ums Leben gekommen. Nur Franz überlebte und erbte ein enormes Vermögen, das er für die Finanzierung seiner Sekte einsetzte. Die Rückkehr nach Dimö war seine triumphale Rache. In einer schwachen Minute hatte er Sofia erzählt, dass er das Feuer selbst gelegt hatte, aber dafür gab es keine Beweise.

»Ganz genau. Und als du begriffen hast, was für ein mieses Schwein dein Vater gewesen ist, hast du ihn aus dem Weg geräumt. Du solltest dich in Acht nehmen. Julia hat manchmal wahnsinnig schlechte Laune.«

Er seufzte.

»Ich möchte nicht mit dir streiten, Sofia. Ich will euch helfen.«

»Das tust du am besten, indem du uns in Ruhe lässt«, sagte sie und legte auf.

Vielleicht sollte sie sich eine neue Nummer zulegen? Aber dafür hatte sie im Augenblick keine Nerven. Sie war wütend, allerdings war sie sich ziemlich sicher, dass Franz nichts mit dem Überfall zu tun hatte. Seine Stimme hatte aufrichtig besorgt geklungen. Aber diese Gewissheit machte sie nur noch nervöser. Sie hatte Erfahrungen mit seinen Katz-und-Maus-Spielchen gesammelt. Aber das hier war neu und unbekannt.

Am Nachmittag klingelte das Telefon wieder, es war Benjamin.

»Wir sollen in die Schule zum Direktor kommen, es ist etwas vorgefallen«, sagte er.

Sofort klopfte ihr Herz bis zum Hals, aber Benjamin konnte sie beruhigen.

»Keine Sorge, Julia ist nichts passiert, aber sie muss irgendetwas angestellt haben. Nichts Ernstes. Wir treffen uns vor der Schule, ja?«

Es stellte sich heraus, dass einer von Julias Klassenkameraden sie damit aufgezogen hatte, sie sei »die Fickfreundin vom Lehrerassistenten«, was einen ganz besonderen Wutausbruch verursacht hatte. Julia war es gelungen, den Jungen zu Boden zu ringen, dann war sie mit Fäusten auf ihn losgegangen. Seine Brille war zerbrochen, und die Eltern des Jungen hatten verständlicherweise schockiert reagiert und Konsequenzen gefordert.

Benjamin bat den Rektor mehrmals um Entschuldigung. »Ich hoffe aber, dass auch Matt Larsen keine Schwierigkeiten bekommt«, fügte er hinzu. »Er scheint ein sehr netter Mann zu sein, und ich weiß, dass die beiden nicht ...«

»Verstanden«, unterbrach ihn der Direktor. »Ich habe auch schon mit Matt Larsen gesprochen. Natürlich wäre es uns lieber, wenn die beiden keine Beziehung hätten, aber Matt Larsen leistet hier hervorragende Arbeit, und soweit wir das beurteilen können, hat das auch keinen Einfluss auf Julias schulische Leistungen. Unter Berücksichtigung der vorgefallenen Ereignisse werden wir von weiteren Konsequenzen vorerst absehen. Ich mache mir auch viel mehr Sorgen um Julias Verhalten, wie Sie bestimmt verstehen können. Wenn ich ehrlich sein soll, war ich ziemlich erstaunt, sie heute schon wieder in der Schule zu sehen.«

Sofia holte Julia, die draußen auf einer Bank saß und wütend vor sich hin starrte. Gemeinsam gingen sie zu den Eltern des Jungen, die ihnen zuerst kritisch gegenüberstanden. Benjamin erklärte ihnen, dass es sich offenbar um eine verzögerte Reaktion auf das erlebte Trauma handelte. Julia hätte ihre aufgestaute Wut über den Täter auf ihren armen Sohn projiziert. Er bot an, ihm ein Schmerzensgeld zu zahlen und selbstverständlich für eine neue Brille aufzukommen. Wie immer gelang es Benjamin, die Wogen zu glätten und die Situation zu retten.

Auf dem Nachhauseweg saß Julia schweigend und mürrisch auf dem Rücksitz. Sie wusste, dass sie vorerst von der Schule befreit war. Kaum hatten sie das Haus betreten, schnappte sie sich Denzel und verzog sich in ihr Zimmer. Sofia widerstand dem Impuls, ihr hinterherzugehen, um sie zu trösten. Sie spürte, dass Julia allein sein wollte. Einige Zeit später kam sie mit einem schmalen Lächeln auf den Lippen zu ihnen ins Wohnzimmer.

»Mama, heute ist eigentlich was ziemlich Cooles in der Schule passiert.«

»Ja, stimmt. Das war echt lustig«, erwiderte Sofia mit einem sarkastischen Unterton.

Julia schabte mit dem Fuß über den Boden.

»Ja, also, wir haben doch diese tolle Religionslehrerin, du weißt schon, Mette Carlsson. Sie hat einen Ausflug für uns organisiert. In zwei Wochen. Von allen Klassen in ganz Schweden darf unsere als einzige dorthin. Und jetzt rate mal, wo wir hinfahren?«

Sofia ahnte, dass ihr die Neuigkeit nicht gefallen würde.

»Weiß nicht. Ich bezweifle allerdings, dass du schon so fit bist, dass du da mitfahren kannst.«

»Doch, das werde ich auf jeden Fall sein. Das ist ein Treffen mit ganz vielen religiösen und spirituellen Anführern aus der ganzen Welt. Wir fahren dorthin, um uns ihre Vorträge anzuhören. Da kommen auch ganz viele Promis hin.«

Sofia wurde auf der Stelle übel.

»Die Konferenz wird auf Dimö abgehalten. Mama, jetzt lerne ich endlich mal Dimö kennen!«

25

Vater behandelte mich fast ein ganzes Jahr lang wie Luft. Beinahe täglich bereute ich meine Sturheit, das Klatschen verweigert zu haben. Ich wünschte mir, die Zeit zurückdrehen zu können und ein paar Male zu klatschen, damit alles wieder gut war. Aber Vater nahm keine Notiz von mir und entwickelte stattdessen ein noch viel größeres Interesse an Vic.

An jenem Abend hatte er etwas in Vic gesehen, was weit über die Faszination seines eigenen Spiegelbildes hinausging. Vielleicht hatte er erkannt, dass er nicht unsterblich war und eines Tages einen ebenbürtigen Nachfolger benötigte.

Die Situation verschärfte sich noch zusätzlich durch die Tatsache, dass ich häufig krank war. Mein Körper wehrte sich gegen die schwere Arbeit. Das, in Verbindung mit einer permanenten Niedergeschlagenheit, sorgte dafür, dass ich alle möglichen Infekte bekam. Wenn man bei den *Kindern der Erde* krank war, wurde man isoliert, aber nicht wie bei einer Bestrafung in der Abstellkammer. Sie hatten in der Scheune einen kleinen Raum eingerichtet, in dem eine Kommode und ein Bett standen. Es war kalt und zugig, Wärme spendete nur ein winziger Heizkörper, und es roch nach Schimmel und Kräutern. Denn wir durften keine richtige Medizin nehmen.

Jetzt im Nachhinein glaube ich, dass mein häufiges Fehlen dafür sorgte, dass ich nicht im selben Maße von den Indoktrinierungen beeinflusst wurde wie die anderen. Vor allem von den Vergleichen von uns und *den Anderen*.

Wir und die Anderen

Wir sitzen im Klassenzimmer. Ich bin ein bisschen unkonzentriert, weil ich mich meiner Fantasie hingebe, dass Vater wieder mit mir spricht. Da weiß ich noch nicht, dass sich mein Wunsch bald erfüllen wird. Ich versuche, mich von meinen Tagträumereien loszureißen und mich auf die Fotos zu konzentrieren, die Ali-Khan uns zeigt.

Sie unterrichtet uns heute in Weltkunde. Das ist nicht Geschichte – denn da lernt man nur, was sich vor langer Zeit zugetragen hat –, sondern Wissen über die Welt, so wie sie heute ist. Darüber, was heute dort draußen passiert.

Ali-Khan erzählt uns schreckliche Geschichten, die mir Angst einjagen, obwohl ich schon zehn Jahre alt bin und nicht mehr an Gespenster glaube.

Sie zeigt uns Belege für das Böse in der Welt, Illustrationen oder vielmehr Karikaturen. Von Psychologen mit sehr dicken Brillengläsern und Fangzähnen, die gefesselten Opfern Elektroschocks geben. Oder von Journalisten mit bösen, schielenden Augen, denen der Sabber aus dem Mundwinkel fließt. Oder von Ärzten, die angeschnallten Patienten enorme Mengen an Tabletten in den Mund kippen.

Zu dem Unterricht gehört auch Selbstverteidigung, damit wir ViaTerra beschützen können. Obwohl wir eigentlich beigebracht bekommen, dass wir unsere Kritiker angreifen sollen, statt uns zu verteidigen. Sie sind nichts anderes als die Marionetten der Psychologen und Journalisten. Ihr Gewissen wiegt tonnenschwer, was an ihren Sünden liegt. Wir lernen, ihnen Fragen zu stellen: »Welches Vergehen hast du begangen, das wir nicht enthüllen dürfen?« Immer und immer wieder, bis sie aufgeben oder zusammenbrechen und gestehen und erkennen, wie böse und verdorben sie sind.

Das Wissen über die böse Welt dort draußen vor den Toren von ViaTerra macht mich ganz schwindelig. Denn sie ist genauso böse wie die Welt innerhalb der Mauern.

Da kommt Vater und stellt sich in die Tür zum Klassenzimmer. Als Beobachter. Ich habe seine Schritte gehört, drehe mich zu ihm um und sehe seine Schuhe und Hosenbeine, vermeide aber, ihm in die Augen zu sehen. Ich muss irgendetwas unternehmen, damit er auf mich aufmerksam wird. Irgendetwas. Ich melde mich. Ali-Khan nickt mir aufmunternd zu, obwohl sie mindestens genauso nervös ist wie ich.

»Was ist der Unterschied zwischen uns und den anderen?«, frage ich.

Bevor Ali-Khan etwas sagen kann, stellt sich Vater neben mich und legt mir die Hand auf die Schulter. Ein Wunder ist geschehen. Er hat mich berührt.

»Diese Frage kann ich dir beantworten, Thor«, sagt er. »Ich muss nur eben etwas holen, und dann gehen wir alle zum Teufelsfelsen.«

Obwohl er überhaupt nicht wütend klingt, habe ich große Angst, dass er mich gleich vom Teufelsfelsen stoßen wird.

Als er zurückkommt, trägt er Turnschuhe, Jeans und eine Sportjacke. Und er hat einen Eimer mit Deckel in der Hand. Wir müssen jetzt nicht marschieren, sollen ihm nur folgen und in einer Reihe hinter ihm herlaufen.

An der Böschung, die zum Teufelsfelsen hochführt, befiehlt er den anderen Kindern stehen zu bleiben, aber ich soll ihm auf den Felsen folgen.

Ich habe Angst. Es gibt nämlich das Gerücht, dass man ab dem zwölften Lebensjahr vom Felsen ins Meer springen muss, als Strafe für Regelverstöße. Statt des Eisbadens. Es ist ein kühler Frühlingstag. Das Wasser sieht sehr kalt aus, die Gischt der Wellen unter uns spritzt hoch.

Ich folge Vater bis zu der Stelle, an der sich der Teufelsfelsen über das Meer streckt.

»Bleib stehen«, sagt er und stellt den Eimer ab. Der riecht ekelig, vergammelt.

Ich muss Schuhe und Strümpfe ausziehen. Der Felsen ist kalt, uneben und hart. Da zaubert er eine Augenbinde aus seiner Jackentasche, so wie die Schlafmaske, die Mutter immer benutzt.

Er legt mir die Augenmaske an, alles wird pechschwarz, und meine Angst klopft mir im Hals, ich verliere das Gleichgewicht und schwanke. Es ist, als würde ich schon fallen.

»Geh nach vorn zur Spitze des Felsens, Thor«, höre ich Vater sagen. »Und vergiss nicht, dass dich deine Seele führt, nicht dein Körper. Du brauchst keine Augen, um den Weg zu finden.«

Ich beiße mir auf die Unterlippe, um nicht zu weinen. Wenn ich jetzt anfange zu weinen, mache ich alles zunichte. Ich muss gehorchen, ich versuche, auf mein Gefühl zu hören statt auf meine Gedanken.

»Geh weiter«, sagt Vater. »Bis ganz nach vorn, zur Spitze.«

Zögernd taste ich mich vorwärts, einen Schritt nach dem anderen. Es ist so schwer, das Gleichgewicht zu halten, wenn man nichts sieht. Ich strecke die Arme zur Seite, wie ein Seiltänzer. Es gibt keine Alternative, ich muss seinem Befehl gehorchen. Zu stolpern, sich den Kopf am Felsen aufzuschlagen oder ins Meer zu stürzen wäre nicht so schlimm wie Vaters Wut, wenn ich seinen Anweisungen nicht Folge leiste.

Ein Windstoß lässt mich straucheln, mein Fuß tritt an die Kante des Felsens und fast ins Leere. Ich höre, wie eines der

Kinder nach Luft schnappt, und ziehe schnell den Fuß wieder zurück. Millimeter für Millimeter schiebe ich meine Füße vor. Eine Pflanze sticht mir in die Ferse, aber das ist nichts im Vergleich zu der Frage, die mir durch den Kopf schießt.

Woher weiß ich, wann ich die Spitze des Felsens erreicht habe?

Ich befehle meiner Seele, meinen Körper zu verlassen, damit ich von oben sehen kann, wo ich bin, aber ich bin gefangen in der Dunkelheit und in meiner Unsicherheit. Ich gehe weiter. Da höre ich jemanden hinter mir husten. Es ist Matteo, ich kenne sein Husten, er schläft im Bett unter mir.

Und da weiß ich es.

»Ich habe die Spitze erreicht, Vater«, sage ich.

Er entfernt mir die Augenbinde. Mein linker Fuß ist nur wenige Zentimeter von der Kante entfernt, der große Zeh meines rechten Fußes ragt bereits darüber.

Mir wird schwindelig, die Welt dreht sich, ich werde förmlich nach unten gezogen, mir dreht sich der Magen um, aber ich habe es geschafft.

Vater legt seine Hände auf meine Schultern.

»Du hast das geschafft, Thor«, sagt er. »Spürst du den Wind, die salzige Luft, diese unendliche Freiheit, das ist wie Fliegen, oder?«

Ich nicke und widerstehe dem Impuls wegzulaufen.

»Was dich da geführt hat, das war deine Seele. Dein wahrhaftiges Ich. Du brauchst keine Augen, um zu sehen.«

»Und jetzt zeige ich euch, wer Die Anderen *sind«, sagt Vater und wendet sich an die wartenden Kinder. »Wie die sich verhalten, während ihr den Prinzipien von* ViaTerra *folgt.«*

Ich darf den Platz an der Felsenspitze verlassen, Vater stellt sich mit dem Eimer dorthin und öffnet den Deckel. Ein widerlicher Gestank von vergorenem Fisch steigt mir in die Nase.

»Heringe«, sagt er mit einem zufriedenen Gesichtsausdruck und kippt den Inhalt des Eimers hinunter ins Meer.

Es dauert keine Minute, das stürzt sich ein Schwarm von schreienden Seemöwen auf die Beute. Sie kämpfen um die Mahlzeit. Kurze Zeit später kommt ein zweiter Schwarm dazu, und es entsteht Chaos und Kampf. »Der Krieg der Möwen.«

Wir sehen sprachlos und atemlos zu. Keiner wagt es, etwas zu sagen. Aber wir verstehen auch nicht den tieferen Sinn der Möwenfütterung.

»Diese Möwen sind Die Anderen«, sagt er. »Versteht ihr das? So verhalten die sich. Wie seelenlose, idiotische Roboter, die sich um Heringe prügeln. Ihre Augen sind leblos. Aber ihr«, fährt er fort und zeigt auf uns Kinder, »ihr seid anders als sie. Vergesst das nie!«

26

Die Auseinandersetzung war unvermeidlich. Sofia musste um jeden Preis verhindern, dass Julia nach Dimö fuhr. Benjamin war ins Wohnzimmer gekommen und hatte ihnen zunächst nur zugehört.

»Setzt euch mal«, hatte er nach einer Weile gesagt. »Wir müssen das hier ganz in Ruhe besprechen.«

Sofia kam seiner Aufforderung nach, Julia nicht, demonstrativ lehnte sie sich gegen die Wand.

»Ich will nicht auf diesem ekelhaften Sofa sitzen.«

»Das verstehe ich«, sagte Benjamin und schob ihr einen Stuhl hin.

Dann erzählte er seiner Tochter von ViaTerra und davon, was Franz ihnen angetan hatte. Er ließ nichts aus und berichtete von den willkürlichen Wutausbrüchen, von den Strafen, dem »Sprung vom Teufelsfelsen«, vom Stacheldrahtzaun, von den Kameras, dem Straflager und von der vierzehnjährigen Elvira, die er auf dem Dachboden gefangen gehalten und zum Sex gezwungen hatte.

Julia hörte ihm geduldig zu, obwohl sie das meiste schon einmal erzählt bekommen hatte.

»Vielleicht verstehst du jetzt ein bisschen besser, warum wir nicht wollen, dass du nach Dimö fährst?«, schloss Benjamin. »Meiner Meinung nach ist es unverantwortlich von diesen geistigen und spirituellen Führern, dass sie Franz durch ihre Teilnahme auch noch unterstützen.«

»Genau!«, fügte Sofia hinzu. »Als hätten alle vergessen, was vor fünfzehn Jahren passiert ist. Oder noch schlimmer, die gehen nach wie vor davon aus, dass wir uns das alles nur ausgedacht haben.«

Benjamin nickte.

»Außerdem ist es auf keinen Fall ein Zufall, dass ausgerechnet deine Klasse als einzige dorthin eingeladen wird«, sagte Sofia und sah Benjamin bedeutungsschwanger an.

»Aber er ist doch damals verurteilt worden und hat seine Strafe abgesessen!«, warf Julia ein. »Das ist fünfzehn Jahre her! Und seitdem ist nichts Schlimmes passiert. Glaubt ihr nicht daran, dass Menschen sich ändern können?«

Jetzt wäre es an der Zeit, ihr die Wahrheit zu sagen, dachte Sofia. Aber es fiel ihr so schwer, außerdem fragte sie sich, ob es nicht besser war, den DNA-Test ohne Julias Wissen machen zu lassen. Ihr jetzt davon zu erzählen, ohne den Ausgang zu kennen, erschien irgendwie herzlos. Nach allem, was Julia durchmachen musste. *Und am Ende ist er doch nicht ihr leiblicher Vater?*

»Mama, ich fahre doch nur für einen Tag dorthin, mit der ganzen Klasse. Du glaubst doch nicht ernsthaft, dass ich danach Sektenmitglied werde, oder? Ich will nur so gern die Insel sehen, ihr habt immer davon geschwärmt, wie schön es dort ist. Außerdem treten UnderGong dort auf.«

»Und wer ist das?«

»Eine meiner Lieblingsbands. Hammermucke. Ich kapier nicht, warum ihr so gluckenhaft sein müsst. Ihr seid jahrelang auf der Insel gewesen, und ich will da nur einen einzigen Tag hin.«

»Wir lieben dich und würden alles tun, um dich zu beschützen. Du darfst da unter keinen Umständen hinfahren.«

»Menschen können sich verändern! Ich habe mir mit

Freunden ein paar von Franz Oswalds Videobotschaften angesehen. Die sind voll spannend. Außerdem hat er nach dem Sturm richtig vielen Leuten geholfen. Auf seiner Website wird sogar ein Kurs angeboten, der heißt »Unsere Umwelt«. Da lernt man alles über Ökosysteme. Unserer Erde ist ein gigantischer lebender Organismus.«

»Das klingt wirklich interessant, aber das kannst du überall lernen. Sogar in der Schule«, entgegnete Sofia.

»Aber er beschreibt es so einfach, dass man es auch versteht. In einem der Vorträge sagt er zum Beispiel, dass er selbst keine Beziehung hat, um sich voll und ganz auf die Arbeit – die Sache mit der humanitären Hilfe – konzentrieren zu können.«

»Das hat er wirklich gesagt? Was für ein Unsinn. Das sagt er doch nur, damit die Weiber, die ihn vergöttern, am Ball bleiben und glauben, dass sie eine Chance bei ihm haben.«

»Sofia!« Benjamin sah sie vorwurfsvoll an.

»Aber das stimmt doch! Er macht nichts ohne selbstsüchtigen Hintergedanken.«

»Mama! Weißt du eigentlich, wie viel Geld er den Familien gespendet hat, die alles verloren haben? Zählt das denn überhaupt nicht?«

»Das macht er nur, um ins Rampenlicht zu kommen. Er ist nichts als ein riesengroßer Narzisst.«

»Aber, warum ist dir das denn eigentlich so wichtig, Julia?«, warf Benjamin ein. »Warum recherchierst du über ihn im Netz und willst da unbedingt hin?«

»Weil es ungefähr das einzig Aufregende in diesem Scheißkaff ist«, seufzte sie. »Ich finde das halt alles voll spannend. Der wahnsinnig gutaussehende Sektenführer, der leider verrückt ist, und dann eure Flucht von der Insel.

Wie du von der Klippe gesprungen bist, Papa, und alle dachten, dass du tot bist. Das ist wie ein Thriller.«

»Mein Liebes, das Leben ist aber kein Actionfilm«, sagte Sofia.

»Musst du immer so abwertend sein? Darf ich jetzt gehen? Ich bin mit Matt verabredet.«

»Nein, ich finde es besser, wenn er herkommt. Du darfst im Moment nicht allein im Dunkeln raus.«

Julia schnitt eine Grimasse.

»Okay, ich ruf ihn an. War noch was?«

»Nein, aber wir sind noch nicht fertig mit dem Thema«, sagte Sofia.

Julia stürmte nach oben in ihr Zimmer.

»Das ist genau das, was ich nicht haben wollte«, stöhnte Sofia, kaum dass Julia außer Hörweite war. »Franz ist doch krank im Kopf. Ich werde ihn anrufen.«

»Nein! Tu das nicht, das ist genau das, was er erreichen will«, sagte Benjamin. »Damit er mit dir streiten kann. Das hat er doch so vermisst, und jetzt ist er wieder auf den Geschmack gekommen. Als Erstes rufen wir Julias Religionslehrerin an, diese Mette. Und werden ein paar Strippen ziehen.«

Benjamin rief den Direktor von Julias Schule an und sagte ihm, dass er sich versichern wollte, ob die Reise nicht zu viel für Julia werden würde. Ohne Schwierigkeiten bekam er die Telefonnummer von Mette Carlsson.

»Willst du anrufen, oder soll ich?«, fragte Benjamin.

»Ruf du an, ich rege mich sonst bloß wieder auf.«

Nach dem Telefonat mit Mette Carlsson wirkte Benjamin verwirrt.

»Sie hat mir erzählt, dass sie im Netz von dieser Konferenz gelesen und daraufhin seine Pressefrau Carmen Gardell kontaktiert hat. Sie schwört, dass es ihre Idee gewesen ist. Außerdem werden die Jugendlichen diesen Franz Oswald gar nicht persönlich treffen. Sie bleiben auch nur ein paar Stunden dort und hören sich Vorträge an.«

»Klar. An diese Gardell erinnerst du dich doch noch, oder? Sein Gesicht zur Außenwelt. Das stinkt ja zum Himmel.«

»Ich habe eine Idee«, sagte Benjamin. »Matt soll Julia begleiten. Wir können ja sagen, dass sie noch etwas schwach ist und ihn als Unterstützung braucht. Und ehe sie fahren, reden wir mit Matt und sorgen dafür, dass er sie keine Sekunde aus den Augen lässt.«

»Niemals! Sie darf ganz einfach nicht dahin. Was wissen wir denn, was für ein Geschwafel diese religiösen Idioten in die Köpfe der Jugendlichen hämmern? Wie kann so was überhaupt von der Schule erlaubt werden?«

»Die Vorträge handeln nicht von den Religionen, sondern von der Weltlage. Es geht um humanitäre Hilfe für jene Gegenden auf der Erde, die besonders von den Folgen des Treibhauseffektes betroffen sind.«

»Dann hast du dich also auch im Netz schlaugemacht. Vielleicht hast du ja auch Lust mitzufahren?«

»Sehr witzig, das würde Julia nie erlauben.«

»Sie darf da nicht hinfahren, basta!«

»Dann müssen wir ihr die Wahrheit sagen.«

Sie konnten sich nicht einigen und beschlossen, eine Nacht darüber zu schlafen.

Am nächsten Tag schlug Benjamin vor, mit seinem Pick-up zur *Herberge* zu fahren und alles von Wert einzusammeln und in dem Schuppen hinter ihrem Haus unterzustellen. Julia freute sich über die Gelegenheit, das Haus verlassen zu dürfen. Sofia hatte zuerst gezögert, dann aber entschieden, dass ihr die Konfrontation bei der Verarbeitung ihres Verlustes vielleicht helfen könnte.

Auf den ersten Blick sah das verwüstete Grundstück fast so aus wie bei ihrem letzten Besuch. Frost bedeckte den Boden und ließ alles noch verlassener und kälter wirken. Am Himmel hingen graue Wolken, schwer von Schnee, aber bisher hatten sich nur vereinzelte Flocken gelöst und waren zu Boden gerieselt. Der Nordwind war schwach, aber eiskalt. Die Luft roch nach Metall und verbranntem Holz.

Sofias erster Blick fiel auf den kleinen Schuppen, in dem Peder Santos sein Werkzeug aufbewahrt hatte. Der war komplett leer geräumt. Kein Werkzeug, keine Maschine, keine einzige Schraube waren zurückgeblieben.

»Glaubst du, dass jemand das alles gestohlen hat?«, fragte Benjamin.

»Oder Santos hat es sich geholt«, sagte Sofia und bekam eine Gänsehaut.

Sie sammelte die verwendbaren Reste ein, die überall auf dem Grundstück verstreut lagen, während Benjamin diejenigen Sachen in Plastiktüten verstaute, die weggeworfen werden sollten. Als es zu kalt wurde, legten sie eine kleine Kaffeepause im Wagen ein – mit Standheizung.

Es tat gut aufzuräumen, als würde man von vorne anfangen. Sofia musste immer wieder an Franz' 3-D-Modell denken. Ihr Traum könnte aus der Asche auferstehen, noch schöner und größer als zuvor. Kaum kam ihr aber dieser Gedanke, zog ein beißend kalter Windzug über das Grundstück, schob sich unter ihre Jacke und vertrieb das Wunschdenken. Nie im Leben würde sie Geld von ihm annehmen. Da wurde ihre Grübelei von Julias Jubelschrei unterbrochen. Sie hatte mit Denzel die Grenzen des Anwesens erkundet.

»Sieh mal, was Denzel gefunden hat, Mama!«, rief sie und hielt eine Geldkassette in den Händen.

»Was ist, wenn da total viel Geld drin ist?«, sagte Julia und strahlte übers ganze Gesicht.

»Aber wir hatten nie Bargeld im Haus«, sagte Sofia. »Das muss etwas anderes sein.«

Julia schüttelte die Kassette. Es klapperte.

»Den Schlüssel finden wir hier doch nie im Leben!«, seufzte sie.

»Nimm sie mit nach Hause«, sagte Benjamin. »Ich habe Werkzeug, damit kann ich sie öffnen. Aber wahrscheinlich ist da nichts Wertvolles drin.«

Sofia ließ das Gefühl nicht los, dass wieder irgendetwas nicht stimmte. An diese Geldkassette hätte sie sich doch erinnern müssen. Sie hatte jeden Winkel der *Herberge* gekannt. Entweder stammte sie aus Peder Santos' Schuppen, oder sie hatte an einem versteckten Ort gelegen. Vielleicht gehörte sie einem der Aussteiger, und der hatte vergessen, sie mitzunehmen, als sie vor dem Sturm geflüchtet waren.

Die Kassette wurde erst später am Abend, als sie vor dem Kamin saßen, wieder Thema. Benjamin hatte Saibling in Zitronensoße gemacht, und Julia hatte die Erlaubnis bekommen, das erste Mal auch ein Glas Wein zu trinken. Denzel lag auf dem Rücken zwischen ihnen auf dem Sofa, und alles fühlte sich fast wieder normal an.

»Die Geldkassette!«, rief Julia plötzlich und schickte Benjamin in die Garage, um sie zu öffnen. Kurz darauf kam er mit einem breiten Grinsen zurück.

»Es sind nur ein Haufen Speichersticks darin«, sagte er.

Julia riss ihm die Kassette aus den Händen, stellte sie auf den Couchtisch und öffnete sie.

Sie war tatsächlich voller USB-Sticks.

Julia schnappte sich einen und steckte ihn in ihren Laptop.

Auf dem Monitor tauchten jede Menge Fotoaufnahmen auf.

Sofia schnappte nach Luft.

Sie war auf allen Fotos drauf, wie eine Collage schöner Erinnerungen von der Zeit in der *Herberge*. Sie auf der Veranda, vertieft in ein Gespräch mit einer Aussteigerin, im Garten mit Denzel, beim Schnippeln von Mohrrüben in der Küche und im Wohnzimmer auf dem Sofa. Aber das Besondere war, dass die Fotos im Haus nicht mit einem Handy oder einer Kamera aus unmittelbarer Nähe aufgenommen worden waren, sondern alle aus der Ferne, von draußen.

»Was ist das, Mama?«, fragte Julia. »Kennst du diese Fotos?«

Verwundert schüttelte Sofia den Kopf. Sie warf Benjamin einen Blick zu, der mit offenem Mund auf den Bildschirm starrte.

Julia entfernte den Stick und nahm den nächsten.

Auf den Fotos, die jetzt zu sehen waren, war Sofia auch die Hauptperson. Allerdings waren die älter, unmittelbar nach Eröffnung der *Herberge*. Sie hatte damals ihre Haare so kurz wie noch nie getragen, schulterlang. Auch die waren von draußen aufgenommen worden, durch das Fenster eines der Schlafräume. Sie zog sich gerade um, wahrscheinlich, um zum Strand zu gehen. Man sah sie von hinten, während sie sich einen Badeanzug anzog. Auf einem bückte sie sich nach vorne, auf einem anderen sah man ihre Brust, als sie den Träger über die Schulter zog. Es gab auch eine Nahaufnahme ihres Gesichtes.

Sie wimmerte und griff nach Benjamins Hand.

Was sie noch mehr berührte als ihre Nacktheit – die Tatsache, dass heimlich ihre Lippen, ihre Brust und ihr Körper fotografiert worden waren –, war die Unbekümmertheit in ihrem Gesicht.

Sie war vollkommen ahnungslos gewesen.

27

Julia schmiegte sich an Matt und schob ihre Hand in seine. Ihre Klassenkameraden glotzten sie an, aber das war ihr völlig egal.

Sie waren bald da. Der Wind flüsterte ihr ins Ohr, bedeckte ihr Gesicht mit salzigen Küssen und zerzauste ihre Haare. Der Himmel war hell und klar mit ein paar vereinzelten Schäfchenwolken, die am Horizont hingen. Das Meer war azurblau, und die Sonne glitzerte in den kleinen Wellen. Aber die Luft war kalt, darum kuschelte sie sich an Matt.

Sofia hatte sich bis zuletzt geweigert, Julia die Erlaubnis zu geben, an dem Schulausflug teilzunehmen. Es wurde gebettelt und gejammert und versichert, dass sie immer in der Nähe der Lehrerin bleiben würde. Aber erst nachdem Matt versprochen hatte, dass er ihr wie ein Schatten folgen und sie niemals aus den Augen lassen würde, hatte Sofia zugestimmt.

Julia war fröhlich und ausgelassen, obwohl es sich etwas unangemessen anfühlte, nach allem, was geschehen war. Ihr Leben, das vor dem Sturm todlangweilig gewesen war, hatte sich komplett geändert und war jetzt aufregend und beängstigend zugleich. Der Überfall hatte sie tief erschüttert. Sie achtete nun peinlich genau darauf, dass abends alle Fenster und Türen verschlossen waren, und sah sich häufiger um, wenn sie allein unterwegs war. Ihr wurde mulmig zumute, wenn sie an den Abend zurückdachte, aber zum Glück hatte sie bisher weder Albträume noch Panikattacken gehabt. Ihre Mutter hatte sie allerdings darauf vorbereitet, dass die Reaktionen auf ein solches traumatisches Erlebnis auch verzögert auftreten konnten.

Trotzdem fand sie es aufregend, dass in Henån endlich mal was passierte. Und das meiste davon war überwältigend und wahnsinnig spannend – abgesehen von dem panischen Gesichtsausdruck ihrer Mutter, als sie die USB-Sticks gefunden hatten. Ihre Mutter war sonst ein echtes Energiebündel, aber im Augenblick war sie wie eingehüllt in einen wehmütigen Schleier. Nachdem sie sich mehrere Sticks angesehen hatten, hatte Sofia die Geldkassette zugeklappt und gesagt, sie wollte nichts mehr davon sehen.

Auf einmal hatte alles einen Sinn ergeben. Der Überfall, die Fotos von Sofia und das plötzliche Verschwinden von Peder Santos. Jahrelang waren sie von einem Stalker verfolgt worden, ohne die geringste Ahnung davon zu haben.

Die Polizei war in dieser Angelegenheit keine große Hilfe gewesen. Julia hatte erkannt, dass es in Wirklichkeit nicht so lief wie in den Krimiserien im Fernsehen. Es wurde nicht sofort eine Suchfahndung ausgelöst und Fotos in den Medien veröffentlicht. Die Wirklichkeit sah ganz anders aus. Es gab keine Verbindung zwischen Peder Santos, oder wie immer er auch hieß, und den Fotos oder dem Überfall. Obwohl doch jeder Idiot sehen konnte, dass er der Täter war. Aber offenbar fehlten »eindeutige Beweise«. Die Beamten kündigten an, sich mit der Einwanderungsbehörde kurzuschließen und deren Kartei durchzugehen. Personenschutz konnten sie zwar nicht gewährleisten, aber sie würden regelmäßig einen Streifenwagen vorbeischicken, der nach dem Rechten sah.

»Uns hat ein Stalker sechs Jahre lang verfolgt, und trotzdem unternehmen die nichts!«, hatte ihre Mutter gebrüllt. »Ich frage mich, was er als Nächstes macht, während die Bullen ihre Plörre saufen, die sie Kaffee nennen.«

Ihr Vater hatte versucht, sie zu beruhigen, aber das hatte nicht geholfen. Ihre Mutter war so wütend und enttäuscht. Außerdem hatte sie Angst. Normalerweise war sie immer taff, das Ängstliche passte überhaupt nicht zu ihr.

Die Fähre war rappelvoll, aber der Fährmann Björk kam sofort auf sie zu.

»Ich glaub es nicht, du bist ja eine Kopie von Sofia Bauman in groß!«, rief er und schüttelte ihr die Hand. Sie mochte ihn auf Anhieb.

»Was machst du denn auf der Insel? Hilfst du deiner Mutter im Kampf gegen diesen Franz Oswald?«

»Nein, ich bin hier mit meiner Schule. Die Fähre ist ja brechend voll!«

»Ja, ich fahre seit sechs Uhr morgens ununterbrochen hin und zurück. Ich gebe zu, dass ich es schön finde, wenn viele Besucher auf die Insel kommen. Auch wenn ich diese Sekte echt verabscheue.«

Als sie die Fähre verließen, sah sich Julia neugierig um. Der Marktplatz war voller Menschen. Überall lauerten Reporter mit Fotoapparaten, Mikrofonen und Kameras. Die bunten Farben, das Lachen und die vielen Menschen machten Julia ganz glücklich. Als wäre die Insel für kurze Zeit zum Mittelpunkt der Erde geworden. Der Gedanke, dass etwas Schreckliches passieren könnte, war geradezu lächerlich. Sie hatte vor, ihrer Mutter eine SMS zu schicken, stellte aber fest, dass sie kein Netz hatte. Am liebsten wäre sie auf dem Marktplatz geblieben, hätte sich unter die

Leute gemischt und sich auf einem strategisch günstigen Platz in der Nähe einer der Kameras hingestellt. Aber Mette schleuste sie zu einem Bus, der sie nach ViaTerra bringen sollte.

Als sie durch die große Pforte des Anwesens fuhren, spürte sie ein Kribbeln im Bauch. Auf dem Hof wimmelte es von Bussen, Autos und Menschen, die in Grüppchen zusammenstanden und sich unterhielten. Das weiße Herrenhaus ragte über allem auf, majestätisch und imposant. Es war noch schöner, als sie es sich vorgestellt hatte.

Nach einem ausgiebigen und ausgedehnten Mittagessen, bei dem Julia die ganze Zeit nach Promis Ausschau hielt, versammelten sich alle in der riesigen Aula mit einer Art Glaskuppel. Die hatte ein Fassungsvermögen von bestimmt tausend Menschen. Mette flüsterte ihnen zu, dass die Aula mit dieser Konferenz im Hinterkopf gebaut worden war. Franz Oswald hätte diese Zusammenkunft von langer Hand geplant. Julia starrte in den hellblauen Himmel über der Glaskuppel und beobachtete die Möwen, die sich vom Wind tragen ließen. Auf einmal begriff sie, warum es ihre Eltern hierhergezogen hatte. Das hier war nicht irgendeine seltsame Sekte. Es war ganz anders!

Mette hatte ihre Schüler sehr ausführlich auf diese Konferenz vorbereitet. Sie hatte ihnen erläutert, dass die Konferenz nicht die verschiedenen Religionen dieser Welt behandelte, sondern eine Zusammenkunft war, um über Mitmenschlichkeit und Mitgefühl zu sprechen. Begriffe, die über allen religiösen Interessen standen. Die religiösen Anführer sollten sich auf eine Verpflichtung und die Ziele der humanitären Hilfe einigen, die denjenigen Regionen dieser Erde zugutekommen müssten, die am meisten vom Treibhauseffekt betroffen waren. Die Arbeiten würden sämtlich von Freiwilligenorganisationen übernommen werden, eine Art »Freiwillige ohne Grenzen«. So würden Hunderttausende einem gemeinsamen Ziel folgen: denjenigen ihrer Mitmenschen zu helfen, die es besonders schwer haben.

Julia gefiel das gut. Ob das allerdings wirklich umsetzbar oder doch nur ein riesiger PR-Hype war, würde sich zeigen. Mette hatte ihnen eingebläut, wie sie sich zu benehmen hatten, um einen guten Eindruck zu machen.

Endlich war es so weit, und Franz Oswald betrat die Bühne, um die Konferenz zu eröffnen. Hinter ihm hing eine große Leinwand, und auch an den Seitenwänden waren überall Leinwände angebracht, sodass man ihn aus der Nähe sehen konnte. Julia hatte ziemlich viele Videoclips mit ihm angeschaut und war darauf vorbereitet gewesen, wie gut er aussah. Was ihr aber den Atem verschlug, war seine Ausstrahlung, seine natürliche Autorität. Kaum hatte er seinen Platz vor dem Rednerpult eingenommen, wurde es mucksmäuschenstill im Saal. Schweigend ließ er seinen Blick über das Publikum schweifen. Julia wusste, dass er schon weit über vierzig war, aber er hatte etwas ewig Jugendliches an sich. Das symmetrische, braungebrannte Gesicht, das perfekt geformte Kinn, die hohen Wangenknochen: Alles an ihm strahlte Vitalität aus. Seine Augen waren voller Wärme und sein Lächeln sanft und einnehmend.

»Willkommen zu einer strahlenden Zukunft!«, rief er, woraufhin ein ohrenbetäubender Jubel ausbrach und donnernder Applaus folgte.

Laura, die neben Julia saß, zupfte sie am Ärmel.

»Der sieht ja in echt noch viel besser aus!«, flüsterte sie.

Aber Julia antwortete nicht. Sie war noch ganz benommen von dem Moment, als Franz die Bühne betreten, alle

Zuschauer im Publikum verzaubert und ihnen die Luft zum Atmen genommen hatte. Mit seiner bloßen Anwesenheit.

Sie saßen ziemlich weit vorn, direkt hinter der Reihe mit den Prominenten. Mehrmals hatte Julia den Eindruck, dass Franz in der Pause zwischen zwei Sätzen zu ihr hinsah.

Sie hörte nur mit einem halben Ohr zu, was die anderen religiösen Anführer zu sagen hatten, und machte sich nur dann pflichtbewusst Notizen, wenn Mette zu ihr hinübersah. Nach jedem Redner kam Franz wieder nach vorn, schüttelte ihnen die Hand, schlug ihnen freundschaftlich auf die Schulter und schenkte ihnen sein betörendes Lächeln.

Am Ende gab es einen kurzen Einspieler von einem Berater des Papstes, der seine Grüße und Glückwünsche übermittelte. Franz Oswald ist ein richtiger Promi geworden. Wie würden das wohl Mama und Papa finden?, dachte sie. Das ist alles so Hammer, das kann man nur gut finden.

Noch nicht einmal der Auftritt von UnderGong riss sie mit. Sie war nach wie vor in Gedanken bei diesem Franz, der es geschafft hatte, dass in einem so riesigen Saal für einen Moment die Luft stillstand. Der warme und freundliche Augen hatte – keine fiesen, hinterhältigen, wie sie immer gedacht hatte. Außerdem hatte er diese großartige Konferenz organisiert, die sogar den Zuspruch des Papstes bekommen hatte.

Ich möchte ihn kennenlernen, dachte sie. Wie soll ich mir ein eigenes Bild machen, wenn ich ihn nicht persönlich treffe?

Da spürte sie Matts Finger, die sich unter ihren Rock schoben. Sie legte ihre Tasche in den Schoß und spreizte die Beine. Und genoss den letzten Song von UnderGong auf ganz besondere Weise.

Das Abendessen wurde wie schon das Mittagessen als Buffet serviert. Die langen Tische bogen sich unter den Schalen mit ökologischem, exklusivem Essen, die von Kellnern in grauen Uniformen ununterbrochen aufgefüllt wurden. Es gab Champagner, ökologischen Wein und Punsch, der intensiv roch und den sie unter keinen Umständen trinken durfte, so Mette.

Julia musste jemandem ausweichen, trat einen Schritt nach hinten und prallte mit einem der Kellner zusammen, der dabei fast das Tablett mit einer Käseauswahl fallen ließ. Er war in ihrem Alter, mit halblangen kupferfarbenen Haaren, und wirkte zerstreut. Er fiel ihr sofort ins Auge, sie hatte noch nie eine so schöne Haarfarbe bei jemandem gesehen. Er entschuldigte sich mehrfach und sah sie ganz zerknirscht und schuldbewusst an.

Seine freundlichen, traurigen Augen wollten so gar nicht zu der euphorischen Stimmung im Saal zu passen. Er hatte etwas Sanftes, das sie nicht richtig benennen konnte. Und sie kannte ihn, konnte aber nicht sagen woher.

»Verzeih, dass ich so ungeschickt war«, sagte er und lächelte, aber das Wehmütige in seinem Blick blieb weiter bestehen. Er zog seine Hand aus der Jackentasche, an der er einen Plastikhandschuh trug, und richtete die Käsesorten auf seinem Tablett. Als er wieder aufsah, blieben sie gegenseitig am Blick des anderen hängen. Da griff Matt nach ihrem Arm und zog sie mit sich mit. Etwas später bemerkte Julia, dass der Kellner in einer Ecke des Speisesaals stand und sie beobachtete. Sie wollte zu ihm gehen und sich vorstellen, denn sie spürte eine unbeschreiblich starke Anziehung. Aber da zupfte Matt sie erneut am Arm und entschuldigte sich, er müsste auf die Toilette gehen.

»Rühr dich nicht vom Fleck!«, ermahnte er sie. »Wenn ich dich verliere, bringt mich deine Mutter um!«

Sie versprach es, schlich sich aber in der Sekunde aus dem Saal, als er außer Sichtweite war. Das ganze Anwesen zog sie magisch an, und sie wollte sich den Hof ohne die vielen Leuten ansehen. Der Speisesaal war hell und überhitzt, draußen hingegen war es dunkel und eiskalt. Sie machte ihren Wintermantel zu und steckte die Hände in die Taschen.

Beleuchtet sah das Herrenhaus noch schöner aus als im Tageslicht. Ein Scheinwerfer war auf eine Inschrift über dem Eingang gerichtet. *Wir wandern auf dem Weg der Erde*, stand dort. In einigen der Fenster brannte Licht. Auf dem Hof flackerten Laternen und Fackeln. Und während sie dort andächtig stand, gingen die Lichter am Weihnachtsbaum in der Mitte an. Aus der Küche stiegen die wunderbaren Düfte von gebratenem Fleisch und Punsch in ihre Nase.

Hinter ihr knirschten die Steine der Auffahrt. Bevor sie sich umdrehen konnte, spürte sie zwei Hände, die sich auf ihre Schultern legten.

»Ich würde dich auch in einer riesigen Menschmenge sofort finden«, flüsterte eine Stimme in ihr Ohr.

Sie wusste gleich, wer es war. Sie drehte sich um und berührte ihn fast, so nah war sie ihm. Instinktiv trat sie einen Schritt zurück.

Seine Lippen umspielte ein Lächeln, er streckte ihr die Hand hin, der Druck, mit dem er ihre Hand schüttelte, war ganz wunderbar. Er roch gut. Seine ganze Erscheinung – sein Anzug, das weiße Hemd und der Schlips – roch nach Geld. Aber er hatte nichts Überhebliches oder Bedrohliches.

Er musterte sie bloß neugierig, ließ aber ihre Hand los, als er ihr Zögern spürte.

»Verzeih, ich möchte dir unter keinen Umständen Angst machen. Ich habe dich im Publikum gesehen und wollte dich nur begrüßen.«

In diesem Augenblick wusste Julia, dass dies ein magischer Abend war. Ein Abend, an dem all ihre Wünsche in Erfüllung gehen würden. Sie hatte ihn kennenlernen wollen, und jetzt stand er hier! Jetzt ging es darum, schnell zur Sache zu kommen.

»Meine Mutter hat mich vor dir gewarnt«, sagte sie. »Was du den beiden angetan hast, ist abscheulich gewesen.«

»Ich weiß«, seufzte er. »Aber ich habe mich verändert. Ich bin ein neuer Mensch geworden. Ich habe wirklich versucht, es wiedergutzumachen. Aber deine Mutter ist so stur. Lass uns lieber über dich reden, bevor dein … dein Bodyguard wieder auftaucht und dich holt.«

»Wen meinst du?«

»Na, diesen Typen, der den ganzen Abend schon an dir klebt wie ein Blutegel. Erzähl mir was von dir. Was machst du gern, außer zu singen?«

Julia sah ihn skeptisch an, wollte aber trotzdem die Frage beantworten.

»Alles, was den Puls ein bisschen in die Höhe treibt. Ich wohne in einem öden Loch. Wenn ich sechzehn werde, will ich mir ein Motorrad kaufen. Aber ich glaube nicht, dass es Mama gefällt, wenn du mich jetzt hier so ausfragst. Obwohl ich dich unbedingt kennenlernen wollte. Um herauszufinden, ob du wirklich so schrecklich bist, wie sie immer sagen.«

»Hat sie nach wie vor so ein schlechtes Bild von mir? Die arme Sofia. Und du, was denkst du?«

»Ich finde dich nicht schrecklich, aber du bist ganz bestimmt ziemlich gefährlich.«

»Meiner Meinung nach hat deine Mutter noch einige Dämonen, denen sie sich stellen muss. Ich bin nicht im Geringsten gefährlich, das siehst du doch, oder?« Er warf die Hände in einer entwaffnenden Geste in die Luft.

»Was ich allerdings zugeben muss, ist, dass ich dich die ganze Zeit anschauen will, Julia«, fuhr er fort. »Was meinst du, warum fühle ich mich so zu dir hingezogen? Ist das nur die bittersüße Erinnerung an deine Mutter, oder haben wir beide eine besondere Verbindung?«

»Ich spüre nichts«, log sie. »Ich glaube jedenfalls nicht, dass wir uns in irgendeiner Hinsicht ähnlich sind.«

»Da irrst du dich gewaltig. Wir beide kennen keine Begrenzungen. Denn das ist die einzige Form, sein Leben zu führen. Und in dir steckt unglaublich viel Leben, Julia.«

Ihr wurde ganz heiß, die Röte stieg ihr ins Gesicht. Er kam auf sie zu, und ehe sie sich's versah, hatte er schon mit dem Finger über ihre Wange gestrichen. Eigentlich müsste sie ihm sagen, dass er ihr Vater sein könnte. Offenbar war er doch nicht so klug, wie er dachte, wenn er davon überzeugt war, dass sie so leicht zu haben war. Aber sie fand es cool, sein Spiel mitzumachen, und außerdem war er ziemlich heiß, wenn er sie so durchdringend ansah.

In diesem Augenblick hustete jemand hinter ihr.

Die Magie war zerstört.

Matt stand da und war ganz geknickt vor lauter Schuldgefühlen.

»Julia, du hast mir versprochen, dass du auf mich wartest«, beschwerte er sich.

»Alles in Ordnung«, sagte Franz. »Ich habe Julia nur begrüßt, immerhin haben wir gemeinsame Bekannte. Jetzt muss ich aber los und die Feuergeister dort drinnen bei Laune halten. Allerdings macht das bei weitem nicht so viel Spaß wie die Unterhaltung mit dir, Julia. Ich hoffe sehr, dass wir uns bald wiedersehen.«

Mit diesen Worten ging er in den Speisesaal zurück. Matt holte Luft und wollte Julia einen Vortrag halten, aber sie legte einen Finger auf seinen Mund.

»Ist nichts passiert. Er hat mir nur Guten Tag gesagt. Er kennt meine Eltern, aber ich glaube, es ist keine gute Idee, wenn du ihnen davon erzählst. Wir sprechen lieber von den coolen Sachen, die wir hier erlebt haben, einverstanden?«

Matt erwiderte nichts, aber sie sah in seinem Blick, dass sie gerade einen Pakt geschlossen hatten.

28

Es hatte auch Vorteile, dass wir *Kinder der Erde* von der restlichen Welt isoliert waren. Wir kamen nicht mit Drogen oder Alkohol in Berührung und konnten auch nicht der Computerspielsucht verfallen. Das Bedürfnis nach teurer Kleidung und schönem Schmuck kam gar nicht erst auf, und das machte uns sehr bescheiden. Man muss immer versuchen, das Positive in allem zu sehen. Obwohl das nicht unbedingt meine starke Seite ist.

Mit dem Mobbing verhielt es sich ähnlich. Es gab keinen Prügelknaben in der Schule, also nicht nur einen, der immer das Opfer war. Sobald man bei Ali-Khan und Karsten in Ungnade fiel, wurde man ausgestoßen und verspottet, allen voran von Vater. Wenn der Chef sich über dich ärgerte, konnte dein Leben im Bruchteil einer Sekunde zur Hölle auf Erden werden. Deshalb litt ich nicht mehr als die anderen.

Als Vic und ich elf Jahre alt waren – und somit die Älteren unter uns schon dreizehn –, entschied Vater, dass wir etwas über Sex erfahren sollten, und ordnete Sexualkundeunterricht an. Seiner Meinung nach war es wichtig, früh damit anzufangen. Die zukünftigen Führer der Welt sollten bei so einer wichtigen Sache wie Sex keine Spätzünder sein.

Der Sexualkundeunterricht

Ali-Khan ist dunkelrot geworden, das ist ihr in den letzten zehn Minuten schon mehrmals passiert. Sie gerät ins Stocken. Das ist eine ganz neue Seite an ihr, und wir sind begeistert, weil wir uns endlich einmal überlegen fühlen.

Sie hat einen Penis ans Whiteboard gezeichnet. Einen Pimmel, der an einem dicken Hodensack hängt. Der sieht wie eine fette Made aus. Alle kichern, und Didrik stößt kleine Jubelschreie aus, was Ali-Khan noch verlegener macht. Sie zischt uns an, dass wir still sein sollen. Als Nächstes ist die Scheide dran.

Sie hat die ersten beiden Striche gezogen, als Vater mit Karsten ins Klassenzimmer kommt. Das macht Ali-Khan noch nervöser, und sie fängt sogar an zu stottern. Ich winde mich auf meinem Stuhl. Die Stimmung ist unerträglich peinlich. Vater bricht in schallendes Gelächter aus, woraufhin Ali-Khans Gesichtsfarbe dunkelrot wird. Aber dann plötzlich runzelt Vater die Stirn.

»Darf man das hier Sexualkundeunterricht nennen?«, fragt er und zeigt auf den traurigen Penis und die zwei Striche am Whiteboard. »Das ist ja lächerlich. Sie qualifizieren sich nicht gerade dafür, die Kinder in diesem Fach zu unterrichten«, sagt er und durchbohrt Ali-Khan mit seinen Blicken. Dann dreht er sich zu Karsten um, schüttelt schließlich aber den Kopf. »Nein, Sie auch nicht. Am besten wäre es wohl, wenn ich es selbst machen würde, dann hätten die Kinder eine Garantie für höchste Qualität, aber leider ist mein Kalender voll.«

Tief in Gedanken versunken läuft er einige Male im Klassenzimmer auf und ab. Wir werfen uns ängstliche Blicke zu. Der traurige Penis am Whiteboard erinnert uns nur daran, dass in Vaters Augen ohnehin fast alles, was wir machen, armselig und dumm ist. Dann plötzlich fängt er an zu nicken, was *bedeutet, dass er kurz vor einem Geistesblitz steht. Abrupt dreht er sich zu Karsten um.*

»Bringen Sie den kleinen Computer aus dem Büro nebenan hierher. Wissen Sie, wie man einen Filter installiert, damit bestimmte Seiten gesperrt sind?«

Karsten schüttelt den Kopf.

»Dann müssen Sie sich erkundigen. Sie sperren alle Seiten, die nur Quatsch über mich schreiben, auf unsere Homepage dürfen die Kinder aber gerne gehen. Und dann zeigen Sie ihnen Softpornos, allerdings wirklich von der ganz unschuldigen Art. Wir fangen mit Titten und Ärschen und der Missionarsstellung an. So lernen sie, wie es funktioniert. So eine wie die da brauchen wir dafür nicht«, sagt er abfällig und zeigt auf Ali-Khan.

»Sie sollen nur wissen, wie es funktioniert, verstanden. Das ist das einzige Ziel. Und einmal in der Woche gibt es eine Beichtstunde, damit sie gar nicht erst auf die Idee kommen, etwas Versautes anzustellen.«

Noch verstehen wir kein Wort von dem, was die Erwachsenen da reden. Aber kurz darauf wird es klarer.

In den darauffolgenden Tagen drängen wir uns vor dem Computer. Einen Computer zu sehen ist schon an sich etwas ganz Besonderes. Bunte Fotos, kleine Filme – man muss nur auf die Maus klicken. Für uns eröffnet sich eine ganz neue Welt. Wir sehen unzählige nackte Körper, die seltsame Dinge tun, die sich kneifen und dabei keuchen und stöhnen. Das ist erregend und zugleich einschüchternd. Es kribbelt angenehm in meinem Bauch.

Molly, die immer die Taffeste von allen ist, machen die Filme verlegen. Sara hingegen, die eher schüchtern ist, dreht dabei richtig auf und will gar nicht aufhören. Vic und Didrik sagen immer wieder, wie krass das ist. Ein paar Tage später erwische ich die beiden zusammen mit Sara im Schlafsaal der Jungen. Sie ist untenrum nackt, und Vic und Didrik fummeln an ihr herum.

Ich muss schwören, nichts zu verraten.

In den Beichtstunden bekommt Ali-Khan eine ganze Menge zu hören. Die nackten Körper auf dem Bildschirm lösen eine Menge verbotene Gedanken und Gefühle aus. Das nimmt so überhand, dass sie beschließt, die Beichtstunde jeden Freitag im Klassenzimmer vor allen anderen stattfinden zu lassen. Damit wir zweimal überlegen, bevor wir etwas Unanständiges machen. Mir graut vor diesen Freitagsstunden. Die Stimmung ist beklemmend und peinlich.

Außerdem muss uns Ali-Khan die Beichten meistens aus der Nase ziehen. Damit wir Sachen gestehen wie:

»Ich habe unter der Decke versucht, an meinem Pimmel zu lutschen.«

»Ich habe mich da unten berührt.« In diesem Fall musste man genau angeben, wo und wie oft.

»Ich habe Sara an die Brust gefasst. Aber sie wollte das.«

Alle müssen sich vor die Klasse stellen.

Und alle müssen eine Beichte ablegen.

Allen ist das peinlich, nur Ali-Khan nicht mehr. Sie wird nicht mehr rot, wenn sie über Sex spricht. Ich finde sogar, dass sie richtig aufgedreht wirkt. Als sie eines Tages begreift, dass in den Pornofilmen nicht erklärt wird, wie Kinder gemacht werden, greift sie zu einem anderen Mittel. Sie erzählt uns die Geschichte von dem Jungen, der ein Mädchen geschwängert hat und deswegen ins Gefängnis musste. Dazu hält sie ein Paket Kondome in die Luft, fügt aber hinzu, dass diese nur für erwachsene Männer bestimmt sind. Auf ViaTerra, bei Kinder der Erde, würde so ein Schweinkram nicht zugelassen werden.

Sara beichtet, dass Vic und Didrik sie zwischen ihren Beinen berührt haben. Vic hätte sogar einen Finger in sie hineingesteckt.

Zur Strafe müssen die drei zehn Runden um das Schulgebäude rennen und alle Toiletten mit einer Zahnbürste schrubben. Aber richtig wütend ist sie deswegen nicht.

Ganz anders verhält es sich mit Hugos Beichte, dem, was er Ali-Khan unter vier Augen gesteht. Daraufhin verschwindet Hugo und kommt erst ein paar Wochen später wieder zurück. Er muss sich vor die Klasse stellen und gestehen, dass er unreine, widerwärtige Fantasien gehabt hat, die so abstoßend klingen, dass er uns davon nicht erzählen kann. Aber jetzt, sagt er, hat er sie zum Glück nicht mehr.

»Aber ich bin nicht schwul«, beendet er sein Geständnis, stürmt auf seinen Platz zurück und setzt sich mit einem Seufzer der Erleichterung.

An diesem Abend erfahre ich von Hugos Fantasien, aber erst, nachdem ich ihm hundert Mal geschworen habe, es niemandem zu erzählen. Er hat davon geträumt, dass Vater seinen Pimmel in den Mund nimmt und daran lutscht.

Mir läuft es eiskalt den Rücken hinunter.

Der Sexualkundeunterricht hat in unserer kleinen Schule ein Ungeheuer entfesselt.

29

Sofia und Benjamin machten sich gerade fertig, um zu einer Weihnachtsfeier zu fahren, als Anna anrief.

Zuletzt hatten sie miteinander telefoniert, als Julia die Kassette mit den USB-Sticks gefunden hatte. Da die *Herberge* dem Erdboden gleichgemacht worden war, hatte es für Anna keine Veranlassung gegeben, nach Orust zurückzukehren, sie war vorübergehend bei ihren Eltern in Stockholm untergekommen. Als Sofia ihr von den Fotos erzählte, fühlte sich Anna wie eine Verräterin, weil sie nicht für sie da sein konnte. Sofia beruhigte sie, dass alles in Ordnung sei. Obwohl es das nicht war. Sie vermisste Anna sehr. Sie waren sich durch das gemeinsame Projekt nahegekommen. Wie das häufig war, wenn man eine schwere Vergangenheit teilte. Es war eine andere Nähe entstanden als die, die sie mit Benjamin kannte, nicht so vertraut, aber dafür manchmal intensiver. Die Zeit in der *Herberge* war von schönen Erinnerungen an Anna geprägt.

Benjamin hatte gerade den Reißverschluss von Sofias Kleid zugemacht, als Annas Nummer auf dem Display auftauchte.

»Ich bin hier!«, rief sie fröhlich in den Hörer.

»Wo?«

»Na, auf Orust! Ich habe morgen einen Vorstellungstermin.«

»Ist das wahr? Kein Scherz?«

»Nein. Ganz und gar nicht. Ich wohne in der Pension. Wann können wir uns sehen?«

Sofia erzählte von der Weihnachtsfeier, zu der sie gleich aufbrechen würden, und Anna versprach vorbeizukommen. Denn sie kannte die Gastgeber auch.

»Die Fahrt hat mich geschlaucht. Treffen wir uns morgen und sprechen über unsere Zukunft, ja?«, sagte Anna.

»Wer war das?«, fragte Benjamin, als Sofia aufgelegt hatte.

»Anna. Sie ist zurückgekommen.«

Benjamin runzelte verwundert die Stirn.

»Wirklich? Ich dachte, sie wollte in Stockholm bleiben. Hier gibt es doch gar nichts für sie zu tun, oder?«

»Sie hat morgen ein Vorstellungsgespräch. Toll, oder?«

Sofia ging nach oben, um Julia zu holen, die mit auf die Weihnachtsfeier kommen würde. Allerdings nur, weil auch Matt eingeladen war. Julia saß auf ihrem Bett, der Boden war mit Kleidern, Röcken und Schuhen bedeckt.

»Für wen soll ich mich eigentlich schick anziehen? Dieses Scheißkaff nervt einfach!«, jammerte sie.

»Ja, das hast du schon so oft gesagt. Ab Herbst gehst du doch in Uddevalla aufs Gymnasium.«

»Das ist auch nur ein etwas größeres Scheißkaff.«

Sofia seufzte.

»Mein Schatz. Warum muss denn alles auf einmal passieren? Kannst du deine Fantasien nicht einfach nur genießen, ohne sie alle sofort auch umsetzen zu müssen? Das richtige Leben muss gelebt werden. Und da gehört nun mal auch die Schulzeit dazu.«

»Die Schule ist nicht mein Problem, das läuft alles super. Trotzdem muss ich den Scheiß ja nicht gut finden.«

»Das reicht jetzt. Zieh das schwarze Kleid an. Das geht wenigstens über den Po.«

Julia verzog das Gesicht und zog sich das Kleid an.

»Nicht diesen Blick, bitte! Du siehst superschön aus. Komm, lass uns gehen. Denzel und Benjamin sitzen schon im Auto.«

Es war kurz vor Weihnachten. Milde, feuchte Luft zog über das Land und löste unmissverständlich die klaren kalten Wintertage ab. Glücklicherweise ließ der anhaltende Regen nach, der schon seit zwei Tagen vom Himmel schüttete. Beim Einsteigen ins Auto fielen nur noch vereinzelt Regentropfen aus den dunklen, schweren Wolken.

Anna wartete im Flur der Gastgeber auf sie. Sie hatte ihre Augen mit schwarzem Kajal umrahmt und trug knallroten Lippenstift. Ihre braune Mähne war mit einer Haarspange hochgesteckt, aus der sich ein paar Strähnen gelöst hatten und ihr Gesicht weich einrahmten. Sie trug einen dunkelblauen Mantel und hohe Stiefel. Anna schien unerschöpfliche Mittel für Klamotten zur Verfügung zu haben.

Sie umarmten sich herzlich und lange.

»Und ich hatte befürchtet, dass du uns vergessen hast.«

»Nein, natürlich nicht. Ich habe euch furchtbar vermisst. Aber Süße, ich bin so was von müde. Ich habe schon alle begrüßt, die ich kenne. Bist du böse, wenn ich jetzt in die Pension fahre und ins Bett falle?«

»Willst du nicht bei uns wohnen?«

»Alles gut. Ich wohn ja umsonst dort. Aber morgen musst du mir alles ganz genau erzählen.«

»Du hast ja keine Ahnung, was hier los war.«

»Doch, das habe ich, aber ich möchte alle Details hören.«

»Was ist das denn für ein Job, für den du dich beworben hast?«

»Die brauchen jemanden in der Pension. So eine Art

Mädchen für alles. Was ich auch in der *Herberge* gemacht habe. Da geht jemand in Elternzeit, ich soll bei den Weihnachtsfeiern helfen und bei allem, was noch anfällt. Und in der Nebensaison haben die auch für Konferenzen und so geöffnet.«

»Das hört sich ja super an. Natürlich bekommst du den Job.«

Anna umarmte Sofia zum Abschied.

»Ich komme morgen nach dem Vorstellungsgespräch zu euch raus? Ist das okay?«

»Natürlich. Wir können dann zur *Herberge* rausfahren und uns die Überreste ansehen. Ich würde auch gern mit dir über verschiedene Optionen sprechen, wie wir den Wiederaufbau organisieren können.«

»Ja, und ich möchte auch alles über dein Treffen mit Franz wissen, ich bin so was von neugierig.«

»Da gibt es nicht so viel zu erzählen. Er ist ganz der Alte, falsch und manipulativ. Und ich werde auf keinen Fall Geld von ihm annehmen.«

»Wir können uns doch wenigstens darüber unterhalten?«, sagte Anna und lächelte sie zuversichtlich an.

Sofia tat es gut, dass sie nicht allein auf der Jagd nach Lösungen für den Wiederaufbau war.

Benjamin hatte sich bereits mit einem Drink in der Hand unter die Gäste gemischt und sein einnehmendstes Lächeln aufgesetzt. Julia und Laura saßen auf dem Sofa und waren in ihre Handys versunken.

Sofia war mit der festen Absicht gekommen, sich von der festlichen Stimmung anstecken zu lassen, aber es wollte ihr nicht so richtig gelingen. Ihr Kopf dröhnte, die Weihnachtssongs trugen das ihre dazu bei, und zwischendurch musste sie immer wieder an die Fotos denken, die der Stalker von ihr gemacht hatte. Sie bereute, dass sie sich nicht den Inhalt aller Sticks angesehen hatte, bevor sie die Kassette der Polizei übergeben hatten. Aber es hatte sie so angeekelt, dass sie froh war, sie nicht mehr im Haus zu haben. Unter Umständen hätte sie einen Hinweis gefunden, auf den Täter oder das Motiv. Details, auf die die Polizei niemals kommen würde. Fast zwanghaft wanderte ihr Blick immer wieder zum Fenster. Sie war nervös, unruhig und einfach nicht in der Lage, sich zu entspannen und die Party zu genießen.

Nach dem üppigen Gelage saß sie vollgestopft und unfähig sich zu bewegen in einem der Sessel und beobachtete die anderen Gäste. Benjamin unterhielt sich mit dem Direktor und seiner Frau. Er machte einen Scherz und brachte sie damit zum Lachen. Woher hatte er nur diese Kraft? Julia stand in einer Ecke und klebte an Matt.

Sofia wurde von einem jungen Mann Wein angeboten. Sie hatte keine Lust, etwas zu trinken, aber er hatte auch etwas Nichtalkoholisches im Angebot. Sie nahm ein Glas davon. Plötzlich wurde sie von Übelkeit gepackt, ihr Kopf schien gleich zu platzen. Sie presste die Handflächen gegen ihre Schläfen, aber es half alles nichts. Sie beschloss, nach Hause zu fahren und sich auszuschlafen. Die Ruhe zu genießen. Benjamin hatte keine Einwände, er würde mit Julia später ein Taxi nehmen.

Als sie aus dem Wagen ausstieg, wusste sie sofort, dass etwas nicht stimmte. Alles sah aus wie immer – und doch war alles anders. Es hatte aufgehört zu regnen. Das Haus wirkte dunkel, aber bedrohlich dunkel. Ein eiskalter Wind strich über ihre Haut. Auch mit dem Garten stimmte etwas nicht, es schien ihr, als hörte sie ein warnendes Wispern aus der Dunkelheit. Sie spürte in der Luft, dass jemand im Haus war, der dort nicht hingehörte. Es brannte kein Licht, dabei war sie sich ganz sicher, es angelassen zu haben.

Sie fand den Hausschlüssel in ihrer Tasche nicht gleich. Ihre Finger zitterten, und ihr Magen wehrte sich. Als sie die Türklinke herunterdrückte, ging sie auf. Der Luftzug war kühl. Zögernd betrat sie den Flur. Unter ihrer Sohle knirschte zersplittertes Glas.

»Hallo?!«, rief sie und schaltete das Licht im Flur an. Das Erkerfenster war eingeschlagen worden, und der Boden im Flur lag voller Glassplitter.

Nachdem sich ihre Augen an die Dunkelheit gewöhnt hatten, sah sie das Ausmaß der Verwüstung. Aber nicht wie nach dem Sturm, mit umgestürzten Möbeln, sondern ein fast systematisches Chaos, von jemandem verursacht, der fieberhaft nach etwas gesucht hatte. Die Türen der Vitrine waren aufgerissen, die unterste Schublade war herausgerissen und ihr Inhalt auf dem Boden verteilt worden.

Ihr Kopf befahl ihr zwar, sofort stehen zu bleiben, aber ihr Körper ging wie von selbst weiter. Die Türen aller Küchenschränke standen offen, die Schubladen waren ausgeleert worden. Das gesamte Besteck und alle Küchenutensilien türmten sich auf einem großen Haufen. Es sah überall so aus. Als hätte ein Wahnsinniger wie ein Tornado in ihrem Haus gewütet, allerdings auf der Suche nach etwas Bestimmtem. Aber *wonach*? Geld?

Wonach hat er bloß gesucht?

Im Gästezimmer sah es genauso aus, die Bettbezüge waren abgerissen worden, die Matratzen lagen kreuz und quer. Überall war gesucht worden, unter den Bettlaken, in den Kissen, unterm Bett, einfach überall. Auch die Schublade mit den Ersatzbezügen stand offen.

Fieberhaft wühlte sie in ihrer Tasche nach dem Handy. Sie schluchzte und schniefte und zwang sich, tief ein- und wieder auszuatmen.

Da hörte sie ein Knacken, dann Schritte und das Zersplittern von Glas. Die Haustür wurde aufgestoßen und knallte gegen die Außenwand. Sofia saß wie gelähmt auf dem Boden, unfähig sich zu rühren. Sie musste ihre ganze Kraft aufbringen, um weiterzuatmen. Sie presste ihre Nägel in die Handflächen, um die Panikattacke unter Kontrolle zu bekommen.

In weiter Ferne hörte sie einen Automotor, der gestartet wurde. Sie war wie erstarrt, das Herz raste. Nach einer gefühlten Ewigkeit hatte sie ihr Handy gefunden und wählte die 110. Dabei liefen ihr unaufhörlich die Tränen über die Wangen.

»Bei uns ist eingebrochen worden«, stammelte sie, als sich die Notrufzentrale meldete. Vor lauter Aufregung gab sie zuerst die verkehrte Adresse an.

»Wollt ihr uns jetzt endlich helfen?«, schrie sie ins Telefon. »Oder werdet ihr wieder keinen Finger krümmen, während dieser Kerl uns weiter schikanieren darf?«

Eigentlich hatte sie nicht schreien wollen, aber ihre Stimme hatte sich wie von selbst in ein Falsett hochgeschraubt. Die Frau in der Notrufzentrale blieb ruhig und sagte, dass sie sofort einen Streifenwagen schicken würden.

Um sie herum drehte sich auf einmal alles, und die Stimme der Frau wurde immer dünner. Sie stellte Sofia die ganze Zeit Fragen, aber Sofia war nicht imstande, sie zu beantworten.

»Jemand war noch im Haus, als ich gekommen bin«, war das Letzte, was sie sagen konnte, bevor ihr das Telefon aus der Hand glitt.

30

Ich weiß alles über Scham.

Ich schäme mich für meine Unzulänglichkeit, meinen Mangel an Hingabe und auch für meine Geheimnisse.

Jedes Mal, wenn wir Großmutter besuchten, schämte ich mich dafür, dass ich sie anlog und ihr nicht erzählte, was bei *Kinder der Erde* alles vor sich ging. Und ich spürte ihr schlechtes Gewissen, dass sie nie danach fragte. Es bedeutete ihr so viel, Zeit mit uns zu verbringen. Sie wollte kein Risiko eingehen, um nicht von Vater dafür bestraft zu werden. Solange sie unsere übernächtigten Augen, die Schwielen an unseren Händen und das Stroh von einer Nacht im Schweinestall in unserer Kleidung wortlos durchgehen ließ, musste sie keine Fragen stellen.

Die Scham hing immer in der Luft. Sie stand zwischen uns.

Ich hatte mich in meinem Leben schon für so Vieles geschämt. Für meine bloße Existenz.

Aber nie für meinen Vater. Bis zu dem Abend, als er kam und Mutter mitnahm.

Mutter auf dem Dachboden

Es ist Freitagabend. Wir sind mit Mutter auf die Felsen hoch-geklettert und sehen von dort hinaus aufs Meer. Langsam senkt sich die Dunkelheit über die Bucht. Der Mond steht noch tief und lässt meinen Schatten zu dem eines Riesen werden. Das Plätschern der Wellen hat etwas Tröstliches. Der Salzgeschmack auf meinen Lippen etwas Befreiendes.

Plötzlich überkommt mich eine tiefe Sehnsucht. Der Wunsch, ganz woanders zu sein. Die Lichter der Stadt glitzern auf der anderen Seite des Sundes. Ich kann die Wärme der Menschen spüren, die dort leben.

Vic und ich spielen auf dem Nachhauseweg Fangen. Der Wind peitscht mir ins Gesicht. Vic schnappt sich ein Stück Treibholz und benutzt es als Schwert. Er jagt mich wieder auf die Klippen hinauf, bis meine Lunge brennt und es in meinen Ohren rauscht. Wir sind ganz nah an der Klippenkante, aber ich überwinde meine Angst, indem ich dem Meer meinen Rücken zukehre. Mein Herz schlägt mir bis zum Hals. Ich lebe. Für einen kurzen Augenblick fühle ich mich erhaben und frei.

»Kommt, Jungs, wir gehen wieder nach Hause«, ruft uns Mutter.

Sie hat sich verändert. Sie darf einmal die Woche mit Großmutter aufs Festland fahren. Sie hat sich Kleider und Schminke gekauft, und heute Abend hat sich Mutter zurechtgemacht. Ihre Haare sind gewachsen und fallen ihr wie eine rotgoldene Welle über die Schultern. Manchmal lacht sie sogar und ist ausgelassen. Sie darf, wie wir, weder fernsehen noch ein Handy besitzen, aber Vater hat ihr eine Playstation gegeben, damit sie sich Filme ansehen kann. In letzter Zeit hat er uns häufiger besucht und war dann sehr freundlich zu Mutter.

An diesem Abend strahlt sie. Das Mondlicht glitzert in ihren Augen.

Ich habe fast das Gefühl zu fliegen, bin voller Energie.

Vater wartet vor dem Haus auf uns. Er sieht genervt aus. Meine Stimmung ist mit einem Schlag umgeschlagen.

»Ich muss mit eurer Mutter sprechen, Jungs. Da habt ihr doch wohl nichts dagegen?« Gerade noch spricht er mit uns, sieht dabei aber die ganze Zeit Mutter an. Sein Blick wandert über ihr Gesicht, ihren Körper. Zum ersten Mal verstehe ich, wie ein Mann, der nicht ihr Sohn ist, sie sieht. Sie ist mindestens so schön wie die Schauspielerinnen in den Filmen. Das Besondere an ihr sind die langen roten Haare. Deshalb kann ich verstehen, dass Vater sie hübsch findet, obwohl sie eine Mutter ist, meine Mutter.

Vater lächelt uns an, aber seine Augen sind kalt, und ich wage es nicht, das Lächeln zu erwidern.

Er packt Mutter am Handgelenk und zieht sie hinter sich her ins Schlafzimmer. Ich habe ihn früher häufiger nachts kommen hören. Habe ihre Stimmen durch die Wand gehört. Und kurz darauf noch andere Geräusche, Keuchen, Stöhnen, das Schlagen des Bettgestells gegen die Wand. Ein heiserer Schrei. Aber es hat nie etwas Bedrohliches gehabt. Im Gegenteil. Eigentlich war es schön. Als hätten sich die beiden gern.

Aber das fühlt sich heute ganz anders an.

Vielleicht denkt Vater, dass wir ihn nicht hören können. Aber das tun wir, jedes einzelne Wort dringt durch die angelehnte Tür.

»Ich habe keine Zeit für eine Beziehung, und die Weiber vom Personal taugen einfach nichts, deshalb musst du herhalten. Du hast dich ja sogar richtig hübsch gemacht. Wir treffen uns auf dem Dachboden. Ein paarmal in der Woche.«

Das Wort Dachboden löst eine Gänsehaut in mir aus. Ich kenne das Gerücht, dass Vater Mutter dort oben gefangen gehalten hat, habe mich aber immer geweigert, es zu glauben.

Ich spüre Mutters panische Angst. Ich weiß nicht viel über den Dachboden. Was ich aber weiß, ist, dass Mutter große Angst hat und verstört reagiert. Ich spüre ihre Panik mit jeder

Zelle meines Körpers. Die ausgelassene Stimmung von vorhin ist verschwunden, und Verzweiflung hat sich an ihre Stelle gesetzt.

Vic ist mit Mutters Playstation beschäftigt und hört ihnen nicht zu, aber ich nehme jedes Wort wahr.

»Ich will dort nicht hin. Kannst du mich nicht bitte in Ruhe lassen«, höre ich Mutter mit dünner Stimme betteln.

Ich halte die Luft an. Sie hat sich ihm widersetzt, gegen die Regeln verstoßen, und dafür muss sie bestraft werden. Ich weiß, was Vater tun wird, noch bevor ich die Ohrfeige höre.

»Halt den Mund. Und dieses Betteln ist so dermaßen unattraktiv. Zweimal die Woche. Wir fangen gleich heute Abend damit an. Los, beeil dich! Zieh dir was Enges, Kurzes an.«

Vater stürmt aus dem Haus, ohne uns eines Blickes zu würdigen. Ich höre, wie Mutter ihr Schluchzen unterdrückt und sich umzieht. Wir dürfen einen Film sehen und Süßigkeiten essen, was sonst streng verboten ist. Mich macht es nur noch trauriger, und ich traue mich nicht, sie zu fragen, wann sie wiederkommt. Deshalb frage ich Vic, als sie gegangen ist.

»Keine Ahnung«, antwortet er. »Wahrscheinlich vögeln die nur.«

Ich kann nicht einschlafen. Ich wälze mich in meinem Bett, bis ich in einen leichten, traumreichen Schlaf sinke und erst von einem Gewitter geweckt werde, das über unser Haus hinwegzieht. Es dämmert schon. Ich stehe auf und gehe in Mutters Schlafzimmer, aber ihr Bett ist leer. Wo ist sie bloß? Aus dem Fenster im Wohnzimmer kann ich den Himmel sehen. Zwischen den schwarzen Gewitterwolken leuchten die schönsten Farben. Plötzlich wird die Haustür geöffnet, ein kalter Windzug zieht durch den Raum, dann geht das Licht an.

Mutter trägt ein schönes Kleid. Ihre Augen sind ganz rotgeweint, und ihre Unterlippe zittert. Sie zuckt zusammen, als sie mich entdeckt. Da sehe ich die roten Striemen am Hals und den blauen Fleck auf ihrem Oberschenkel.

Ich möchte sie am liebsten trösten, kann mich aber nicht bewegen. Meine Lippen sind so trocken, dass ich mit der Zunge darüberfahre.

»Hast du Schmerzen, Mama?«, frage ich sie leise.

»Das hier tut mir nicht weh«, sagt sie und zeigt auf die Druckstellen am Hals. »Was mir weh tut, ist, dass ich ihm weniger bedeute als seine Motorräder, Autos und die verdammten Anzüge. Für ihn bin ich bloß eine Sache.«

Mutter hat noch nie so mit mir gesprochen. Ich möchte ihre Tränen trocknen, fühle mich aber so unbeholfen und hilflos. Deshalb senke ich den Blick, sehe zu Boden, um ihrem Schmerz zu entgehen. Ich will, dass sie ViaTerra am besten auf der Stelle verlässt, weiß aber auch, dass ich sie schrecklich vermissen würde. Ich wünschte, sie würde mich mitnehmen.

Von da an wird sie immer wochentags auf den Dachboden gerufen, wenn wir nicht zu Hause sind. Am Wochenende versucht sie, so zu tun, als wäre nichts geschehen. Sie unternimmt Sachen mit uns. Kocht. Albert mit uns herum. Trägt meistens lange Hosen und Rollkragenpullover, damit wir keine Spuren sehen können. Aber ihr sorgenfreies Lächeln ist verschwunden, und ihre Augen sehen verzweifelt aus.

Doch am schlimmsten wird es, wenn ich Vater begegne. Er wohnt jetzt häufiger dem Unterricht bei oder besucht uns, wenn wir draußen arbeiten.

Ich versuche, seinem Blick auszuweichen.

Abends fügt er Mutter Schmerzen zu, und tagsüber verhält er sich wie immer.

Als wäre nichts geschehen.

Zum ersten Mal schäme ich mich für ihn.

31

Sofia saß auf den Felsen und starrte aufs Wasser. Sie wusste nicht, wie lange sie schon dort gesessen hatte. Die Zeit stand still. Die Luft war eisig. Kaum Dünung, bis auf ein paar vereinzelte friedliche Wellen, die sich hier und da kräuselten. Die Wolkendecke brach langsam auf, ließ die Sonne durch, und die Farbe des Wassers wechselte von Grau zu einem kühlen Blau. Sie hatte einen Punkt am Horizont fixiert. Dort schwammen Schwäne oder Gänse auf dem Wasser. Der Felsen unter ihr war kalt, aber sie hatte sich aus ihren Handschuhen ein Sitzkissen gemacht.

Es war der Tag vor Weihnachten. Allein der Gedanke, ein Weihnachtsfest auf die Beine stellen zu müssen, überforderte sie. Sie hatten einen Weihnachtsbaum – das Einzige, was der Einbrecher verschont hatte –, aber keine Geschenke, nicht mal Lebensmittel für ein Festessen. Sie würde noch einkaufen gehen müssen, hatte aber keine Kraft dazu. Tief im Inneren hoffte sie, dass Benjamin oder Julia vorschlagen würden, dass sie sich einen Tisch für den Weihnachtsschmaus in der Pension reservieren sollten. Julia würde dieses Jahr Geld geschenkt bekommen, damit sie mit ihren Freunden etwas Schönes zwischen den Jahren unternehmen konnte.

Zu Benjamin hatte sie gesagt, dass sie tanken fahren würde. In Wirklichkeit hielt sie es zu Hause nicht aus und suchte ständig Entschuldigungen und Anlässe, um dort wegzukommen.

Sie hatte morgens gesehen, dass die Nachricht über den Einbruch bereits im Netz stand. Reißerische Überschriften über die Familie aus Assmunderöd, deren Leben zerstört wurde.

Die Polizei hatte keine verwertbaren Anhaltspunkte. Was für eine Überraschung! Sie hatten sich mit Sofia in Verbindung gesetzt, weil sie ein Foto von Peder Santos benötigten, um eine Fahndung nach ihm auszuschreiben. Sofia hatte Anna gebeten, sich darum zu kümmern, was sie gern übernahm.

Benjamin und Sofia hatten sich über die Ereignisse den Mund fusselig geredet. Sie wollten verstehen, wie das alles zusammenhing.

»Warum sollte Santos in unser Haus einbrechen? Wonach hat er gesucht?«, fragte sich Sofia und rieb sich die Schläfen. In letzter Zeit litt sie immer häufiger an Spannungskopfschmerzen.

»Ich vermute, dass er von dir und Julia vollkommen besessen war«, lautete Benjamins Theorie. »Aber dann hat der Sturm die *Herberge* vernichtet. Also konnte er seine Fixierung nicht mehr ausleben, hat deshalb Julia überfallen und Fotos von ihr gemacht.«

»Das ist möglich, aber was zum Teufel hat er bei uns gesucht?«

Benjamin versank in Gedanken.

»Na, die USB-Sticks natürlich!«, rief er plötzlich. »Der ist durchgedreht, als die Geldkassette verschwunden war, und hat hier deshalb alles durchwühlt.«

»Du hast recht, so könnte es sein.«

Sie kannte das Gefühl, verfolgt und schikaniert zu werden. Franz hatte das jahrelang getan. Das hatte sie zwar abgehärtet, andererseits aber auch dünnhäutiger gemacht. Sie wusste aus Erfahrung, dass Psychopathen keine Grenzen kannten und akzeptierten. Was bedeuten konnte, dass diese Ereignisse erst der Anfang waren.

Ihr Gespräch wurde von den Mitarbeitern der Sicherheitsfirma unterbrochen, die eine Alarmanlage und Überwachungskameras installieren sollten. Benjamin begleitete sie den ganzen Vormittag begeistert bei der Arbeit. Aber Sofia war skeptisch. Santos lauerte bestimmt dort draußen und plante bereits seinen nächsten Schachzug. Einer der zuvorkommendsten und sanftesten Menschen, den sie kannte, hatte sich in einen geistesgestörten Irren verwandelt.

Nachdem sie die Artikel quergelesen hatte, entschied sie sich dafür, ans Wasser zu fahren. Anna war auf der Polizeiwache, sie hatten ihre Verabredung auf später verschoben.

Ihr Handy klingelte, die Nummer war unbekannt. Sie wusste sofort, wer es war, und ärgerte sich, dass sie ihre Nummer noch nicht geändert hatte.

»Sofia, leg nicht gleich wieder auf. Hör mir bitte einfach zu.«

Sie erwiderte nichts, nahm nur das Rauschen ihres eigenen Atems wahr.

»Bist du noch dran?«

»Ich hatte dir gesagt, dass ich keinen Kontakt mehr haben will.«

»Ja, aber ich mache mir Sorgen, vor allem um Julia. Ich werde eine Sicherheitsfirma beauftragen und dafür bezahlen, dass sie euer Haus rund um die Uhr bewachen. Und ich werde auch jemanden engagieren, der nach Santos sucht, mit oder ohne deine Erlaubnis.«

»Woher weißt du von Santos?«

»Ich habe meine Quellen.«

Bei ihrem letzten Telefonat hatte er zwar tatsächlich

mitgenommen geklungen, aber das hätte er ihr auch nur vorspielen können. Dieses Mal klang er aufrichtig besorgt.

»Ich werde keine Hilfe von dir annehmen«, sagte sie.

»Und warum nicht?«

»Weil ich niemals in deiner Schuld stehen will.«

»Das wirst du auch nicht. Ich möchte Julia beschützen, verstehst du das nicht? Habe ich denn kein Recht dazu?«

»Nein, das hast du nicht, überhaupt kein Recht.«

Auf einmal wurde seine Stimme sanft und einschmeichelnd.

»Mich trifft es wirklich sehr, wenn du so kalt und unzugänglich bist. Dabei haben wir doch früher eigentlich ganz gut zusammengearbeitet. Man sollte die Welt lieben, in der man lebt. Und so auch die Menschen darin. Kannst du nicht wenigstens versuchen, deine Wut zu überwinden und das Beste für Julia zu wollen? Meinst du nicht, dass es dir besser gehen würde, wenn du mir verzeihen könntest?«

Sie konnte nicht umhin, seinen selbstgefälligen Ton zu belächeln. Wahrscheinlich dachte er, etwas unfassbar Tiefsinniges gesagt zu haben.

»Ich muss dir nicht verzeihen, damit es mir gut geht. Ich kann dich getrost für den Rest meines Lebens hassen und es damit hervorragend haben, solange du meine Familie in Frieden lässt.«

»Aber mein Herzchen, das kann ich dir leider nicht versprechen. Das hängt vom Testergebnis ab.«

»Ich gebe dir nach Neujahr Bescheid«, sagte sie. »Bis dahin möchte ich nicht mehr von dir kontaktiert werden. Und wenn du mich noch einmal *Herzchen* nennst, wirst du nie wieder von mir hören.«

Bevor er etwas darauf erwidern konnte, hatte sie aufgelegt.

Die Kälte hatte mittlerweile ihren Weg durch Handschuhe und Jeans gefunden. Sie rappelte sich auf. Da klingelte ihr Handy. Es war Benjamin.

»Alles ist installiert! Der Mistkerl kommt hier nicht mehr rein.«

»Dann fahre ich jetzt nach Hause.«

»Willst du davor wirklich noch einkaufen gehen?«, fragte er. »Komm, lass uns morgen auf den Weihnachtsbraten verzichten. Wir kochen einfach das, was Julia am liebsten mag. Und wenn wir mit deinen Eltern skypen, setzen wir uns vor den Weihnachtsbaum und tun so, als ob wir ein traditionelles Weihnachtsfest feiern. Dann faulenzen wir den ganzen Tag und streamen alle Filme, die wir noch nicht gesehen haben.«

So war Benjamin, genügsam und unkompliziert.

Sofia musste lachen und spürte, wie sich der Knoten in ihrer Brust langsam löste.

»Das klingt ja fantastisch, das ist ganz genau das, was ich jetzt brauche. Was würde ich nur ohne dich machen?«

»Eine sehr gute Frage!«

Das Logo der Sicherheitsfirma an der Gartentür und die Kameras stachen ihr sofort ins Auge, als sie nach Hause kam. Das fühlte sich gut an.

»Wo ist Julia?«, fragte sie Benjamin.

»Ich habe ihr ein bisschen Geld gegeben, damit sie mit ihren Mädels nach Stenungsund fahren kann, um Weihnachtsgeschenke zu kaufen. Die war richtig aus dem Häuschen vor Freude. Was ich allerdings noch nicht geschafft habe, während du weg warst, ist mir die Schrotflinte anzusehen.«

Er hatte überall Teelichter angezündet und den Weihnachtsbaum geschmückt. Es duftete nach Punsch. Für den

Bruchteil einer Sekunde streifte sie der Gedanke, dass Benjamin in letzter Zeit schon fast übertrieben aufmerksam und freundlich zu ihr war. Aber dann schämte sie sich sofort für ihr Unvermögen, seine Liebe anzunehmen.

Sie hatte sich gerade ins Wohnzimmer gesetzt, als sie ihn juchzen hörte.

»Ich glaub es ja nicht ...«

»Was ist denn?«, rief sie.

»Wir bekommen Besuch! Sieh doch mal, wer da kommt.«

Sie rannte gleich ans Fenster. Vor dem Haus hatte ein rotes Auto geparkt, und der Fahrer stand schon am Gartentor. Sie erkannte ihn sofort wieder, obwohl er in seinem dicken Winterparka fast verschwand.

Simon war zurück.

32

Mein Leben war unkompliziert, bis zu dem Abend, an dem Vater Mutter holte. Das wurde mir aber erst hinterher bewusst. Bis dahin war alles, was mir widerfuhr, auf meine eigenen Fehler zurückzuführen. Wenn ich mich dumm angestellt habe, galt es, die verhängte Strafe schweigend zu ertragen. Keinen Augenblick zweifelte ich daran, dass Vaters Wort die einzig wahrhaftige Wahrheit war. Mein Dasein war nichts als ein Überlebenskampf. Aber ein Kampf ohne Zweifel.

Der wuchs erst, als ich die Stellen an Mutters Hals sah.

Manchmal verursacht Zweifel viel größere Schmerzen als eine physische Bestrafung. Er frisst einen von innen auf.

Es ging so weit, dass ich anfing, mich für Vater zu schämen.

Ich befand mich in einem Zustand innerer Konfusion. Dinge, die vorher nicht sichtbar waren, bekamen jetzt eine aufdringliche und unangenehme Kontur und Schärfe: der Stacheldraht auf den Mauern, die Silhouette der Stadt auf der anderen Seite des Sundes. Das Licht im Wachhäuschen, die Augen, die überall waren und über uns wachten.

Ich befand mich an einem Scheideweg. Es fühlte sich an, als würde ich auf einem sehr dünnen Seil balancieren.

Deshalb hatte es, als sich alles zuspitzte, etwas Befreiendes, kopfüber ins Nichts zu stürzen.

Handlungen und Konsequenzen

Es ist Samstag. Vic und ich dürfen mit Mutter zum Einkaufen ins Dorf gehen. Die Gerüche des Frühsommers liegen in der Luft: Flieder, frisch gemähtes Gras und der süße Duft von Softeis in dem Kiosk auf dem Marktplatz. Mutter ist mit roten Augen aufgewacht. Ich weiß, dass sie sich nachts in den Schlaf weint. Ihr glückliches Lachen ist schon vor langer Zeit verstummt. Sie trägt einen Rollkragenpullover, obwohl es warm ist.

Wir wollen nicht mit ins Geschäft, draußen gibt es so viel zu sehen. Es wimmelt von Menschen auf dem Marktplatz, und im Hafen liegen mehrere Schiffe vertäut. Wir müssen Mutter versprechen, uns nicht von der Stelle zu rühren. Vic sieht ein hübsches Mädchen, das auf dem Landungssteg sitzt und ein Eis isst. Ohne nachzudenken, rennt er zu ihr hin, spricht sie an und bringt sie zum Lachen. Ich beobachte die Menschen um mich herum und stelle mir vor, einer von ihnen zu sein. Mit Freunden in die Ferien zu fahren. Ganz frei. Ohne marschieren, ohne Siegeslieder singen zu müssen. Ganz ohne »Konsequenzen«. Vor mir liegt ein langer, wunderbarer Sommer mit meinen liebevollen Eltern, mit denen ich Bootstouren mache und auf den Felsen grille.

Als ich mich wieder umdrehe, sehe ich, dass Mutter mit dem Rücken zu mir vor dem Geschäft steht und mit einem fremden Mann in Jeans und Hemd spricht. Sie fuchtelt mit den Armen in der Luft, als rege sie sich auf. Ein Windhauch trägt einen Satzfetzen von ihr zu mir. Halte ich nicht länger aus. *Der Mann packt ihre Handgelenke, um sie zu beruhigen. Gemeinsam betreten sie das Geschäft. Es dauert eine ganze Weile, bis sie wieder rauskommt. Vic interessiert das alles nicht. Mittlerweile hat er sich neben das Mädchen gesetzt und darf von ihrem Eis kosten.*

Niemand kann Vic widerstehen.

Als Mutter nach draußen kommt, spüre ich sofort, dass etwas nicht stimmt. Sie ist nervös und ausgelassen zugleich. Kaum sind wir wieder zu Hause, zieht sie sich in ihr Zimmer zurück und bleibt eine ganze Weile dort. Danach ist sie wie ausgewechselt. Sie kocht uns etwas Gutes zu essen, neckt uns, kuschelt mit uns und küsst uns so oft, dass es schon peinlich ist.

An diesem Abend dürfen wir einen Film sehen, während sie noch einen kleinen Spaziergang machen will. Das ist ungewöhnlich.

Vic findet den Film richtig gut, aber für meinen Geschmack gibt es zu viele Tote. Ich stehe auf und will mir ein Buch holen, aber dann werde ich wie magisch von Mutters Schlafzimmer angezogen. Ich schleiche mich hinein, ohne dass Vic mich sieht. Die Jalousien sind heruntergelassen, aber das weiße Sonnenlicht des lauen Sommerabends sickert durch die Ritzen. Ich stehe neben Mutters ungemachtem Bett, hier riecht es nach ihrem blumigen Parfüm. Mit einer Hand streiche ich über den Bettbezug. Eigentlich ist alles wie immer. Die Kleidung auf dem Boden verstreut, überall liegen Haarbürsten, Kämme und Schminke.

Da fällt mein Blick auf einen Gegenstand auf dem Nachttisch. Ein kleines graues Ding, versteckt zwischen Büchern, Feuchtigkeitscreme und Taschentüchern.

Mutter hat ein Handy.

Ich stürze aus dem Zimmer. Tief in mir habe ich die Gewissheit, dass große Veränderungen bevorstehen. Von denen ich zwar nichts wissen will, die aber eintreten müssen.

An diesem Wochenende ist alles anders als sonst. Mutter steht unter Hochspannung, ihre Stimme ist ungewöhnlich schrill, ihre Bewegungen sind zuckend, es ist unverkennbar, dass sie nervös ist. Wir dürfen tun, was wir wollen. Vic möchte allein ans Meer gehen, um Krabben zu fangen. »Klar, kein Problem!«, sagt sie, obwohl es streng verboten ist. Als hätte sie alle Gebote und Regeln außer Kraft gesetzt und befände sich schon in einem anderen Universum.

Wir gehen ziemlich spät ins Bett. Mitten in der Nacht werde ich von einem schabenden Geräusch im Wohnzimmer geweckt. Vic liegt neben mir und schnarcht. Leise stehe ich auf und schleiche ins Wohnzimmer. Mutter steht komplett angezogen da und hat eine große Reisetasche in der Hand. Sie zuckt zusammen und stöhnt auf, als sie mich sieht.

Wir starren uns an. Stumm. Ich halte die Luft an. Sie sieht wie eine Marmorstatue aus. Der Mond beleuchtet ihre rechte Gesichtshälfte. Dann hebt sie langsam die Hand und legt einen Zeigefinger auf ihre Lippen. Ihr Blick hat etwas Wehmütiges. Sie dreht sich um und eilt zur Haustür, öffnet sie, dreht sich ein letztes Mal zu mir um und wirft mir einen Luftkuss zu.

Die Tür schließt sich lautlos hinter ihr.

Mutter ist weg, und ich weiß, dass sie nie wiederkommen wird.

Am nächsten Tag wache ich mit einem mulmigen Gefühl im Bauch auf. Nach der Dusche fühlt es sich etwas besser an. An seine Stelle ist Hoffnung getreten. Ich wünsche mir von Herzen, dass Mutter die Flucht gelingt. Nie wieder blaue Flecken und rote Striemen am Hals. Kein Schluchzen aus ihrem Schlafzimmer.

Vic hat Hunger und geht in ihr Schlafzimmer, damit sie uns Frühstück macht.

»Sie ist weg!«, schreit er.

»Vielleicht macht sie nur einen Spaziergang«, sage ich.

Eine glaubwürdige Lüge, denn das hat sie in letzter Zeit tatsächlich oft gemacht. Wir warten einige Zeit, ein paar Stunden sogar, bis Vic sagt, dass da irgendetwas nicht stimmt. Er *stürmt los. Ich weiß genau, wohin er geht. Als er mit Vater im Schlepptau zurückkommt, bin ich bereits zu einem Häufchen Elend mutiert, ein lebloser Klumpen Mensch, der auf dem Sofa kauert. Ich triefe vor Schuldgefühl.*

Ein einziger Blick, und Vater hat mich durchschaut. Er muss mir weder drohen noch etwas aus der Nase ziehen. Ich gestehe freiwillig, keuche vor Anspannung. Mir steigen Tränen in die Augen, aber ich halte sie zurück. Die Wut in Vaters Augen verwischt die Grenze zwischen seiner Iris und den Pupillen und verwandelt sie in ein schwarzes schäumendes Meer aus Zorn.

Er fragt mich aus, wie der Mann im Geschäft ausgesehen hat, aber ich kann ihn nicht genauer beschreiben. Er war ein ganz normaler Mann mit langer Hose, Hemd und Schirmmütze. Ich warte auf die unvermeidliche Ohrfeige. Aber die kommt nicht, was es fast noch schlimmer macht.

Vater lässt mich allein zurück.

Kurz darauf höre ich, wie zur Jagd nach Mutter gerufen wird. Motorräder werden gestartet, Befehle gebrüllt, die Hunde bellen.

Aber bei uns im Haus ist es ganz still. Ich weiß, dass Vic mich am liebsten umbringen würde. Aber er fasst mich nicht an.

Das Bestrafen ist Vaters Hoheitsgebiet. Und ich werde bestraft.

Irgendwann springt Vic auf und brüllt, dass er mithelfen will. Ich bleibe allein zurück. Aber ich fühle mich nicht mehr schuldig. Sie haben Mutter nicht gefunden. Sie wird es schaffen. Ich kauere mich auf dem Sofa zusammen. Warte. Lausche. Hoffe.

Als die Dämmerung hereinbricht, kommen Vater und Vic, um mich zu holen.

»Los, stell dich hin!«, brüllt Vater mich an. Ich springe sofort auf.

Seine Kleidung riecht nach Wald. Er hat sich offensichtlich auch an der Suche nach Mutter beteiligt. Seit meiner Geburt verachtet er mich und gibt sich keinerlei Mühe, das zu verbergen. Er packt mich am Arm und zieht mich hinter sich her. Vic folgt uns.

Ich weiß, wohin wir gehen.

Eine frische Brise weht über das Heidekraut. Vater hat noch kein Wort gesagt. Er schleift mich hinter sich her. Zu den Klippen. Immer wieder stolpere ich, aber er reißt mich am Arm auf die Füße hoch.

Erst als wir vorne an der Spitze des Teufelsfelsens stehen, öffnet er den Mund. Ein einziges Wort kommt ihm über die Lippen.

»Missgeburt.«

Dann stößt er mich über die Kante.

Ich falle. Einen unendlichen, schwindelerregenden Augenblick lang. Und werde schließlich von eiskaltem Wasser aufgefangen. Es zieht mich nach unten, in seine gierigen Tiefen, ich sinke, willenlos und entkräftet.

Weiß Vater denn nicht, dass wir noch nicht richtig schwimmen können? Und wenn er es weiß, möchte er, dass ich ertrinke?

Ich strampele, will nach oben, ins Helle. Die Panik packt mich, noch bevor ich die Wasseroberfläche erreicht habe. Ich hole zu früh Luft, bekomme Wasser in Mund und Nase. Mir wird schwarz vor Augen. Als ich die Wasseroberfläche durchbreche, bin ich von Schaum und Gischt umgeben.

Ich huste, schnaube, spucke Wasser, hole zwischen den Hustenattacken und den Wellen, die über mir zusammenschlagen, gierig Luft. Ich kann die Klippen nicht sehen. Ich fuchtele wie besinnungslos mit den Armen. Meine nasse Kleidung zieht mich immer wieder nach unten. Ich trete wie besessen, aber unter mir ist nur Wasser, kein fester Grund. Bloß Wasser, wohin ich auch sehe, das unendlich weite Meer. Die hektischen Schwimmzüge drehen mich um meine Achse, auf einmal kann ich das Ufer sehen. Nur zehn Meter entfernt, und doch fast unerreichbar weit weg. Ich versuche zu paddeln, so vorwärtszukommen. Eine Welle hebt mich an und trägt mich näher an den Strand. Da tritt mein Fuß gegen etwas Hartes. Noch zwei Schwimmzüge, dann habe ich Boden unter beiden Füßen. Mit letzter Kraft ziehe ich mich an Land, bleibe entkräftet auf den Steinen liegen und übergebe mich. Lange bleibe ich so. Die Wellen liebkosen meine Schuhe. Ich hebe den Kopf. Dort oben sehe ich Vaters Silhouette, die sich gegen den blassgrauen Himmel abzeichnet.

Was jetzt von mir erwartet wird, weiß ich genau. Ich soll die Felsen hochklettern, vor ihm auf die Knie fallen, ihn anflehen und ihn um die gerechte Strafe anbetteln. Hundert Stunden Strafarbeit, Hemden bügeln, Schuhe putzen, seine Füße küssen – Hauptsache, er vergibt mir.

Ich aber bin erfüllt von einem einzigen Gedanken. Dem innigen Wunsch, dass meine Mutter es geschafft hat.

33

Es fing an zu regnen, als Julia sich auf ihr Moped schwang, um nach Hause zu fahren. Zuerst waren es nur vereinzelte Tropfen, aber die Wolken über ihr versprachen einen richtigen Platzregen. Die feuchte Luft drang durch ihre Jacke. Es war eiskalt, und sie sehnte sich nach dem warmen Wohnzimmer zu Hause. Sie riss den Mund auf und atmete die kühle, feuchte Luft tief ein. In letzter Zeit schlief sie unruhig. Immer wieder tauchten Erinnerungen an den Überfall auf. Sie konnte nichts dagegen unternehmen. Es war immer derselbe Ablauf. Der Schock, als der Mann sie von hinten packte, und dann die Panik, als sie das Messer an ihrem Hals spürte. Wenn sie aber die Ruhe bewahrte, zogen die schrecklichen Bilder nach einer Weile wieder vorüber. Sie wusste, dass sie ein Trauma erlebt hatte, das sie nur ganz langsam wieder aus ihrem System bekommen würde. Fast täglich suchte sie im Netz nach den Fotos von ihr, bisher immer erfolglos.

Sie hatte das Haus gerade erreicht, als der Himmel sich öffnete und sich eine Kaskade aus Wasser über sie ergoss. Innerhalb von Sekunden war sie bis auf die Haut nass. Dennoch registrierte sie den roten Wagen, der am Straßenrand parkte, und hatte es auf einmal sehr eilig. Das sah aus wie Simons Auto. Von allen Freunden, die ihre Eltern hatten, war er ihr der liebste. Er hatte ihr alles beigebracht, das Springen vom Felsen ins Meer und das Anlegen eines

Gemüsebeetes. Sie hatten vor langer Zeit einem Möwenjungen das Leben gerettet. Nachdem es sich wieder erholt hatte, waren sie damit ans Meer gefahren und hatten dem Vogel hinterhergesehen, wie er in die Lüfte stieg und sich vom Wind davontragen ließ. Aus allem, was Simon anfasste, wurde etwas Magisches. Sie war unfassbar traurig, als er plötzlich aus ihrem Leben verschwunden war.

Die Regentropfen liefen ihr in die Augen und den Mund, während sie ihr Moped abstellte. In den Fenstern brannten Kerzen, und sie sah die Lichter am geschmückten Weihnachtsbaum. Sie rannte in den Flur, wrang ihre Handschuhe aus, legte sie auf die Heizung und hängte ihre durchtränkte Jacke auf. Ihre Hose war auch nass, aber sie wollte sich jetzt nicht umziehen, sondern gleich zu den anderen ins Wohnzimmer.

Simon saß auf dem Sofa und sah mit seinen zerzausten blonden Haaren genauso aus wie immer. Als er sie sah, strahlte er übers ganze Gesicht. Seine warmen Augen wurden zu schmalen Schlitzen, und der schiefe Schneidezahn glitzerte. Sie warf sich in seine Arme, vergrub ihr Gesicht in seinem Pullover und klammerte sich wie ein kleines Äffchen an ihn. Er roch auch genauso wie früher, nach Erde und Pflanzen.

»Jetzt ist wohl der Zeitpunkt für ein Geständnis gekommen«, sagte er, als sich Julia von ihm gelöst hatte. »Als ich Schweden verließ, habe ich den Gedanken nicht ausgehalten, keinen Kontakt zu euch zu haben. Deshalb habe ich unter dem Namen Maria Simonsson einen Fake-Account auf Facebook erstellt. Das Profilbild ist ein Foto von meiner Mutter.«

Er grinste verschmitzt.

»Deine Mama hat meine Freundschaftsanfrage direkt

abgelehnt, Julia, aber dein Papa nimmt es nicht so genau, mit wem er auf Facebook befreundet ist. Auf diese Weise habe ich heimlich Kontakt zu euch gehalten. Ich habe die neuesten Fotos von dir gesehen, Julia, und ich weiß schon lange, wie groß und schön du geworden bist.«

Julia setzte sich neben Simon. Ihre Mutter fing laut an zu lachen.

»Ich habe leider noch immer nicht kapiert, warum du dich all die Jahre verstecken musstest. Aber das wirst du uns später erzählen, ja?«, fragte Sofia.

»Wie lange bleibst du denn hier?«, wollte Julia wissen.

»Ein paar Monate«, sagte Simon. »Ich wohne in der Pension. Jetzt gerade bin ich aber so gejetlagt, dass ich nur schlafen will. Ich habe hier eine bestimmte Angelegenheit zu erledigen, von der ich euch später erzählen werde. Vielleicht morgen, an Heiligabend. Also, wenn ihr mich dabeihaben wollt.«

»Natürlich! Aber willst du nicht bei uns wohnen?«, fragte Sofia.

»Nein, das ist gut so, wie es ist«, antwortete Simon. »Ich helfe denen bei ein paar Kleinigkeiten.«

»Hört mal alle her, ich habe eine Idee«, sagte Sofia. »Wir machen an Heiligabend so eine Art Ehemaligentreffen. Anna ist auch in der Stadt, sie kommt bestimmt gern dazu. Und Matt, was meinst du, Julia? Oder muss er zu seinen Eltern?«

»Nein, die sind in die Berge gefahren, und er wollte nicht mit. Er freut sich bestimmt. Können wir nicht auch Ellis einladen? Oh Mama, das wäre so cool, wenn der auch kommt!«

Ellis war der zweite Freund ihrer Eltern, den Julia besonders gerne mochte. Er war ein Ex-Freund ihrer Mutter, sie waren vor ewigen Zeiten ein Paar gewesen. Und als sie mit ihm Schluss gemacht hatte, hatte er aus Rache Fotos von ihr ins Netz gestellt. Später aber wurden sie dann richtig gute Freunde. Ellis hatte – ebenso wie Simon – eine Zeitlang in Kalifornien gelebt, war stinkreich geworden, hatte alles wieder ausgegeben, war nach Schweden zurückgekommen und wohnte jetzt in einer Art Kollektiv außerhalb von Göteborg. Er hing mit Leuten ab, die ihre Mutter als Linksradikale bezeichnete, und hackte solche Websites, die ihm zu kapitalistisch waren. Aber das durfte Julia niemandem erzählen. Ellis hatte Julia alles beigebracht, was sie über Computer wusste. Zum Beispiel auch, wie man sich in ein Mailkonto hackte.

Es wurde der seltsamste und schönste Heiligabend aller Zeiten. Matt und Simon kamen schon morgens. Ellis traf in seinem langen, gefütterten Militärmantel gegen Mittag ein. Er hatte sich einen Bart stehen lassen, der ihm bis zur Brust reichte. Julia kannte ihn schon seit einer Weile und wusste, dass sein Gehirn doppelt so schnell arbeitete wie das eines normalen Menschen. Er redete in einer unfassbaren Geschwindigkeit, häufig bestanden seine Sätze nur aus Bruchstücken, weil ihm ständig etwas einfiel, das er noch wichtiger fand. Aber wenn es einem gelang, seinem Gedankengang zu folgen, war er der coolste Typ. Und in Computersachen war er ein Genie.

Statt des üblichen Weihnachtsessens gab es Julias Lieblingsgerichte, und danach sahen sie sich stundenlang Spielfilme an. Ellis und Matt mochten sich auf Anhieb, und Ellis zeigte ihm alles Mögliche auf seinem Laptop. Matt war nicht wie die Jungs in der Schule, die immerzu am Handy klebten. Oft dauerte es Stunden, bis er auf eine SMS reagierte. Aber dafür war er fasziniert von den Sachen, die ihm Ellis vorführte. Simon zeigte Julia Fotos aus Kalifornien, vor allem jede Menge Pflanzen, aber das war trotzdem aufregend. Gegen fünf Uhr zogen sich Sofia, Benjamin und Julia schicke Sachen an, setzten sich vor den Tannenbaum und skypten mit den Großeltern, um sich danach sofort wieder umzuziehen und in Jogginghosen auf dem Sofa zu lümmeln.

Julia fühlte sich sicher und entspannt. Sie war nur von Menschen umgeben, die sie mochte, und konnte für einen Moment die unschönen Ereignisse der letzten Zeit ausblenden. Simon erzählte ihnen von der Zeit in Kalifornien, wie er zunächst auf verschiedenen Höfen gearbeitet hatte, bevor er anfing, den lokalen Bauern Vorträge über ökologische Landwirtschaft zu halten. Es dauerte nicht lange, bis sich das herumgesprochen hatte und auch die Vorstandsmitglieder im Silicon Valley Wind davon bekamen.

»Und was passiert als Nächstes?«, fragte Benjamin.

»Wir werden sehen. Ich würde mich gerne mehr mit dem Thema Klimaschutz und Nachhaltigkeit beschäftigen«, sagte Simon. »Aber jetzt mache ich erst mal eins nach dem anderen.«

Als sie später am Abend auch auf Franz Oswald zu sprechen kamen, erzählte Sofia von seinem Angebot, die Kosten für den Wiederaufbau der Herberge zu übernehmen. Julia spitzte die Ohren und musste sofort an die Begegnung mit ihm denken.

»Innerhalb von wenigen Monaten ist der zu einem A-Promi aufgestiegen«, sagte ihre Mutter. »Das ist unfassbar. Er umgibt sich nur mit der Elite, kann sich kaufen, was er will, kann ins Bett gehen, mit wem er will, und trotzdem lässt er uns nicht in Ruhe.«

»Wir können ja einen kleinen Fanclub gründen«, sagte Benjamin in dem Versuch, lustig zu sein.

Julia sah den irritierten Blick, den ihre Mutter ihm zuwarf.

»Ich habe ja schon gesagt, was ich davon halte«, sagte Simon. »Du solltest überhaupt nichts mit ihm zu tun haben.«

»Ich habe ja auch schon entschieden, dass ich sein Geld auf keinen Fall annehmen werde.«

»Aber vielleicht ist das seine Art, um Wiedergutmachung zu bitten«, warf Anna ein. »Ich muss leider sagen, ich finde, dass wir so eine Gelegenheit, die *Herberge* wiederaufzubauen, nicht noch einmal bekommen. Stell dir doch bitte mal vor, was wir mit dem Geld alles machen könnten. Du solltest allerdings zuerst eine öffentliche Entschuldigung von ihm einfordern. Du könntest das Geld vielleicht sogar annehmen, ohne ihn persönlich treffen zu müssen.«

»Er war schon immer ein despotischer, manipulativer Mistkerl«, sagte Ellis. »Ich bezweifle, dass der sich geändert hat. Ich kann mal ein bisschen herumschnüffeln. Vielleicht finde ich Unregelmäßigkeiten in seiner Firma. Ich fange mit seinen Konten und Finanzen an.«

»Das kannst du ruhig machen«, sagte Sofia. »Obwohl wir hier von *Firmen* sprechen, im Plural, ihm gehört praktisch die halbe Westküste. Je mehr du über ihn herausfindest, umso besser. Aber da gibt es auch noch etwas anderes …«

Ihre Mutter stockte. Sie sah zu Julia hin, brach den Augenkontakt aber ganz abrupt ab und senkte den Blick auf ihre Hände.

»… wovon ich euch später erzählen werde«, beendete sie den Satz.

Da war er wieder, dieser Blick, den sie nicht deuten konnte. Julia war davon überzeugt, dass es etwas mit ihr zu tun hatte.

»Was ist los, Mama? Was sagst du uns nicht?«, bohrte sie nach.

»Ach, nichts weiter. Das ist ein bisschen kompliziert. Aber auch nicht so wichtig. Das hat mit unseren Finanzen zu tun.«

Julia war misstrauisch geworden. Die Stimme ihrer Mutter hatte gezittert, sie sagte nicht die Wahrheit. Alle anderen im Raum spürten es auch, denn es war mucksmäuschenstill.

Julia wollte Luft holen und sie mit weiteren Fragen bombardieren, als Simon ihr zuvorkam.

»Ich werde euch die *Herberge* finanzieren«, sagte er.

»Was? Wie bitte?«, fragte Benjamin.

»Deshalb bin ich eigentlich gekommen. Ich bleibe so lange, bis das Haus steht. Und gleichzeitig kann ich euch bei der Anlage von ein paar Beeten helfen. Ein Gewächshaus und einige Gemüsebeete. Ich kann euch nicht dieselbe Summe bieten wie Franz, aber es wird reichen, um die *Herberge* wiederaufzubauen. Komm gar nicht erst auf die Idee, mein Angebot abzulehnen. Ich weiß nicht, was ich mit dem ganzen Geld anfangen soll. Das sind nur Zahlen auf meinem Konto. Ich möchte das hier wirklich gerne machen.«

Sprachlos starrten sie Simon an. Julia bemerkte die zaghafte Röte auf den Wangen ihrer Mutter.

»Ich habe mir die Freiheit genommen«, fuhr Simon fort, »den alten Grundriss zu besorgen. Das einzige Problem wird sein, dass wir eine Baugenehmigung beantragen müssen, weil die Umbaumaßnahmen das erforderlich machen. Und das kann dauern. Aber wir beiden könnten den zuständigen Beamten in der Baubehörde den Hof machen, damit sie unser Anliegen schneller bearbeiten. Hier handelt es sich doch quasi um eine Notsituation, oder? Schließlich gibt es junge Aussteiger, die unbedingt ein Dach über dem Kopf benötigen.«

»Das ist so großartig, Simon!«, rief Sofia. »Ich weiß, dass ich das eigentlich ablehnen und sagen müsste, dass wir dein Geld nicht annehmen können. Aber das habe ich wirklich nicht vor. Das klingt alles fast zu schön, um wahr zu sein. Wir werden es dir zurückzahlen, sobald wir können.«

Julia konnte förmlich zusehen, wie sich ihre Mutter verwandelte. Ihr entfuhr ein Seufzer der Erleichterung, und zugleich kehrten der Glanz und das Feuer in ihre Augen zurück.

Obwohl sich Julia für ihre Mutter freute, konnte sie ihre Enttäuschung auch nicht leugnen. Sie fragte sich, ob das bedeutete, dass sie auch Franz Oswald nie wiedersehen würde. Heimlich hatte sie gehofft, dass ihre Mutter das Geld nehmen und er ab und zu vorbeikommen würde, um den Verlauf der Bauarbeiten zu begutachten. Dann könnte sie ganz zufällig vor Ort sein und ihm über den Weg laufen. Die flüchtige Begegnung auf Dimö war einfach zu aufregend gewesen, um diese Verbindung zu beenden, bevor sie richtig begonnen hatte. Matt war heiß, keine Frage, sie vergötterte ihn. Aber in Julia war das Verlangen nach mehr geweckt worden. Sie wollte wissen, wie so ein erfahrener Mann küsste, wie sich seine Hände auf ihrem Körper anfühlten. Und ob er sich sogar in sie verlieben könnte. Sein Blick hatte etwas sehr Intensives gehabt, wenn sie nur daran dachte, kribbelte es schon. Außerdem nervte sie, dass

Matt sie immer mit dem Sex vertröstete. Franz Oswald war bestimmt nicht der Typ, der lange zögerte, wenn sie nackt vor ihm stand.

Ältere Männer hatten sie schon immer angezogen, sie hatte für ein paar Lehrer und Freunde ihres Vaters geschwärmt. Aber bevor es zu heiß wurde, hatte sie sich die Frage gestellt: Möchte ich jetzt mit jemandem was anfangen, der graue Haare und einen Bierbauch bekommen hat, wenn ich ihn in zehn Jahren wiedersehe? Bei diesem Franz verhielt es sich da etwas anders. Sie konnte sich ihn einfach nicht mit einem Bierbauch vorstellen, und graue Haare würden ihm wahrscheinlich wahnsinnig gut stehen.

Das Schwärmen wurde allerdings abrupt unterbrochen, als sie an ihre Eltern dachte. Sie würden das niemals zulassen. Der Gedanke verursachte ihr einen Kloß im Hals, denn das hieß doch in der Konsequenz, dass sie lügen musste.

Auf einmal fühlte sie sich wahnsinnig einsam. Genau genommen fühlte sie sich schon seit langem so einsam und allein. Natürlich hatte sie Freunde. Die rauchten und fanden sich irre cool, hatten aber eigentlich nichts Interessantes zu berichten. Am meisten nervte sie das fast zwanghafte Bedürfnis der Mädchen, sich alles bis ins kleinste Detail erzählen zu müssen. Sie war hochgewachsen und musste sich immer zu ihnen hinunterbücken. Oder die anderen starrten sie an, als wäre sie ein Monster. Und alle glotzten ihr auf die Brüste. Zufällig hatte sie einmal mit angehört, wie eine Lehrerin sie einer Kollegin beschrieben hatte: »Frühreif, etwas *zu* intelligent, aber leicht zu manipulieren.«

Sie hatte es satt, jung zu sein. Sie hatte keine Lust, auf Partys gegen die laute Musik anzubrüllen, um gehört zu werden. Sie hatte keine Lust, sich gegen betrunkene Jungs zu wehren, die noch nicht richtig in der Pubertät waren, aber peinliche amerikanische Ausdrücke verwendeten, die man genauso gut auf Schwedisch sagen konnte.

Das starke Bedürfnis überkam sie, mit ihrer Mutter darüber zu sprechen. Sie sollte nur zuhören. Mehr konnte sie sowieso nicht tun. Jeder lebt sein eigenes Leben. Deshalb muss auch jeder für seine Entscheidungen die Verantwortung tragen.

Alle blieben über Nacht, bis auf Matt, der nach wie vor nicht in ihrem Bett schlafen wollte, wenn ihre Eltern zu Hause waren. Simon und Ellis schliefen auf den Sofas im Wohnzimmer und Anna im Gästezimmer. Julia ging als Letzte ins Bett, erst als alles schon dunkel war und das Haus von den tiefen, gleichmäßigen Atemzügen der Schlafenden erfüllt wurde.

Sie stellte das Fenster auf Kipp und ließ die kalte Nachtluft herein. Legte ihre Stirn gegen die Scheibe, die auch kalt und feucht war. Der Regen hatte aufgehört, der Himmel war dunkel, aber klar. Zwischen den Bäumen glitzerte das Wasser. Sie liebte den Blick aus ihrem Fenster. Wenn es ihr nicht gut ging, musste sie sich nur ans Fenster stellen, dann kam sie wieder zur Ruhe.

Sie zog sich aus, musterte ihren Körper im Spiegel und zog sich dann ihr Nachthemd an. Sie blieb an dem Ausdruck ihrer Augen hängen. Meinte, etwas Neues, Spannendes darin zu sehen. Dann legte sie sich in ihr Bett und dachte eine Weile nach.

Kurz bevor sie in den Schlaf sank, vibrierte ihr Handy. Sie stützte sich auf den Unterarm und griff nach dem Telefon, das auf dem Nachttisch lag. Die SMS war von einer unbekannten Nummer. *Ich muss oft an dich denken.* Das war unheimlich. Sie wollte gerade die Nummer sperren, als eine zweite Nachricht eintraf.

Mittagessen in Stenungsund. Im neuen Jahr? F

Sie lächelte. Und sie hatte schon die Befürchtung gehabt, dass ihre magischen Kräfte ihre Wirkung verloren hatten.

34

Die Einrichtung des Straflagers bei *Kinder der Erde* haben die anderen mir zu verdanken.

Das Personal von ViaTerra hatte etwas Entsprechendes. Bei ihnen hieß es das *Büßerprogramm*. Wir haben sie oft in ihren schweren Arbeitsstiefeln und mit roten Mützen über den Hof hechten gesehen. Untergebracht waren sie in der Scheune hinter dem Stall. Unser Großvater Anders – Mutters Vater – musste mehrere Jahre in dem Programm verbringen.

Das Straflager für uns Kinder wurde schlichtweg *Das Loch* genannt.

Es war ein kleiner Schuppen in einer Senke hinter dem Stall, nicht größer als zehn Quadratmeter, voller Gerümpel, Spinnweben und Schimmel. Wenn man den kleinen Tisch an die Wand schob, war auf dem Boden gerade mal Platz für zwei Schlafsäcke. Vielleicht hatte es seinen Namen von seinem Standort, der tiefer gelegen war als alle anderen Gebäude auf dem Anwesen. Es war wirklich ein Loch, im wortwörtlichen Sinn.

Dorthin wurde ich nach Mutters Flucht geschickt.

Zum Glück war es Frühsommer, als ich meine Strafe im Loch antrat, im Winter wäre es dort unerträglich gewesen, kalt und zugig. Ziel meiner Bestrafung war es, dass ich mich dort mit meinen Vergehen konfrontierte und aufschreiben sollte, was ich Vater angetan hatte. Um dadurch von meiner Schuld und meinem schlechten Gewissen befreit zu werden.

Gleichzeitig hatte ich die Aufgabe, den Graben freizulegen, der an der Mauer entlang verlief und im Laufe der Jahre zugeschüttet worden war. Vater war der Ansicht, mir würde harte körperliche Arbeit guttun.

Es gab nur ein Problem. Sie konnten mich nicht allein lassen. Solange Mutter noch auf freiem Fuß war, bestand das Risiko, dass auch ich versuchen würde zu fliehen.

Deshalb wurde Matteo abkommandiert, um mit mir im Loch zu wohnen, mich zu bewachen und Karsten jeden Tag Bericht zu erstatten. Dieser Bericht wurde dann an Vater weitergeleitet.

Das Loch

Ich sitze an dem wackligen Tisch auf einem Hocker und schreibe alles auf, was ich Vater angetan habe. Dazu gehören auch Gedanken, selbst wenn sie nur flüchtig gewesen sind. Das konnte schon der Anflug von Unbehagen sein, wenn er in meiner Nähe war.

Der Papierstapel wächst täglich. Traurige Seiten, vollgeschmiert mit meiner krakeligen Handschrift. Matteo bohrt immer weiter, es muss doch noch mehr geben, was ich gestehen kann. Wenn man etwas oft genug bestreitet, empfindet man am Ende doch Schuld dafür. Zumindest funktioniert es bei mir so.

Vater kommt jeden Tag vorbei. Er taucht immer dann auf, wenn ich ihn am wenigsten erwarte. Und jedes Mal nimmt er ein Blatt vom Stapel und liest es durch. Er spricht kein Wort mit mir, aber seine Blicke sind so voller Verachtung und Hass, dass ich am liebsten zusammenschrumpfen und mich unter dem Tisch verstecken will.

Heute reagiert er besonders stark auf die Zeilen, die er liest. Ich weiß, welche Passage es ist: der Moment, als ich Mutters Handy entdecke. Vater wendet sich an Matteo, der wie ein Stock in der Ecke steht, immer in Habtachtstellung, wenn er in der Nähe ist.

»Liest du diesen Scheiß durch?«, fragt er ihn.

»Ja, Chef, ich lese alles, was er schreibt. Jeden Tag«, antwortet Matteo.

»Aha. Und was hältst du davon?«

»Thors Vergehen sind schrecklich und widerlich.«

Vater blinzelt, drückt so sein Missfallen aus.

»Und seine Gedanken sind es auch«, fügt Matteo schnell noch hinzu.

Aber Vater schüttelt missbilligend den Kopf.

»Alle in eurer Gruppe würden die Tragweite wesentlich ernster empfinden als du. Ich hoffe nur, dass du nicht allzu freundlich zu ihm bist. Solche wie er verstehen nur eine harte Hand.«

Ich senke den Kopf und versuche, möglichst zerknirscht und schuldbewusst auszusehen. Meine größte Angst nämlich ist, dass Matteo sein Verhalten ändern wird, dass er gefühlskalt wird und mich vielleicht sogar schlägt. Seit ich im Loch sitze und von ihm bewacht werde, wirkt er abweisend und unzugänglich. Aber in seinen Augen habe ich immer etwas anderes gesehen. Mitgefühl.

»Nein, ich bin überhaupt nicht freundlich zu ihm«, erwidert Matteo da. Vielleicht kommt das ein bisschen zu schnell.

Denn Vater ist noch nicht überzeugt. Ängstlich hebe ich den Kopf.

»Was für ein Jammer, dass du den Sprung vom Teufelsfelsen überlebt hast«, sagt er.

Da empfinde ich etwas, was mir neu ist. Ich hasse ihn. Und zwar innig. Zum ersten Mal empfinde ich richtigen Hass.

Nachdem Vater gegangen ist, spüre ich eine unerträgliche

Spannung zwischen Matteo und mir. Verzweifelt suche ich die vertraute Milde in seinen Augen. Und bin erleichtert, als ich sie erkenne.

»Willst du raus und was arbeiten?«, fragt er.

Ich nicke. Allein der Gedanke, wieder zum Stift greifen zu müssen, erzeugt Übelkeit.

Dicke Wolken sind aufgezogen und hängen unheilverkündend über dem Anwesen. Es riecht nach Regen. Die Luft ist so feucht, dass ich das Gefühl habe, ich könnte in ihr ertrinken.

Schweigend arbeite ich ein paar Stunden im Graben. Irgendwann spüre ich Matteos wachsame Augen nicht mehr und bin allein mit meinen schweren Gedanken. Und aus dem Gefühl unendlicher Einsamkeit, die mir wie ein eiskalter Nordwind entgegenbläst, entsteht eine Art befreiender Taumel. Mein starres, diszipliniertes Leben wurde völlig auf den Kopf gestellt, und jetzt habe ich zwischen jedem Spatenstich Raum und Zeit für meine Gedanken.

Mich fasziniert, dass die Jahreszeiten sowohl innerhalb als auch außerhalb der Mauern denselben Gesetzen folgen. Ich finde es unglaublich, dass die Menschen dort draußen dieselbe Sonne und denselben Mond sehen wie ich. In mir drängen sich Fragen auf wie: Wer bin ich? Wer werde ich sein? Und wer werde ich niemals sein dürfen?

Auf einmal fühlt es sich an, als würde ich eine zweite Identität ausbilden.

Mir läuft der Schweiß über die Stirn, brennt in meinen Augen und schmeckt salzig auf meinen Lippen. Der Graben wird immer tiefer. Die Blasen an meinen Händen brennen. Eine von ihnen platzt auf. Aber ich grabe weiter, erfüllt von einer Erkenntnis, die langsam in mir Form annimmt. Ich hatte immer die Angst, dass Vater meine Gedanken lesen kann. Aber das kann er gar nicht. Den Hass, den ich bei seinem Besuch im

Loch für ihn empfunden habe, hat er nicht gesehen. Obwohl er sich mit seinem Blick bis in meine Seele gebohrt hat. Meine Gedanken gehören mir allein. Ich besitze jetzt etwas, was er mir niemals nehmen kann.

Matteos Stimme reißt mich viel zu schnell und plötzlich aus meinen Gedanken zurück in die Wirklichkeit. Aber es bleibt ein wohliges Gefühl zurück.

»Es ist an der Zeit, zurück an den Schreibtisch zu gehen«, sagt er.

Am Schuppen warten Vic und Didrik auf uns. Mir wird schwindelig.

»Da ist ja das Stück Scheiße!«, ruft Didrik.

Vic packt mich mit beiden Händen an der Jacke. Sein Gesicht ist nur wenige Zentimeter von meinem entfernt. Sein Atem ist keuchend, seine Augen flackern, ich weiß genau, was gleich passieren wird.

»Hast du Mutter gebumst?«, fragt er mich.

»Was?« Ich bin sicher, mich verhört zu haben.

»Der Chef sagt, dass ihr beide so eng miteinander wart, dass ihr bestimmt gebumst habt. Und wir werden jetzt die Wahrheit aus dir herausprügeln.«

Noch bin ich davon überzeugt, dass sie Scherze machen. Aber der Ausdruck in ihren Augen ist untrüglich. Der Chef höchstpersönlich hat sie geschickt, und kein Flehen oder Betteln wird mich davor bewahren.

»Das habe ich nicht getan!«, schreie ich. Meine Stimme bricht. Ich versuche, mich aus Vics Griff zu befreien.

Aber Didrik steht hinter mir und hält meine Arme fest.

Der Faustschlag kommt unerwartet schnell und trifft meinen Solarplexus. Mir bleibt die Luft weg, und ich krümme mich zusammen. Didrik lässt meine Arme los, und ich falle zu Boden. Vic zerrt mich hoch, bis ich stehe.

»Los, gib zu, dass du Mutter gebumst hast!«

»Aber das habe ich nicht!«, wimmere ich. Aus den Augenwinkeln sehe ich Matteo. Ich verabscheue ihn genauso sehr wie Vic und Didrik. Die beiden könnten mich umbringen, ohne dass er etwas dagegen unternehmen würde.

Der zweite Schlag trifft mich im Schritt. Der Schmerz ist unerträglich, ich klappe zusammen und stolpere nach hinten. Da packt mich Didrik mit der einen Hand am Hals und drückt zu. Mit der anderen Hand boxt er mir ins Zwerchfell.

In diesem Augenblick ereignen sich zwei Dinge gleichzeitig.

Vic sagt: »Das reicht jetzt, Didrik!« Und ich höre ein leises Klicken.

Hinter den beiden steht Matteo. Er hat einen schwarzen länglichen Gegenstand in der Hand, den er sofort wieder in die Hosentasche steckt.

Vic und Didrik sind viel zu aufgedreht, sie haben das nicht mitbekommen.

Aber ich.

Matteo ist nicht nur im Besitz eines Handys. Er hat damit gerade ein Foto gemacht.

35

Sofia schreckte aus dem Schlaf. Geweckt hatte sie das Gefühl, dass irgendetwas nicht stimmte. Sie schob ihre Hand unter die Decke und tastete nach Benjamin, aber sie fühlte nur ein kaltes Bettlaken. Seine Bettdecke war nachlässig zur Seite geschlagen. Auf dem Kissen konnte sie noch den Abdruck seines Kopfes erkennen. Die digitale Uhr zeigte an, dass es Viertel nach fünf war.

Da war jemand im Zimmer.

Und dieser Jemand stand irgendwo in einer dunklen Ecke und beobachtete sie. Woher sie das so sicher wusste, konnte sie sich nicht erklären. Sie wusste es einfach.

In letzter Sekunde konnte sie ihren Impuls unterdrücken, nach Benjamin zu rufen. Denn was sie spürte, waren weder seine Nähe, sein vertrauter Geruch noch seine Atemgeräusche. Das hier war fremd, bedrohlich und bedrängend.

Sie riss sich zusammen, wollte handeln. Aus dem Bett springen und den Eindringling erschrecken. Aber sie war wie gelähmt vor Schreck, nicht in der Lage, einen einzigen Muskel zu bewegen. Ihre Augen gewöhnten sich immer besser an die Dunkelheit, sie sah, dass die Schlafzimmertür nur angelehnt war. Und lauschte. Eine Diele knarrte. Dann hörte sie, wie jemand Luft holte. Es folgten leise, schleichende Schritte, dann knackte die Treppe nach unten ins Erdgeschoss. Kurz darauf hörte sie ein Gepolter, etwas war umgefallen.

Plötzlich saß sie kerzengerade im Bett. Zwang sich aufzustehen. Ihr Herz schlug ihr bis zum Hals. Sie rief Benjamins Namen, aber ihre Stimme war dünn und klang fremd. Vorsichtig spähte sie in den Flur. Er war leer. Und die Tür zu Julias Zimmer geschlossen.

Sie hörte Schritte im Erdgeschoss. So leise wie möglich schlich sie nach unten. Auf der untersten Stufe blieb sie stehen. Warum rief sie nicht um Hilfe? Das Haus war voller Leute. Aber unter ihre Angst hatte sich der Entschluss gemischt, den Einbrecher auf frischer Tat zu ertappen. Sie sah die Umrisse von Simon und Ellis auf den Sofas. Auch die Umrisse der Möbel und des Weihnachtsbaumes waren ihr vertraut. Aber dann bemerkte sie einen Schatten in einer Ecke. Für einen Moment sah es aus, als würde er über dem Boden schweben, bevor er verschwand.

Sie hörte das Klicken der Haustürklinke.

»Stehen bleiben!«, schrie sie, aber der Schatten war weg. Sie stürzte in den Flur, die Haustür stand offen, ihr schlug die kalte Luft entgegen. Da bemerkte sie, dass etwas Entscheidendes fehlte. Warum hatte Denzel nicht angeschlagen? War er wieder irgendwo im Garten? Der lag still im Mondlicht. Sie schloss die Tür und kehrte ins Wohnzimmer zurück.

Das Gefühl, dass jemand Fremdes im Haus war, hatte sich aufgelöst.

Das Haus atmete wieder normal. Ellis und Simon lagen friedlich schlafend auf den Sofas, die Tür zum Gästezimmer war geschlossen. Sonst war niemand da. Vielleicht hatte Benjamin Denzel zum Pinkeln rausgelassen. Aber warum schlich er dann durchs Haus? Sie saß ganz still da und versuchte, ihre Gedanken zu sortieren.

Da hörte sie Gepolter im Eingang und zuckte zusammen. Denzels Pfoten kratzten über den Boden, er sprang auf sie zu und begrüßte sie stürmisch. Sie hockte sich hin und umarmte ihn.

»Was machst du denn hier?«, flüsterte Benjamin mit aufgerissenen Augen.

»Was machst *du* hier? Du hast mich zu Tode erschreckt.«

»Ich bin aufgewacht, und mir ist eingefallen, dass wir Denzel nicht mehr rausgelassen hatten. Und dann war es so schön draußen in dem Mondlicht, dass wir einen kleinen Spaziergang am See gemacht haben.«

»Was? Wie lange wart ihr denn unterwegs?«

»Eine halbe Stunde.«

Sofia wimmerte.

»Oh Gott. Da war jemand in unserem Schlafzimmer, während du weg warst. Hast du dort draußen jemanden gesehen?«

»Nein, niemanden. Bist du sicher? Kann es nicht Julia gewesen sein?«

»Hörst du mir nicht zu? Es war jemand in unserem Schlafzimmer! Da stand einer in der Ecke und hat mich angestarrt, während ich schlief.« Sie hatte schon längst aufgehört zu flüstern, ihre Stimme hatte einen hysterischen Ton angenommen. Benjamin nahm sie in den Arm.

»Natürlich glaube ich dir. Wie schrecklich.«

Aber dann sah sie einen Hauch von Zweifel in seinem Blick.

»Ich meine das todernst. Ich bilde mir das nicht ein. Da war jemand in unserem Haus. Wahrscheinlich war das Peder Santos. Hast du nicht die Alarmanlage und die Überwachungskameras eingeschaltet, als wir ins Bett gegangen sind?«

»Nein, verdammt. Wir sind so viele hier. Das habe ich total vergessen.«

»Hast du die Haustür abgeschlossen, als du mit Denzel unterwegs warst?«

Niedergeschlagen schüttelte Benjamin den Kopf.

Simon hatte sich aufgesetzt und rieb sich verschlafen die Augen. Ellis dagegen schlief noch tief und fest. Sofia schaltete die Stehlampe ein und erzählte Simon, was passiert war.

»Dieser Peder Santos geht ein ziemlich hohes Risiko ein, in ein so volles Haus einzubrechen«, sagte er.

»Vielleicht wusste er nicht, dass ihr hier seid«, sagte Sofia. »Wenn du nur die Kameras eingeschaltet hättest, Benjamin. Dann hätten wir jetzt Beweismaterial.«

Benjamin schlug vor, die Polizei zu rufen, aber dann entschieden sie sich dagegen. Stattdessen überprüften sie, ob irgendetwas fehlte. Aber das tat es nicht. Es gab keine einzige Spur von dem Eindringling.

Nachdem Benjamin die Alarmanlage und Kameras eingeschaltet hatte und alle Türen verriegelt waren, gingen sie wieder ins Bett und beschlossen, alles Weitere auf den nächsten Morgen zu vertagen.

Sofia konnte nicht einschlafen.

Jemand hatte neben ihrem Bett gestanden und ihr beim Schlafen zugesehen.

Jemand wachte über sie.

Das neue Jahr war erst ein paar Tage alt. Simon und Sofia hatten noch vor den Öffnungszeiten vor den Türen des Rathauses in Henån Position bezogen. Sie wollten die Baugenehmigung für die Herberge beantragen. Sie waren wild entschlossen, alles zu unternehmen, um den Prozess zu beschleunigen. Sofia war sehr geschickt darin, sich Herzschmerzgeschichten auszudenken.

Sie hatten der Empfangsdame ihre Unterlagen übergeben, die ihr Anliegen weiterleitete. Sie hatten erst eine halbe Stunde gewartet, da kam eine Frau zu ihnen und bat sie in ihr Büro.

»Für dieses Grundstück ist bereits eine Baugenehmigung erteilt worden«, sagte sie dort verwundert.

»Das ist unmöglich«, sagte Sofia. »Das Haus war mein Eigentum. Sie müssen das mit einem anderen Grundstück verwechseln.«

»Nein, das glaube ich nicht«, sagte die Frau und rollte eine Karte mit einem Grundrissplan vor ihnen aus. »Der Besitzer, von dem Sie das Grundstück gepachtet haben, hat diese Pläne geprüft und genehmigt. Und ich bin mir fast sicher, dass ich in den Unterlagen auch Ihre Unterschrift gesehen habe.«

Da begriff Sofia, was sie da vor sich hatte. Sie musste sich die Pläne nicht einmal ansehen, sie wusste, dass sie die bereits kannte.

»Können Sie mir bitte erklären, warum Franz Oswald Pläne für mein Eigentum genehmigt werden? Ohne mein Einverständnis? Das ist doch vollkommen irre!«

Ihre Stimme klang schrill. Simon legte ihr zur Beruhigung eine Hand auf die Schulter.

»Aber ich bin mir – wie gesagt – sicher, dass ich Ihre Unterschrift hier irgendwo gesehen habe«, stammelte die Frau und war ehrlich verwundert.

Vergebens blätterte sie in ihren Unterlagen, auf dem Schreibtisch herrschte ein wildes Chaos aus Zetteln, Stiften und Ordnern, die alle kunterbunt durcheinanderflogen. Je länger sie diskutierten, desto komplizierter wurde die Angelegenheit. Außerdem kamen sie nicht weiter. Am Ende schlug Simon vor, nach Hause zu fahren. In erster Linie, weil Sofias Geschrei für Unmut sorgte. Simon mochte keine Konflikte.

Kaum waren sie zu Hause angekommen, schrieb Sofia eine wütende Mail an Franz, in der sie ihm mit einer Anzeige drohte. In der Nachricht standen auch noch ein paar andere, unfreundliche Dinge.

Es dauerte keine halbe Stunde, da klingelte ihr Telefon.

»Was hältst du von einem späten Mittagessen? Ich bin ausnahmsweise mal in meinem Büro in Stenungsund. Ich kann dir alles erklären.« Er klang aufgeräumt und vollkommen unbeeindruckt.

»Antworte mir auf meine Mail, ich will nicht mit dir reden.«

»Das wirst du aber wollen, wenn du hörst, was ich dir anzubieten habe. Ich habe eine Lösung für die Baugenehmigung gefunden, damit du sofort mit den Bauarbeiten anfangen kannst. Ohne dass du auch nur eine einzige Krone von mir annehmen musst. Außerdem habe ich ein Schreiben für die Freigabe der Veröffentlichung deines Buches aufgesetzt. Das kannst du dem Verlag schicken. Ich habe nur eine kleine Bedingung.«

»Du und deine bescheuerten Bedingungen.«

»Es geht nicht um Julia, sondern bezieht sich nur aufs Buch.«

Sie wollte ihn unter keinen Umständen sehen, aber etwas in seiner Stimme gab ihr die Zuversicht, dass dieses Treffen zu ihren Gunsten ausginge. Außerdem gab es keine andere Lösung. Sie war frustriert und verzweifelt und außerdem von den vielen Hindernissen genervt.

»Fahr da bloß nicht hin!«, rief Simon, nachdem sie ihm davon erzählt hatte. »Begreifst du denn nicht, dass er dich an der Nase herumführt? Ruf ihn an und sag ab. Sag ihm, dass er zur Hölle fahren soll. Können wir ihn wegen dieser Sache nicht verklagen?«

»Bestimmt. Aber dann wird das Grundstück die nächsten fünf Jahre leer stehen. Ich habe keine Angst mehr vor ihm. Ich ruf dich sofort an, wenn er Schwierigkeiten macht.«

Simon gab sich widerwillig geschlagen und brummte wütend vor sich hin, nachdem er sich verabschiedet hatte.

Sofia kochte ebenfalls vor Wut, als sie sich auf den Weg nach Stenungsund machte. Sie hatten sich in einem exklusiven Restaurant verabredet. Die Gäste mussten entweder schon gegangen sein, oder es war so, dass sich nicht so viele das Essen dort leisten konnten. Sie trug eine alte Jeans, Sneaker und den größten Pulli, den sie in Benjamins Kleiderschrank hatte finden können. Und sie war ungeschminkt.

Franz, im grauen Anzug und weißem Hemd, hob eine Augenbraue, als er sie sah.

»Huch!«, sagte er nur.

Er saß bereits an einem der Tische und trommelte mit den Fingern auf der Serviette. Sie sah die Manschettenknöpfe und fragte sich, wer die heute noch trug? Von seinem Dreitagebart hatte er sich verabschiedet. Sie fand seinen Stil als Schlipsträger ziemlich langweilig, musste aber leider zugeben, dass ihn das tatsächlich noch attraktiver machte. Er hatte schon Essen für sie beide bestellt. Und kaum hatte sie sich hingesetzt, kam der Kellner sofort mit einer Weinflasche angerannt.

»Das wird ein sehr kurzes Treffen«, sagte sie. »Ich möchte nur erfahren, wie es dir gelungen ist, eine Baugenehmigung für ein Haus zu bekommen, das mir gehört?«

»Aber dir gehört doch das Grundstück nicht? Du pachtest es bloß, nicht wahr?«

»Woher weißt du das?«

»Weil *mir* das Grundstück gehört. Du kennst doch bestimmt den Begriff des Strohmannes?«

Sofia verlor den Boden unter den Füßen.

»Wie bitte?«

»Kein Grund, sich aufzuregen. Mir gehören viele Grundstücke überall auf Orust und Tjörn. Ich habe sie unter anderem Namen gekauft. Aber ich werde dich nicht davon abhalten, die *Herberge* wieder zu errichten. Kannst du nicht einfach mein Angebot annehmen? Ich möchte dir doch nur helfen.«

»Ganz bestimmt. Aber du hast es dir selbst vermasselt. Ich werde dein Geld auf keinen Fall nehmen. Simon hilft uns, den Bau zu finanzieren.«

»Ja, das hat schon in deiner herzlichen Mail gestanden. Aber das macht keinen Unterschied. Ich übertrage dir die Grundrisspläne und kläre alles mit der Baubehörde. Dann kannst du meine Bauzeichnungen benutzen und gleich anfangen. Wenn es zu teuer werden sollte, kannst du ja auf den Pool, den Stall und die anderen Zusätze verzichten. Das wird bestimmt ganz großartig.«

Eine Weile saß sie stumm am Tisch, musste sich dann aber eingestehen, dass er recht hatte. Das würde tatsächlich alle Probleme auf einen Schlag lösen. Ehe sie Luft für eine Antwort holen konnte, hatte er seine Hand auf ihre gelegt. Schnell zog sie ihre weg.

»Ich möchte dir das Grundstück abkaufen«, sagte sie, ohne zu wissen, über wie viel Vermögen Simon verfügte. »Ich weigere mich, ein Haus auf Boden zu bauen, der dir gehört.«

»Ich verkaufe dir das Grundstück für zehn Kronen. Wie klingt das?«

»Das klingt sehr gut. Aber Simon wird es dir abkaufen. Ich möchte keine Almosen von dir.«

»Wollen wir noch kurz über das Buch sprechen?«, fragte er. »Du darfst es gern veröffentlichen, aber ich möchte ein paar Details im Manuskript geändert haben. Zum Beispiel, dass mein Nichtsnutz von einem Vater mir Wäscheklammern an meinen Pimmel gesteckt hat. Die Leute könnten denken, dass ich da unten bis heute einen Schaden davongetragen habe. Das Gegenteil ist der Fall. Aber es würde meinem Image schaden.«

Sie musste grinsen.

»Oh ja, das wäre in der Tat eine Katastrophe!«

»Wenn du mir das Manuskript schickst, verspreche ich dir, dass ich es, so schnell ich kann, durchlesen werde. Ich habe mir die Freiheit genommen, bei ein paar Verlagen vorzufühlen, und es gibt da wirklich ein großes Interesse. Aber das weißt du ja bereits.«

Sie hatte schon wieder das Gefühl, in sein Spinnennetz zu geraten.

»Jetzt verlangst du wahrscheinlich, dass ich den DNA-Test mache, sonst gibt es weder Baupläne noch Buch, richtig?«

»Ganz im Gegenteil! Um das Julia-Thema kümmern wir uns getrennt. Ich bin davon überzeugt, dass du sie nicht für den Rest ihres Lebens in Unwissenheit lassen möchtest.«

»Das wird sie nicht ... sein.«

»Doch, das wird sie. Es sei denn, ich erzähle ihr die Wahrheit.«

Sie hätte sich fast an ihrem Wein verschluckt. Da legte er erneut seine Hand auf ihre.

»Nur ein kleiner Scherz. Was ist denn aus deinem Sinn für Humor geworden? Wir hatten doch so großen Spaß zusammen, bevor ich alles zerstört habe. Du darfst dir mit der Julia-Sache gern so viel Zeit lassen, wie du brauchst. Hast du sonst noch irgendwelche Fragen an mich?«

»Warum machst du auf einmal so auf freundlich?«

»Tief in meinem Inneren bin ich das schon immer gewesen. Frag Benjamin, er kennt mich am längsten.«

»Er verachtet dich.«

»Benjamin ist sauer auf mich, weil ich ihm seine Mädchen ausgespannt habe. Mehr als einmal.«

»Hör auf damit!«

»Aber es stimmt doch. Als wir Teenager waren, gab es ein Mädchen, das er mochte. Dann machte er einen Riesenärger, als ich was mit ihr hatte. Und als *wir* beide zusammengearbeitet haben, war er auch wahnsinnig eifersüchtig. Und dann die Sache mit Elvira.«

»Was für eine Sache?«

»Das weißt du gar nicht? Bevor du nach ViaTerra gekommen bist, war Benjamin mit Elvira zusammen. Aber sie war noch viel zu jung, deswegen habe ich das unterbunden. Wenn ich ehrlich bin, wollte ich sie natürlich für mich allein haben. Das wundert mich, dass Benjamin dir nie davon erzählt hat.«

»Du lügst doch! Benjamin war nicht mit Elvira zusammen.«

»Frag ihn einfach«, sagte Franz mit einem selbstgefälligen Grinsen. »Ich bin mir sicher, dass es Sachen gibt, die du nicht über ihn weißt.«

Sofia aß, so schnell sie konnte, um das Treffen hinter sich zu bringen. Wollte sich kaum eingestehen, wie hervorragend es schmeckte. Ab und zu sah er zu ihr hoch und musterte sie mit einem amüsierten Blick.

»Auch wenn du dir das Essen so reinschaufelst und in

diesem Sack da vor mir sitzt, du bist trotzdem eine wunderschöne Frau, Sofia«, sagte er mit einem Lächeln.

Da stand sie auf und legte Geld auf den Tisch.

»Ich bezahle selbst. Überschreib mir die Baugenehmigung und lass das im Grundbuch ändern. Simon wird sich um den Kauf des Grundstücks kümmern. Ich schicke dir das Manuskript. Ruf mich nicht mehr an. Wir verkehren nur noch via Mail.«

Franz erwiderte nichts. Er lächelte nur.

Auf dem Nachhauseweg konnte sie an nichts anderes denken als an Benjamins Geschichte mit Elvira.

36

Ich sprach Matteo nicht auf das Handy an. Dann würde es nämlich wesentlich schwerer werden, dieses Geheimnis zu bewahren. Unausgesprochene Geheimnisse waren hier am sichersten.

Ich weiß nicht, wie lange ich im Loch bleiben musste. Das können vier Monate gewesen sein oder ein halbes Jahr. Die Gerüche der Jahreszeiten änderten sich, und am Ende ahnte ich den schwachen Duft des nahenden Herbstes. Das Laub verabschiedete sich von seinem Grün und wurde gelb. Und die Nächte wurden kälter.

Als Karsten eines Tages in der Tür stand und brüllend verkündete, dass ich zu *Kinder der Erde* zurückkehren sollte, keimte die Hoffnung in mir auf, dass Vater nun genug Geständnisse gelesen hatte. Der tägliche Papierstapel war im Laufe der Zeit immer dünner geworden.

Aber es stellte sich heraus, dass sie in Wirklichkeit nur eine zusätzliche Arbeitskraft benötigten. Vaters Fitnessstudio sollte gebaut werden, und die grobe Arbeit mussten seine Angestellten erledigen. Ich wurde von meinem ziemlich friedlichen Dasein im Loch aufgehoben und in ein hektisches Bauprojekt geworfen. Als ich dazukam, waren die anderen Kinder schon so erschöpft, dass sie meine Rückkehr kaum registrierten. Unsere ursprüngliche, kleine Klassengemeinschaft war inzwischen erweitert worden.

Mit dreizehn Jahren wird man bei *Kinder der Erde* zu einem Kadetten. Und es war leichter, Teenager zu rekrutieren als kleine Kinder. Die Eltern litten dann nicht so sehr unter ihrem schlechten Gewissen, wenn sie ihre Schützlinge abgeben mussten. Wir waren zu einem Internat geworden, und die Jugendlichen standen Schlange, um aufgenommen zu werden. Jetzt waren wir nicht mehr zu acht, sondern insgesamt zwanzig Jugendliche wurden in den Schlafsälen untergebracht. Das war ziemlich eng. Der Klassenraum war geteilt worden und bis auf den letzten Platz besetzt. Vater hatte einen neuen Lehrer eingestellt, ein Mitglied von Via-Terra.

Auf einmal war ich wieder von Menschen umgeben. Und fühlte mich dennoch einsam. Das war mir ein Rätsel: Wie konnte ich mich in einer großen Gruppe von Menschen so allein fühlen? Als ich im Loch gewesen war, hatte ich wenigstens einen Grund gehabt, mich einsam zu fühlen. Jetzt empfand ich das Gefühl als unlogisch.

Als ich meine alten Freunde – Hugo, Molly, Sara und Livia – wiedersah, wurde mir bewusst, wie sehr ich mich verändert hatte. Ich spürte keine Scham mehr. In mir waren nun andere Gefühle zum Leben erweckt worden. Während wir auf der Baustelle schufteten, umgeben von Staub und Sägespänen, hörte ich eine tröstende Stimme in mir flüstern:

Eines Tages wird das hier vorbei sein.
Eines Tages wirst du ein richtiges Leben führen.

Auch meine eigene Stimme hatte sich verändert, sie war jetzt tiefer geworden. Allerdings wusste ich nie, ob sie – wenn ich den Mund aufmachte – hell und piepsig oder ganz normal klingen würde.

Am Tag meiner Rückkehr sah ich mein Spiegelbild im

Schlafsaal. Durch die harte körperliche Arbeit im Loch hatte ich Muskeln bekommen – und trotz meiner empfindlichen Haut einen schönen Teint. Meine Haare waren gewachsen und fielen mir in langen roten Wellen über die Schultern. Auch unter den Achseln hatte ich rote Haare bekommen, und weiter unten genauso.

Aber vor allem in meinen Augen entdeckte ich etwas Neues.

Eine Unbeugsamkeit.

Eine Stimme von der anderen Seite

Es ist Freitag, und ich darf zu Großmutter. Wir haben uns so lange nicht mehr gesehen. Sie hat Tränen in den Augen.

Vic möchte nicht mit. Er hat angefangen, abfällig über Großmutter zu sprechen, nennt sie »alte Hexe«. Auch Vic hat sich in der Zwischenzeit verändert, die ich im Loch verbracht habe. Er bewegt sich so selbstsicher und geschmeidig wie ein erwachsener Mann. Sein Gesicht ist breiter geworden, hat schärfere Konturen bekommen. Die Augenbrauen sind dichter, und auf seinem Kinn wächst ein schwarzer Flaum. Die Mädchen sehen ihm hinterher, sogar die jungen Frauen, die bei ViaTerra arbeiten.

Ich frage mich, ob Großmutter meine Veränderungen auch bemerkt, aber das tut sie offensichtlich nicht – oder sie erwähnt es zumindest nicht. Ihr Blick ist irgendwie mitfühlend und wirkt unschlüssig, als würde sie mir tatsächlich etwas verheimlichen. Den ganzen Tag über steht das Unausgesprochene zwischen uns.

Am nächsten Morgen gehen wir am Meer spazieren. Das Heidekraut blüht, ein lila und weinroter Teppich breitet sich vor uns aus. Das graue Licht der Morgendämmerung hat sich auf-

gelöst, jetzt baden die Felsen in den Strahlen einer erwachten Sonne, die alles in Sepiatöne taucht. Wir klettern die Felsen hinunter ans Meer, sammeln Muscheln, die zwischen den Steinen stecken. Die Möwen kreisen über uns. Über der Wasseroberfläche schweben Nebelschwaden, als würde der Himmel sie streifen. Mir geht es gut, ich bin gelöst und nicht so beschwert wie früher von dem bedrückenden Gefühl, nach dem Wochenende zu Kinder der Erde *zurückkehren zu müssen.*

Großmutter erzählt mir, dass sie mir Briefe ins Loch geschrieben hat, die aber alle zurückgekommen sind.

»Ich habe mir solche Sorgen um dich gemacht«, sagt sie. »Und jetzt stehst du vor mir und siehst so blendend aus! Gewachsen bist du und braungebrannt. Und diese wunderschönen Haare!«

Als wir zurück sind, bereitet Großmutter Muschelsuppe zu, und wir sitzen in ihrer Küche und plaudern. Aber die Spannung zwischen uns wird fast unerträglich.

»Was ist es, das du mir nicht sagen kannst?«, frage ich sie.

»Nach dem Essen möchte ich dir was zeigen«, murmelt sie.

»Was denn? Zeig es mir jetzt gleich!«

»Es ist besser, wenn wir zuerst was essen«, sagt sie und seufzt. Ich sehe ihr aber die Erleichterung an. Den ganzen Tag hat sie das beschäftigt, es muss etwas Wichtiges sein.

Die Suppe schmeckt so hervorragend, vor allem im Vergleich zu dem Essen, das wir bei Kinder der Erde *bekommen, dass ich das andere für eine Weile vergesse. Als ich ihr anbiete, das Geschirr abzuspülen, schüttelt sie den Kopf.*

»Nein, darum kümmere ich mich später. Komm, jetzt setz dich aufs Sofa, ich will dir was erzählen.«

Während meiner Zeit im Loch ist viel passiert, berichtet sie. Vater hat wie ein Besessener nach Mutter gesucht. Nachdem mehrere Suchtrupps losgeschickt worden waren und ohne Ergebnis zurückkamen, hatte er sich schließlich mit der Polizei in

Verbindung gesetzt. Danach wurde sie offiziell als vermisst ge-
meldet und mit Fotos in den Zeitungen landesweit gesucht. Aber
sie war und blieb spurlos verschwunden, obwohl die Öffentlich-
keit großen Anteil daran nahm.

»Die Polizei nimmt an, dass der Mann aus dem Geschäft
eine falsche Fährte ist«, sagt Großmutter. »Dass sie sich nur zu-
fällig und flüchtig mit ihm unterhalten hat. Sie hat so zurück-
gezogen gelebt, wahrscheinlich hat sie einfach jede Möglichkeit
genutzt, mit Leuten in Kontakt zu kommen. Der Mann hat
sich nämlich sofort bei der Polizei gemeldet, nachdem er ihr Foto
in der Zeitung gesehen hatte. Und seit der Begegnung vor dem
Geschäft hat er sie auch nicht wiedergesehen.«

Ich habe ein mulmiges Gefühl im Magen, Großmutter ist so
ernst geworden.

»Am Ende waren alle davon überzeugt, dass sie tot ist. Dass
sie Selbstmord begangen hat. Dass sie sich von den Klippen ge-
stürzt hat und ihr Körper aufs offene Meer hinausgetrieben ist.«

Inzwischen mache ich mich bereit für das, was sie mir eigent-
lich erzählen will. Dass sie Mutters Leiche gefunden haben. Mir
kommen die Tränen, sie tropfen die Wangen hinunter, während
ich meine Hände wringe, bis die Knöchel weiß sind.

»Sei nicht traurig. Ich zeige dir was«, sagt Großmutter.

Sie steht auf und geht ans Fenster, späht vorsichtig zwischen
den Gardinen nach draußen, als würde sie sich vergewissern
wollen, dass niemand vor dem Haus steht. Mir läuft es kalt den
Rücken hinunter. Dann nimmt sie ihren Laptop und setzt sich
wieder zu mir. Ich erwarte das Schlimmste. Eine Todesanzeige
oder einen Artikel mit der Überschrift »Frau tot auf der Insel
Dimö gefunden«.

Was sie mir aber tatsächlich zeigt, ist eine Mail von einem
Absender, dessen Adresse nur aus Ziffern besteht.

Mein geliebter Thor!, *steht da. Mir bleibt die Luft weg.*
Ich würde zu gerne auch Vic schreiben, aber das würde
für euch beide zu gefährlich werden.
Verzeih mir, dass ich euch verlassen habe.
Ich habe keinen anderen Ausweg gesehen.
Mir geht es gut, aber ich muss die ganze Zeit an euch
denken.
Eines Tages werden wir wieder zusammen sein.
Ich liebe euch sehr.
Mama

Länger ist die Nachricht nicht, aber das reicht schon aus. Meine Tränen laufen jetzt ungehemmt, ich schluchze, nun aber aus Erleichterung. Ich rolle mich auf Großmutters Schoß zusammen und lasse mich von ihr trösten.

»Ich habe keine Möglichkeit herauszufinden, ob die Mail wirklich von Elvira stammt«, sagt sie. »Aber wer sollte sie sonst geschrieben haben?«

»Sie ist von ihr«, sage ich und bin mir ganz sicher. Ich kenne Mutters Stil, die kurzen, einfachen Sätze.

Endlich versiegen meine Tränen. Ich fühle mich ganz leer.

»Ich muss dich wahrscheinlich nicht bitten, das für dich zu behalten. Schon gar nicht nach dem, was sie dir angetan haben«, sagt sie und verzieht ihr Gesicht. »Sollte dein Vater davon erfahren, würde er mir unsere Wochenenden verbieten, und das würde ich nicht aushalten.«

»Und die Polizei? Glauben die denn, dass Mutter tot ist?«

»Ja, die haben den Fall vorläufig abgeschlossen. Deine Großmutter mütterlicherseits, Mona, hat auch Selbstmord begangen. Deshalb gehen sie davon aus, dass sie erblich vorbelastet ist.«

»Aber warum kannst du der Polizei nicht von der Mail erzählen? Die können sie doch bestimmt aufspüren.«

»Aber sie will doch gar nicht gefunden werden, Thor. Sie hat mir vertraut, dass ich dir die Mail zeige und ansonsten darüber schweige. Ich wollte nur ... du solltest wissen, dass sie lebt. Sie werden dir sagen, dass sie tot ist. Es wundert mich überhaupt, dass sie es noch nicht getan haben.«

Stumm und betäubt von der Neuigkeit versuche ich, das alles zu begreifen. Mutter lebt, sie liebt mich, aber ich werde sie wahrscheinlich nie wiedersehen. Ich finde es auch sonderbar, dass mir das noch niemand gesagt hat. Aber so ist das eben bei ViaTerra. Die Feinde gelten als so gut wie tot. Und man redet weder mit ihnen noch über sie.

Auch Großmutter hat sich während der Zeit verändert. Sie lacht und redet weniger als zuvor. Dieses Geheimnis muss sie sehr belastet haben.

»Ich möchte dich nicht darum bitten zu lügen«, sagt sie. »Du machst am besten, was dir richtig erscheint.«

Die Situation spitzt sich langsam zu. Wie viele Geheimnisse kann ein Einzelner ertragen?

37

Franz hielt sein Versprechen. Innerhalb von wenigen Tagen stand dem Wiederaufbau der Herberge nichts mehr im Weg. Sofias Erleichterung war so groß, dass sie sowohl ihre Angst vor Peder Santos als auch ihre Wut auf Franz vergaß.

Franz hatte mit seiner Geschichte über Benjamin leider recht gehabt. Sofia hatte ihn sofort damit konfrontiert, als sie nach Hause kam.

»Hattest du eine Beziehung mit Elvira?«

»Wie bitte?«, reagierte er überrumpelt.

»Beantworte bitte meine Frage.«

»Nein … also ich würde das nicht *Beziehung* nennen. Woher hast du das?«

»Was ist denn für dich eine *richtige* Beziehung? Hör auf, dich zu winden und beantworte mir bitte meine Frage!«

»Hat dir Franz schon wieder irgendwelche Flausen in den Kopf gesetzt? Als Elvira nach ViaTerra kam, habe ich mich in sie verknallt. Wir haben Händchen gehalten, uns ein paar Mal geküsst, das war alles. Das hat Franz mitbekommen und ist sofort durchgedreht. Warum wärmst du das jetzt wieder auf, nach zwanzig Jahren?«

»Und aus welchem Grund hast du mir das nie erzählt?«

»Du hast mich doch nie danach gefragt. Außerdem ist zwischen uns ja auch nicht wirklich was gewesen.«

»Sie war vierzehn und du fünfundzwanzig. Das finde ich irgendwie komisch.«

»Wie kannst du dich so von Franz vereinnahmen lassen? Er ist eine Giftschlange. Nicht *ich* habe Elvira auf dem Dachboden gefangen gehalten und vergewaltigt. Ich verbiete dir jetzt einfach, weiter Kontakt zu ihm zu haben.«

Benjamin war laut geworden, was sonst nie passierte. Er hätte lachen, mit den Schultern zucken und sagen können, dass das alles so lange her wäre und er es vergessen habe. Aber das tat er nicht, was ihre Enttäuschung und ihr Misstrauen über sein Schweigen noch schürte.

»Du weißt nicht, wie ätzend das ist, dass Franz davon wusste und ich nicht. Als führtest du ein Doppelleben.«

»Ich fasse es nicht, dass du ihm überhaupt zuhörst. Und jetzt erfahren wir auch noch, dass er der Besitzer des Grundstücks ist. Glaubst du ernsthaft, dass das ein Zufall ist? Siehst du denn nicht, dass er uns gegeneinander aufstacheln will?«

»Das wird ihm niemals gelingen, wenn du nicht eine Vergangenheit als Serienmörder hast, die du bisher vor mir verborgen hast.«

Sie lachten. Gemeinsam. Befreiend.

Sofia ließ Benjamins vermeintliche Beziehung mit Elvira auf sich beruhen. Allerdings hatte sie nach über zwanzig Jahren etwas Neues über ihren Mann gelernt: Man musste ihn also direkt fragen, um die Wahrheit zu erfahren. Welche Fragen sollte sie ihm als Nächstes stellen?

Das Manuskript war eine weitere Baustelle. Franz hatte ihr wie versprochen den Text mit seinen Anmerkungen zurückgeschickt. Aber es waren nicht einfach nur eine Handvoll Kommentare. Das gesamte Dokument war lektoriert worden und übersät mit seinen Notizen, Veränderungswünschen und sprachlichen Alternativvorschlägen. Das Schlimmste daran war, dass ihr einiges davon tatsächlich ganz gut und richtig erschien.

Das machte sie so wütend, dass sie das Manuskript erst einmal für ein paar Tage beiseitelegen musste. Am Ende kapitulierte sie und löschte die Zeilen, in denen von der Folter mit den Wäscheklammern erzählt wurde. Dass er nackt auf einem Stuhl im Keller gefesselt worden war, ließ sie hingegen im Text stehen. Nach einer Weile löschte sie aber noch das Wort »nackt«. Dann schickte sie Franz das Dokument erneut, allerdings mit dem Vermerk, dass sie keine weiteren Änderungen vornehmen würde und auch weder Bedarf noch Interesse an ihm als Sprachpolizei hätte.

Seine Antwort traf eine Woche später ein. Er entschuldigte sich für die Verspätung, er sei gerade erst von einer Reise in die USA zurückgekehrt. Er habe in Washington ein Treffen mit hohen Politikern gehabt, würde jetzt aber für eine Weile nicht mehr verreisen. Sie könnte das Buch so, wie sie es ihm geschickt habe, gern veröffentlichen. Ein kompetenter Verlag würde die eventuellen sprachlichen Unsauberkeiten bestimmt noch korrigieren.

Eine Welle der Erleichterung erfasste sie. Endlich. Jetzt würden die Menschen doch noch die traurige Geschichte von Sigrid von Bärensten über die Terrorherrschaft im Herrenhaus auf Dimö lesen können. Endlich würden die dunklen Geheimnisse der Familie Bärensten ans Licht gebracht werden. Sie speicherte Franz' Einverständniserklärung auf ihrem Rechner und auf einem USB-Stick, aktualisierte das Begleitschreiben, das seit einer Ewigkeit in einem Ordner gelegen hatte, und fügte noch eine Zeile zu seiner Einwilligung hinzu. Dann tippte sie die Mailadresse eines der größten Verlagshäuser des Landes ein. Sie kniff

die Augen zusammen, holte tief Luft und drückte auf
»Senden«.

Nun hatte sie viel Zeit, die sie mit Simon verbrachte. Fast
täglich waren sie mit den Vorbereitungen für den Wiederaufbau beschäftigt. Sie kontaktierten Baufirmen, ließen
sich Kostenvoranschläge machen und besprachen die Bauzeichnungen. Als Sofia Simon fragte, ob er von Benjamins
und Elviras Beziehung gewusst hatte, schüttelte der nur
den Kopf.

»Ich finde, du stellst die falschen Fragen. Du solltest dir
lieber überlegen, warum Franz die alten Kamellen aufwärmt.
Seit ich ihn kenne, steckt hinter jeder seiner Aktionen ein
Plan. Wenn ich bedenke, wie viel Zeit und Aufmerksamkeit
er dir gerade widmet, bist du Teil seines nächsten Planes –
und da bekomme ich es mit der Angst zu tun.«

»Aber ich habe die Baugenehmigung bekommen und
darf das Buch veröffentlichen.«

»Dabei solltest du es jetzt auch belassen! Washington!
Was hat er da zu suchen gehabt? Es ist unfassbar, dass ihm
die Leute überhaupt zuhören.«

»Das ist genauso verwunderlich wie dieser Präsident-
schaftskandidat, den so viele gewählt haben. Als sehnten
sich die Menschen nach diesem Typ von charismatischen
Führungspersönlichkeiten. Er reitet da auf einer Welle.«

»Ja, aber du solltest es besser wissen. Brich den Kontakt
ab. Du hast doch jetzt bekommen, was du wolltest.«

»Ich habe keine Angst mehr vor ihm. Ich weiß, das klingt
vielleicht ein bisschen verrückt, aber ich glaube nicht, dass
er noch so gefährlich ist wie früher.«

Simon sah sie skeptisch an.

»Du hast sie doch wirklich nicht mehr alle! Franz müsste

im Gefängnis sitzen. Bitte glaub mir, Sofia. Ich bin nicht nur gekommen, um dir das Geld zu geben. Mein eigentliches Ziel ist es, dich von ihm fernzuhalten. So fern wie nur möglich«, sagte Simon und sah sie durchdringend an. Er meinte das todernst.

Es war Samstagnachmittag. Sie saßen auf dem Sofa und versuchten, nach einer wilden Woche auf der Jagd nach der besten Baufirma, einen Gang runterzuschalten. Am Ende hatten sie sich für eine entschieden und würden es an diesem Wochenende ruhig angehen lassen. Benjamin war mit Denzel spazieren, Anna würde am Abend vorbeikommen, und Julia war mit Matt nach Stenungsund gefahren.

»Ich muss mir unbedingt Sponsoren an Land ziehen«, sagte Sofia.

»Ich habe dir doch gesagt, dass ich dich unterstützen werde.«

»Du bist ein Schatz. Wir müssen die Einrichtung dann aber auch unbedingt promoten. Ich werde Ellis bitten, uns eine Website zu bauen. Und wir haben die Möglichkeit, Gelder zu beantragen, sobald wir nachweisen können, dass unser Projekt seriös ist.«

Sie wollte Ellis gleich anrufen, fragte sich aber, ob er überhaupt schon wach war. Normalerweise ging er nicht vor vier oder fünf Uhr nachts ins Bett und stand erst am frühen Nachmittag auf. Er könne vorher sein Gehirn nicht ausschalten, sagte er. Zu ihrer Überraschung ging er sofort ans Telefon und klang ungewöhnlich hell und aufgedreht.

»Wie lustig, dass du anrufst«, sagte er, bevor Sofia den Grund ihres Anrufs nennen konnte. »Neben mir sitzt gerade Julias Freund, und ich bringe ihm ein Haufen Zeug über Computer bei. Ich habe noch nie jemanden kennengelernt, der so schnell im Kopf ist. Er hat ein unglaublich gutes Zahlengedächtnis. Ich bringe ihm in null Komma nichts bei, wie er jedes Sicherheitssystem knacken kann.«

»Was?«, rief Sofia dazwischen. »Julia hat gesagt, sie wolle mit Matt nach Stenungsund fahren. Darf ich mal mit ihm reden, bitte?«

Matt beruhigte Sofia sofort wieder. Als Ellis ihm angeboten hatte, einen Tag mit ihm zu verbringen, hatte sich Julia mit einer Freundin verabredet, um nach Stenungsund zu fahren.

»Ich glaube, mit Laura«, sagte er. »Aber ich bin nicht sicher. Man weiß nie so genau, was sie für Pläne hat.«

Ellis versprach Sofia, ihr mit der Homepage zu helfen. Sie telefonierten eine ganze Weile, fast hätte sie ihre Sorge um Julia vergessen. Aber nachdem Simon gefahren war, meldete sie sich wieder, und sie rief Julia an. Sie ging sofort dran.

»Wo bist du?«, fragte Sofia.

»Rufst du jetzt bloß an, um mich *das* zu fragen? Ich hab dir doch schon gesagt, dass ich nach Stenungsund fahre.«

»Aha, und mit wem?«

»Sag mal, wird das hier jetzt ein Kreuzverhör, oder was?«

»Matt ist bei Ellis in Göteborg.«

»Wie schön für ihn! Das weiß ich aber schon! Ich bin mit ein paar Freunden unterwegs. Hör bitte auf, mir hinterherzuschnüffeln. Ich werde heute Abend wieder zu Hause sein. Du machst dir wirklich zu viel Sorgen, Mama. Ich liebe dich. Tschüss!« Und schon hatte sie aufgelegt.

Kurze Zeit später öffnete Sofia ihre E-Mails – in der Hoffnung, eine Nachricht vom Verlag erhalten zu haben. Obwohl sie natürlich wusste, dass die samstags nicht arbeiteten. Sie wollte sich gerade wieder ausloggen, als eine Mail von einem unbekannten Absender eintraf.

Sie bestand nur aus einem einzigen Satz. Rote Schrift, kursiv gesetzt. Während sie die Worte las, legte sich eine eiskalte Hand um ihr Herz.

Julia lügt dich an.

38

Julia hatte entschieden, zu spät zu ihrer Verabredung zu erscheinen. Sie stand vor dem hohen Gebäude, das ihr vorher noch nie aufgefallen war. Das Restaurant sah wahnsinnig schick aus.

Die Wahl ihrer Kleidung hatte sie mit Bedacht gewählt. Eine tiefausgeschnittene weiße Bluse, ein silberfarbener Blazer aus Seide und ein grauer Rock, der ihr bis zu den Waden reichte, aber einen seitlichen Schlitz hatte, der sich bis zum Oberschenkel hochzog. Dazu trug sie, trotz der kalten Temperaturen, hochhackige Pumps. Sie wollte bei ihrem ersten Date mit Franz Oswald auf keinen Fall wie ein Teenager aussehen, der ihn anhimmelte.

Wenn man das überhaupt ein Date nennen konnte.

Als sie das Restaurant betrat, kam sofort ein Kellner auf sie zu und teilte ihr mit, dass ein Tisch in einem etwas abgelegeneren Teil des Lokals für sie reserviert wurde. Er führte sie eine Wendeltreppe hoch in einen kleinen, dunklen Raum und half ihr aus dem Mantel, den er auf einen Bügel hängte.

Der Raum schien leer zu sein, bis auf den Tisch, auf dem Kerzen flackerten. Doch dann löste sich plötzlich ein Schatten aus dem Dunkeln und ... Franz Oswald stand vor ihr.

»Danke, dass du gekommen bist«, flüsterte er.

Bei ihrer letzten Begegnung hatte er Anzug und Schlips

getragen. Dieses Mal hatte er einen schwarzen Blazer an, darunter ein weißes T-Shirt, und trug dazu schwarze Jeans. Bei jedem anderen Vierzigjährigen hätte diese Hose lächerlich ausgesehen, aber nicht an Franz Oswald. Seine Beine waren muskulös und der Jeansstoff auf eine Weise abgewetzt, die exklusiv und teuer wirkte. Er schickte den Kellner mit einer abweisenden Geste fort und musterte Julia dann von oben bis unten. Pfiff leise und anerkennend.

Dann legte er eine Hand auf ihren Ellenbogen und führte sie an den Tisch, der mit weißen Blumen und Kerzen geschmückt war.

»Warum wolltest du mich sehen?«, fragte sie.

»Ist das nicht offensichtlich?«

»Nein, für mich nicht.«

Schweigend sah er sie an. Sein Blick hatte etwas Hypnotisches. Es war die richtige Mischung aus Zurückhaltung und Selbstbewusstsein.

»Es ist vollkommen irrelevant, wo auf dieser Erde ich mich befinde, Julia. Ich habe deine Anziehungskraft auch gespürt, als ich in Washington war«, sagte er und legte seine Hand auf ihre.

Sie zuckte innerlich zusammen, spürte etwas wie elektrische Aufladung in der Luft und zog verlegen ihre Hand weg. Der vorher angenehm kühle Raum war auf einmal überhitzt. Sie versuchte, lässig zu wirken. Es war gefährlich, jemandem mit einem so großen Ego zu zeigen, dass man sich fühlte, als stünde man unter seinem Einfluss.

»Diese gegenseitige Anziehung zwischen uns ist wahnsinnig aufregend, denn man weiß nie, wohin das führen kann. Aber ich bin nicht romantisch, sondern eher leidenschaftlich, aber … auf einer ganz anderen Ebene«, sagte er.

»Und worüber wolltest du mit mir sprechen?«

»Eigentlich möchte ich mit dir über deine Zukunft reden.«

»Ich mache mir über meine Zukunft gar keine Sorgen.«

»Ich weiß. Das gefällt mir auch so gut an dir.«

Er faltete die Serviette auseinander und legte sie sich in den Schoß. Dann fragte er:

»Was magst du essen? Worauf hast du Lust?«

»Ist mir egal.«

»Sehr gut, dann lassen wir den Koch bestimmen.«

Er nahm sein Handy und rief jemanden im Erdgeschoss an. Julia beobachtete sich dabei, wie sie mit den Fingern nervös über das Tischtuch strich. Es nervte sie, dass er sie so aus der Fassung bringen konnte. So reagierte sie sonst nämlich nicht.

»Das hier ist doch ein Scherz, oder? Ich weiß immer noch nicht, warum ich eigentlich kommen sollte«, sagte sie.

»Aber ich weiß es. Ich möchte nur ein paar Worte über mich verlieren, dann will ich über dich sprechen. Ich habe Dinge getan, auf die ich wirklich nicht stolz bin. Ich habe andere verletzt, gekränkt und das Leben einiger Leute zutiefst erschüttert. Eine Sache habe ich allerdings noch nie getan. Ich gehe für meine Ziele keine Kompromisse ein. Meine Berufung ist es nämlich, den Menschen zu helfen, damit sie den rechten Weg finden. Das weiß ich seit meinem dreizehnten Lebensjahr. Kennst du dein Ziel schon, deine Berufung?«

»Nein, ich habe keine Ahnung. Mein Hauptziel ist es, so schnell wie möglich aus diesem Kaff, in dem ich lebe, zu verschwinden und Dinge tun zu können, die für eine Sechzehnjährige verboten sind. Ich möchte neue, spannende Menschen kennenlernen, was Riskantes machen, Skandale hervorrufen und alles ausprobieren, außer Drogen, die machen einen nur blöd im Hirn. Das Einzige, was mir Angst macht, ist, mich entscheiden zu müssen, was ich für den Rest meines Lebens tun will. Ich möchte nicht nur *eine* Sache machen, ich will *alles* machen …«

Franz lachte laut auf.

»Ganz genau! Mach dir keine Sorgen über deine Zukunft. Du bringst alle Voraussetzungen mit, um tun zu können, was du willst. Deshalb fühlen wir uns auch voneinander angezogen. Man findet seine Berufung nicht, indem man vor dem Computer sitzt und im Netz nach Karrierealternativen sucht. Ich habe mein Leben mehr als einmal riskiert, bevor ich meine Berufung gefunden habe. Ich will dir was gestehen, was ich noch nie jemandem erzählt habe.«

Er verstummte, weil der Kellner ihnen das Essen brachte. Warmen Hummertoast mit Avocadosalat.

»Ich erzähle es dir nach dem Essen«, sagte er, während der Kellner ihre Weingläser auffüllte. »Das hier muss warm gegessen werden.«

Sie fand es großartig, dass sie auch Wein trinken durfte. Obwohl das eigentlich verboten war. Sie fühlte sich richtig erwachsen. Das Essen war so gut, dass sich vorübergehend sogar ihre Nervosität legte. Der Wein war schwer, eine angenehme Schwere und Wärme breitete sich in ihrem Körper aus. Ihre Unsicherheit war verflogen. Sie musterte ihn, wie er den Toast in kleine, appetitliche Happen schnitt und sich diese bedächtig in den Mund steckte.

Er sah sie an. Sein Gesichtsausdruck war nicht zu deuten. Aber sie entdeckte einen begeisterten, amüsierten Schimmer.

In diesem Augenblick klingelte ihr Handy.

»Du solltest rangehen«, sagte er.

Sie wühlte in ihrer Handtasche nach ihrem Telefon.

»Es ist meine Mutter.«

»Sehr gut, dann können wir gleich mal sehen, wie gut du lügen kannst.«

Das fiel ihr nicht besonders schwer. Ihre Mutter wusste, dass sie es hasste, wenn ihr hinterhergeschnüffelt wurde. Wenn diese Grenze überschritten wurde, machte sie das sehr deutlich, indem sie den Anruf wegdrückte. Normalerweise schämte sie sich deswegen nie. Sie liebte ihre Eltern über alles, aber sie war genauso davon überzeugt, dass die Befreiung von deren ängstlichen Beschützerinstinkten ein wichtiger Teil ihres Abkapslungsprozesses war. Dieses Mal aber fühlte es sich nicht nach Befreiung an, es tat sogar weh, den Anruf zu ignorieren. Sie hatte einen Kloß im Hals. Und ihr stiegen komischerweise Tränen in die Augen. Das alles dauerte nur wenige Sekunden, aber Franz hatte es bemerkt.

»Nichts ist falsch an starken Gefühlen. Du musst dich nicht schämen, dass es dich ärgert, wenn du wie ein Kind und nicht wie eine Erwachsene behandelt wirst.«

Genau das war es! Man kann nicht Kind spielen, wenn man keins mehr ist, dachte Julia.

»Mama ist eigentlich ziemlich cool. Nur manchmal zu viel Helikopter.«

»Sie hat es bestimmt auch nicht immer so leicht.«

»Sie hat es total leicht. Sie weiß, dass sie sich auf mich verlassen kann. Das ist unsere Abmachung, deswegen klappt es auch so gut.«

»Aha, und dann sitzt du hier beim Essen mit ihrem Erzfeind.«

»Muss sie ja nicht erfahren.«

»Nein, du hast recht, sie hat vor allem auch viel um die

Ohren zurzeit. Ich hoffe wirklich, dass sie mir eines Tages verzeihen kann.«

Er verzog das Gesicht.

»Jedes Mal, wenn ich deiner Mutter begegne, bettele und flehe ich sie an, dass sie die Streitaxt begraben soll«, fuhr er fort. »Und immer, wenn sie es ablehnt, ist es wie ein Stich ins Herz.«

»Was hast du ihr eigentlich angetan?«

»Ich war nicht nett zu ihr. Sie war eine hervorragende Sekretärin. Meine rechte Hand sozusagen. Ich hätte ihr mehr Freiheiten geben müssen, damit sie sich entwickeln kann. Stattdessen habe ich sie eingeschränkt. Ich war aber auch noch viel jünger und hatte ein sehr ausgeprägtes Kontrollbedürfnis.«

»Kontrollbedürfnis? Ich habe gehört, dass du ein ziemlicher Tyrann gewesen bist. Quasi Nordkorea.«

»Ja, das ist Sofias Version, aber das heißt nicht, dass ich sie nicht gemocht habe.«

»Klingt ja fast so, als wärst du in sie verliebt gewesen.«

Nachdenklich strich er mit der Hand über die Tischdecke.

»Ja, doch, in gewisser Weise schon. Deshalb war ich auch so enttäuscht, als sie von ViaTerra abgehauen ist. Aber ich habe nie aufgehört, an sie zu denken. Und du erinnerst mich sehr an sie. Ihr habt beide diese einzigartige Energie.«

Er sah bekümmert aus.

»Ach, komm, jetzt reden wir über was anderes. Erzähl mir lieber etwas von dir«, sagte er.

Die Spannung zwischen ihnen hatte sich gelöst, er strahlte Gelassenheit und Glaubwürdigkeit aus und war ein sehr guter Gesprächspartner. Um ihre Gedanken von seiner erregenden Ausstrahlung abzulenken, plapperte sie munter drauflos. Über alles Mögliche. Über die Schule, über ihre Gefühle für Matt und über das schwere Los, in so einem Dorf leben zu müssen. Er hörte ihr aufmerksam zu! Als wäre jeder ihre Sätze die reinste Poesie. Als wäre sein ganzer Körper ihr gewidmet, um ihr zu antworten.

Er unterbrach sie kein einziges Mal. Nickte an den richtigen Stellen, bekräftigte, was sie sagte. Am Ende hatte sie ihm sogar sehr intime Sachen erzählt, zum Beispiel, wie schlecht Jungen in ihrem Alter beim Sex waren.

Da streckte er seine Hand über den Tisch, nahm ihr Kinn in seine Hand und fuhr mit dem Daumen über ihre Wange.

»Verzeih mir, ich wollte dich nicht unterbrechen«, sagte er. »Aber ich glaube, dass Jungen in diesem Alter noch nicht begriffen haben, dass es beim Sex darum geht, den Partner zu befriedigen. Und man daraus den größten Genuss – und auch seine eigene Lust – zieht.«

»Ich habe irgendwo gelesen, dass du auf Strangulationssex stehst.«

Da lachte er lauthals, ein ehrliches, entwaffnendes Lachen.

»Ganz und gar nicht! Das hat sich die Klatschpresse ausgedacht. Für mich geht es beim Sex darum, mich den Wünschen meines Partners anzupassen und dann gemeinsam die Grenzen auszuloten. Wenn beide das wollen.«

Sie spürte, wie ihr die Röte ins Gesicht stieg, und dann beschloss sie, das Thema zu wechseln.

»Fein. Aber zurück zum Anfang, was wolltest du mir erzählen? Was du noch nie jemandem gesagt hast?«, fragte sie.

Er schob seinen Teller von sich und schwenkte das Weinglas, bevor er einen Schluck nahm.

»Folgendes. Ich treffe mich mit den Machthabern dieser Erde, kann mir Dinge kaufen, die sich nur ein Bruchteil der Weltbevölkerung leisten kann, und verkehre mit der Crème de la Crème. Was mich aber eigentlich anmacht ist, ein verbotenes, verwerfliches Verhältnis einzugehen – und zwar mit dir. Alles andere ist im Vergleich dazu grässlich langweilig.«

»Du bist viel zu alt für mich«, entfuhr es ihr.

»Absolut. Das macht es ja gerade so spannend.«

Ihr gelang es, ein Lächeln aufzusetzen. In Wirklichkeit aber war sie damit beschäftigt, dass sie kein Gefühl mehr in ihren Beinen hatte, weil das Blut zwischen den Beinen pochte und einen schönen ziehenden Schmerz auslöste. Sie überschlug ihre Beine, um das Pochen und den Druck zu mildern, aber es half nicht. Und er hatte es bemerkt und lächelte verschmitzt.

Er weiß genau, was ich denke und fühle.

»Ich muss jetzt los«, sagte sie.

»Nicht, bevor du dir mein Angebot angehört hast. Ich möchte ein paar Tage mit dir auf Dimö verbringen und dir alles zeigen, was ich da geschaffen habe und woran ich glaube. Ein Besuch ohne jeden Hintergedanken. Vielleicht Anfang Mai, wenn sich die Natur auf der Insel von ihrer schönsten Seite zeigt?«

»Auf gar keinen Fall. Du weißt doch genau, was meine Eltern dazu sagen würden?«

»Könnte dir dein Blutegel Rückendeckung geben?«

Julia biss sich auf die Lippe. Das Angebot war so überirdisch großartig, ihre Neugierde hatte schon zugesagt.

»Wenn du damit Matt meinst? Das könnte vielleicht sogar klappen. Aber das mag ich nicht jetzt entscheiden. Da muss ich erst mal drüber nachdenken.«

»Aber natürlich. Ich gebe dir meine Nummer.«

Er zog eine Visitenkarte aus seiner Jackentasche und gab sie ihr. Dieses Treffen hatte er minutiös geplant. Allein der Gedanke daran, zwei Tage mit ihm zu verbringen, erregte sie und verursachte eine kribbelnde Gänsehaut.

»Soll ich dich nach Hause bringen?«, fragte er.

»Nein, es ist bestimmt besser, wenn ich mit dem Bus fahre«, sagte sie und grinste.

Sie sprang auf und ging zur Garderobe. Er half ihr in den Mantel, stand so dicht hinter ihr, dass sie die Wärme seines Körpers spürte. Als sie den Kopf senkte, um den Gürtel zuzuknoten, strich er ihre Haare zaghaft zur Seite. Seine Lippen berührten sanft die Haut in ihrem Nacken. Flüchtig tauchte Matt vor ihren Augen auf. Seine schönen, liebevollen Augen. Sie wusste, dass sie ein schlechtes Gewissen haben müsste, aber die Gefühle für Matt konnten leider nicht das Feuer in ihr löschen, das Franz mit einer einzigen Berührung entfacht hatte.

»Bis bald«, sagte er. »Es wäre großartig, wenn du mich auf Dimö besuchtest.«

Die Fahrt nach Hause verbrachte sie in einem Zustand wilder, verwerflicher, erregender Fantasien.

39

Nachdem mir Großmutter die Mail von Mutter gezeigt hatte, führte ich ein Doppelleben.

Ich durfte auf keinen Fall riskieren, wieder ins Loch zu wandern. Dort würden sie alle Geheimnisse und Gedanken aus mir herauspressen, und ich dachte die ganze Zeit über an Mutter. Ich durfte nicht riskieren, dass sie die Wahrheit erfuhren. Deshalb musste ich alles befolgen und dieses Glühen in den Augen herbeiführen, das uns bei *Kinder der Erde* auszeichnete. Außerdem stand ich unter ständiger Beobachtung – einmal Verräter, immer verdächtig.

Es war Ali-Khan, die mir die Nachricht über Mutters Tod überbrachte. Sie bat mich, nach dem Unterricht etwas länger zu bleiben, und erklärte mir mit ernster Stimme, dass Mutter allergrößter Wahrscheinlichkeit nach tot sei.

»Wer sich gegen ViaTerra wendet, den ereilen manchmal furchtbare Strafen. Vermutlich haben sie ihre vielen Übertretungen und Regelbrüche deinem Vater gegenüber am Ende in den Selbstmord getrieben. Jetzt weißt du Bescheid. Es gibt keinen Grund, traurig zu sein. Du hast deinen Vater. Er ist mehr wert als Tausende von der Sorte deiner Mutter.«

Mir stiegen die Tränen in die Augen, aber ich brach nicht zusammen. Dafür gab es auch keinen Grund.

Mutter lebte.

In den folgenden Monaten ähnelte mein Leben eher

einem Theaterstück, in dem ich tagsüber das hingebungs-
volle Mitglied von *Kinder der Erde* spielte und mich nachts
meinem Grübeln hingab, sobald die Lichter im Schlafsaal
ausgegangen waren.

Meine Liebe zu Vater versiegte nicht. Ich hasste nur den
Menschen, zu dem er geworden war. Oft gab ich mich Tag-
träumen hin, in denen er sich geändert hatte und um Ver-
zeihung für die Dinge bat, die er Mutter angetan hatte.

Dann, eines Tages, durfte ich mit dem Theaterspielen
pausieren. Ich bekam wieder Luft zum Atmen. Unser Einsatz beim Bauvorhaben wurde abgebrochen, und wir mussten uns für ein Briefing von Vater versammeln. Eine neue
Phase in unserer Ausbildung wurde eingeläutet. Nach einer
intensiven Trainingsphase würden wir mit einem konkreten
Auftrag im Namen von *Kinder der Erde* aufs Festland geschickt werden. Diese Aufgabe war so bedeutend, dass sie
»Ehrenaufgabe« genannt wurde.

Wir glichen kleinen Soldaten, die in den Krieg ziehen.

Das Briefing

*Atemlos vor Aufregung warten wir auf Vater. Ali-Khan hat das
Whiteboard schon mehrmals abgewischt, die Stifte sorgfältig
aufgereiht und schielt immer wieder nervös zur Wanduhr. Und
als Vater das Klassenzimmer dann betritt, zieht sie sich lautlos
in die hintere Ecke des Raumes zurück.*

*»Da seid ihr ja!«, sagt Vater ausgelassen. »Entschuldigt, dass
ihr warten musstet.« Er ist bester Laune. Die Anspannung im
Raum lässt merklich nach. Er hat einen dicken Ordner unter
dem Arm, den er auf Ali-Khans Pult legt.*

»Dieses Briefing hier ist wichtiger als alles andere auf meinem

Terminkalender heute. Könnt ihr euch vorstellen, warum?«, fragt er und lässt seinen Blick von einem zum anderen wandern.

Er überspringt zwar wie immer mich, aber das bin ich schon gewohnt. Niemand hat eine Antwort auf seine Frage.

»Weil ihr von allen, die bei ViaTerra arbeiten, die Wichtigsten seid. Und unter Garantie auch die Klügsten.«

Mein Herz schwillt vor Stolz, obwohl ich voller Zweifel bin. Die Stimmung im Klassenzimmer wird ganz andächtig.

»Ich habe Wind davon bekommen, dass man euch für ein Bauprojekt als Arbeitskraft ausgenutzt hat. Dem habe ich sofort einen Riegel vorgeschoben«, verkündet er. »Denn das ist ein vollkommen falscher Einsatz eurer Ressourcen. Deshalb werdet ihr stattdessen schon bald mit mir zusammenarbeiten. Und darüber möchte ich heute mit euch sprechen.«

Er nimmt sich einen der Stifte, zeichnet eine Sonne mit Strahlen auf das Whiteboard und schreibt etwas in die Sonne. Ich hatte schon immer Schwierigkeiten, seine Handschrift zu entziffern, aber dann erkenne ich den Schriftzug von »ViaTerra«. Danach zeichnet er einen großen Kreis unter die Sonne, in dem eine ganze Menge Strichmännchen stehen, die ihre Arme zu den Sonnenstrahlen hochrecken. Darüber schreibt er »Weltbevölkerung«.

»Immer mehr Menschen interessieren sich für ViaTerra. Und das, obwohl ich mich schon seit einiger Zeit nicht mehr in der Öffentlichkeit zeige. In ein paar Jahren werden wir eine große Kampagne starten, und dann werden alle zu uns nach Dimö kommen wollen«, sagt er und zeigt auf die Strichmännchen mit den ausgestreckten Armen. »Aber leider haben wir da dieses kleine Problem ...«

Er zeichnet ein zusätzliches Strichmännchen, das einen der Sonnenanbeter am Bein packt. Sein Gesicht malt Vater schwarz aus und zeichnet ihm noch zwei Hörner auf den Kopf.

»Einige Einzelpersonen, etwa zwei Prozent der Erdbevölke-
rung, haben verabscheuungswürdige Verbrechen begangen. Und
jetzt haben sie eine Heidenangst, dass wir sie entlarven, und
deswegen scheuen sie weder Kosten noch Mühen, um uns aufzuhalten.«

Er macht eine Kunstpause. Sieht aus dem Fenster. Scheint
über etwas nachzudenken, kehrt aber schnell wieder mit seiner
Aufmerksamkeit ins Klassenzimmer zurück. Sein Blick bleibt
an Vic hängen, während er seinen Monolog fortsetzt.

»In den letzten Jahren habe ich einen Plan ausgearbeitet, der
ViaTerra in der ganzen Welt berühmt machen wird. Unsere
Lösungen für die vielen gesellschaftlichen Probleme werden von
den Machthabern dieser Erde gefeiert. Wir werden in den be-
deutendsten Führungsteams der Welt vertreten sein. Aber dann
werden eben Typen wie dieser hier tätig«, sagt er und zeigt auf
das Strichmännchen mit den Hörnern.

Didrik meldet sich.

»Führen wir dann Krieg gegen die?«, fragt er.

Vater lächelt. Es ist sein nachsichtiges Lächeln.

»Ja, in gewisser Weise schon. Wir können sie gut und gerne als
unsere ›Feinde‹ bezeichnen. Und ihr werdet mit einem Auftrag
in die Welt geschickt – ihr seid meine Augen und Ohren –, um
sie zu beobachten. Und ihr werdet losgeschickt, um jene zu bewachen, an denen ich ein besonderes Interesse habe.«

»Bringst du uns das dann alles bei? Arbeiten wir mit dir,
Chef?«, fragt Vic.

»Ja, das werdet ihr. Niemand sonst kann euch auf eure Aufträge vorbereiten.«

»Geil!«, sagt Vic und streckt sich.

»Vielleicht nicht so geil für dich, Vic«, erwidert Vater. »Die
Leute könnten dich wiedererkennen. Du wirst hier auf Via-
Terra mit mir in meinem Büro arbeiten.«

Vic sitzt wie immer in der ersten Reihe. Er dreht sich zu mir um und grinst mich triumphierend an. Aber sein Grinsen ist nicht durch und durch gehässig. Er hat schon seit einiger Zeit begriffen, dass ich für ihn und seine Machtposition in ViaTerra keine Gefahr darstelle. Manchmal verteidigt er mich sogar. Vielleicht hat es doch etwas zu bedeuten, dass wir Brüder sind.

»Einigen von euch vertraue ich noch nicht ausreichend«, sagt Vater und wirft mir einen vielsagenden Blick zu. »Aber in Via-Terra glauben wir daran, dass jeder eine zweite Chance verdient hat. Diese Ausbildung wird alle Verräter aussieben. Es ist ein harter, steiniger Weg und wird mehrere Monate dauern, ehe ihr damit fertig seid.«

Er nimmt den Ordner vom Pult und reicht ihn Ali-Khan.

»Hier ist das Arbeitsmaterial drin. Der erste Schritt wird sein, dass sie meine Thesen auswendig lernen müssen. Diese Thesen sind die Grundlage, auf der alles andere aufbaut. Der nächste Schritt ist dann, dass sie lernen müssen, wie sie sich den Anderen gegenüber verhalten sollen, damit sie sich dort draußen in der Welt einfügen und mit ihnen verschmelzen können.«

Ali-Khan nimmt den Ordner ehrfurchtsvoll entgegen, drückt mit ihrem Gemurmel Anerkennung aus. Vater wendet sich an uns.

»Für jeden Auftrag werde ich einen Maßnahmenkatalog erstellen, dem ihr folgen müsst. Aber jetzt greife ich voraus, wir fangen mit den Studien der Thesen an. Ich werde abends bei euch vorbeikommen und mich versichern, dass ihr das auch alles verstanden habt.«

Als er das Klassenzimmer verlässt, ist es zunächst ganz still. Dann stößt Vic einen Jubelschrei aus und gibt Didrik ein High-Five. In diesem Freudentaumel begreife ich, dass meine schlimmsten Qualen vorüber sind. Denn wenn ich eine Sache wirklich beherrsche, dann ist das Auswendiglernen.

Das Schuften ist vorbei. Jetzt beginnt unsere Initiation. Ali-
Khan weist uns täglich Lernziele an, und wir dürfen erst gehen,
wenn wir die erreicht haben. Vater kommt jeden Abend zu uns,
meistens kurz bevor wir gehen dürfen. Seine Monologe dauern
manchmal Stunden. Hin und wieder ist die Sonne schon auf-
gegangen, ehe wir den Klassenraum verlassen und schlafen
gehen dürfen. Es ist nicht leicht zu lernen, wenn man kaum
geschlafen hat, aber niemand von uns würde Vater jemals darauf
hinweisen. Wenn er spricht, verliert er sich häufig in kleinen
Anekdoten aus seinem Leben. Dann erzählt er uns von seiner
Zeit im Gefängnis, wo er – wohlgemerkt – zu Unrecht gesessen
hat, und von dem Aufstand der Insassen, als ihnen die Gefäng-
nisleitung verbot, seine Thesen zu studieren.

Den anderen Kindern fällt es schwer, seine Thesen auswen-
dig zu lernen. Denn es gibt unendlich viele. »Die grundlegen-
den Thesen« und die – wie er sie jetzt nennt – »Sätze«, die sie
ergänzen. Und dann gibt es noch »Die existentiellen Thesen«,
die Vater im Gefängnis entwickelt hat. Sie handeln von den Ge-
setzen, die das Universum steuern:

Am Anfang war nur ein unendlicher Nebel, und aus dem
Nebel verteilte sich undurchdringliche Asche im Universum.

Aus der Asche entstand das Bewusstsein.

So entstand Leben.

So entstanden Ansichten.

So entstand Interaktion.

Das ist ausgesprochen abstrakt. Und ich habe nicht die geringste
Ahnung, wie man das im wirklichen Leben dort draußen an-
wenden soll. Aber mir fällt das Auswendiglernen leicht, ich bin
am schnellsten von allen. Eines Tages, als ich gerade Thesen von
ihm rezitiere, kommt Vater ins Klassenzimmer. Ich bewältige es

mit Bravour, mache keinen einzigen Fehler, stocke bei keinem Satz. Zum ersten Mal sehe ich einen Funken Stolz in seinen Augen, als er mich ansieht.

Die Ausbildung hat das Ziel, aus uns eine Gruppe zu formen, die dem Rest der Menschheit natürlich überlegen ist. Dort drau-ßen, auf der abseits gelegenen Insel, auf der Vater sein Königreich führt, ist es einfach, sich allmächtig zu fühlen. Vor allem, wenn er so vertraulich mit uns spricht.

Zwischendurch frage ich mich, warum wir nicht mit dem zufrieden sind, was wir haben. Warum wir rausmüssen, um die Welt zu erobern. Aus Vaters Vorträgen aber geht hervor, dass uns die Art unserer einzigartigen Erziehung zu etwas ganz Beson-derem werden lässt. Deshalb braucht uns die Welt. Und wenn man etwas oft genug gesagt bekommt und es gern glauben möch-te, dann wird es am Ende auch zur Wahrheit.

Wir sind befördert worden, stehen über dem Personal von ViaTerra. Vater hat uns Macht übertragen, mehr Macht als ihnen. Manchmal werden wir dazu beordert, einem der An-gestellten eine gewaltige Standpauke zu halten. Wir sind zu seinen Boten geworden.

Er nennt uns »die Auserwählten«.

Manchmal nennt er uns sogar die letzte Hoffnung der Menschheit.

Der Hass in seinen Augen ist verschwunden, wenn er mich ansieht.

Trotzdem bin ich außerstande, mich von der Begeisterung mitreißen zu lassen, die unsere Gruppe erfasst und sich wie ein Lauffeuer ausbreitet. In mir ist etwas zersprungen, das auch eine flammende Rede von Vater nicht wieder reparieren kann.

Äußerlich erfülle ich den Schein, dass ich daran teilnehme. Gleichzeitig aber wächst meine Überzeugung, dass an dieser ganzen Sache etwas nicht stimmt.

40

Was macht man mit einer Nachricht, die alles Mögliche bedeuten kann, deren Absender man aber nicht kennt?

Sofia wusste, dass Julia sie anlog. Aber taten das nicht alle Teenager? Für diese Mail gab es viele denkbare Erklärungen. Vielleicht war einer ihrer Klassenkameraden eifersüchtig auf ihre Beziehung zu Matt. Oder einer von Julias Bewunderern hatte sie geschrieben. Oder war die womöglich von einem Irren, der sie verfolgte?

Julia hatte bereits Erfahrungen mit Cybermobbing sammeln müssen. Sie war als Schlampe und als Bitch bezeichnet worden. Aber das hatte sie nie berührt oder verunsichert. Sie lachte meistens nur darüber:

»Sieh mal, was dieser Idiot über mich sagt! Die benehmen sich wie Kleinkinder.«

Julia schien sich nichts aus Klatsch und Tratsch zu machen. Sie hatte Freundinnen, aber sie blieb immer auf Distanz. Meistens hing sie mit Jungs ab. Sie war selbstständiger als Mädchen ihres Alters, aber auch draufgängerischer.

Zuerst wollte Sofia die Mail ignorieren, aber irgendetwas daran stimmte nicht. Ein eifersüchtiger Jugendlicher hätte sich nicht mit einem einzigen Satz begnügt. Sie kannte deren Stil. Lange, inhaltslose Sätze mit einem Haufen unangemessener Adjektive.

Julia lügt dich an.

Sofia zögerte einen Moment, dann drückte sie auf Antworten und schrieb:

Worüber?

Sie wollte Julia und Benjamin gleich davon erzählen, überlegte es sich dann aber anders. Erst würde sie auf eine Antwort warten.

Als Julia nach Hause kam, suchte sie im Gesicht ihrer Tochter nach Anzeichen für etwas Unausgesprochenes, einen Funken Scham vielleicht oder Ähnliches. Aber sie bemerkte nichts dergleichen.

»Warum starrst du mich so an, Mama?«

»Ich freu mich nur, dich zu sehen.«

Julia lachte und legte ihren Kopf etwas schief.

»Ich auch.«

Sofia fiel sofort auf, dass sich Julia besonders schick gemacht hatte. Als sie ihren Blazer auszog, kam ihre Bluse zum Vorschein, die ihre Oberweite betonte. Und in ihrem Rock war ein langer Schlitz, sodass ihr Bein zu sehen war. Julias Wangen waren rosig, in ihren Augen glitzerte es. Sie war so schön. Eine knallrote Handtasche, die lässig über ihrer Schulter hing, und das Telefon in der Hand rundeten das Bild noch ab. Sofia spürte das große Verlangen, sich das Handy ihrer Tochter zu schnappen, wusste aber genau, dass sie diese Grenze niemals überschreiten würde.

Vollkommen unerwartet tauchte ein Bild vor ihr auf: Julia, nackt und gefesselt. Sie verdrängte es sofort wieder und redete sich ein, dass dies typische Stresssymptome waren. Sonst weiter nichts. Es gab keinen Grund zur Sorge.

»Wie war es in Stenungsund?«

»Ganz cool. Aber fang bloß nicht an, mich jetzt auszufragen.«

»Warum bist du gleich so bissig? Ich bin einfach daran interessiert, mit wem du deine Zeit verbringst. Deine Beziehungen. Warum willst du nicht mit mir darüber reden?«

»Weil ich nicht wie Laura bin, die noch mit ihrer Mutter schmust und ihr *alles* erzählt. Darf ich bitte mein Privatleben haben? Ich frage dich und Papa auch nicht über euer Sexleben aus. Oder fändest du das toll?«

Sofia wusste nicht, was sie darauf antworten sollte. Sie umarmte ihre Tochter, die diese Berührung zum Glück gefühlvoll erwiderte. Julias wunderbaren Körpergeruch, ihren Atem an ihrer Wange, mehr brauchte sie nicht, um beruhigt zu sein.

Am nächsten Tag überprüfte sie stündlich ihr E-Mail-Postfach, ob sie schon eine Antwort von dem geheimnisvollen Absender erhalten hatte. Aber das Postfach blieb leer.

Jedes Mal, wenn ihr Handy klingelte, tat ihr Herz einen Satz. Sie wartete auf einen Anruf vom Verlag, aber erst war es Simon und dann Anna. Simon kündigte einen Kurztrip nach Göteborg an, und Anna wollte ihr erzählen, dass sie für ein paar Tage nach Stockholm musste, weil ihre Mutter krank war.

Da Benjamin sich beruflich in Uddevalla aufhielt, hatte Sofia das Haus tagsüber für sich allein.

Sie hatte erst zweimal in Julias Zimmer herumgeschnüffelt. Das erste Mal hatte Julia nach Hasch gerochen, und Sofia hatte alles nach Drogen abgesucht. Die zweite Inspektion hatte einen Katalog für Sexspielzeug erbracht, der an Julia adressiert war. Daraufhin hatte sie das Zimmer nach pornographischem Material durchsucht. Leider hatte Julia sie dabei überrascht und einen Wutanfall bekommen. Sofia hatte ihr später hoch und heilig versprechen müssen, ihr

Zimmer nicht zu betreten, ein Versprechen, das sie bis zu diesem Tag auch gehalten hatte.

Aber jetzt konnte sie sich nicht mehr zusammenreißen. Der Ort zog sie geradezu magisch an. Wahrscheinlich sah es darin wie im Schweinestall aus, da würde es also nicht schaden, ein bisschen aufzuräumen, dachte sie. Sie nahm den Staubsauger mit, sollte Julia früher als erwartet nach Hause kommen.

Die schwarzen Rollgardinen waren heruntergelassen. Es roch nach Julias Parfum. Als Sofia die Gardinen hochgezogen hatte, stockte ihr der Atem, als sie das Chaos sah. Überall waren Kleidungsstücke verstreut, das Bettzeug lag auf dem Boden, das Bett war mit Schminkutensilien, Lippenstiften, Mascara und Puderdosen übersät. Dank der militärischen Lebensumstände, die in ViaTerra geherrscht hatten, hatte Sofia einen fast pedantischen Ordnungssinn entwickelt, von dem sie sich nicht mehr hatte befreien können.

Systematisch durchsuchte sie das Zimmer. Sah in den Schubladen, im Kleiderschrank, unter dem Bett und den Kissen nach, während sie etwas halbherzig hier und da den Staub wegwischte. Doch eine halbe Stunde später hatte sie – bis auf die fürchterliche Unordnung – nichts Verdächtiges gefunden.

Julia hatte ihr eigenes Badezimmer, das direkt an ihr Zimmer angeschlossen war. Sofia machte sich auf einen ähnlichen Zustand gefasst, aber dieser Raum war überraschend aufgeräumt und sauber. Alles schien an seinem Platz zu stehen. Und die Dusche sah aus, als wäre sie gerade erst geputzt worden.

Ihr Blick fiel auf ihr eigenes Spiegelbild. Misstrauen stand ihr nicht besonders gut. Ihr Blick war starr, ihre Haut wirkte fahl, und ihre Mundwinkel zeigten nach unten. Sie starrte sich an. Was war sie für eine Mutter, die ihrer Tochter nicht vertraute? Sie beschloss, diese Unternehmung abzublasen, als ihr ein Gegenstand am oberen Rand des Spiegels auffiel. War es eine Klammer, die das Glas im Rahmen festhielt? Aber dafür sah sie zu groß aus und war außerdem rund. Sie stellte sich auf die Zehenspitzen. Es ließ sich drehen, und als sie daran zog, fiel es herunter.

Verstört sah sie das kleine Ding in ihrer Hand an. Ohne Zweifel handelte es sich um eine Überwachungskamera.

Wie in ViaTerra. Dort hatten sich in jedem Raum welche befunden.

Am liebsten hätte sie ihre Stirn gegen den Spiegel gestoßen.

Franz hat dich reingelegt. Was hattest du erwartet?

Sie musterte die Kamera eingehend. Sie ähnelte denen, die sie von früher kannte. Aber diese hier war runder, mit einer kleinen Schnalle, um sie befestigen zu können. Aber wie bei allen anderen befand sich auch hier ein winziges Auge in der Mitte, das alles sah. Nach eingehender Untersuchung entdeckte sie außerdem, dass sich der Kamerakopf bewegen ließ.

Ihre Hände zitterten, fast hätte sie die Kamera fallen lassen. Sie steckte sie in ihre Jackentasche, in der auch ihr Handy lag. Ihr erster Impuls war es, die Polizei zu rufen, aber das war sinnlos. Sie hatte von denen keinen Mucks gehört, seit sie ihnen die Kassette mit den USB-Sticks gegeben hatte. Darum bezweifelte sie, dass sie ihr dieses Mal helfen würden. Benjamin in Uddevalla verrückt zu machen schien ebenso unsinnig. Was sollte er von dort aus auch unternehmen? Es war besser zu warten, bis er wieder zu Hause war.

Ihre Beine wurden weich, sie musste sich auf die Toilette setzen. Es war Viertel nach zwei, sagte ihre Uhr. Ellis war jetzt bestimmt schon wach. Sie sahen sich in letzter Zeit häufiger, und er gehörte – wie Simon – zur Familie. Sie wählte seine Nummer, aber es dauerte eine ganze Weile, bis er ans Telefon ging. Als sie seine Stimme hörte, brach sie sofort in Tränen aus und bekam kein Wort heraus.

»Sofia, was ist passiert?«, fragte er. »Kannst du mir bitte sagen, was passiert ist?«

Sie erzählte ihm von der Kamera und beschrieb sie ihm so genau wie möglich.

»Ich müsste mir die ansehen«, sagte er, »aber es klingt wie eine HD Tracker Dome.«

»Was ist das?«

»Die beste Überwachungskamera, die es zurzeit auf dem Markt gibt. Sie hat eine enorme Reichweite, kabellos. Die kann nicht nur pausenlos streamen, man kann den Kamerakopf auch drehen und somit die Perspektive ändern. Diese Kamera kostet ein Vermögen.«

»Kann man den Nutzer zurückverfolgen?«

»Keine Chance. Die Verbindung wurde gekappt, als du sie abgenommen hast. Ich kann nur anhand der Akku-Ladung sehen, wann sie ungefähr installiert wurde.«

»Oh, bitte, kannst du kommen und das tun? Oder soll ich zu dir kommen? Ich muss das der Polizei melden, aber die werden wie immer nichts unternehmen. Illegale Überwachung ist eine Spezialität von Franz, aber wie hat er diese Kamera bei uns installieren können? Und dann auch noch in Julias Badezimmer? Oh Mann, das ist so widerlich.« Sie wimmerte.

»Okay, ich komme. Fass die Kamera aber nicht an. Ich versuche, in einer Stunde bei dir zu sein.«

Während sie auf Ellis wartete, lief sie unruhig im Wohnzimmer auf und ab. Immer wieder wurde ihr Blick von der kleinen Kamera, die auf dem Couchtisch lag, magisch angezogen. Sie musste daran denken, wie sich Julia immer vor dem Spiegel räkelte. Ihr wurde so übel, dass sie aufs Klo rannte, um sich zu übergeben. Aber es kam nichts, was nicht verwunderlich war, denn sie hatte den ganzen Tag noch nichts gegessen. Sie wollte begreifen, wie die Dinge zusammenhingen, aber ihr Kopf weigerte sich. Das fehlende Puzzleteil gab es, das wusste sie, nur hatte sie keinen Zugang dazu.

Als Ellis kam, nahm er sie in den Arm, bevor er die Kamera inspizierte.

»Ja, das ist eine Tracker Dome.«

Er hatte seinen Werkzeugkasten mitgebracht und öffnete mit einem winzigen Schraubenzieher die Rückseite der Kamera. Dann entnahm er die Batterie, die kleiner war als der Nagel eines kleinen Fingers, und koppelte sie an ein Messgerät.

»Die Batterie ist noch ganz voll«, sagte er. »Wenn ich eine Vermutung äußern müsste, würde ich sagen, die Kamera hängt da höchstens seit einer Woche.«

»Bist du sicher?«

»Ganz sicher. Diese Kamera ist gerade erst installiert worden.«

»Ich hatte gedacht, dass sie der Eindringling an Heiligabend installiert hat?«

»Das kann nicht sein. Das ist ja fast einen Monat her. Kannst du dir vorstellen, dass Julia sie selbst installiert hat? Für ihren Typen oder so?«

»Nein, das glaube ich nicht. Dazu nimmt man doch eher den Rechner oder das Handy?«

»Diese Kamera macht aber viel bessere Bilder. Damit kann man fantastische Einstellungen machen.«

Für Sofia klang das zwar äußerst unwahrscheinlich, aber nicht vollkommen unmöglich. Julia hatte exhibitionistische Züge. Allerdings hatte sie Matt, und die beiden schienen wirklich verliebt ineinander zu sein. Außerdem könnte sich Matt diese Kamera gar nicht leisten. Und auch Julias Taschengeld reichte dafür nicht aus.

»Nein, ich kann mir das nicht vorstellen«, sagte sie. »Aber wenn jemand in unser Haus eingebrochen ist, um die zu installieren, dann müssten wir das doch auf den Aufnahmen unserer Überwachungskameras sehen können, oder? Ich hatte Benjamin doch seit Heiligabend gezwungen, die rund um die Uhr eingeschaltet zu lassen.«

Plötzlich stand Julia im Wohnzimmer. Ihrem Gesichtsausdruck nach zu urteilen hatte sie Teile ihrer Unterhaltung mit angehört. Also erzählten sie ihr alles.

Wenn Julia die Kamera selbst installiert hatte, verbarg sie das hervorragend.

»Was zum Teufel, hattest du in meinem Zimmer zu suchen?«, kreischte sie. Aber bevor Sofia ihre Lüge mit dem Staubsauger aufsagen konnte, war sie schon in Tränen ausgebrochen.

»Mensch, ist das krass ekelhaft«, sagte sie immer wieder, während ihr Sofia liebevoll über den Rücken streichelte.

Gemeinsam sahen sie sich die Aufnahmen der Überwachungskameras an, die Aufzeichnungen liefen noch, als Benjamin nach Hause kam. Nicht ein einziges fremdes Gesicht war zu sehen. Außer den Familienmitgliedern kamen nur Anna, Simon, Matt, Ellis und Sofias Freundin Maggie vor.

»Wir müssen umdenken«, sagte Benjamin. »Auf diesen Bändern gibt es keine einzige Spur von Franz' Spionen.«

Zum ersten Mal kam Sofia der Gedanke, dass einer ihrer Freunde ein schreckliches Geheimnis verbarg.

41

Die Ausbildung dauerte länger als erwartet. Wir mussten nicht nur die Thesen auswendig lernen, sondern sollten auch in der Lage sein, vor einer Gruppe frei zu sprechen, uns modisch zu kleiden und uns auf höherem Niveau unterhalten zu können. Ziel war es, uns in *die Anderen* einzufügen.

Einen nicht unbedeutenden Teil stellten Vaters Vorträge über eventuelle Katastrophen dar, die ViaTerra bevorstehen könnten. Das konnte alles Mögliche sein, von einem negativen Blog-Eintrag bis hin zu der Lebensmittelvergiftung eines hohen Gastes. Wenn er erst einmal auf den Geschmack gekommen war, konnte das Stunden dauern. Wir waren zu seinen Vertrauten geworden.

Aber keine Katastrophe hat so große Nachwirkungen wie die mit Elisa.

Sie stieß nachträglich zu der Ausbildung dazu. Ihr Vater war einer der hingebungsvollsten Anhänger von ViaTerra. Alle Mädchen bei *Kinder der Erde* waren süß, jedes auf seine Art. Aber Elisa war nicht nur süß, sondern betörend. Sie hatte das liebliche Gesicht eines Mädchens und den Körper einer jungen Frau und schlug ein wie eine Bombe. Ihre langen Beine, das blonde Haar, das ihr über den Rücken fiel – alles an ihr war überirdisch schön. Sie bewegte sich selbstbewusst, sie ging wie eine Frau, die ein Ziel hatte. Ihr Lachen, ihre Blicke und ihre Bewegungen waren allesamt sinnlich. Sie trug dieselbe Uniform wie wir, aber keinen BH darunter, sodass man ihre Brustwarzen sehen konnte.

Wir Jungen drehten vollkommen durch. Sogar für mich, der kein ausgesprochenes Interesse an Sex hatte, wurden – nachdem ich Elisa das erste Mal gesehen hatte – das Onanieren und meine feuchten Träume zu einem Teil des Alltags. Ich wusste, dass sie unerreichbar für mich war, aber ich sehnte mich jeden Tag nach meinen Fantasien unter der Decke, wenn endlich das Licht ausgeschaltet wurde.

Sie erzeugte viel Unruhe im Klassenzimmer. Wir Jungs hatten alle ohnehin einen Überschuss an Testosteron und konnten kaum stillsitzen. Unser Lachen war lauter und schriller, und kaum war Elisa in der Nähe, standen alle unter Strom.

Ich erinnere mich genau an den Moment, als Vater sie zum ersten Mal zu Gesicht bekam. Er kam wie immer ins Klassenzimmer und stellte sich nach vorn, um einen seiner Vorträge zu halten. Elisa saß in der ersten Reihe. Er verzog keine Miene, aber ich werde niemals den Ausdruck in seinen Augen vergessen, mit dem er sie ansah. Es waren nicht die lüsternen, überwältigenden Blicke, die ihr die Jungs hinterherwarfen. Es war der Blick eines Raubtieres, das seine Beute gesichtet hatte.

Vater näherte sich Elisa zaghaft. Ab und zu unterbrach er seine Monologe, stellte ihr Fragen und lobte ihre Antworten. Er sah ihr immer ein bisschen zu lange in die Augen. Manchmal sah er ihr über ihre Schulter und tat so, als würde er das Geschriebene lesen, aber in Wirklichkeit starrte er ihr auf die Brüste.

Die Macht, die er ausstrahlte, und sein Charisma erregten ihre Aufmerksamkeit. Sie genoss sein besonderes Interesse an ihr. Sie machte einen Schmollmund, wenn sie sich von ihm beobachtet fühlte, lächelte kokett und zwirbelte anmutig ihre Haare zwischen den Fingern. Aber ich habe auch die Angst in ihren Augen gesehen.

Vater hatte es nicht eilig.

Und deshalb gelang es jemandem, vor ihm ans Ziel zu kommen.

Eigentlich hätte es Vic sein müssen, der Elisa als Erstes eroberte, aber dann kam Didrik. Er war älter als wir anderen und hatte eine Anziehungskraft, mit der sich der jüngere Vic nicht messen konnte.

Man sah Elisa und ihn überall zusammen herumhängen, in den Pausen, nach der Schule, eng ineinander verschlungen, hemmungslos knutschend. Das Vorspiel eines Paarungsaktes.

Ich wusste vom ersten Augenblick an, dass es in einer Katastrophe enden würde.

Eine neue Richtlinie

Es ist noch früh, als ich aufwache. Didriks Bett ist leer. Ich könnte mich umdrehen und weiterschlafen, aber die Neugierde treibt mich aus dem Bett. Denn ich weiß, mit wem er sich heimlich verabredet hat. Ich habe das Gefühl, dass Vic mich anstarrt, aber als ich zu ihm runtersehe, sind seine Augen geschlossen. Lautlos ziehe ich mich an und schleiche aus dem Schlafsaal.

Es ist Frühling. Die Sonne ist gerade aufgegangen, und ihr mattes Licht lässt den Rasen schimmern, als wäre jeder Grashalm fluoreszierend. Ein sanfter Wind weht vom Meer über das Anwesen. Das Wasser im Teich hat einen sanften rosa Ton. Es ist so schön, dass ich fast vergesse, warum ich nach draußen ge-

gangen bin. Ich gehe vor einer einsamen Narzisse in die Hocke,
Hunderte kleine Wassertropfen haben sich auf den Blütenblät-
tern gesammelt. Sie sind so klein und leicht, aber gemeinsam
sorgen sie dafür, dass die Blume ihren Kopf senken und sich vor
mir verneigen muss.

Für einen Augenblick bin ich wieder ganz in meinem Traum,
dass ich eines Tages an einem anderen Ort ein anderes Leben
führen werde. Aber da höre ich Schritte hinter mir und zucke
zusammen. Ich drehe mich um und sehe Vic, der in Richtung des
Herrenhauses läuft. Er scheint mich nicht gesehen zu haben. Ich
bleibe reglos sitzen, bis er verschwunden ist.

Doch da höre ich andere Geräusche, und zwar kommen sie
vom Loch, in dem zurzeit eigentlich niemand ist und seine
Strafe absitzt. Seufzen und Stöhnen. Ich renne so schnell ich
kann einmal quer über den Rasen und bete, dass mich die
Wachen nicht sehen. Auf der Rückseite des Schuppens gibt es ein
kleines Fenster, in das man hineinsehen kann, ohne von den
Wachen entdeckt zu werden.

Zuerst traue ich meinen Augen nicht. Elisa und Didrik lie-
gen nackt auf dem Boden, genau an der Stelle, wo ich mit mei-
nem Schlafsack gelegen hatte. Elisa liegt auf dem Rücken, ihre
Haare umrahmen ihren Kopf wie ein riesiger Fächer. Sie hat
ihre Augen geschlossen, ein paar Sonnenstrahlen haben sich
durch das Fenster geschlichen und bestrahlen die weiße Haut
ihrer Brüste. Didrik hält ihre angewinkelten Beine fest, wäh-
rend er seinen Unterkörper gegen ihren stößt. Sie bewegen sich
rhythmisch, wie zwei Wesen, die zu einem einzigen verschmol-
zen sind.

Ihre heiseren, primitiven Laute lösen etwas in mir aus. Ich
kann meine Augen nicht von ihnen nehmen. Ihre Bewegungen
sind so harmonisch und schön. Seit Elisa bei uns aufgetaucht ist,
hatte ich in meiner Fantasie schon sehr oft Sex mit ihr. Sie jetzt

mit Didrik zu sehen ist fast so, als würden wir beide dort liegen. Der Druck in meinem Schritt wird fast unerträglich, ich will gerade eine Hand in meine Hose schieben, als ich das Geräusch eines Motorrades höre. Das wird einer der Wachmänner sein, denke ich, aber ein Blick über meine Schulter belehrt mich eines Besseren. Es ist Vater. Das passt überhaupt nicht zu ihm. Er steht nie so früh auf, meistens erst am späten Vormittag. Außerdem kommt er auf uns zu. Der Schuppen ist sein Ziel, und ich weiß auch, wer dahintersteckt.

Schnell und lautlos ziehe ich mich ins Gebüsch zurück und verstecke mich.

Ich höre, wie das Motorrad anhält, der Ständer herausgeklappt wird. Die Schritte sind so nah, dass ich mir vor Angst fast in die Hose mache.

Ich sehe Vater, er bleibt einen Moment reglos vor der Tür des Schuppens stehen, dann reißt er sie auf. Ich erwarte, dass er die beiden anbrüllt, einen Wutanfall bekommt, aber er betrachtet sie nur mit einem amüsierten Gesichtsausdruck.

»Komm raus da, du kleines Stück Scheiße«, sagt er mit eisiger Stimme.

Didrik kommt herausgeschlichen und bedeckt seinen Pimmel mit einer Unterhose. Der Schlag kommt so unerwartet, dass ich nicht gesehen habe, was eigentlich passiert ist. Ich sehe nur, dass Didrik auf dem Rücken liegt, am Boden. Er wimmert und schnieft wie ein kleines Kind.

»Es wäre etwas anderes, wenn du sie ordentlich gebumst hättest, aber das da war eine jämmerliche Veranstaltung«, sagt Vater. »Du bleibst hier.«

Elisa taucht in der Tür zum Schuppen auf. Sie blinzelt ins Sonnenlicht.

»Und du, meine Schöne, hast deine ersten Wochen hier bei uns nachweislich sehr gut gemeistert«, sagt Vater, seine Stimme trieft vor Sarkasmus. »*Zieh dich an und komm dann in mein Büro. Du hast offenbar noch nicht begriffen, wer hier das Sagen hat.*«

Ich schiebe mich tiefer ins Gebüsch, krümme mich zusammen, versuche, unsichtbar zu werden. Aber Vater sieht mich nicht. Er ist schon wieder aufs Motorrad gestiegen.

Von meinem Versteck aus verfolge ich die Situation. Didrik, noch ganz benommen von dem Schlag und mit Tränen in den Augen, sieht Elisa eindringlich an, die sich schnell angezogen hat und nun verängstigt vor ihm steht.

»*Du musst ihm gehorchen!*«, bläut er ihr ein. »*Du musst ihm unbedingt gehorchen.*«

Elisa nickt und macht sich auf den Weg zum Herrenhaus. Didrik schleicht in den Schuppen zurück.

Ich weiß, dass er nun eine ganze Weile dort verbringen muss, und ich bete, dass nicht ich ihn zu bewachen habe.

Unauffällig stehle ich mich in den Schlafsaal zurück. Alle schlafen, außer Vic, der mir einen triumphierenden Blick zuwirft. Leise ziehe ich mich wieder aus und klettere in mein Bett.

Am nächsten Tag bleiben Didriks und Elisas Plätze frei. Karsten erzählt uns, dass Didrik ins Loch geschickt worden sei. Den Grund dafür könne er uns noch nicht sagen. Hugo wird als Wache abkommandiert, und ich atme erleichtert auf.

Elisas Platz ist in den nächsten zwei Wochen frei, wir wagen nicht, über sie zu sprechen. Als sie wiederkommt, ist sie eine andere geworden. Ihr ganzes Wesen hat sich verändert. Sie sieht aus, als wäre sie in einen Orkan geraten. Als hätte dieses Ereignis sie vernichtet. Sie sammelt nur ihre Sachen zusammen und verlässt ViaTerra noch am selben Tag. Wir sehen sie nie wieder.

Nach dieser Aufregung präsentiert uns Vaters Sekretärin eine neue Richtlinie. Es existiert bereits die Regel, dass man keinen

Sex haben darf, wenn man nicht zusammenwohnt, aber diese Richtlinie spricht jetzt Klartext. In den darauffolgenden Tagen müssen wir das neue Regelwerk auswendig lernen und aufsagen können. Ich werde es nie in meinem Leben vergessen.

RICHTLINIEN FÜR
SEXUELLE BEZIEHUNGEN IN VIATERRA

ViaTerra ist eine Gruppe von Eliten und muss darum immer die höchsten ethischen und moralischen Standards anstreben. Das sind die Richtlinien für sexuelle Beziehungen in ViaTerra, und sie gelten sowohl für die Mitarbeiter von ViaTerra als auch für die Kadetten von *Kinder der Erde*.

1. Das Personal in ViaTerra darf keinen außerehelichen Sex haben.
2. Frauen haben ihre Schlafsäle, zu denen Männer keinen Zutritt haben, und andersherum.
3. Das Personal darf keinen sexuellen Kontakt mit Gästen eingehen.
4. Auch grobes Petting zwischen den Mitarbeitern ist untersagt.

Onanie ist erbärmlich und lenkt von dem großen, wesentlichen Ziel von ViaTerra ab. Organisationen, die promiskuitives Verhalten dulden, gehen meistens zugrunde. Wenn du verhindern willst, dass ViaTerra seine Ziele nicht erreicht, verstoße gegen diese Regeln.
Dann kennen wir deine Pläne.

Franz Oswald von Bärensten
Gründer

Nach der Lektüre der neuen Richtlinien bin ich niedergeschlagen und mutlos. Während der letzten Monate habe ich mich in einem Zustand konstanter sexueller Lust befunden. Fast täglich habe ich eine Erregung, manchmal mehrmals täglich. Ich kann gar nichts dagegen tun. Das passiert, wenn Sara an die Tafel geht, um eine Mathematikaufgabe zu lösen, und ihr Rock rutscht ein bisschen hoch. Oder wenn sich Livia nach vorne beugt und ich den Ansatz ihrer Unterhose sehe. Ich fange an, in der Nähe von Mädchen nervös zu werden. Sie riechen so gut, haben einen knackigen Po und kleine Brüste. Das Schlimme ist nicht einmal die Reaktion meines Körpers, sondern die meines Kopfes. Ich entwickle Zwangsgedanken, »aus Versehen« in den Schlafsaal der Mädchen zu gehen, um eine von ihnen nackt zu sehen. Ich fantasiere unablässig davon, richtigen Sex zu haben. Jetzt wird daraus nichts, bevor ich geheiratet habe. Heiraten? Das klingt so unwirklich. Manchmal träume ich von einem Mädchen und wache von der Explosion zwischen meinen Beinen auf, die mir Genuss und Scham bereitet.

Am meisten leide ich allerdings unter meiner kritischen Haltung Vater gegenüber. Ich weiß, was er Mutter angetan hat. Und ich kann mir vorstellen, was er Elisa angetan hat. Es ist unfassbar, dass ausgerechnet er uns eine Richtlinie vorlegt, die verhindert, dass wir Sex miteinander haben. Er, der den Sexualkundeunterricht eingeführt hat. Er, der jede Frau und jedes Mädchen anstarrt. Ich kann mir das nicht erklären. Gelten diese Regeln nur für die Untergebenen? Darf man sich als Anführer jedes Recht herausnehmen? Funktioniert das auch draußen so, in der richtigen Welt?

Ali-Khan fragt uns ab, ob wir die Richtlinien verstanden haben. Das haben wir, alles, nur … was ist grobes Petting? Was genau bedeutet »grob«?, wollen wir wissen. Zählt schon ein

Kuss dazu, oder ist damit gemeint, wenn ein Junge seine Hand in die Unterhose eines Mädchens steckt, ihre Brust berührt oder ein Mädchen den Penis eines Jungen anfasst? Wir wollen, dass Ali-Khan uns das genauer erklärt, aber sie stellt sich taub.

»Lass am besten alles sein, wenn ihr es nicht wisst«, faucht sie uns am Ende an.

42

Das ersehnte Telefonat mit dem Verlag fand wenige Tage nach der Entdeckung der Überwachungskamera statt. Die Verlegerin äußerte ihre Begeisterung hinsichtlich des Manuskripts und wollte so schnell wie möglich ein Treffen vereinbaren.

Die Gewissheit, dass der Veröffentlichung des Buches nichts mehr im Weg stand, machte ihr Leben wieder lebenswert und erträglich.

Sie hatte der Polizei die Kamera ausgehändigt, die daraufhin das Haus nach weiteren solchen Objekten abgesucht hatte. Ohne Erfolg. Der zuständige Beamte deutete an, dass Julia die Kamera selbst installiert haben konnte. In seinen Augen gab es keine andere Erklärung, vorausgesetzt, dass die Familie sie nicht unter Beobachtung haben wollte. Dieser Seitenhieb brachte das Fass zum Überlaufen. Sofia entschied, die polizeiliche Unterstützung in den Wind zu schießen und das Geheimnis auf eigene Faust zu lösen.

Ein schrecklicher Verdacht quälte sie.

Vielleicht war die Kamera doch auf Julias Initiative dort angebracht worden. Sofia hatte in letzter Zeit eine Veränderung an ihrer Tochter bemerkt, etwas Träumerisches in ihren Augen gesehen. Manchmal ertappte Sofia Julia dabei, wie sie ganz abwesend ins Leere starrte. Außerdem war da diese Mail, auf die sie noch keine Antwort erhalten hatte. Aber sie wusste, dass es keinen Sinn hatte, Julia unter Druck zu setzen. Das würde zu nichts führen. Stattdessen suchte sie so oft wie möglich das Gespräch, versuchte, ihr dadurch ein Angebot zu machen, sich zu öffnen.

Leider hatte sie auch Ellis auf dem Schirm. Sie hatten etwa zeitgleich wieder Kontakt aufgenommen, genau zu dem Zeitpunkt, als die Kamera installiert worden sein musste. Außerdem hatte Ellis früher durchaus perverse Anwandlungen gehabt. Dass er aber für Franz arbeiten würde, war vollkommen undenkbar. Auch Simon, Benjamin und Anna konnte sie ausschließen, ohne weiter darüber nachdenken zu müssen. Sie hatten keinen Grund, sich Nacktbilder von Julia anzusehen. Auch ihre Freundin Maggie war zur gleichen Zeit mit der Kamera in ihr Leben getreten. Sie jobbte in der Bibliothek, und sie kannten sich von früher aus dem Lesekreis. Maggie hatte sich förmlich aufgedrängt, als sie sich über den Weg gelaufen waren. Aber dennoch musste Sofia bei dem Gedanken, dass Maggie, die seit zwanzig Jahren als Bibliothekarin auf Orust arbeitete, durch ihr Haus schlich und Kameras installierte, fast lachen. Der Gedanke war einfach zu absurd. Und könnte es doch Peder Santos gewesen sein?

Am Ende zwang sie sich, der Wahrheit ins Gesicht zu sehen. Matt und Julia mussten die Kamera selbst angebracht haben. Sie beschloss, mit Matt unter vier Augen zu sprechen, sobald sich die Gelegenheit dazu bot.

Einige Tage später saß Sofia allein im Zug nach Stockholm, um ihre Verlegerin zu treffen. Schon die Fahrt durch die karge Winterlandschaft hatte etwas Befreiendes. Sie hatte den Ansatz einer Paranoia entwickelt, scannte das Haus permanent nach Kameras und möglichen Eindringlingen ab. Sie brauchte wirklich eine kleine Auszeit.

Das Treffen mit der Verlegerin, einer jungen, enthusiastischen Frau namens Louise Ringvall, verlief hervorragend. Sie unterschrieben einen Vertrag, besprachen den Erscheinungstermin und die Marketingstrategien für das Buch. Nur in einer Sache gab es keine Einigung.

»Könnten Sie sich vorstellen, gemeinsam mit Franz Oswald Medienauftritte zu absolvieren? Er ist ja ein echter Publikumsmagnet.«

»Das möchte ich auf gar keinen Fall«, sagte Sofia, ohne zu zögern und viel zu schnell.

»Ich hatte den Eindruck, dass Sie beide sich in letzter Zeit wieder relativ nahestanden?«

»Nein, ganz und gar nicht. Ich will nichts mit ihm zu tun haben.«

Louise Ringvall runzelte besorgt die Stirn.

»Denken Sie bitte noch einmal darüber nach, bevor Sie etwas entscheiden. Das würde den Verkauf beträchtlich steigern.«

Sofia versprach, es sich durch den Kopf gehen zu lassen, um bloß nicht als medienscheu wahrgenommen zu werden. Aber sie wusste, dass sie sich niemals darauf einlassen durfte, zusammen mit Franz vor eine Kamera zu treten.

Nach dem Treffen war sie trotz der Unstimmigkeit gelöst. Ihr Leben schien eine gute Wendung zu nehmen. Das Buch würde endlich erscheinen dürfen und sich bestimmt gut verkaufen. Und auch der Wiederaufbau der *Herberge* hatte begonnen. Sie war umgeben von Freunden, und außerdem war bald Frühling.

Benjamin holte sie am Bahnhof ab. Als sie die Haustür öffnete, fühlte sich alles anders an. Es war wie früher. Das Haus war frei von Kameras und Eindringlingen. Als wäre gelüftet worden und das Übel verschwunden. Sie war davon überzeugt, dass eine neue Phase in ihrem Leben begonnen hatte.

Am nächsten Morgen rief Louise Ringvall an.

»Ich wollte Sie darauf hinweisen, dass Franz Oswald heute Gast im Morgenmagazin *Morgenstunde* ist. Die Sendung geht um neun Uhr los.«

»Mich interessieren seine öffentlichen Auftritte nicht.«

»Nein, das kann ich verstehen, aber ich weiß aus einer vertraulichen Quelle, dass er das Buch erwähnen wird.«

Die neue Lebensenergie, die Sofia gerade noch gespürt hatte, versiegte sofort.

»Wie bitte? Was fällt dem ein? Das ist doch noch gar nicht erschienen.«

»Er kann in einem solchen Interview grundsätzlich sagen, was er will. Machen Sie sich keine Sorgen, das wird ganz bestimmt positive Auswirkungen für das Buch haben.«

Sofia beendete das Telefonat und rief Benjamin, der zu Hause arbeitete, um die Sendung gemeinsam sehen zu können.

Franz, ganz in Blau – Anzug, Hemd und Krawatte waren in unterschiedlichen Farbnuancen aufeinanderabgestimmt –, saß breitbeinig und mit einem selbstsicheren Gesichtsausdruck auf dem Sofa. Sandra Malik, Starreporterin und Gastgeberin der Sendung, würde ihn interviewen.

Mit ein bisschen Smalltalk ging es los. Sofia sah, dass Sandra Malik ganz feuchte Augen bekam, wenn sie Franz ansah.

»Was sind die Voraussetzungen, damit Sie Ihre Komfortzone verlassen?«, fragte sie.

»Ich habe keine Komfortzone. Ich habe es immer komfortabel und angenehm.«

»Aber was ist Ihre Antriebsfeder? Woher nehmen Sie Ihre Energie?«

Franz lehnte sich vor und schenkte Sandra Malik sein strahlendes Lächeln.

»Wenn ich in Kontakt mit spannenden Menschen bin. Nichts gefällt mir so gut wie neue, fesselnde Beziehungen. Und damit meine ich nicht nur Frauen, sondern Menschen im Allgemeinen.«

»Tatsächlich? Es geht allerdings das Gerücht um, dass Sie noch nie eine richtige Beziehung zu einer Frau hatten.«

»Aber das ist nicht wahr. Es gab vor langer Zeit jemanden in meinem Leben. Sie war etwas Besonderes, aber sie …« Er verstummte, um sich wieder zu sammeln. »Also, das endete nicht so schön zwischen uns. Und jetzt konzentriere ich mich ausschließlich auf ViaTerra. In meinem Leben gibt es keinen Raum für eine langanhaltende Beziehung.«

Er drehte sich um und sprach direkt in eine der Kameras. »Es erfordert ein großes Maß an Hingabe, um es mit mir auszuhalten. Damit muss ich Tag und Nacht auskommen.«

Damit hatte er sich hundert neue Mitglieder angeworben, dachte Sofia voller Abscheu.

»Aber ich würde lieber über etwas viel Wichtigeres sprechen«, erklärte Franz und hob einen Papierstapel hoch, der auf dem kleinen Beistelltisch lag. »Über das hier!«

Es war das Manuskript. *Ihr Manuskript.*

»Ich habe mich mit einer kompetenten Autorin namens Sofia Bauman zusammengetan, denn sie hat ein hervorragendes Buch über die Geschichte meiner Familie geschrieben. *Die von Bärenstens von Dimö*, heißt diese Familienchronik. Es ist eine traurige Geschichte, die mit einem Brand in dem Herrenhaus beginnt, in dem ich geboren wurde und in dem ViaTerra heute seinen Sitz hat. Aber trotz aller Tragödien, die in dem Buch erzählt werden, zeigt es auf, dass aus etwas Schlechtem doch auch etwas Gutes entstehen kann. Das Herrenhaus hat noch ein zweites Mal gebrannt, und daraus sind wir noch einmal stärker und kraftvoller hervorgegangen als jemals zuvor.«

Franz hob an, über die Erfolge von ViaTerra zu reden, aber Sandra Malik hatte gar nicht die Absicht, das Interview zu einer Werbeveranstaltung für ViaTerras Lehren werden zu lassen. Deshalb lenkte sie das Gespräch wieder auf andere Themen. Franz benahm sich vorbildlich. Er hörte ihr besonders aufmerksam zu, viel zu übertrieben für Sofias Geschmack. Sie sah auf die Uhr, die Sendung würde gleich vorbei sein, deshalb schaltete sie aus.

Benjamin hatte die ganze Zeit kein Wort gesagt.

Sofia saß stumm neben ihm und starrte vor sich hin.

»Hat er … hat er da von dir gesprochen? Die Beziehung, die in die Brüche gegangen ist?«, fragte Benjamin nach einer Weile.

»Quatsch. Wir hatten überhaupt keine *Beziehung*. Das ist doch nur wieder so eine Herzschmerzgeschichte, damit die Weiber glauben, eine Chance bei ihm zu haben. Aber was fällt dem ein, so über mein Buch zu reden? Ohne mein Einverständnis oder das des Verlags?«

»Überrascht dich das wirklich?«

»Ja, ehrlich gesagt schon. Es ekelt mich an, wie er alles zu seinem Vorteil nutzt. Er ist mindestens genauso pervers wie seine Vorfahren. Und jetzt ist er auch noch ein verdammter Rockstar. Ich muss unbedingt den Kontakt zu ihm abbrechen.«

»Tja, das habe ich dir schon die ganze Zeit gesagt, aber

jetzt scheint es mir viel schwieriger zu sein als vorher. Obwohl du immer noch ein Kapitel mit deiner Vergewaltigung in das Buch schmuggeln könntest.«

»Das würde nur mit einem Rechtsstreit enden, und ich will auf keinen Fall Julia da mit hineinziehen. Es muss einen anderen Weg geben, um ihn aufzuhalten. Ich muss ihn anrufen und einen härteren Ton anschlagen.«

»Tu das, aber werd nicht sauer oder ausfällig. Das will er doch nur erreichen. Lass dich nicht von seinem Spott provozieren. Sag ihm einfach bloß, dass du allein für die Veröffentlichung des Buches verantwortlich bist.«

Warum war ihr dieses Buchprojekt eigentlich so wichtig? Warum konnte sie es nicht einfach loslassen? Denn ganz gleich, was sie unternahm, Franz war immer schon da und stahl ihr die Aufmerksamkeit. Aber in diesem Buch ging es nicht um ihn, da sollten die Leute doch glauben, was sie wollten, es ging um die Frauen in dieser Familie. Sie wollte nicht aufgeben. Das Buch war eine Wiedergutmachung für alle Frauen, denen Franz und seine Vorfahren Gewalt angetan hatten.

Sie ließ etwas Zeit verstreichen, ehe sie sich zu einem Anruf durchringen konnte. Aber Franz ging nicht ans Telefon. Sie zwang sich zu einer höflichen Nachricht auf seinem Anrufbeantworter.

Als er sie eine Weile später zurückrief, klang er irritiert.

»Was gibt es?«

Sie kannte diesen Tonfall in seiner Stimme. Er war wegen einer anderen Sache verärgert und würde das bei der kleinsten falschen Äußerung an ihr auslassen.

»Ich will, dass du nicht mehr über mein Buch sprichst und mir das überlässt.«

»Hast du wirklich gedacht, dass du ein Buch über *meine* Familie ohne meine Einflussnahme veröffentlichen darfst?«

Sie musste ihre ganze Kraft aufbringen, um ruhig zu bleiben. Es war wie früher in seinem Büro, als sie ihm um den Bart streichen musste, damit seine Stimmung nicht kippte.

»Ja, das habe ich in der Tat geglaubt. Ich brauche deine Hilfe nicht.«

»Weißt du eigentlich, dass Erfolg mit Demut zusammenhängt? Es würde dir nicht schaden, wenn auch du ein wenig demütiger wärst, Sofia. Kannst du bitte, um Himmels willen, endlich deine alten Dämonen verabschieden? Bitte!«

»Ich kann mich vor allem allein um mein Buch kümmern.«

»Es gibt keinen einzigen Verlag, der zurzeit nicht am Rande eines Konkurses steht. Hast du wirklich vor, denen das Marketing zu überlassen?«

»Ich habe vor, eng mit meinem Verlag zusammenzuarbeiten und so viele Bücher wie möglich zu verkaufen. Genau so, wie das andere Autoren auch tun.«

»Das hört sich aber verdammt öde an. Erinnerst du dich an die letzten Worte meiner Großmutter in der Chronik? Sie hat geschrieben, dass sie mir die Chronik anvertraue. Sie war überzeugt davon, dass ihre Geschichte durch mich Gehör findet. Ich werde dafür sorgen, dass dein Buch hunderttausendfach verkauft wird. Und dagegen wirst du nichts ausrichten können.«

Dass sie der Kotzbrocken, der sie jahrelang gedemütigt hatte, hier von oben herab behandelte, wischte ihre erzwungene Beherrschtheit mit einer Bewegung weg.

»Halt den Mund und hör mir gut zu!«, brüllte sie. »Lass mich und mein Leben in Frieden, und nimm die Finger weg von meinem Buch. Ich will nichts mit dir zu tun haben. Ich will keinen Kontakt. Nie wieder!«

Dieses Mal war Franz derjenige, der das Gespräch wegdrückte.

Abends rief Sofia Ellis an, der Wortwechsel mit Franz hatte sie nicht zur Ruhe kommen lassen.

»Ich brauche deine Hilfe, ich bin total verzweifelt, und ich glaube, du bist der Einzige, der mir helfen kann.«

»Worum geht es denn?«

»Ich möchte, dass du in Franz' Leben herumschnüffelst. In seinen Geschäften. Grab so tief du kannst, setz alle Mittel ein, wie unerlaubt sie auch sein mögen. Ich bezahle dich dafür.«

»Quatsch, ich will kein Geld von dir. Natürlich helfe ich dir.«

»Es muss etwas geben, das ich gegen ihn verwenden kann. Damit er mich endlich in Ruhe lässt.«

»Du hast ihm also den Krieg erklärt?«

»Ja, ab jetzt herrscht Krieg«, sagte sie, und es ging ihr sofort besser.

43

Julias Geburtstag stand vor der Tür. Sie feierten die Geburtstage in ihrer Familie nicht auf eine traditionelle Weise, mit Torten und einer Feier. Stattdessen machten sie Tagesausflüge und unternahmen etwas Besonderes. Aber in diesem Jahr hatte Julia keine gesteigerte Lust darauf. Denn eine ganz andere Reise lockte sie – die zu Franz. Nach Dimö.

Sie dachte sehr oft an ihn. Und das war keine törichte Teenagerverliebtheit, es war viel schlimmer, denn es ging ausschließlich um Sex. Es passierte ihr bei ganz alltäglichen Dingen, sie saß im Unterricht oder war beim Mittagessen, und plötzlich tauchten Bilder vor ihren Augen auf, wie sie zusammen waren. Diese Fantasien hatten eine solche Kraft, dass sie ihr den Atem nahmen und sie aufstöhnte. Ihre Klassenkameraden warfen ihr seltsame Blicke zu. Zum Glück fiel ihr immer eine Ausrede ein. *Mir ist gerade was eingefallen. Ohje, ich glaub, ich hab was vergessen!*

Es war das letzte Halbjahr der zehnten Klasse. Eigentlich müsste sie sich auf die Schule konzentrieren. Aber sie schob Hausaufgaben nur vor, um allein gelassen zu werden und in Ruhe alles über Franz im Netz lesen zu können. Online sah sie alle möglichen Videos und Interviews. Seine Philosophie interessierte sie nicht besonders, aber ihn fand sie rasend spannend. Sie war fasziniert von seinem klaren, intensiven Blick. Man musste ihm einfach glauben, was er sagte. Er strahlte eine große Aufrichtigkeit aus.

An einigen Abenden suchte sie sogar nach Ausreden, um sich nicht mit Matt zu verabreden, und hatte ein ziemlich schlechtes Gewissen ihm gegenüber.

Nie zuvor war sie ihren Gefühlen so ausgeliefert gewesen.

Und nie zuvor hatte sie sich von einem Menschen so beeinflusst gefühlt.

Sie fragte sich ernsthaft, ob Franz Oswald über hypnotische Kräfte verfügte. Sie musste ständig an ihr Date denken. Er hatte ihr den Stuhl herausgezogen, sie hatte sich hingesetzt, und dabei war ihr eine Haarsträhne ins Gesicht gefallen. Warum musste sie ausgerechnet an diesen Moment denken? Allerdings waren ihre Gedanken nie romantischer Natur. Es ging immer nur um Sex.

Überleg dir gut, was du dir wünschst, sagte ihre Mutter immer.

Es war nervig, ihr Gejammer über Franz anhören zu müssen. Das hörte offenbar nie auf. Eigentlich war ihre Mutter ein optimistischer Typ, aber in letzter Zeit hatte sie eher einen negativen Blick auf die Welt. Und sie würde garantiert an die Decke gehen, wenn sie erführe, dass sie – Julia – sich mit Franz getroffen hatte. Deshalb hatte sie keine andere Wahl, als zu lügen. Ihre Mutter war klüger als die meisten, vollkommen resistent gegen Schmeicheleien und ließ sich nicht leicht reinlegen.

Aber ihr Vater dafür umso besser.

Aber da geschah etwas, was Julia auf ganz andere Gedanken brachte. Matt verschwand. Eine Woche vor ihrem Geburtstag erzählte er ihr nach der Schule, dass er verreisen müsste. Auf ihre Fragen, wohin und wie lange er wegbleiben würde, antwortete er nur ausweichend.

»Was soll das? Du wirst doch wissen, wohin du fährst?«

»Das haben meine Eltern organisiert, ich weiß es nicht genau.«

»Bist du an meinem Geburtstag da?«

»Das kann ich dir nicht versprechen.«

»Kommst du wieder zurück?«

»Das hoffe ich doch sehr.«

Er sah verändert aus, überhaupt nicht so entspannt wie sonst. Und er wirkte sehr verschlossen, ernst und nervös. Wie sehr sie auch nachbohrte, sie bekam keine richtigen Antworten auf ihre Fragen. Er würde versuchen, ihr eine SMS zu schicken oder sie anzurufen, aber auch das konnte er nicht versprechen.

Sie vermisste Matt so sehr, dass sie gar nicht mehr an Franz denken konnte. Sie war überzeugt davon, dass sein Verschwinden die Strafe für ihre Lügen war.

In der Schule funktionierte sie wie auf Autopilot. Sie hatte keinen Appetit mehr und bekam Schlafschwierigkeiten. Mehrmals am Tag rief sie ihn an oder schrieb ihm eine SMS, bekam aber keine Antwort.

Schließlich wandte sie sich an den Direktor der Schule, aber der konnte ihr auch nur mitteilen, dass Matt sich um wichtige Familienangelegenheiten kümmern musste und auf unbestimmte Zeit fehlte.

War sie verliebt? Sie war immer überzeugt gewesen, dass er nur ein aufregender Zeitvertreib für sie war. Aber seit er fort war, vermisste sie ihn so sehr, dass sie fast verrückt wurde.

Fünf Tage war er schon abgetaucht, als endlich eine Nachricht von ihm kam. Sie zögerte. Holte Luft und öffnete sie.

Komme bald zurück.

Das war es, mehr nicht.

Sie schrieb eine sehr lange Antwort, in der sie ihn beschimpfte und ihm alles Mögliche vorwarf. Dann löschte sie alles wieder und schrieb nur ein Wort: *Wann?*

Die Antwort ließ wieder sehr lange auf sich warten. Sein Schweigen weckte düstere Vorahnungen. Wie gut kannte sie Matt eigentlich? Er hatte so gut wie nie über seine Familie gesprochen. Und wenn, dann hatte er gesagt, dass er allein zurechtkommen wollte und mit ihnen nur dann Zeit verbrachte, wenn es absolut notwendig war. Warum war die Familie auf einmal wichtiger geworden als sie?

Der nächste Tag war ein Freitag, und übermorgen hatte sie Geburtstag. Die ganze Familie würde für einen Tag nach Göteborg fahren und in einem Hotel absteigen. Julia war überzeugt, dass Matt nicht auftauchte, und versuchte, sich einzureden, dass es ihr auch egal war. Trotzdem hatte sie das Gefühl, den traurigsten Geburtstag aller Zeiten vor sich zu haben – und Matt hatte noch immer nicht auf ihre Frage reagiert.

Als sie von der Schule nach Hause kam, stand sein Wagen vor der Tür. Er musste sie durchs Fenster gesehen haben, denn er kam ihr entgegen und begrüßte sie draußen vor der Eingangstür. Obwohl sie sah, dass sein Blick vor Schuldgefühlen nur so triefte, wollte sie ihn wieder beschimpfen.

»Verzeih mir bitte, aber meine Mutter ist ganz furchtbar krank geworden!«, sagte er, noch ehe sie den Mund aufmachen konnte.

»Warum hast du mir das nicht gesagt?«

»Ich durfte nicht darüber sprechen, das wollte sie nicht. Aber jetzt geht es ihr wieder besser.«

Ein Schatten zog über sein Gesicht. War er besorgt? Hielt er etwas zurück? Aber es tat ihm aufrichtig leid, das konnte sie sehen. Log er sie an? Das spielte gerade keine Rolle, sie hatte eine Erklärung bekommen, und die genügte ihr vorerst.

Es wurde dann doch noch ein sehr schöner Geburtstag. Nach dem Tag mit der Familie blieben Matt und Julia noch eine Nacht im Hotel. Ihre Mutter verkündete, sie müsste unbedingt zurück und etwas erledigen, aber Julia wusste, dass sie ihr und Matt ein bisschen Zeit zu zweit gönnen wollte.

Kaum hatten sie die Hotelzimmertür hinter sich zugezogen, fielen sie übereinander her, rissen sich die Kleidung vom Körper und hatten endlich Sex. Überall. Auf dem Boden, im Bett, auf dem Sofa und in der Dusche. Getrieben von wilder, pulsierender Lust.

Als sie endlich wieder dazu kamen, Luft zu holen, legten sie sich nebeneinander auf das riesige Doppelbett. Erschöpft und glücklich schlief Julia mit dem Kopf auf Matts Schulter ein.

Als sie wieder aufwachte, drang bereits Sonnenlicht durch die Jalousien. Ihr Unterleib pochte ein bisschen, aber sie fühlte sich gut und war glücklich. Matt lag neben ihr, sie kuschelte sich an ihn, um seinen Atem an ihrer Wange zu spüren. Ihr Herz zog sich vor Liebe und Dankbarkeit zusammen, dass er sich so viel Mühe gemacht hatte ... für sie.

Nach dem Wochenende war alles wie immer. Matt war zurück. Sie sahen sich jeden Abend, und Julia konnte sich auch wieder auf die Schule konzentrieren. Sie beschloss, dass ihre Begeisterung für Franz vergänglich war. Eine vorübergehende Sache. Ihre Gefühle für Matt aber waren echt. Vielleicht sogar was Dauerhaftes.

Doch dann, es war schon ziemlich spät am Abend, rief Franz an.

Julia war gerade ins Bett gegangen. Ihr Handy klingelte, und sie sah seine Nummer auf dem Display. Sofort wurde sie von einer Welle voller Schuldgefühle überwältigt. Sie wollte Matt nicht betrügen, aber sie musste ans Telefon gehen.

»Ich muss die ganze Zeit daran denken, wie meine Lippen die Haut an deinem Nacken berührt haben«, waren Franz' erste Worte.

Sie brachte keinen Ton über die Lippen.

»Ich wollte nochmal darauf zurückkommen, dass wir doch ein paar Tage miteinander verbringen wollten, nur wir beide. Anfang Mai vielleicht«, fuhr er fort.

»Aha …«, mehr bekam sie nicht heraus.

Ein Schweigen entstand. Und hielt so lange an, dass sie schon befürchtete, er hätte es sich anders überlegt.

»Bist du noch dran?«, fragte sie.

»Ja, verzeih, mir verschlägt es den Atem, wenn ich an dich denke. Ich habe eine unfassbar starke Anziehung zwischen uns gespürt. Zumindest habe ich es so empfunden. Aber vielleicht irre ich mich da?«

»Nein, das tust du nicht«, sagte Julia.

»Willst du zu mir auf die Insel kommen?«

Erneut entstand eine Pause, bis sie sich gesammelt hatte, um zu antworten.

»Das fühlt sich nicht richtig an. Außerdem mag ich Matt wirklich sehr gern.«

»Das eine muss doch das andere nicht ausschließen. Er braucht es doch nie zu erfahren. Sag bitte Ja, Julia. Ich weiß, dass es dir genauso geht wie mir. Wir müssen das einfach tun. Ansonsten wird es immer in unseren Köpfen herumspuken.«

Julia wurde ganz warm. Ihr Herz schlug schneller. Sie wollte es, auch wenn es verboten war – oder vielleicht gerade deshalb.

»Okay. Meinetwegen.«

»Schön. Ich schicke dir später eine Mail mit allen Einzelheiten. Der Absender ist unbekannt und verschlüsselt.«

»Woher bist du dir so sicher, dass ich meinen Eltern nichts davon erzähle?«

»Das kannst du natürlich jederzeit tun, aber dann stehen die Chancen, dass wir uns sehen, gleich null. Bis bald.«

Lange saß sie aufrecht in ihrem Bett und starrte an die Wand. Das Muster der Tapete löste sich auf, alles verschwamm. Nach einer gefühlten Unendlichkeit bemerkte sie: Sie hielt ihr Handy so fest umklammert, dass ihr die Hand weh tat.

44

Mit sechzehn Jahren wurden *Kinder der Erde* automatisch Teil des Personals von ViaTerra. Diese Regel hatte Vater eingeführt, aber sie stellte ihn auch vor einige Probleme. Sein Verhältnis zu den Mitarbeitern hatte nämlich einen Tiefpunkt erreicht. Er gab ihnen abwertende Spitzamen und machte sich über sie lustig, wenn er gute Laune hatte. An seinen schlechteren Tagen überschüttete er sie mit Schimpftiraden.

Das Personal sei das schwerste Joch, das ihm auferlegt worden sei, wurde er nicht müde zu wiederholen. Schlimmer als alle Medienskandale, zeitraubender als seine Forschungen und die Vorbereitung seiner Vorträge. Wir sahen von unserem Schulgebäude aus, dass die Anzahl der Verstoßenen rasant anstieg, die im Büßerprogramm waren. Die Gesichter der so Bestraften waren blass, wirkten mitgenommen und wie betäubt. Sie sahen aus, als wären sie in einem Zustand ständiger Angst, zutiefst erschüttert und verunsichert. Ich fragte mich immer wieder, was sie eigentlich getan hatten, um diese Strafe zu verdienen.

Die *Kinder der Erde* aber waren in Vaters Augen etwas ganz Großartiges. Deshalb wollte er nicht, dass wir mit dem Personal verkehrten. Seine Lösung des Problems war, dass er für uns einfach eine neue Einheit innerhalb von ViaTerra bildete.

Und zwar innerhalb eines einzigen Tages.

So war das immer, wenn Vater eine Entscheidung getroffen hatte. Dann musste das auf der Stelle umgesetzt werden, so schnell wie möglich.

Er schickte einfach alles Personal, das bis dahin in der Abteilung Ethik gearbeitet hatte, ins Büßerprogramm. In seiner Anweisung stand, dass er ohnehin der Einzige sei, der die ethischen Normen auf dem Anwesen aufrechterhielt.

Daraufhin zogen alle Mitglieder von *Kinder der Erde*, die über sechzehn Jahre alt waren, in die jetzt leeren Büroräume um.

Vic und ich waren zwar noch fünfzehn, aber für uns machte Vater eine Ausnahme.

Wir bekamen neue Uniformen, die zwar identisch mit denen des Personals waren, aber mit einem zusätzlichen aufgenähten Emblem versehen waren. Einem großen goldenen V und T auf schwarzem Grund.

Frisch frisiert, mit gebügelten Uniformen, polierten Schuhen und Vaters uneingeschränktem Vertrauen fühlten wir uns unbesiegbar und waren euphorisch.

Vater kam und hielt eine kurze Rede.

»Lasst uns darüber sprechen, was es bedeutet, mit dem Feind zu fraternisieren. In der Sekunde, in der ihr das Faulenzen des Personals nachahmt oder dem ständigen Gejammer zuhört, werdet ihr einer von ihnen. Wenn ihr neben ihnen im Speisesaal sitzt, von ihnen ein Kaugummi annehmt oder einen Zug von ihren Zigaretten nehmt, gehört ihr zu dieser Gruppe von Verlierern. Und wenn ihr es durchgehen lasst, dass sie aus dem Mund oder nach Schweiß stinken, seid ihr bald genau solche Schweine wie sie. Empfindet keine Wärme und habt kein Mitgefühl mit ihnen. Wenn ihr mit ihnen redet, bleibt sachlich und kühl. Verkehrt nicht mit ihnen. Sie sind nämlich noch schlimmer als *die Anderen*, weil ich ihnen einmal vertraut habe und sie mich enttäuscht haben.«

Er machte eine kunstvolle Pause, und danach blieb sein Blick aus irgendeinem Grund an mir hängen. Ich setzte sofort meinen unschuldigsten Blick auf, woraufhin er weiter zu Vic wanderte.

»Glaubt mir – sie werden versuchen, sich bei euch einzuschmeicheln und sich anzubiedern. Mit nur einem Ziel. Aber ihr werdet auf dieses Getue nicht hereinfallen. Denn vom heutigen Tag an seid ihr meine Boten. Und alles, was sie euch antun, tun sie automatisch auch mir an. Alles, was sie euch sagen, sagen sie mir. Ihr seid meine Augen und Ohren. Ihr sorgt für die Befolgung meiner Regeln und für die Durchführung meiner Anweisungen. Vergesst das nie.«

Mir kamen bei der Übernahme dieser neuen Funktion große Zweifel. Aber der Gedanke an die Alternative, zusammen mit den gebrochenen Mitgliedern des Personals im Büßerprogramm dahinzuvegetieren, war unerträglich.

Also beschloss ich, mich so gut wie möglich anzupassen.

Nach dem Todesstoß durch die Richtlinie, die jeden Sex verbot, hatte sich ein schrecklicher Gedanke in mir festgesetzt.

Das hier ist dein Leben. So wird es immer sein, bis zu deinem Tod.

Der erste Auftrag

Vater reißt die Tür zu unserem kleinen Büro mit einer solchen Wucht auf, dass wir alle aufspringen. Er ist außer sich vor Wut, er dampft förmlich. Madde, die in den vergangenen zwanzig Jahren immer mal wieder seine ehemalige Sekretärin gewesen ist, ist heute der Auslöser seines Zorns. Ich habe Madde nie gemocht. Ihre Blicke sind immer verächtlich und unerbittlich. Jetzt ist sie zum ersten Mal bei Vater richtig in Ungnade gefallen, und zunächst bin ich etwas schadenfroh.

Vater berichtet, dass sie nicht nur in seinem Büro eingeschlafen ist, sondern sich darüber hinaus auch noch beschwert hat, zu wenig Schlaf zu bekommen. Während er Tag und Nacht wie ein Tier schuftet, sabotiert Madde alles, was er für ViaTerra in die Wege leiten will. Erst kürzlich hatte sie Kaffee auf seinem Schreibtisch verschüttet und war über seinen Notizen eingeschlafen, die sie eigentlich hatte abtippen sollen.

»Ich weiß nicht, warum ich das so lange ausgehalten habe«, sagt er. »Sie ist wie ein Geschwür, das mir meine Kräfte raubt.«

Sein Blick fällt auf mich. Ich stehe steif wie ein Stock in meiner Ecke, hinter mir hat sich Hugo versteckt, dessen nervöse Atemzüge ich an meinem Ohr spüre.

»Du übernimmst sie, Thor«, sagt er. »Das wird dein erster Auftrag. Und nimm Hugo mit. Ihr setzt sie auf einen Stuhl hier nebenan, im Lager, wo eure Büromaterialien sind. Dort soll sie die ganze Nacht darüber nachdenken, wie viel Schlaf ich bekomme, wenn sie mir andauernd mit ihrem Gejammer in den Ohren liegt. Und wenn sie einschläft, schüttet ihr ihr einen Eimer eiskaltes Wasser über den Kopf. Verstanden?«

»Ja, Chef!«, antworten Hugo und ich einstimmig. Ein Teil von mir hat Oberwasser, weil ich mich Madde gegenüber endlich einmal überlegen fühle. Den anderen Teil schaudert es bei dem Gedanken an das eiskalte Wasser, mit dem wir sie übergießen sollen.

Wenige Minuten später haben die Wachen Madde in den Raum

gebracht. Hugo hatte die Idee, den Stuhl direkt unter die Lampe an der Decke zu stellen, damit sie das Licht blendet.

Sie sieht schrecklich aus. Ihre Augen sind rot, die Haare fettig und ungekämmt. Das weiße T-Shirt unter ihrem Blazer ist fleckig. Sie riecht nach Schweiß und noch nach etwas anderem. Ein Geruch, den ich nie vergessen werde: salzig, säuerlich, nach Verzweiflung. So riechen alle vom Personal. Man sieht ihr an, dass sie schon lange nicht mehr geschlafen hat.

Ich erinnere mich, wie sie wohl früher ausgesehen haben mag, als ich noch klein war. Langes glänzendes Haar, große Augen, sie hatte schon damals etwas Tyrannisches, war aber bildhübsch. Jetzt ist ihr Gesicht ausgemergelt, und der Glanz in ihren Augen ist verschwunden. Mein Rachedurst verschwindet. Ich will das hier nur hinter mich bringen. So schnell wie möglich.

»Soll ich mich da hinsetzen?«, fragt sie und zeigt auf den Stuhl.

»Was meinst du denn?«, brüllt Hugo sie an.

Ich packe ihren Arm und stoße sie auf den Stuhl. Mit zitternder Stimme rechtfertigt sie sich. Vater hätte sie beim Dösen erwischt, was der letzte Tropfen gewesen war, um das Fass zum Überlaufen zu bringen. Doch sie sei so müde, sie konnte sich einfach nicht mehr wach halten.

Aber das wird sie können müssen.

Hugo holt einen Eimer mit eiskaltem Wasser. Mit Eiswürfeln darin.

»Du wirst jetzt hiersitzen und darüber nachdenken, wie wenig Schlaf der Chef bekommt, wenn du ihm immer mit deinem Gejammer in den Ohren liegst«, befiehlt er.

Er macht sich einen Spaß daraus, verstellt seine Stimme, damit sie tief und unerbittlich klingt. Madde senkt den Blick. Sie hat schon kapituliert und schließt die Augen.

»Mit geöffneten Augen«, sagt Hugo. »Die ganze Nacht.«

Am Anfang läuft alles gut. Madde sitzt aufrecht auf dem Stuhl und starrt vor sich auf den Boden, wie ein tapferer Soldat, der den Test unbedingt bestehen will. Ich atme erleichtert auf. Bald ist die Nacht vorbei. Wir schaffen das.

Aber wenige Stunden später verliert Madde die Kontrolle über ihren Körper. Ihre Augen werden glasig, die Lider flattern. Hugo hat den Eimer in den Händen. Kaum dass sie ihre Augen schließt, schüttet er ihr Eiswasser über den Kopf. Sie zuckt zusammen, reißt die Augen auf. Dieser Augenblick spielt sich seitdem immer wieder vor meinem inneren Auge ab. Die Angst und der Schmerz in ihren Augen. Und die Panik, die aber nicht bleiben darf, weil Madde ihre ganze Kraft benötigt, um sich wach zu halten.

Ich kenne das Gefühl von Schlaflosigkeit, aber jetzt fühle ich all das, was sie fühlt. Der Körper wird erst taub, dann tut es überall weh. Man bekommt einen Metallgeschmack im Mund. Die Augenlider sind zentnerschwer und wollen zufallen. Aber viel schlimmer ist die Reaktion der Psyche. Man wird immer deprimierter, was so überwältigend ist, dass man bereit ist zu sterben, nur um etwas Schlaf zu bekommen.

Sie kann nicht mehr geradeaus sehen. Hugo wiederholt die Aufgabe, sie solle darüber nachdenken, wie wenig Schlaf der Chef bekommt, aber sie bricht mitten im Satz fast bewusstlos zusammen. Sie stottert und stammelt, und ein paar Stunden später ist nichts mehr von ihr übrig. Zurück bleibt eine leichenblasse, zitternde Hülle, die auf dem Stuhl kollabiert. Hugo fängt sie auf und drückt sie zurück auf den Stuhl. Ich habe mich in eine Ecke des Raumes zurückgezogen.

»Vielleicht sollten wir sie ein bisschen schlafen lassen«, schlage ich vor. »Damit sie das hier durchhält.«

»Niemals!«, sagt Hugo. »Los, hilf mir, sie aufzurichten.«

Wir packen ihre Arme und drücken sie gegen die Stuhllehne, schütteln sie, bis sie wieder aufwacht.

So geht das die ganze Nacht hindurch.

Als sich am nächsten Morgen die ersten Sonnenstrahlen in den Raum schleichen, ist es endlich vorbei. Madde fällt bewusstlos vom Stuhl und bleibt reglos am Boden liegen.

Wir lassen sie liegen, unser Auftrag ist erledigt.

Was bleibt, ist die Gewissheit, dass ich selbst eines Tages an ihrer Stelle sein werde.

Kaum habe ich diesen Gedanken zugelassen, fühle ich mich erbärmlich und so schrecklich egoistisch, dass ich am liebsten neben ihr zu Boden sinken und mich erbrechen würde.

Vater hat diese Strafe angeordnet. Weder hatte Madde sie verdient, noch waren wir es, die außer Kontrolle geraten sind. Er hatte es genau so gewollt.

Ich versuche, an etwas Schönes zu denken. Erinnere mich daran, wie wir Hand in Hand über die Heide spaziert sind. Aber das Bild kippt. Er hat mir schon zu oft Angst gemacht und mich gequält.

Das hier ist dein Leben. So wird es immer sein, bis zu deinem Tod.

45

Es war Ende Februar. Jeden Morgen wurden sie von Regengeräuschen geweckt. Manchmal schneite es sogar, aber der Schnee blieb nicht liegen. Sofia sehnte sich nach Sonne, es war lästig, im Regen zu stehen und den Bauarbeitern zuzusehen, wie sie durch den Matsch stapften. Aber wenigstens ging es auf der Baustelle voran, langsam, aber sicher.

Wenn sie nicht auf der Baustelle war, kümmerte sie sich um das Buch. Ein Lektor war mit der Bearbeitung ihres Manuskripts beauftragt worden, und sie standen fast täglich in Kontakt.

An einem späten Nachmittag, sie war allein zu Hause und wartete auf die nächste Mail ihres Lektors, traf eine andere Nachricht ein. Inzwischen hatte sie die anonyme Nachricht über Julias Lügen schon fast vergessen. Die Antwort war in derselben Farbe und Schrifttype verfasst wie die erste Mail. In Rot und kursiv stand dort:

Sie hat gefährliche Kontakte.

Wieder überkam sie das bereits vertraute Gefühl. Eine Gänsehaut kroch ihr über den ganzen Körper. Ich kenne die Person, die mir das schreibt, schoss ihr durch den Kopf. Sie wusste nicht, warum sie sich dessen so sicher war, aber sie war es. Als stünde der Absender im Raum, unsichtbar zwar, aber präsent. Die Nackenhaare stellten sich auf. Sie schüttelte sich und drückte auf »Antworten«.

Mit wem?, schrieb sie.

Los, antworte mir, dachte sie, gib mir wenigstens einen Anhaltspunkt. Aber ihr Postfach blieb leer.

Sie musste unbedingt mit Julia reden. Aber mittlerweile wusste sie, wie Sechzehnjährige tickten. Sie befanden sich in einem Vakuum, gefangen zwischen zwei Welten. Sie waren zwar noch keine Erwachsenen, hatten aber die Welt hinter sich gelassen, in der man noch an Superhelden glaubte und alles wieder gut wurde, wenn man sich eine Weile in Mamas Armen ausgeweint hatte. Obwohl Julia nach außen hin den Eindruck einer taffen und selbstbewussten jungen Frau machte, wusste Sofia, dass sie unter diesem Vakuum litt. Sie sehnte sich nach Drama und Spannung. Und wenn das Leben ihr das nicht von allein bot, würde sie selbst dafür sorgen. Die Hormone, denen ihr Körper ausgesetzt war, hatten eine größere Macht und Überzeugungskraft als jede Ermahnung oder Warnung.

Sie war nicht schüchtern und konnte bei Bedarf die schockierendsten Dinge von sich geben. Wenn sie sich also für eine Lüge entschied, musste es dafür einen guten Grund geben. Etwas, das ihre Eltern zu sehr belasten oder ihnen sogar schaden würde.

Während Sofia vor ihrem Laptop saß und auf eine Antwort wartete, fasste sie einen Entschluss. Sie würde Julia damit konfrontieren, ihr von der Mail erzählen und Druck ausüben. Und wenn sie damit nicht weiterkam, würde sie nicht davor zurückschrecken, in ihrem Handy zu schnüffeln.

Das Klingeln ihres Handys riss sie aus ihren Grübeleien. Es war Ellis.

»Du hast mich gebeten, ein bisschen zu recherchieren. Ich habe in Franz' Finanzen gegraben, aber leider nichts Nennenswertes gefunden. Er ist steinreich, aber das wusstest du ja schon. Erstens fährt ViaTerra Gewinne ein, aber außerdem hat er noch das Erbe seines Vaters. Und er hat mehrere Konten im Ausland, so machen das die Kapitalistenschweine heutzutage alle. Aber ich habe etwas anderes entdeckt, das von Bedeutung sein könnte. Hast du schon mal von *Kinder der Erde* gehört?«

»Ja, so am Rande. Das ist eine Art Schule für die Kinder seiner Anhänger. Er hat sie uns gezeigt, als wir da waren. Aber die Räume waren alle leer, er hatte die Kinder gerade weggeschickt.«

»Interessant. Also ich habe einen Blogpost von einem Mädchen namens Elisa Bonelli gefunden. Der wurde vor ein, zwei Jahren geschrieben und ist längst gelöscht worden. Aber im Internet geht ja nichts verloren, man muss nur wissen, wo man suchen kann. Auf jeden Fall hat dieses Mädchen erzählt, dass sie einen Monat in dieser Schule von *Kinder der Erde* verbracht hat. Nur einen Monat lang, dann wurde sie weggeschickt. Sie behauptet darin, dass Franz sie auf dem Dachboden gefangen gehalten, vergewaltigt und ihr noch mehr schreckliche Dinge angetan hat.«

Sofia war bei dem Wort »vergewaltigt« in einen Strudel der Erinnerung geraten. Das passte alles nur zu gut mit ihren Erfahrungen zusammen.

»Bist du noch dran, Sofia?«

»Ja, entschuldige. Ich hatte gerade einen mittleren Schock. Das klingt sehr nach Franz. Wie alt ist das Mädchen?«

»Sie war fünfzehn, als es passiert ist. Warum hat sie den Beitrag wohl wieder gelöscht?«

»Wenn ihre Eltern so treue Anhänger und Mitglieder von ViaTerra sind, werden sie ihre Tochter vielleicht überredet haben. Oder Franz hat sie bestochen. Kannst du eine Telefonnummer oder eine Mailadresse herausbekommen, damit ich mich mit ihr in Verbindung setzen kann?«

»Klar. Ich habe sogar ihre Mailadresse. Ich schicke sie dir mit einer Kopie des Blogposts, dann kannst du den selbst durchlesen.«

»Vielen Dank, Ellis. Wenn das alles stimmt, dann haben wir wirklich etwas gegen Franz in der Hand. Du bist der Beste.«

»Gern geschehen! Es ist wenigstens ein Anfang. Ich suche weiter.«

Sofia wurde von Ekel gepackt, als sie Elisas Blogpost las. Gleichzeitig wuchs ihre Zuversicht, damit einen Trumpf gegen Franz in der Hand zu haben. Elisa erzählte, dass ihre Eltern sie wegen ihrer schulischen Probleme zu *Kinder der Erde* geschickt hatten. Sie waren davon überzeugt, dass ihr die harte Ausbildung guttäte. Aber dann hatte Franz sie beim Sex mit einem anderen Schüler erwischt. Sie wurde in sein Büro zitiert, in der Folge hatte er sie auf dem Dachboden eingesperrt und sie vergewaltigt. Die Beschreibungen von dem, was er ihr angetan hatte, waren fast unerträglich detailliert. Er hatte sie gefesselt, mehrfach vergewaltigt und sie am Ende zu Strangulationssex gezwungen. Nach drei Tagen hatte er genug von ihr, und sie wurde zur Ethikabteilung geschickt, wo sie eine Verschwiegenheitsvereinbarung unterschreiben musste, mit der sie sich verpflichtete, niemals über Franz und *Kinder der Erde* zu sprechen. Und zwei Wochen später wurde sie nach Hause geschickt.

Sofia suchte im Internet nach Elisa Bonelli und bekam viele Treffer angezeigt, aber die meisten davon bezogen sich auf ihre Eltern. Die Familie Bonelli war wohlhabend und nicht ohne Einfluss. Der Vater arbeitete für die Regierung, die Mutter führte eine Kanzlei. Sophie fand ein Foto, auf dem Franz ihnen eine Statuette überreichte, als Auszeichnung dafür, dass sie zum Kreis der Elitemitglieder zählten. Sie sah sich auch ein Interview mit dem Vater an, in dem er davon schwärmte, wie sehr ihm die Philosophie von Via-Terra geholfen hätte, seine Ziele zu erreichen.

Je mehr sie las, desto deutlicher wurde ihr, dass es keinen Sinn haben würde, sich mit den Eltern in Verbindung zu setzen. Elisa direkt anzuschreiben war aber einen Versuch wert. Sie war ein bildhübsches Mädchen, genau Franz' Typ.

Sofia schrieb eine kurze Mail an Elisa, in der sie sich als Autorin der Familienchronik vorstellte. Sie arbeite an einem Folgeband und würde mit ihr gern über *Kinder der Erde* sprechen. Ob Elisa sich vorstellen könnte, sich mit ihr zu treffen?

Sie hatte die Befürchtung, dass die Mail sofort als unzustellbar zurückkommen würde. Jugendliche änderten offenbar am laufenden Band ihre Mailadressen. Aber das passierte nicht. Sie setzte ihre Recherche fort und war so von dem Gedanken angetrieben, dass sie einer großen Sache auf der Spur war, dass sie gar nicht merkte, wie sich der Tag seinem Ende neigte. Sie gab auch Franz' Namen in die Suchmaske ein. Sofort tauchte die Nachricht auf, dass er in Brüssel erstaunlicherweise an einem Gipfeltreffen zu Klimaveränderungen teilgenommen und man dort große Erfolge erzielt hatte. Was würde wohl geschehen, wenn sich Franz für eine Karriere als Politiker entschiede? Unter Garantie würden ihn die Leute scharenweise wählen. Der Gedanke daran ließ sie erschaudern. Sie fröstelte und musste sich eine Jacke holen.

Erst da fiel ihr auf, dass Benjamin und Julia eigentlich schon längst hätten zu Hause sein müssen. Sie rief Benjamin an, der ihr mitteilte, dass sein Meeting in Göteborg doch länger dauerte als gedacht und er eventuell über Nacht bliebe. Julia war mit Matt unterwegs, versprach aber, in einer Stunde zu Hause zu sein. Sofia überkam eine unbändige Lust, mit jemandem über Elisa Bonelli zu sprechen, und rief zuerst Simon und dann Anna an. Simon ermunterte sie dazu, an der Geschichte dranzubleiben. Anna hatte größere Bedenken und befürchtete, dass diese Elisa vielleicht von Elviras Gerichtsverhandlung gelesen und sich diese Geschichte ausgedacht hatte, um Aufmerksamkeit zu wecken. Schließlich gab es viele Mädchen, die ihn anhimmelten. Anna fand Sofias Recherche viel zu riskant. Normalerweise vertraute Sofia Annas Meinung, aber sie fand, dass ihre Freundin diese Chance viel zu schnell abgetan hatte.

Das passte gar nicht zu Anna. Allerdings sorgte sie mit ihren Bedenken nur dafür, dass Sofia von Elisas Geschichte und ihrer Richtigkeit jetzt erst recht überzeugt war. Genau deshalb kam Franz mit den meisten Sachen doch immer durch. Viele Frauen vergötterten ihn, und dann hieß es plötzlich, sie »dachten sich deshalb Sachen aus«. Außerdem war er bei den sexuellen Übergriffen immer allein mit ihnen. Also stand deren Wort gegen seins.

Es war schon neun Uhr, als sie das Telefonat mit Anna beendete. Da klingelte es an der Tür. Wahrscheinlich war es Julia, die mal wieder ihren Schlüssel vergessen hatte, und seit den jüngsten Ereignissen schloss sie immer die Haustür ab. Sie ging zur Tür und wurde sich da erst bewusst, wie still es im Haus war. Denzel hatte sich in seinem Korb zusammengerollt und nur kurz den Kopf gehoben. In der Ferne hörte sie, wie der Motor eines Autos startete, sonst war es aber geradezu unheimlich still. Sie drehte den Schlüssel um und drückte die Klinke herunter.

Es dauerte einen Augenblick, bis sie den Mann erkannte,

der vor ihr stand. Er hatte sich sehr verändert. In seiner dicken Winterjacke wirkte er riesig, trug einen Bart und hatte eine Schirmmütze auf dem Kopf.

Aber es war unverkennbar Peder Santos.

46

Mir fällt es schwer, dir diesen Teil meiner Geschichte zu erzählen.

Denn er wird dir nicht gefallen.

Überhaupt nicht.

Aber ich hoffe, dass du mir antwortest, auch wenn du mir nur eine Seite voller Schimpfwörter schickst.

Ich bitte dich nicht um Vergebung. Mir ist wichtig, dass du verstehst, wie es dazu kommen konnte.

Was uns hoch zu den Klippen getrieben hat, an dem schrecklichen Tag damals.

Und wie es dazu kam, dass sich unsere Leben berührten.

Alles begann mit einem streng geheimen Treffen hinter verschlossener Tür.

Der Geheimauftrag

Ich schrecke aus dem Schlaf. Jemand hämmert ungeduldig gegen die Tür unseres Schlafsaals und brüllt unsere Namen.

»Vic, Thor, Didrik! Vic, Thor, Didrik!« Wie eine kaputte Schallplatte, die hängengeblieben ist.

Madde steht vor der Tür und schreit. Auf mirakulöse Weise bekleidet sie wieder den Posten als Vaters Sekretärin. Da Frauen keinen Zutritt zu den Schlafsälen der männlichen Mitglieder von ViaTerra haben, muss sie draußen bleiben.

Didrik, der gerade seine Zeit im Loch abgesessen hat, springt mit einem Satz aus dem Bett und ist als Erster bei der Tür, öffnet sie aber nicht. Er will Madde ärgern.

Da wird die Tür aufgestoßen und knallt Didrik gegen die Stirn. Obwohl er vor Schmerz laut aufschreit, beachtet Madde ihn nicht weiter.

»Vic, Thor und Didrik, der Chef will euch sehen«, verkündet sie. »Los, beeilt euch, er sagte sofort!«

Sie schaltet das Licht ein. Blinzelnd stolpern wir durch den Raum, ziehen uns die Uniformen an. Neugierige Augen aus den anderen Stockbetten beobachten uns. Wenn einen der Chef nachts zu sich ruft, ist das immer eine große Sache. Und wenn man Pech hat, kommt man eine ganze Weile nicht zurück.

In Vaters Büro brennt nur eine kleine Lampe. Ihn sehe ich zuerst gar nicht, aber dann entdecke ich den Schatten hinter seinem Schreibtisch. Er steht, mit dem Rücken zu uns gewandt, und sieht aus dem großen Panoramafenster hinaus aufs Meer, wo die Wellen in langen, gleichförmigen weißen Reihen auf die Insel zurollen. Ich weiß, dass er uns natürlich gehört hat, aber er macht keine Anstalten, uns zu begrüßen. Stattdessen macht er einen weiteren Schritte auf das Fenster zu. Unvermittelt hebt er seinen rechten Arm und streicht sich mit der Hand gedankenverloren übers Kinn.

»Du kannst draußen warten, Didrik«, sagt er schließlich, ohne sich umzudrehen. Wahrscheinlich ist das auch das Beste, in Anbetracht der wachsenden Beule auf Didriks Stirn.

»Setzt euch, Jungs«, fordert er uns auf.

In Vaters Büro sieht es wie in einem Raumschiff aus. Weiße Wände, überall stehen leuchtende Monitore. Rechner, Stereoanlage und Drucker. Kein einziges Bild an der Wand, keine Pflanzen. Es ist so still, dass man nur seinen Atem hört. Es wirkt dermaßen steril, dass man den kleinsten Schweißtropfen, den man absondert, riechen kann.

Madde, die Didrik rausgescheucht hat, steht ratlos an der Tür.

»Du kannst auch gehen«, sagt Vater. »Aber schalte vorher das Deckenlicht an.«

Jetzt sind nur noch Vater, Vic und ich übrig. Er mustert uns durchdringend, sein Blick wandert von einem zum anderen. Hin und her. Vic-Thor, Thor-Vic. Murmelt unverständliche Worte. Dann setzt er sich an seinen gigantischen Schreibtisch. Zwei Meter trennen uns voneinander. Ich versuche, seinen Gesichtsausdruck einzuordnen. Er sieht eigentlich nicht wütend aus. Im Gegenteil, er scheint sich über irgendetwas zu freuen. Ich würde sogar sagen, er wirkt verlegen, das ist ein Zug, den ich noch nie an ihm gesehen habe.

»Ich muss euch was erzählen, Jungs.«

Er entscheidet sich für die ausführliche Version seiner Geschichte. Beginnt mit seinen ethischen und moralischen Werten, an die er glaube. Dass es ihm gelungen sei, das strikte Verbot von sexuellem Umgang in ViaTerra durchzusetzen. Denn eine Organisation, in der alle querbeet miteinander schliefen, werde am Ende zugrunde gehen. Die aufgeladene Spannung führe nur dazu, dass die Leute nicht denken und arbeiten könnten. Er spricht mit uns in der gleichen Sprache, in der er auch seine Richtlinien verfasst. Immer wieder macht er eine Pause, um sich zu vergewissern, dass wir noch zuhören. Dann erzählt er uns von einer Frau, die vor vielen Jahren für ViaTerra gearbeitet habe. Sie sei außergewöhnlich gewesen, unwiderstehlich, und nein, er habe einfach nicht widerstehen können. Aber jetzt hätte sich ein Gedanke in ihm festgesetzt, ein Verdacht oder eine Vermutung.

Es könnte sein, dass er noch ein Kind habe.

Vic und ich zucken zusammen. Gleichzeitig.

Unsere Nerven sind zum Zerreißen gespannt. Ein Kind. Ein Geschwister. Es ist etwas Besonderes, dass Vater so offen mit uns spricht. Und sogar eine Schwäche eingesteht.

»Ich möchte alles über dieses Mädchen wissen«, sagt er. »Ohne dass ihre Eltern es merken. Ich bin neugierig, ganz gleich, ob sie meine Tochter ist oder nicht. Ich will noch etwas anderes in Erfahrung bringen, aber zuerst benötige ich ein paar Informationen über sie. Und da kommst du ins Spiel, Thor.«

»Und was ist mit mir?«, platzt Vic dazwischen, bevor er sich bremsen kann.

Aber Vater wird deshalb gar nicht wütend. Er lächelt und schüttelt amüsiert den Kopf.

»Du würdest zu viel Aufmerksamkeit auf dich lenken. Du ziehst die Mädchen magisch an, verstehst du? Thor dagegen sieht viel durchschnittlicher aus.«

Durchschnittlich *ist in Ordnung. Viel besser als hässlich, misslungen und untauglich. Ich kann es gut aushalten,* durchschnittlich *zu sein. Der aufgestaute Hass, den ich Vater gegenüber empfinde, ebbt langsam ab. Er wirkt so menschlich, weil er uns in seine Defizite einweiht.*

»Ich möchte Fotos von ihr haben. Ein Gespür dafür bekommen, was für ein Mensch sie ist. Mit wem verbringt sie ihre Zeit? Was hat sie für Angewohnheiten? Deine Aufgabe ist es, dir diskret ein Bild von ihr zu machen und mir regelmäßige Berichte zu schicken. Ohne dass sie bemerkt, wenn du sie beobachtest.«

Er schlägt einen Hefter auf, der vor ihm auf dem Schreibtisch liegt.

»Ich habe hier alle Informationen, die du benötigst. In welche Schule sie geht, Orte in der Nähe, an denen die Jugendlichen abhängen.« Er blättert durch die Unterlagen. »Es ist keine weite

Reise, genau genommen geht es sogar nur einmal über den Sund.«

»Wie alt ist sie denn?«, fragt Vic.

»Dreizehn oder vierzehn«, antwortet Vater.

»Warum kann das niemand anderes machen als …«, frage ich eingeschüchtert.

»Weil du sie mit ganz anderen Augen siehst. Nicht wie ein Privatdetektiv, dem ich einen Auftrag erteile. Ich glaube, du bist neugieriger. Du sollst dir eine Meinung von ihr machen – als Mensch. Außerdem bist du jung und kannst Teil ihrer Kreise werden, ohne aufzufallen.«

Er wendet sich an Vic.

»Ich habe dich dazugerufen, weil du – so wie Thor – das Recht hast, es zu erfahren.«

»Und warum sollte Didrik mit?«, fragt Vic.

»Er soll auf Thor aufpassen, damit der keine Flausen in den Kopf bekommt, dort draußen in der sogenannten Freiheit. Didrik sorgt dafür, dass du meine Anweisungen auch wirklich umsetzt, Thor. Ihr dürft solche Aufträge nie allein durchführen, das wisst ihr ja.«

Niedergeschlagen nicke ich, dennoch keimt eine Hoffnung in mir auf.

»Didrik darf den Anlass eurer Reise aber nicht erfahren. Dass sie meine Tochter sein könnte. Verstanden?«

Da nehme ich all meinen Mut zusammen.

»Aber was wird danach aus ihr?«, frage ich.

»Das hängt von den Informationen ab, die du mir lieferst. Wenn sie eine verwöhnte, langweilige Rotzgöre ist, will ich nichts mit ihr zu tun haben. Ich wähle den Kreis meiner Bekanntschaften mit Sorgfalt aus, und das solltet ihr auch tun.«

Ich schlucke und würde gern fragen, was für eine Auswahl wir hier in ViaTerra haben?

»Zwei oder drei Tage gebe ich euch, mehr braucht ihr dafür nicht. In der Zeit wohnt ihr im Hotel.«

Hotel. Schon allein das Wort sorgt für eine schöne Gänsehaut. Wir werden in einem Hotel wohnen, weit entfernt von der Insel, in der richtigen Welt. Wir werden richtiges Essen zu uns nehmen. Vielleicht sogar mal einen Burger, wenn Didrik mitmacht.

Vater nimmt ein Blatt aus seinem Ordner und legt es vor mich hin. Es ist ein Ausdruck aus dem Internet, ein verschwommenes Foto, vielleicht die Vergrößerung eines Klassenfotos. Das Mädchen darauf hat lange Haare und starrt direkt in die Kamera, ihr Blick ist trotzig und herablassend. Die Mundwinkel zeigen eher nach unten. Es ist unverkennbar, dass sie nicht fotografiert werden wollte. Trotz ihrer wütenden Erscheinung sieht man, wie schön sie ist.

Das Mädchen auf der Fotokopie bist du.

Aber das weiß ich zu dem Zeitpunkt noch nicht.

47

Sofias erster Impuls, die Flucht zu ergreifen und sich vor Peder Santos zu verstecken, verebbte sofort, als sie in seine Augen sah. Schwermütig, bedrückt.

»Entschuldige, dass ich so spät noch vorbeikomme. Ich habe den ganzen Tag auf der Polizeiwache verbracht und danach versucht, dich telefonisch zu erreichen, allerdings war andauernd besetzt. Ich kann aber nicht ins Bett gehen, bevor ich mit dir gesprochen habe. Darf ich kurz reinkommen?«

Sie gingen ins Haus. Sofias Intuition sagte ihr, dass von diesem Mann keine Gefahr ausging.

Er setzte sich in einen der Sessel im Wohnzimmer. Er sah erschöpft aus, müde. Denzel hatte sich erhoben und begrüßte ihn freudig.

»Ich habe oft daran gedacht, mich bei dir zu melden, aber mein Leben wurde einmal komplett auf den Kopf gestellt. Meine Mutter lag im Sterben, ich musste nach Portugal fliegen und habe einem von den Aushilfen in der *Herberge* gesagt, dass er dir das sagen soll. Das war kurz vor dem Sturm. Wahrscheinlich hat er es vergessen – dann kam der Sturm, und ihr hattet wirklich andere Sorgen.«

Er nahm seine Schirmmütze ab und fingerte daran herum.

»Dann habe ich es wieder vergessen. Meine Mutter starb, und ich musste mich um die Beerdigung kümmern. Als ich im Netz gelesen habe, dass nach mir gefahndet wird, habe ich eine Riesenangst bekommen und bin sofort untergetaucht. Aber ich habe nichts mit den Sachen zu tun, die deiner Familie angetan wurden. Ich bin die ganze Zeit bei meinem Vater gewesen und habe ihm beigestanden.«

»Ich glaub dir das«, beruhigte hin Sofia. »Du bist nur einfach zu dem Zeitpunkt verschwunden, als alles losging. Deshalb sind wir misstrauisch geworden.«

»Ja, das ist wirklich sehr merkwürdig. Ich will mich auch dafür entschuldigen, dass ich eine falsche Adresse angegeben habe. Ich hatte keine Aufenthaltsgenehmigung ...« Jetzt sah er aus, als könnte er jeden Augenblick in Tränen ausbrechen. »Aber die werde ich jetzt beantragen«, fügte er schnell hinzu.

»Ich verstehe sehr gut, dass du so schnell abreisen musstest. Mein Beileid, Peder.«

»Die Polizei hat mich zu Fotos befragt, die heimlich von dir aufgenommen wurden. Das war ich aber nicht. In der *Herberge* wurden doch ständig Fotos mit den Handys gemacht.«

»Ja, aber diese Aufnahmen wurden mit einer Digitalkamera gemacht. Und die USB-Sticks lagen alle in einer Geldkassette ...«

Pedro zuckte zusammen.

»Die habe ich mal gesehen. In einem der Regale im Geräteschuppen. Aber da standen ja nicht nur meine Sachen drin.«

»War denn außer dir sonst noch jemand häufiger dort drin?«

Er dachte angestrengt nach.

»Nein, nicht soweit ich mich daran erinnern könnte. Aber ich bin selbst die meiste Zeit entweder im Garten oder im

Haus beschäftigt gewesen«, stammelte er und sah nun ganz verzweifelt aus.

»Mach dir keine Sorgen, ich glaube dir, dass du nichts mit der Sache zu tun hast.«

»Mir hat der Job in der *Herberge* sehr gut gefallen, aber jetzt gibt es bestimmt keine Chance mehr, dass ich wieder für dich arbeiten kann, oder? Du denkst wahrscheinlich von mir, dass ich unzuverlässig bin, weil ich einfach verschwinde.«

Er knetete seine Hände.

»Selbstverständlich bekommst du deinen Job zurück, wenn das Haus erst einmal steht. Ruf Anna an, die kümmert sich um alles. Aber bitte klär als Erstes das mit deiner Aufenthaltsgenehmigung, ja?«

Peder Santos seufzte erleichtert.

Kurz darauf verabschiedete er sich.

Am nächsten Morgen rief Sofia bei der Polizei an und bestätigte, dass Santos im Ausland gewesen war und somit ein Alibi hatte. Was bedeutete, dass es keinen Tatverdächtigen mehr gab und die Klärung des Falles immer aussichtsloser wurde.

Sofia dachte viel über ihre Fehleinschätzung Peders nach. Ihr Zustand hatte das begünstigt, verängstigt und überfordert war sie davon überzeugt gewesen, dass Peder Santos hinter all dem gesteckt hatte. Aber die vielen Mutmaßungen und Spekulationen hatten zu nichts geführt. Sie fühlte sich hinters Licht geführt.

Am nächsten Tag war Sofia mit Anna an der Baustelle verabredet. Sie hatte sich gerade in den Wagen gesetzt, als ihr Handy klingelte. Die Verlegerin Louise Ringvall war am Apparat.

»Ich habe eine tolle Neuigkeit!«, zwitscherte sie gleich los. »Ich hab gerade einen Anruf von Carmen Gardell erhalten, der Pressechefin von Franz Oswald. Kennen Sie die?«

Sofia sank das Herz.

»Ja, ich kenne sie. Was wollte sie denn?«

»Die haben eine fantastische Idee. Franz Oswald hat angeboten, eine Releaseparty für das Buch zu veranstalten. Auf dem Anwesen, im Herrenhaus, dort wo die Handlung des Buches spielt. Er hat auch versprochen, eine Führung über das Grundstück zu machen. Sie werden einen Haufen Prominenter einladen und …«

»Entschuldigen Sie bitte«, unterbrach Sofia den Redeschwall, »aber ich kann mich des Eindrucks nicht erwehren, dass Franz Oswald die Veröffentlichung des Buches mehr oder weniger übernimmt. Und das gefällt mir überhaupt nicht.«

»Aber Sie müssen doch zugeben, was das für eine unfassbare Gelegenheit für uns ist? Sie werden allein dort Hunderte von Büchern verkaufen, und die Prominenten werden als Multiplikatoren fungieren und das Buch promoten. Ich verstehe ja, dass es Ihnen schwerfällt, aber können Sie nicht versuchen, Ihre privaten Ressentiments außen vor zu lassen? Einfach … dem Buch zuliebe?«

Sofia fühlte sich mit dem Rücken an die Wand gedrückt, sie bekam keinen Ton mehr über die Lippen.

»Als wir uns dafür entschieden haben, Ihr Buch zu veröffentlichen, sind wir tatsächlich davon ausgegangen, dass Sie Ihren Kontakt zu Franz Oswald nutzen würden«, fuhr Louise Ringvall fort. »Er ist eine wichtige Ressource.«

»Das Buch handelt davon, wie seine Vorfahren mit Frauen umgegangen sind und sie misshandelt und vergewaltigt haben. Und er ist aus demselben Holz geschnitzt. Damit habe ich ein Problem.«

Am anderen Ende der Leitung herrschte Schweigen.

»Aber ich dachte … Sagen Sie, ist das nicht fast zwanzig Jahre her? Soweit ich es verstanden habe, war das betroffene Mädchen psychisch labil und hat später Selbstmord begangen. Mit ihr hat er doch auch Kinder bekommen, oder? Und sie haben zusammengelebt? Woher wissen Sie, dass sie sich das nicht alles einfach nur ausgedacht hat?«

Sofia widerstand dem Impuls, das Telefonat mit ihrer Verlegerin wegzuklicken. Stattdessen betonte sie noch einmal, dass sie unter keinen Umständen den Launch des Buches auf Dimö feiern wollte. Damit beendeten sie ihr Telefonat.

Sie war so wütend, dass sie gar nicht mehr klar denken konnte. Sie überlegte sogar, das Buch nicht zu veröffentlichen und sich aus der ganzen Angelegenheit herauszuziehen. Aber sie hatte Sigrid von Bärensten ihr Versprechen gegeben, dass sie ihre traurige Geschichte weitererzählen würde.

Sie rief Franz' Nummer an, landete beim Anrufbeantworter und hinterließ ihm eine Nachricht:

Lass mich, meine Familie und das Buch in Frieden, sonst werde ich andere Maßnahmen ergreifen.

Allerdings hatte sie noch keine genaue Vorstellung, um was für Maßnahmen es sich handeln würde.

Den Rest des Tages musste sie viel Energie aufbringen, um nicht die ganze Zeit an diese dämliche Release-Party zu denken. Das Fundament war gegossen, die Bauarbeiten gingen voran. Die Spuren des Orkans waren alle beseitigt worden. Das Gebäude nahm allmählich Form an, als hätte es so schon immer dorthin gehört.

Abends ging sie mit Benjamin, Anna und Simon aus. Tagsüber hatte sie es vermieden, auf ihr Handy zu sehen. Es hatte ausgeschaltet im Handschuhfach gelegen.

Als sie dann endlich einen Blick wagte und ihre Mails aufrief, sah sie, dass Elisa Bonelli ihr geantwortet hatte. Ihr Herz machte einen Satz. Elisa schrieb ihr, dass sie eine Verschwiegenheitsklausel unterzeichnet hätte und nicht über die Geschehnisse auf ViaTerra sprechen dürfe. Aber wenn sie anonym bleiben würde, wäre sie zu einem Gespräch bereit. Sie hatte ihre Telefonnummer gemailt, und Sofia rief sie sofort an, obwohl es schon ziemlich spät war.

Elisa Bonelli zögerte, als Sofia ein Treffen vorschlug. Sie flüsterte und wirkte verunsichert, aber Sofia gelang es dann doch, sich mit ihr schon für den nächsten Tag zu verabreden. In Göteborg, wo Elisa lebte.

»Vielleicht wird es mir ganz guttun, darüber zu sprechen«, sagte Elisa, bevor sie sich voneinander verabschiedeten. »Aber Sie müssen mir versprechen, dass Sie nichts von dem weiterverwenden, was ich sage.«

Als Sofia in das Café kam, in dem sie sich verabredet hatten, fiel ihr Elisa sofort ins Auge. Sie wusste auf den ersten Blick, dass Elisa in ihrem Blogpost die Wahrheit geschrieben hatte. Die junge Frau war nicht nur wunderschön, sondern hatte eine Ausstrahlung, die alle anderen Gäste in dem vollbesetzten Lokal übertraf. Honigblondes Haar, große Augen mit langen Wimpern. Schmal mit großer Oberweite. Genau Franz' Typ.

Sie bestellten sich eine große Kanne Kaffee. Elisa sah sich nervös um.

»Sie nehmen das nicht auf, oder? Das dürfen Sie auf keinen Fall tun. Wenn meine Eltern erfahren, dass wir uns verabredet haben … Sie haben von Anfang an gesagt, dass ich mir das alles nur ausgedacht habe. Und als ich diesen Blog-post geschrieben habe, waren sie davon überzeugt, dass ich nur Aufmerksamkeit erregen will. Denn es hat keine Narben, Abdrücke oder blaue Stellen gegeben. Also keine Beweise.«

Nachdem Sofia ihr mehrmals versichert hatte, dass sie Elisas Geschichte nicht verwenden würde, begann das Mädchen mit flüsternder Stimme zu erzählen. Den Anfang kannte Sofia schon aus ihrem Post, aber dann ging Elisa immer mehr ins Detail.

»Das erste Mal war noch okay. Sie dürfen nicht verges-sen, dass ich vollkommen verrückt nach ihm war. Ich hatte gehofft, dass ich ihn verführen würde, aber es war anders-herum.«

Sie legte den Kopf in ihre Hände.

»Er hat mich und einen Jungen von *Kinder der Erde* beim Sex erwischt. Das war so peinlich. Franz hat mich auf den Dachboden geführt und gesagt, dass das, was wir da ge-macht hätten, amateurhaft gewesen sei. Dass es Methoden gäbe, um den Genuss so lange wie möglich hinauszuzögern und er mir das zeigen würde. Beim ersten Mal war es noch wunderschön, sehr achtsam und fast hingebungsvoll. Aber dann, schon beim zweiten Mal, wirkte es, als hätte er das Interesse verloren.«

»Wie meinst du das?«

»Na ja, er hat keinen hochbekommen!«

»Wie bitte?«

»Das stimmt. Wirklich! Er wurde wahnsinnig wütend, als wäre das mein Fehler. Er hat mich gefesselt und ge-würgt. Erst als ich Todesangst hatte, bekam er einen Ständer. Zwei Tage ging das so. Danach wurde ich zwei Wochen lang gefangen gehalten. Vermutlich, damit die blauen Flecken abheilen konnten.«

Sie machte eine Pause, um sich zu sammeln.

»Als ich nach Hause kam, habe ich es sofort meinen Eltern erzählt und den Post geschrieben, aber sie waren nur wütend auf mich. Sie zählen ja auch zum Kreis der Elitemitglieder von ViaTerra. Kurz darauf wurden sie nach Dimö bestellt, und als sie zurückkamen, waren sie davon überzeugt, dass ich eine zwanghafte Lügnerin bin und mir alles ausgedacht habe.«

Ihr liefen die Tränen über die Wangen.

»Das ist jetzt schon zwei Jahre her, aber ich habe fast jede Nacht Albträume davon. Jungs interessieren mich überhaupt nicht. Ich habe die Lust verloren. Was er mir angetan hat, das kann man nicht mehr rückgängig machen. Aber ich will auf keinen Fall, dass es anderen passiert. Nur deshalb habe ich mich auf ein Treffen mit Ihnen eingelassen.«

Unwillkürlich legte Sofia ihre Hand auf Elisas.

»Sag mal, Elisa, ich bin da an etwas hängengeblieben, was du gesagt hast. Wenn ein Typ Frauen quälen und erniedrigen muss, um einen hochzukriegen, ist der dann nicht eigentlich …«

»Impotent!«, ergänzte Elisa.

Sie sahen sich an, gleichermaßen überrascht von dieser Erkenntnis.

»Ganz genau!«, sagte Sofia. »Und das ist doch der eigentliche Kern des Ganzen?«

Plötzlich tauchte eine Erinnerung auf. Ein Journalist hatte einmal etwas Negatives über Franz geschrieben – und das sollte er zu spüren bekommen. Franz überlegte sich eine Strategie zusammen mit seinem Ethikchef, und Sofia saß wie immer mit im Raum. Man ging nicht vor Franz ins Bett.

Wenn man zwei oder mehrere Geschichten nimmt und sie

miteinander vermischt, erhält man auf einen Schlag eine voll-
kommene Wahrheit und eine komplette Lüge, hatte Franz gesagt. *Das ist viel zu verwirrend und unglaublich effektiv.*

Elisa saß am Tisch, starrte ins Leere und wickelte eine
Haarsträhne um ihre Finger.

»Elisa, ich glaube, ich habe eine Idee, wie ich dir helfen
kann, ohne deinen Namen zu nennen oder deine ganze Geschichte zu benutzen«, sagte Sofia.

Als sie sich voneinander verabschiedeten, hatte es angefangen zu dämmern. Aber sie hatten einen Plan, der Sofia
aufheiterte und zugleich nervös machte. Sie würde eine
Story schreiben, Elisas Geschichte würde der Ausgangspunkt sein. Aber der Rest würde mit heiklen Details aus
ihren persönlichen Erlebnissen mit Franz Oswald gespickt
sein.

Als sie nach Hause kam, stand Benjamin in der Küche und
kochte. Es roch intensiv nach Knoblauch. Sie schlich sich
an ihn heran, schlang ihre Arme um ihn und blieb lange so
stehen. Am liebsten hätte sie ihm von ihrem Plan erzählt,
aber sie würde noch bis nach dem Telefonat mit Ellis warten. Sonst würde Benjamin ihr das womöglich nur ausreden
wollen.

Sie warf ihre Handtasche und die Autoschlüssel auf den
Couchtisch, ließ sich in den Sessel fallen und wählte Ellis'
Nummer.

»Ich brauche nochmal deine Hilfe!«, sagte sie, als er sich
meldete.

»Was immer du willst. Mir macht es Spaß, fiese Sachen
über diesen Franz auszugraben.«

»Ich werde auf der Seite eines Frauenhauses einen anonymen Beitrag schreiben. Welches Frauenhaus, das weiß ich

noch nicht. Und du sollst mir dabei helfen, dass der Artikel möglichst oft geteilt wird. Wenn der erst mal viral gegangen ist, dann verbreitet er sich von ganz allein.«

»Und in dem Artikel geht es um Franz?«

»Um wen sonst?«

»Ich will dir ja nicht die Laune verderben oder deinen Enthusiasmus bremsen, aber das wird ihn kein bisschen interessieren. Er ist vollkommen immun gegen alle Gerüchte, die über ihn im Umlauf sind.«

»Dieses Gerücht ist aber anders«, sagte sie voller Überzeugung. »Dieses Gerücht wird er unter Garantie sehr ernst nehmen.«

48

Der Tag war schon so beschissen gewesen, dass er unmöglich noch schlimmer werden konnte, dachte Julia. Da las sie die Neuigkeiten im Internet.

Es hatte den ganzen Nachmittag geregnet, ein beharrlicher Wolkenbruch, den Julia wütend durch das Fenster ihres Klassenzimmers beobachtete. Zwischendurch waren die Regentropfen so groß wie Hagelkörner. In der geschlossenen stahlgrauen Wolkendecke, die schwer über dem Schulgebäude hing, gab es nicht mal einen klitzekleinen Spalt. Die Chance, dass es irgendwann aufhören würde zu regnen, war gleich null. Eigentlich wollten Matt und sie einen Ausflug machen, aber daraus würde wohl jetzt nichts mehr werden. Der Unterricht zog sich zäh und schleppend dahin.

Und kaum war sie zu Hause angekommen, hatte sich ihre Mutter auf sie gestürzt wie eine Hyäne auf der Jagd. Julia wusste, dass ihr eine ausgedehnte Ausfragerei bevorstand. Verzweifelt hoffte sie auf Besuch, aber außer Denzel war niemand da.

Ihre Mutter hatte in den vergangenen Tagen so geheimnisvoll getan. Ihre Stimmung war von pessimistisch und gestresst umgeschwenkt, und sie war bester Laune. Sie ließ sich gar nicht mehr provozieren. Julias Zeug, das überall herumflog, ihre zum Teil aufreizende Kleidung, ihr ständiges Zuspätkommen – nichts davon konnte ihre Mutter aus der Fassung bringen. Auf einmal war sie unheimlich schnell und effizient geworden.

Und als Julia von der Schule nach Hause kam, hatte ihre Mutter diesen durchdringenden Blick.

»Ich möchte mich nur ein bisschen mit dir unterhalten, komm, setz dich mal zu mir«, sagte sie und klopfte auf den Platz neben sich auf dem Sofa.

Aber die Fröhlichkeit in ihrer Stimme war nicht echt. Es würde unter Garantie gleich zu einem Verhör kommen.

»Und worüber willst du dich unterhalten?«

»Ein bisschen von allem, plaudern eben.«

Sie kann auf jeden Fall nicht so gut lügen wie ich, dachte Julia. Wenn ich mich hingesetzt habe, hagelt es hundertprozentig gleich tausend neugierige Fragen.

Betont langsam nahm Julia in einem gesunden Abstand Platz, aber ihre Mutter rückte näher an sie heran.

»Was erzählst du mir nicht?«, fragte sie plötzlich und durchbohrte Julia mit ihrem Blick.

»Was meinst du?«

»Ich habe eine Mail bekommen.«

Julia spürte, wie die Anspannung in ihr wuchs, sie krallte ihre Hand ins Sofa.

»Was denn für eine Mail?«

»Darin stand, du würdest mich anlügen.«

Julia war so erleichtert, dass sie lauthals lachte, ihre Mutter glaubte doch wirklich alles, was im Netz stand.

»Das ist ja nun wirklich nichts Neues. Das habe ich immer getan.«

»Da stand aber auch, dass du gefährliche Kontakte hast.«

»Und was soll das bitte bedeuten? Kontakte? Mama, das ist doch krank!«

»Sieh mir in die Augen und sag mir, dass du nicht in irgendetwas Gefährliches verwickelt bist. In eine kriminelle Gang, Drogen oder so, ich habe keine Ahnung?«

Julia drehte sich zu ihrer Mutter um. Ihr in die Augen zu sehen war die allerleichteste Übung. Sie musste sich noch nicht einmal anstrengen, um unschuldig auszusehen.

»Ich bin nicht im Geringsten an Drogen oder kriminellen Gangs interessiert.«

Sie machte einen Schmollmund und hielt dem Blick ihrer Mutter stand, ohne ein einziges Mal zu blinzeln.

»Aber Julia. Wer sollte mir denn so was schreiben?«

»Irgendein eifersüchtiger Idiot, woher soll ich das wissen?«

»Ich spüre, dass du mir etwas verheimlichst.«

»Okay. Matt und ich haben miteinander geschlafen. Und zwar schon öfter.«

Ihre Mutter riss die Augen auf.

»Ungeschützter Verkehr?«

»Nein, du hast mir die Pille besorgt, schon vergessen?«

Sie sahen sich an, Julia hielt dem Blick stand, war entschlossen, nicht als Erste aufzugeben. Sie sah, wie ihre Mutter entspannte, die Waffen senkte, und zog sofort ihren Vorteil daraus.

»Ich weiß, dass ihr euch seit dem Überfall Sorgen um mich macht. Das verstehe ich auch. Aber ich möchte mein Privatleben haben, und zwar eines, in dem du nicht herumschnüffeln sollst. Früher warst du nicht so. Da hast du mir vertraut.«

Ihre Mutter lehnte sich nach hinten, legte den Kopf auf die Sofalehne und starrte an die Decke.

»Ich vertraue dir nach wie vor, mein Herz. Aber du bist viel zu schnell groß geworden. Ich kann das kaum aushalten. Bitte sei jetzt ehrlich. Habt ihr beide, Matt und du, die Kamera in deinem Badezimmer installiert?«

»Nein.«

»Okay. Ich glaube dir. Gibt es noch etwas anderes, das du mir nicht erzählst?«

»Es gibt eine ganze Menge, was ich dir nicht erzähle, aber das musst du leider akzeptieren.«

Da kam ihr Vater nach Hause, und sie konnte entkommen, zumindest vorläufig. Schweigend saß sie beim Abendessen und ließ das Gespräch mit ihrer Mutter noch einmal Revue passieren. Genau genommen hatte sie kein einziges Mal gelogen. Ihre Mutter hatte nur die falschen Fragen gestellt.

Nach dem Essen lungerten sie auf den Sofas herum, und alles war wie immer. Julia zog sich in ihr Zimmer zurück, um ein bisschen durchs Netz zu surfen. Sie war schon fast oben, als das Handy ihrer Mutter klingelte. Sie setzte sich auf eine Treppenstufe, etwas hatte ihre Neugierde geweckt. Sie sah, wie ihre Mutter ihrem Vater einen triumphierenden Blick zuwarf und das Handy mit eingeschaltetem Lautsprecher auf den Couchtisch legte.

Julia erkannte Franz' Stimme nicht sofort wieder, denn sie war von seinem Zorn verzerrt. Er fing sofort an zu brüllen. Man konnte kein Wort verstehen. Es knackte in der Leitung. Sein Gebrüll hallte durch das ganze Zimmer wie Donnerschläge. Ihre Mutter starrte auf das Handy und grinste. Die Vibrationen seiner wütenden Tiraden schienen das Handy in Bewegung zu setzen, es hüpfte förmlich über den Tisch. Aber wahrscheinlich war das nur eine optische Täuschung. Er schrie, bis seine Stimme ganz heiser war. Seine letzten Worte klangen wie:

»Ich werde dich vernichten.«

Erst dann nahm ihre Mutter das Telefon in die Hand und sprach ins Mikrofon.

»Wie schön, nach so vielen Jahren dein wahres Ich zu erleben«, sagte sie. »Ich glaube, mit psychologischer Unterstützung wirst du dein kleines Problem wieder in den Griff bekommen können.«

Es klickte. Einer von beiden hatte das Gespräch beendet.

Es wurde ganz still im Haus, so still, dass man das Knarren der Treppenstufen hörte, als sie so leise wie möglich in ihr Zimmer schlich. Sie ahnte, dass sie das Gespräch zwischen ihren Eltern nicht weiter belauschen musste. Sie würde zu Franz' Wutausbruch wahrscheinlich etwas Entsprechendes im Netz finden.

Aber sie musste sich gar nicht die Mühe machen, danach zu suchen. Denn Laura hatte ihr eine SMS geschickt, mit einem Link zu einem Artikel. *Krass, sieh dir das an!*

Kaum hatte sie die Überschrift gelesen, wurde ihr ganz übel.

Die Warnung einer anonymen Frau
FRANZ OSWALD IST GEWALTTÄTIG UND
IMPOTENT

Es war ein kurzer Artikel mit dem Interview einer Einundzwanzigjährigen, die beschlossen habe, den sexuellen Übergriff öffentlich zu machen, dem sie vor ein paar Jahren zum Opfer gefallen sei. Sie habe Franz bei einem Vortrag kennengelernt und war von ihm umgarnt worden. Er habe sie zu sich nach Dimö eingeladen, um gratis an einem Einführungskurs über ViaTerra teilzunehmen, und habe vom ersten Augenblick an sexuelle Anspielungen gemacht. Aber der Sex sei eine Enttäuschung gewesen, denn er hätte keine

Erektion bekommen und seine Frustration an ihr ausgelassen. Erst nachdem er sie gefesselt und misshandelt hatte, sei es zum Geschlechtsverkehr gekommen. Danach sei er zusammengebrochen und habe ihr eine traurige Geschichte aus seiner Kindheit erzählt. Sein Vater habe ihn »da unten« mit einer Wäscheklammer ... verletzt.

»Ich will keine Vergeltung«, schrieb die junge Frau. »Ich möchte nur andere vor ihm warnen. Einen Mann, der Frauen Gewalt antun muss, um eine Erektion zu bekommen, den kann man doch nur als impotent bezeichnen?«

Julia musste nicht lange suchen, um festzustellen, dass der Artikel schon längst viral gegangen war. Überall entstanden neue Headlines. Die Gewissheit, dass ihre Mutter damit zu tun hatte, hinterließ ein maues Gefühl. Hätte sie doch bloß vorhin auf dem Sofa ihre Mutter über Franz ausgefragt. Jetzt würde sie natürlich sofort misstrauisch werden.

Die Reise nach Dimö war auf einmal nicht mehr so verlockend. Wer will schon mit einem gewalttätigen Wahnsinnigen Zeit verbringen, der darüber hinaus noch impotent ist? Aber noch brannte ein kleines Licht der Hoffnung. Nicht alles, was im Netz stand, entsprach auch der Wahrheit. Dieser Angriff auf ihn konnte genauso gut aus der Feder einer verbitterten Tante kommen, mit der er Schluss gemacht hatte.

Sie schickte ihm eine SMS.

Ich komme nicht nach Dimö, das verstehst du, oder?

Seine Antwort kam postwendend.

Willkommen in meiner Welt von götzenverehrenden Lügnern. Bitte schalte den Fernseher morgen Abend ein und hör, was ich zu sagen habe.

Franz verlor keine Zeit, um den Artikel zu dementieren. Am nächsten Abend saß er bereits in einer Talkshow, zur besten Sendezeit. Ihre Eltern mussten das gewusst haben, denn sie hatten den Fernseher eingeschaltet. Das Interview sollte sich eigentlich auf das Buch beziehen, das Franz geschrieben hatte. *Die Kraft der Erde und deine Zukunft* sollte im Frühling herauskommen. Die Moderatorin machte ein bisschen Smalltalk, kam dann aber schnell zur Sache.

»Sie müssen verstehen, dass sich sehr viele Menschen darüber aufregen. Vor zwanzig Jahren das Gerichtsurteil gegen Sie und jetzt das hier – und das scheint erst kürzlich geschehen zu sein. Haben Sie dieser Frau etwas angetan?«

Franz schüttelte langsam den Kopf. Seine Nasenflügel bebten.

»Mir tut diese Frau sehr leid, wer auch immer sie sein mag. Ich habe keiner Frau bisher etwas angetan, was sie nicht selbst gewollt hat. Mir würde im Leben nicht einfallen, innerhalb einer sexuellen Beziehung Gewalt anzuwenden. So etwas tun doch nur Feiglinge, und es widerspricht auch den Prinzipien von ViaTerra.«

»Behaupten Sie also, dass die Frau lügt?«

»Nein, ich sage nur, dass sie eine lebhafte Fantasie hat. Und das ist nichts Neues. Das ist leider ein Umstand, mit dem ich schon länger zu leben gelernt habe. Aber nichtsdestotrotz ist es jedes Mal aufs Neue schmerzhaft.«

Hatte seine Stimme einen frustrierten Unterton, oder bildete sich Julia das nur ein?

Die Moderatorin wechselte die Fahrtrichtung und war jetzt auf der Suche nach ein paar unappetitlichen Details.

»Es gibt auch Andeutungen, dass Sie als Kind nachhaltig geschädigt und traumatisiert worden seien, und zwar nach einem Zwischenfall mit einer Wäscheklammer. Können Sie uns etwas darüber erzählen? Das muss ein schreckliches Erlebnis gewesen sein.«

Franz lachte laut auf. Einen Hauch zu schrill. Dann wurde er überraschend offen und versuchte, ihre Frage mit Scherzen zu überspielen.

»Ich kann keinen Schaden vermelden. Alles da unten ist, wie es sein soll. In Bestform.«

Die Stimmung im Studio löste sich etwas. Aber Julia sah die Anspannung in Franz' Gesicht. Er fuhr sich immer wieder mit den Händen durch die Haare, und als er sie in den Schoß legte, sah Julia, wie sein kleiner Finger zitterte.

Sein Ego hatte einen heftigen Seitenhieb bekommen.

Ihre Eltern tauschten vielsagende Blicke und lächelten schadenfroh. Julia spürte, wie sich ihre wunderbaren – auch irgendwie schmutzigen – Träume in Luft auflösten. Das einzige Gefühl, das zurückblieb, war Enttäuschung.

Genau in diesem Augenblick klingelte das Handy ihrer Mutter.

Während sie zuhörte, was der Anrufer ihr erzählte, veränderte sich ihr Gesichtsausdruck. Sie riss die Augen auf, murmelte etwas Unverständliches.

Dann legte sie auf.

»Jemand hat auf der Baustelle Feuer gelegt«, sagte sie. »Die Polizei hat die Täter zwar auf frischer Tat ertappt, aber sie konnten entkommen.«

Dann brach sie in Tränen aus.

Julia setzte sich zu ihr und nahm sie in den Arm.

49

Wir werden äußerst sorgfältig auf unseren Auftrag vorbereitet.

Wir bekommen neue Frisuren und neue Outfits, damit wir nicht auffallen und leichter in der Menge untertauchen können.

Didrik ist in den vergangenen Jahren immer wieder mal zu seinen Eltern aufs Festland gefahren, ich aber habe noch nie zuvor die Insel ohne Aufsicht eines Erwachsenen verlassen. Deshalb hatte Didrik die Funktion eines Guides in »der Welt dort draußen« zugewiesen bekommen.

Wir studieren Landkarten, lernen Wegbeschreibungen auswendig und bekommen eine Menge Fotos von dir und deiner Familie vorgelegt. Ein Foto deiner Mutter habe ich mir besonders lange angesehen. Ihr seht euch so ähnlich. Ihre Augen strahlen etwas ausgesprochen Entschlossenes aus. »Unwiderstehlich« hatte Vater das genannt, und jetzt konnte ich das plötzlich gut verstehen.

Vater erzählte uns auch ein wenig von euch. Dass ihr auf Orust lebt und deine Mutter ein ViaTerra-Mitglied gewesen ist, es dann aber zu einer Meinungsverschiedenheit kam. Du bist zwei Jahre jünger als Vic und ich, was ich seltsam fand. Dass wir auf der Insel waren, als du gezeugt wurdest, und du trotzdem unsere Halbschwester sein solltest. Ich wollte Vater über deine Mutter ausfragen, ich musste wissen, wie das alles zusammenpasst, hatte dann aber doch Angst vor seinem aufbrausenden Temperament und mochte lieber nichts riskieren.

Wir bekamen auch Handys (ich erinnere mich genau an das herrliche, kribbelnde Gefühl, als mir meins ausgehändigt wurde), die mit einem GPS-System ausgestattet waren. Und sie verfügten über eine integrierte, qualitativ hochwertige Kamera. Didrik wusste zum Glück, wie man mit einer EC-Karte umgeht, die wir auch bekamen. Für mich war es pure Science-Fiction.

Didrik hatte seine Führerscheinprüfung gerade bestanden, sodass wir auch einen Mietwagen zur Verfügung haben würden.

Vater ging ein letztes Mal alles mit uns durch, bevor wir uns auf den Weg machten.

»Auf Englisch sagt man ›do or die‹«, sagte er. »So solltet ihr eure Aufträge immer angehen. Es sind Missionen, um das hehre Ziel von ViaTerra zu erreichen.«

Ich fand das Motto »do or die« in unserem Fall zwar nicht besonders passend, nickte aber dennoch eifrig. Ich hätte alles getan, damit Vater mich reisen lässt und ich endlich mal die Insel verlassen konnte.

»Ein anderes meiner Lieblingsmottos lautet: ›Lieber tot als inkompetent‹«, schob er hinterher. »Findet ihr das zu brutal? Wenn ja, dann habt ihr das alles hier nicht verstanden.«

Er hatte uns einen Masterplan geschrieben, den wir Schritt für Schritt befolgen sollten. Er war besonders detailliert. Dort stand alles drin, von »Nehmt die Fähre aufs Festland« bis hin zu »Findet ein Versteck hinter dem Schulgebäude, von dem aus ihr X beobachten könnt«. Du warst »X«. Dein Name wurde nicht ausgesprochen, auch nicht von mir und Didrik.

Als wir an einem sonnigen Frühlingstag endlich auf der Fähre standen, dachte ich noch, dass es der einfachste und schönste Auftrag aller Zeiten wird.

Aber das war, bevor ich dich zum ersten Mal gesehen habe.

Bekenntnisse eines Spions

Die Sonne hat sich zwischen den Wolken hindurchgeschoben und scheint auf unser kleines Versteck in dem Wäldchen hinter dem Schulhof. Deinem Schulhof.

Ungeduldig warten wir darauf, dass es zur großen Pause klingelt.

Didrik macht sich Sorgen, dass wir dich nicht gleich erkennen, aber ich zweifle keine Sekunde daran. Ich weiß, wir werden dich nicht übersehen.

Ich bin ganz erfüllt von dem Gefühl von Freiheit, ich spüre eine Schwerelosigkeit, seit wir die Insel verlassen haben.

Die kleinsten Details unseres Alltags werden hier bedeutsam: der Fernseher im Hotel, den wir sofort angeschaltet haben. Die Süßigkeiten in der Minibar. Die Menschen auf den Straßen, die auffallend vergnügt durch die Gegend schlendern. Ich habe einen Jungen beobachtet, der mit seiner Mutter auf der Parkbank saß und ein Eis gegessen hat, und wunderte mich, dass so viel Nichtstun erlaubt war.

Wir sitzen also in unserem Versteck, die Handykameras im Anschlag und warten sehnsüchtig auf dein Erscheinen.

Die Schule ist größer, als ich es erwartet hatte, viel größer als unsere bei Kinder der Erde. *Da klingelt die Schulglocke, und Sekunden später stürmen Hunderte von Kindern auf den Schulhof. Es ist ein bisschen unheimlich, so nah dran zu sein. Wir* spüren geradezu die Schritte der Kinder auf dem Asphalt und auch den Windzug, wenn sie bei ihren wilden Spielen an uns vorbeirennen.

»Ist sie das?«, fragt Didrik und zeigt auf ein Mädchen mit langen braunen Haaren.

»Nein«, flüstere ich. »Definitiv nicht.«

Und genau in diesem Moment entdecke ich dich. Du stehst mitten auf dem Schulhof und unterhältst dich mit einer Gruppe von Jungs. Du bist fast einen Kopf größer als sie. Du stehst mit dem Gesicht zu uns, der Wind trägt dein helles Lachen in unser Versteck. Auf den ersten Blick erinnerst du mich an ein Fohlen, das zu schnell gewachsen ist und auf seinen langen Beinen herumstakst. Dein langes Haar reicht dir bis zur Taille.

Du bist das schönste Wesen, das ich je in meinem Leben gesehen habe.

Mit dir verbindet sich alles, was ich niemals sein durfte. Du löst in mir nicht dasselbe aus wie die anderen Mädchen bei Kinder der Erde. Ich empfinde eine tiefe Zuneigung. Wie zu einem Vogeljungen, das aus dem Nest gefallen ist. Ich kann nicht sagen, warum, aber du bist nicht wie eine Schwester für mich. Ich fühle mich zu dir auf eine Weise hingezogen, die ich noch nicht genau beschreiben kann.

Dabei vergesse ich vollkommen, wie unser Auftrag lautet, bis ich neben mir das Klicken von Didriks Handykamera höre.

»Boah, die würde ich ja gerne mal …«, flüstert er, aber ich unterbreche ihn und boxe ihm in die Seite. Wir machen haufenweise Fotos. Dann folgen wir dir, wie du nach Schulschluss auf dein Fahrrad springst und nach Hause radelst. Wir schleichen uns an dein Haus heran und fotografieren dich, wie du auf dem Rasen in der Sonne liegst. Ich kann meinen Blick kaum von deinen nackten karamellbraunen Schultern reißen. Dein Hund verrät uns um ein Haar – er hat uns gewittert und fängt an zu *bellen. Ich breche einen Zweig von deiner Gartenhecke ab und rieche daran, wenn Didrik es nicht sieht. Du hast dein Fahrrad nachlässig in der Einfahrt fallen lassen, ich hebe es auf und lasse meine Hand auf dem Lenker liegen, um etwas zu berühren, das du berührt hast. Wir folgen dir mit dem Wagen in sicherem Abstand, wenn du abends unterwegs bist. Dann fotografieren wir dich, wie du mit deinen Kumpeln an der Tankstelle rumhängst. Am nächsten Abend beobachten wir dich, wie du mit einem Jungen schwimmen gehst. Du ziehst dich aus, wir sehen deinen nackten Körper. Deine Brüste, die schon ziemlich groß sind, Didrik will Fotos machen, ich sage ihm aber, es sei schon zu dunkel.*

Wir sind unsichtbar, gerissen und ziemlich begeistert von unserem geheimen Auftrag.

An den Abenden schreiben wir unsere Berichte und schicken sie Vater via Handy. Es sind detaillierte Beschreibungen davon, was du den ganzen Tag machst. Wir schicken ihm auch eine Unmenge an Fotos.

Vater antwortet immer sofort. Und jedes Mal mit demselben Satz.

»Well done, guys! Carry on!« Also auf Englisch. Wir fühlen uns sehr erwachsen und enorm wichtig.

Du schöpfst keinen Verdacht, bemerkst uns nicht, als wir wie Schatten in deinem Leben auftauchen.

Du drehst dich nie um, wenn es im Gebüsch knackt oder wir mal mit dem Auto zu nah an dich rankommen.

Du hast keine Zeit dafür, weil du deine ganze Aufmerksamkeit der Sache widmest, mit der du gerade beschäftigt bist.

Du hast eine große Präsenz. Du bist viel mehr da *als deine Freunde.*

Meiner Meinung nach hast du in einem so winzigen Kaff nichts verloren. Das ist alles zu klein, engt dich ein. Auf mich wirkst du wie eine tickende Zeitbombe.

In mir wächst ein Unbehagen. Es fühlt sich falsch an, in dein Leben einzudringen.

Am dritten und letzten Tag unseres Auftrags fährst du mit dem Fahrrad in die Bibliothek. Wir folgen dir in sicherem Abstand. Halten ab und zu an, um dir einen Vorsprung zu geben. Als wir den Wagen vor der Bibliothek parken, bitte ich Didrik, darin sitzen zu bleiben. Ich würde gerne eine Nahaufnahme machen, und da wäre es zu auffällig, wenn wir beide reingehen.

Du sitzt in der Leseecke und hast ein Buch auf den Knien. Versunken hast du dich darübergebeugt, dein Haar ist dir über die Schulter gefallen, bedeckt das Buch, deine Beine, alles.

Wir sind allein. Ich stehe reglos an einem Regal und beobachte dich. Es ist so still, dass ich meinen Atem höre. Ich bin ganz nah, ich müsste nur ein paar Schritte machen, um dein Haar berühren zu können. Ich entscheide mich dann doch gegen ein Foto, das würdest du sofort bemerken.

Als ich gerade gehen will, hebst du den Kopf und starrst vor dich ins Leere. Du denkst über das Gelesene nach. Dann drehst du den Kopf und siehst zu mir rüber.

Unsere Blicke begegnen sich.

Mein Herz schlägt mir bis zum Hals.

Ich spüre deine Wärme, die den Abgrund überwindet, der uns trennt.

Die Zeit steht still. Ich kann meinen Blick nicht von dir reißen. Ich muss meinen Körper förmlich zwingen, sich zu bewegen, es ist, als hätte er Wurzeln geschlagen.

Mit gesenktem Kopf verlasse ich die dunkle Bibliothek und gehe in den Sonnenschein hinaus.

Und spüre deinen Blick, der mir folgt.

50

Nach dem Anruf der Polizei wegen der Brandstiftung auf der Baustelle hatten Sofia und Benjamin sofort eine Krisensitzung einberufen. Anna und Simon kamen, Ellis blieb zu Hause in Göteborg, saß aber neben seinem Telefon, jederzeit bereit zu helfen. Sie beschlossen, nachts abwechselnd vor der Baustelle Wache zu stehen. Vorläufig gab es keine andere Lösung.

Die langen, schlaflosen Nächte setzten ihrer Freundschaft zu. Außerdem fanden sie keinen Konsens. Benjamin war dafür, für diese Art von Aufgabe eine Sicherheitsfirma zu beauftragen, aber Sofia wollte nichts davon hören – sie scheute die Kosten. Anna war der Ansicht, dass es Aufgabe der Polizei sei. Sie hatte inzwischen angefangen, in der Pension Vollzeit zu arbeiten, und musste feststellen, dass die Nachtschichten sie fertigmachten. Simon war der Einzige, der sich nicht beklagte. Er sagte, dass er dabei Musik hörte und es genossen habe, im Dunkeln zu sitzen und seinen Gedanken freien Lauf zu lassen.

Als Sofia der Polizei angab, dass ihrer Meinung nach Franz Oswald hinter dem Brandanschlag steckte, schalteten sie wie auch vorher schon auf Durchzug. Erneut musste sie sich anhören, dass sie sich eventuell professionelle Hilfe zur Bearbeitung ihrer Traumata holen sollte. Es gäbe keine Hinweise darauf, dass Franz oder sein Umfeld daran beteiligt sei.

In ihr nahm ein Verdacht Gestalt an, die bedrohliche Vermutung nämlich, dass ihr noch viel Schlimmeres bevorstand. Denn das war die Konsequenz, wenn man sich mit Franz anlegte. Aber sie bereute ihre Aktion mit dem Blogpost trotzdem nicht. Die Genugtuung der Rache wirkte noch nach.

Aber dann nahmen die Ereignisse eine ungeahnte Wendung. Es war an einem Nachmittag Anfang März. Sofia, Benjamin und Simon saßen zusammen und unterhielten sich. Ausnahmsweise ging es mal weder um Franz noch um die *Herberge*. Stattdessen erzählte Simon Anekdoten von seiner Anfangszeit in Kalifornien.

Sofia wollte sich kurz die Beine vertreten und stellte sich ans Küchenfenster. Der Garten war in einen hartnäckigen Nebel gehüllt. Zwar hatte der Regen irgendwann aufgehört, war aber von einem Morgennebel abgelöst worden, der sich bis in die frühen Abendstunden hielt.

Als ein Streifenwagen in ihre Einfahrt bog, ging sie schon vom Schlimmsten aus. Julia war entführt worden. Die *Herberge* war bis auf die Grundmauern abgebrannt. Ihren Eltern war etwas Schreckliches zugestoßen. Sie hatte die beiden Polizeibeamten, die ausstiegen, noch nie gesehen. Eine junge dunkelhaarige Frau und ein älterer grauhaariger Mann. Sofia öffnete ihnen die Tür. Sie sahen so ernst aus. Ihr Puls raste. Die Beamten stellten sich als Victoria Heyman und Antonio Beijer von der Kriminalpolizei Göteborg vor.

»Keine Sorge«, sagte Victoria Heyman, als sie in Sofias verängstigtes Gesicht sah. »Wir haben gute und schlechte Nachrichten, aber hauptsächlich positive.«

Sie sei es gewesen, die die Brandstifter auf frischer Tat

ertappt habe. Obwohl es nicht ihr Revier sei, habe sie sich dafür entschieden, der Sache nachzugehen und in ihrem langjährigen Kollegen Antonio Beijer einen Unterstützer gefunden. Er habe ihr geholfen, an die Fingerabdrücke vom Feuerzeug zu kommen, das man am Tatort gefunden hatte. Die Suche im Strafregister habe einen Treffer ergeben, und der Besagte sei auch schon verhaftet worden.

Sofia hielt die Luft an, denn der Gesichtsausdruck der Beamtin deutete an, dass noch viel schockierendere Nachrichten auf sie zukommen würden.

»Er hat nicht nur den Brandanschlag zugegeben, sondern auch den Überfall auf Ihre Tochter. Er heißt Viggo Sankt Petrus, obwohl sein bürgerlicher Nachname Pettersson ist. Sankt Petrus ist ein Name, den er sich als Mitglied einer freikirchlichen Gemeinschaft gegeben hat. *Gottes Weg* heißt die.«

Simon schnappte nach Luft.

»Wie bitte? Meine Eltern sind Mitglieder dieser Gemeinschaft. Die spinnen – alle.«

»Aber warum hat er ausgerechnet *uns* angegriffen?«, fragte Benjamin verunsichert.

»Sie sind das eigentliche Ziel«, sagte die Beamtin zu Sofia gewandt. »Er hat eine Tochter, die mit achtzehn Jahren aus der Gemeinschaft ausgestiegen ist. Helena Petterson, erinnern Sie sich an sie?«

Natürlich erinnerte sich Sofia an das Mädchen. Sie war von *Gottes Weg* geflohen und hatte sich zwei Jahre lang in der *Herberge* versteckt. Ihr rabiater, fanatischer Vater war mehrmals vorbeigekommen und hatte sie mitnehmen wollen. Sofia erinnerte sich mit Schaudern an den kleinwüchsigen Mann und seine bösen, vorstehenden Augen. Ironischerweise hatte ausgerechnet Peder Santos ihn vor die Tür gesetzt. Viggo Petterson hatte geschrien und ihnen mit allem Möglichen gedroht. Unter anderem damit, die *Herberge* in Brand zu stecken. Santos hatte ihn schließlich angezeigt, und erst dann hatte er sie in Frieden gelassen. Dachten sie. Von Helena hatte Sofia seit dem Sturm nichts mehr gehört.

»Nach dem Sturm ist Helena untergetaucht«, fuhr Kommissarin Heyman fort. »Sie lebt mittlerweile unter einer neuen Identität. Ihr Vater aber ist der Überzeugung, dass Sie zu verantworten haben, dass Helena eine Abtrünnige geworden ist. Was er mit Julia gemacht hat, war demnach die Rache an Ihnen. Das klingt genauso verrückt, wie es ist.«

»Und warum hat er Fotos von Julia gemacht?«, fragte Benjamin.

Die Beamtin holte ihren Laptop aus dem Rucksack.

»Ich muss Ihnen etwas Unangenehmes zeigen. Ist Julia zu Hause?«

»Nein, sie ist noch in der Schule.«

»Sehr gut, ich würde gern verhindern, dass sie die Fotos zu sehen bekommt. Und ich fände es auch unangemessen, wenn Ihr ... Bekannter sie sieht«, sagte sie und nickte Simon zu. »Es sind Nacktbilder von Julia.«

Simon zog sich sofort in eine Ecke des Wohnzimmers zurück.

Sie öffnete eine Seite, die aus zwei großen Kreuzen in der Ecke und einem Bild des gekreuzigten Jesus in der Mitte bestand. *Gottes einzig wahrer Weg* titelte die Überschrift. Sie loggte sich mit einem Passwort ein, das sie von einem Zettel abtippte, und kam so auf eine neue Seite, die das Wort *VERGELTUNG* in großen Lettern zur Überschrift hatte. Das Bild auf dieser Seite war ein Gemälde von Hieronymus Bosch, auf dem die Leiden der Menschen in der Hölle zu sehen waren.

»Zu dieser Seite hat nur ein kleiner Kreis von Mitgliedern aus *Gottes Weg* Zutritt. Die meisten davon sind ältere Männer. Es ist uns gelungen, uns Zugang zu verschaffen. Und auf dieser Seite befinden sich auch die Fotos Ihrer Tochter.« Sie klickte auf einen Link.

HURENTOCHTER stand über den Fotos, auf denen Julia zu sehen war. Nackt. Gefesselt und in den verschiedensten Posen. Das Schlimmste war, dass die Fotos so aussahen, als hätte Julia freiwillig mitgemacht. Auf einigen leckte sie sich anzüglich über die Lippen, spreizte ihre Beine. Sofia drehte sich der Magen um. Benjamin legte seine Handflächen auf die Wangen und schaukelte nervös vor und zurück. Er war sprachlos.

»Es tut mir furchtbar leid, dass Sie sich das ansehen müssen. Dargestellt ist damit so eine Art göttliche Rache. Diese Männer nehmen das Gesetz in die eigenen Hände. Viggo Petterson schreibt dazu, dass Sie das Leben seiner Tochter zerstört hätten und dass dies jetzt seine Vergeltung dafür sei. Vollkommen geisteskrank, keine Frage. Er ist verhaftet worden und sitzt in Untersuchungshaft.«

»Ich hoffe, dass Sie alle erwischen, die sich da einloggen und diese Fotos angesehen haben«, sagte Benjamin.

»Wir tun unser Bestes«, sagte Antonio Beijer.

»War er auch derjenige, der mich in der *Herberge* fotografiert hat und hier zweimal eingebrochen ist?«, fragte Sofia.

»Das hat er zumindest noch nicht gestanden. Aber es scheint sehr naheliegend zu sein. Wir fangen gerade erst an, Licht in dieses Dunkel zu bringen. Ihre Tochter ist nicht die Einzige, die auf diese Weise gedemütigt wurde. Wir haben mehrere ähnliche Fälle auf den Seiten gefunden. Auch diese anderen Mädchen wurden überfallen und nackt fotografiert. Aber die Aufnahmen erspar ich Ihnen.«

»Ich möchte sie auch gar nicht sehen. Aber was passiert jetzt mit diesem Viggo?«

»Er ist wegen Körperverletzung vorbestraft und wird in mehreren Fällen der Belästigung bezichtigt. Gegen ihn sind bereits mehrere Anzeigen erstattet worden. Da es sich um Minderjährige handelt, wird er so schnell nicht wieder entlassen werden. Ich hoffe also, dass Sie in Zukunft wieder beruhigter schlafen gehen können.« Die Beamtin lächelte.

»Ich wusste immer, dass diese Sekte vollkommen krank ist«, sagte Simon. »Hoffentlich hat mein Vater seine Finger da nicht mit im Spiel.«

Sofia hörte ihm gar nicht richtig zu. Ihr liefen die Tränen übers Gesicht, sie legte ihren Kopf an Benjamins Schulter und ließ sich von ihm trösten.

»Wir melden uns, sobald wir Neuigkeiten haben«, sagte die Kommissarin und stand auf.

»Vielen Dank, dass Sie das alles so ernst genommen haben«, schniefte Sofia. »Ich hoffe sehr, dass diese Seite so schnell wie möglich deaktiviert wird.«

»Selbstverständlich. Wir wollten sie Ihnen nur vorher zeigen. Ich bin im letzten Sommer an der *Herberge* vorbeigefahren und fand das Haus so hübsch. Deshalb wollte ich ein bisschen helfen.«

Nachdem die Beamten gegangen waren, saßen sie schweigend zusammen. Sofia schämte sich, weil sie nie in Erwägung gezogen hatte, dass ihre Arbeit mit den Ereignissen zu tun haben konnte. Verständlicherweise war sie nicht nur ViaTerra ein Dorn im Auge. Sie war so fest davon überzeugt gewesen, dass Franz hinter all dem gestanden hatte.

Aber am Ende spielte es auch keine Rolle. Franz war ein gewalttätiger Mann, und Frauen wie Elisa Bonelli hatten ein Recht auf Vergeltung. Außerdem hatte er die Veröffentlichung ihres Buches an sich gerissen, was sie rasend vor Wut machte.

»Arme Julia«, platzte es aus Benjamin heraus. »Was für eine ekelhafte Vorstellung, dass diese alten Säcke all diese Fotos von ihr angesehen haben. Am liebsten würde ich in den Knast fahren und diesem Sankt Petrus eine reinhauen.«

»Müssen wir das Julia erzählen?«, fragte Sofia ängstlich.

»Doch, das müssen wir. Und sie schafft das. Es wird sie erleichtern, die ganzen Umstände zu kennen, du wirst sehen.«

Sofia rief Anna an, die vor der *Herberge* Wache hielt.

»Komm zu uns«, sagte Sofia. »Benjamin kocht was Gutes.«

Es wurde dann doch noch ein schöner Abend. Die Unstimmigkeit zwischen ihnen war wie weggeblasen, die Stimmung war gelöst und fröhlich. Sie schmiedeten Pläne und genossen die Zeit zusammen und die Erleichterung darüber, dass die Gefahr endlich gebannt war.

Julia nahm die Nachricht in der Tat so gelassen auf, wie Benjamin prophezeit hatte. Sie weinte zwar, aber eher aus Erleichterung. Dann wollte sie wissen, wie viel auf den Fotos zu sehen war.

»Genau genommen alles«, sagte Sofia. »Aber sie werden die Website deaktivieren. Niemand wird sie sich wieder ansehen können, das verspreche ich dir.«

Julia wischte sich die Tränen aus den Augen.

»Ach, was soll's, ist ja nur ein nackter Körper. Und ich muss mich nun wirklich nicht für meinen Körper schämen.«

Am nächsten Tag waren die Schlagzeilen der Zeitungen voll von der Nachricht über die perverse Sekte, deren Mitglieder wegen Kinderpornographie und sexueller Nötigung angeklagt wurden. Bereits vier Männer waren verhaftet worden.

Am späten Abend klingelte es an der Tür, und ein Bote brachte einen großen Blumenstrauß. Von Franz Oswald. Zwischen den Lilien, Orchideen und Pfingstrosen, seinen Lieblingsblumen, steckte eine Karte mit einer Grußbotschaft.

Sofia.
Ich vergebe dir deine Verdächtigungen.
Ich vergebe dir deine Lügen, die du über mich verbreitet hast.
Ich hoffe, dass du auch mir eines Tages vergeben kannst.

51

Als wir nach Hause fuhren, auf der Fähre über den Sund, musste ich die ganze Zeit an dich denken. Nicht so, wie wenn man sich in ein Mädchen verknallt hat. Du bist für mich ein Symbol für etwas Außergewöhnliches, Feines und Unerreichbares gewesen.

Ich machte mir Sorgen, was Vater tun würde, nachdem er die vielen Fotos von dir gesehen hat. Ich kannte ihn, er war eigentlich nicht impulsiv, außer bei Wutausbrüchen. Er hatte immer einen Plan, und ich wollte wissen, welche Rolle du darin spielen würdest.

Ich hatte ein paar Fotos gemacht, die ich ihm nicht geschickt habe. Auf einem liegst du im Garten. Deine Bluse ist hochgerutscht, und man kann den Ansatz deiner Brust sehen. Das andere Foto ist von hinten aufgenommen. Du bückst dich, um einen Stift aufzuheben, und dein Rock ist so kurz, dass man deine Unterhose sehen kann.

Ich wusste genau, warum ich sie Vater nicht geschickt hatte, auch wenn ich mir das nicht gleich eingestehen wollte. Aber ich ahnte, wie er darauf reagieren würde.

Deshalb löschte ich sie, ohne dass Didrik es bemerkte.

Während der Abstand zwischen Fähre und Insel schrumpfte, wuchs der Druck in meiner Brust. Der Schmerz wurde so groß, dass ich am liebsten über Bord gesprungen und in den Fluten verschwunden wäre. Ich schämte mich. Und zum ersten Mal in meinem Leben hatte die Scham nichts mit mir selbst zu tun – mit meiner Hässlichkeit, Ungeschicklichkeit oder Unzulänglichkeit. Ich schämte mich bei dem Gedanken, wie du das finden würdest, was wir getan hatten.

Kaum waren wir in ViaTerra angekommen, wurden wir von einem ungeduldigen Karsten in unser Büro im Herrenhaus gedrängt. Dort verfassten wir einen detaillierten Bericht über unsere Reise und die Erfüllung unseres Auftrages und übergaben die SIM-Karte mit den Aufnahmen. Wir sollten uns beeilen, denn eine neue Katastrophe hatte sich ereignet und erforderte unsere ganze Aufmerksamkeit.

Elisa, die Sexbombe, hatte Lügen über Vater verbreitet.

Enthüllungen und Lügen

Wir sollen uns im Klassenzimmer einfinden. Karsten möchte mit uns reden. Und bald erfahre ich auch, warum er das will. Die Angelegenheit ist viel zu heikel, als dass Vater es selbst machen kann.

Karsten sieht uns ernst und streng an. Er erinnert uns an Elisa, das schreckliche Mädchen, das vor einiger Zeit bei uns zur Schule gegangen war. Sie musste wieder nach Hause geschickt werden, weil sie die hohen Standards von ViaTerra nicht hatte erfüllen können. Der Chef hatte das angeordnet. Wir können alle von Glück sagen, dass er die Fähigkeit hat, Lügner auf den ersten Blick zu erkennen. Ihm ist es zu verdanken, dass er sofort ihre eigentliche Absicht durchschaut hatte. Sie war nur gekommen, um alles zu zerstören und mit den Jungs zu bumsen.

Karsten durchbohrt Didrik mit Blicken, während er weiter-

spricht. Aus den Augenwinkeln sehe ich, wie Didrik neben mir auf seinem Stuhl zusammensinkt.

Und diese Elisa habe sich wie ein Blutegel verhalten und versucht, sich am Chef festzubeißen. Sie sei promiskuitiv gewesen, was wir bestimmt alle bemerkt hätten. Und trotzdem habe niemand von uns etwas dagegen unternommen. Weil wir davon ausgingen, dass der Chef es schon richten würde. Und das sei nicht in Ordnung. Aber uns würde jetzt die Gelegenheit gegeben werden, es wiedergutzumachen. Elisa habe einen Post geschrieben, innerhalb eines Blogs, in dem sie Lügen über ViaTerra und den Chef verbreite. »Ihr erinnert euch doch noch daran, wie sie war?«, sagt er. »Wie verlogen! Sie hat immerzu gelogen. Ich bin mir sicher, dass euch gute Beispiele dafür einfallen. Und die werdet ihr vor laufender Kamera erzählen, einer nach dem anderen. Die Aufnahmen werden wir benötigen, wenn Elisas Eltern kommen, um mit dem Chef zu sprechen. Sie haben das Recht zu erfahren, was für ein berechnendes kleines Miststück ihre Tochter ist.«

Ich erinnere mich vor allem an ihre schönen Augen, an ihren Busen, dessen Rundungen man unter dem T-Shirt hatte sehen können, und an ihr starkes Parfum. Aber ich kann mich nicht erinnern, dass sie mich jemals angelogen hat.

Zaghaft melde ich mich.

»Mich hat sie, glaube ich, nie angelogen. Was soll ich stattdessen sagen?«

Karstens Augen bekommen einen harten, unerbittlichen Glanz.

»Dann wirst du wohl deine Fantasie anstrengen müssen. Sie wird dich ganz sicher wegen irgendetwas angelogen haben, verdammt nochmal. Willst du wirklich, dass der Chef ganz allein damit fertigwerden muss? Du sollst ihm dabei helfen, Thor. Mir ist es scheißegal, ob dir das gefällt oder nicht.«

Es ist totenstill im Klassenzimmer. Alle starren mich an. Den Verräter, der dem Chef schon wieder nicht helfen will. Wenn ich jetzt widerspreche, wird das Vertrauen, das Vater in mich gesetzt hat, noch einmal verloren gehen. Der Gedanke an das Loch treibt mich an. Gleichzeitig aber wächst auch die Wut in mir.

Mein kleines Abenteuer auf dem Festland hat mir nämlich eines gezeigt. Was wir hier auf der Insel tun, ist alles andere als normal.

Karsten baut sich vor mir auf. Die Ader an seiner Stirn ist geschwollen. Er ist stinksauer. Auf einmal überkommt mich eine Fantasie, ein Zwangsfantasie, wie ich aufspringe und ihm mit der Faust ins Gesicht schlage. Wie schön das wäre. Aber stattdessen zische ich eine Antwort, als wären meine Kiefer zusammengebunden.

»Verstehe.«

Da erinnere ich mich, erzähle ich stotternd, dass Elisa einmal erwähnte, ihr Vater sei steinreich. Und später hätte sie dann gesagt, dass er der reichste Mann in ganz Schweden sei. Aber das sei ja nicht dasselbe. Zwischen »steinreich« und »der reichste Mann in ganz Schweden« gäbe es doch einen Unterschied, oder? Kaum habe ich diese These hervorgestottert, ist Karsten ganz Feuer und Flamme.

»Ganz genau! Manchmal ist es gar nicht so einfach, die Lügner zu enttarnen. Sie konnte sich gut einschmeicheln und war ziemlich überzeugend. Das ist ein sehr guter Ausgangspunkt, Thor! Und ihr anderen, euch werden bestimmt auch so ähnliche Beispiele einfallen. Los, lasst uns anfangen!«

In der kleinen Kammer hinter dem Klassenraum haben sie eine Videokamera aufgebaut. Wir sollen uns auf den Stuhl davor setzen, uns kurz vorstellen und angeben, wie lange wir schon bei Kinder der Erde *sind. Und danach sollen wir erzählen, wie wir Elisa erlebt und wahrgenommen haben. Wir dür-*

fen auch was Freundliches sagen. Zum Beispiel: »Elisa war ganz nett, aber einmal hat sie mir gegenüber behauptet, dass ihr Vater der reichste Mann in Schweden ist.« Karsten coacht uns durch die Dreharbeiten. Wir sind bis spät in die Nacht damit beschäftigt. Vater muss die Videoclips erst abnicken, dann dürfen wir ins Bett gehen. Ängstlich und müde warten wir im Klassenzimmer auf sein Urteil.

Aber Vater ist noch nicht zufrieden. Wir müssen nochmal vor die Kamera, und dieses Mal sollen wir sagen, wie wir ihn sehen und erleben. Sollen Beispiele seiner Hilfsbereitschaft und Unterstützung geben. Gern auch kurze Anekdoten von kleinen, persönlichen Geschenken und Aufmerksamkeiten.

»Mit Feuer im Blick«, fordert Karsten. »Denkt daran, wie sehr ihr den Chef bewundert. Erzählt der Kamera von allen guten Taten, die er vollbringt.«

Also setzen wir uns einer nach dem anderen vor die Kamera, unterdrücken ein Gähnen und versuchen, so gut es geht, mit fröhlichen und hingebungsvollen Gesichtern unsere Geschichten zu erzählen.

Endlich kommt Karsten aus Vaters Büro zurück und streckt den Daumen in die Luft.

Ein paar Tage später sollen wir uns erneut im Klassenzimmer einfinden. Stolz verkündet Karsten, dass wir Elisas Eltern mit unseren Beiträgen hätten überzeugen können. Elisa werde sich in psychologische Behandlung begeben, und alles werde wieder gut. Vater danke uns für unsere Mithilfe.

In dieser Nacht spiele ich den Gedanken durch, mich vom Teufelsfelsen zu stürzen und für immer zu verschwinden. Meine Großmutter hat Selbstmord begangen, meine Mutter hatte auch mit dem Gedanken gespielt, vielleicht habe ich das ja geerbt?

Etwas hat sich grundlegend verändert.

Eine Grenze ist überschritten worden.

Ich habe etwas getan, was ich nicht mehr ungeschehen machen kann.

Ohne es zu wollen, habe ich zwei Mädchen verraten, die ich wirklich sehr gern mochte.

52

Franz' Blumen führten zu Simons Wutausbruch. Sofia hatte sie im Eingangsflur liegen lassen, weder richtig im Haus noch richtig draußen. Das war der Anlass.

Sie wollten eigentlich nach Göteborg fahren. Simon hatte Orust nicht verlassen, seit er nach Schweden gekommen war, und Sofia wollte mit ihm, aus Dankbarkeit für seine Hilfe, einen Tag lang in der Stadt verbringen. Außerdem hatte er angedeutet, dass er gegen Ende der Woche für ein paar Tage nicht erreichbar sein würde. Dass er verabredet sei. Sofia vermutete, dass seine mysteriöse Freundin jetzt endlich nachkommen würde. Er war unerträglich verschwiegen, wenn sie ihn nach ihr ausfragte. Und Sofia rechnete sich Chancen aus, dass er sich vielleicht in einer anderen, gelösten Umgebung öffnen und ihr mehr erzählen würde.

Sie sah aus dem Fenster, als sein Auto in die Einfahrt bog. Als er aber nicht zu ihr in die Küche kam, ging sie nach draußen. Er stand im Flur, hatte den Strauß und die Grußkarte in den Händen und murmelte vor sich hin.

»Warum liegen diese Blumen nicht im Mülleimer?«, fragte er.

»Was?«

»Warum du sie nicht gleich weggeworfen hast?«

Seine Stimme war ruhig, klang beherrscht, aber Sofia spürte seine Anspannung.

»Ich wollte sie ja wegwerfen, aber dann hat es geregnet und …«

»Es hat in den letzten Tagen nicht geregnet, verdammt.«

Sofia zögerte, aber das genügte Simon.

»Du glaubst wirklich, dass sich das alles von ganz allein regeln wird, ja? Dass er seine Finger nicht im Spiel hat und für den ganzen Scheiß, der euch passiert ist, nicht verantwortlich ist?«, schrie er wie außer sich.

Die Lautstärke und Nachdrücklichkeit in seiner Stimme ließen sie zusammenzucken. Sie versuchte, ihn mit einem Lächeln zu beschwichtigen, aber das ließ er nicht zu.

»Das habe ich nie gesagt. Hör auf damit, Simon! Du machst mir Angst, wenn du so bist.«

»Nein, du bist es, die mir Angst macht. Du machst *mir* mit deiner Naivität Angst. Er ist besessen von dir, seit er dich das erste Mal gesehen hat. Aber du willst das nicht wahrhaben, weil du von ihm genauso besessen bist.«

»Das ist nicht wahr!«

»Doch, du weigerst dich, ihn loszulassen. Du warst früher viel cleverer. Damals hast du ihn schneller durchschaut.«

»Das tue ich heute auch noch. Hör auf, so wütend zu sein.«

Seine Augen waren zu schmalen Schlitzen geworden. Er starrte sie an. Sie konnte förmlich zusehen, wie die Rötung in seinem Gesicht immer dunkler wurde.

Erst ein einziges Mal hatte sie Simon derart außer sich gesehen. Das war zwanzig Jahre her. Franz hatte ihn vor der versammelten Mannschaft von ViaTerra niedergeschlagen. Wenn Franz' Schläger Simon nicht festgehalten hätten, wäre von Franz nicht viel übrig geblieben. Sie konnte nicht verstehen, warum sich seine Wut jetzt ausgerechnet bei ihr so entlud.

»Komm doch bitte rein«, versuchte sie, die Stimmung zu entkrampfen.

»Ich glaube, ich fahre wieder nach Hause.«

»Jetzt hör auf! Doch nicht wegen ein paar Blumen?«

»Doch, wirklich. Ich gebe auf! Ich bin nach Schweden gekommen, damit du dich endgültig von ihm lösen kannst. Aber es ist aussichtslos.«

»Das stimmt doch überhaupt nicht. Ich habe schon seit Ewigkeiten nicht mehr mit ihm gesprochen. Das ist doch nur das Buch …«

»Himmel, Sofia! Lass die Finger davon, solange es noch geht. Außerdem fehlt ein Kapitel in diesem Buch. Das, in dem es darum geht, was Franz dir angetan hat.«

Jetzt hatte die Wut sie gepackt.

»Das beschäftigt mich jeden Tag! Aber ich bin noch nicht so weit, dass ich darüber sprechen oder schreiben kann, kannst du das bitte respektieren? Außerdem stresst mich, dass er Julias leiblicher Vater sein könnte.«

»Aha, und was wäre dann? Was hätte das für Konsequenzen? Soll er den Papa spielen? Denn diese Rolle beherrscht er ja so hervorragend! Du bist verdammt naiv, Sofia.«

»Das bin ich nicht!«

»Oh doch, das bist du. Und vollkommen unberechenbar noch dazu. Hast du dich jemals in deinem Leben hingesetzt und nachgedacht, bevor du einen Entschluss gefasst hast? Du handelst ausschließlich impulsiv. Wenn du das nicht änderst, sehe ich für dich und deine Familie schwarz.«

Sie drehte den Kopf weg. Ihr stiegen die Tränen in die Augen. Sie begriff nicht, was in Simon gefahren war. Was sie aber am meisten verzweifeln ließ, war seine Wut auf sie. Sie fühlte sich so gedemütigt und jämmerlich wie damals, als Franz sie in seinem Büro zurechtgewiesen hatte.

»Bitte, hör auf, mich so zu beschimpfen, du machst mir Angst!«

Er drückte die Handfläche gegen seine Stirn, und sie konnte förmlich sehen, wie seine Wut nachließ.

»Verzeih mir, Sofia. Ich weiß Dinge, die du nicht weißt. Das ist das Problem.«

»Dann erzähl sie mir doch endlich!«

»Nein, das geht noch nicht. Es ist besser, wenn wir uns eine Zeitlang nicht sehen. Ich melde mich«, sagte er und wandte sich zum Gehen.

Auf die Reise nach Göteborg, die auf einmal in eine unendliche Ferne rückte, konnte sie verzichten. Sie wollte nur, dass Simon wieder so war wie sonst.

»Bitte geh jetzt nicht. Erzähl mir, was los ist«, versuchte sie es ein letztes Mal.

Er drehte sich um. Sein Blick war frei von Wut, aber voller Mitleid.

Was sich fast noch schlimmer anfühlte.

»Jemand muss es dir klarmachen. Franz ist wie ein Krebsgeschwür. Jedes Mal, wenn du ihn wie einen normalen Menschen behandelst, verlierst du etwas von dir. Denk bitte mal darüber nach. Ich melde mich wieder«, sagte er und ging.

Sie sah ihm hinterher, wie er sich zu seinem Wagen aufmachte. Seinem Gang sah man seine Verfassung an. Er war angespannt, erschüttert. Da fielen ihr die Blumen wieder ein, sie schlüpfte in ein Paar Pantoffeln und ging zur Mülltonne damit.

Der Himmel war den ganzen Tag über schon grau gewesen, aber jetzt hatten die Wolken eine unnatürlich dunkelgraue Farbe angenommen. Sie sahen schwer aus, regenschwer. In der Ferne donnerte es. Sie hatte gerade die

Blumen in die Mülltonne gestopft, als sich die Himmelsschleusen öffneten und ein Wolkenbruch niederging, als stünde sie unter einem Wasserfall. Sie rannte so schnell sie konnte ins Haus zurück, war aber innerhalb von Sekunden vollkommen durchnässt und fror jetzt.

»Da hast du deinen Regen«, murmelte sie.

Sie zog sich etwas Trockenes an und setzte sich aufs Sofa. Sie lauschte dem Regen, der aufs Dach trommelte, und dem Gluckern des Wassers in den Regenrinnen. Alle Farben lösten sich auf, alles war dunkelgrau. Das Donnern hörte nicht auf, die Blitze konnte sie nicht jedes Mal sehen, dazu waren die ziehenden Wolken teilweise zu schwer und zu dick.

Sie war mit Denzel allein im Haus, surfte im Internet, versuchte, etwas zu lesen, aber immer wieder hallte Simons aufgebrachter Satz in ihrem Kopf. *Außerdem fehlt ein Kapitel in diesem Buch.* Warum hatte sie das nicht geschrieben? Damit hatte Simon einen wunden Punkt getroffen, denn als sie den letzten Satz im Manuskript getippt hatte, wusste sie genau, dass etwas fehlte. Deshalb hatte es wahrscheinlich auch so lange in der Schublade gelegen. Und jetzt würden die Leser niemals die ganze Wahrheit erfahren. Ihr ging es um Julia. Niemand will einen Vergewaltiger als Vater haben.

Während sie ins Leere starrte, fasste sie einen Beschluss. Sie würde mit Julia verreisen und ihr auf der Fahrt alles erzählen.

Draußen klarte es langsam wieder auf. Man hörte eine Amsel zwitschern. Sie war voller Zuversicht, Hauptsache sie und Simon vertrugen sich wieder.

Als Benjamin nach Hause kam, erzählte sie ihm von Simons Wutausbruch. Benjamin lachte schallend.

»Ich bin ehrlich gesagt ganz auf seiner Seite, Schatz. Bevor Franz wieder auftauchte, war alles so gut. Ich mag ihn auch nicht in deiner oder Julias Nähe wissen.«

Als Sofia vorschlug, Julia in alles einzuweihen, war es dieses Mal Benjamin, der zögerte.

»Wollen wir nicht lieber erst den DNA-Test machen? Dazu braucht man nur eine Haarsträhne, habe ich gehört. Wir nehmen einfach die Haare von ihrer Bürste.«

»Ich habe dieses Lügen so satt. Wir verkomplizieren es nur.«

»Ja, dann erzähl es ihr, wenn sich das richtiger anfühlt. Und dann kann sie ja entscheiden, ob sie den Test will oder nicht.«

Sofia versuchte, Simon anzurufen. Mehrmals. Aber sie erreichte immer nur seine Mailbox. Sie sprach ihm auf Band, flehte ihn an, sich zu melden, aber er rief einfach nicht zurück. Auch am nächsten Tag nicht. Sofia fing an, sich Sorgen zu machen, dass er aus Wut in die USA zurückgeflogen sein könnte. Es verging keine Minute, in der sie nicht an ihn dachte, sie hatte die ganze Zeit einen Kloß im Hals. Als sie am Nachmittag auf der Baustelle nach dem Rechten sah, vermisste sie ihn so sehr, dass sie kurzerhand zur Pension fuhr, um mit ihm zu sprechen.

Die Frau an der Rezeption wusste, dass Simon morgens ausgecheckt hatte.

Sofia war verzweifelt.

»Aber wo ist er denn hingefahren?«, fragte sie.

»Er sagte nur, dass er auf der Insel bleiben wolle, aber woanders unterkäme.«

»Hat er keine Adresse hinterlassen?«

»Nein, das macht doch niemand!«, gab sie irritiert als Antwort.

Sofia war so verzweifelt, dass sie kaum schlafen konnte. Warum weigerte er sich, mit ihr zu sprechen? Sie schwankte zwischen dem Fluch, dass er zur Hölle fahren konnte, und großer Trauer. Es fühlte sich an, als würde ihr das Herz herausgerissen werden.

Am nächsten Tag war Benjamin wieder beruflich unterwegs, Anna musste in der Pension arbeiten, und Julia war in der Schule. Sofia war von der Vorstellung gestresst, den ganzen Tag allein zu Hause zu sein. Und sie fürchtete sich vor dem nächsten Anruf ihrer Verlegerin Louise Ringvall, die mit ihr ohnehin nur wieder über die Buchpremiere sprechen wollte. Kurzerhand ließ sie ihr Handy zu Hause und machte einen Spaziergang hinunter ans Wasser. Sie nahm einen kleinen Rucksack mit, packte sich was zum Essen ein und lud sich ein neues Buch auf den Reader. Sie zog sich Jeans, Turnschuhe und eine Windjacke an und verließ das Haus. Die Luft war herrlich, ein strahlend klarer Morgen, und man konnte jeden einzelnen Baum und Busch sehen, die den See säumten. Der Himmel war mit kleinen Schleierwolken geschmückt. Die Sonne glitzerte auf dem Frost, der über Nacht alles bedeckt hatte. Die Krokusse, von dem vielen Regen und der milden Sonne zum Leben erweckt, leuchteten in bunten Farben. Laut Kalender mochte es zwar noch Winter sein, aber der Frühling hatte sich mit angenehmen Temperaturen schon angekündigt.

In diesem Augenblick sah Sofia Simons Wagen an der Straße stehen. Sie erstarrte sofort, aber dann sah sie ihn aussteigen und atmete erleichtert aus. Um Sekunden später erneut zusammenzuzucken, denn auch die Beifahrertür öffnete sich. Eine Frau stieg aus. Sie trug eine Winterjacke, dazu Jeans, hohe Stiefel, eine Schirmmütze und eine Sonnenbrille. Sofia konnte ihr Gesicht nicht sehen. Aber ihre langen roten Haare erschienen ihr bekannt.

Simon legte einen Arm um sie, und die beiden kamen auf sie zu. Erst als die Frau ihre Lippen schürzte und die Nase kräuselte, wusste Sofia, wer da vor ihr stand. Elvira.

53

Bei ViaTerra kannte sich niemand mit Computern aus. Vater war auch der Einzige, der einen besaß. Aber jetzt hatte er Pläne gemacht, die keinen Aufschub duldeten. Er wollte das Internet erobern. Bis dahin hatte ihn diese Option nicht sonderlich interessiert, es sei denn für die Verbreitung seiner Lehre. Seit der Geburtsstunde von ViaTerra hatte er einen der Mitarbeiter für das Sammeln von Ausschnitten abgestellt, aus denen hervorging, was und wie in den Medien über ihn und ViaTerra geschrieben wurde. Aber jetzt brauchte er jemanden, der ihm eine Website erstellen, Dateien hochladen und Accounts in den sozialen Netzwerken einrichten konnte. Kurzerhand wurde eine Computerspezialistin vom Festland engagiert, Bella Svahnberg. Aber auch Teile des Personals von ViaTerra sollten geschult werden.

Die Wahl fiel auf Matteo und mich.

Bella Svahnberg war nicht nur ein Computergenie, sie war eine richtige PR-Frau, extrovertiert und geradezu gerissen. Vater war schon nach dem ersten Meeting hellauf begeistert. Bella strahlte Glamour aus und war auf ihre ganz eigene Art elegant. Sie trug ihr Haar kurz und blondiert. Die Augenbrauen waren sorgfältig gezupft und schwarz nachgezogen. Man konnte ihr hellrosa Zahnfleisch sehen, wenn sie mit ihren knallroten Lippen ihr etwas aufgesetztes Lachen zum Besten gab. Die schwarz lackierten Fingernägel waren so lang, dass ich mich immer fragte, wie sie damit auf der Tastatur tippen konnte.

Obwohl Bella manchmal eine unangenehme Person war, die alle Lorbeeren für sich einheimste, eröffnete sie mir eine vollkommen neue Welt.

Operation Internet

Wir sitzen in Vaters Büro und warten auf ihn. Matteo, Bella Svahnberg und ich. Sie hat versucht, uns über ihn auszufragen. Wahrscheinlich hat sie noch nicht begriffen, dass wir hier in ViaTerra nicht über Vaters Privatleben sprechen.

Als Vater kommt, setzt er sich nicht zu uns, sondern stellt sich mit dem Rücken zu uns ans Fenster und blickt hinaus aufs Meer. Wir verhalten uns still, sogar Bella.

Dann dreht er sich zu dem großen Bücherregal, das sich über die gesamte Wand erstreckt. Vom ersten Tag an hat er alle positiven Zeitschriftenartikel und Ausdrucke von Online-Berichten über ihn in Pressemappen sammeln lassen. Da er sich eine ganze Weile aus der Öffentlichkeit zurückgezogen hatte, war in letzter Zeit nicht so viel Neues hinzugekommen. Jetzt zieht er einen der Ordner aus dem Regal und hält ihn triumphierend in die Höhe.

»Wenn wir mit unserem Projekt erst einmal begonnen haben, wird sich diese Sammlung innerhalb von Monaten verzehnfachen«, sagte er. »Das ist das Ziel.«

Gedankenverloren setzt er sich an seinen Schreibtisch, bisher hat er keinen von uns auch nur eines Blickes gewürdigt.

»Ich kenne mich mit dem Internet nicht aus«, sagt er und lächelt. »Aber ich weiß genau, wie unser Auftritt aussehen soll.«

Bella öffnet den Mund, um etwas zu sagen, aber Vater hebt seine Hand.

»Lassen Sie mich erst ausreden, danach können Sie mir gerne Fragen stellen. Unsere Website soll ansprechend aussehen, sie soll den Eindruck vermitteln, dass es uns eine Herzensangelegenheit ist. Visualisieren Sie also: »Erstklassige Hilfsorganisation«, dann wird es genau richtig. Wir brauchen Statistiken, oh, die Leute lieben nämlich Statistiken! Wir müssen bedrohliche Zahlen vorlegen, wie sehr die Klimaveränderungen unsere Erde zerstören. Aber wir brauchen auch andere Zahlen, positive Statistiken, die belegen, was wir dagegen unternehmen. Wie viele Anhänger wir haben, welche Wohltätigkeitsprojekte wir unterstützen, wie ViaTerra mit explosionsartiger Geschwindigkeit gewachsen ist. Aber ich will keine öden Balken- oder Säulendiagramme, lieber Liniendiagramme, an denen man den Fortschritt deutlicher ablesen kann. Wenn die Kurve senkrecht nach oben geht, wie eine Rakete, die am Ende zu einem fantastischen Feuerwerk wird. Sensationell soll das aussehen. Und dann möchte ich dort Zitate von Prominenten und anderen geistigen Führern dieser Welt sehen. Aber vor allem Prominente, das lieben die Leute!«

Bella meldet sich. Vater unterbricht seinen Vortrag und sieht sie irritiert an.

»Wie kommen wir an diese Zitate? Sollen wir die Leute direkt kontaktieren?«

»Nein, das ist nicht notwendig. Wir hatten schon so viele Prominente, die unser Programm durchlaufen haben. Und alles, was sie in den Sitzungen sagen, wird aufgenommen. Sie müssen also lediglich im Archiv auf die Suche gehen und diejenigen auswählen, die noch populär genug sind, und sich dann die besten Zitate aussuchen. Nichts leichter als das.«

»Und die geistigen Führer, die Sie erwähnt haben?«

»Die müssten unter Umständen angesprochen werden. Schließen Sie sich mit Carmen kurz, sie kann ein paar von ihnen anrufen und sie dazu bewegen, uns mit Lob und Anerkennung zu überschütten. Das beherrscht sie hervorragend. Haben Sie sonst noch Fragen?«

»Ja, woher bekommen wir die Statistiken? ViaTerra hat in den letzten Jahren ja nicht so viel auf die Beine gestellt«, sagt Bella und schluckt verlegen.

Ich befürchte, dass Vater jetzt wütend wird, er sieht so streng aus. Aber meine Sorge ist unberechtigt, er lächelt, und nichts ist so schön wie Vaters Lächeln. Das lässt sein Gesicht viel weicher werden, und ich mag die kleinen Falten, die dann seine wachsamen Augen umspielen. Gleichzeitig ist es besonders angsteinflößend, wenn sein Lächeln erlischt. Aber dieses Mal wird daraus sogar ein lautes Lachen.

»Statistiken! Was wissen die Leute schon über Statistiken? Haben Sie sich die Zahlen mal genauer angesehen, die uns die Medien so vorlegen? Da heißt es, großzügig zu schätzen und mit etwas zu ergänzen, das gut klingt. Das werden Sie doch wohl hinbekommen, oder, Bella?«

Er erhebt sich und kommt auf sie zu.

»Ich vertraue da ganz Ihrem Instinkt und Urteilsvermögen. Hier in ViaTerra geben wir keine Grenzen vor, man muss nur zugreifen.«

Bella scheint die Vorstellung von lockeren Zügeln sehr gut zu gefallen, denn sie lächelt ihr breites Zahnfleischlächeln.

»Aber ich möchte, dass noch etwas anderes eingerichtet wird«, sagt Vater. »Wenn wir überall im Netz sichtbar werden, wird auf jeden Fall auch der Pöbel zum Leben erweckt, der uns mit Hass überschüttet. Deswegen wünsche ich mir, dass Sie sich Methoden ausdenken, wie wir diese Äußerungen eliminieren können. Das kann eine Gruppe von ergebenen Anhängern sein, die sich gegen die Hater stellt, Sie erstellen falsche Accounts oder was auch immer. Lassen Sie Ihrer Fantasie freien Lauf, Bella!«

Für mich ist das am Anfang alles noch recht abstrakt. Aber was zählt, ist, dass ich mit Computern zu tun habe.

An diesem Abend unterhalten Matteo und ich uns vor unserem Schlafsaal. Wir sind viel zu aufgedreht, um schlafen zu können, und haben uns vor die Tür geschlichen. Ich frage ihn nach dem Handy, mit dem er damals fotografiert hat, wie Didrik mich verprügelt. Ich kann Matteos Gesicht im Dunkeln nicht sehen, aber ich höre, wie er die Luft anhält.

»Das hast du niemandem erzählt, oder? Ich habe nur ein paar Fotos gemacht, weiß noch nicht, was ich damit anfangen werde. Aber vielleicht ist es ganz gut, sie zur Sicherheit zu behalten. Für alle Fälle?«

»Und wo hast du es versteckt?«

»Zwischen meinen Unterhosen. Da sucht niemand danach.«

Es kribbelt in meinem Nacken. Matteo macht also auch verbotene Sachen. Dann wird er auch verbotene Gedanken haben, so wie ich. Wir sind Verbündete. Nicht aufgrund gemeinsamer Interessen, sondern weil jeder von dem anderen weiß, dass er ähnlich denkt und fühlt wie man selbst.

Mit Bella zu arbeiten ist wirklich kein Spaß. Sie ist ungeduldig und unverschämt. Mit Vorliebe macht sie derbe Witze, was wir nicht gewohnt sind.

Aber sie bringt uns spannende Dinge bei. Wir lernen eine neue Sprache und verwenden Wörter wie »Gigabytes«, »SEO – Suchmaschinenoptimierung«, »Plattformen« und »Tagging«. Monatelang sind wir mit der Aufgabe beschäftigt – sammeln Fotos und Texte und entwerfen das graphische Design der Seiten. Obwohl es in unserem Büro dunkel ist und das grelle Licht der Monitore in den Augen brennt, fühle ich mich wohl.

Bis zu dem schrecklichen Tag.

Vater kommt mit Vic im Schlepptau in unser kleines Büro.

Vic ist zu Vaters ständigem Schatten geworden. Er soll eines Tages sein Nachfolger in Via Terra werden.

Zuerst gehe ich davon aus, dass Vater mit Bella sprechen möchte, aber er geht auf Matteos Tisch zu. Wie auf ein unsichtbares Signal hin springen wir von unseren Stühlen auf und stellen uns hin. Aber Vater macht eine abwehrende Geste.

»Setzt euch wieder hin. Mit dir will ich gleich sprechen, Matteo.«

Er wendet sich an Bella.

»Ich habe gehört, dass ihr hier fast fertig seid?«

»Das ist richtig«, erwidert sie. »Höchstens noch ein paar Monate, dann können wir online gehen.«

»Schaffen Sie den Rest auch mit Thor allein?«

Meine Nervosität zerreißt mich innerlich, es fängt an, fürchterlich in meinem Mund zu jucken.

Bella nickt.

»Das wird schon. Thor ist ein kluger Kopf.«

Vater mustert Matteo eingehend, sein Blick wandert über seine Haare, sein Gesicht und seinen Oberkörper, der in letzter Zeit ziemlich muskulös geworden ist, obwohl wir nur vor den Rechnern sitzen. Dann nickt Vater zufrieden.

»Magst du Mädchen, Matteo?«, fragt er.

»Ja, Chef«, antwortet Matteo und sieht ihn dabei verlegen an.

»Du wirst auf einen längeren Auftrag geschickt. Und zwar allein. Glaubst du, dass du das schaffen kannst?«

»Ja, Chef, absolut!«

»Na dann. Es wird Zeit, dass du ein bisschen Muschikontakt bekommst. Und es wird nicht irgendeine Muschi sein!«

Ich verstehe kein Wort, aber Matteo offensichtlich schon, denn er wird knallrot. Vic grinst übers ganze Gesicht.

»Es geht im Leben nicht nur um Sex, Vic«, weist er ihn zurecht. Dann wendet er sich an mich.

»*Aber eigentlich schon, was? Thor?*«

Er zwinkert mir gehässig zu und fängt an zu lachen. Vater hat zwei unterschiedliche Arten zu lachen. Ein kratziges, unterdrücktes Glucksen und ein lautes, schrilles Lachen, das böse gemeint sein kann, aber auch sehr ansteckend ist. Dieses hier klingt nur boshaft und abfällig.

Ich spüre tausend Nadelstiche im Gesicht und senke den Blick, möchte seinem durchdringenden Blick nicht begegnen.

Tief in mir weiß ich, worum es hier geht.

Und ich begreife, dass ich in Wirklichkeit die ganze Zeit darauf gewartet habe.

»*Am besten, du kommst gleich mit in mein Büro, Matteo. Morgen früh geht es schon los.*«

Matteo springt von seinem Stuhl auf und schlägt sich das Knie am Tischbein an.

Vater bleibt mit ihm in der Tür stehen. Vaters Anweisungen treffen mich wie Speere.

Mach dich am Anfang rar, spiel den Unerreichbaren. So à la Teenagerverliebtheit. Und mit dem ersten Sex wartest du ein paar Monate, das macht kleine Mädchen besonders an. Ziel ist es, dass daraus eine längere Beziehung wird. Und du rufst mich einmal in der Woche an und schickst mir deinen Bericht.

In diesem Moment hasse ich Matteo. Ich hasse ihn sogar noch mehr als Vater.

Der Tod kommt nach ViaTerra

Einige Tage später geschieht etwas, das nicht nur meine Vorbehalte verstärkt. Es wird viel schlimmer. Ich verliere den Glauben an ViaTerra. Zu glauben bedeutet doch: einer Sache vertrauen zu können, obwohl man nicht genau weiß, ob sie wahr ist. Das habe ich jetzt begriffen.

Wie immer sitze ich bis spät in die Nacht im Büro und arbeite. Ich habe nicht gehört, wie Vater und Vic das Gebäude verlassen haben, denn ich bin tief versunken in eine Software, deren Benutzung ich mir aneignen soll. Meine Konzentration wird durch eine laute Explosion unterbrochen, wie ein Blitz und ein Donnerschlag zur gleichen Zeit. Die Fensterscheiben zittern, der Strom fällt aus, und ich sitze im Dunkeln.

Ich habe keine Angst. Wahrscheinlich ist ein Blitz irgendwo eingeschlagen.

Ich stehe auf und schaue aus dem Fenster. Der Hof liegt auch im Dunkeln. Auf dem gesamten Anwesen brennt kein einziges Licht. Die Gebäude und Bäume heben sich nur als graue Schatten ab. Da höre ich Schritte auf der Treppe, die Tür wird aufgerissen, und Vic steht mit einer Taschenlampe in der Hand vor mir. Vater ist direkt hinter ihm, mit seinem Telefon in der Hand. Noch nie zuvor habe ich ihn so angsterfüllt gesehen. Seine Augen sind weit aufgerissen, sein Gesicht ist verzerrt.

»Bleib hier drin! Geh unter keinen Umständen vor die Tür!«, brüllt er und dreht sich auf dem Absatz um.

Wir haben eine Gegensprechanlage mit Lautsprechern in allen Gebäuden, die über einen Notstromgenerator läuft. Kurz darauf knackt es in der Anlage, und die Wachen geben die Order raus, dass alle in ihren Gebäuden bleiben sollen.

Ich drücke mir die Nase am Fenster platt. Die Wachen, Vater und Vic stehen mit zuckenden Taschenlampen an dem Schacht, der zum Maschinenhaus führt. Von dort aus wird das Anwesen mit Strom versorgt. Unzählige Male wurden wir schon ermahnt, uns davon fernzuhalten. Karsten hat uns Angst eingejagt und erzählt, dass eine enorm hohe Anzahl Volt durch die Leitungen jagt, und geschildert, was passieren kann, wenn wir

sie berühren. Man würde sich innerhalb von Sekunden in ver-
kohlten Bacon verwandeln. Genau so hat er es gesagt.

Als Nächstes höre ich die Sirenen, und kurz darauf stehen auf
dem Hof ein Notarztwagen, Löschzüge der Feuerwehr, ein
Streifenwagen und der Rettungsdienst. Mein Herz flattert wie
ein gefangener Vogel in der Brust. Etwas ganz Schreckliches
muss geschehen sein. Ich bin zu weit entfernt, um es genauer zu
sehen. Aber die Feuerwehrleute sind in den Schacht geklettert
und haben etwas hochgeholt. Karsten, Ali-Khan und Vater spre-
chen mit zwei Polizeibeamten. Mir fällt auf, dass der Notarzt-
wagen nicht mit Blaulicht davonrast. Überhaupt scheint es nie-
mand besonders eilig zu haben. Alle Beteiligten wirken eher
resigniert. Eine erdrückende Niedergeschlagenheit dringt durch
die Fenster und überwältigt mich.

Wie versteinert stehe ich an diesem Fenster, als die Tür ein
zweites Mal aufgerissen wird.

»Du kannst jetzt ins Bett gehen«, teilt mir Vic mit.

»Was ist denn passiert?«

»Charlotte. Sie wollte offenbar ein Eichhörnchen retten, das
in den Versorgungsschacht geklettert ist, und ist dabei auf die
Leitungen gefallen. Sei froh, dass du das nicht sehen musstest.
Sie hat sich in ein Stück Kohle verwandelt, und ...«

Charlotte ist auch bei Kinder der Erde. *Sie ist dreizehn*
Jahre alt, schüchtern, niedlich und ein bisschen unsicher.

»Hör auf, so über sie zu sprechen!«, unterbreche ich ihn.

Ich bin wie betäubt von seiner Schilderung. Meine Zunge
fühlt sich geschwollen an, ich bekomme kaum ein Wort heraus.

»Mitten in der Nacht?«

»Ja, jemand im Schlafsaal hat sie über dieses Eichhörnchen
reden hören«, sagt Vic.

Die Lüge hängt schwer über uns.

Diesen Quatsch glaubt keiner von uns beiden.

Ich habe Charlotte gemocht. Sie war so unschuldig. Ab und zu habe ich im Vorbeigehen ihren Arm berührt, dabei ihren Duft eingeatmet oder ihr sehnsüchtig hinterhergesehen. Aber ich habe auch die Angst in ihren Augen bemerkt. Sie war zwar überdeckt von ihrem lieblichen, einstudierten Lächeln – aber ich habe sie gesehen.

»Nie im Leben wäre die da runtergeklettert«, sage ich.

»Doch, genau das hat sie getan«, schnauzt Vic mich an. »Und darauf kommt es an. Es ist ein Unfall gewesen. Die Wachen wurden ins Büßerprogramm geschickt, weil die Sicherheit hier scheiße ist. Das hat der Chef höchstpersönlich so gesagt.«

Auf dem Weg zum Schlafsaal steigt mir der Geruch in die Nase. Es riecht nicht nur nach verbranntem Fleisch, sondern nach etwas viel Widerlicherem, es ist ein Geruch nach hässlichem Tod.

In dieser Nacht bekomme ich kein Auge zu.

Mich lassen die Bilder von Charlotte, dem Schacht, der widerliche Geruch und die Lüge nicht los. Vor allem die Lüge hält mich wach, ich starre mit weit aufgerissenen Augen an die Decke.

Bis heute habe ich keine Erklärung dafür, wie es dazu kommen konnte, dass dieser Zwischenfall einfach im Sand verlief. Wie ist es ihnen gelungen, die Polizei von der Theorie eines Unfalls zu überzeugen. Und vor allem die Eltern des Mädchens. Allein der Gedanke daran verursacht mir Schmerzen.

Ich schreibe das hier nur deshalb auf, damit du es lesen kannst. Obwohl ich vor Scham vergehe. Und warum? Weil wir später erfahren haben, dass Charlotte einen Abschiedsbrief geschrieben hatte. Karsten hat ihn gefunden und zerrissen.

54

Simon legte einen Finger auf seine Lippen.

»Ist sonst noch jemand zu Hause?«, flüsterte er.

Verwirrt schüttelte Sofia den Kopf.

»Gut. Niemand darf erfahren, dass Elvira hier ist, noch nicht mal Benjamin. Wenn das rauskommt, setzt Franz seine Maschinerie in Gang und wird zur Hetzjagd auf sie rufen, verstehst du?«

Sofia nickte.

Elvira nahm ihre Sonnenbrille ab, offenbarte ihre sagenhaft schönen Augen und lächelte. Wie früher bildeten sich kleine Lachgrübchen auf ihren Wangen. Sie wirkte ganz mitgenommen und tief berührt von dem Wiedersehen mit Sofia. Simon ging dazwischen, als Elvira sie zur Begrüßung umarmen wollte.

»Das machen wir gleich im Haus, uns darf keiner sehen. Los, beeilt euch!«

Kaum standen sie im Flur, da nahm Sofia Elvira in die Arme und drückte sie fest an sich. Dann schob sie das Mädchen von früher ein Stück von sich, um sie genauer anzusehen. Bei ihrer letzten Begegnung war Elvira fünfzehn Jahre alt gewesen – und hochschwanger. Inzwischen war eine reife Frau aus ihr geworden. Ihr Gesicht war weicher und hatte eine schöne Hautfarbe, sie hatte mehr Taille bekommen und größere Brüste als früher. Das alles machte sie sehr weiblich und noch schöner. Als sie die Schirmmütze abnahm, sah man auch ihre leuchtend roten Haare, die ihr Gesicht wie ein wilder, lodernder Heiligenschein einrahmten.

»Du hast keine Ahnung, wie oft ich an dich gedacht habe, Sofia«, sagte sie. »Erinnerst du dich daran, als wir uns das letzte Mal gesehen haben? Du hast gesagt, dass ich mit den Kindern zu dir in die Wohnung ziehen soll, damit ich bloß nicht nach ViaTerra zurückkehre. Hätte ich doch nur auf dich gehört.«

Sofia bot ihnen Platz im Wohnzimmer an und setzte Kaffee auf. Ihre Hände zitterten, sie versuchte, die Puzzleteile zusammenzufügen. Sie war immer davon ausgegangen, dass Elvira nach wie vor mit den Kindern auf Dimö lebte. Aber jetzt fiel ihr wieder ein, wie sonderbar Vic reagiert hatte, als sie sich nach seiner Mutter erkundigt hatte.

Als sie den Kaffee hinstellte, saßen Simon und Elvira eng nebeneinander auf dem Sofa. Elvira hielt Simons Hand umklammert. Es war seltsam, sie zusammen zu sehen. Ob sie ein Paar waren? Elvira musste vor nicht allzu langer Zeit dreißig geworden sein, Simon war über vierzig, aber das war ja kein nennenswerter Altersunterschied. Trotzdem fand sie die Vorstellung, dass die beiden ein Paar waren, befremdlich.

»Erzähl Sofia bitte alles«, forderte Simon sie auf. »Von Anfang an. Ich möchte, dass Sofia das alles erfährt.«

Und Elvira erzählte, was sich ereignet hatte, nachdem sie nach ViaTerra zurückgekehrt war, um dort ihre Kinder zur Welt zu bringen. Denn unmittelbar danach hatte ihr Martyrium begonnen. Das Geld, das Franz ihr versprochen hatte, hatte sie dorthin gelockt. Und sie hatte sich tatsächlich eingeredet, dass sie Dimö verlassen dürfte, wenn die Kinder erst einmal da wären. Aber dem hatte Franz sofort einen Riegel vorgeschoben. Stattdessen wurde sie zu seiner Gefangenen, wie auch der Rest seiner Mitarbeiter. Am Anfang hatte sie keine Muttergefühle für ihre Jungs entwickeln können.

»Ich war noch so jung, ich hatte doch keine Ahnung, wie man sich um ein Kind kümmert, und dann bekam ich gleich zwei! Mir hat auch niemand gezeigt, wie es geht. Vor allem, als die Jungs etwas älter wurden, hatte ich Schwierigkeiten mit meiner Mutterrolle. Oft fühlte es sich an, als würde ich auf meine zwei lauten, kleinen Brüder aufpassen. Natürlich habe ich sie geliebt, aber ich bin einfach viel zu früh Mutter geworden. Und dann waren die beiden auch so verschieden. Thor war vorsichtig und still. Vic hingegen sah eigentlich immer wütend aus und hat als Baby ununterbrochen geschrien. Wenn er so früh schon Zähne gehabt hätte, dann wär ich garantiert von ihm gebissen worden. Es änderte sich etwas, als ihre Großmutter manchmal zu Besuch kam.«

»Karin Johansson? Franz' Mutter?«, unterbrach Sofia sie. Sie hatte Karin vor langer Zeit kennengelernt und sofort ins Herz geschlossen.

»Ganz genau. Sie hat mir wahnsinnig viel geholfen. Zum Beispiel hat sie mir beigebracht zu kochen, und mit Erlaubnis von Franz durfte ich mit ihr sogar ab und zu aufs Festland fahren. Die Jungs haben sie geliebt. Obwohl sich das änderte, als sie in die Schule kamen, die Franz gegründet hat. Grässlich war das. Sie kamen mit Sonnenbrand auf den Schultern und im Gesicht nach Hause und waren übersät mit blauen Flecken und Blasen an den Händen. Sie sollten eine Steinmauer bauen oder so. Aber am schlimmsten fand ich, dass sie mir davon nichts erzählen durften. Ich habe gehört, wie Thor sich nachts in den Schlaf weinte. Ich fühlte mich immer eingeengter, wurde klaustrophobisch und stand kurz davor, wahnsinnig zu werden. Als ich Franz darauf ansprach, wies er alle Vorwürfe weit von sich. Die Kinder sollten abgehärtet werden und auf keinen Fall so werden wie ihre wehleidige und träge Mutter.«

Sofia spürte, dass Elvira die Demütigungen erneut durchlebte. Alle hatten Schwierigkeiten, frei durchzuatmen.

»Manchmal kam er zu uns in die Hütte und wurde furchtbar wütend, weil er fand, dass ich die Jungs vernachlässigte. Dann bekam er einen seiner Wutanfälle. Dann wieder kam er abends zu mir und wollte mit mir schlafen. Er konnte so zärtlich und liebevoll sein. Es fühlte sich fast wie in einer normalen Familie an. Obwohl es mir fast lieber gewesen wäre, wenn er nur seine kränkende Seite gezeigt hätte. Denn ich wusste nie, wen ich gerade vor mir hatte, und musste ständig auf der Hut sein.«

Sie machte eine Pause, sammelte neue Kraft.

»Unerträglich wurde es erst, als er beschloss, mich zu seinem Spielzeug auf dem Dachboden zu machen. Dort oben mutierte er zu einer anderen Person, wurde aggressiv und grob. Simon hat mir erzählt, dass Franz' Vorfahren schon Frauen dorthin verschleppt und misshandelt haben. Vielleicht musste er ihnen nacheifern?«

Gedankenverloren starrte sie auf den Glastisch, hatte bisher den direkten Augenkontakt mit Sofia vermieden. Sie löste ihre Hand aus Simons und fingerte nervös am Sofabezug.

»Mich zu quälen war für ihn wie eine alte Angewohnheit, die er nicht sein lassen konnte. Ich habe mich, um der Kinder willen, nicht gewehrt, dachte, ich könnte die paar Nächte aushalten. Aber er benutzte einen Lederriemen und würgte mich damit. Thor sah die Flecken an meinem Hals, und ich wusste, wie sehr er darunter litt. Vic war das völlig egal, aber Thor registrierte die kleinste Stimmungsschwankung bei mir. Er war wahnsinnig klug. Und er hatte mit dreizehn Jahren einen größeren Wortschatz als ich, obwohl sie in dieser bescheuerten Sektenschule nur diese idiotischen Thesen auswendig gelernt haben. Als mir das klar wurde, wusste ich auch, dass ich gehen muss, damit ich nicht ... in meiner Entwicklung stehen bleibe und den Rest des Lebens so verbringen muss ...« Ihr blieben die Worte im Hals stecken.

»Simon und ich haben uns ein paarmal beim Einkaufen im Dorf getroffen. Das war, bevor wir in die USA geflohen sind. Wir haben uns unterhalten, und irgendwann habe ich ihm alles erzählt. Er hat mich überredet zu gehen. Denn es ginge Thor und Vic auch nicht besser, wenn sie mit einer misshandelten und verängstigten Mutter groß würden. Er gab mir ein Handy, damit wir meine Flucht planen konnten. Als ich über die Mauer geklettert bin, hat mein Herz so laut geschlagen, dass ich schon dachte, es würde gleich platzen. Ich habe mich dann eine ganze Weile bei Simon versteckt, bis alle von meinem Tod überzeugt waren. Erst danach sind wir nach Kalifornien gegangen. Aber meine Jungs habe ich nie vergessen. Ich würde so gern wissen, was aus ihnen geworden ist, seit Franz allein mit ihnen ist.«

»Wie kannst du es wagen, Elvira hierher zurückzubringen – nach all dem, was passiert ist?«, fragte Sofia Simon und sah ihn vorwurfsvoll an.

»Ich habe ihn angebettelt«, sagte Elvira. »Ich möchte die beiden unbedingt wiedersehen. Ich habe solche Schuldgefühle, dass ich sie allein gelassen habe.«

»Aber wie konntest du in die USA einreisen? Haben sie dich nicht überall gesucht?«

»Simon hat mir einen neuen Pass besorgt. Ich heiße jetzt

Elly Ahlstedt. Du kannst dir vielleicht denken, wer mir dabei geholfen hat?«

Sofia wusste sofort, wen sie meinte.

»Klar, Ellis, habe ich recht?«

Elvira nickte. Sofia war ein bisschen beleidigt, dass ihr Ellis nie davon erzählt hatte. Und auch sauer auf Simon, dass er wie ein Grab geschwiegen hatte. Sie hätte niemals etwas verraten, sie hätten sich voll und ganz auf sie verlassen können. Stattdessen saß sie jetzt wie ein Idiot in dem Karussell, das Franz in Gang gesetzt hatte.

»Ich habe Vic vor ein paar Monaten gesehen«, sagte Sofia. »Wir waren nur auf einen Sprung dort. Er war unser Chauffeur, fuhr uns von der Fähre nach ViaTerra. Wir waren nur kurz da, Simon hat es dir bestimmt schon erzählt.«

»Wirklich? Und wie sah Vic aus, wie ging es ihm?«, fragte Elvira ganz aufgeregt.

»Er ist das Abbild von Franz. Selbstbewusst, taff und zu schön für diese Welt.«

»Das überrascht mich nicht, so habe ich ihn in Erinnerung. Hast du auch Thor gesehen?«

»Nein, leider nicht.«

Elvira seufzte enttäuscht.

»Simon möchte, dass ich dir noch etwas anderes erzähle«, sagte sie. »Du weißt ja, wie unberechenbar Franz war und ist. Manchmal kam er zu mir in die Hütte, nur um zu plaudern. Dann war er ganz zauberhaft. Und dabei hat er ganz oft über dich gesprochen.«

»Aha, und was hat er gesagt? Dass er mich wie eine Fliege zerquetschen wird?«

»Im Gegenteil. Mir gegenüber hat er nie ein schlechtes Wort über dich verloren. Das klingt vielleicht unvorstellbar, aber es ist die Wahrheit. Er hat immer dasselbe gesagt. Dass ihr »wieder zueinanderfinden« würdet. Das hat er mehrmals gesagt. Als hättet ihr geheiratet und euch danach getrennt. Das klang richtig verrückt. Er hat auch immer wiederholt, dass du die Einzige bist, die in der Lage war, die Tiefe und Bedeutung seiner Thesen zu verstehen.«

Sofia musste unwillkürlich an den Tag denken, an dem Franz sie vergewaltigt hatte und ihr die Flucht von der Insel gelang. Er hatte sie von hinten gepackt und auf das Bett gedrückt und gesagt: *Du bist so schön, weißt du das, Sofia? Du bist nicht so eng wie eine Vierzehnjährige, aber trotzdem schön. Und wenn wir schon dabei sind, du hast einen geilen Arsch.* Sie erinnerte sich an die Schwere seines Körpers, das unerträgliche Gefühl und die Gewissheit, ihn niemals von sich abschütteln zu können. Ihr schnürte sich der Hals zusammen, und die vielen, nie geweinten Tränen stiegen hoch.

»Und was sollen wir jetzt tun, Simon?«, fragte sie mit zitternder Stimme.

»Ich weiß, das sieht auf den ersten Blick ziemlich kompliziert aus«, sagte er. »Aber eigentlich haben wir doch alle mehr oder weniger dasselbe Ziel, oder? Elvira möchte ihre Söhne wiedersehen. Du willst Franz endlich loswerden. Benjamin und ich wollen euch beschützen. Wir müssen uns überlegen, wie wir Franz´ Imperium für immer und endgültig stürzen können. Elvira könnte ihre Geschichte in den Medien verbreiten, die würden sich garantiert darauf stürzen. Aber das hätte nur denselben Effekt wie dein jüngster Angriff auf ihn. Er erholt sich von allem wieder.«

»Und wie kommen wir dann an ihn ran?«

»Wir setzen alle denkbaren Mittel ein. Deinen Ellis selbstverständlich. Vielleicht können wir den Journalisten Magnus Strid dafür gewinnen, der dir schon damals geholfen hat. Hast du noch Kontakt zu ihm?«

»Nein, aber das dürfte kein Problem sein.«

»Sehr gut. Wir müssen uns treffen und uns einen wasserdichten Plan ausdenken. Ich habe ganz gute Kontakte zu den Medien in den USA. Wir müssen einen weltweiten Skandal daraus machen, versteht ihr? Sein Netzwerk erstreckt sich über die ganze Welt. Aber ich kenne mich in Schweden nicht mehr so aus, ich weiß nicht, wem ich hier über den Weg trauen kann. Kannst du deine Hand für Benjamin, Ellis und Anna ins Feuer legen?«

»Absolut«, sagte sie, ohne zu zögern. »Aber ich möchte Julia da rauslassen.«

»Verstehe ich. Also, dann lasst uns ein Treffen vereinbaren«, sagte Simon.

Er lehnte sich zurück und sah seit langem endlich wieder wie der alte Simon aus.

Tiefenentspannt.

55

Julia hatte alles mitbekommen. Sie hatte den riesigen, wunderschönen Blumenstrauß gesehen, den der Bote gebracht hatte, und sie hatte beobachtet, wie ihre Mutter angestrengt geseufzt und die Blumen in den Hausflur gestellt hatte. Julia hatte deshalb die Karte durchgelesen, die im Strauß steckte, und fand sie schön geschrieben. Konnte ein böser Mensch, ein Vergewaltiger, wirklich solche Zeilen verfassen?

Es gab nur eine dunkle Wolke, eine Befürchtung, die sie noch beseitigen musste. Elisa Bonelli. Nach dem schrecklichen Artikel über Franz hatte sich Julia das Handy ihrer Mutter geschnappt und es durchstöbert. Es war zwar nicht das erste Mal, dass sie das getan hatte, aber normalerweise machte sie das nur im Notfall. Doch dies hier war eindeutig ein Notfall, denn Franz' Mail lag noch unbeantwortet in ihrem Postfach. Die über ihre bevorstehende Reise nach Dimö.

Sie fand Elisa Bonellis Mail an ihre Mutter. Da die Nachrichten über Franz nur ein paar Tage später online gingen, war der Rest leicht zu rekonstruieren. Nachdem Julia alle sozialen Netzwerke durchforstet hatte, in denen Elisa aktiv war, hatte sie sich ein konkretes Bild von ihr machen können. Diese Sorte von Mädchen gierte nach Aufmerksamkeit, war aber gleichzeitig auf eine widerliche Weise selbstkritisch. Ihre Beiträge bestanden zu großen Teilen aus Kommentaren, die immer gleich anfingen: »Vorsicht Eigenlob!« oder »Ich platze, wenn ich euch das jetzt nicht erzähle!« Voll aufgeblasen. Solchen Typen ging richtig einer ab, wenn sie Aufmerksamkeit bekamen. Ganz anders als Julia, der es so was von egal war, wie die Leute sie fanden.

Julias Schlussfolgerung war ausschlaggebend für ihr weiteres Verhalten. Ein Mann wie Franz Oswald würde ein solches Mädchen niemals attraktiv finden.

Deshalb musste Elisa Bonelli eine Lügnerin sein.

Franz hatte sich seit seiner letzten Mail nicht mehr bei Julia gemeldet und auch nicht den geringsten Versuch unternommen, ihre Entscheidung zu beeinflussen. Das machte ihn in ihren Augen nur umso glaubwürdiger. Er musste eben nichts unternehmen, um Mädchen für sich zu gewinnen.

Sie hatte gehört, wie Simon und ihre Mutter mit gedämpften Stimmen über ihn gesprochen hatten. Es ging um irgendein Treffen. Dass sie die Nerven dazu hatten! Sie war klug genug, desinteressiert zu wirken, sonst wäre ihre Mutter auch nur misstrauisch geworden.

Nach den neuen Gerüchten, die über Franz kursierten, war der Zweifel an ihm in ihrem Kopf herumgeflogen. Wie eine wütende Biene. Aber kaum hatte sich die Überzeugung gefestigt, dass Elisa Bonelli eine Lügnerin sein musste, schlugen ihre Gedanken eine ganz neue Richtung ein. Jetzt reizte sie die Vorstellung wieder, ein paar Tage auf Dimö zu verbringen. Wenn sie verwirrt war und sich nicht entscheiden konnte, wurde sie unkonzentriert. Dann war sie richtig tollpatschig, ließ alles Mögliche fallen, rempelte Leute an. Ihre Klassenkameraden gingen davon aus, dass sie Angst vor den Abschlussklausuren für die Mittlere Reife hatte. *Naive Kinder.* Aber so war das in Henån, das war ihr Leben, da musste sie durch.

Je mehr sie darüber nachdachte, und sie dachte sehr viel darüber nach, desto klarer wurde ihr, dass sie diese Gelegenheit nicht verstreichen lassen durfte. Trostlosigkeit und Enttäuschung würden sie sonst ersticken. Sie würde im Sommer die Schule verlassen, in den Ferien vor Trostlosigkeit und Langeweile sterben und danach in die nächste, genauso öde Schule gehen.

Dagegen hatte es etwas Geheimnisvolles, von jemandem so wahnsinnig begehrt zu werden, den man noch gar nicht wirklich kannte. Es war spannend, eine Auserwählte zu sein. Das kribbelte an Stellen ihres Körpers, die sie bis dahin noch gar nicht kannte.

Sie las seine Mail noch einmal durch. Er hatte ihr genaue Angaben geschickt, Datum und Uhrzeiten. Das Ticket für den Zug und die Fähre hatte er angehängt. Alles war kurz und sachlich, fast geschäftsmäßig, bis auf den letzten Satz der To-do-Liste.

Packliste: 1) kurze, durchsichtige Negligés, 2) Netzstrumpfhosen, 3) Stringtangas.

Dass er sich das traute! Wenn ihre Mutter das lesen würde. Allein die Vorstellung. Sie würde ihre Dita-von-Teese-Ausstattung einpacken können.

Während sie auf diese letzte Zeile starrte, überkam sie eine wilde sexuelle Lust.

Sie formulierte eine Antwort.

Ich komme.

Viel zu kurz.

Ich komme, unter einer Bedingung.

Und bitte was für eine Bedingung?

Ich werde diese Art von Kleidung nicht einpacken, aber ich komme.

Das klang doch blöd.

Alles, was sie schrieb, klang komisch. Sie stellte sich vor, wie Franz die Mail öffnete, die Stirn runzelte und fand, dass er noch nie etwas so Kindisches gelesen hatte. Und dass es wahrscheinlich am besten war, das Treffen mit dem Schulmädchen wieder abzusagen.

Sie beschloss, erst Matt zu fragen, ob er ihr ein Alibi verschaffte, bevor sie eine Antwort schickte. Er klang genervt, als er ans Telefon ging. Als sie das anmerkte, sagte er, er habe Kopfschmerzen. Das hatte er noch nie gehabt. Auf ihre Bitte, als ihre Ausrede herzuhalten, damit sie in die Lage kam, über Christi Himmelfahrt eine Freundin in Göteborg zu besuchen, die ihre Eltern nicht leiden konnten, war er so hilfsbereit und nachgiebig, dass sie schon misstrauisch wurde.

»Ich wollte sowieso bei meinen Eltern vorbeifahren«, sagte er. »Also, kein Problem.«

Er hasste es, seine Eltern zu besuchen. Das wusste sie. Aber das konnte man seiner Stimme nicht anhören. Er klang fast gleichgültig.

»Können wir dann sagen, dass wir einen Freund von dir in Göteborg besuchen?«, fragte sie.

»Klar.«

»Und wie heißt der, wenn sie fragen sollten?«

»Denk dir einen Namen aus. Und schick mir eine SMS.«

Sie schämte sich, ihn anzulügen, aber hier ging es schließlich nur um ein kurzes Abenteuer. Danach würde alles wie vorher sein. Sie wusste, dass ihr Vorhaben verrückt, gefährlich und gedankenlos war, aber machte nicht gerade das die Spannung aus? Das Einzige, was sie benötigte, war eine Rettungsleine. Denn wenn auf Dimö doch unerwartet Probleme auftauchten, wusste niemand, wo sie war. Und ihre listigen Lügen machten es fast unmöglich, sie ausfindig zu machen.

Da hatte sie eine Idee. Sie überprüfte noch einmal die Daten. Der Plan sah vor, dass sie am Montag nach Christi Himmelfahrt zurückkommen sollte. In ihrem Handy gab es eine Funktion, mit der man eine Nachricht zeitversetzt senden konnte. Man schrieb sie also und bestimmte, wann und um wie viel Uhr sie verschickt wurde. Sie benutzte diese Funktion, um sich an Dinge zu erinnern. Also verfasste sie eine Nachricht an Matt. Ihre Eltern kamen dafür nicht infrage, die würden gleich völlig durchdrehen.

Ich bin auf Dimö. Es ist etwas passiert. Sie wählte einen Zeitpunkt aus, ein paar Stunden nach ihrer geplanten Rückkehr. Für alle Fälle. Aber dieser Fall würde nicht eintreten, denn sicher würde sie pünktlich wieder zu Hause sein.

Jetzt galt es nur noch, Franz eine Antwort zu schicken. Seinem Angebot zustimmen, ohne leichte Beute zu sein. Sie beschloss, ihn stattdessen lieber anzurufen und ein bisschen an der Nase herumzuführen. Es war schon halb zwölf. Was machte so ein Mann wie Franz Oswald nachts um halb zwölf? Arbeiten? Ein Date? Sie hatte seine Nummer nicht unter seinem Namen gespeichert, sondern unter dem Decknamen »Bibliothek«, denn die würde ihre Mutter niemals überprüfen.

Er ging schon nach dem ersten Klingeln ans Telefon.

»Hallo, Julia! Was hast du auf dem Herzen?«

»Ich könnte deine Mail überall teilen, vor allem den letzten Satz mit meiner Packliste.«

»Ich bezweifle, dass es besonders viel Aufmerksamkeit erregen würde, außer den Verkauf von Stringtangas in die Höhe zu treiben.«

»Wie auch immer, ich rufe wegen der Reise an. Störe ich dich?«

»Ganz und gar nicht. Ich bin gerade im Fitnessstudio und trainiere.«

Sofort hatte sie das Bild von Schweißperlen auf seinem Oberkörper und seinem Sixpack vor Augen.

»Findest du es nicht fies, Mama zu hintergehen, nachdem du ihr die Blumen geschickt hast?«, fragte sie.

»Aber das tue ich doch überhaupt nicht. Ich habe sie nicht angelogen. Sie hat mich gar nicht gefragt! Hat sie dich irgendetwas gefragt?«

»Nein, nicht so direkt.«

»Siehst du!«

»Okay, ich komme. Aber versprichst du mir, dass du mich nicht mit einem Lederriemen würgst?«

Er seufzte.

»Es gibt Menschen, die verbringen ihr ganzes Leben in ein und demselben öden Kaff. Und dann sterben sie in einem stinkenden Altersheim. Dieses Schicksal steht dir nicht bevor, Julia. Das kann ich dir versichern.«

»Du hast meine Frage nicht beantwortet.«

»Ich habe dir doch schon gesagt, dass ich so etwas nicht tue.«

»Gut, denn das kann ich *überhaupt nicht* ausstehen. Wirst du die ganze Zeit bei mir sein?«

»Nein, aber so oft ich kann. Ich will dir meine Insel zeigen. Die schönsten Stellen. Du wirst in einem kleinen Häuschen wohnen, das etwas abseits steht. Ich möchte nicht so gern, dass dich die anderen Gäste sehen. Du bist zu jung und schön. Die würden einen falschen Eindruck bekommen.«

»Und wie komme ich da hin?«

»Es wird dich jemand an der Fähre abholen.«

»Okay!«

»Ich kann es kaum erwarten.«

»Geht mir genauso.«

Ihr Mund wurde auf einmal ganz trocken.

Sie legte sich auf ihr Bett und ließ ihren Gedanken freien Lauf. Das Verlangen war so stark, dass sie fast ohnmächtig wurde.

56

Die Tage nach dem tragischen Unfall am Schacht verbrachte ich wie in einer Dunstwolke. Ich habe meine Arbeit erledigt, Bella war immer sehr zufrieden mit mir. Auch Vater war beeindruckt, aber meine Begeisterung hatte sich aufgelöst.

Am Anfang meiner Schulzeit war ich schüchtern und unsicher, hatte Angst vor Fragen. Wenn ich gefragt wurde, begann ich zu stottern, hatte immer die Befürchtung, dass die anderen Kinder mich hänselten. Irgendwann aber erkannte ich, dass es mir sehr leichtfällt, Dinge zu lernen. Das hatte ich von Vater geerbt, im Gegensatz zu Vic, der sein Aussehen, sein Charisma und so etwas geerbt hatte. Dann – mit neun oder zehn Jahren – begann ich, meinen Vorteil aus dieser Begabung zu ziehen. Ich konnte Fragen besonders schnell beantworten, manchmal sogar mit einem Selbstbewusstsein, das andeutete, dass die anderen begriffsstutzig sind. Vor allem Ali-Khan konnte ich mit meinen Antworten an ihre Grenzen führen. Wenn es eine Sache gab, von der ich Gebrauch gemacht habe, um bei *Kinder der Erde* zu überleben, dann war es mein Vermögen, Zusammenhänge schnell zu begreifen und Dinge auswendig zu lernen.

Das galt auch für das Programmieren der Computer. Es dauerte nur wenige Wochen, dann hatte ich Techniken gelernt, die nicht einmal Bella Svahnberg beherrschte. Über den gesamten Sommer saßen wir in einem abgedunkelten Raum, in dem die Monitore die einzigen Lichtquellen waren. Innerlich war ich zwar nicht zufrieden, aber ich empfand Stolz auf meine Leistungen.

Der große Sturm kam im Herbst. Das gesamte Personal und die Gäste von ViaTerra verbrachten die Zeit geschützt in dem Keller unter dem Herrenhaus, während der Orkan über die Insel fegte. Er klang wie ein gigantischer, kilometerlanger Güterzug, der über unsere Köpfe hinwegdonnerte. Nach dem großen Brand im Herrenhaus vor fünfzehn Jahren hatte Vater das Gebäude orkansicher wiederaufbauen lassen. Und auch die anderen Bauten, unsere Schule, die Gästehäuser und das Häuschen, in dem wir groß geworden sind, überstanden den Sturm ohne nennenswerte Schäden. Sogar die vor kurzem erst errichtete Aula reckte stolz und ohne Zerstörungen ihre Glaskuppel in den Himmel. Vater hielt am Tag nach dem Sturm eine Rede in der Aula. Alle hatten sich versammelt, sogar einige der Würdenträger aus dem Dorf waren gekommen. Vater sagte, dass die größte Macht von allen, Mutter Erde, uns vor dem Sturm beschützt habe. Weil wir die Auserwählten seien. Unsere Aufgabe sei es nun, nach dieser Katastrophe die Scherben aufzusammeln und die Welt zu retten. Alle waren hingerissen von seinen Worten, sogar Tränen flossen.

In den darauffolgenden Tagen und Nächten gingen wir online. Mit allem, was wir vorbereitet hatten. Unsere neuen Plattformen, die Website und Datenbanken. Wir aktivierten die Präsenz von ViaTerra in den sozialen Netzwerken. Als das geschafft war, brachen wir auf den Computern vor Müdigkeit zusammen.

Den Winter verbrachten wir damit, die Seiten zu verbessern und zu pflegen. Aber meine Gedanken waren auch immer bei dir. Matteos Geheimauftrag. Vaters Verrat. Die größte Angst hatte ich davor, dass er dir etwas antun könnte. Diese Gefühle schwelten in mir, bis zu jenem Tag, an dem etwas Großartiges geschah.

Ich durfte dich wiedersehen.

Es war auf der großen Konferenz in ViaTerra, die sogar den Zuspruch des Papstes bekommen hatte. Die Vorbereitungen dauerten wochenlang. Alle mussten mithelfen. Laut Vater war es das größte Ereignis, das jemals stattgefunden hatte. Deshalb wurden wir unserer üblichen Aufgaben enthoben und halfen dort mit, wo Hilfe benötigt wurde. Ich wurde als Kellner und Servicekraft eingeteilt, schlenderte durch die Aula und war von den Menschenmengen und den pompösen Reden, die gehalten wurden, überwältigt.

Und da standest du plötzlich vor mir, Arm in Arm mit Matteo. Ihr wart zusammen angereist, Matteo tat so, als würde er niemanden kennen. Er verhielt sich, als wäre dies sein erster Besuch in ViaTerra und er dein Bodyguard. Obwohl über tausend Menschen dort waren, habe ich dich sofort in der Menge wiedererkannt. Ich habe mich so nah an dich herangeschoben wie möglich, bis du aus Versehen mit mir und meinem Käsetablett kollidiert bist. Matteo warf mir einen warnenden Blick zu und zog dich mit sich mit. Aber ich beobachtete dich aus der Ecke des Raumes und blieb in sicherer Entfernung. Du warst noch schöner geworden. Du hast die ganze Festgesellschaft überstrahlt.

In einem magischen Augenblick trafen sich unsere Blicke. Und ich weiß genau, dass auch du es gespürt hast. Zusammengehörigkeit.

An diesem Abend veränderte sich alles. Aus dem Zweifel, der so lange in mir geschwelt hatte, wurde offener Hass.

Meine Nerven waren wie Stahlseile gespannt, wenn Vater auch nur in meiner Nähe war. Aber meine Angst war verschwunden.

Und ich sehnte mich förmlich danach, dass die Stahlseile rissen.

Die Situation spitzt sich langsam zu

Ich wache auf, es kribbelt am ganzen Körper. Der Schlafsaal ist leer. Bella und ich machen immer Nachtschicht. Sie arbeitet gerne nachts, da ist die Wahrscheinlichkeit am größten, dass Vater hereinschneit und sie für ihre Leistungen lobt. Denn er arbeitet auch am liebsten spät.

Die Sonne steht schon ziemlich hoch am Himmel, es duftet nach Erde. Ein sanfter Wind streift die kahlen Zweige der Bäume. Ich sollte diesen schönen Tag genießen, sagt eine Stimme in mir, aber mein Gehirn scheint noch nicht wach zu sein. Bella ist nicht im Büro. Da fällt mir ein, dass sie aufs Festland fahren wollte. Kaum sitze ich an meinem Computer, öffnet sich die Tür.

Noch bevor ich die beiden sehe, habe ich bereits meinen Entschluss gefasst.

Vater mit Vic im Schlepptau kommen ins Zimmer.

»Sieh mal einer an, hier sitzt ja unser kleiner Mann, wie immer fleißig«, sagt Vater. »Hast du was Neues für uns, Thor?«

Meine Zunge fühlt sich an wie Sandpapier.

»Seit gestern Abend nichts Neues, Chef«, murmele ich heiser.

Vic stellt sich hinter meinen Monitor. Sie verhalten sich wie kleine Jungs, die auf Krawalle aus sind und mit dem Erstbesten, dem sie begegnen, Streit anfangen wollen.

»Wo bleibt dein Benehmen? Wie ist es mit Aufstehen, wenn

ich ins Zimmer komme?«, sagt Vater, aber kaum bin ich aufgesprungen, drückt er mich zurück auf den Stuhl.

»Hör mal, Thor, dieses Mädchen ... Guck nicht so komisch, du weißt genau, von wem ich rede. Es hat sich herausgestellt, dass sie ziemlich heiß ist.«

Jetzt springe ich aus einem anderen Grund auf.

Wir sind gleich groß.

»Das ist widerlich«, sage ich leise, fast flüsternd.

»Was hast du gesagt?«

»Ich finde das widerlich, wenn du so über sie sprichst.«

Vater braucht einen Moment, um zu begreifen, dass er sich in der Tat nicht verhört hat. Ich balle meine Hände immer wieder zu Fäusten und öffne sie.

»Ach wirklich, findest du das? Dann hast du nichts kapiert«, zischt er mich an.

Vic hat schon sein Handy aus der Hosentasche geholt und jemanden angerufen.

Ich weiß, wen. Die Wachen.

Da geschieht etwas Seltsames. Meine Mundwinkel verziehen sich zu einem Lächeln. Warum ausgerechnet jetzt?

»Was soll das denn? Findest du das etwa lustig?«, brüllt Vic.

Ich antworte ihm nicht. Mein Körper ist angespannt und gelähmt zugleich. Vaters Hand zuckt nach oben, als würde er eine Waffe gegen mich richten. Dieser große, schwere Mann kann sich jeden Augenblick auf mich stürzen, rasend vor Wut, weil ich Widerworte gegeben habe. Ich habe seine Autorität infrage gestellt, dafür muss ich bestraft werden. Er wird mir weh tun, das weiß ich. Ich bin wie gelähmt. Jetzt bloß nicht heulen oder mir vor Angst in die Hose machen.

Er strömt einen fremden Geruch aus, etwas Animalisches. Sein Gesicht drückt mit jeder Zelle Verachtung aus, für mich und alle, die so sind wie ich: schmächtig, linkisch und mit heller

Stimme. Ich warte auf die Ohrfeige, die kommen wird. Aber er senkt seine Hand wieder und hält mir stattdessen mit monotoner Stimme einen Vortrag.

Er habe sein ganzes Leben lang dafür gekämpft, um das hier alles aufzubauen, sagt er. Er sei wesentlich jünger gewesen als ich, als ihm bewusst geworden sei, wie der Mensch wirklich ist: egoistisch und falsch, wie Mäuse, die sich zu Tode beißen, wenn man sie in einen engen Käfig sperrt. Deshalb habe er sich auf eine lange Reise begeben und mehr als einmal sein Leben riskiert. Und das mit nur dreizehn Jahren. Aber das mache keinen Unterschied. Er sei schon sein Leben lang erwachsen gewesen.

Er legt seine schwere Hand auf meine Schulter.

»Und weißt du, welche Erkenntnis ich am Ende hatte, Thor? Die dort draußen, ganz im Ernst, die wissen einen Scheiß!«

Daraufhin habe er sich viele Gedanken über den Sinn des Lebens gemacht, fährt er mit seinem Monolog fort. Aber dort draußen habe er keine Antworten auf seine Fragen gefunden. Also musste er die Antworten in sich selbst suchen. Und das habe er getan und dann dies hier alles aufgebaut. Er breitet seine Arme aus und schlägt mir dabei fast mit der Hand ins Gesicht. Aber wie sehr er sich auch bemühe und wie hart er auch arbeite, solche wie ich – Ratten des Teufels – würden ihm nur Knüppel zwischen die Beine werfen. Kleine Wichtigtuer, Besserwisser, Ungeziefer, das überall herumkrabbelt.

Dann kommt die Ohrfeige. Er schlägt so hart zu, dass es in meinen Ohren klingelt. Ich verliere das Gleichgewicht.

Ich wusste, dass es kommen würde. Und ich hatte mir geschworen, nicht zu weinen. Auf keinen Fall weinen!

Als die Wachen kommen, begehe ich den Fehler, mich zur Wehr zu setzen. Aber innerhalb von Sekunden haben sie mich überrumpelt, drehen mir die Arme wie Polizisten auf den Rücken

und drücken mich mit ihrem Gewicht zu Boden. Vor Schmerz
schreie ich auf.

»Halt's Maul und hör auf zu zappeln, du kleine Pussi!«

Sie zerren mich auf die Füße hoch und schleppen mich über
den Hof. Ich stolpere, schlage mir die Knie auf und schnappe
nach Luft. Aber ich weine nicht. Ich werde auf keinen Fall
weinen.

Das Büßerprogramm ist voll, aber da soll ich auch gar nicht hin.
Benny wird mich bewachen. Tag und Nacht.

»Das kleine Stück Scheiße soll ordentlich schuften. Irgendeine
Drecksarbeit. Haben wir nicht noch einen verstopften Abfluss
oder so was?« Das sind Vaters letzte Worte, die er an mich rich-
tet.

Ich schlafe in der Pferdebox, unter der Liste mit unseren
Namen, die wir vor vielen Jahren dort eingeritzt haben. Als ich
die Liste sehe, bekomme ich einen Kloß im Hals, denn ich weiß,
dass ich jetzt kein Kind mehr bin. Es ist schmutzig, Staub und
tote Insekten bedecken den Boden. Es ist kalt und zieht durch die
Ritzen, obwohl wir schon Frühling haben. Ich rolle mich in
meinem Schlafsack zusammen und denke an den magischen
Augenblick in der Aula, als sich unsere Blicke trafen. Das hilft
mir beim Einschlafen. Ich habe eine solche Sehnsucht nach dir,
dass es schmerzt. Ich träume davon, mit dir in einem Parallel-
universum zu leben. Ich bete zu Gott, an den ich gar nicht
glaube, dass du meine Gedanken und Warnungen hörst.

Die Tage verbringe ich damit, hinter dem Stall einen Graben
auszuheben. Benny bewacht mich wie ein Habicht seine Beute.
Aber eines Tages taucht er nicht mehr auf. Dann kommt Madde
und verkündet, dass sie keine Ressourcen hätten, für mich Un-
würdigen jemanden als Wache abzustellen. Da ich ein Feind der

Gemeinschaft sei, müsste alles überprüft werden, was ich unter Bellas Leitung angefertigt habe. Ab jetzt würde ich allein zurechtkommen müssen.

Die Arbeiten am Graben habe ich kurz darauf fertiggestellt, danach suche ich mir neue Aufgaben. Ich bringe den Stall auf Vordermann, sortiere die Werkzeuge und putze die Fenster, die von Schmutz und jahrzehntealten Spinnweben ganz blind sind. Die Kühe sind schon auf die Weiden gebracht worden, ich säubere ihre Boxen und den Hühnerstall gleich mit. Danach kümmere ich mich um ein kleines Beet, das ich hinter dem Stall entdeckt habe, und entferne dort das Unkraut. Darunter kommen Osterglocken zum Vorschein, die sicher bald blühen werden.

In einem kleinen Kabuff finde ich eine alte Taschenlampe und ein paar verstaubte, fleckige Krimis, die dort jemand vergessen haben muss. Weiter hinten sehe ich ein dickeres Buch liegen, auch das hat braune Seiten, und der Umschlag löst sich auf. Jenseits von Eden. *Jeden Abend vor dem Schlafen lese ich ein paar Seiten und tauche ab in eine Welt weit entfernt von dieser Insel.*

So viele Worte. Zart und achtsam miteinander verbunden. Kaum habe ich es ausgelesen, fange ich wieder von vorne an. Ich kann von diesem Buch nicht genug bekommen.

Die einzige Ablenkung ist Benny, der mir einmal am Tag Essen bringt.

Ab und zu fährt ein Motorrad vorbei, oder die Wachen, Madde und sogar Vater kommen auf ihrem Weg am Stall vorbei, aber niemand würdigt mich auch nur eines Blickes.

Ich weiß nicht, wie lange ich dort bin. Es gibt zwar eine Dusche, aber weder ein Rasiermesser noch einen Spiegel. Ich kann spüren, wie sich ein zarter Flaum auf meinem Kinn bildet.

Morgens wache ich schon früh auf. Ich sehe der Sonne zu, wie sie über den Horizont steigt und den Himmel mit ihren prächtigen roten Farben bemalt. Es ist wunderschön, wenn die Strahlen auf den Morgennebel fallen und ihn in eine schimmernde Decke verwandeln, mit der das Anwesen umhüllt ist.

Jeden Morgen staune ich darüber, dass mir das vorher noch nie aufgefallen ist.

Die unaufgeregten, bedeutungslosen, immergleichen Tage erfüllen mich mit Ruhe und Glück.

Als sie eines Tages kommen und mich holen, weiß ich längst, dass ich nie wieder für ViaTerra arbeiten werde.

57

Seit über zehn Jahren hatte Sofia keinen Kontakt mehr mit Magnus Strid gehabt. Sie hatte die eine oder andere Reportage von ihm gelesen und ihn auch in den Nachrichten ab und zu gesehen. Er war es gewesen, der sie nach ihrer Flucht von ViaTerra dazu überredet hatte, ihre Geschichte zu erzählen. Er hatte mehrere Artikel über sie geschrieben. In den ersten Jahren danach hatten sie noch in engem Kontakt miteinander gestanden, aber das war dann im Laufe der Zeit weniger geworden.

Auf den ersten Blick schien es nahezu unmöglich, ihn zu fassen zu bekommen. Er war offenbar an die fünfzehn Mal umgezogen und wohnte jetzt an einem geheimen Ort mit geheimer Nummer. Sie rief bei den Zeitungen an, für die er gearbeitet hatte, aber die weigerten sich verständlicherweise, seine Daten herauszugeben. Sie hatte schon aufgegeben, als er sie eines Tages anrief.

»Sofia-Krawallbürste-Bauman! Mir ist zu Ohren gekommen, dass du mich suchst? Bist du es wirklich?«

Seine Stimme klang tiefer, als hätte er nie aufgehört, zwei Packungen Zigaretten am Tag zu rauchen.

»Ja, ich bin es. Du machst dir keine Vorstellung davon, wie unglaublich schwer es ist, dir auf die Spur zu kommen. Bist du in einer Art Zeugenschutzprogramm oder so?«

»Nein, ich brauchte nur meine Ruhe, das ist alles.«

»Es tut gut, deine Stimme zu hören«, sagte sie. »Die Stimme, der ich immer vertrauen konnte.«

»Gleichfalls. Und das bedeutet, nehme ich an, dass du meine Hilfe brauchst?«

»Ganz genau. Wie in den guten alten Zeiten. Entweder treffen wir uns, oder das wird ein langes Telefonat.«

»Ich habe alle Zeit der Welt.«

Sofia erzählte ihm alles – von Anfang an. Sie begann mit dem Sturm, und wie es Franz gelang, wieder zu Ruhm und Ehre zu kommen und sich erneut in einen Stars zu verwandeln (was Strid natürlich schon längst wusste), vom Überfall auf Julia, dem Einbruch und schließlich dem Buch.

Dann holte sie tief Luft und fragte ihn, ob man für etwas verurteilt werden konnte, das man vor fünfzehn Jahren begangen hatte. Als Strid lachte und sie fragte, ob sie jemanden ermordet hätte, erzählte sie ihm auch von der Vergewaltigung und der Brandstiftung. Und ganz zum Schluss offenbarte sie sogar die Sache mit Julia – dass sie nämlich nicht mit Sicherheit wusste, wer ihr Vater war.

Strid schwieg lange.

»Hast du jetzt vor, damit zur Polizei zu gehen?«, fragte Sofia ängstlich, als das Schweigen so lange dauerte.

»Nein, Quatsch, ich muss das alles nur erst mal verdauen. Was für ein mieses Schwein. Ich finde, die Brandstiftung war wirkungsvoller, als ihn anzuzeigen. Am Ende hätte sein Wort gegen deins gestanden, und du weißt, wie gut er sich aus allem herauswinden kann. Du weißt auch, dass er keine juristische Handhabe wegen deiner Tochter hat? Vielleicht spielt es am Ende gar keine Rolle, wer ihr leiblicher Vater ist? Was sagt Benjamin dazu? Und du?«

»Wir lieben sie, ganz gleich, wie das Ergebnis wäre. Aber

wir sind uns nicht einig, ob sie es wissen sollte. Vielleicht hat sie doch das Recht dazu? Aber wir wollen auf keinen Fall etwas mit ihm zu tun haben.«

»Siehst du. Dann musst du ihm nur den dicken fetten Mittelfinger zeigen und ihm sagen, dass er sich gefälligst von euch fernhalten soll.«

»Ja, das ist leichter gesagt als getan. Aber er taucht immer wieder in unserem Leben auf. An den unmöglichsten Stellen.«

»Das ist wirklich bemerkenswert, nach so vielen Jahren. Aber du hast mich bestimmt nicht gesucht, um mir das zu erzählen und meine Meinung darüber zu hören, oder?«

Sofia holte tief Luft.

»Nein, ich habe dich anrufen wollen, weil ich deine Hilfe brauche, um den größten Medienskandal des Jahrhunderts auszulösen.«

Es war nicht schwer, Strid für die Aktion zu gewinnen. Vor allem horchte er auf, als Sofia von Elvira, ihren Söhnen und *Kinder der Erde* erzählte. Sie verabredeten, sich schon bald in Göteborg zu treffen.

In ihrem Übereifer, alle Beteiligten anzurufen und das Treffen zu organisieren, gelang es Sofia beinahe zu verdrängen, dass sie Anna nie von der Vergewaltigung erzählt hatte. Sie fragte sich sogar, ob Anna wirklich unbedingt dabei sein musste und was sie überhaupt beitragen konnte. Allerdings war sie die Person gewesen, auf die sich Sofia in den letzten Jahren blind hatte verlassen können. Sie hatte sie in guten wie in schlechten Tagen unterstützt, und Sofia hatte ihr alles anvertrauen können. Bis auf die Vergewaltigung im Keller von ViaTerra vor fünfzehn Jahren. Benjamin, Simon und sie hatten entschieden, dass sie dieses Geheimnis für sich behalten würden. Aber jetzt wussten Ellis und Strid davon, und Sofia war davon überzeugt, dass Anna ihr Vertrauen niemals missbrauchen würde.

Sofia holte Anna nach der Arbeit in der Pension ab. Sie fuhren ans Meer und setzten sich auf die Felsen. Und dann erzählte ihr Sofia alles, was in der schrecklichen Woche damals im Keller des Herrenhauses geschehen war. Sie ließ weder die Vergewaltigung noch die Brandstiftung aus. Und sie verriet Anna auch, dass Elvira nach Schweden zurückgekommen sei.

Nachdem Sofia ihr Geständnis beendet hatte, saß Anna stumm neben ihr und sah aufs Meer hinaus. Der Nebel, der sich im Laufe des Tages verzogen hatte, war zurückgekommen. Die Sicht war gleich null. Die Luft legte sich wie eine feuchte, kalte Decke über sie. Sofia sah, dass Anna weinte, die Tränen liefen ihr über die Wangen.

»Was ist denn los, Anna?«

»Warum hast du mir das alles nicht schon früher erzählt? Das ist ja schrecklich. Hat er dir das wirklich angetan?«

»Glaubst du mir nicht?«

»Natürlich. Ich bin nur so überwältigt.«

Für den Bruchteil einer Sekunde hatte Sofia das ungute Gefühl, dass irgendetwas nicht stimmte. Sie bekam Angst, wenn auch ohne zu wissen, warum. Aber dann griff Anna nach ihrer Hand.

»Ich bin schockiert. Das ist so widerlich. Du Arme. Wie konntest du das so lange für dich behalten?«

Sofia strich sich eine Haarsträhne aus dem Gesicht.

»Ich habe es verdrängt. Wollte nicht darüber sprechen. Aber jetzt kann ich es nicht länger geheim halten.«

»Bist du sicher, dass Julia seine Tochter ist?«

»Entweder seine oder die von Benjamin. Das ist alles so unnötig. Ich hatte aufgehört, die Pille zu nehmen, als ich in die USA gegangen bin, weil ich Benjamin ja meine Treue geschworen hatte. Ich konnte doch nicht ahnen, dass Franz mich entführen würde.«

»Aber hattest du nicht diese Affäre in den Staaten?«

»Doch, aber Julia ist unter Garantie nicht seine Tochter. Ich habe es tausend Mal durchgerechnet. Franz hat mich am Tag meines Einsprungs vergewaltigt. Unfassbar, oder? Riesenpech. Aber so typisch für mich. Danach habe ich gleich mit Benjamin geschlafen, weil ich absurderweise gehofft habe, dass es helfen würde.«

»Aber warum habt ihr das nie untersuchen lassen? Das wäre doch so leicht gewesen?«

»Schwerer als du denkst. Ich konnte den Gedanken nicht ertragen, dass er es sein könnte. Und so ist es auch heute noch. Wir haben das so lange verdrängt, dass wir unseren Verdacht sogar fast vergessen haben. Meine Frage an dich wäre jetzt: Willst du mir helfen?«

Anna lehnte sich vor und wollte Sofia umarmen. Die Felsen waren aber so glatt, und Sofia wäre um ein Haar ins Meer gerutscht. Ihr Schuh berührte das Wasser. Sie lachte lauthals, als Anna sie wieder hochzog.

»Natürlich helfe ich dir«, sagte Anna. Auf dem Rückweg saßen sie schweigend im Auto, Anna starrte aus dem Fenster. Wegen des Nebels musste Sofia im Schneckentempo fahren. Das Geständnis hatte Anna zugesetzt, aber am Abend war die Stimmung wieder gelöster.

Ein paar Tage später quetschten sich Sofia, Benjamin, Anna, Simon und Elvira in Sofias Auto und fuhren nach Göteborg. Ellis und Strid waren schon dort.

Als sie das verabredete Café betraten, wartete Strid bereits auf sie. Sofia erkannte ihn auf den ersten Blick nicht wieder. Früher hatte er wie ein zerzauster Bär ausgesehen, pummelig und schlampig gekleidet, Kaffeeflecken auf dem Hemd und Dreitagebart. Jetzt stand da ein anderer Mann vor ihr, der seinen Stil komplett verändert hatte. Der Bierbauch war verschwunden, er sah durchtrainiert aus, hatte die Haare kurz geschnitten, war rasiert und trug einen Blazer.

»Ich erkenne dich ja gar nicht wieder. Was ist passiert?«, fragte Sofia und umarmte ihn.

»Mein Arzt hatte mein Todesurteil ausgesprochen. Er hat gesagt, dass ich die sechzig nicht erleben würde, wenn ich nichts ändere«, gestand er etwas verlegen. »Also habe ich aufgehört zu rauchen, habe mit Sport angefangen und so was alles. Traurige Angelegenheit, aber ehrlich gesagt geht es mir besser als früher.«

Dann traf noch Ellis in dem ziemlich menschenleeren Café ein, und damit waren sie komplett.

Jeder erzählte Strid seinen Anteil an der Geschichte. Einer nach dem anderen. Er hörte geduldig, mit halbgeschlossenen Augen zu. Zwischendurch wirkten die Augenlider so schwer, als wäre er eingeschlafen. Aber kaum hatte der Letzte seine Version beendet, setzte er sich auf und ergriff das Wort.

»Ich sage mal: widerlich. Aber es ist folgendermaßen. Von einem kleinen Medienskandal erholt sich Franz mit Leichtigkeit. Er kann immer das Gerücht dementieren und jemanden finden, der sich für ihn ausspricht, er kann Leute erpressen und so weiter. Er ist ein Showman, ein Schauspieler. Ich habe fast den Eindruck, dass es ihm sogar gefällt, Skandale abzuwehren und zu bagatellisieren. Aber wenn die Bombe an mehreren Stellen weltweit hochgeht und die

Nachricht sensationell genug ist, dann können wir ihn durchaus erwischen. Wenn Kinder daran beteiligt sind, verbreitet sich das wie ein Lauffeuer. Es ist entsetzlich, aber wahr.«

Er machte eine Pause, wickelte sich eine Serviette um die Finger und sah eher besorgt aus.

»Leider haben die Leute Franz' Sexskandale mittlerweile satt. Es spielt keine Rolle, was er getan hat, irgendwie dreht er es immer wieder zu seinen Gunsten. So wie bei dir, Elvira. Es wird verdammt viel geredet und geschrieben, aber wenn es dann endlich vor Gericht geht, ist da die Luft raus. Er ist zwar verurteilt worden, aber ihr seht ja, dass ihm sein Comeback gelungen ist und er jetzt so eine Art Umweltheiliger geworden ist. Irgendwie sind bei ihm immer die Frauen die Verliererinnen und müssen mit ihren Narben leben lernen. Weil es am Ende doch wieder darauf hinausläuft: ›Sie haben ja mitgemacht. Sie wollten es auch.‹ Ich glaube, wir sollten uns bei dieser Aktion auf die Kinder konzentrieren. In der Story herumwühlen. Wenn es stimmt, dass sich Franz Oswald dort draußen auf Dimö so eine Art Hitlerjugend eingerichtet hat, können wir ihn damit erledigen. In dieser beschissenen Gesellschaft kann man einer Frau Leid zufügen und muss nur behaupten, sie hätte es auch gewollt. Aber das gilt nicht für Kinder. Versteht ihr, was ich damit sagen will?«

»Ja, aber wie kommen wir an Informationen über diese Schule?«, fragte Sofia.

»Wir müssen jemanden auftreiben, der auf dieser Schule war und ihn oder sie zum Reden bringen«, sagte Strid. »Am besten eines der Kinder.«

»Träum weiter«, schnaufte Sofia.

»Sag das nicht. Ich wette, dass die Gehirnwäsche gar

nicht so effektiv ist, wie du glaubst. Wie alt sind deine Söhne, Elvira?«

»Gerade achtzehn geworden.«

»Dann kann er sie nicht mehr daran hindern, ihre Meinung zu sagen. Ich glaube, du solltest versuchen, mit ihnen Kontakt aufzunehmen.«

»Aber nicht mit Vic«, sagte Elvira. »Er verehrt seinen Vater viel zu sehr, er würde sich niemals gegen ihn stellen.«

»Wahrscheinlich ist er schon so ähnlich wie sein Vater geworden«, warf Benjamin ein. »Er arbeitet bestimmt eng mit ihm zusammen. Macht korrumpiert.«

»Ach, Quatsch. Schnickschnack«, sagte Ellis. »Schweine, die die Macht an sich reißen, sind schon korrumpiert. Und wir lassen das zu. Aber wahrscheinlich hast du recht damit, dass der Sohn ein Franz-Oswald-Klon ist.«

»Vielleicht würde Thor sich trauen, darüber zu sprechen«, sagte Elvira vorsichtig. »Ich hatte mit seiner Großmutter vor ein paar Jahren Mailkontakt. Aber dann wurde das zu gefährlich.«

»Dann fang mit der Großmutter an. Melde dich bei ihr«, sagte Strid.

Dann wandte er sich an Ellis.

»Und du hackst dich in alle Seiten, Plattformen und Accounts in den sozialen Medien, wo dieser Franz seine Finger drinhat. Damit wir Zugang dazu haben, wenn wir die Bombe zünden. Denn, statt die Informationen nur auf dem klassischen Weg zu verbreiten – also in Form von Artikeln, Nachrichtensendungen und so was –, sollten wir uns an sein gigantisches soziales Netzwerk halten, wenn es so weit ist. Er bietet abends einen Videochat an. Hack dich auch da rein, damit wir seinen Anhängern live erzählen können, was für ein Schwein er ist.«

Ellis nickte, er war mit Feuereifer dabei und hatte wieder diesen Blick, den er immer bekam, wenn er einer heißen Sache auf der Spur war.

»Jep! Ich werde auch einen verschlüsselten Zugang erstellen, damit wir sicher miteinander kommunizieren können. Das mache ich am besten gleich heute Abend«, sagte er.

»Und sobald wir konkretere Informationen haben, werde ich meine Medienkontakte in den Staaten aktivieren«, sagte Simon.

»Und ich werde alle Journalisten ansprechen, die ich kenne. Und das sind einige«, nickte Strid. »Wir müssen die Einzelheiten dieses Skandals weltweit zeitgleich lancieren. Kannst du für die Journalisten auch einen sicheren Zugang anlegen, damit die auf den Server zugreifen können? Und den sollte man nicht hacken können.«

Auch diese Frage beantwortete Ellis mit eifrigem Nicken.

»Und ich?«, fragte Sofia. »Was kann ich tun?«

»Zieh dich aus dem Vertrag mit dem Verlag raus«, sagte Strid. »Lass dir eine gute Ausrede einfallen. Und dann wirst du dieses letzte Kapitel schreiben, denn wenn das hier explodiert, wird die Hölle los sein, und jeder Verlag in Schweden und wahrscheinlich auch im Ausland wird dieses Buch veröffentlichen wollen. Und dann kannst du einen neuen Vertrag ohne Franz' Beteiligung aushandeln.«

Anna, die bisher kein Wort gesagt hatte, griff nach Sofias Hand.

»Ich kann mich um die *Herberge* kümmern, damit du dich auf das Buch konzentrieren kannst. Ich verspreche dir, dass ich jeden Tag zur Baustelle fahre und nach dem Rechten sehe.«

»Ich werde anfangen, Artikel zu schreiben, und jede Zeitung ansprechen, für die ich jemals gearbeitet habe«, sagte Strid. »Ich würde gern als Erstes ein Interview mit dir machen, Elvira. Ich möchte deine Geschichte erzählen. Es kann auch gern ein Telefoninterview sein.«

Elvira nickte.

»Ich werde alles tun, um meine Kinder wiederzusehen.«

Schweigend sahen sie sich an.

»Ausgezeichnet«, sagte Benjamin schließlich, dessen Beitrag darin bestanden hatte, Strid mit staunenden Augen zuzuhören. »Dann haben wir einen Plan!«

»Richtig. Und was ist nochmal genau deine Rolle in diesem Plan, Benjamin?«, fragte Ellis etwas säuerlich.

»Ich verdiene das Geld und sorge dafür, dass meinen wunderbaren Mädchen nichts zustößt«, sagte er und legte seinen Arm um Sofia.

»Du hast dich wirklich nicht verändert. Gutgläubig und ein bisschen arbeitsscheu, wenn ich das sagen darf«, ergänzte Strid und schüttelte amüsiert den Kopf. »Du solltest versuchen herauszubekommen, wer hinter der Geldeinlage auf Julias Konto steckt. Das könnte eine Spur sein.«

Einen ganzen Tag lang hielt das hoffnungsvolle Gefühl an, obwohl die Verhandlung mit dem Verlag doch schwieriger war als erwartet. Als sie aber erklärte, ihr Gewissen fordere ein, dass auch die neusten Enthüllungen in dem Buch vorkamen, gab die Verlegerin nach. Sofia hatte den Eindruck, dass der Verlag um jeden Preis verhindern wollte, in einen Rechtsstreit hineingezogen zu werden.

Ein paar Tage später rief Simon an. Mitten in der Nacht. Normalerweise sprach er fast unerträglich langsam am Telefon, jetzt aber kamen seine Worte stoßweise und hektisch.

»Es ist mit Elvira ... Sie ist im Krankenhaus ... Diese Schweine ... Verdammt ...«

Sofia hatte die schlimmsten Befürchtungen.

»Simon, was ist passiert?«

»Sie wollte nur kurz den Müll rausbringen ...«

Simon bekam keinen zusammenhängenden Satz heraus. Sofia schwieg und ließ ihm Zeit, um sich zu sammeln. Das Handy ans Ohr gepresst, merkte sie, wie ihr Körper reagierte. In ihrem Kopf rauschte und summte es, ein ganzer Bienenschwarm. Ihr Herz schlug wie wild.

»Das Auto kam wie aus dem Nichts und hat sie einfach überfahren«, stammelte Simon. »Auf einer menschenleeren Straße, am späten Abend. Sie müssen dort auf sie gewartet haben. Ohne Scheinwerfer. Wenn sie nicht so geistesgegenwärtig reagiert hätte und zur Seite gesprungen wäre, dann hätte sie das nicht überlebt. Sie hat sich einen Zeh gebrochen und das Handgelenk verstaucht. Ich weiß nicht, was ich tun soll. Ich weiß noch nicht mal, wo wir hinsollen.«

»Oh Gott, wie schrecklich«, rief Sofia. »Haben sie die Schweine gefasst?«

»Nein, die Polizei redet von einem Unfall mit Fahrerflucht, aber das war ganz sicher ein Mordversuch. Das ging alles so rasend schnell. Ich habe den Knall gehört, dann Elviras Schrei, das war schlimm ... und dann hörte ich, wie der Wagen wieder anfuhr.«

»Ich komme zu euch ins Krankenhaus.«

»Nein, das musst du nicht. Sie werden sie morgen früh wieder entlassen.«

»Dann kommt ihr direkt zu uns. Fahrt nicht nach Hause, um Klamotten zu holen oder so. Ihr könnt alles von uns haben.«

»Bei euch ist es aber auch nicht sicher. Da steckt hundertprozentig Franz dahinter, und der weiß doch, wo ihr wohnt.«

Da wusste Sofia auf einmal, wie Benjamin sich doch noch einbringen konnte.

»Ich werde dafür sorgen, dass Benjamin aus unserem Haus den sichersten Ort in ganz Orust macht. Das verspreche ich dir. Wachen, Alarmanlage, das ganze Pipapo. Unser Haus wird danach einen undurchdringlichen Schutzschild haben.«

Ihre Stimme hatte sich überschlagen.

Der erste Schock hatte sie so betäubt, dass sie die Angst zunächst nicht gespürt hatte. Aber dann drängte sich ihr der Gedanke auf, dass sie vermutlich als Nächste auf der Liste stand. Oder Benjamin.

Oder Julia.

58

Matt hatte sich seltsam benommen, als er abends zu Julia kam. Er hatte geistesabwesend gewirkt und war ihr immerzu ausgewichen, was ganz ungewöhnlich für ihn war. Außerdem sah er irgendwie ungepflegt aus, trug einen Dreitagebart und hatte seit drei Tagen dieselben Klamotten an.

Sie spürte eine Kälte, die sie ausgrenzte. Das machte ihr zu schaffen. Aber als er merkte, dass sie traurig war, berührte er ihre Wange.

»Hallo. Alles okay bei dir?«

»Klar«, sagte sie, aber ihre Stimme zitterte. Seine Berührung hatte etwas in ihr ausgelöst.

Er zog sie an sich heran. Seine Lederjacke war offen, sie legte ihren Kopf auf seine Brust und atmete seinen Geruch ein. Sie fühlte sich einsam. Es war nicht mehr so spannend wie am Anfang mit Matt, aber sie hatte noch immer Gefühle für ihn. Starke Gefühle. Er wusste genau, was sie mochte. Sie hatten ihre Körper gegenseitig kennengelernt, was schön war. Gegen elf Uhr fuhr er nach Hause, und Julia schlief kurz danach ein.

Als ihr Handy klingelte, war es noch stockdunkel. Der Blick auf die Uhr verriet: halb sechs. Die Sonne musste schon längst aufgegangen sein, aber der verfluchte Nebel hielt das Licht zurück. Die Bäume wiegten sich im Wind.

Sie folgte dem Klingeln und fand ihr Handy in ihrer Tasche. Als sie Matts Namen auf dem Display sah, stellten sich ihr die Nackenhaare auf. So früh stand er sonst nie auf.

»Matt!«, kam sie ihm zuvor.

Seine Stimme klang gedämpft.

»Ich werde wegfahren müssen.«

»Aber das weiß ich doch. Das hast du mir doch erzählt. Warum rufst du so früh am Morgen an?«

»Hör mir genau zu. Ich muss jetzt sofort los. Ich kann dir nicht alles erzählen, aber du musst mir vertrauen.«

Die Dringlichkeit in seiner Stimme ließ sie aufhorchen.

»Ich bin da in etwas Furchtbares reingeraten. Ich kann nicht hierbleiben. Du wirst bald alles erfahren, aber du musst mir vertrauen. Ich liebe dich über alles, Julia. Du darfst unter keinen Umständen an Christi Himmelfahrt verreisen. Versprich mir, dass du nicht dorthin fährst.«

Sie wusste gar nichts mehr. Fühlte sich ganz leer im Kopf.

»Und warum nicht? Was ist denn los? Ich verstehe gar nichts mehr.«

»Ich kann dir das jetzt noch nicht erzählen, das wäre zu gefährlich. Bitte versprich mir, dass du nicht fährst. Ich weiß, wo du hinwillst. Bitte, tu es nicht. Versprich es mir, mein Herz.«

»Okay«, sagte sie etwas überrascht. Wahrscheinlich hatte er Angst, dass sie auf ihrer verbotenen Reise nach Göteborg Drogen nahm oder so was. Mit der Freundin, die nicht existierte.

»Hast du eine andere?«, fragte sie. »Das macht mir nichts aus.«

»Nein, natürlich nicht. Hör zu. Ich muss erst ein gutes Versteck finden, dann besorge ich mir eine Prepaidkarte, die man nicht orten kann – und dann melde ich mich bei dir. Ich versprech es dir. Bis dahin musst du mir vertrauen. Meine Süße, vertrau mir.«

Sie hörte ein Schniefen. Er weinte. Das brachte sie aus der Fassung, sie wusste nicht, wie sie damit umgehen sollte.

»Warum bist du so traurig? Komm bitte zu mir, ich kann dich trösten.«

Er antwortete nicht. Aus dem Schniefen war ein unterdrücktes Schluchzen geworden.

»Jetzt erzähl mir, was los ist! Warum weinst du?«

Sie spürte, wie Panik in ihr aufstieg, und die Angst, dass er sich etwas antun könnte. Fieberhaft überlegte sie, was man zu Selbstmördern am besten sagte. Das passte alles so überhaupt nicht zu Matt. Das war wie ein Albtraum Sie versuchte, ihre Stimme ruhig und bestimmt klingen zu lassen, um die Wand aus Kummer zu überwinden, die er zwischen ihnen errichtet hatte.

»Erzähl mir, was du Schlimmes getan hast. Ich kann das aushalten.«

»Das Schlimme sind nicht meine Taten, sondern dass du mir das niemals verzeihen wirst«, sagte er. Seine Stimme klang so verändert, dass sogar der Gedanke sie streifte, dass ein Irrer Matts Handy gestohlen und sie angerufen haben könnte. Aber es war Matt. Die Art, wie er bestimmte Wörter in die Länge zog, war typisch für ihn.

»Musst du deswegen ins Gefängnis?«

»Wahrscheinlich.«

»Hast du jemanden umgebracht?«

»Nein. Natürlich nicht.«

»Dann verzeihe ich dir, Hauptsache, du erzählst es mir jetzt. Ich werde dich im Gefängnis besuchen, großes Ehrenwort.«

Er lachte. Es klang eher wie ein Hicksen. Dann schwieg er eine Weile. Danach war seine Stimme wieder wie sonst.

»Ich habe dem Direktor mitgeteilt, dass ich nach Deutschland reise. Ihm wird das nicht gefallen, und meine Eltern werden durchdrehen. Ich vermute, die Schulleitung wird dich dazu befragen wollen. Bitte sag ihnen nicht, dass ich dich angerufen habe. Erzähl ihnen, dass ich dir nur eine SMS geschrieben habe, in der ich dir mitteile, dass ich verreise.«

»Okay, aber dann musst du mir auch so eine SMS schicken, die ich ihnen zeigen kann. Wenn ich nach Christi Himmelfahrt nichts von dir höre, ruf ich die Polizei.«

»Nein, auf keinen Fall!« Das war wieder der alte Matt.

»Dann musst du dich vorher bei mir melden.«

»Okay, versprochen. Und Julia …«

»Ja?«

»Was sie auch über mich sagen werden, glaube mir bitte, dass ich dich wahnsinnig liebe. Von Anfang an. Du bist das wunderbarste Wesen auf der ganzen Welt.«

Dann legte er auf. Und obwohl sie seine Nummer unzählige Male anrief und ihm auf die Mailbox sprach und ihn bat, sie zurückzurufen, wusste sie, dass er es nicht tun würde.

Die Morgendämmerung hatte sich kalt und schwach gegen den Nebel durchgesetzt. Sie lag auf ihrem Bett und lauschte. Kein Laut war im Haus zu hören. Nur der leise Wind, so kühl wie der Morgenhimmel. Sie stand auf und stellte sich ans Fenster. Laub vom Vorjahr fegte über den Rasen, als hätten die Blätter es auf einmal furchtbar eilig. Das erinnerte sie an den Sturm, an das seltsame Gefühl, das sie kurz vorher gehabt hatte.

Ihr Handy piepte, eine SMS war eingetroffen. *Fahre für ein paar Wochen nach Deutschland. Melde mich. M.* Sie ärgerte sich über die knappe Nachricht.

Sie war von seiner enttäuschenden Mitteilung wie hypnotisiert. Es stimmte wirklich. Er würde nicht zurückkommen. War das die Strafe dafür, dass sie ihn wegen Franz angelogen hatte? Ihre Unterlippe zuckte. Sie fühlte sich ganz leer. Wie ein Schlafwandler schwankte sie ins Bett zurück und kroch unter die Decke. Sie konnte nicht wieder einschlafen, versuchte, sich ein Vergehen auszudenken, das Matt zur Flucht zwang. Vielleicht hatte er gestohlen? Er trug schicke, teure Kleidung. Sie hatte im Netz von einem bewaffneten Überfall in Uddevalla gelesen. Aber das war nicht Matts Stil. Sie konnte sich seine schönen, liebevollen Augen nicht unter einer Sturmhaube vorstellen. Nachdem sie alle Möglichkeiten ausgeschlossen hatte, fiel sie in einen unruhigen, traumreichen Schlaf.

Bereits am nächsten Tag wurde sie ins Büro des Direktors gerufen. Er äußerte seine Verwunderung, dass Matt einfach so auf Reisen gegangen sei, ohne die geringste Vorwarnung. Matt habe immer hervorragende Arbeit geleistet, tatsächlich war er einer der besten Assistenten gewesen, die sie je gehabt hatten. Und jetzt so etwas. Ob Julia Kenntnisse über seinen Aufenthaltsort habe?

Julia zeigte ihm die SMS.

»Mehr weiß ich auch nicht«, sagte sie. »Ich habe versucht, ihn anzurufen, aber es springt nur die Mailbox an.«

Während sie ihrem Direktor in die besorgten Augen sah, bemerkte sie erneut mit wachsender Verwunderung, was für eine hervorragende Lügnerin sie war.

Sie zeigte auch ihrer Mutter die SMS, die aber schien

sich deshalb keine großen Gedanken zu machen. Sie hatte andere Sorgen. Elvira und Simon waren nach dem Unfall zu ihnen gezogen, und ihre Mutter hatte in einem hysterischen Anfall ihren Vater dazu gebracht, eine Sicherheitsfirma zu beauftragen. Jetzt standen rund um die Uhr Wachen vor dem Haus.

Als Julia ihr die SMS von Matt zeigte, lächelte sie und verstrubbelte Julias Haar.

»Mach dir keinen Kopf, er wird mit ein paar Kumpels weggefahren sein, um ein bisschen Abstand von allem zu bekommen. Das heißt nur, dass er dich wirklich so gern hat, dass er es kaum aushält. Männer reagieren manchmal so, Frauen können das auch, klar. Wenn er zurückkommt, bereut er alles und gesteht dir seine Liebe. Du wirst schon sehen.«

Ihre Mutter. So klug und gleichzeitig so unfassbar naiv.

Julia wusste nicht, was sie davon halten sollte, dass alles auf einmal passierte – Matts Abtauchen, der schlimme Anschlag auf Elvira, ihr anstehendes Abenteuer auf Dimö. Einerseits machte ihr das alles Angst, andererseits regte es sie auch irgendwie an. Ihr einförmiges, langweiliges Leben in Henån hatte auf einmal eine neue, äußerst spannende Wendung genommen. Man wusste nie, was als Nächstes geschehen würde. Die Dinge fanden in der Wirklichkeit statt und nicht mehr nur auf dem Bildschirm, und sie hatte eine der Hauptrollen ergattert. Es könnte schiefgehen, vielleicht sogar ziemlich unangenehm werden. Aber auf jeden Fall war es anders als alles Bisherige.

Und eine Sache wusste sie ganz sicher:

Das Leben in Henån war auf keinen Fall langweilig.

59

Als sie kamen, um mich zu holen, lag ich auf den Knien und jätete Unkraut in meinem kleinen Beet, denn Löwenzahn und Brennnesseln waren in den letzten Tagen wie verrückt gesprießt.

Als ich am Morgen aufwachte, hatte ich schon geahnt, dass dieser Tag etwas Besonderes für mich bereithalten würde. Ich hatte keinen Kalender, konnte keine Uhrzeit ablesen, außer am Stand der Sonne – dennoch spürte ich, als ich im Heu lag und an die Stalldecke starrte, warum der Tag besonders war. Es war mein Geburtstag. Ich weiß nicht, warum ich mir so sicher war. Vielleicht war es eine Art biologische Uhr. Während ich tief und fest geschlafen hatte, war ich achtzehn geworden. Bei ViaTerra wurden Geburtstage nicht gefeiert. Dennoch hatte dieser Tag etwas Feierliches.

Als ich die Motorräder hörte, stand die Sonne schon hoch am Himmel. Es waren zwei. Kein gutes Zeichen. Als das Geräusch näher kam, wusste ich auch, dass ich das Ziel ihrer Fahrt war. Aber ich drehte mich nicht um, ich stand nicht auf, ich setzte meine Arbeit fort, die kleinen Eindringlinge in meinem Beet zu entfernen.

Obwohl die Motoren hinter mir verstummten, ich die Ständer, die rausgeklappt wurden, und die Schritte hörte, die auf mich zukamen, fuhr ich fort, in der Erde zu stochern.

»Thor, der Chef möchte, dass du sofort in sein Büro kommst.« Das war Maddes Stimme.

»Es gibt Stress mit den Computern, das kannst nur du reparieren«, ergänzte Sten, der Wachmann. Wahrscheinlich war er abgeordnet worden, falls ich Ärger machen sollte.

Ich konnte ihre Füße sehen, Maddes Schuhspitze schabte nervös auf dem Boden, Stens Arbeitsstiefel trampelten auf meinen Blumen herum.

»Geh von meinem Beet runter«, sagte ich.

»Was? Hast du nicht gehört, was wir eben gesagt haben? Der Chef will dich sehen«, schnaubte Sten.

»Ich will, dass du aufhörst, auf meinen Blumen herumzutrampeln«, sagte ich.

Madde kicherte.

»Hör jetzt auf mit dem Quatsch! Wir haben einen Befehl vom Chef! Er möchte dich sehen. Los, komm jetzt!«

»Aber ich will *ihn* nicht sehen. Sagt ihm, dass er hierherkommen kann, wenn er mir etwas zu sagen hat.«

Madde hielt die Luft an.

»Du gehst jetzt verdammt nochmal duschen und ziehst dir was Sauberes an und kommst dann mit«, brüllte Sten.

Aber das tat ich nicht.

Nach einer halben Stunde erfolgloser Überredungsversuche gaben sie schließlich auf. Aber ich wusste natürlich, dass sie zurückkommen würden. Das nächste Mal mit Verstärkung.

Ich vermutete, dass sie etwa eine Stunde bräuchten, um Vater den Lagebericht vorzulegen, sich das weitere Vorgehen zu überlegen und ihren Plan in die Tat umzusetzen. Also ging ich in aller Ruhe duschen, zog mir was Sauberes an, setzte mich vor den Stall und wartete auf sie.

Sie waren zu viert. Die Stärksten von allen, Didrik war ihr Anführer.

Ich ging freiwillig mit. Nicht aus Angst, ich fand es praktischer und sinnvoller, selbstständig zu gehen, statt über das Anwesen geschleift zu werden.

Ich wurde in den Speisesaal gebracht.

Das gesamte Personal von ViaTerra und *Kinder der Erde* war anwesend und wartete auf mich.

Geld als Pflaster für die Seele

An der Stirnseite des Raumes steht ein Stuhl, auf den ich mich setzen soll. Mit dem Gesicht zum Personal, so wie Vater seine Reden hält. Jetzt aber starren sie nur mich an. Didrik drückt mich auf den Stuhl, obwohl das gar nicht notwendig ist. Ich werde keinen Widerstand leisten, noch nicht einmal gegen das, was danach kommen wird.

Schweigend warten wir. Die Zeiger der Uhr kriechen unendlich langsam voran. Meine Handflächen sind schweißnass, aber nicht aus Angst, noch habe ich nämlich keine.

Als Vater den Saal betritt, meidet er Blickkontakt mit mir. Stattdessen unterhält er sich absichtlich ungezwungen mit dem Personal, während er vor ihnen auf und ab geht. Die Fragen sind leicht zu beantworten, sie sind eine Art Aufwärmung, ein Vorspiel meiner Bestrafung. Dabei durchbohrt er seine Mitarbeiter mit Blicken.

»Dort sitzt er, der Thor. Während ihr euch alle ein Bein ausreißt, hat er keinen Finger krumm gemacht. Hat sich nur in der Sonne geaalt. Wie findest du das, Benny?«

»Fies, Chef. Fürchterlich.«

»Es hat unendlich viel Zeit gekostet, seine Arbeitsergebnisse zu überprüfen. Und seine Fehler und Schlampigkeiten zu richten. Das war die reinste Sabotage. Findest du das gerecht, Didrik?«

»Nein, überhaupt nicht, Chef.«

»Und wie finden das die anderen alle, dass er dort hockt und mich so hasserfüllt anstarrt?«

Das Gemurmel, das allmählich entsteht, drückt deutliches Missfallen aus.

»Wisst ihr, was er gesagt hat, als ich ihn zu mir ins Büro gerufen habe? Ich wollte ihm helfen, müsst ihr wissen, ihm eine zweite Chance geben. Wisst ihr, was er gesagt hat?«

»Nein, Chef«, lautet die einstimmige Antwort.

»Er meinte, ich sollte doch bei ihm vorbeikommen, wenn ich was von ihm wollte. Ich soll zu ihm und seinen jämmerlichen Beeten kommen. Ich soll meine Arbeit unterbrechen, auf den Bock springen und mit ihm Unkraut jäten, oder wie?«

Kollektiv halten alle bestürzt die Luft an.

Ich empfinde nur Verachtung und Mitleid. Sie wollen um jeden Preis einen guten Eindruck auf Vater machen und wissen nicht, dass auch sie eines Tages dran sind.

»In der Tat, ich übertreibe nicht. Das ist die Wahrheit. Stimmt's, Thor?«

Mein Gesicht wird auf einmal ganz warm.

Noch hat er mich nicht direkt angesehen.

»Das stimmt, Chef«, murmele ich.

»Die Welt liegt uns zu Füßen. Politiker, spirituelle und geistige Anführer, Prominente, hochgeschätzte Persönlichkeiten in aller Herren Länder überschütten uns mit Lob und Ehren. Via-Terra wird in aller Munde geführt. Denn sie haben verstanden, dass wir die Antworten auf ihre Fragen haben. Wir sind noch nie so beliebt gewesen. Aber Thor ist der Ansicht, ich sollte lieber Unkraut jäten.«

Da erst dreht er sich um und sieht mich an. Ich weiß nicht, wie ich aussehe, aber mein Gesichtsausdruck scheint etwas in ihm auszulösen. Ich sehe die Explosion, die in der Tiefe seiner

Pupillen stattfindet. Darauf hatte ich gewartet. Auf den Zorn in seinen Augen, der wie glühendes Magma aufsteigt.

Er wird sich nicht lange beherrschen können.

Schlag mich doch tot, denke ich. Hier bin ich, die Ratte, der Verräter, der Parasit. Zerschmettere mir jeden Knochen. Ein Sohn wird dir noch bleiben, der dich vergöttert.

Seine Stimme ist tief, dunkel und heiser, als er meinen Namen sagt.

Er drückt seine Hand auf meinen Brustkorb und schiebt mich so weit nach hinten, dass der Stuhl anfängt zu kippen.

»Sieh mir in die Augen, Thor.«

Ich drehe den Kopf weg.

Aber ich sehe dennoch aus den Augenwinkeln, was kommt.

Seine Hände ballen sich zu Fäusten, sein Bein holt Schwung, dann tritt er gegen meinen Stuhl, der umkippt, ich schlage mit dem Kopf auf dem Boden auf, und Sekunden später ist er über mir. Er wirft sich auf mich, sein Körper begräbt mich, schwer wie ein Felsen, unter sich, und seine Finger umklammern meinen Hals. Ich bekomme keine Luft, und vor meinen geschlossenen Augen tanzen Sterne. Es tut so weh, dass meine Beine anfangen zu zucken, aber ich trete nicht um mich, fuchtele nicht mit den Händen. Ich liege reglos unter ihm und warte darauf, dass ich aufhöre zu atmen.

Drück fester. Dann ist es endlich vorbei. »Lieber tot als inkompetent.« Dein Lieblingsmotto.

Die Stille im Saal ist fast noch schlimmer als meine panische Angst, gleich zu ersticken. Alle schweigen ehrfürchtig, während das Leben aus mir rinnt. Vaters Gesicht, von Wut verzerrt, das eben noch über mir schwebte, ist verschwunden. Zurück bleibt ein statisches Flimmern, das explodiert und mich blendet.

Ich begreife nicht sofort, dass er von mir abgelassen hat, der Schmerz am Hals brennt wie zuvor, ich spüre noch die Schwere seines Körpers auf meinem, aber er sitzt jetzt keuchend neben mir auf dem Boden. Ich kann nur schwer atmen. Als wäre ein Vogel in meiner Brust gefangen.

Vaters Blick spricht Bände. Er ist verwirrt, als wüsste er nicht, wo er ist und was er getan hat. Er sieht sich im Raum um, entdeckt das stumme Personal. Erst da scheint ihm klar zu werden, dass sie alles gesehen haben. Dass er eine Grenze überschritten hat. Seine Verwirrtheit hält nicht lange an, dann steht er auf und geht zur Tür.

Die Wachen springen von ihren Stühlen, werfen sich auf mich und wollen mich abführen. Aber da dreht Vater sich um und hebt eine Hand.

»Lasst ihn«, ordnet er an und geht.

Ich bleibe auf dem Rücken liegen. Starre an die Decke. Ich stelle fest, dass ich doch noch atmen kann, obwohl es in meiner Lunge rasselt. Mein Blick bleibt an den Spinnweben hängen, die sanft im Windzug schweben, als die Tür hinter Vater zuschlägt. Die Stille im Saal ist unverändert und unerträglich. Der Schock scheint das Einzige zu sein, was sich bewegt. In kleine Wellen springt er von einem zum anderen. Ist das gerade wirklich passiert? Was sollen wir jetzt tun? Ich setze mich auf. Vaters Mitarbeiter starren mich nicht so an wie sonst. Morddurstig. Jetzt sehe ich blankes Entsetzen in ihren Blicken.

Als Vater zurückkommt, hat er sich wieder gefangen. Er hat seine Kleidung gerichtet, sich geschüttelt und strahlt wieder die altbekannte Autorität aus. Das Personal springt auf und stellt sich hin, aber er winkt ab und bedeutet ihnen, sich wieder hinzusetzen, und stellt sich selbst an das Rednerpult. Ich sitze nach wie vor auf dem Boden.

Vater bittet alle aufzustehen, die bei Kinder der Erde waren.

Alle befolgen die Anweisung, nur ich nicht.

»Ihr seid diejenigen hier, auf die ich besonders stolz bin«, sagt er mit melancholischer Stimme. »Ich schätze eure Loyalität über alles. Ihr seid die Zukunft von ViaTerra, vergesst das niemals.«

Er sieht zu mir.

»Das gilt auch für dich, Thor. Verzeih mir bitte. Ich wünsche mir wirklich, dass du mir vergibst. Ich verzeihe dir auch alles, was du getan hast.«

Sein Bitten um Vergebung klingt so schön, so aufrichtig, dass ich ihm fast dafür dankbar bin, mich gewürgt zu haben. Aber nur fast, denn es gibt immer einen Haken.

»Geh zu den anderen und setz dich, Thor. Alles ist vergeben und verziehen.«

Ich habe keine Wahl, als hätte ich meine Zeit als Opfer auf dem Boden verbraucht, und setze mich.

»Im letzten Herbst habe ich etwas für euch von Kinder der Erde getan, worüber ich euch jetzt in Kenntnis setzen will«, sagt er. »Ich habe Geld auf eure Konten überwiesen, und zwar eine ziemlich große Summe. Für eure Zukunft. Wenn ihr das Gefühl habt, dass ich euch jemals Schaden zugefügt habe, oder etwas anderes ...«

Man hört vereinzeltes Keuchen im Saal. Er hebt die Hand.

»Lasst mich aussprechen, bitte. Ich weiß, dass ihr euch das gerade nicht vorstellen könnt, aber das Leben kann plötzlich unerwartete Richtungen einschlagen. So habt ihr immer etwas, auf das ihr zurückgreifen könnt. Dafür habe ich gesorgt. So, alles gut jetzt. Ihr könnt jetzt wieder an eure Arbeit gehen. Ich habe gesagt, was ich sagen wollte.«

Der Chef verlässt als Erster den Saal. Der Chef verlässt immer als Erster den Saal. Danach folgt das Personal. Ich bleibe bis zuletzt, bis alle gegangen sind. Der Schmerz an meinem Hals meldet sich zurück, ich spüre, wie das Blut in meiner

Halsschlagader pocht. Wohin soll ich jetzt gehen? Zurück zu meinen Beeten? Das würde ich am liebsten tun.

Das ist das Seltsamste, was ich je gehört habe. Menschen Geld zu schenken, denen man Schaden zugefügt hat oder zufügen wird?

60

Die Wahrheit. Warum war es so wahnsinnig schwer, die Wahrheit aufzuschreiben? Zum hundertsten Mal hatte sie die erste Zeile wieder gelöscht. Sie starrte auf die leere Seite.

Der Cursor blinkte. Sie kam nicht weiter, und sie wusste auch, warum. Über die Vergewaltigung selbst zu schreiben war ihr nicht so schwergefallen wie erwartet. In den vergangenen fünfzehn Jahren hatte sie sich ausführlich mit diesem Erlebnis auseinandergesetzt. Ihr war es gelungen, es zum Teil aus ihrem System zu bekommen. Ganz anders war es allerdings mit der Brandstiftung, das fiel ihr furchtbar schwer.

»Du bist ein Feigling«, schimpfte sie sich aus. Als würde Franz' Tat und ihr Vergehen wie ein Superkleister ihre Schicksale für immer miteinander verbinden. Er hatte ihr Gewalt angetan, und sie hatte sich mit der Brandstiftung gerächt. Das Katz-und-Maus-Spiel konnte in die nächste Runde gehen.

Sie hatte ein bisschen im Netz recherchiert. Für Brandstiftung gab es zwei bis acht Jahre Gefängnis. Die Verjährungsfrist betrug fünfzehn Jahre. Eine Ausnahme gab es. Wenn die Brandstiftung vorsätzlich Menschen in Gefahr brachte, sie in einer dicht besiedelten Gegend stattfand oder das Gebäude eine besondere kulturelle Bedeutung hatte, dann konnte es auch zu einer lebenslangen Strafe kommen.

Da betrug die Verjährungsfrist fünfundzwanzig Jahre. Aber das traf auf ihren Fall nicht zu. Das bedeutete, dass sie für ihr Vergehen nicht mehr belangt werden konnte. Also, was zum Teufel bremste sie und hinderte sie daran, die Geschichte aufzuschreiben? Kaum legte sie ihre Finger auf die Tastatur, da wurde sie von Schuldgefühlen überflutet.

Sie hatte Benjamin um Rat gefragt und angedeutet, dass es wohl besser für die Familie wäre, wenn sie ihre Tat nicht erwähnte. Aber er hatte nur entgegnet, dass sie das selbst entscheiden musste. Simon war überzeugt, dass man sie sogar feiern würde, wenn die Wahrheit über Franz rauskam.

In Gedanken reiste sie immer wieder zurück zu dem Tag auf der Polizeiwache. Sie hatte so überzeugend gelogen, dass die Beamten Franz um ein Haar wegen Brandstiftung und Versicherungsbetrug verhaftet hätten. Das hatte sich richtig angefühlt. Dirigiert von ihrem Hass. Innerlich hatte sie schadenfroh gelacht, wie er ihr ein wasserdichtes Alibi verschaffte. Er hatte sich seine eigene Grube gegraben und war hineingefallen. Sie fragte sich dennoch, ob ihr Leben anders verlaufen wäre, wenn sie damals die Wahrheit gesagt hätte.

Der Beamte, der sie vor fünfzehn Jahren verhört hatte, hieß Titus Berg. Mit einem strengen, durchbohrenden Blick. Aber nach den Verhören war er richtig reizend gewesen. Ein Polizist, der seine Arbeit sehr ernst nahm. Er hatte sein Bestes gegeben, um Franz das Genick zu brechen.

Sofia sah aus dem Fenster. Ließ ihren Gedanken freien Lauf, aber sie kehrten unbeirrt immer wieder zu dem Verhörtag zurück. Mattias hatte neben ihr gesessen und für sie gelogen. Und wie sie gelogen hatten! Sie erinnerte sich noch genau an den eindringlichen Blick von Titus Berg. An

seine riesigen Hände. Als sie an seine Hände denken musste, kam ihr plötzlich eine ganz andere Idee.

Titus Berg aufzuspüren war ungefähr genauso schwer, wie
Magnus Strid zu finden. Mittlerweile war er über achtzig
Jahre alt und schon längst pensioniert. Die Polizei von Göteborg weigerte sich, ihr die Kontaktdaten zu geben. Sofia
hatte mehr Glück mit der Mitarbeiterin einer kleineren Polizeiwache, in der er mal gearbeitet hatte. Sie war wesentlich
hilfsbereiter. Es stellte sich heraus, dass Titus Berg nach
Orust gezogen war, nicht weit von Sofia und Benjamin. Da
sie sowieso keine Ruhe zum Schreiben hatte, beschloss sie,
es darauf ankommen zu lassen. Es war ein schöner Tag, und
ein bisschen frische Luft würde ihr nicht schaden.

Simon und Elvira schliefen noch. Magnus Strid hatte
Elvira bis tief in die Nacht interviewt. Benjamin machte
Home-Office, und Julia war in der Schule. Sie gab Benja-
min Bescheid, dass sie runter ans Meer fahren würde, und
bekam ein Murmeln als Antwort, weil er gerade in eine
Sache am Computer vertieft war.

Titus Berg wohnte landeinwärts. Das letzte Stück führte
über einen Kiesweg, es knisterte unter den Reifen, die kleine Steine durch die Luft schleuderten. Ihr Navi führte sie
bis ans Ende des Weges. Sie parkte den Wagen und fiel fast
in einen Graben, als sie aus dem Wagen stieg.

Das Haus war rot mit weißen Sprossenfenstern und Türrahmen und stand auf einem kleinen Hügel. Ein schmaler
Bach plätscherte über das Grundstück, und auf dem Rasen
drängelten sich Buschwindröschen. Eine richtige Idylle.

Titus Berg saß vor seinem Häuschen, als hätte er sie erwartet.

Sie öffnete das Gartentor und betrat zögernd das Grundstück. Die Sonne blendete sie, sie hob die Hand und blinzelte in das grelle Licht. Das war er, unverkennbar – die breiten Schultern, der Bart, die vertrauten Gesichtszüge.

»Entschuldigen Sie bitte, dass ich hier einfach unangemeldet hereinschneie. Erinnern Sie sich an mich?«

Er sah sie mit gerunzelter Stirn an, aber dann entdeckte sie das Funkeln in seinen Augen.

»Aber ja doch, Sie waren doch Mitglied in dieser Sekte? Was führt Sie denn zu mir?«

»Darf ich mich kurz setzen?«

»Bitte!« Er zeigte auf einen Holzstuhl.

»Ich möchte ein Geständnis ablegen«, sagte sie, nachdem sie sich hingesetzt hatte.

»Das höre ich in letzter Zeit nicht mehr so oft«, brummte er.

Er war gealtert. Seine Haare waren schlohweiß, seine Haut braungebrannt, faltig und dick wie Leder. Die fröhlichen Augen lagen tiefer in ihren Höhlen. Aber er hatte seine Lebensfreude und seinen Eigenwillen ganz offensichtlich nicht verloren.

»Aber fangen Sie doch beim Anfang an«, sagte er. »Ich erinnere mich an den Fall, als wäre es gestern gewesen, müssen Sie wissen. Denn es war mein allerletzter Fall vor der Pensionierung.«

»Ich befürchte, Ihnen wird nicht gefallen, was ich Ihnen gleich erzählen werde.«

»Nein, das verstehe ich. Mir dreht sich jetzt schon der Magen um.«

Er war ein sehr guter Zuhörer, obwohl er zwischendurch grunzte, die Augenbrauen hob und den Kopf schüttelte. Nur ein einziges Mal unterbrach er sie.

»Mensch, Mensch. Und ihr wart so überzeugend. Dabei gab es überhaupt keinen Beweis. Eure Alibis waren wasserdicht. Ich sage mal ...«

Während sie erzählte, änderte sich ihre Sicht auf die Dinge. Alles konnte sie auf einmal mit den Augen des Kommissars sehen. Einen Haufen Lügen. Die eigentlichen Verbrechen – Entführung, Vergewaltigung und Brandstiftung – konnten nie aufgeklärt und bestraft werden. Nur weil sie so besessen von ihrem Wunsch gewesen war, sich an Franz zu rächen.

»Ich war so voller Hass. Das, was ich getan habe, hat sich nicht falsch angefühlt, verstehen Sie? Ich musste und wollte das Recht in die eigene Hand nehmen. Ich hatte keine Wahl. Das schlechte Gewissen ist auch erst jetzt gekommen. Ich wollte alles in einem Buch verarbeiten. Das basiert auf einer Familienchronik von Franz Oswald. Ich wollte nachweisen, dass sich das Böse vererbt hat und die Geschichte sich wiederholt. Und ich möchte, dass meine Tochter die Wahrheit erfährt.«

Titus Berg hatte aufmerksam zugehört, aber sein Gesichtsausdruck hatte sich verändert, er sah wütend aus.

»Mir ist es damals nicht gelungen, ihn für die Brandstiftung einzubuchten, wie Sie wissen«, sagte er. »Ich hätte diesen Fall so gern noch vor meiner Pensionierung gelöst und war bitter enttäuscht, als er straffrei davonkam.«

»Verzeihen Sie bitte«, sagte sie. »Ich verstehe, wenn Sie das der Polizei melden wollen. Und das wäre auch vollkommen in Ordnung.«

»Ich finde, das sollten Sie selbst tun. Der Fall ist wahrscheinlich längst verjährt. Das wird niemand wieder aufnehmen, die haben anderes zu tun. Aber es wird Ihnen helfen, Ihr schlechtes Gewissen zu bewältigen.«

»Das mache ich«, versprach sie. »Aber ich bereue es nicht. Wenn ich gezwungen wäre, diesen Albtraum noch einmal durchstehen zu müssen, würde ich es wieder tun. Obwohl ich Ihnen dieses Mal im Verhör die Wahrheit sagen würde.«

Titus Berg lachte glucksend.

»Himmelherrgott, haben Sie mich reingelegt! Ich muss mich wohl eher bei Ihnen entschuldigen. Nach allem, was Sie durchgemacht haben. Die Polizei sollte nämlich eigentlich alle Verbrechen aufdecken, das sollte sie wirklich.«

Seine Wut war verflogen.

»Wie geht es Ihrer Tochter?«, fragte er.

»Sie ist … wunderbar.«

»Sie tun das Richtige, sie möglichst weit von Franz Oswald fernzuhalten«, sagte er. »Ich erinnere mich genau an das Verhör mit ihm. Er wurde so unverschämt. Einer der unangenehmsten Menschen, die ich jemals verhören musste. Ein richtiger Tyrann.«

»Okay, vielen Dank«, sagte sie, wahnsinnig erleichtert, dass er ihr so viel Verständnis entgegenbrachte.

»Ich koche uns jetzt einen Kaffee, und wenn wir den getrunken haben, fahren Sie nach Hause und schreiben dieses Buch fertig«, sagte er.

Bevor sie ging, nahm er ihre Hände in seine großen, warmen Hände.

»Erwischen Sie ihn dieses Mal richtig. Lassen Sie ihn nicht wieder entkommen. Wenn Sie ihn hinter Gitter bringen, sind alle Ihre Sünden vergeben, das verspreche ich Ihnen.«

Sie ließ sich Zeit für den Nachhauseweg, kurbelte das Fenster herunter, genoss die Wärme der Sonnenstrahlen und das Zwitschern der Vögel. Der Frühling war wie eine unerwartet starke Flut gekommen. Die kalte, eisige Luft war verjagt worden, und der Wind hatte seine Bissigkeit verloren. Die Grünflächen waren noch feucht von den zahlreichen Wolkenbrüchen, und das Licht war noch kraftlos und diesig. Aber die Wolken am Himmel sahen klein, weiß und wild aus. Es würde nicht mehr regnen.

An einer schönen Stelle im Wald hielt sie an und rief Benjamin an, um ihm von ihrem Besuch bei Titus Berg zu erzählen.

»Ich bin so stolz auf dich«, sagte er. »Sehr stolz.«

Sie verabredeten sich, abends essen zu gehen. In letzter Zeit waren sie hauptsächlich in ihren vier Wänden geblieben. Sie würden einen der Sicherheitsbeamten bitten können, sie ins Restaurant zu begleiten. Denn Simon und Elvira würde ein kleiner Tapetenwechsel auch guttun.

Als sie nach Hause kam, warf sie einen Blick in den Briefkasten. Eher aus alter Gewohnheit, weil sie äußerst selten Post bekamen.

Ein weißer Umschlag lag darin. Bevor sie ihn berührte, überkamen sie schon die schlimmsten Vorahnungen. Er war aus edlem Papier, die Adresse war mit der Hand geschrieben, und es handelte sich definitiv nicht um Reklame.

Als sie ihn umdrehte und den Absender las – Name und Adresse waren in Silber auf das Papier gedruckt –, begannen ihre Hände zu zittern. Sie war sich sicher, dass er wieder etwas Schreckliches plante. Vielleicht würde er sie verklagen. Sie hob die Hand und grüßte den Wachmann vor dem Haus, dann schloss sie die Tür auf, hörte das Piepen der Alarmanlage und schaltete sie aus. In der Küche nahm sie ein großes Messer, schlitzte das Kuvert auf und zog die beiden Dokumente heraus. Das eine war ein handgeschriebener Brief auf cremefarbenem Büttenpapier.

Mir ist es gelungen, eigenhändig an eine Haarsträhne von deiner lieblichen Tochter zu gelangen. Ich wollte ursprünglich den richtigen Weg gehen und es euch machen lassen, aber wie du weißt, bin ich von Natur aus sehr ungeduldig. Franz.

Nichts weiter.

Das andere war die Kopie eines offiziellen Schreibens, das sie sorgfältig durchlas. Mehrmals, ungläubig, immer wieder, während ein Schwindel sie packte und ihre Beine unter ihr nachzugeben drohten. Das Dokument war relativ eindeutig. Es war das Ergebnis eines DNA-Tests.

Franz Oswald war nicht Julias biologischer Vater.

61

Am Anfang war ich noch fest entschlossen, mich dagegen zu wehren. Mich zu weigern, an den Computer zurückzukehren.

Ich wusste genau, warum sie auf mich angewiesen waren. Bella Svahnberg hatte mit der wachsenden Popularität von ViaTerra PR-Aufgaben übernommen, die ihr Vater zugeteilt hatte, und stand nun nicht mehr für alles zur Verfügung. Und in unserer Software gab es einige Funktionen, die nur ich beherrschte. Von der Alternative, eine externe Kraft vom Festland einzustellen, wollte Vater nichts hören. All sein Handeln folgte immer einem Plan, er hatte bei allem, was er tat, jederzeit einen Hintergedanken. Er wollte mich unter seiner Obhut, unter seiner Kontrolle haben. Als mir das klar wurde, begriff ich, dass auch ich *ihn* überwachen konnte.

Die Rechner standen in einem Zimmer direkt neben Vaters Büro. Dort würde ich sitzen, damit er und Vic meine Arbeit regelmäßig kontrollieren konnten.

Zwischen Vater und mir hatte sich etwas Grundlegendes verändert. Er wich meinem Blick aus. Seit er mich im Speisesaal fast erwürgt hatte, war kein böses Wort in meine Richtung mehr gefallen. Er hielt einen angemessenen Abstand ein, wenn er ins Büro kam, um mich zu kontrollieren. Aber ich kannte ihn, seine Stimmung konnte blitzschnell umschlagen. Der nächste Wutausbruch lauerte schon unter seiner beherrschten Oberfläche. Aber offenbar brachte ich ihn durch meine bloße Präsenz nicht mehr auf die Palme.

Diesen Platz hatte Vic jetzt übernommen.

Wenn die Puzzlestücke an ihren Platz fallen

Es ist ein Uhr nachts. Ich höre Vaters dröhnende Stimme hinter der geschlossenen Tür seines Büros. Er brüllt Vic an. Das tut er in letzter Zeit öfter. Seine Stimme wird immer lauter, ich höre das Scheppern, als etwas gegen die Wand geworfen wird.

Dann wird es ganz still. Ich lausche. Ich warte darauf, dass sie endlich ins Bett gehen, damit ich mich in Vaters Büro schleichen kann. Denn ich habe beschlossen, dass ich mich in seinen Rechner hacken werde.

Da öffnet sich die Tür zu meinem Zimmer, und Vater kommt rein. Zum ersten Mal ist er allein.

Ich tue so, als würde ich ihn nicht sehen. Starre konzentriert auf den Bildschirm, lasse meine Finger über die Tastatur fliegen. Er stellt sich neben meinen Schreibtisch.

»Willst du dich wenigstens hinstellen, wenn ich reinkomme?«, sagt er und seufzt.

Ich stehe auf und stelle mit Überraschung fest, dass wir gleich groß sind.

»Was ist bloß los mit dir? Was mache ich falsch? Was gefällt dir denn nicht? Los, raus mit der Sprache. Ich höre.«

Er klingt resigniert, aber ich werde nicht in diese Falle tappen. Ich weiß genau, dass sich diese freundliche Ergebenheit in Sekundenschnelle in Raserei verwandeln kann.

»Nix, alles gut«, erwidere ich kurz angebunden.

»Ausgezeichnet, dann kannst du vielleicht etwas gegen deinen Nichtsnutz von Bruder unternehmen, der im Moment

alles sabotiert, was ich mir vornehme. Er ist völlig unbrauchbar geworden.«

»Was soll ich denn tun?«, frage ich und unterlasse es vorsätzlich, ihn mit »Chef« anzusprechen.

»Ich werde Besuch bekommen«, sagt er. »Du weißt ja auch schon, wer das ist. Vic ist eifersüchtig. Er will das zwar nicht zugeben, aber seit er weiß, dass sie kommt, dreht er vollkommen durch. Wahrscheinlich ist er der Ansicht, dass ich den Rest meines Lebens im Zölibat verbringen soll. Ich habe tatsächlich überlegt, ob ich meine Kontakte in Russland nutzen und ihn in so ein Arbeitslager stecken soll. In der sibirischen Tundra. Was meinst du?«

»Ich weiß nicht.«

»Habe ich nicht immer dafür gesorgt, dass ihr alles habt, was ihr braucht? Ihr habt die besten Jobs. Ich habe euch vor dem ganzen Mist dort draußen in der Welt beschützt. Aber Vic reicht das offenbar nicht, er will auch noch schleimige Vaterliebe. Wahrscheinlich soll ich mir bald eine Angel kaufen, um mit ihm auf den Felsen zu sitzen und Fische zu fangen …«

»Du hast gesagt, dass sie vielleicht deine Tochter ist«, rutscht es mir raus. Aber in erster Linie wollte ich seine Schimpftirade unterbrechen.

Er macht ein Geräusch, irgendetwas zwischen einem Räuspern und einem Grunzen.

»Ja, aber das ist sie doch nicht. Das weiß ich schon lange. Und das habe ich deinem Kumpel Matteo zu verdanken.«

»Wer ist sie dann?«

»Jemand, den ich kennenlernen möchte. Wird das hier jetzt ein Verhör, oder was? Ich spreche mit dir, *Thor. Das ist eine Unterhaltung zwischen einem Chef und seinem Untergebenen, wenn ich dich daran erinnern darf. Und es heißt ›Chef‹, verdammt, sprich mich gefälligst mit ›Chef‹ an.«*

»Ja, Chef, das habe ich verstanden, Chef.«

»Ich möchte, dass du Vic im Auge behältst«, sagt er mit Blick auf die geschlossene Tür zu seinem Büro. »Du sollst mir melden, wenn er etwas Verdächtiges tut oder sagt. Außerdem erwarte ich, dass er nichts mit dem Mädchen zu tun haben wird. Eigentlich sollte Matteo kommen und auf sie aufpassen, aber der Idiot hat sich in Luft aufgelöst. Also wirst du sie von der Fähre abholen. Ich traue den Wachleuten nicht über den Weg. Sie soll von jemandem abgeholt werden, der irgendwie goldig und unschuldig ist, so wie du.«

Vater lacht und legt seine Hand auf meine Schulter.

»Hast du dich eigentlich mal im Spiegel angesehen? Du siehst aus wie so ein Botticelli-Engel, und genau so einer soll sie willkommen heißen. Schneide dir um Gottes willen nicht die Haare ab.«

Meine Handflächen sind schweißnass, mein Mund ist wie ausgetrocknet. Vaters Gesicht verschwimmt vor meinen Augen.

»Sie wird in dem Häuschen wohnen, in dem ihr aufgewachsen seid. Nur für ein paar Tage.«

»Aber ich habe keinen Führerschein und bin noch nie Auto gefahren«, stammele ich.

»Dann wird es Zeit, dass du es lernst. Frag Karsten, er kann dir zeigen, wie es geht. Du lernst ja schnell. Hast du sonst noch irgendwelche Probleme, die ich für dich lösen soll?«

»Nein, Chef. Aber ich habe eine Frage.«

»Ach was? Lass mich raten. Du willst wissen, ob genug Klopapier drüben ist und ich gestaubsaugt habe? Die Antwort darauf lautet: Nein. Darum wirst du dich kümmern, gib der Haushaltsabteilung Bescheid.«

»Nein, ich möchte wissen, ob du ihr etwas antun wirst?«

Er lacht, jetzt noch lauter. Schrill und unheimlich klingt das.

»Nein, Thor. Sie ist nicht der Typ von Mädchen, die man sich *holt, um ihnen etwas anzutun. Sie ist etwas ganz Besonderes. Eine Klasse für sich. Deshalb ist dein pathetischer Bruder auch so eifersüchtig. Und kannst du jetzt einfach mal still sein und meine Befehle befolgen?«*

»Ja, Chef. Ich kümmere mich um alles.«

»Sehr gut. Ein bisschen was hast du doch von mir geerbt. Zumindest kannst du eigenständig denken. Das gefällt mir gut an dir. Machst du Schluss für heute?«

»Nein, ich wollte hier noch eine Sache fertigstellen.«

»Okay«, sagt er und gähnt. »Tu das. Wir sehen uns morgen.«

Seine Anerkennung wirkt aufrichtig, als würde er mich zum ersten Mal richtig wahrnehmen. Wie der Mensch, der ich war oder der ich werden könnte. Aber ich weiß, dass diese Momente so selten wie flüchtig sind. Morgen kann er schon wieder der Alte sein, und alles ist vergessen.

Ich lausche seinen Schritten, wie er die Treppe hinunter in seine Räume geht. Da öffnet sich meine Bürotür erneut. Wieder tue ich so, als würde ich es nicht bemerken, und starre auf den Bildschirm, bis mir die Augen brennen. Ich wappne mich, erwarte Vics Fragen, mit denen er mich gleich bombardieren wird.

»Was hat er gesagt?«

»Nichts Besonderes. Ich soll dafür sorgen, dass in unserem Häuschen geputzt wird. Das ist alles.«

»Weißt du, dass er da seine Hure unterbringt? Die kleine Nutte ist jünger als wir. Und er will sie bumsen. In unserem Häuschen. Wie findest du das?«

»Ich weiß nicht. Komm, geh ins Bett. Ich hab keine Zeit, mich über so etwas zu unterhalten. Ich muss das hier fertig machen.«

Vic schlägt mit der flachen Hand so fest auf den Monitor, dass ich schon das Schlimmste befürchte. Ich habe ihn noch nie so verzweifelt gesehen. Vic, der schönste Jüngling der ganzen Insel, ein Abbild von Vater, nur jünger, lebhafter, ist ein gebrochener

Mann. Wie eine schlechte Karikatur von sich selbst. Seine Haare wirken ungepflegt und stehen ihm vom Kopf ab. Ihm steigen Tränen in die Augen. Seine Unterlippe zittert, und ich habe Angst, dass er gleich anfängt zu weinen.

»Mach dir keine Sorgen, Vic«, sage ich mit ruhiger, gedämpfter Stimme. »Es gibt niemanden, der dich ersetzen kann. Das weiß Vater auch.«

Vics Reaktion auf meine Worte ist so überraschend, dass es mir fast Schmerzen verursacht, wenn ich daran denke.

Er umarmt mich – und stolpert dabei gegen meinen Stuhl. Ich erwidere unbeholfen seine Umarmung.

»Verzeih mir, dass ich manchmal so ekelhaft zu dir war«, murmelt er. »Ich hatte Angst, dass Vater entdeckt, wie viel klüger du bist. Du bist ein guter Mensch, Thor.«

Dann schlurft er aus dem Zimmer und zieht die Tür hinter sich zu.

Ich warte lange, bis ich ganz sicher sein kann, dass er und Vater ins Bett gegangen sind. Ich schalte meinen Computer aus und das Licht ein. Dann schicke ich ein Stoßgebet gen Himmel, dass Vic in seinem aufgelösten Zustand vergessen haben möge, Vaters Büro abzuschließen. Und das hat er.

Ich hatte mich darauf eingestellt, Vaters Computer hacken und sein Passwort knacken zu müssen. Aber nichts davon ist nötig, er hat sich gar nicht ausgeloggt, und so kann ich ganz in Ruhe sein Postfach durchsuchen. Ich finde eine Mail von Matteo, die er vor einer ganzen Weile gesendet hat. Seine Mailadresse ist so offensichtlich, dass ich lachen muss – mattan@hushmail.com. *Die Nachricht klingt etwas kryptisch, aber mir stellen sich trotzdem die Nackenhaare auf.* Tracker mit Erfolg installiert. *Dazu gibt es einen Link, und als ich den anklicke, aktiviert sich eine Webcam, die ein Badezimmer zeigt. Das ist zwar leer, aber ich weiß sofort, wessen Badezimmer es ist. Aus*

meinem Unwohlsein ist eine ernstzunehmende Übelkeit gewor-
den. Ich durchsuche Vaters Postausgang. Dort finde ich Nach-
richten an Geschäftsfreunde, die ich nicht verstehe, und kleine
flotte Grußbotschaften an Prominente und Politiker. Und eine
Mail an dich.

Packliste: 1) kurze, durchsichtige Negligés, 2) Netzstrumpfhosen, 3) Stringtangas.

Da wird mir auf einmal alles klar. Ich war nur ein einzelnes
Element eines Schneeballeffekts, wie eine Lawine oder ein Tsu-
nami. Etwas, das ich nicht mehr aufhalten kann.

Aber wenn ich meine Karten als goldiger Botticelli-Engel
richtig ausspiele, gibt es noch die Chance, dich zu retten.

62

Edwin Björk anzulügen fiel Julia viel schwerer, als ihren
Eltern eine Lüge aufzutischen. Ihnen hatte sie gesagt, dass
sie eine Freundin in Göteborg besuchen wollte und hatte
ihnen einen falschen Namen und eine falsche Telefonnummer dagelassen. Ihre Eltern benahmen sich in letzter Zeit
seltsam. Oft saßen sie mit Simon und Elvira flüsternd ins
Gespräch vertieft zusammen und verstummten, sobald sie
dazukam. Außerdem befand sich das Haus in permanenter
Bewachung und fühlte sich eher wie eine Anstalt an und
nicht wie ein Zuhause.

Julia hatte nicht damit gerechnet, dass Edwin Björk sie
wiedererkennen würde. Fast hätte sie sich verplappert.

»Hallo, Julia! Was machst du hier auf unserer einsamen
Insel?«

»Als ich das letzte Mal hier war, hat es mich einfach gepackt«, sagte sie. »Die vielen Geschichten und Mythen, die
über diesen Ort erzählt werden, Sie wissen schon ...«

Sie verstummte, suchte nach einem glaubwürdigen Argu-
ment, das sie noch hinterherschieben konnte.

»Ich möchte einen Aufsatz über Dimö schreiben, eine
Hausarbeit.«

»Ach, wirklich? Und was machst du dann jetzt hier, was
hast du vor?«

»Na, ich will mir alles ansehen. Den Teufelsfelsen, die
Heide und die Klippen. Ich möchte auch ein paar Fotos

machen und so. Ich wohne in der Pension«, sagte sie und hoffte inständig, dass er das nicht überprüfen würde. Sie schämte sich, wie einfach ihre Verwandlung in eine erfinderische und skrupellose Lügnerin vonstattenging.

»Und deine Mutter hat dir das erlaubt?«

»Natürlich, ich bin sechzehn, praktisch erwachsen.«

»Ja, das hatte ich ganz vergessen«, sagte er und lächelte. »Wie die Zeit vergeht.«

»Ich wollte auch Sie für meinen Aufsatz befragen, ob Sie mir diese Spukgeschichte erzählen könnten, von der Gräfin, die auf dem Anwesen herumgeistern soll.«

Das war das perfekte Ablenkungsmanöver, denn er liebte es, Geschichten zu erzählen. Ihre Mutter hatte vor langer Zeit mal erwähnt, dass Björk derjenige sei, der die Insel wie seine Westentasche kannte und über alle geheimnisvollen Geschichten Bescheid wusste, die sich um sie rankten. So kam es, dass sie die Überfahrt mit den Sagen von Dimö und den furchtbaren Ereignissen verbrachten, die der Familie im Herrenhaus im Laufe der Zeit widerfahren waren.

Franz hatte ihr geschrieben, dass sie abgeholt werden würde. Der Wagen warte am Marktplatz auf sie. Zuerst war sie enttäuscht, dass er nicht persönlich da sein würde, aber mit einem eigenen Chauffeur war es noch aufregender.

Dieses Mal hing kein Nebel im Sund zwischen Festland und Insel. Die Luft auf dem Wasser war allerdings merklich frischer als im Hafen – salziger, kühler, und sie roch nach Sonne. Der Wind war böig und ließ das Meer wie zerbrochenes Glas aussehen, und in jeder Scherbe spiegelten sich die Strahlen der Frühlingssonne. Das Glitzern reichte bis an den Horizont. Es war so schön, dass sie in dem Anblick geradezu versank und Björks Stimme zu einem gedämpften Murmeln im Hintergrund wurde.

»Ich habe gehört, dass deine Mutter ein Buch über das alles geschrieben hat«, sagte er. »Das soll im Herbst rauskommen, stimmt's?«

»Nein, sie hat einen Rückzieher gemacht. Sie sagt, es fehlt noch was.«

»Aha? Was das wohl sein mag, frage ich mich«, sagte er und strich sich übers Kinn.

Da war es Zeit anzulegen, und sie ging nach achtern, um von dort die Fähre zu verlassen.

Der Marktplatz, den sie beim letzten Mal lebendig und wuselig erlebt hatte, war jetzt fast menschenleer. Am Brunnen saß eine Mutter mit ihrem Kinderwagen, sonst war niemand da. Doch dann entdeckte sie den jungen Mann, der neben einem schwarz glänzenden Wagen stand. Von weitem erinnerte er sie an irgendjemanden, aber sie wusste nicht an wen. Seine halblangen Haare sahen wie frisch poliertes, funkelndes Kupfer aus. Seine Augen wirkten eisblau, aber nicht kalt, sondern freundlich. Seine Wangen waren rosig und wie die Nase mit Sommersprossen übersät. Er hatte schöne Lippen und lächelte sie verlegen an, als wollte er ihr noch eine Entschuldigung sagen. Und das tat er auch! Sie wusste nämlich wieder, woher sie ihn kannte. Das Haar erinnerte sie genau. Sie kannte niemanden mit einer solchen Haarfarbe.

»Jetzt weiß ich, woher ich dich kenne. Du hast mir fast dein Käsetablett über den Kopf geschüttet!«, rief sie fröhlich.

»Ja, verzeih«, sagte er. »Du warst wegen der Konferenz hier, oder?«

Aber es tauchte noch eine zweite Erinnerung auf. Diese warmen, liebevollen Augen. Die hatte sie auch schon irgendwo mal gesehen.

»Warte! Du warst bei uns in der Bibliothek! Deshalb bist du mir auch auf der Konferenz so bekannt vorgekommen. Was hast du denn in der Bibliothek gemacht?«

»Das ist eine lange Geschichte, kann ich dir die später erzählen?«

»Hast du mir hinterherspioniert?«, fragte sie.

»So was in der Art. Ich verspreche dir, dass ich dir alles erzählen werde.«

»Aber, wer bist du?«

»Ich bin Thor«, sagte er und streckte ihr seine Hand hin, die warm und weich war. Er lächelte sie schüchtern an und hielt ihre Hand vielleicht ein bisschen zu lange in seiner.

»Ich soll dich abholen, Franz Oswald ist mein Vater.«

»Wirklich? Du siehst ja ganz anders aus als er.«

Trotzdem konnte sie gewisse Ähnlichkeiten ausmachen. Die gerade Nase und die markante Kinnpartie, seine muskulösen Arme und die Körperspannung. Sie hatte im Netz gelesen, dass Franz Zwillinge hatte. Aber es gab keine Fotos von ihnen, weil er, wie er in einem Interview gesagt hatte, seine »Söhne vor dem Medienzirkus bewahren will, damit sie ein normales Leben führen können«.

Julia fühlte sich mit einem Mal billig. Dass Franz seinen Sohn schickte, um sie abzuholen, führte ihr vor Augen, dass dieser Ausflug alles andere als normal war. Das ist doch krank, fand sie, obwohl es auch zu Franz passte. Aber eigentlich konnte ihr das egal sein. Wenn sie ein normales Leben führen wollte, dann müsste sie jetzt mit ihren Leuten an der Tankstelle in Henån abhängen und vor Ödnis sterben. Da fiel ihr wieder das seidene, hauchdünne Negligé ein, das sie eingepackt hatte, und das hob ihre Stimmung sofort.

Thor öffnete ihr die Tür des schwarzen Kombis, in dem es nach Leder und Plastik roch. Kaum hatte er den Schlüssel im Zündschloss umgedreht, da machte der Wagen einen riesigen Satz nach vorn.

»Oh Gott, entschuldige, ich habe vergessen, den Gang rauszunehmen«, murmelte er verlegen.

Er trat die Kupplung herunter und drehte den Schlüssel erneut, um den Wagen zu starten. Da heulte der Motor auf wie in einem Sägewerk.

»Du darfst nicht aufs Gaspedal treten«, sagte Julia und kicherte.

Er konzentrierte sich und fuhr langsam rückwärts aus der Parkbucht heraus, wobei er fast einen Pfosten erwischte und so plötzlich auf die Bremse treten musste, dass sie beide nach vorn geschleudert wurden und der Motor ausging. Julia brach in schallendes Gelächter aus, was so ansteckend war, dass sie sich am Ende beide vor Lachen krümmten.

»Hast du überhaupt einen Führerschein?«, gluckste sie.

»Führerschein? Machst du Witze? Ich sitze heute zum dritten Mal hinterm Steuer.«

Aber es gelang ihm schließlich, den Wagen auf die Straße hinauszumanövrieren, allerdings fuhr er fast unerträglich langsam. Sie krochen durch die Landschaft. Er war so nervös, dass ihm die Schweißperlen auf der Stirn standen, stellte Julia amüsiert fest. Sie genoss den Blick aus dem Fenster. Wie schön die Insel war. Die Sonne glitzerte, die Felsen fielen direkt neben der Straße zum Meer hin ab. Ihr Blick wanderte aber immer wieder zu Thor, der den Wagen mit großer Entschlossenheit steuerte. Er hatte eine besondere Ausstrahlung, etwas Edles. Wenn Franz einen solchen Sohn hatte, dann konnte er doch unmöglich so gefährlich sein, wie alle immer behaupteten.

Kurz bevor sie die gewaltige schmiedeeiserne Pforte erreichten, hielt er an.

»Ich bringe dich zu dem Häuschen, in dem du unterkommen sollst«, sagte Thor. »Aber bevor wir durch diese Pforte fahren, möchte ich dir noch etwas Wichtiges sagen.«

»Aha, und was?«

»Mein Vater kann ungeheuer charmant sein, aber seine Laune kann sich auch blitzschnell ändern, und ich weiß, dass er nicht immer nett zu den Frauen ist, mit denen er zu tun hat. Bist du dir wirklich sicher, dass du dorthin willst? Denn, wenn du es dir anders überlegst, dann bringe ich dich jetzt lieber gleich in die Pension, und dann kannst du morgen früh die erste Fähre nach Hause nehmen.«

Nett zu den Frauen. Wie seltsam, so über seinen Vater zu sprechen, fand sie. Auch irgendwie lustig.

»Nein, keine Sorge. Ich möchte ihn sehen«, sagte sie. »Nette Jungs sind nicht so wirklich meins, musst du wissen. Ich weiß, worauf ich mich hier einlasse.«

»Schade. Wir beide könnten auch irgendwo hinfahren«, schlug er scherzhaft vor.

»Vielen Dank für das Angebot, aber ich bin ehrlich gesagt seinetwegen gekommen.«

Sie fragte sich, ob Thor es schlimm fand, dass sie noch so jung war. Aber als er sich zu ihr umdrehte, sah sie aufrichtige Sorge in seinem Blick.

»Und warum sagst du das eigentlich? Passieren da schlimme Sachen bei euch, Sexorgien oder so was?«, fragte sie.

»Nein, das nicht. Aber ich weiß, dass mein Vater sehr grob zu meiner Mutter gewesen ist und sie Angst vor ihm hatte.«

Warum verunsicherte sie das nicht? Warum hatte sie eigentlich keine Angst vor Franz? Tatsächlich hatte sie einfach keine.

»Ist denn in letzter Zeit was passiert?«

»Nicht, soweit ich weiß. Vater arbeitet sehr viel. Er hatte schon eine ganze Weile keine Frauenbesuche mehr. Vor ein paar Jahren hat es mal ein junges Mädchen gegeben. Uns wurde gesagt, dass sie irgendwelche Lügen und Gerüchte über ihn verbreitet haben soll. Aber ich weiß nicht, was da vorgefallen ist.«

Jetzt meldeten sich erste Zweifel. Aber sie war nun schon so weit gekommen, hatte sich so danach gesehnt. Franz war nicht gefährlich, das wusste sie, das spürte sie.

»Ich will. Komm, fahr weiter!«

Er sah sie lange an, resigniert, aber auch wütend, als würde er einen inneren Kampf austragen. Dann seufzte er.

»Ich habe das befürchtet. Aber ich will dir etwas geben, für den Notfall. Falls du Hilfe brauchst.« Er holte einen kleinen Gegenstand aus der Jackentasche und gab ihn ihr.

»Fast niemand von uns in ViaTerra hat ein Handy, aber das hier ist ein Pager. Du musst nur auf diese Taste da drücken. Der ist direkt mit meinem verbunden. Bitte benutz ihn, wenn etwas passiert.«

Sie starrte auf das kleine Gerät, das wie ein Handy aussah, nur mit weniger Tasten.

»Klar, das kann ich machen«, sagte sie, dachte aber: Wohl kaum. Sie brauchte seine Hilfe nicht. Sie kam wunderbar allein zurecht.

Seine hellblauen Augen ließen sie nicht los. Sie konnte nicht sagen, ob er ihr Typ war, aber sein Lächeln und die Berührung, als er ihr den Pager in die Hand gedrückt hatte, hatten ihr fast den Atem geraubt. Sie steckte den Pager ein und betrachtete die Pforte, vor der sie noch immer standen. Gerahmt von Engeln und Teufeln und in der Mitte ein großes Schlüsselloch. In der Mauer, die das Anwesen umgab, war ein Wachhäuschen eingebaut. Der Wachmann hob die Hand zum Gruß, dann glitt die Pforte mit einem knirschenden, klagenden Laut auf.

Das Anwesen breitete sich vor ihnen aus, mit dem Herrenhaus im Zentrum. Der Himmel war blassblau, man konnte trotz der hellen Sonne die Mondsichel erahnen. Julia spürte einen Stich im Herzen. Sie musste an ihre Mutter denken, die hier als junge Frau bei eiskalten Temperaturen im Winter gearbeitet hatte. Und sie hatte im Stall schlafen müssen. Und war über den Stacheldrahtzaun geflohen. Aber Julia war nicht wie sie. Sie war sie selbst. Stumm formten ihre Lippen die Worte. *Verzeih mir, Mama. Ich liebe dich über alles. Aber ich muss das hier machen.*

Thor fuhr am Herrenhaus vorbei zu einem kleinen weiß gestrichenen Haus, das geschützt in einem Wäldchen stand. Es brannte Licht. Sie stiegen aus, und plötzlich überkam sie das Bedürfnis, ihn zu umarmen. Sie konnte seine Muskeln durch den Anzug fühlen. Ihre Nasenspitze berührte die weiche Haut an seinem Hals. Schnell lösten sie sich wieder voneinander, als wären sie sich zu nahe gekommen.

»Du kannst reingehen«, sagte er. »Die Tür ist offen. Vater kommt bestimmt bald.«

Sie drückte die Türklinke hinunter und betrat einen großen Raum mit weißen Wänden, in dessen einer Ecke ein Kachelofen stand. Als sie sich umdrehte, sah sie, wie Thor in den Wagen stieg. Sie wartete, bis er den Motor gestartet hatte und die Reifen über den Kies knirschten.

Die Dielen knarrten leise. Die Luft war so abgestanden, als hätte lange niemand mehr in dem Haus gewohnt, aber es war sauber und aufgeräumt.

Was mache ich hier? Worauf habe ich mich eingelassen?

Die Gedanken schossen ihr wie Blitze in den Kopf. Ausgelöst wurden sie durch das Quietschen der Pforte, als sie sich öffnete und dann durch den Knall, als sie hinter ihnen ins Schloss fiel. Und schließlich durch die Gewissheit, von einer Mauer mit Stacheldraht umringt zu sein.

Das beige Sofa war mit bunt gemusterten Kissen bestückt, in einer Ecke standen zwei Rattanstühle vor einem offenen Kamin. Auf dem Couchtisch begrüßten sie weiße Blumen in einer Vase. Sie roch daran. Dann ging sie durchs Haus und sah sich wie ein neugieriges Kind um. Zwei Schlafzimmer gab es, ein Badezimmer und ein Wohnzimmer. Obwohl es ausgesprochen sauber war, konnte man sehen, dass dort früher jemand gewohnt hatte. Kratzer an den Leisten, dunkle Flecken an den Wänden, die zwar mit Farbe übermalt worden waren, die sie aber nicht ausreichend abgedeckt hatte. Ein Ventilator an der Decke verbreitete monotones Brummen. Der Kühlschrank war voller Lebensmittel und Weinflaschen.

Sie ging hinaus auf die kleine Terrasse. Der Himmel war azurblau, die Mondsichel zwischen den Wipfeln der Kiefern jetzt sehr viel deutlicher zu sehen. Hoch über den Bäumen drehte ein Raubvogel seine Kreise auf der Suche nach seiner nächsten Beute. In der Ferne hörte man das Rauschen des Meeres. Sie fröstelte in der kühlen Luft und ging wieder ins Haus.

In dem einen Zimmer standen zwei Einzelbetten, in dem anderen ein Doppelbett. Sie wählte das mit dem Doppelbett und packte ihre Tasche aus. Den Mantel hängte sie in den Kleiderschrank, glättete ihr kurzes schwarzes Kleid. Den Rest verstaute sie in der Kommode, die dünnen Negligés legte sie unters Kopfkissen. Ihr Necessaire mit den Schminksachen und Toilettenartikeln stellte sie ins Badezimmer. Sie wusch sich unter den Achseln und zwischen den Beinen und stand dann eine Weile vor dem Spiegel und starrte ihr Spiegelbild an. Ihre Augen wirkten unnatürlich groß. Ihr Blick war glasig und wild.

Da hörte sie, wie die Tür geöffnet wurde.

Ihr schnürte es die Kehle zu, sie war nicht in der Lage, sich zu bewegen und nach vorn zu gehen, um ihn zu begrüßen. Reglos blieb sie vor dem Spiegel stehen, hielt die Luft an und wartete. Aus den Augenwinkeln sah sie ihn auf sich zukommen. Als sein Gesicht neben ihrem im Spiegel zu sehen war, zuckte sie zusammen. Er sah ernst aus, seine Augen hatten etwas Unerbittliches. Dann packte sie der spontane Impuls, die Flucht zu ergreifen. Aber gleich darauf spürte sie seine Hände auf ihren Schultern, die sie nach hinten zogen, bis ihr Rücken seine Brust berührte. Der Geruch seines Rasierwassers und die Wärme seines Körpers überwältigten sie. Das Verlangen und die Lust in seinem Blick waren so anders als alles, was sie bisher erlebt hatte. Auch anders als bei Matt. *In seiner Fantasie stellt er gerade etwas ganz Versautes mit mir an*, dachte sie, was sie sehr verunsicherte. Nervös leckte sie sich über die Lippen.

Er trug ein hellblaues Hemd, das nicht ganz zugeknöpft war. Sein dunkelblauer Schlips hing nachlässig geknotet um seinen Hals, als hätte er sich beeilt, um schnell zu ihr zu kommen. Seine Lippen auf ihrer Haut waren so kalt, dass sie eine Gänsehaut bekam. Er erhöhte den Druck seiner Hände auf ihren Schultern. Ihr Herz raste.

Die Luft war elektrisch aufgeladen, wie kurz vor einem Gewitter.

»Du bist gekommen«, flüsterte er. »Endlich bist du da.«

63

Nachdem sich Sofia von dem Schock über Franz' Brief erholt hatte, blieb sie an zwei Details hängen. Zum einen war der DNA-Test bereits im Winter durchgeführt worden, zwei Wochen nach ihrer Fahrt nach Dimö. Zum anderen lag in dem Umschlag eine kleine Plastiktüte, in der sich eine lange, dunkle Haarsträhne befand. Die Erleichterung und die Freude wurden sofort von einem tiefen Misstrauen überschattet. Wie konnten sie sicher sein, dass er den Test nicht gefälscht hatte?

Was aber am sonderbarsten war und ihr ein mulmiges Gefühl machte, war die Tatsache, dass er ihr das Testergebnis überhaupt geschickt hatte. Warum hatte er sie nicht in ihrer Unwissenheit weiterleiden lassen? Das entsprach doch viel eher seinem Stil. Er hatte immer einen Plan, immer einen Hintergedanken. Auf einmal hatte sie das starke Bedürfnis, ihn zur Rede zu stellen, diesen Hintergedanken aus ihm herauszupressen.

Warum lässt du uns nicht weiterleiden? Warum hast du uns das ausgerechnet jetzt geschickt?

Benjamin wollte zuerst nichts davon hören, den Test gegenprüfen zu lassen. Er war durchs Haus getanzt und hatte Freudenschreie und Jubel ausgestoßen, als er das Ergebnis gelesen hatte. Sofia hatte ihn bremsen müssen, weil Julia oben in ihrem Zimmer saß.

»Das ist doch ekelhaft, dass er das schon so lange weiß«,

sagte sie. »Aber soll ich dir sagen, was noch komischer ist? Wie ist er an Julias Haar gekommen? Und was fällt ihm ein, das hinter unserem Rücken zu tun?«

»Sie war doch auf Dimö, bei dieser Konferenz. Sie verliert ständig Haare, die sind überall. Er wollte uns nur auf die Folter spannen. Warum musst du das jetzt alles wieder mit deinem Misstrauen zerstören? Siehst du nicht, wie sehr ich mich darüber freue?«

Benjamin war so aufgedreht, dass er nicht schlafen konnte. Sofia wachte gegen vier Uhr morgens auf und merkte, dass sein Bett leer war. Sie fand ihn unten am See mit Denzel, wo er saß und mit einem verzückten Lächeln auf den Lippen aufs Wasser sah.

Aber Sofia ließ nicht locker, sie wollte ganz sicher sein. Also schlug sie vor, dass sie derselben Firma eine andere Haarsträhne und Haare von Benjamin schicken sollten, damit sie bestätigen konnten, dass es tatsächlich eine Übereinstimmung gab. Das war kein Problem. Sofia war überrascht, wie schnell und einfach es ging. Wie idiotisch, dass sie das nicht schon viel früher gemacht hatten. Sie fühlte sich ein bisschen schuldig, als sie Haare von Julias Bürste zupfte, aber es half ja nichts. Die Wahrheit musste ans Licht.

Wenige Tage später bekamen sie Bescheid.

Benjamin und Julia waren ein Match. Julia war tatsächlich seine Tochter.

Danach geriet auch Sofia außer Rand und Band und nickte, als Julia fragte, ob sie für ein paar Tage zu einer Freundin nach Göteborg fahren dürfte. Sofia hatte keinerlei Bedenken, es war ein verlängertes Wochenende, und außerdem war Julia doch jetzt außer Gefahr. Außerdem war es einfacher, an ihrem geheimen Plan zu arbeiten, wenn Julia nicht im Haus war.

Ihre Freunde reagierten ganz unterschiedlich auf die Neuigkeiten über Julia. Anna war so erleichtert wie Benjamin und Sofia. Ellis freute sich angemessen, ergänzte aber, dass es für ihn keinen Unterschied machte – weil er Julia so mochte, wie sie war. Simon aber regte sich wahnsinnig über Franz auf, dass der diesen Test eigenmächtig veranlasst hatte.

»Er hat kein Recht dazu, in eurem Privatleben herumzuschnüffeln. Wir sollten uns wirklich fragen, warum er euch das Ergebnis ausgerechnet jetzt geschickt hat? Da gibt es ganz bestimmt einen Hintergedanken, das schwör ich euch.«

»Vielleicht hast du recht, Simon«, sagte Benjamin. »Aber er hat uns damit auch einen Gefallen getan. Wenigstens hat er damit nichts in der Hand gegen uns, wenn wir mit unserem Plan zuschlagen.«

In diesem Punkt musste ihm Simon recht geben.

Da rief Ellis an, ganz außer Atem vor Aufregung.

»Ich habe was gefunden! Da Benjamin unfähig ist, habe ich mich darum gekümmert, woher das Geld auf Julias Konto stammt, das letzten Herbst einbezahlt wurde. Und tatsächlich hat das die Firma Stone Equity aus Stenungsund überwiesen, die Franz gehört. Leider können wir das nicht veröffentlichen, weil der Weg, wie ich an diese Information gekommen bin, nicht ganz den juristischen Maßstäben entspricht, wie du dir vielleicht vorstellen kannst. Ich muss erst mit Strid darüber sprechen.«

Was Sofia wunderte, war, dass die Überweisung noch *vor* dem Testergebnis erfolgt war. Vielleicht war er ja doch nicht mehr daran interessiert, sie zu schikanieren, nachdem er jetzt die Gewissheit hatte, dass Julia nicht seine Tochter war. Sie bat Ellis kurz dranzubleiben, sie wollte Benjamin auf der anderen Leitung anrufen und es ihm erzählen. Der saß im Auto und war gerade auf dem Nachhauseweg. Ihm platzte sofort der Kragen.

»Ich überweise das Geld sofort auf sein Konto zurück«, sagte er. »Julia soll keine Öre von ihm behalten.«

Sofia musste an die Haarsträhne denken. Sie würde das Datum von Julias Studienreise nach Dimö mit dem vom DNA-Test vergleichen. Warum war sie da nicht schon vorher draufgekommen?

Da fiel ihr ein, dass Ellis noch in der Leitung wartete.

»Entschuldige, dass du warten musstest. Hast du sonst noch was herausgefunden?«

»Die Spur von dem Widerling, der das Julia angetan hat, war leider eine Sackgasse. Ich finde null Verbindungen zu Franz. Viggo Sankt Petrus hat auf eigene Rechnung gearbeitet. Ein unglücklicher Zufall.«

Sofia murmelte eine Antwort, in Gedanken war sie bei dem Datumsvergleich.

»Ach, noch was! Strid hat mir das Interview mit Elvira geschickt. Das ist großartig geworden. Das wird wie eine Bombe einschlagen, sobald wir alles parat haben. Übrigens habe ich die Website und alles andere von ViaTerra unter meine Kontrolle gebracht. Das muss ein richtiger Anfänger eingerichtet haben. Die haben nicht den kleinsten Gedanken an ihre Website-Sicherheit verschwendet.«

Sofia verabschiedete sich.

Dann holte sie das Testergebnis aus einer abschließbaren Schublade und schlug ihren Kalender auf.

Julia war zwei Tage *nach* dem Testergebnis auf Dimö gewesen.

Es begann in ihrem Kopf zu pochen. Auf unerklärliche Weise musste es Franz gelungen sein, an eine Haarsträhne von Julia zu kommen.

Sie hörte Benjamin im Flur und rief so laut nach ihm, dass er sofort angestürmt kam. Als sie ihm das mit dem Datum erzählte, verzog er das Gesicht zu einer nachdenklichen Grimasse und zuckte dann mit den Schultern.

»Vielleicht haben die sich ja auch im Datum geirrt«, sagte er.

Sein Achselzucken brachte das Fass zum Überlaufen. Sie nahm ein Buch, das auf der Mücheninsel lag, und warf es nach ihm. Der Buchrücken traf ihn am Brustbein, und er zuckte erschrocken zusammen.

»Aua! Warum bist du denn so wütend?«

»Ich habe die Nase von deinem Gelaber so was von voll. Er hatte eine Haarsträhne von ihr, kapierst du das nicht? Woher hat er die? Warum macht er so was? Warum kann er nicht endlich seine widerlichen Tentakel einfahren?«

Benjamin nahm einen Apfel aus der Obstschale und biss beherzt hinein. Sie riss ihm den Apfel aus der Hand, schleuderte ihn in die Spüle und schaltete den Abfallzerkleinerer an, der klang, als würde der Apfel vor Schmerzen aufschreien.

»Sofia, jetzt mach dich mal locker! Was ist denn los? Warum bist du so außer dir?«

»Weil du das Ganze nicht ernst nimmst.«

»Ich versuche doch nur, positiv zu sein. Julia ist *unsere* Tochter, reicht dir das nicht?«

»Das ist sie immer gewesen.«

»Ich weiß. Komm, mein Schatz«, sagte er und breitete die Arme aus. Das war immer seine Taktik. Wenn er ihre Wutausbrüche nicht mehr ertrug, reagierte er mit Zärtlichkeit. Er sah aufrichtig bestürzt aus. Sie ließ sich in die Arme nehmen.

»Verzeih, mein Schatz, wenn ich zu gleichgültig wirke.

Aber ich finde das alles nicht so sonderbar, er hat doch überall seine Spione und Helfer. Es würde mich nicht überraschen, wenn er Julia hat beschatten lassen, als er vermutete, dass sie seine Tochter ist. Er ist einfach überall, wie ein Blutegel. Hoffentlich ist damit jetzt Schluss. Hat er seit letztem Winter noch einmal über Julia mit dir gesprochen?«

»Nein. Ich glaube nicht.«

»Da, siehst du. Hör auf, dir solche Sorgen zu machen. Und versuch, das Positive an dem Ganzen zu sehen.«

»Du glaubst immer nur an das Gute. Aber ich mache mir solche Sorgen um sie. Vergiss nicht, was Elvira passiert ist. Die haben versucht, sie umzubringen.«

»Oder ihr Angst einzujagen, damit sie den Mund hält. Wenn der Fahrer des Wagens sie wirklich hätte umbringen wollen, dann hätte er das sicher getan.«

»Ich mache mir trotzdem Sorgen um Julia.«

»Dann ruf sie doch an!«

Als Julia nicht ans Telefon ging, schickte Sofia ihr eine SMS und bekam fast auf der Stelle eine Antwort.

Alles O. K. Cool hier in Göteborg. Sie hatte noch ein Foto von sich angehängt, mit Schmollmund auf einem rosa Kopfkissen.

Langsam beruhigte sich Sofia wieder. Vielleicht war es sogar ganz gut für Julia, mal rauszukommen.

An dem Tag, an dem auch Julia zurückkommen sollte, tauchte die Polizei bei ihr auf. Benjamin war beruflich unterwegs und Julia hatte angekündigt, dass sie mit dem Bus direkt weiter zur Schule fahren würde.

Als Sofia den Polizeibeamten sah, begann ihr Herz zu rasen. Es musste etwas mit Julia zu tun haben, sagte ihr Instinkt. Sie hatte sich seit zwei Tagen nicht mehr gemeldet. Sie riss die Tür auf und sah in ein lächelndes Gesicht.

»Ich wollte Ihnen nur das hier vorbeibringen«, sagte der Beamte und hielt ihr die Geldkassette mit den USB-Sticks hin. »Wir haben leider keine Verbindung zu Viggo Sankt Petrus herstellen können, aber er befindet sich noch in Untersuchungshaft und wartet auf sein Gerichtsverfahren. Ich war grad auf dem Weg und dachte, dass Sie die vielleicht haben wollen. Wir haben Fingerabdrücke darauf gefunden, aber es gab leider keine Übereinstimmung im Strafregister.«

Kaum war der Beamte wieder abgezogen, beschloss Sofia, sich endlich alle Fotos anzusehen. Vielleicht würde sie doch noch einen Hinweis finden. Sie hatte endlich das Kapitel über die Brandstiftung fertiggeschrieben und wollte es eine Weile liegen lassen, bevor sie es erneut durchlas.

Dann legte sie die Kassette neben den Laptop auf den Couchtisch und schob einen Stick nach dem anderen in den Computer. Es war gruselig, sich die Fotos alle nochmal anzusehen, vor allem die, auf denen sie sich auszog oder nur leicht bekleidet war. Sie fragte sich die ganze Zeit, wie und wo sich der Fotograf hatte verstecken können. Viele der Fotos waren von draußen aufgenommen worden, wahrscheinlich von einem kleinen Wäldchen aus, auf einem Hügel in unmittelbarer Nähe der *Herberge*. Der Fotograf musste in einiger Entfernung gestanden haben, denn bei ein paar Aufnahmen hatte er so stark herangezoomt, dass die Qualität zu wünschen übrig ließ und das Foto ziemlich körnig geworden war.

Das Unheimliche daran war vor allem, dass sich die Aufnahmen über mehrere Jahre erstreckten. Die Person musste also praktisch immer in ihrer Nähe gewesen sein, um sie in regelmäßigen Abständen fotografieren zu können. Sie musste Sofias Routinen und die Abläufe in der *Herberge* sehr gut gekannt haben. Dann steckte sie den letzten Stick in den Schlitz. Die Fotos, die darauf waren, sahen wieder ganz anders aus. Sie waren mit einem Handy aufgenommen worden. Und nicht Sofia war Gegenstand, sondern Landschaftsbilder von Orust, ein Restaurant, ein Weinglas auf einem Felsen bei Sonnenuntergang.

Ihre Augen wollten nicht glauben, was sie auf den letzten beiden Aufnahmen sahen. Alles um sie herum drehte sich, bis auf die Fotos, die waren unnatürlich scharf. Auf dem einen war ein nackter Mann zu sehen, der sich ganz offensichtlich nicht fotografieren lassen wollte und die Hand in die Kamera streckte. Man konnte aber dennoch seinen schlaffen Penis sehen und die Decke, die um sein Bein gewickelt war. Und daneben das Kissen, das sie so gut kannte.

Das sympathische Lächeln.

Der Mann auf dem Foto war Benjamin, und er lag auf ihrem Bett.

64

Ich bin dir begegnet. Habe mich in der Wärme deiner Augen gesonnt. Durfte deine kalte Hand in meine nehmen. Dein ansteckendes Lachen hören. Deine weiche Brust an meiner knochigen spüren. Deinen Duft einatmen. Jetzt weiß ich, dass ich dich retten muss, nur noch nicht, wie.

Ich sehe aus dem Fenster. Im Häuschen brennt Licht. Zu wissen, dass Vater dort mit dir zusammen ist, verursacht mir Schmerzen. Ich kann nicht aufhören, an seine Reaktion zu denken, als ich zurückkam, nachdem ich dich von der Fähre abgeholt hatte. Sein Blick. Sein Eifer, sein Enthusiasmus. Und wie schnell er aus dem Haus stürmte.

Er stand am Panoramafenster, als ich reinkam. Sofort drehte er sich um. Das Hemd war nicht bis obenhin zugeknöpft, die Krawatte hing nachlässig geknotet um seinen Hals. Da war etwas in seinen Augen. Etwas Ungezügeltes, Wollüstiges. Sein Mund stand offen, die Zähne glänzten. Wie Piranhas, die gierig ihre Kiefer aufreißen.

»Sie ist in der Hütte«, sagte ich.

Ich roch sein Rasierwasser, das hatte er extra für dich aufgelegt.

»Wie findest du sie, Thor?«

»Ich weiß nicht.«

»Dann bist du entweder schwul, oder du brauchst eine Brille.«

»Sie ist hübsch.«

»Aber das ist es nicht, mein Junge. Die Welt ist voller hübscher, aber langweiliger Mädchen. Sie ist was ganz Besonderes. Das wirst du doch bemerkt haben.«

Ich murmelte etwas Unverständliches und legte den Autoschlüssel auf seinen Schreibtisch, spürte eine Welle der Erleichterung, ihn endlich wieder abgeben zu können.

»Du bist doch nicht etwa auch eifersüchtig auf sie, wie dein pathetischer Bruder?«

»Nein, überhaupt nicht, Chef.«

Ich sah mich um. Vic war nicht im Raum.

Vater sah meinen fragenden Blick.

»Vic hat deinen Posten bei den Beeten übernommen. Ich habe ihn hier nicht mehr ausgehalten. Du könntest ihm bei Gelegenheit ein paar Tipps geben, wie man Unkraut jätet.«

Zuerst dachte ich, dass er es ernst meinte, aber dann schüttelte er den Kopf.

»Nein, du bleibst hier. Kann sein, dass ich dich noch brauche. Sieh dich doch mal um, horch mal, wie still es hier ist. Ist das nicht herrlich?«

Da sah ich, dass auch Maddes Schreibtisch leer war.

»Sie ist ebenfalls versetzt worden, ist jetzt in der Küche als Aushilfe«, sagte er. »Niemand von denen hält dem Arbeitsdruck hier bei mir stand. Bin ich wirklich so ein komplizierter, schwieriger Chef?«

Er sah stolz aus, ihm schien dieser Umstand nicht die geringsten Sorgen zu machen.

»Das weiß ich nicht, Chef.«

»Vielleicht sollte ich es mal mit dir ausprobieren«, sagte er. Als er aber mein angsterfülltes Gesicht sah, wuschelte er mir durch die Haare.

»Zurück zum Thema ›Julia‹. Vielleicht bist du ja auf *mich* eifersüchtig?«

Er durchlöcherte mich mit seinem Blick. So schnell würde er nicht aufgeben.

»Ja, vielleicht«, ergebe ich mich.

Er lachte sein heiseres Lachen.

»Wusste ich es doch. Aber das kannst du vergessen. Ihr wird es gefallen haben, dass ich ihr einen Engel geschickt habe, um sie abzuholen. Wie lief es mit dem Autofahren?«

»Nicht so gut.«

Er lachte laut.

»Also dann, zurück an die Arbeit, du musst wahrscheinlich an deine Rechner.«

Er wedelte ungeduldig mit der Hand.

Ich wusste, warum er es eilig hatte. Er wollte zu dir.

Als er weg war, habe ich versucht zu arbeiten, aber ich konnte mich nicht konzentrieren.

Und jetzt stehe ich hier am Fenster, unruhig, nervös und nicht in der Lage, an etwas anderes zu denken als an dich. Ich setze mich hin, atme tief und gleichmäßig, versuche, mich zu beruhigen. Aber es hilft alles nichts.

Dann allerdings passiert etwas Seltsames. Bilder meines Lebens ziehen vor meinem inneren Auge an mir vorbei.

Die Felsen, die Möwen, die Hütte, Mutter, das Klassenzimmer, der Schlafsaal, der Schweinestall, die Pferdebox, das Loch und mein kleines Blumenbeet.

Und da weiß ich, dass dich nur die Wahrheit retten kann und es bloß einen Menschen auf der ganzen Welt gibt, der mich retten kann.

Ich warte, bis es ganz dunkel ist. Ständig sehe ich auf den Hof hinunter. Das Personal rennt hin und her, wie Ameisen, wenn man mit einem Stock in ihren Haufen sticht. Das wird leicht. Alle sind geschäftig und gestresst, beschäftigt mit den Aufträgen, die sie vom Chef erhalten haben.

Mein Plan nimmt Gestalt an. *Geh an der Mauer entlang bis zum Stall. Hol die Holzleiter und stell sie dort an die Mauer, wo dir der Baum Sichtschutz gibt. Spring über die Mauer und lauf um dein Leben durch den Wald.*

Warmes Licht dringt aus den Fenstern der Hütte, als ich daran vorbeischleiche. Die langen Schatten der Bäume werden vom Wind gestreichelt, und ich werde eins mit ihnen. Ich höre dein perlendes Lachen und dann Vaters, dunkler und heiser. In der Dunkelheit ist mein Gehörsinn noch wachsamer, ich höre das Surren der Elektrizität im Stacheldrahtzaun. Eine leise fauchende Warnung. *Ich brenne. Halt dich von mir fern!*

Als ich an dem kleinen Tor in der Mauer vorbeikomme, drücke ich aus Reflex auf die Türklinke. Sie ist eigentlich immer abgeschlossen, das weiß ich, dennoch lege ich meine Hand darauf.

Zuerst denke ich, ich träume.

Das Tor gleitet auf.

Es ist nur ein Schritt in die Freiheit.

65

Franz drehte Julia zu sich um und ließ seinen Blick an ihr hinuntergleiten. Sie mochte das. Noch nie hatte sie jemand so angesehen. Sie wollte nicht, dass er damit aufhörte. Für einen kurzen Augenblick dachte sie an Matt und schämte sich, aber nicht genug, um es zu beenden. Wenn das hier schon Sünde war, dann war sie leider mit dem Sündenvirus infiziert. Seine Fingerkuppen glitten über ihre Schultern. Diese Berührung löste elektrische Impulse in ihren Armen aus. Sein Verhalten wirkte fast kindlich, er benahm sich wie ein unartiger Junge.

Sie war darauf vorbereitet, dass sie gleich Sex haben würden. Das machte auch den Nervenkitzel aus. Nicht zu wissen, was geschah. Aber da ließ er sie los und trat einen Schritt zurück.

»Gleich wird das Essen kommen. Du musst hungrig sein. Komm, wir setzen uns.«

Er führte sie zum Esstisch in der Küche und klopfte mit der Hand auf den Stuhl neben sich.

»Du magst doch bestimmt Meerforelle? Dafür ist gerade Saison. Sie wurde hier an der Küste gefangen.«

Sie hatte keine Ahnung, was eine Meerforelle war, nickte aber begeistert.

Da klopfte es an der Tür. Franz öffnete und ließ eine Frau mit Kittelschürze herein, die einen Servierwagen schob. Mit zitternden Händen deckte sie auf und hielt dabei die ganze Zeit den Kopf gesenkt. Julia war die Situation unangenehm, aber Franz lächelte und schickte sie wieder weg, nachdem das Essen auf dem Tisch stand.

»Warum war sie so?«, fragte Julia, als die Frau das Häuschen wieder verlassen hatte.

»Sie war nur nervös. Das liegt an mir. Das geht hier vielen so«, sagte er und schmunzelte. »Aber dir nicht.«

Er lehnte sich vor und berührte ihr Handgelenk. Es kribbelte auf der Haut. Mit der anderen Hand strich er über ihre Wange, am Hals hinunter, und ließ seine Finger in ihrem Dekolleté verweilen. Wieder erzeugte das elektrische Schläge, einer bis in die Brustwarzen, der andere zwischen ihre Beine. Sie genoss den Auftakt der wilden Leidenschaft, die nur mit Sex besänftigt werden konnte. Sie hatte sich ausgemalt, wie es mit ihm sein würde. Ein langsames, fast qualvolles Steigern der Erregung bis zum Orgasmus. Wenn man am Ende nicht mehr weiß, wer man ist, ob Tag oder Nacht ist. Aber er schien es nicht eilig zu haben.

Er war wieder ein angenehmer Gesprächspartner, wie damals in Stenungsund. Ihn interessierte alles, was sie erzählte. Ihr war noch nie jemand begegnet, der so an *ihr* interessiert schien und so intensiv zuhörte. Er nickte an den richtigen Stellen und unterbrach sie nicht. War nie ungeduldig oder gelangweilt. Sie erzählte ihm Dinge, die sie noch niemandem anvertraut hatte. Dass sie zum Beispiel eines Nachts zuließ, dass ihre Finger unter die Decke wanderten, während sie an ihn dachte. Da lächelte er sie an. Lebensgefährlich.

Auch er erzählte ihr Dinge. Ausgewählte Episoden aus seinem Leben. Hauptsächlich aus der Zeit im Gefängnis, weil er merkte, dass sie das spannend fand. Dann verstummte er und sah sie lange schweigend an. Er streckte seine Hand aus und griff nach ihrer.

»Es hat einen tieferen Sinn, dass wir beide jetzt hiersitzen. In diesem Augenblick … in der Ewigkeit«, sagte er mit ernster Stimme.

Was sollte sie darauf antworten? Was denn bloß?

Er schob seinen leeren Teller von sich, stand auf und zog sie zu sich hoch. Als er sie in die Arme nahm und sie an sich drückte – groß, breitschultrig, männlich –, schoss ihr durch den Kopf, dass er so alt war wie ihr Vater. Aber die Lust, etwas Verbotenes zu tun, war größer und lauter als die warnende Stimme in ihrem Hinterkopf. *Wenn Mama das wüsste …*

Sie ließ sich eine Weile von ihm wiegen. Dann begann er, die Knöpfe ihres Kleides aufzuknöpfen, hinunter bis zur Taille. Aus diesem Grund hatte sie sich genau für dieses Kleid entschieden – wegen der vielen Knöpfe. Vorsichtig schob er den BH nach oben und legte seine Hände auf ihre Brüste, die Daumen ruhten auf ihren Brustwarzen. Er küsste ihren Hals. Sie streckte ihre Arme nach oben, beugte sich nach hinten. Er drückte sich gegen sie, etwas zu fest, denn sie verlor das Gleichgewicht und stolperte. Er war hart geworden, das hatte sie durch den dünnen Stoff sehr gut spüren können. Doch dann beendete er das Spiel, ganz unerwartet, rückte ihren BH wieder zurecht, zog das Kleid über ihre Schultern und knöpfte es genauso langsam wieder zu. Sie war so entgeistert, dass sie kein Wort über die Lippen brachte.

»Spürst du die Magie, die zwischen uns ist? Es gibt Menschen, die so etwas nie erleben dürfen«, sagte er.

»Aber, warum hast du aufgehört?«, fragte sie.

»Ich möchte, dass du ein bisschen leidest, verstehst du? So wie ich leide. Hier, du kannst es fühlen.«

Er nahm ihre Hand und drückte sie auf seine Hose. Sie

wagte nicht, ihre Finger zu bewegen. Berührte nur sanft mit ihrer Hand das Große, Harte. Und fragte sich, ob es überhaupt möglich war, mit ihm zu schlafen.

»Außerdem übe ich mich darin, die Grenzen meiner Selbstbeherrschung auszudehnen«, sagte er. »Das macht mich nämlich erst richtig an.«

Aber sie ahnte, dass ihn noch etwas anderes daran hinderte. Ein Zögern. Zweifel. Etwas, was er nicht sagen wollte.

»Warum hast du mich eigentlich hierher eingeladen?«

»Das ist ein bisschen kompliziert, aber in erster Linie, weil ich verrückt nach dir bin. Morgen erkunden wir beide die Insel. Und dann, am Abend, werde ich es dir auf eine Weise schön machen, wie du es noch nie erlebt hast. Davon können die kleinen Jungs da draußen nur träumen, sie kommen niemals in die Nähe davon. Das verspreche ich dir.«

»Und warum bis morgen warten?«, fragte sie lockend und verführerisch.

»Das habe ich doch schon gesagt. Die Dinge müssen zur richtigen Zeit stattfinden, zum richtigen Zeitpunkt. Und morgen Abend ist der richtige Zeitpunkt. Ich muss jetzt noch arbeiten. Du darfst dir alles nehmen, was du brauchst. Und mit dem Telefon dort kannst du in der Küche anrufen, wenn du etwas brauchst. Sie kommen gleich und räumen das hier wieder ab.«

Er sah ihre Enttäuschung, legte einen Finger unter ihr Kinn und zog ihr Gesicht an seines.

»Vergiss nicht, dass *ich* hier der Verführer bin. Du kannst mir vertrauen.«

»Wir werden sehen.«

Er legte seinen Kopf auf eine Seite und blinzelte sie an.

»Hast du überhaupt keine Angst vor mir?«

Nein, das hatte sie nicht. In seinem kleinen Universum,

in dem die richtige Welt weit entfernt und nichts real war, fühlte sie sich sicher.

»Nicht im Geringsten. Warum, sollte ich denn welche haben?«

»Ich könnte dir doch etwas antun.«

»Aber das wirst du nicht.«

»Wie kannst du dir da so sicher sein?«, fragte er und sah ehrlich verwirrt aus.

»So etwas spürt man doch. Du kannst mir nichts antun, was schlimmer wäre, als vor Trostlosigkeit und Langeweile in dem Kaff zu sterben, in dem ich wohne.«

»Du bist ein Feuergeist, Julia. Geh jetzt schlafen. Ich hole dich morgen früh ab.«

Als er gegangen war, sah sie, dass es schon halb elf war. Obwohl es zwischen ihren Beinen kribbelte, spürte sie ihre Müdigkeit und ging vor dem Schlafengehen noch duschen. Als sie aus der Dusche kam, hörte sie das Klimpern von Geschirr und dann das Geklapper, als der Servierwagen zur Tür hinausgeschoben wurde.

Sie ließ das Schlafzimmerfenster auf Kipp stehen, um die Wellen zu hören, die gegen die Felsen schlugen. Nackt schlüpfte sie unter die Bettdecke. So viel zum Thema Negligé. Sie schlief schnell ein, von dem gleichmäßigen, ruhigen Atem des Meeres in den Schlaf geschaukelt.

Als sie morgens in die Küche kam, stand das Frühstück schon auf dem Tisch. Sie hatte sich Jeans und Wollpulli angezogen und sich nicht geschminkt. Wenn sie eine Wanderung machen würden, hatte sie vor, so natürlich wie möglich auszusehen. Die Auswahl auf dem Frühstückstisch war so groß, dass sie den Appetit verlor. Sie nahm sich nur etwas Joghurt mit Müsli. Später zog sie sich gerade die Stiefel an, als sie einen Pfeifton hörte. Franz stand in schicken Outdoorklamotten vor dem Häuschen. Er sah aus wie in einer Werbung für Fjällräven. Ein dichter Nebel hing über dem Anwesen, trotzdem blendete das Licht.

»Beeil dich«, sagte er und winkte sie zu sich. »Jetzt zeige ich dir, wo alles angefangen hat.«

Sie folgte ihm zu einem kleinen Tor in der Mauer. Er zog einen Schlüssel aus der Jackentasche und murmelte etwas, als er die Klinke der Tür herunterdrückte. Denn das Tor war nicht verschlossen. Aber er schloss auch hinter sich nicht wieder ab, sondern lachte nur.

»Wie lustig! All diese fleißigen Ameisen, die hier herumrennen, sind der Überzeugung, dass sie ViaTerra nicht verlassen können.«

Auf dem Weg durch den Wald und über die Heide nahm er weder ihre Hand, noch legte er seinen Arm um ihre Schultern. Als hätte er sich über Nacht in einen Naturführer verwandelt, der sie mit großem Enthusiasmus auf alles Mögliche hinwies und dazu kleine Anekdoten erzählte.

»Das hier ist wahrscheinlich mit Abstand die schönste Heidelandschaft in ganz Schweden. Du solltest die Farben im Herbst sehen. Als ich aus der Bruchbude geflohen bin, ich der ich gelebt habe, bin ich hier in Unterhosen über die Heide gerannt. Und siehst du den Felsen dort, der sich ins Meer hineinstreckt? Das ist der Teufelsfelsen. Von dort bin ich gesprungen.«

Sie freute sich darauf, endlich diesen sagenumwobenen Felsen zu sehen. Die Aussicht war wunderschön, sie blieb stehen und genoss den Blick über diese Landschaft. Der Teufelsfelsen sah aus wie ein Sprungbrett. Ihr Vater war von Franz gezwungen worden, von diesem Felsen zu springen. Und er hatte es nur durch Glück überlebt. Gruselig.

Als sie vorn an der Spitze des Felsens standen, legte er ihr seine Hände auf die Schultern und schob sie noch ein Stückchen weiter an die Kante.

»Hier oben habe ich einen Entschluss gefasst. Springen, alles riskieren und alles hinter mir lassen oder kneifen und für immer in diesem Kaff, das übrigens noch kleiner und grässlicher ist als deins, verrecken. Ich war dreizehn und musste allein zurechtkommen. Draußen in der Welt habe ich schnell gemerkt, dass niemand dort den Sinn des Lebens kannte. Also musste ich ihn in mir selbst finden. Und genau das musst du auch tun, Julia.«

»Du hast meinen Vater gezwungen, von hier aus ins Meer zu springen, stimmt's?«

»Ja, das habe ich. Aber er hatte es auch verdient. Und es ist ja gut gegangen. Er hat es überlebt, und jetzt hat er dich! Ich war auch mit deiner Mutter einmal hier oben. Damals war es sehr stürmisch, ganz anders als jetzt.«

»Wirklich? Das hat sie gar nicht erzählt. Warum denn?«

»Deine Mutter konnte sich in meinen schlimmsten Albtraum verwandeln. Lass uns sagen, dass sie es auch verdient hatte. Sie wird es dir bestimmt mal erzählen, da bin ich mir ganz sicher.«

»Denkst du auch manchmal an deinen Vater?«

Er drehte sich zu ihr.

»Was weißt du über ihn?«

»Nur das, was ich irgendwo gelesen habe. Dass er dich als Kind gequält hat.«

»Das stimmt, das hat er. Die Menschheit ist wirklich der schlimmste Abschaum. Er kam aus einem dunklen Loch auf diese Erde. Und ich habe ihn dorthin zurückgeschickt.«

»Und deine Mutter?«

»Sie hat mich im Stich gelassen, als ich sie am dringendsten gebraucht hätte. Jetzt lebt sie in einer winzigen Waldhütte, die ich dir nachher noch zeigen werde. Aber vorher sollst du einen anderen magischen Ort sehen.«

Er half ihr beim Herunterklettern. Die Felsen waren steil und rutschig. Plötzlich tauchte eine große Grotte auf. Sie war so geräumig, dass sie aufrecht darin hätte stehen können. Er setzte sich davor auf den Stein, und sie hockte sich neben ihn.

»Hier habe ich meine großen Pläne geschmiedet, die heute in der ganzen Welt verbreitet werden. Hier sind meine Thesen entstanden. Die Grotte war mein echtes Zuhause, der einzige Ort auf der Welt, an dem ich klar denken konnte.«

Sein Blick war wehmütig geworden.

»Eigentlich sollten wir hineinklettern, ein Feuer anmachen und zusehen, wie sich der Nebel über dem Wasser auflöst. Aber ich möchte dir noch die Hütte zeigen.«

»Welche Hütte?«

»Na, die Bruchbude, in der ich groß geworden bin, der reinste Slum. Danach wirst du ViaTerra mit ganz anderen Augen sehen.«

Er lief vor ihr über die Heide in den Wald hinein und folgte einem kleinen Pfad, der sich zwischen den Bäumen hindurchwand. Sie kam kaum hinterher, so schnell ging er. Sie mussten über Bäume klettern, die der Sturm gefällt hatte. Sie musste ihn rufen, damit er langsamer wurde. Als sie eine Waldlichtung erreichten, griff er nach ihrer Hand. Auf dieser Lichtung stand eine kleine rote Hütte. Mitten im Wald. Die Hütte umgab ein kleiner Garten, in dem Blumen blühten. Sie wollte das Grundstück schon betreten, aber er hielt sie zurück.

»Geh nicht. Die Alte wohnt noch da.«

»Welche Alte?«

»Meine Mutter. Ich habe sie nur um der Jungs willen hier wohnen lassen, sonst hätte ich nichts mit ihr zu tun. Aber sie haben ja ein Recht dazu, ihre Großmutter zu sehen. Außerdem hat sie ihnen auch eine ganze Menge beigebracht.« Er schüttelte sich. »Wie dem auch sei. Hier bin ich also aufgewachsen. Wir hatten keine Waschmaschine, und mein Zimmer war ungefähr so groß wie ein Kleiderschrank. Im Winter war es unerträglich kalt. Und jetzt vergleich das mit ViaTerra, Julia. Stell dir vor, wie mein Leben geworden wäre, wenn ich hiergeblieben wäre.«

»Ich finde die Hütte ganz niedlich.«

»Klar. Aber du würdest anders darüber denken, wenn du gezwungen wärst, darin zu wohnen. Ich habe mich geweigert, ein Leben in Armut zu führen. Und jetzt habe ich eine Bewegung erschaffen, die sich über den ganzen Erdball erstreckt. Denk ruhig ein bisschen darüber nach.«

»Warum erzählst du mir das eigentlich alles?«

»Wem sollte ich es denn sonst erzählen?«

»Du hast doch Millionen Leute, die dir gerne zuhören.«

»Ja, das ist unfassbar, nicht wahr? Aber sie alle wissen, dass mit ihnen etwas nicht stimmt. Und suchen nach der einen Wahrheit, die ihnen alles erklären kann.«

»Und warum erzählst du ihnen nicht genau hiervon in deinen Videobotschaften?«

»Die Tiefe, das ganze Ausmaß würden sie niemals begreifen können. Aber da ist noch was anderes. Hör gut zu. In diesem Land darf jeder zu jedem Thema eine Ansicht haben und diese äußern. Von der alten Schachtel, die keine eigenen Kinder hat, sich aber als Expertin in Kindererziehung feiern lässt, bis hin zu den Psychologen, die in ihren winzigen, klaustrophobischen Sprechzimmern rumhocken und den Leuten das Geld aus der Tasche ziehen. Die Menschen beschweren sich bei der Welt, weil sie ihnen nicht den Arsch abwischt. Sie haben vollkommen idiotische Ansichten zu allem und jedem. Manchmal muss man einfach hart durchgreifen, Julia, ganz gleich, was die Leute sagen und denken. Manchmal muss man auch Schaden anrichten, schon allein um der Gerechtigkeit willen. Entweder überlebt man in so einer Bruchbude, oder man stirbt. Oder man ignoriert, was die Leute sagen, und gestaltet sich sein Leben selbst. Du wirst unter Garantie schlimme Sachen über mich hören. Aber vergiss eines nie. Ich habe mich immer dagegen gewehrt, ein bedeutungsloses Leben zu führen.«

Er glaubt wirklich, was er da sagt, ging es ihr durch den Kopf. Sie fand, dass er verändert aussah, fast ein bisschen wahnsinnig. Er hatte sie beim Sprechen auch nicht angesehen. Sie hatte Angst und drückte seine Hand. Er erwiderte ihre Berührung, was ihr guttat und ihr das Gefühl von Sicherheit gab. Er hielt ihre Hand auf dem Rückweg, bis sie wieder bei ihrem Häuschen angekommen waren.

»Jetzt hast du etwas, worüber du heute Nachmittag nachdenken kannst«, sagte er, als sie vor der Tür standen. »Ich muss leider ein bisschen arbeiten und mich um eine Promitussi kümmern, die zu Besuch ist. Aber heute Abend werden wir beide zusammen essen und einen Wein trinken, den du noch nie zuvor probiert hast.«

Im Flur zögerte er, als würde er über etwas nachdenken.

»Hast du die Stringtangas dabei?«

»Ja, ich habe einen an.«

»Hast du noch etwas anderes mitgebracht?«

»Soll ich es dir zeigen?«

Er nickte. Sie rannte ins Schlafzimmer und holte eins der dünnen Negligés unter ihrem Kopfkissen hervor. Es war superschick, pushte den Busen und ließ kaum Raum für die Fantasie. Er pfiff zustimmend, als sie es ihm hinhielt.

»Zieh das zum Essen an. Nur das und den Tanga«, sagte er und lächelte anzüglich.

Den Nachmittag verbrachte sie im Häuschen. Aber sie war unruhig und aufgeregt. Sie checkte ihre Mails und SMS und beantwortete eine von ihrer Mutter. *Alles O. K. Cool hier in Göteborg.* Es gab praktisch keinen Empfang, sie musste auf die Terrasse gehen. Sie surfte ein bisschen im Internet, konnte sich aber nicht konzentrieren, und ging wieder rein. Eine geisterhafte Stille hatte sich über das Haus gesenkt, sie riss die Terrassentür wieder auf, um wenigstens Geräusche von draußen zu hören, aber es war windig und wurde zu kalt. Sie hätte den Kamin angemacht, aber nirgendwo sah sie Feuerholz.

Gegen fünf Uhr begann sie mit den Vorbereitungen für den Abend. Sie nahm ein ausgedehntes Schaumbad. Auf dem Rand der Badewanne stand ein kleines Badeentchen, verblasst und übel zugerichtet. Dann hatten hier also früher Kinder gewohnt. Vielleicht Thor und sein Bruder Vic?

Sie rasierte sich sorgfältig. Band die Haare zu einem hohen, geflochtenen Pferdeschwanz zusammen, damit ihr Nacken frei war. Dann zog sie das Negligé und den Tanga an, warf sich den dicken Bademantel über, der im Badezimmer hing, und schminkte sich. Mehrere Lagen Mascara, Eyeliner und einen mattrosa Lippenstift.

Gegen sechs Uhr kam eine junge Frau aus der Küche und brachte das Essen sowie eine Nachricht von Franz, dass er sich leider verspäten müsse. Julia hatte keinen Appetit, sie machte sich Sorgen. Was, wenn er gar nicht käme?

Am nächsten Tag musste sie wieder abreisen. Was für ein

Reinfall, wenn sie Dimö verlassen müsste, ohne mit ihm geschlafen zu haben.

Es war fast neun Uhr, als er endlich kam. Sie saß in Tanga und Negligé vor dem Fernseher. Sie tat so, als hätte sie ihn nicht gehört, wollte nicht zeigen, wie sehnsüchtig sie auf ihn gewartet hatte.

»Entschuldige bitte!«, sagte er. »Es war praktisch unmöglich, diese Tante loszuwerden. Kannst du mir bitte verzeihen, Julia?«

Sie hörte, wie er eine Weinflasche entkorkte und zwei Gläser aus dem Schrank nahm.

Er trug Jeans und ein T-Shirt unter einer Jeansjacke, die er lässig über einen Stuhl warf. In diesen Klamotten sah er viel jünger aus.

»Du bist umwerfend, wenn du schmollst«, sagte er. »Komm, so einen Wein hast du noch nie getrunken.«

Sie stand betont langsam auf. Sein Blick klebte an ihrem Körper, wanderte von ihren Brüsten hinunter bis zu ihren Beinen. Dann schwieg er. Eine Kunstpause.

»Perfektion«, flüsterte er.

Sie nahm ihm ein Weinglas aus der Hand. Sie war zwar noch beleidigt, aber das Kompliment machte sie innerlich weich und wieder zugänglicher.

Schon der erste Schluck war wie Lava und verteilte sich schnell im ganzen Körper. Sonst trank sie kaum Alkohol, nur zu besonderen Gelegenheiten. Sofort wurde ihr warm. Es kribbelte wunderbar am ganzen Körper. Wie ein Adrenalinkick, der aber weder mit Stress noch mit Angst zusammenhing, nur mit Freude.

»Was ist das für ein Wein?«

»Er wird dir helfen, dich zu entspannen, und er verstärkt deine Wahrnehmung.«

Da meldete sich die Angst.

»Sind da Drogen drin, oder was? Das will ich nicht.«

»Nein, das ist ein natürliches Präparat, aber mindestens genauso effektiv.«

»Und wofür brauche ich das?«

»Ich möchte, dass du dich vollends entspannen kannst. Ich werde dich gleich in unbekannte Höhen der Lust tragen. Ab jetzt musst du genau das tun, was ich dir sage, verstanden?« Die Strenge in seiner heiseren Stimme klang sexy, nicht gefährlich.

»Trink aus. Alles auf einmal.«

Zuerst spürte sie überhaupt nichts, außer der Säure im Magen. Aber dann stellte sich das Gefühl vom Anfang wieder ein, wie warme Strahlen breitete es sich im ganzen Körper aus. Er drehte sie um ihre Achse und drückte sich von hinten gegen sie. Er streifte den Träger ihres Negligés herunter und biss spielerisch in ihre Schulter. Als er sie in den Nacken küsste, explodierte ihre Lust in Brust, Bauch und zwischen den Beinen, als würde er sie an allen Stellen gleichzeitig berühren. Als hätte er die obere Hautschicht entfernt, und darunter war nichts als heiße Glut. Seine kalten Finger suchten ihren Weg über ihren Oberschenkel nach oben, ganz langsam. Überall Gänsehaut.

Sie wollte sich umdrehen, aber er hielt sie fest.

»Steh still. Rühr dich nicht vom Fleck. Du bist in meiner Gewalt. Wie fühlt sich das an?«

»Aufregend«, sagte sie und spürte, dass ihre Zunge ihr nicht mehr gehorchte.

Jetzt waren seine Hände tatsächlich überall auf ihrem Körper: an ihren Brüsten, auf ihrem Bauch, am Rücken, am Po. Ihre Beine wurden weich und knickten weg. Aber er fing sie auf und legte sie aufs Sofa. Wie in einem Nebel spürte sie, wie er ihr das Negligé auszog und seine Hände nach unten glitten, um ihr auch den Tanga abzustreifen. Er legte sich auf sie. Sein Herz schlug gegen ihre Brust, so laut und hart, als würde es in sie eindringen.

Der Wein hatte sie ziemlich schläfrig gemacht. Auch die Gedanken kamen und gingen stark verlangsamt, wie kleine leichte Wölkchen. Ihre Augenlider waren tonnenschwer, sie versuchte, sie zu öffnen, konnte sie aber kaum bewegen.

»Warum bin ich so schwer und schläfrig?«

»Das liegt an dem Wein. Konzentriere dich auf meine Hände, meine Berührungen.«

Ihr Körper fühlte sich schwer und schlapp an, gleichzeitig war sie innerlich hellwach, als hätte sie vergessen, das Bewusstsein auszuschalten. Sie schwebte über ihrem Körper und war ihre eigene Zuschauerin. Ihre Beine waren gespreizt. Sie spürte alles viel intensiver als sonst, ihre Brustwarzen waren steinhart. Sie sehnte sich nach seiner Berührung, ganz gleich wo. Feuchte, kühle Lippen auf ihrem Bauch. Seine Hände waren überall. Er kniff ihr in die Brustwarzen, was ihr scharfe Blitze durch den Körper jagte. Ihre Gedanken waren nun so langsam, dass sie nicht mehr greifbar waren. Aber ihr Körper stand unter Hochspannung und warf sich von einer Seite zur anderen. Sie hörte ein heiseres Wimmern und begriff, dass es von ihr selbst kam. Ihre Haut war so empfindlich, dass sie drohte, jeden Augenblick zu explodieren. Sie wollte ihn wegschieben, um mehr Luft zu bekommen, aber ihre Arme waren schwer und gehorchten ihr nicht. Es kitzelte, zog, pochte und drückte zwischen ihren Beinen.

Es war ihr nicht möglich zu sagen, wie lange das alles dauerte. Die Zeit hatte sich aufgelöst. Es gab nur Finger, Zunge, Lippen und seinen schweren Atem, den sie auf ihrer

Haut spürte. Ihre Muskeln spannten sich an. Alle. Dann hörte sie einen Schrei, aus weiter Ferne, wie aus einem Tunnel. Aber auch der war von ihr gekommen. Dann wurde alles still. Er küsste sie auf den Mund, ganz weich und zart.

Als er aufstand, schoss ihr ein Gedanke durch den bleiernen Kopf.

Er hatte sich gar nicht ausgezogen.

Dann tauchte sie ab in etwas Tiefes, Dunkles, das so sanft war wie ein warmes Bad.

66

Sofia kochte vor Wut – die sie fast blind machte. Und sie musste auf dem kurzen Stück zur Pension für einen Moment am Straßenrand anhalten.

Beherrsch dich. Reiß dich zusammen, sonst tust du ihr noch was an.

Anna war im Speisesaal und fegte den Boden. Als sie sich umdrehte und Sofias Gesichtsausdruck sah, wusste sie, dass Sofia Bescheid wusste. Sie riss die Augen auf und trat einen Schritt zurück. Sofia hielt ihr den USB-Stick vor die Nase.

»Wo können wir ungestört reden?«, fragte sie und zeigte auf Annas beide Kolleginnen.

»Oh, hallo, Sofia. Warte, ich bring nur schnell den Besen weg.« Ihre Stimme war von der aufgesetzten Unbeschwertheit ganz verzerrt. Sie lachte nervös.

»Wir können ins Büro gehen«, sagte sie und sah zu ihren Kolleginnen hinüber, aber die waren in ihre Arbeit vertieft.

Auf dem Weg zum Büro redete Anna ununterbrochen, aber Sofia hörte ihr nicht zu. Sie hielt den Stick so fest umklammert, dass ihre Handfläche brannte. Anna öffnete die Tür zu einer kleinen Vorratskammer.

»Am besten, du erklärst es mir schnell – und zwar sehr schnell, bevor ich dich umbringe«, sagte Sofia, nachdem Anna die Tür hinter ihnen zugezogen hatte und sie sich in dem kleinen Raum gegenüberstanden.

»Es ist nicht so, wie du denkst.«

»Erspar mir die Klischees. Ich habe keine Lust, dir alles aus der Nase zu ziehen, also fang endlich an, mir die Wahrheit zu sagen. Ich habe wirklich anderes zu tun.«

Sie ging einen Schritt auf Anna zu, die auswich. Hinter und über ihr stapelten sich Kartons.

»Wir haben nur zweimal miteinander geschlafen. Das ist anderthalb Jahre her, als du in Göteborg auf dieser Konferenz warst. Dann wollte Benjamin nicht weiter. Und danach ist nie wieder was passiert, ich schwöre es.«

»Benjamin kann mich mal. Ich will wissen, wem du die Fotos geschickt hast.«

»Das weißt du doch«, sagte Anna angriffslustig.

Da packte Sophie Anna an ihren Haaren und riss daran. Vor Schmerz schrie Anna auf. Ihr stiegen die Tränen in die Augen, ihre Unterlippe zitterte.

»Ist ja gut, lass los, ich erzähl es ja«, jammerte sie. »Franz hat mit mir Kontakt aufgenommen, kurz bevor das mit der *Herberge* angefangen hat. Er hat mich zu einem Date eingeladen. Er sagte, es sei an der Zeit, dass wir uns versöhnen. Das war so aufregend. Alle waren davon ausgegangen, dass er untergetaucht war und neue Thesen entwickelte, aber er hatte sich Zeit genommen, um sich mit mir zu treffen. Er hat mich nach ViaTerra eingeladen und … du weißt ja, wie er sein kann, dann ist es so schwer, sich gegen ihn zu wehren …« Ihr blieben die Worte im Hals stecken.

»Es war nur dieses eine Mal. Er hätte keine Zeit für eine Beziehung, hat er gesagt, aber wir blieben die ganze Zeit in Kontakt. Er hat versprochen, dass wir uns in Zukunft öfter sehen werden. Wir haben ab und zu miteinander telefoniert. Dann hat er mir vorgeschlagen, dass ich dich bei der Arbeit in der *Herberge* unterstützen soll. Du würdest jede Hilfe verdienen, die du bekommen könntest. Ich hatte den Eindruck, dass er sich wirklich Sorgen um dich macht.«

Anna stammelte, ihr Kopf war gesenkt, auf ihrer Stirn hatten sich kleine Schweißperlen gebildet.

»Als er sagte, dass er gern Fotos von dir haben wollte, fand ich das zuerst überhaupt nicht komisch. Er sagte, er sei neugierig, würde wissen wollen, wie du heute aussiehst. Im Laufe der Zeit wurden es immer mehr, er überwies mir Geld, und ich konnte das wirklich gut gebrauchen, aber dann wurde es immer schlimmer, und ich habe total die Kontrolle verloren ...«

Sie fing an zu weinen. Heisere Schluchzer, die ihren ganzen Körper schüttelten. Aber ihr jämmerliches Verhalten machte Sofia nur noch wütender.

»Reiß dich gefälligst zusammen! Warum hast du die Fotos auf den Sticks gespeichert?«

»Ich sollte sie nicht auf dem Computer lassen. Franz meinte, ich solle sie aufheben, ihm gefielen sie. Ich sei eine gute Fotografin, hat er gesagt. Die Aufnahmen, die ich mit meinem Handy gemacht habe, waren nichts. Er hat mir eine Digitalkamera gekauft. Schweineteuer. Du solltest natürlich nicht mitbekommen, dass ich dich fotografiere. Er wollte sich eine Collage daraus machen.«

Der Gedanke an eine solche Fotowand lenkte Sofias Aufmerksamkeit ab, ihre Wut wandte sich von Anna ab und konzentrierte sich nun voll und ganz auf Franz.

»Wie hältst du es bloß mit dir selbst aus, Anna?«

»Gar nicht. Ich hoffe, du glaubst mir, dass ich diese Fotos von dir nicht machen wollte. Ich war furchtbar eifersüchtig, dass Franz so besessen von dir ist. Ich wollte ihn für mich allein haben. Aber ich konnte ihm nicht widerstehen, als er mich um den Gefallen bat.«

»Weiß Benjamin, dass du mit Franz Kontakt hattest?«

»Nein, überhaupt nicht! Ich weiß auch nicht, warum ich die letzten Fotos in die Kassette gelegt habe. Ich sollte alles aufheben, was ich Franz geschickt hatte. Die letzten, das sind bloß Privataufnahmen gewesen. Ich habe sie ihm trotzdem gemailt. Wahrscheinlich dachte ich, ich könnte Franz damit imponieren, dass ich Benjamin verführt habe. Ich wollte ihn eifersüchtig machen.«

Plötzlich krümmte sie sich zusammen und fing an zu weinen. Sofia packte sie an den Schultern und schüttelte sie. Anna war größer und kräftiger gebaut als Sofia, aber sie musste Sofias Zorn gespürt, den Geruch von unbeherrschter Wut gerochen haben, denn sie zitterte vor Angst. Schluchzend sank sie auf dem Boden in sich zusammen. Sofia ging neben ihr in die Hocke, hob Annas Gesicht und gab ihr eine schallende Ohrfeige. Anna riss die Augen auf.

»Stell dieses widerliche Selbstmitleid ab. Du bist bei uns eingebrochen, während wir auf der Weihnachtsfeier waren, und hast mich an Heiligabend fast zu Tode erschreckt. Das ist einfach ekelhaft, du Verräterin!«

»Bitte vergib mir. Ich war wirklich am Ende. Beim ersten Mal hattest du mich überrascht, darum musste ich nochmal kommen. Ich wollte nur den Stick mit den Fotos von Benjamin. Denn ich konnte mir ja denken, dass du sofort Bescheid wüsstest, wenn du sie siehst.«

»Hast du Franz auch erzählt, dass Elvira zurückgekommen ist und jetzt bei uns wohnt?«

Anna ließ ihren Kopf auf die Brust sinken, schlang ihre Arme um die Knie und wiegte sich wimmernd hin und her.

»Antworte mir gefälligst!«

»Du kennst die Antwort doch schon. Es war eine unglaubliche Nachricht, dass sie zurück war, alle waren doch von ihrem Tod überzeugt gewesen. Ich kann mir jetzt nicht mehr erklären, warum ich das alles getan habe. Vielleicht hatte ich gehofft, dass er durch meine Hilfe einsieht, wie sehr wir beide füreinander bestimmt sind. Ich habe es einfach nicht geschafft, mich von ihm loszusagen.«

Sie schluchzte. Tränen und Schnodder vermischten sich und tropften ihr am Kinn herunter. Sofia packte Anna am Kragen ihrer Jacke und schüttelte sie und stieß sie von sich. Anna prallte gegen den Stapel mit den Kartons, der oberste löste sich und fiel ihr auf den Kopf. Die Kante traf sie an der Stirn, aber Anna verzog keine Miene, sie zuckte nur kurz zusammen.

»Geh zur Polizei und zeige dich selbst an, sonst mache ich das.«

Anna murmelte eine Antwort.

»Gib mir dein Handy«, fauchte Sofia.

»Was?«

»Du sollst mir dein Handy geben, los jetzt!«

Anna holte es aus ihrer Jackentasche und gab es Sofia.

»Damit du nicht auf die dumme Idee kommst, ihn anzurufen.«

»Nein, ich verspreche es dir …«

Die Beule auf Annas Stirn hatte die Farbe gewechselt und leuchtete in einem dunklen Lila. Sofias Wut war jetzt abgekühlt und hatte einem grenzenlosen Ekel Platz gemacht. Wie hatte sie jemals finden können, dass Anna eine schöne Frau war, ein schöner Mensch? Wie hatte sie ihre Nähe in den letzten Jahren überhaupt ertragen können? Hässlich war sie, widerlich und hässlich, mit roten, falschen Augen und Schnodder, der ihr übers Gesicht lief.

Die Sonne stand noch hoch am Himmel und vergoldete das

zarte Frühlingslicht, als sie sich auf den Rückweg machte. Es war unbegreiflich und auch ungerecht, dass die Welt da draußen so schön war, wenn ihre eigene gerade in Scherben lag. Ihr liefen die Tränen übers Gesicht. Die Straße verschwamm vor ihren Augen, aber sie hielt nicht an, sondern fuhr nur langsamer, aber zielsicher weiter. Sie war von einer beinahe übermenschlichen Stärke erfüllt.

Zu Hause angekommen, ließ sie Denzel zum Pinkeln in den Garten, behielt aber Schuhe und Mantel an, als sie wieder reinkamen. Sie schnappte sich einen Rollkoffer, ging nach oben ins Schlafzimmer und warf wahllos Kleidungsstücke hinein. Als sie ins Badezimmer ging, um eine Zahnbürste zu holen, merkte sie, wie sehr ihre Hände zitterten. Im Spiegel sah sie mit Entsetzen, dass ihre Augen unnatürlich groß waren, wie zwei schwarze Löcher. Dann zog sie den Rollkoffer hinter sich her in Julias Zimmer. Der Boden war bedeckt mit Unterwäsche und Kleidungsstücken von ihr, Sofia sammelte einige davon auf und stopfte sie zu den anderen Sachen in den Koffer. Sie hatte keine Lust, ihn zu tragen, und ließ ihn die Treppenstufen hinunterpoltern.

Sie hatte kein Gefühl für ihren Körper, sie war auch nicht mehr richtig wütend, sondern eher außer sich, wie in einem gruseligen Albtraum. Sie nahm sich einen der Stoffbeutel, die an der Kücheninsel hingen, und ging in Benjamins Büro. Es war still und dunkel in dem Raum und roch nach Benjamin – vertraut und jungenhaft. Das holte sie schlagartig in die Gegenwart zurück. Sie schluchzte. Am liebsten hätte sie sich auf seinem Schreibtisch erbrochen, so übel wurde ihr. Sie nahm den Laptop vom Ladekabel und legte ihn in den Stoffbeutel. Im Regal standen die beiden Ordner, in denen er seine Aufträge und seine Buchführung abheftete, die packte sie auch ein. Seinen I-Pad hatte er zu Hause gelassen, auch der wanderte in den Beutel.

Bevor sie das Haus verließ, füllte sie Denzel frisches Wasser auf und Essen in seinen Napf. Dann streichelte sie ihm über sein Fell und gab ihm einen Kuss auf den Kopf.

Ihr Ziel war genau *der* Platz auf den Felsen, an dem sie mit Benjamin immer gesessen und den Sonnenuntergang genossen hatte. Sie parkte den Wagen und ließ alles darin, bis auf den Stoffbeutel. Vorsichtig kletterte sie über die Felsen bis zu dem flachen Stein, auf dem sie häufig saßen. Sie ging bis nach vorn an die Spitze und verlor um ein Haar das Gleichgewicht, als sie seinen Laptop aus dem Beutel holte. Es platschte laut, als er auf der Wasseroberfläche auftraf. Er kippte auf die Seite, wie eine silberne Haiflosse, dann stiegen ein paar Wasserblasen auf, und er versank. Die Ordner wollten nicht gleich sinken, sie musste sie einweichen, bis sie so schwer waren, dass auch sie versinken konnten. Das iPad schwebte in Zeitlupe auf den Meeresgrund. Annas Handy wurde als Letztes den Fluten übergeben. Als es nicht mehr zu sehen war, spürte sie, dass auch ihr Herz mit in die Tiefe gesunken war.

Die kühle Meeresluft stieg in Nase und Mund und füllte ihre Lunge. Ein leichter Wind kräuselte die Wasseroberfläche.

Sie ging zurück zum Auto. Dort blieb sie eine Weile nachdenklich sitzen.

Dann rief sie ihre Mutter an, die nicht sofort ans Telefon ging, und hinterließ ihr eine Nachricht. *Julia und ich kommen heute Abend vorbei. Wir haben Sehnsucht.* Positiv und knapp gehalten. Alles, um zu vermeiden, die hochsensiblen Nerven ihrer Mutter zu überstrapazieren. Ein Blick auf die Uhr. Viertel nach zwei. Bald war Schulschluss.

Als sie an der Schule eintraf, konnte sie nicht im Auto sitzen bleiben, darum stieg sie aus, um im Gebäude auf Julia zu warten. Im Flur kam ihr der Direktor entgegen und begrüßte sie herzlich und überschwänglich.

»Oh, wie schön, Sie zu sehen! Was kann ich für Sie tun?«

»Ich hole Julia ab. Sie war doch weg und ist heute früh mit dem Bus direkt zur Schule gefahren.«

Der Direktor sah sie ganz perplex an.

»Aber ... sie ist nicht hier.«

»Wie meinen Sie das?«

»Ich habe vorhin sogar persönlich mit Franz Oswald telefoniert, Sie wissen schon, das ist dieser geistige Anführer von ViaTerra auf Dimö. Er hat uns Bescheid gegeben, dass Julia aufgehalten wurde. Sie macht eine große Hausaufgabe über sein Unternehmen und wird ihn heute noch interviewen. So ein Aufsatz. Er war ausgesprochen freundlich und höflich. Er sagte, sie würde morgen wieder hier sein. Ich bin selbstverständlich davon ausgegangen, dass Sie davon wissen. Wir sind ein bisschen stolz, dass sie dieses Angebot bekommen hat.«

Es wurde so still. Sofia hörte nur ihren Puls, der wie eine Bombe tickte. Und dann explodierte sie.

»Sind Sie denn wahnsinnig? Dieser Mann ist *gefährlich*! Warum haben Sie mich nicht sofort angerufen? Julia ist noch nicht volljährig.«

Der Direktor wollte sie beruhigen und ihr seine Hand auf die Schulter legen, aber da hatte Sofia bereits kehrtgemacht und stürmte aus dem Schulgebäude.

67

Ich renne durch den Wald. Das nasse Gras leckt an meinen Waden. Ich springe über gefällte Bäume, hole Luft und renne weiter. Es brennt in meiner Lunge, meine Brust will bersten. Obwohl ich diesen Weg so gut kenne, ihn unzählige Male gegangen bin, habe ich Angst, mich zu verlaufen.

Ich bleibe erst stehen, als ich die Lichtung erreicht habe und die Hütte sehe. Hier, weit entfernt vom Licht des Herrenhauses, kann man den Nachthimmel mit seinen Millionen Sternen erkennen. Der Mond ist nur zur Hälfte zu sehen, aber ganz klar. An diesem Ort steht alles still. Es riecht überwältigend nach Kiefernnadeln und Harz. Ich halte mich an einem Ast fest, der tapfer gegen den dichten Efeu kämpft. Ich lehne mich nach hinten und sehe nach oben, bis ich das Gefühl habe, in den Himmel zu schweben. Aber da zieht eine Wolke vor den Mond und stiehlt den Mondschein.

Was soll ich Großmutter sagen? Wo soll ich anfangen? Wird sie mir glauben? Ich weiß nicht, wie sie mir helfen kann, ich weiß nur, dass sie mir immer geholfen hat.

Es brennt kein Licht, aber ich bin mir sicher, dass sie zu Hause ist. Ich spüre ihre Wärme in der kühlen Nacht.

Sie öffnet die Tür, ihr Haar ist zerzaust, sie wirkt verschlafen, aber als sie mich sieht, ist sie sofort hellwach.

»Nein, wie schön. Thor! Komm rein.«

Als wäre es das Normalste auf der Welt, dass ich mit

nassen Hosenbeinen und außer Atem spätabends vor ihrer Tür stehe. Ihr Geruch und die liebevolle Umarmung sind so vertraut, dass ich aufschluchzen muss.

»Komm, ich mach uns einen Tee. Und du versuchst, das Feuer wieder in Gang zu bringen.«

Darin bin ich gut. Als sie mit zwei dampfenden Bechern Tee kommt, knistert es bereits im Kamin.

»Ich werde nicht mehr zurückgehen«, sage ich, als wir gemütlich dasitzen und in die Flammen sehen.

»Was meinst du damit?«

»Ich muss dir was erzählen. Eine ganze Menge, um genau zu sein.«

»Bitte, schieß los, ich hör dir zu.«

Sie hat darauf gewartet, das kann ich in ihren Augen sehen. Sie hat gewusst, dass es eines Tages dazu kommen wird. Sie schämt sich für die vielen Male, als sie nicht gefragt hat, woher die blauen Flecken, die schwieligen Hände und die müden Augen kommen.

Und ihre Scham nimmt mit jedem Detail meines Berichts noch zu. Aber sie sagt nicht: »Oh Gott, wie schrecklich!« oder »Warum hast du mir das nie gesagt?« Denn sie hat es immer geahnt, hat vielleicht noch Schlimmeres befürchtet, wenn das überhaupt möglich ist.

Ich habe Mitleid mit ihr, sage ihr, dass es nicht ihre Schuld ist. Aber dass ich ihre Hilfe benötige. Denn jetzt würden andere Kinder in dieser Schule leiden. Und außerdem hätte Vater ein Mädchen in seiner Gewalt.

Meine Großmutter ist hart im Nehmen, sie weint nicht so schnell, aber ich sehe, wie sehr sie gegen die Tränen kämpft. Sie denkt nach, und ich störe sie nicht, denn ich kann sehen, wie versunken sie ist.

»Habt ihr Beweise?«, fragt sie.

»Beweise? Glaubst du mir denn nicht?«

»Natürlich glaube ich dir, mein Schatz. Aber wenn wir damit zur Polizei gehen, steht dein Wort gegen das eures Vaters und der vielen Kinder, die eine Todesangst vor ihm haben.«

»Doch, es gibt da etwas«, sage ich, denn es ist mir wieder eingefallen. »Matteo war auch bei *Kinder der Erde,* und er hat heimlich Fotos gemacht. Vater hat ihn vor einiger Zeit mit einem Auftrag weggeschickt, um ein ganz bestimmtes Mädchen zu beobachten. Vor ein paar Tagen hat er sich dann in Luft aufgelöst. So hat es Vater gesagt. Aber wie komme ich an ihn ran?«

Großmutter seufzt.

»Das wird sich alles klären, ich versprech es dir. Aber zuerst musst du dich ausschlafen. Du bist ja völlig erschöpft. Schlaf, so lange du willst. Ich hoffe, dass dich dort drüben niemand vermisst. Sonst kommen sie garantiert hierher.«

»Ich glaube nicht, dass Vater überhaupt bemerkt, dass ich weg bin«, sage ich. »Er hat alle rausgeschmissen, die in seinem Büro gearbeitet haben. Außerdem ist er viel zu sehr mit diesem Mädchen beschäftigt.«

Als ich »Mädchen« sage, zuckt Großmutter zusammen.

Sie gibt mir ein Kissen und eine Decke, dann sagt sie mir Gute Nacht und geht in ihr winziges Schlafzimmer. Ich mache es mir auf dem Sofa bequem. Im Kamin glimmt die Glut. Ich spüre, wie müde ich bin. Die unzähligen schlaflosen Nächte fordern ihren Tribut. Ich schlafe tief und fest und wache erst auf, als Großmutter mich rüttelt.

»Thor, du hast jetzt zwölf Stunden geschlafen. Ich habe mir schon Sorgen um dich gemacht. Du bist doch nicht krank?«

Ich setze mich auf und reibe mir den Schlaf aus den Augen. Ich sammele mich, weiß jetzt genau, warum ich zu ihr gekommen bin. Ich habe einen Plan.

»Großmutter, wir müssen damit zur Polizei gehen.«

»Dein Vater wird alle zum Schweigen bringen, du wirst es nur noch schlimmer machen, für dich und für die anderen.«

»Es kann nicht schlimmer werden.«

»Bist du dir ganz sicher?«

Die Wut darüber, nicht ernst genommen zu werden, steigt in mir hoch. Sie hat alles immer nur verdrängt, hat in ihrer kleinen Hütte gesessen und gehofft, dass es gut ausgehen würde. Hat sich damit zufriedengegeben, uns besuchen zu dürfen. Ich weiß, warum solche Dinge geschehen und nicht aufgehalten werden. *Kinder haben eine lebhafte Fantasie. Sie bilden sich das alles ein.* Es gibt keine Beweise, nichts, woran man es festmachen könnte. Die Geschichten aus dem Kindermund lassen sich immer schönreden, wenn man die Wahrheit nicht ertragen kann.

»Komm mit, ich möchte dir was zeigen«, sage ich und ziehe mir die Schuhe an.

»Wo willst du denn hin?«

»Zu ViaTerra. Ich will dir dort was zeigen.«

»Aber wir können doch da nicht einfach reinstiefeln? Du wolltest doch nicht zurück?«

»Das Tor auf der Rückseite ist offen. Jetzt komm schon.«

»Aber, wenn dein Vater …«

»Hast du etwa Angst vor ihm? Das war früher anders. Ich erinnere mich genau an deinen ersten Besuch bei uns. Du bist so stark und hast ihm die Stirn geboten. Warum bist du jetzt so feige?«

»Ich habe keine Angst vor ihm. Ich habe nur Angst, euch zu verlieren.«

»Du hast uns doch schon so gut wie verloren.«

Wir gehen den Weg zurück, den ich gekommen bin. Ich gehe schnell, sie kommt kaum hinterher. Sie sagt kein Wort. Wenn Vater uns sieht, wird er mich umbringen. Aber dann hätten meine Worte wenigstens die nötige Aussagekraft.

Das Tor ist tatsächlich unverschlossen. Es ist früher Nachmittag, und auf dem Hof ist viel los. Das Personal rennt wie in einem Ameisenhaufen umher, vor den Gästehäusern sitzen die Besucher und trinken Kaffee.

»Wir tun einfach, als wäre alles normal«, sage ich. »Dann achten die gar nicht auf uns.«

Wir gehen einmal quer über den Hof zum Stall, als hätten wir eine besonders wichtige Aufgabe zu erledigen. Und tatsächlich, niemand vom Personal achtet auf uns. Ihre leeren Blicke gehen durch uns hindurch.

Der Stall ist leer. Die Tür knarrt, als ich sie aufschiebe. Die Sonne scheint durch die Fenster, der Staub tanzt über dem Boden. Ich nehme Großmutter an die Hand und führe sie in die Pferdebox. Dort liegt ein Schlafsack, vermutlich der von Vic.

»Wir mussten im Schweinestall schlafen«, erzähle ich ihr. »Das war die Strafe, wenn wir zu laut und unordentlich waren. Ich wollte dir diese Box hier zeigen, denn hier haben wir unsere Namen eingeritzt, wenn wir die Nacht im Stall allein verbringen mussten.«

Großmutters Blick wandert über die Holzwand.

»Wir haben damit angefangen, als wir diesen Namen dort entdeckten«, sage ich und zeige auf den ersten Namen in der Reihe. »Für uns war sie ein Geist, der uns beschützte, wenn wir in der Dunkelheit Angst hatten.«

»Sofia ...«, flüstert Großmutter und streicht mit dem Finger über ihren Namen. »Das ist Sofia.«

Und dann sieht sie die vielen anderen Namen, die darunter ins Holz geritzt wurden. Sie berührt auch diese krakeligen Buchstaben. Es gibt verdrehte Buchstaben, weil ein Kind noch gar nicht richtig schreiben konnte. Namen, die nie zu Ende geschrieben wurden. Sie streichelt sie, als würde sie sich versichern wollen, dass sie echt sind.

Dann sieht sie mich an. Für einen Moment begegnen sich unsere Blicke. Ich weiß, dass sie mir alles glaubt, was ich ihr erzählt habe.

Sie kniet sich hin, schlägt die Hände vors Gesicht. Ich sehe ihre Tränen nicht, aber ich habe ihren zuckenden Körper vor mir.

Als hätte sie vergessen, dass ich neben ihr stehe, nimmt sie ihr Handy aus der Jackentasche und wählt eine Nummer. Der Tonfall, mit dem sie lange und abgehackt spricht und den ich noch nie zuvor gehört habe, ist autoritär und bestimmt.

»Hier geht es nicht darum, dass ich vorbeikomme, um eine Anzeige zu erstatten«, sagt sie ärgerlich. »Begreifen Sie denn nicht den Ernst der Lage?«

Sie faucht und schimpft, bis sie sich endlich verstanden fühlt. Da ändert sich ihr Tonfall schlagartig, und nun klingt sie wieder ruhig und weich.

Kaum hat sie aufgelegt, streckt sie mir ihre Hand hin und lässt sich von mir hochziehen.

»Die Polizei ist informiert«, sagt sie. »Jetzt gehen wir zurück in die Hütte und warten.«

68

Wie gelähmt saß Sofia im Wagen und starrte aus dem Fenster. Es rauschte in ihren Ohren. Sie hatte die Augen geöffnet, und doch war sie blind. Sie wollte das Fenster herunterkurbeln, weil es kochend heiß war im Wageninneren, aber sie schaffte es nicht. Sie wollte sich anschnallen, aber auch das brachte sie nicht fertig. Sie war paralysiert. In ihr herrschte ein Chaos, das ihr den Atem nahm.

Das ist nicht wahr.
Das kann einfach nicht wahr sein.
Es muss sich um ein Missverständnis handeln.
Gleich kommt Julia und klopft gegen die Scheibe.
»Was machst du denn hier, Mama?«

Aber der Schulhof blieb leer, der Wagen war leer, und ihr Herz war wie ausgehöhlt.

In ihrem Körper breitete sich Panik aus, als hätte sie ihr jemand injiziert. Sie schlug mit der Faust auf das Lenkrad, bis ihr die Knöchel weh taten. Dann nahm sie all ihre Kraft zusammen, um den Anruf zu machen, den sie nicht umgehen konnte. Ihr fiel das Handy aus den zitternden Händen, und als sie es aufhob, hatte es schon die Nummer gewählt, und er war rangegangen.

Sie fing sofort an, in den Hörer zu brüllen. Sie verfluchte ihn, beschimpfte ihn und sparte auch nicht mit obszönen

Kraftausdrücken. Sie hörte nur seinen schweren Atem, als wäre er erregt.

»Bist du jetzt fertig? Dann solltest du jetzt sehr genau zuhören, wenn du Julia wiedersehen willst.«

»Bitte, tu ihr nichts! Ich flehe dich an!«

»Das werde ich auch nicht, wenn du nach Dimö kommst und ihren Platz einnimmst. Du wirst für mich strippen, auf allen vieren vor mir kriechen, meine Füße küssen, deine Beine spreizen und mich anbetteln, dass ich es dir besorge. Heute Abend bist du meine treue Sklavin. Danach sehne ich mich seit fünfzehn Jahren, Sofia.«

»Was hast du mit Julia gemacht? Bitte, mach ihr keine Angst.«

Sie schluchzte, denn sie wusste, wie sehr sich Julia vor der Dunkelheit fürchtete.

»Das würde mir nicht im Traum einfallen. Julia vergöttert mich. Sie ist nicht so hysterisch wie du.«

Wieder entglitt ihr das Telefon und fiel ihr in den Schoß. Als sie es sich ans Ohr hielt, war nur sein Atem zu hören.

»Bitte, lass sie gehen. Das ist doch nur eine Sache zwischen dir und mir. Lass Julia da raus.«

»Ihr wird nichts geschehen, wenn du kommst. Aber wenn ich einen einzigen Bullen auf der Fähre oder einen Helikopter sehe – und glaube mir, ich habe meine Augen überall –, dann lass ich sie verschwinden. Und darin bin ich gut, Leute verschwinden zu lassen. Es ist wirklich besorgniserregend, wie viele junge Girls – Teenager – vor meiner Pforte auftauchen und mich unbedingt sehen wollen. Einige von ihnen sind regelrecht außer sich, wenn ich auf ihr Angebot nicht eingehe. Und man kann sich so leicht auf der Insel verlaufen. Und die Klippen sind steil und die Felsen rutschig. Der Wind frischt gerade auf.«

»Hör auf! Hör auf!«, schrie sie. »Ich komme ja, du darfst ihr nichts antun. Woher weiß ich denn, dass du sie wirklich gehen lässt, wenn ich komme?«

»Du hast mein Wort.«

»Und darauf soll ich mich verlassen? Wie kannst du dich an einem sechzehnjährigen Mädchen vergehen? Kannst du nachts überhaupt noch schlafen? Wie krank bist du eigentlich?«

Er seufzte.

»Du hast keine andere Wahl, als mir zu vertrauen. Also komm her.«

Sie versuchte, ihre Stimme ruhiger und etwas autoritärer klingen zu lassen.

»Entscheide dich für das Richtige. Lass sie gehen, dann bleibt das unser Geheimnis, ich verspreche es dir. Das willst du doch nicht alles aufs Spiel setzen? Denk an deinen Ruf in der Welt. Denk an die vielen Erfolge, die du mit Via-Terra gefeiert hast.«

Er lachte so laut, dass es in der Leitung knackte.

»Mein Liebchen. Ich würde alles riskieren, um nur noch ein einziges Mal deinen herrlichen Arsch in meinen Händen zu halten. Dir gefällt es auch am besten von hinten, was? Hast du noch immer nicht kapiert, was mich anmacht?«

»Geht es hier um Rache? Wenn das so ist und du Julia nichts antust, schieße ich mir eine Kugel in den Kopf.«

»Das wäre aber furchtbar schade. Nein, keine Rache, Sofia. Eher Besessenheit. Ich habe in den letzten fünfzehn Jahren jeden Tag an dich gedacht.«

»Du hast es nicht verwunden, dass ich dich zurückgewiesen habe. Du bist auf der Suche nach Aufmerksamkeit verzweifelt. Du musst immer im Mittelpunkt stehen. Ich finde, es wird allmählich Zeit, dass du die Verantwortung für deine Taten übernimmst, Franz.«

»Es reicht!«, brüllte er. »Du kommst jetzt auf der Stelle her. Sorg dafür, dass du die Fähre nicht verpasst.«

Ablenkungsmanöver. Du musst ihn von Julia ablenken.

»Okay, ich komme.«

»Das freut mich zu hören. Und vielleicht sollten wir dieses Mal die Gelegenheit nutzen, ein Kind zu zeugen?«

»Perverses Schwein!«

Auf dem Display stand »Anruf beendet«. Sie versuchte, Julia zu erreichen, obwohl sie wusste, wie aussichtslos es war. Also hinterließ sie ihr eine Nachricht auf der Mailbox: *Julia, Liebes, hab keine Angst. Ich komme und hol dich.* Vielleicht hörte sie wenigstens die Benachrichtigung, dass etwas auf der Mailbox war.

Die Fahrt verstrich wie unter einem Mantel der Angst. Ihr Kopf arbeitete auf Hochtouren, aber ihre Konzentration war außer Kraft gesetzt. Sie kam sogar ein paar Mal von der Straße ab. Ihre Vernunft brüllte sie an, den Wagen anzuhalten und die Polizei anzurufen, aber ihr Instinkt warnte sie mit eiskalter Stimme: *Er wird sie umbringen.*

Die schöne Landschaft zog an ihr vorbei, verschwommen und verzerrt. Sie war seit den frühen Morgenstunden nicht mehr auf der Toilette gewesen, ihre Blase platzte fast. Also hielt sie am Straßenrand an und pinkelte in den Graben. Die vorbeifahrenden Autos ignorierte sie. Auf dem Weg zurück zum Auto musste sie sich übergeben, zweimal. Danach war nicht nur ihr Magen leer, auch ihre Gefühle waren verschwunden. Aber sie setzte ihre Fahrt fort. Fieberhaft suchte sie nach Lösungen, um Julia zu befreien. Wen konnte sie anrufen? Sie hatte das Gefühl, in einem Labyrinth mit lauter Sackgassen gefangen zu sein. Sie wollte kein Risiko eingehen. Er würde ihr bestimmt doch etwas antun, das war natürlich die Drohung gewesen. Und er würde sein Versprechen halten, da war sie sich ganz sicher.

Ihr Handy klingelte. Sie legte es auf den Beifahrersitz, damit sie das Display sehen konnte. Es war Ellis. Der konnte warten. Sie hörte ein Pling, als seine Nachricht eintraf. Kurz darauf rief er erneut an. Und es kam eine zweite Nachricht. Nichts, was Ellis ihr zu sagen hätte, würde ihr jetzt helfen oder etwas bedeuten können. Und wenn sie ans Telefon ging, würde sie wahrscheinlich in den Graben fahren.

Als sie den Fähranleger erreicht hatte, sah sie, dass sie noch zwanzig Minuten Zeit bis zur Abfahrt hatte.

Ihr Handy machte wieder ein Geräusch. Dieses Mal hatte Franz eine SMS geschickt. Mit einem Foto von Julia, ihr rosiges Gesicht im tiefen Schlaf. Ihr Mund war leicht geöffnet, die Decke bis zum Hals hochgezogen.

Ich muss ihn ablenken. Damit er von ihr ablässt.

Sie rief ihn an.

»Vielen Dank für das Foto. Woher weiß ich, dass Julia noch da ist, wenn ich komme?« Sie versuchte, freundlich zu klingen, aber das fiel ihr sehr schwer. Sie hatte sich nicht mehr unter Kontrolle.

»Du wirst sie sehen. Wahrscheinlich schläft sie tief und fest.«

»Du hast ihr doch keine Drogen gegeben, oder? Das alles ist doch nicht ihre Schuld, halt sie da raus, lass sie in Frieden.«

»Das kann ich dir leider nicht versprechen. Sie ist total verrückt nach mir, musst du wissen. Sie lässt *mich* nicht in Frieden.«

Weiterreden! Beschäftige ihn!

»Eine Sache möchte ich noch wissen, bevor ich auf die Fähre fahre.«

»Du bist schon am Anleger?«

»Ja, auf dem Parkplatz.«

»Na dann, schieß los.«

»Warum ausgerechnet jetzt? Das ist fast sechzehn Jahre her. Warum willst du ausgerechnet jetzt unser Leben zerstören?«

»Wie immer hast du alles falsch verstanden. Du dachtest, ich sei aus deinem Leben verschwunden. Aber das bin ich gar nicht. Ich war immer in deiner Nähe. Irgendwie. So, und jetzt hopphopp auf die Fähre, bevor meine Geduld am Ende ist.«

»Du hast uns den DNA-Test nur geschickt, damit wir Julia nichts davon erzählen. Sie wäre niemals zu dir gekommen, wenn sie hätte befürchten müssen, dass du ihr Vater bist.«

»Ganz genau!«

»Wie fühlt sich das eigentlich an, so ein Widerling zu sein?«

»Besser, als du es dir vorstellen kannst«, sagte er und legte auf.

Sie umklammerte das Steuer, bis ihre Knöchel ganz weiß wurden. Es war ein schöner Tag. Die Sonne schien kräftig, aber Anfang Mai war es wohl noch eine trügerische Sonne, die sie blendete. Das Meer wiegte sich sanft, als atme es ruhig. Sie sah Eltern mit Kinderwagen. Kinder mit Eiswaffeln, Tauben und Krähen. Es war furchtbar traurig, diese idyllischen Familien zu sehen, während sie selbst ihre gerade verloren hatte. Ihre Freude und Unbeschwertheit drangen zum Glück nicht durch die Fensterscheiben. Laut Radio würde es ein ausgesprochen warmer Frühlingstag werden. Sie schaltete das Radio wieder aus.

Da tauchte schon wieder Ellis' Name auf dem Display auf. Sie sah auf die Uhr, sie hatte noch eine Viertelstunde bis zur Abfahrt der Fähre.

»Ich kann jetzt nicht sprechen. Ich melde mich heute Abend, okay?«

»Aber das kann nicht warten, Sofia. Sitzt du im Auto? Fährst du gerade? Hör zu, das hier ist lebenswichtig.«

»Beeil dich, ich muss eine dringende Sache erledigen.«

»Julias Typ, ihr Freund Matt, der ist hier bei mir.«

»Wie schön, sie hatte sich Sorgen um ihn gemacht.«

»Der Punkt ist, er heißt nicht Matt Larsson, sondern *Matteo* Larsson und ist einer von *Kinder der Erde*. Franz hat ihn auf Julia angesetzt, um ihr hinterherzuspionieren. Er hat Franz Fotos von ihr geschickt, und er hat auch die Kamera im Badezimmer installiert.«

»Was redest du da?«

»Es ist die Wahrheit, Sofia. Fährst du gerade? Dann halt bitte rechts an. Ich muss dir noch etwas sagen.«

»Ich fahre nicht. Was hast du da eben gesagt, Matt wurde von Franz geschickt?«

»Ja, leider. Aber er wollte aussteigen und versteckt sich jetzt bei mir. Ich glaube ihm – er will es wiedergutmachen. Ist Julia noch in Göteborg?«

»Ja, warum fragst du?«

»Weil Matteo eine Mail von ihr bekommen hat, in der steht, dass sie in Gefahr ist. Verdammt, Sofia. Sie ist auf Dimö bei Franz. Sie haben offensichtlich seit dieser Konferenz Kontakt gehabt, waren essen und haben miteinander telefoniert. Und jetzt geht sie nicht ans Telefon. Matteo hat versucht, sie anzurufen.«

»Ich weiß«, wimmerte sie. »Ich kümmere mich darum. Kann ich dich in ein paar Stunden zurückrufen?«

»Ja, aber hör mir eben zu. Matteo ist ausgestiegen, er ist richtig ehrlich verknallt in Julia. Und er kann beweisen, was in dieser Nazischule von Franz abgegangen ist, er hat Fotos. Ganz schreckliche Aufnahmen! Du machst dir keine Vorstellungen. Die haben Fünfjährige mit Eiswasser übergossen. Gehirnwäsche. Strafen. Demütigungen. Drohungen. Das ganze Programm. Und Franz als Oberkommandeur. Das ist echt widerlich, Sofia. Matteo ist bereit, gegen Franz auszusagen. Er ist auf unserer Seite. Er wird uns helfen.«

Sofia konnte nicht reagieren, ihr Gehirn konnte keine Information mehr verarbeiten. Aber dann sah sie ein Kaugummipapier, das Julia zusammengeknüllt ins offene Handschuhfach geworfen hatte. Plötzlich sah sie Julia neben sich sitzen, laut schmatzend. Da endlich kamen die Tränen.

Ich muss Franz ablenken. Ich muss ihn von ihr ablenken.

»Hör zu, Ellis. Ich muss mich da um etwas kümmern, ich melde mich heute Abend. Bis dahin stell alles online, füttere die Seiten mit allem, was wir haben. Auf allen Kanälen, ruf Magnus an.«

»Das habe ich schon getan, ich konnte nicht länger warten. Und mit Magnus habe ich auch gesprochen. Er kontaktiert alle Reporter und Journalisten. Das wird in null Komma nix viral gehen, das versichere ich dir. Das wird riesig, Sofia!«

»Sehr gut, macht es noch größer«, sagte sie und schluchzte.

»Brauchst du Hilfe? Du versuchst doch bitte nicht, diese Sache mit Franz allein zu regeln? Wenn Julia bei ihm ist, musst du der Polizei Bescheid sagen.«

»Vertrau mir, ich melde mich.«

»Soll ich Benjamin anrufen?«

»Nein, nicht Benjamin. Simon kann dir helfen. Benjamin ist ein Mistkerl. Er hat mit Anna geschlafen, und die ist eine Spionin von Franz. Ich kann dir das jetzt nicht alles im Detail erklären, aber egal, was du tust – erzähl auf keinen Fall Anna davon. Ich muss jetzt los.«

Sie hatte eine SMS von Benjamin bekommen. *Wo bist du? Melde dich!* Sie schaltete das Handy aus und legte es in ihre Handtasche.

Auf der Überfahrt blieb sie im Wagen sitzen. Edwin Björk war diesmal nicht der Steuermann, sondern sein Bruder, sonst hätte Sofia ihn fragen können, ob er Julia gesehen hatte.

Sie fühlte sich kraftlos. Sie spürte ihren Körper nicht, nur ihren Magen, der sich auflehnte. Auch ihre Fingerkuppen waren taub. Fünftausend Gedanken schwirrten ihr durch den Kopf, und gleichzeitig war er ganz leer. Aber ein Gedanke kam immer wieder und wurde größer und größer. Am Marktplatz gab es einen kleinen Gemischtwarenladen. Die verkauften bestimmt auch Messer. Vielleicht hatte sie die Gelegenheit, sich dort eins zu kaufen, ohne dass Franz oder einer seiner Spione es bemerkten. Jedes Messer wäre besser als keins. Auch ein Küchenmesser würde sie nehmen.

Als sie von der Fähre auf die Insel fuhr, war sie davon überzeugt, dass es die einzige Möglichkeit war, um diesen Albtraum zu beenden.

Es war das Richtige. Das einzig Mögliche. Ganz gleich, was für Konsequenzen es hatte.

69

Julia versuchte, ihre Augen zu öffnen. Es war anstrengend, das Licht blendete sie. Sie blinzelte. Sie wollte ihre Beine ausstrecken, aber die waren auch zu schwer. Sie sah ihre nackten Füße, die über die Bettkante hingen, mit rosa Lack auf den Fußnägeln. Die Arme ließen sich leichter bewegen, sie streckte sie aus, schaffte es aber nicht ganz. Unter der Decke lugte ihre Brust hervor. Die Sonne, die durchs Fenster schien, wärmte die Körperteile, die nicht unter der schweren Decke lagen. Ihre Haut war feucht und warm. Die Luft im Zimmer wirkte stickig, sie schwitzte. Eine einsame Fliege warf sich wütend gegen die Fensterscheibe. Julia hatte ein seltsames Gefühl im Unterbauch, als würde sie auf die Toilette müssen. Der Druck stach wie kleine Nadeln. Wann war sie das letzte Mal auf dem Klo gewesen?

Langsam wurde ihr bewusst, dass sie nicht allein im Raum war.

Jemand beobachtete sie.

Sie sah seine Silhouette. Allmählich wurden die Konturen schärfer. Er saß auf der Bettkante, war frisch rasiert und geduscht, mit nassem Haar. Seine Lippen umspielte ein sexy Grinsen, und er sah sie aufreizend an.

Sie rieb sich den Schlaf aus den verquollenen Augen.

Da sendete ihr Körper ein Warnsignal aus.

Was machte sie hier in diesem Bett? Sollte sie nicht längst schon wieder abgefahren sein?

»Ich habe vergessen, den Wecker zu stellen. Verdammt! Ich habe die Fähre verpasst!«, rief sie aufgebracht.

»Du hast heute frei. Ich hab mich schon darum gekümmert«, sagte er und legte eine Hand auf ihren Arm.

»Wie meinst du das?«

»Der Direktor von deiner Schule weiß, dass du hier bist, um ein Interview mit mir zu machen. Der ist vielleicht stolz auf dich.«

Sie war sprachlos.

»Oh, welch Ehre für unsere Schule!«, äffte er den Schuldirektor nach. »Er sagte, dass du eine *vielversprechende* Schülerin bist.«

Julia fühlte sich nicht wohl dabei, das war alles anders gelaufen als geplant. Aber sie musste trotzdem lachen. Es war einfach zu komisch. Sowohl die Reaktion des Schuldirektors als auch die Tatsache, dass sie nackt in Franz Oswalds Bett lag.

»Wie lange habe ich denn geschlafen?«

»Lange. Es ist später Nachmittag.«

»Und Mama?«

»Sie weiß auch, dass du hier bist.«

Trotz seines unbekümmerten Tonfalls spürte sie sofort, dass irgendetwas daran nicht stimmte. Die Stimmung zwischen ihnen hatte sich verändert. Er saß schweigend auf der Bettkante und betrachtete sie.

»Irgendetwas sagst du mir doch nicht, oder? Was verbirgst du?«, fragte sie, bekam aber keine Antwort.

Sie wollte sich aufsetzen, aber etwas an ihrem Fuß hielt sie zurück. Sie zog das Bein zu sich, aber es brannte am Knöchel.

Er legte seine Hände auf ihre Schultern, beugte sich über sie und küsste sie auf die Stirn.

»Du musst mir vertrauen. Deine Mutter und ich, wir haben noch etwas zu klären. Deshalb musst du leider noch etwas länger bleiben. Aber das ist alles nicht deine Schuld, vergiss das bloß nicht.«

An seinem Lächeln stimmte etwas nicht.

»Was ist da an meinem Fuß?«

»Nur ein Lederriemen. Den mache ich später ab.«

Das wäre der geeignete Moment, um panisch zu reagieren. Um zu schreien, sich zu wehren, zu weinen und zu betteln. Aber die Erfahrung des Überfalls hatte ihr gezeigt, was Panik war. Ein wertloses Gefühl, das zu nichts führte, außer unter Umständen dazu, den Angreifer noch zu triggern. Zu viel Panik, also Hysterie, führte in der Regel dazu, dass man auf die eine oder andere Weise zum Schweigen gebracht wurde.

Außerdem stellte sie zu ihrer eigenen Verwunderung fest, dass sie tatsächlich keine Angst vor ihm hatte. Sie fand zwar seinen Blick befremdlich, war aber davon überzeugt, dass sein seltsames Verhalten nichts mit ihr zu tun hatte.

Er biss sich auf die Lippe, wirkte nervös. So hatte sie ihn bisher noch nicht erlebt.

»Ich dachte, du magst mich«, sagte sie. »Hast du mich nur eingeladen, um Mama hierherzulocken?«

»Ja schon, zumindest war es am Anfang so, aber Menschen und ihre Gefühle verändern sich laufend. Ich mag dich mehr, als du dir vorstellen kannst. Ich wollte nicht, dass es so kommt. Aber das wird sich alles regeln, wenn ich die Angelegenheit mit deiner Mutter aus der Welt geschafft habe.

»Ich muss mal aufs Klo.«

»Natürlich.«

Er schlug die Bettdecke beiseite. Da sah sie, dass an dem Lederriemen an ihrem Knöchel auch eine Kette und ein

Schloss befestigt waren. Er holte einen Schlüssel aus der Jackentasche und schloss auf. Einfach so! Sie brauchte ihn jetzt nur noch zu überreden, sie sofort gehen zu lassen.

Aber kaum hatte sie sich im Bett aufgesetzt, da drehte sich alles. Er half ihr auf, ihre Beine zitterten unkontrolliert.

»In ein paar Stunden ist das wieder vorbei«, sagte er und lächelte entschuldigend.

Er begleitete sie auf die Toilette, half ihr beim Hinsetzen und zog die Tür hinter sich zu. Als sie fertig war, zog sie sich am Waschbecken hoch. Sie putzte sich die Zähne, um den metallischen Geschmack loszuwerden. Kurz streifte sie der Gedanke, sich im Badezimmer einzuschließen, aber es gab keinen Schlüssel.

Da öffnete er die Tür, nahm ihren Arm und brachte sie ins Bett zurück. Als sie sich setzte, begann sich wieder alles zu drehen. Er gab ihr das Glas Wasser, das auf dem Nachttisch stand.

»Trink das, es wird dir helfen.«

Gierig trank sie das Glas aus, erst da merkte sie, wie durstig sie war. Dann drückte er sie aufs Kissen zurück und befestigte ihre Fußfessel.

»Schlaf ein bisschen. Alles wird wieder gut, du wirst sehen.«

»Aber ich bin nicht müde. Mir ist nur schwindelig, wenn ich aufstehe. Wo ist meine Mutter denn jetzt?«

»Auf dem Weg hierher. Bereit für die Konfrontation mit mir.«

»Du hast mir versprochen, ihr nichts zu tun.«

»Das werde ich auch nicht. Mir tut es wirklich leid, dass du in diese ganze Sache mit reingezogen wurdest. Aber die Zeit, die wir miteinander verbracht haben, bereue ich nicht. Das werde ich niemals tun.«

»Allerdings war vorher von Drogen und Fesseln auch nicht die Rede gewesen.«

»Aber du hast es gestern doch genossen, oder?«

Seine Stimme war ruhig, aber ihr fehlte jede Wärme.

»Doch, aber wenn du Mama was antust, tust du es auch mir an.«

»Sie ist ganz schön stark, deine Mutter. Sie erholt sich von allem.«

»Ich verstehe nicht, warum du so wütend auf sie bist. Sie ist doch freundlich und ... toll.«

»Hier geht es nicht um Freundlichkeit, Julia«, sagte er und schüttelte langsam den Kopf. »Ein Mitarbeiter von ViaTerra muss demütig, gehorsam und in der Lage sein, seinen Missmut bei Bedarf hinunterschlucken zu können. Aber genau dazu war deine Mutter nicht imstande, obwohl sie sonst ein enormes Potential hatte.«

»Wenn man so sein muss, könnte ich auch nicht hier arbeiten.«

»Nein, vermutlich nicht«, sagte er mit einem tiefen Seufzer. Er nahm eine Haarsträhne von ihr und wickelte sie sich um den Finger.

»Ich habe getan, was in meiner Macht stand, um dir deinen Aufenthalt so angenehm wie möglich zu machen. Aber jetzt geht es um Sofia, und das ist eine ganz andere Nummer. Wenn ich dich beunruhigt oder erschreckt habe, tut mir das wirklich leid. Das war nie mein Ziel.«

»Was war dein Ziel?«

»Das lässt sich nicht so einfach erklären, wenn man von so starken Gefühlen getrieben wird, wie das bei mir der Fall ist.«

Sie spürte seinen Blick auf ihrer Brust, der über ihren Körper bis zu den Oberschenkeln wanderte. Obwohl er anders war als gestern und vielleicht sogar gefährlich, wehrte sie sich nicht, als dieses herrliche, sündige Gefühl durch sie hindurchströmte. Vielleicht konnte sie diesen Augenblick der Anziehung nutzen, damit er ihre Fesseln löste.

»Du bist gestern ... nicht den ganzen Weg gegangen«, sagte sie.

»Deinetwegen. Du warst so fein, so zerbrechlich. Wie eine Porzellanpuppe. Bist du enttäuscht?«

»Ja, ehrlich gesagt schon. Nach deiner Angeberei. Man könnte ja meinen, dass an den Gerüchten was dran ist, dass du keinen hochbekommst.«

Franz' Augen wurden schwarz vor Zorn.

»Du kleine Hexe«, flüsterte er und drückte ihren Hals zu. Seine Hände waren kühl und trocken. Sein Blick war hart und unerbittlich, trotzdem spürte sie keine Angst. Ihr Atem kam keuchend, als wäre sie schnell gerannt. Aber sie sah ihm nur gerade in die Augen, und dann ließ er von ihr ab.

Sie hatte das eigentlich erwartet. Als Strafe für ihre Lügen. Als Antwort auf all die Ermahnungen ihrer Mutter, die in das eine Ohr hinein- und zum anderen wieder hinausgegangen waren. *Nimm keine Einladung von älteren Männern an, das sind Lustmolche. Und geh nie mit Fremden mit, die dir anbieten, dich nach Hause zu fahren.*

Aber sie hatte einfach keine Angst vor ihm. Er hatte nichts Beängstigendes. Die Abwesenheit von Angst erstaunte sie selbst auch. Zu ihrem großen Vergnügen stellte sie fest, dass ihn das verunsicherte.

Er war ohne jeden Zweifel verrückt. Das Ziel seines Wahnsinns bestand offenbar darin, sich an der Welt zu rächen, weil sie ihm nicht die Frage nach dem Sinn des Lebens beantworten konnte. Alles und jeder musste »besiegt« werden, aber sie hatte gar kein Interesse, den Kampf gegen seinen Irrsinn aufzunehmen. Gestern hatte er ihr so aufmerksam zugehört und nicht bewertet, was sie gesagt hatte. Vielleicht würde es ihr gelingen, ihn wieder zum Zuhören zu bringen. Sie spürte eine tiefe Ruhe. Die Drogen, die er ihr gegeben hatte, hatten ihrem sonst rastlosen Körper einen entspannten Zustand beschert.

Er nahm seine Hände von ihrem Hals und strich damit zärtlich über ihren Körper.

Da klopfte es an der Tür. Zunächst ganz leise.

»Chef, sind Sie da?«, rief jemand.

»Hau ab«, murmelte er.

Das Klopfen wurde lauter, eindringlicher.

»Chef! Es ist dringend! Es ist etwas passiert!«

Franz stand auf und öffnete die Tür.

»Was ist denn los?«

»Am besten, wir gehen gleich rüber ins Büro ... Es ist was passiert ... Alle Zeitungen, das ganze Internet ... Matteo ...«

Man hörte murmelnde Stimmen, dann plötzlich sein Gebrüll:

»Verdammte Scheiße!«

Er kam nicht wieder zu ihr, knallte nur die Tür hinter sich zu. Und da lag sie, mit der verdammten Fußfessel. Vergeblich versuchte sie, ihren Fuß aus der Schlinge zu ziehen, bis sie vor Wut mit den Fäusten auf die Decke schlug und dann still liegen blieb.

Er würde bestimmt wiederkommen, da war sie ganz sicher. Und hoffentlich, bevor er sich ihre Mutter geschnappt hatte.

Julia setzte sich auf und sah aus dem Fenster. Es war noch früh am Abend, die Sonne schien mild zwischen den

Bäumen hindurch und brannte nicht mehr von oben auf die Dächer. Sie dachte an die schönen Augen ihrer Mutter und an ihr großartiges Lachen. Dann dachte sie an ihren Vater und fühlte sich wieder wie das kleine Mädchen, das sie früher gewesen war. An seine groben Hände, die ganz zärtlich sein konnten. An seinen Geruch, der immer an Sauberkeit denken ließ, auch wenn er verschwitzt war. Sie liebte es, wie er ihr zuzwinkerte, wenn ihre Mutter mal wieder hysterisch wurde. Sie hatte nicht mehr an ihn gedacht, seit sie die Insel betreten hatte. Vielleicht weil er eine Selbstverständlichkeit war – er war ja immer da, wie ein gleichförmig fließender Fluss.

Das Kleid, das sie gestern getragen hatte, lag auf dem Boden. Sie hob es auf und zog es sich über den Kopf. Es war kalt geworden. Keine Unterhose und kein BH in der Nähe. Sie verlor das Zeitgefühl, wusste nicht, ob sie eine oder zwei Stunden dort gelegen hatte.

Ihr Herz schlug schneller, als sie hörte, wie die Tür geöffnet wurde. Franz kam zu ihr ins Zimmer und stellte sich neben das Bett. Seine Hände waren zu Fäusten geballt. Sie sah ihm sofort an, dass etwas Besonderes passiert sein musste. Auf seiner Stirn trat eine Ader hervor. Als er die Hände öffnete, fiel ihr auf, dass sein kleiner Finger zitterte. Er wirkte wie ein gebrochener Mann. Seine autoritäre Ausstrahlung hatte er völlig verloren.

Er löste ihre Fußfessel.

»Du kannst jetzt gehen. Sofia ist auf der Fähre.«

Sie war so erstaunt, dass sie sich nicht rührte.

»Hast du nicht verstanden? Julia, beeil dich, du musst weg von hier.«

Sie setzte sich auf. Da zitterte ihre Unterlippe. Sie wusste, dass sie wütend auf ihn sein müsste, weil er sie gefesselt hatte, aber sie war nur müde und verwirrt. Zum ersten Mal seit langer Zeit fühlte sie sich schwach und unsicher.

Er setzte sich auf die Bettkante und nahm ihr Gesicht in seine Hände.

»Mein kleines Mädchen, du musst jetzt gehen. Es ist nicht gut, wenn du hierbleibst.«

Sie nahm seine Hände von ihrem Gesicht und betrachtete sie.

»Warum zittert dein kleiner Finger?«

»Das tut er doch gar nicht. Geh jetzt, bevor ich es mir anders überlege.«

Ehe er ging, drehte er sich noch einmal zu ihr um.

»Ich möchte, dass du eine Sache nie vergisst. Versprichst du mir das, Julia?«

»Was denn?«

»Ich bin nicht so geschickt darin, Dinge zu bereuen oder um Entschuldigung zu bitten, das tue ich fast nie. Und mich nervt auch das ewige Gejammer über Prinzipien und moralische Werte. Aber es gibt eine Sache, die du nie vergessen sollst. Kannst du mir das versprechen?«

»Das habe ich doch schon.«

Sie fand, dass er gerade ganz fremd und merkwürdig aussah. Ein unruhiger Blick. Schiefes Grinsen. Schweiß auf der Stirn.

»Das, was wir hatten, war mächtiger und sinnlicher als jeder sexuelle Akt. Ich will, dass du das niemals vergisst.«

»Kompliziert formuliert, aber ich werde mein Bestes tun«, sagte sie.

Da lachte er, und es war ein natürliches Lachen, nicht im Geringsten erschreckend.

Er drehte sich um und ging.

Sofort schwang sie die Beine aus dem Bett. Sie fühlte

sich viel stabiler als noch vor ein paar Stunden. Nichts drehte sich, die Übelkeit war verschwunden. Aber ein Gefühl war da, dass sie ihm noch etwas hätte sagen wollen, es aber nicht getan hatte. Sie wollte ihre Mutter sofort anrufen, konnte ihre Handtasche mit dem Handy aber nicht finden. Nachdem sie das Häuschen durchsucht hatte, gab sie auf. Wahrscheinlich hatte er die Tasche an sich genommen. Aber sie musste auf jeden Fall ihre Mutter suchen. Dieser Franz war völlig verrückt. Ihr würde er nichts antun, da war sie sich sicher, aber sie hatte das ungute Gefühl, dass er zu ihrer Mutter nicht so nett sein würde. Sie schnappte sich die Jacke, die im Flur hing, und zog sich die Turnschuhe an. Als sie ihre Hand in die Jackentasche schob, fühlte sie den Pager, den Thor ihr gegeben hatte. Zuerst wollte sie ihn im Häuschen lassen, entschied sich dann aber dagegen.

Kühle Luft schlug ihr entgegen. Stahlgraue Wolken türmten sich über dem Herrenhaus. Die Mitarbeiter rannten kreuz und quer über den Hof, aber niemand achtete auf sie. Ihre Bewegungen hatten etwas Hysterisches.

Ihr Körper war noch zu geschwächt, deshalb rannte sie nicht, sondern ging nur mit schnellen Schritten auf das kleine Tor zu. Es roch stark nach dem Wald auf der anderen Seite der Mauer. Die Bäume zitterten, die Blätter flatterten nervös im Wind. Sie musste die Hauptstraße finden, aber es gab so viele Richtungen, die sie einschlagen konnte. Am besten war es wohl, an der Mauer entlangzugehen.

Sie hatte nur einen Gedanken: ihre Mutter zu finden.

Da knackte es im Wald. Sie blieb stehen und hielt die Luft an. War das ein Tier? Gab es Elche auf der Insel? Schritte kamen näher. Große Schritte, die unter sich Äste und Zweige zertraten. Sie versuchte zu hören, von wo die Geräusche herrührten.

Da stand er plötzlich direkt vor ihr.

Für den Bruchteil einer Sekunde dachte sie, es wäre Franz, aber dann sah sie, dass er viel jünger war, schmaler und schlaksiger.

Er griff in ihre Haare und riss daran.

Sie schaffte es noch, ihre Hand in die Jackentasche zu stecken und auf den Pager zu drücken.

Jetzt hatte sie Angst, zum ersten Mal. Todesangst.

70

Sofia fuhr von der Fähre und parkte den Wagen am Marktplatz. Sie sah sich nach einem von Franz' protzigen Wagen um, aber kein Fahrzeug kam auch nur in die Nähe davon. Sie wollte ihn anrufen, aber da kam eine SMS. *Verspäte mich. Warte.*

Wie passend. Sie stieg aus, ihre Beine fühlten sich wacklig an. Sie schwitzte, obwohl es nicht warm war. Am Horizont türmten sich dämonische Wolkenformationen auf. Ein Unwetter zog über den Sund. Aber durch einen Spalt in den Wolken konnten ein paar letzte Sonnenstrahlen die Wellen streicheln. Ein frischer Wind drang unter ihre Jacke. Sie ging quer über den Platz zu dem Gemischtwarenladen, dessen Besitzer gerade schließen wollte.

»Oh, bitte, es dauert auch nicht lange«, sagte sie. »Wir wollen grillen, und ich habe mein Messer vergessen.« Ihre Stimme klang schrill und gekünstelt.

Der Mann sah sie verwundert an und lächelte.

»Das wird aber ein Sauwetter zum Grillen«, sagte er und zeigte in den Himmel.

»Ja, stimmt, daran hab ich noch gar nicht gedacht«, log sie. »Das Messer brauch ich trotzdem, dann essen wir halt drinnen. Haben Sie was für mich?«

Er zeigte ihr das einzige Messer, das bei ihm zu kaufen war, ein kleines Küchenmesser. Das musste genügen. Sie vergaß vor lauter Anspannung, sich eine Tüte geben zu lassen, und verließ den Laden mit dem Messer in der Hand. Schnell steckte sie es in ihre Handtasche. Sie wusste, wie sich der Ladenbesitzer an sie erinnern würde. *So eine fahrige Frau, die bei Sturm unbedingt draußen grillen wollte. Ich wusste doch nicht, dass sie …*

Sie saß im Auto und wartete. Inzwischen hatte sie mehrere SMS bekommen. Die von Benjamin las sie gleich. *Wo seid ihr? Bitte, meldet euch. BITTE.* Schlechtes Gewissen. Leider zu spät. Fünfzehn Minuten später hatte er die nächste abgeschickt. *Ist Julia bei Franz? Wo bist du? Antworte mir, sonst fahre ich nach Dimö.* Offenbar hatte er mit Julias Schuldirektor gesprochen. Benjamin hatte ihre Sorgen nicht ernst genommen, dass Franz zurück ist. Stattdessen hatte er Anna, die Schlange, in ihr Schlafzimmer gelassen, nur weil er seinen Schwanz nicht unter Kontrolle hatte. Ihr Schweigen war lediglich der Anfang der Strafe, die ihn erwartete.

Ellis hatte ihr auch mehrere Nachrichten gesendet, mit Links. Sie öffnete den ersten Link. Ihr stockte der Atem, als sie die Fotos sah. Zwar waren sie verschwommen und von jemandem gemacht, der offensichtlich nicht geübt war, mit dem Handy zu fotografieren. Aber man konnte alles darauf erkennen. Ein groß gewachsener Junge hielt einen anderen Jungen fest, während ein dritter zuschlug. Ein Junge stand an der Kante eines Felsens, der über das Meer hinausragt, und in seinem Gesicht sieht man Todesangst. Ein Mann würgt einen Teenager. Eine unterbelichtete Aufnahme zeigt einen Schlafsack in einer dunklen Ecke. Kinder, die schwere Steine schleppen. Eine Nahaufnahme von einer Hand voller Blasen und Schwielen. Ihr wurde so übel von den Fotos, dass sie kaum wagte weiterzuscrollen. Dann hörte sie ihre eigene Stimme.

Oh, wie schrecklich. Oh, wie schrecklich.

Die anderen Links waren Artikel, die im Netz veröffentlicht worden waren, und den Überschriften nach zu urteilen, gingen die Autoren mit Franz sogenannter Schule nicht besonders gnädig um.

Kinderstraflager auf Dimö

Eine Schule wie ein Gulag auf Dimö

Die Sektenschule von ViaTerra – das reinste Konzentrationslager

Die Kinder der Terrorschule von ViaTerra – jetzt sprechen wir!

Franz Oswalds Terrorregime – auf Kosten der Kinder

Es gab auch Stellungnahmen von Prominenten, ehemaligen Anhängern, die von Franz und seinen Methoden jetzt explizit Abstand nahmen und die Sekte anprangerten.

Das alles geschah gleichzeitig, viel zu schnell und mit einer nicht zu steuerbaren Intensität. Und mitten in diesem Albtraum befand sich Julia, und Sofia hatte allmählich die Hoffnung aufgegeben, dass alles noch gut ausgehen würde. Ausschlaggebend war, dass Franz endlich kam. Und hoffentlich allein. Erneut wählte sie Julias Nummer, hörte aber nur ihre fröhliche Stimme:

Hej, Mamalein, da du die einzige Person bist, die mir eine Nachricht hinterlässt, ist die hier für dich. Alles ist in Ordnung, ich melde mich. Ciao, ciao!

Sie legte den Kopf aufs Steuer und spürte, wie das Adrenalin durch ihren Körper strömte. Sie drückte eine Faust gegen ihre Stirn, als könnte sie so die Tränen zurückdrängen. Ich kann weinen, sagte sie sich, ich kann mein Gesicht gegen die schmutzige Fensterscheibe pressen und über meine hoffnungslose Situation klagen und schluchzen. Aber wenn ich einmal anfange, werde ich so schnell nicht wieder aufhören.

Der starke Wunsch überkam sie, Simons beruhigende Stimme zu hören, also rief sie ihn kurzerhand an. Er ging sofort ans Telefon.

»Sofia, wo bist du?«

»Wo bist *du*?«

»Elvira und ich sitzen hier mit Benjamin zusammen. Wir sind alle ganz außer uns vor Sorge. Sag bitte nicht, dass du auf Dimö bist?«

»Doch, das bin ich. Hör mir gut zu, Simon, ich habe nicht viel Zeit. Benjamin hat mit Anna geschlafen, und die hat jahrelang für Franz spioniert. Wir sind reingelegt worden. Vertrau denen nicht, nimm lieber Kontakt mit Ellis und Magnus auf. Das hat dir Benjamin nicht erzählt, stimmt's?«

Sie hörte, wie Simon tief einatmete, aber als er dann sprach, war seine Stimme so ruhig wie immer.

»Nein, das hat er nicht. Aber wir machen uns gerade mehr Sorgen um dich und Julia. Kannst du mir bitte sagen, was passiert ist?« Er klang wie ein Telefonseelsorger.

»Das führt doch zu nichts. Du kannst sowieso nichts machen.«

»Sofia, hör mir zu. Benjamin hat sich wie ein Arsch benommen, und ich verspreche dir, dass ich ihn dafür ordentlich vermöbeln werde, aber zuerst möchte ich, dass ihr beide nach Hause kommt.«

»Franz hat sie. Ich werde etwas Schreckliches tun, Simon, ich werde ihn ...« Die Worte stockten ihr in der Kehle. Ihr stiegen die Tränen in die Augen und fielen ihr in den Schoß.

»Sofia, tu nichts Unüberlegtes! Die Nachrichten sind voll mit den Details über die Schule von ViaTerra. Wir haben mit der Polizei gesprochen. Franz' Mutter hat auch Anzeige erstattet. Sie fahren morgen früh mit der ersten Fähre rüber.«

»Dann ist es zu spät. Außerdem werden die das nicht beenden können. Aber versprich mir eine Sache, Simon, bevor ich auflege …«

»Leg nicht auf!«

»Doch, ich muss. Versprich mir, dass du mich besuchen kommst. Wo ich auch lande, versprichst du mir das?«, fragte sie mit belegter Stimme.

Simons Stimme war seidenweich, als er ihr antwortete.

»Ich würde dich auch besuchen kommen, wenn du auf den Mars ziehst. Aber bitte mach jetzt nichts Überstürztes. Soll die Polizei einen Hubschrauber schicken?«

»Nein, keinen Hubschrauber! Er hat Julia! Hörst du mir nicht zu? Du musst mir vertrauen. Ich melde mich später. Wenn ich kann.«

Dann drückte sie ihn weg. Sein Name tauchte sofort wieder auf dem Display auf, weil er versuchte, sie anzurufen. Er hinterließ eine Nachricht auf der Mailbox. Aber Simon konnte ihr nicht helfen. Dieses Mal nicht.

Sie presste ihre Hände gegen die Stirn und ließ die Tränen laufen. Die Bäume wiegten sich im Wind, das Meer sah so kalt und gefährlich aus. Sie sah Julia vor sich, wie sie nachts aus einem Albtraum aufschreckte und in ihrem niedlichen Nachthemd zu ihnen ins Bett geklettert kam. Wie schön es war, sie im Arm zu halten. Ihren warmen Atem am Hals zu spüren, ihren süßen Geruch, wie ein Baby. Fast erwachsen, aber dann doch noch ganz klein bei Mama im Arm.

Sie konnte noch nicht fassen, dass sie morgens die Fotos mit Benjamin gesehen hatte und damit alles losgegangen war. Der Tag hatte ganz normal begonnen. War es möglich, dass ein Leben so schnell zerfiel? Sie hatten gedacht, sie würden ein gutes, sicheres Leben führen, doch hinter den

Kulissen hatte die ganze Zeit eine Schlange gelauert. Aber du fütterst den Python nicht, der sich um deinen Körper windet. Du wartest nicht passiv, bis er dich zerdrückt hat. Du kannst bloß eine Sache machen.

Es gibt nur einen Weg, diesen Albtraum zu beenden.

Die Erkenntnis und Gewissheit traf sie wie eine Welle, die sich an dem Felsen bricht. Vorsichtig nahm sie das Messer aus der Handtasche und strich über die scharfe Klinge. Einen Stich direkt ins Herz, dann noch einen in den Bauch. Das hatte sie im Fernsehen gesehen. Das konnte man nicht überleben. Aber es musste sehr schnell gehen. Er hatte blitzschnelle Reflexe. Sie hatte einmal gesehen, wie ihm ein Wasserglas runtergefallen war. Er hatte es in der Luft aufgefangen und keinen einzigen Tropfen verschüttet.

Sie sah aus dem Fenster, keine Spur von Franz. Er hatte auch keine SMS mehr geschrieben. Sie rief ihn an. Er ging nicht dran. Das war Teil seines teuflischen Plans. Zuerst Julia aus dem Weg räumen, dann sie. Sie schrieb ihm eine SMS: *Wo bist du? Tu Julia bitte nichts.* Wartete. Keine Antwort. Er musste außer sich sein vor Wut, dass die Details über die Schule geleakt worden waren. Langsam fuhr sie die Küstenstraße hinunter bis zu der Abzweigung, die zu ViaTerra führte. Dort parkte sie den Wagen. Es war besser, das letzte Stück zu Fuß zu gehen, damit die Wachen Franz nicht vorwarnen konnten. Sie versicherte sich, dass sie das Messer wieder in die Handtasche gelegt hatte, und stieg aus.

Die Dämmerung war angebrochen. Ein blasser Halbmond stand am Himmel, von Wolkenstreifen umgeben. Das Meer plätscherte und gluckerte unruhig. Sie hängte sich ihre Tasche über die Schulter und machte sich auf den Weg zum Herrenhaus.

71

Die Stille in der Hütte wird von dem schrillen Piepen des Pagers durchschnitten. Er ist an meinem Gürtel befestigt, aber ich muss nicht erst nachsehen, ich weiß sofort, dass du mich rufst, dass du meine Hilfe brauchst. Und fast zeitgleich höre ich den Schrei. Laut und durchdringend.

Großmutter ist ins Dorf gegangen, um einzukaufen. Ich musste ihr versprechen, in der Hütte zu bleiben. Ich habe unruhig geschlafen, bin immer wieder aufgewacht und habe an dich gedacht.

Den ganzen Tag bin ich wie ein Tier im Käfig durch die Hütte gelaufen, auf und ab. Habe mir Sorgen gemacht. Vater scheint mein Fehlen nicht bemerkt zu haben. Was tut er dir an?

Aber der Schrei reißt mich aus meinen Gedanken, ich springe auf und stürme in den Flur, ziehe mir Schuhe und Jacke an. Draußen vor der Tür lausche ich, höre zunächst aber nur das trockene Rascheln des Windes in den Blättern. Und dann einen Schrei. Ihr seid in der Heide.

Ich renne quer durch den Wald, die Äste peitschen mich, zerkratzen mir das Gesicht und verfangen sich in meinen Haaren. Ich renne, so schnell ich kann.

Vic hat dich bis zur Böschung unterhalb des Teufelsfelsens geschleift. Er zerrt dich über den steinigen, kargen Boden, während du brüllst, um dich trittst und versuchst, dich aus seinem Griff zu befreien. Ich versuche, euch einzuholen, aber er klettert schon die Felsen hoch, zum Hin Håle. Als er mich entdeckt und mich aus seinen wütenden Augen anstarrt, spüre ich eine eiskalte Hand, die sich um mein Herz legt. Er ist viel stärker als ich. Mit mir hat er leichtes Spiel. Wenn er mich niederschlägt, wird dich niemand retten können. Ich muss seinen Wahnsinn durchdringen, ihn anflehen.

»Hör auf damit! Lass sie los!«, schreie ich, so laut ich kann, aber meine Stimme wird vom Wind davongetragen.

Doch er zerrt dich unbeirrt weiter, hoch zum Hin Håle. Er grinst uns mit seinem hervorstehenden Zahn an, streckt sich weit über den Abgrund und schnuppert mit seiner Nase an den tiefgrauen Wolken über dem Wasser.

»Tu es nicht!«, schreie ich. Aber er hört mich nicht. Ich sehe, wie du mit aller Kraft versuchst, ihn aus dem Gleichgewicht zu bringen, aber er legt einen Arm um deinen Hals und drückt zu. Du gurgelst, keuchst, deine Arme und Beine zucken hilflos durch die Luft, bis du leblos in seinen Armen hängst. Er legt dich auf das kleine Grasstück vor dem Felsen.

»Kannst du nicht mal helfen?«, ruft er. »Wir werfen sie ins Meer, dann sind wir sie los. Guck nicht so. Das wird niemand erfahren.«

Meine Beine können mich nicht mehr tragen. Ich falle auf die Knie und brülle ihn an, dass er aufhören soll. Aber er starrt mich bloß entschlossen und aufreizend an.

In meinem Kopf hämmert es. Da will etwas befreit werden. Das Hämmern geht über in etwas anderes, noch Schlimmeres und Unbelehrbares. Wie eine Motorsäge, die sich durch mein gefrorenes Gehirn fräst.

Ich schreie, das Einzige, was mir einfällt.

»Papa wird stinksauer sein!«

Und während ich die Worte brülle, begreife ich, dass sie wahr sind.

Vic starrt mich mit offenem Mund und weit aufgerissenen, panischen Augen an. Der kurze Augenblick der Begeisterung, ihn in letzter Sekunde aufgehalten zu haben, verwandelt sich in schreckliche Angst, als ich begreife, dass sein Blick auf etwas hinter mir gerichtet ist. Ich muss mich nicht umdrehen, ich weiß, wer hinter mir steht. Der Schatten verdunkelt alles, wie eine unvorhergesehene Sonnenfinsternis, und ich bin umgeben von etwas Dunklem und Unheilverkündendem. Die Geräusche von Meer und Wind sind verstummt. Die Luft fühlt sich anders an, sie ist härter und kälter.

»Lass sie los!«, höre ich Vater hinter mir brüllen, schroff und unerbittlich.

Vic starrt Vater an, vor Schreck gelähmt. Aber aus der Angst wird Sekunden später rasender Zorn.

»Komm und hol dir deine Hure! Wenn du sie so gern für dich haben willst«, schreit er außer sich.

Ich klettere den Felsen hoch, höre Vaters keuchenden Atem hinter mir. Ich bin vor ihm oben, stürze mich auf Vic, aber er lässt dich los und stößt mich mit voller Wucht von sich.

Ich verliere den Halt und sehe mich schon die Felsen hinunterstürzen, ich bin sicher, dass meine Zeit auf dieser Erde gleich um ist. Der Wind hat mich hochgehoben und wird mich in den sicheren Tod tragen.

Aber da packt mich etwas. Deine Hand zieht an meinem Bein, ich falle hin und lande nicht auf den Felsen, sondern auf dir. Vic nimmt deine Arme und will dich an die Kante ziehen. Ich presse mich mit meinem ganzen Gewicht auf dich, aber Vic ist stärker und schafft es, uns näher an den Abgrund zu schleppen.

Plötzlich steht Vater breitbeinig neben uns.

»Lass sie los, Vic!«, brüllt er. »Du musst dich nicht mehr an mir rächen, das haben schon andere übernommen.«

Ich rolle mich von dir runter. Vater ist vollkommen verändert. Trotz seiner Wut, die mir so bekannt ist, fehlt etwas Entscheidendes. Seine unerträgliche Überheblichkeit. Sein Gesicht ist frei von allem, wie nackt. Ich sehe ihn so zum ersten Mal in meinem Leben. Und wie er dich ansieht, das ist ... voller Zärtlichkeit.

Vic hat sich nicht mehr unter Kontrolle.

»Dir ist diese Schlampe wichtiger, als ich es bin!«, heult er. Sein Kinn zittert, als würde er gleich in Tränen ausbrechen.

Vater geht auf ihn zu. Da zieht Vic kräftig an deinen Armen, ich greife nach deinen Füßen, aber er lässt nicht los, du schreist auf vor Schmerzen.

»Alles ist vorbei, kapier das doch endlich!«, schreit Vater. »ViaTerra ist vernichtet! Dein Erbe ist zerstört. Das ist doch das Einzige, was du immer wolltest, meinen Platz einnehmen. Du kannst jetzt aufhören. Aber sie lässt du da raus! Also: LASS SIE LOS!«

Vic stürzt sich mit geballten Fäusten auf Vater und schlägt auf ihn ein. Aber Vater ist viel stärker als er. Er wehrt die Schläge ab und stößt Vic von sich weg. Der gerät ins Straucheln, ist nur wenige Schritte vom Abgrund entfernt.

»Nein! Vorsicht!«, schreie ich, aber er hört mich gar nicht.

Vic stürzt sich erneut mit einer Wut auf Vater, die ich so noch nie an ihm erlebt habe. Er brüllt und boxt mit der Faust auf Vaters Brust. Der wehrt Vic mit beiden Händen ab und stößt ihn zurück. Dann geht alles ganz schnell – unwirklich.

Ich sehe nur, wie Vic die Augen aufreißt, nach Luft schnappt und vergeblich mit den Händen nach Halt sucht, mit den Armen rudert, wie eine leblose Puppe nach hinten fällt und von dem dunklen Abendhimmel verschluckt wird. Ich warte auf seinen Schrei, höre aber nur den Aufprall und ein splitterndes Geräusch.

Später erfahre ich, dass er mit dem Kopf aufgeschlagen ist, sich sein Rückgrat gebrochen hat und innerhalb von Sekunden tot gewesen sein muss. Aber ich weiß schon, dass er für immer aus meinem Leben verschwunden ist, als er in den Abgrund fällt. Und ich spüre die Sehnsucht nach ihm, noch bevor er auf dem Felsen aufschlägt und stirbt.

Vater steht reglos an der Kante und schwankt, als würde auch er gleich hinunterstürzen. Ich packe ihn und ziehe ihn zurück. Er ist so steif wie eine Schaufensterpuppe.

Du kauerst am Boden und keuchst. Dein Kleid ist zerrissen, das Haar zerzaust, die Augen sind weit aufgerissen. Dein Körper ist ganz mit Kratzern übersät, an Armen, Beinen und im Gesicht. Du blutest an der Stirn.

Ich bin vollkommen leer im Kopf. Das Pochen meines Herzens übertönt das Heulen des Windes. Das ist wie in einem Horrorfilm. Vic ist tot. Der Schmerz in mir ist größer, als ich es aushalten kann. Ich schluchze, dann muss ich mich übergeben. Da spüre ich deine kalte Hand auf meiner Stirn. Du hältst mich, wie meine Mutter mich gehalten hat, als ich ein Kind war. Du sagst kein Wort, streichst mir nur sanft die Haare aus dem Gesicht.

Ich hebe den Kopf, sehe Vater, der auf einem Felsen hinter uns sitzt. Reglos, nur seine Haare wehen im Wind. Mühsam rappele ich mich auf und gehe zu ihm.

»Das war ein Unfall, du hast Julia das Leben gerettet«, sage ich und lege vorsichtig eine Hand auf seine Schulter. Aber er hört mich nicht. Seine Augenlider sind schwer. Sein Körper wirkt wie gefroren. Er lächelt, ein unheimliches Lächeln, das eher wie eine Grimasse aussieht. Und er murmelt etwas Unverständliches. Wie eine fremde Sprache. Dann verstummt er und starrt vor sich hin. Wie in Trance. Sein Mund ist geschlossen, die Augen sind tiefschwarz in seinem blassen Gesicht. Seine Hände zittern, der Rest des Körpers wirkt wie gelähmt.

Als wäre alles Leben aus ihm verschwunden. Zurück bleibt nur die Hülle. Wie sehr ich ihn auch hasse und gehasst habe, so habe ich ihn immer für seine leuchtende Aura und die überschäumende Lebendigkeit bewundert. Aber die ist nicht mehr da.

Ich nehme seine Hand, drücke sie, versuche, ihn zu erreichen. Seine Hand zuckt, der Blick bleibt starr. Als würde er nicht spüren, dass ich bei ihm bin. Die Luft ist schwer, ich kann kaum atmen. Er ist weit entfernt, an einem anderen Ort, eingesperrt in einem Raum ohne Fenster und Türen, gefangen in seinem eigenen Wahnsinn.

Wenn das wirklich eine Szene aus einem Horrorfilm wäre, würde er jetzt zum Leben erwachen, sich zu mir drehen und etwas Widerwärtiges sagen. Aber das tut er nicht, denn das hier ist kein Film, sondern die Wirklichkeit, und das tut so weh, dass ich mich vor Schmerzen krümme.

Ich sehe Vater an. Den Vater, den ich aufgehört hatte zu lieben, dessen Schreckensherrschaft mich nachts wach gehalten hatte, der mich geschlagen hat, wenn ich ihn infrage gestellt habe, und der jetzt einfach aufgehört hat zu existieren.

Du kommst zu mir, streichelst Vater über die Wange.

»Er muss einen Schlaganfall oder so etwas Ähnliches gehabt haben. Oh Gott, wie schrecklich. Ich habe mein Handy nicht dabei, was machen wir jetzt?«, weinst du. »Und der andere, dein …« Du willst nachsehen, aber ich halte dich zurück.

»Du kannst Vic nicht mehr helfen. Sieh nicht hin, bitte!«

Dein Körper reagiert mit heftigen Zuckungen. Du wirfst dich in meine Arme. Klammerst dich an mir fest und presst deinen Körper gegen meinen. Du schluchzt so laut, dass mein Herz fast bricht. Ich halte dich fest, wiege dich in meinen Armen und streiche dir übers Haar. Ich widerstehe dem Impuls zu fliehen. Aufzuspringen und dem heulenden Wind zu entkommen. Dem Schmerz. Aber dein süßer Duft hat etwas Beruhigendes, ich vergrabe mein Gesicht in deinen Haaren. Wir stehen, eng umschlungen, bis dein Schluchzen verebbt.

Vater hat sich nicht bewegt. Er sieht wie eine Vogelscheuche aus, die auf das Meer starrt.

Die schweren Wolken über dem Sund sind weitergetrieben. Das Unwetter hat sich aufgelöst, bevor es die Insel erreicht hat.

Auch der Wind hat abgenommen.

Die Heide ist ein großer dunkler Fleck.

Man kann sogar Sterne sehen, wie Glitzerpunkte zwischen den Wolken.

Unter uns brechen die Wellen unbeirrt gegen die Felsen.

Da sehe ich die Silhouette einer Frau. Unten an der Böschung.

Sie winkt uns zu und ruft deinen Namen.

72

Sofia hatte die Haustür mit Stühlen verbarrikadiert und alle Fenster geschlossen. Denn Benjamin hatte natürlich noch einen Schlüssel. Und sie wusste, dass er kommen würde.

Während des Verhörs auf der Polizeiwache war sie seinem Blick konstant ausgewichen. Danach hatte sie ihm ins Gesicht geschleudert, dass sie ihn nie wieder sehen wollte.

»Schick mir deine neue Anschrift, dann kann ich dir die Scheidungspapiere zukommen lassen«, hatte sie gesagt. Dann hatte sie ihre Tochter an die Hand genommen und hinter sich hergezogen. Julia hatte zwar protestiert, aber es ließ sich ja nicht ändern. Es war an der Zeit, ein neues Leben zu beginnen, mit Menschen, denen man wirklich vertrauen konnte.

Etwas an Julias Verhalten passte nicht zu den Umständen. Als würde sie das Ganze nicht richtig ernst nehmen. Sie benahm sich nicht wie das Opfer von Gewalt, das nur mit Mühe und Not aus den Klauen eines Psychopathen gerettet werden konnte. Äußerlich wirkte sie gefestigt und vollkommen unberührt. Als würde sie davon ausgehen, dass sich alles zum Guten wendete – und deshalb schien sie sich zu weigern, sich damit auseinanderzusetzen. Aber Sofia wusste es besser. Und sie würde Julia damit konfrontieren, sobald ein bisschen Ruhe eingekehrt war.

Benjamin würde ganz bestimmt bei ihnen auftauchen, es

war nur eine Frage der Zeit. Und tatsächlich, noch am selben Abend stand er vor ihrem Haus und klopfte zunächst ganz zaghaft an die Tür. Klingelte. Rief fröhlich durch die geschlossene Tür.

»Sofia! Ich bin es!« Dann, als alles still blieb, etwas nachdrücklicher: »Wir müssen darüber reden!«

Als sie die Tür nicht öffnete, stellte er sich vor das Fenster im Wohnzimmer. Am Anfang sprudelten nur Liebeserklärungen aus seinem Mund.

Ich liebe dich, Sofia! Ich habe dich immer geliebt!

Ich kann ohne dich nicht leben!

Du bist die Einzige, die ich liebe!

Denk doch bitte an Julia. Julia, bist du zu Hause? Papa liebt dich sehr, mein Schatz!

Als sich die Dämmerung über den Garten senkte, wurden seine Worte verzweifelter.

Ich tue alles, was du willst, aber bitte lass mich rein!

Wir können doch über alles reden, bitte, bitte!

Ich verhungere hier draußen. Aber ich sterbe lieber, als ohne euch zu leben!

Als die Dunkelheit hereinbrach, war seine Verzweiflung in Wut umgeschlagen.

Du hast meine Unterlagen vernichtet. Ich habe meine Aufträge verloren. Damit hast du dich strafbar gemacht, weißt du das eigentlich?

Ich rufe jetzt den Schlüsseldienst. Schließlich gehört dieses Haus auch mir.

Lass mich jetzt endlich rein, verdammt nochmal!

Du hast mich auch betrogen!

Da hätte sie am liebsten zurückgebrüllt: *Das war vor Julia. Bevor wir eine Familie wurden, die du zerstört hast!* Aber er hatte recht, sie hatte ihn auch betrogen. Und Benjamin hatte sie zurückgenommen. Ohne Vorwürfe. Denn so war er. Er konnte verzeihen.

Julia schien das Drama vor der Haustür eher zu amüsieren. Sie saß mit ihrem Tablet auf dem Sofa und kicherte über Benjamins Bemühungen.

»Du wirst ihn doch wieder reinlassen, oder? Mama, du lässt ihn wieder rein!«, fragte sie doch ein wenig beunruhigt.

Sofia grunzte, statt zu antworten. Aber da sah sie Benjamins jungenhaftes Gesicht mit den Sommersprossen, das er an der Scheibe plattdrückte. Und dann konnte sie ein Lachen nicht unterdrücken.

»Er sieht wie ein zu groß geratenes Schweinchen aus«, sagte Julia.

Als Sofia endlich die Tür öffnete, war es nach Mitternacht. Sie drückte sich an die Wand, dass er bloß nicht auf den Gedanken kam, sie umarmen zu wollen. Aber Julia sprang in seine Arme.

Sein erster Satz vor der Tür hatte Sofia dazu überredet, ihn wieder in ihr Leben zu lassen. Auch sie hatte ihn immer geliebt, vom ersten Augenblick an, als sie beide sich auf Dimö kennengelernt hatten.

Es dauerte drei Tage, bis sie nicht mehr ans andere Ende des Sofas rutschte. Vier Tage, bis sie wieder eine Berührung zuließ, und eine Woche, bis sie ihm sagte, dass sie ihm verzieh. Sie mussten weiterkommen, sie wollte sich darauf konzentrieren, Julia bei der Überwindung ihres Traumas zu helfen. Oder sie vielmehr erst einmal überzeugen, dass sie eine traumatische Erfahrung gemacht hatte. Das mussten sie nämlich gemeinsam überstehen, als Familie.

Sofia versuchte, Julia dazu zu bringen, sich zu öffnen und über ihre Gefühle zu sprechen, wie sie die Gefangenschaft bei Franz erlebt hatte. Aber sie weigerte sich standhaft, ihre

Angst einzugestehen, das heißt, sie behauptete weiterhin, zu keinem Zeitpunkt Angst gehabt zu haben.

»Ich weiß jetzt, dass er gewalttätig und gefährlich war, nach allem, was du mir erzählt hast. Und ich habe auch gelesen, was über diese Schule geschrieben wurde. Das ist wirklich ganz schrecklich. Ich wäre *niemals* nach Dimö gefahren, wenn ich das alles gewusst hätte. Aber mir gegenüber hat er sich ganz anders verhalten. Er war freundlich. Deshalb gibt es auch nichts, was ich verarbeiten müsste.«

»Julia, er ist ein ekelhafter, bösartiger Vergewaltiger und Mörder. Das Böse nimmt die unterschiedlichsten Gestalten an, auch die Form eines gutaussehenden Mannes. Er hat so viele Leben zerstört, du hast ja keine Ahnung, wie viele.«

»Doch, das habe ich. Aber weißt du was, er hat mir das Leben gerettet. Und jetzt hat er sich in einen sabbernden Sack verwandelt, der in der Psychiatrie sitzt. Warum sollten wir uns damit überhaupt noch beschäftigen?«

»Aber Liebes, du hast Schreckliches erlebt.«

»Aber ich hatte nie Angst. Warum muss ich es dann noch zehnmal durchkauen? Weißt du, wovor ich wirklich Angst habe? Vor der Zukunft. Ich habe große Angst, mich in einem beschissenen Job zu Tode schuften zu müssen. Davor habe ich Angst. Gibt es *dafür* auch eine Therapie?«

»Absolut. Gleich nachdem du dich mit den Ereignissen auf der Insel auseinandergesetzt hast.«

»Es gibt nur eine Sache, an die ich immer denken muss und von der ich auch Albträume habe. Als Vic die Klippen hinuntergestürzt ist. Das Schlimmste waren die Geräusche.«

Sofia nickte aufmunternd.

»Siehst du, das ist doch ein sehr guter Ausgangspunkt. Ich kann einen Termin vereinbaren bei einer Psychologin, die ich kenne…«

»Alles klar. Mach ich. Aber erwarte nicht, dass ich mich da stundenlang über Franz auslasse. Das ist ein abgeschlossenes Kapitel. Er hat seine Strafe bekommen, und ich will nicht mehr über ihn reden.«

Auch Sofia litt unter Albträumen.

Außer Atem und nahe einer Hysterie hatte sie nämlich das Wachhäuschen von ViaTerra erreicht, aber Franz war weit und breit nicht zu sehen gewesen. Die Wachen hatten sie abgewimmelt, Franz stünde zurzeit nicht zur Verfügung. Als sie aber insistierte und angab, dass sie mit ihm verabredet sei, hatte der Wachmann ihr verraten, dass er das Anwesen zu Fuß verlassen habe.

Und da kannte sie sein Ziel. Intuitiv. Sie rannte über die Heide zum Teufelsfelsen. Zuerst sah und hörte sie gar nichts. Nur den Wind und das Meer. Die Klippen erhoben sich dunkel und bedrohlich vor ihr. In dem fahlen Mondlicht, das sich zwischen den Wolken hindurchschob, sah sie die Silhouette zweier Menschen auf dem Hin Håle. Im ersten Augenblick dachte sie, es sei Franz, der im Begriff war, Julia in den Abgrund zu stürzen. Sie rief Julias Namen. Eine Stimme, die sie nicht kannte, antwortete ihr.

»Kommen Sie her! Wir brauchen Ihre Hilfe!«

So schnell sie konnte, kletterte sie die steilen, hinterhältigen Felsen hoch, rutschte ein paarmal aus, riss sich die Hände und ihr Knie auf.

Beim Anblick Julias stockte ihr der Atem, ihr wurde schwindelig: Das Blut lief über ihr Gesicht, ihr Kleid war zerrissen. Sie klammerte sich an einen jungen Mann, den Sofia noch nie zuvor gesehen hatte. Dieses Bild verfolgte sie später in ihren Albträumen. Und dort, auf einem Felsen, saß Franz, versteinert, und starrte aufs Meer.

Sofort schob sie die Hand in ihre Tasche, um das Messer herauszuholen. Aber das wäre das Gleiche gewesen, als hätte sie eine Leiche erstechen wollen. Franz wirkte schon so ... entrückt.

Julia löste sich aus den Armen des Mannes und warf sich ihr an den Hals. Lange standen sie so.

»Mama, da ist jemand vom Felsen gestürzt. Wir trauen uns nicht. Kannst du bitte nachsehen, ob er da liegt?«

Vorsichtig näherte sich Sofia der Felsenkante. Wie ein schwarzer Schatten hob sich der Körper von den Felsen darunter ab. Arme und Beine waren seltsam abgewinkelt. Das Blut breitete sich wie die Tentakel eines Tintenfisches unter ihm aus.

»Seht euch das nicht an!«, rief sie Julia zu. »Wir holen jetzt die Polizei.«

Sie kamen noch in derselben Nacht und brachten sie ins Krankenhaus. Zuerst wurde Franz wegtransportiert, nachdem die Sanitäter ihm eine Sauerstoffmaske angelegt hatten. Sofia achtete nicht darauf, was mit ihm geschah, es interessierte sie auch nicht. Julia war am Leben. Sie vergrub ihr Gesicht in ihren Haaren und drückte ihre Hand.

Die würde sie nie wieder loslassen.

Sie stiegen auf, schwebten hoch über den Felsen, bis Dimö nur noch ein kleiner Fleck war und in der Dunkelheit verschwand. Ihr Kopf explodierte fast, zu viel war in so kurzer Zeit passiert. Aber sie klammerte sich an den einzigen tröstlichen Gedanken.

Julia lebt, alles wird wieder gut.

Seitdem aber hatte Sofia ein schlechtes Gewissen, haderte mit sich als Mutter. Obwohl Julias Abenteuer mit Franz den Medien zum Glück entgangen war. Die hatten sich mit voller Kraft auf den Skandal um die armen Kinder auf Dimö gestürzt. Die offizielle Version war, dass Julia nach Dimö gefahren war, um Vic zu treffen, der daraufhin gewalttätig wurde und sie vom Felsen stoßen wollte. Franz hatte ihr das Leben gerettet. Ein tragischer Unfall. Julias Schuldirektor war der Einzige, der die ganze Wahrheit kannte, aber er hatte geschworen zu schweigen. Und auch Sofias Rachlust war versiegt. Es hatte einfach keinen Sinn, sich an jemandem rächen zu wollen, der gelähmt war und mit toten Fischaugen vor sich hin starrte.

Sie musste nur noch ein letztes Hindernis bewältigen: Julia davon überzeugen, dass sie psychologische Hilfe brauchte. Sofia konnte sich nicht verzeihen, wie leicht sie sich hatte an der Nase herumführen lassen. Wie hatte sie Julia nach der warnenden Mail – die übrigens Matteo geschickt hatte – überhaupt noch allein verreisen lassen können.

Aber Benjamin wollte von ihren Selbstvorwürfen nichts hören.

»Hör mit diesen Schuldvorwürfen auf. Sie ist, wie sie ist. Und sie ist wunderbar«, sagte er. »In weniger als zwei Jahren ist sie achtzehn – und dann? Wir können nur hoffen, dass sie aus diesen Erlebnissen was gelernt hat.«

Ein paar Wochen später gab es ein großes Wiedersehen: Elvira, Simon, Magnus Strid, Ellis und Matteo. Von Anna hatte Sofia nach dem Zwischenfall in der Pension nichts mehr gehört. Die Polizei hatte bestätigt, dass Anna sich selbst angezeigt hatte, sie würde bald zu mehreren Aspekten im Fall Franz Oswald vernommen werden.

Elvira und Simon würden Sofia beim Wiederaufbau der *Herberge* zur Seite stehen. Thor war leider nicht gekommen, was Sofia schade fand. Sie hätte ihn gern wiedergesehen. Aber Elvira entschuldigte ihren Sohn, er habe auf Dimö noch etwas Wichtiges zu erledigen und müsste die Tage vor dem Computer verbringen. Was das war, konnte sie nicht sagen.

Es war Sommer geworden. Zwar war es kein strahlend schöner Tag, denn der Himmel war bewölkt. Aber ein lauer Sommerabend. Sie saßen im Garten, bis es dunkel wurde. Die Flammen der Teelichter flackerten. Die Nachtfalter sammelten sich vor der Lampe der Terrassentür.

Ellis beobachtete, wie Julia Matteo immer wieder böse Blicke zuwarf.

»Du kannst ihn so lange anglotzen, wie du lustig bist, Julia«, sagte er. »Aber wir haben es ihm und Thor zu verdanken, dass wir Franz' Schreckensregime stürzen konnten. Er ist ganz bestimmt nicht stolz auf das, was er getan hat. Aber so ist er aufgewachsen, das war sein Auftrag. Außerdem hat er sich davon losgesagt, aus eigenem Antrieb.«

Julias saure Miene verwandelte sich in ein strahlendes Lächeln.

»Und ich dachte immer, ich bin die Weltmeisterin im Lügen. Aber Matteo ist eindeutig mein Meister«, sagte sie. Sie ging zu ihm und wuschelte durch seine Haare. Sofia sah die sehnsuchtsvollen und unerwiderten Blicke, die Matteo Julia hinterherwarf.

Sofia spürte, dass Julia mit ihren Gedanken woanders war. Aber es gelang ihr nicht, es aus ihr herauszukitzeln.

»Und wie sind eure Pläne, Simon und Elvira?«, fragte Benjamin. »Geht es zurück nach Kalifornien?«

»Nein, ich habe was anderes vor«, antwortete Simon und lächelte geheimnisvoll.

»Los, erzähl!«, rief Sofia.

»Ihr werdet das völlig verrückt finden, aber ich überlege ernsthaft, die Pension auf Dimö zu kaufen.«

»Was?«, rief Sofia entsetzt. »Warum das denn? Du bist doch ein Promi drüben in den Staaten, du kannst jeden Job bekommen. Du wirst doch nicht *dahin* zurückwollen?«

»Ich glaube, dieses Promiding ist nichts für mich«, sagte Simon. »Mein Wunsch war es immer, ein nachhaltiges Unternehmen aufzubauen. Du weißt ja, davon hat Franz auch immer geredet, aber dann hat er es nur zu Marketingzwecken missbraucht. Ich möchte es richtig machen. Und die Besitzerin, Inga Hermansson, wird bald achtzig und würde sie mir sehr gern verkaufen.«

»Aber was willst du da draußen? Wird dich das nicht immer an ViaTerra erinnern?«

»Dimö gehört nicht Franz Oswald! Und das wird sie auch niemals. Ich finde, die Insel ist der schönste Ort auf der ganzen Welt, und ich würde gerne dort leben und arbeiten.«

Sofia sah von Simon zu Elvira hinüber, die zustimmend nickte. Es war offensichtlich, wie großartig sie Simon fand. Simon hoffte inständig, dass auch Thor ihn mochte, dann könnten sie eine neue kleine Familie bilden.

Elvira hatte geweint, bevor sie mit Simon zum Essen gekommen war. Das hatte Sofia sofort gesehen. Natürlich trauerte sie um Vic. Es musste schrecklich sein, seine Söhne zurückzugewinnen und dann einen auf diese Weise zu verlieren. Sie war ihm so nah gekommen und hatte ihn doch nicht wiedersehen können. Gegen Ende des Abends hatten sich ihre Augen wieder mit Tränen gefüllt, und sie war eine ganze Weile im Badezimmer verschwunden.

»Und du, Sofia, wie sehen deine Pläne aus?«, fragte Simon.

»Die *Herberge* wird im Herbst wiedereröffnet. Wir sind schon ausgebucht, die Aussteiger stehen Schlange.«

»Dann werde ich einen großen Aufmacher über dich schreiben«, schlug Strid vor. »Die Fortsetzung. Von den Jugendlichen, die ihrer Sekte den Rücken gekehrt und den Weg zurück ins Leben gefunden haben. Apropos. Weiß eigentlich jemand was Neues über die Insel? Was passiert da zurzeit?«

»Ich habe mit Thor und meinen Eltern telefoniert«, sagte Matteo. »Die waren ja treue Anhänger, aber jetzt sind sie natürlich ausgestiegen. ViaTerra ist von Amts wegen geschlossen worden, und dieses Mal wird es wohl auch nicht so schnell wiedereröffnet werden. Denn eine Unzahl von Genehmigungen wäre notwendig, das kann man vergessen. Karin, Thors Großmutter, verwaltet das Anwesen.«

»Und die Kinder?«

»Ich stehe mit den meisten von ihnen in Kontakt. Wir sind alle noch ziemlich erschüttert. Aber wir sind in psychologischer Betreuung. Didrik ist der Einzige von uns, für den Franz nach wie vor Gott ist. Was wirklich seltsam ist, wenn man bedenkt, was Franz ihm alles angetan hat. Ich hoffe und glaube, dass er sich bald erholt.«

»Das glaube ich auch«, sagte Strid. »Das Anwesen ist ja traumhaft schön. Vielleicht findet es eines Tages seine Bestimmung, und etwas Gutes entsteht dort.«

»Thor wird nach Göteborg ziehen, Karin hat dort eine kleine Wohnung, die sie all die Jahre behalten hat«, sagte Elvira. »Er will die Schule beenden und auf eigenen Füßen stehen. Über dich spricht er oft, Julia.«

Sofia bemerkte die zarte Röte auf Julias Wangen und spürte eine tiefe Dankbarkeit, dass Thor ihr das Leben gerettet hatte.

Als es zu kalt wurde, um draußen zu sitzen, gingen sie rein und unterhielten sich noch bis in die frühen Morgenstunden.

Ein paar Wochen später hüpfte Julia mit leuchtenden Augen die Treppen hinunter. Sie war geradezu euphorisch – obwohl ihre Wangen von ihren Tränen ganz nass waren. Sofia stand an der Kochinsel und bereitete ausnahmsweise mal etwas zu essen zu. Julia zupfte an ihrem Ärmel.

»Mama! Thor hat mir eine Mail geschrieben! Nein, genau genommen hat er mir sogar ein ganzes Buch gemailt. Wenn du wüsstest, der kann so schön schreiben.«

»Wie nett! Was schreibt er denn?«

»Das kann ich dir nicht erzählen, wenn du dabei kochst. Außerdem habe ich noch nicht alles gelesen. Aber es ist die traurigste Geschichte, die ich je gelesen habe. Und die schönste auch. Ich besuche ihn. Auf Dimö.«

Sofia fiel der Topf aus der Hand. »Niemals wirst …«, stotterte sie, aber da hatte Julia ihr schon die Hand vor den Mund gehalten.

»Erst zuhören, Mama, dann kannst du immer noch was sagen. Ich weiß, du hattest es nicht leicht. Und ich weiß auch, dass du mich vor allem Bösen auf dieser Welt beschützen willst. Aber jetzt ist es nicht mehr gefährlich auf Dimö. Es ist wunderschön dort. Wir wollen die Orte aufsuchen, wo alles geschehen ist, um es so hinter uns zu lassen. Als Teil meiner Therapie. Es wird Zeit, dass du wieder in der Gegenwart lebst. Der Albtraum ist vorbei. So, jetzt muss ich hoch und Thor schreiben, dass ich komme.«

Sie nahm ihre Hand von Sofias Mund und galoppierte wie ein junges Fohlen wieder nach oben.

Es wurde still im Haus.

Sofia starrte vor sich hin. Sie dachte an den Text, den Thor Julia geschrieben hatte, und musste an ihr eigenes Manuskript denken, das nach wie vor unfertig in ihrem Computer schlummerte. Eines Tages würde sie es schaffen. Vielleicht würde ihr das helfen, alles hinter sich zu lassen.

Das Ganze hatte mit dem Sturm angefangen.

Er hatte alles ans Licht geholt, was sich bis dahin versteckt hatte.

Der Sturm hatte Geheimnisse offenbart und gezeigt, dass ihre Familie und ihre Freunde von einem unsichtbaren Netz aus Lügen zusammengehalten wurden.

Vielleicht hatte der Sturm aber nicht nur Chaos und Zerstörung verursacht. Vielleicht konnte sie dankbar sein, dass er seine Schneise durch ihr Leben gezogen und das Schlechte an seinen Wurzeln herausgerissen hatte. Denn jetzt konnten sie weiterleben. Das richtige Leben.

73

Die Krankenschwester war müde. Sie hatte eine lange Schicht hinter sich. Viel Heben, viel Tragen, unbarmherzig meldete sich ihr Rücken und schmerzte. Alle Glieder taten ihr weh.

Der Sommer ließ dieses Jahr auf sich warten. Sie hatten ein, zwei warme Tage gehabt, dann waren Kälte, Wind und Regen zurückgekommen. Aber dieser Tag sah vielversprechend aus, sie freute sich auf ihren Feierabend, den sie im Liegestuhl auf dem Balkon verbringen würde.

Der Job in der Psychiatrie zehrte an ihren Kräften. Eigentlich war sie viel zu jung, um schon chronische Schmerzen im Rücken und in den Gelenken zu haben. Trotzdem wollte sie nicht kündigen. Sie wusste nicht, warum sie sich diesem Ort so verbunden fühlte. An der Wertschätzung durch ihren Chef konnte es nicht liegen, die bestand nämlich gar nicht. Kein Wort des Dankes für ihre Arbeit. Vielleicht hielt sie die Illusion, dass sie etwas bewirkte. Es fühlte sich gut an, wenn es ihr gelang, mit ihrer ruhigen Art einen Ausbruch bei einem Patienten zu verhindern oder ihm das Gefühl von Geborgenheit zu vermitteln.

Ein letztes Mal vor Schichtende ging sie in den großen Aufenthaltsraum, wo die Patienten ihre Zeit verbrachten. Die Sonne schien durch die großen Fenster und zeichnete einen goldenen Strich auf den Fußboden. Es war still im

Raum. Erstaunlich still. Ein Teil der Patienten döste jetzt nach dem Mittagessen in den Sesseln. Andere lasen oder starrten in die Leere.

Am Fenster saß ein Mann in einem Rollstuhl.

Franz Oswald, der ehemalige Sektenführer.

Er saß gerade und steif in seinem Stuhl und starrte nach draußen auf den Rasen. Die Stationsleitung hatte beschlossen, dass er dort stehen sollte. Mit dem Blick in die Welt. Vielleicht könnte auf diese Weise irgendetwas seine Aufmerksamkeit wecken. Deshalb wurde er jeden Morgen dort hingeschoben und erst wieder abgeholt, wenn Schlafenszeit war.

Es war noch nicht so lange her, da hatte sie auch zu seinen Bewunderern gehört. Sie hatte seine Videobotschaften im Internet gesehen und war von seiner Ausstrahlung begeistert gewesen. Ein so gut aussehender Mann. Und so charismatisch. Aber jetzt saß er hier in der Klinik und glotzte den ganzen Tag aus dem Fenster. Seine Augen schienen nach etwas Ausschau zu halten, was nur er sehen konnte. In ihnen war kein Leben, nur beklemmende Leere.

Unerwartet überkam sie ein starkes Mitgefühl. Es war schrecklich, wenn einem etwas so Furchtbares, Unwiderrufliches geschah. Dieser gut aussehende, weltberühmte Mann verwandelte sich zusehends in Gemüse. Es war nur eine Frage der Zeit. Diesen teuflischen, langsamen Prozess, der einen unbeweglichen Körper auflöste, hatte sie während ihrer Zeit im Krankenhaus schon häufig beobachten müssen. Zuerst bauten sich die Muskeln ab, die Haut verlor ihre Spannkraft. Kräftige Menschen hatten sich vor ihren Augen in lebende Leichen verwandelt.

Das würde auch Franz Oswald so ergehen.

Er sah so einsam und verlassen aus. Er bekam nie Besuch, was auch nicht verwunderlich war, nach alldem, was die Medien über ihn geschrieben hatten. Immerzu wurde von seiner »Grausamkeit« gesprochen. Der Mann im Rollstuhl mochte bestimmt auch seine Launen haben, ja klar, aber er sah überhaupt nicht grausam aus, nur jämmerlich und verlassen. Obwohl, heute Morgen war sein Sohn vorbeigekommen. Ein hübscher Kerl mit roten, lockigen Haaren, der seinem Vater überhaupt nicht ähnelte. Man konnte sehen, dass er sich kümmerte, obwohl er ziemlich unbeholfen neben diesem versteinerten Vater auf einem Stuhl saß.

Aus Neugier war sie länger im Aufenthaltsraum geblieben als notwendig. Aber der Sohn hatte nur ein paar Sätze gesagt und dabei so leise gesprochen, dass sie nichts verstanden hatte.

Sie ging ans Fenster. Die Sonne schien Franz Oswald ins Gesicht, deshalb schob sie ihn ein Stück weiter, damit er nicht geblendet wurde. Dann lehnte sie sich vor, um ihm etwas ins Ohr zu flüstern.

»Kommen Sie zurück. Kommen Sie in unsere Welt. Es wird vielleicht nicht ganz so schlimm, wie Sie glauben.« Verlegen sah sie sich um und versicherte sich, dass keiner der anderen Patienten etwas gehört hatte.

Aber alles war wie immer. Bis auf das Geräusch der Schachfigur, die der eine Patient, der immer gegen sich selbst spielte, auf dem Spielbrett umstellte.

Da sah sie, wie eine einzelne Träne über Franz Oswalds Wange lief. Sie wusste, dass der Blinkreflex manchmal bei ihm aussetzte. Vorsichtig wischte sie ihm die Träne mit dem Finger ab, obwohl es verboten war, die Patienten so zu berühren.

Ihre Schuhe quietschten auf dem Linoleum, als sie ging. An der Tür drehte sie sich ein letztes Mal um.

Und da geschah es.

Für einen winzigen Moment, obwohl sie sich fast sicher war, dass sie sich getäuscht hatte, drehte er sich zu ihr um. Sie gefror zu Eis, als hätte ihr jemand einen Eispickel in ihr Nervensystem gestoßen.

Sie wusste, dass es nur Einbildung sein konnte, eine Nebenwirkung ihrer Übermüdung und Überarbeitung. Trotzdem kam es ihr wirklicher vor als ihr eigentliches Leben.

Nur um sicherzugehen, sah sie noch einmal ganz genau hin. Aber alles schien unverändert. Er saß in seinem Rollstuhl und starrte aus dem Fenster.

Was man sich so alles einbildete.

Himmelherrgott, ich brauche dringend mal Ferien, dachte sie, seufzte erschöpft und ging.

Epilog

Über eine Sache möchte ich noch schreiben. Jetzt, nachdem wir uns endlich kennengelernt haben. Das Ende meiner Erzählung. Als das Licht über die Dunkelheit siegte. Und mit diesen letzten Zeilen beende ich auch den Bericht über mein Leben. Es ist, als würde ich die Tür zur Vergangenheit schließen und eine neue weit aufstoßen, die Tür in die Zukunft.

Ganz schön hochtrabend, wirst du denken, aber du weißt ja, wie ich bin.

Ich stehe vor dem Krankenhaus, in dem Vater eingeliefert wurde, und starre auf Hunderte von kleinen traurigen Fenstern. Er muss sich einsam und verlassen fühlen. Großmutter hat mir angeboten, mich zu begleiten, aber ich möchte diesen Weg allein gehen. Kurz bevor ich das Haus betrete, zögere ich. Warum tu ich mir das eigentlich an? Aber dann erinnere ich mich daran, was ich mir in den vergangenen Tagen immer wieder gesagt habe: Ich muss ihn sehen, damit mich die Angst nicht mehr kontrollieren kann.

Das Krankenhauspersonal ist sehr freundlich. Eine Krankenschwester führt mich in den Aufenthaltsraum, in dem Vater sitzt. Ihr Blick ist voller Mitgefühl, als ich ihr sage, wen ich besuchen will. Es ist stickig in dem Raum und riecht nach Mittagessen. Seltsam, Vater im Rollstuhl zu sehen. Die Krankenschwester stellt mir einen Stuhl daneben.

Er starrt aus dem Fenster. Seine früher so schönen Augen sind dunkel und glanzlos wie Granit. Sein kleiner Finger zittert nicht mehr. Seine Haut ist blass, die Bräune längst verschwunden. Sein Gesichtsausdruck ist grimmig, aber seine blutleeren Lippen sind weich. Die Haut an seinem rechten Auge zuckt, ansonsten ist sein Gesicht regungslos. Trotz der Starre wirkt er so zerbrechlich. Sein Atem riecht nach Metall. Wenn er das wüsste. Ihm, dem es immer wichtig war, gut zu riechen. Auf den ersten Blick sah er wie ein Fremder aus, aber nein, er ist es. Man kann niemals vor sich selbst weglaufen, er ist gefangen, tief in seinem Inneren, in seinem Wahnsinn. Ich muss an all die Dinge denken, die er jetzt nicht mehr tun kann. Sein geliebtes Fitnessprogramm, seine leidenschaftlichen Vorträge vor den ergebenen Anhängern, das Knüpfen neuer Freundschaften mit Prominenten oder das Fahren auf seinem Motorrad über das Anwesen und das Herumscheuchen seiner Untergebenen. Es meldet sich Schadenfreude, aber dafür schäme ich mich nicht.

Da taucht plötzlich eine Erinnerung auf. An dieses eine Mal, als er mich in den Arm genommen und gesagt hat, dass er mich liebt. Mir steigen die Tränen in die Augen, der Raum verschwimmt, ich wende den Kopf ab und sehe aus dem Fenster. Schweigend sitze ich neben ihm, halte seine schlaffe Hand in meiner und streichele sie mit meinem Daumen. Es fühlt sich an, als würde man eine Puppe berühren, aber dann lege ich meinen Daumen auf seine Pulsader und spüre das Leben durch ihn strömen.

Ich weiß jetzt, was ich ihm sagen will.

»Vater ... ich kann jetzt ja, so oft und so lange ich möchte, im Internet surfen, und weißt du was? Ich habe gestern etwas Interessantes gelesen. Das nennt sich Karma. *Ich finde dieses spirituelle Konzept wesentlich aussagekräftiger und stärker als alle Thesen, die wir in* ViaTerra *gelernt haben.«*

Ich meine eine Reaktion in seinem Gesicht gesehen zu haben. Einen Schatten. Aber das ist bestimmt nur Einbildung.

Die Krankenschwester meldet mir, dass mich die zuständige Psychiaterin jetzt sprechen kann. Draußen wirkt die Luft wieder etwas frischer. Da fällt mir das Rasierwasser ein, ich hole es aus meiner Tasche und gebe es der Schwester.

»Ihm hat dieser Duft immer gefallen, also, wenn Sie überhaupt Zeit für so etwas haben ...«

»Wie nett von Ihnen«, sagt sie und lächelt. »Wir werden es benutzen.«

Die Ärztin ist jung und sieht mich neugierig aus runden Brillengläsern an. Sie hat ein Dauerlächeln im Gesicht, als hätte sie Wäscheklammern an den Mundwinkeln. Dieses zwanghafte Grinsen macht mich nervös, ich nicke ihr zu und setze mich.

»Guten Tag, Thor. Sie möchten gerne wissen, wie es Ihrem Vater geht?«

»Ich möchte nur wissen, was er hat.«

»Als er in die Notaufnahme kam, war sein Blutdruck extrem hoch. Die Ärzte sind von dem Vorboten eines Schlaganfalls ausgegangen, das nennt sich TIA und ist eine Durchblutungsstörung des Gehirns. Sie haben sein Gehirn untersucht und keine physischen Schäden feststellen können, aber er befindet sich in einem Zustand, den wir dissoziativen Stupor nennen, das ist eine Art Erstarrung und bedeutet, dass er fast keine Bewegung mit seinem Willen steuern kann und auch kaum auf Stimuli reagiert. Aber wie Sie sehen konnten, ist er nicht bewusstlos. Sein Bewusstsein mag reduziert sein, aber das ist nicht zwingend so. Sie sehen zum Beispiel an seiner Atmung und den Reaktionen der Augen, dass er wach ist. Er kann auch bestimmte Muskeln beherrschen, er kann kauen und schlucken. Und wenn wir ihn auf die Toilette setzen, dann kann er sich auch er-

leichtern. Ach, verzeihen Sie, das interessiert Sie vielleicht gar nicht so.«

Das irritiert mich.

»Sie wissen doch überhaupt nichts über mein Verhältnis zu meinem Vater. Ich bin gekommen, um zu erfahren, wie es weitergeht.«

Sie lächelt entschuldigend und trommelt mit den Fingern auf einem Hefter, der vor ihr liegt.

»Ich möchte Ihnen natürlich keine falschen Hoffnungen machen. Sein Zustand hat sich nicht verbessert, seit er hier bei uns ist. Es kann für immer so bleiben. Und wenn es ihm irgendwann doch besser gehen sollte, ist es sehr unwahrscheinlich, dass er wieder so ist wie früher. Ich will aufrichtig sein, Thor. Sollte er sich wider Erwarten erholen, dann werden wir ihn der Polizei überstellen müssen, damit er zur Rechenschaft gezogen werden kann. Wir geben die Hoffnung nie auf, aber wir sind realistisch und müssen sagen: Die Chancen stehen nicht so gut.«

»Wissen Sie, wie es dazu kommen konnte?«

»Der Schlaganfall muss so eine Art Katalysator gewesen sein. Warum er sich davon nicht erholt hat, wissen wir nicht. Aber das kann mit dem Trauma zusammenhängen, die Kombination aus Medienskandal und den tragischen Ereignissen mit Ihrem Bruder.«

»Das hat ihn nicht gebrochen«, murmele ich.

»Wie bitte?«

»Ach, nichts.«

Vater hätte sich von dem größten Skandal aller Zeiten erholt, sogar von Vics Tod. Er war ohnehin nie an der Liebe seiner Kinder interessiert. Es muss etwas anderes gewesen sein, das ihn gebrochen hat. Die Liebe zu einer Sechzehnjährigen, die muss ihm eine Todesangst eingejagt haben.

Ich verabschiede mich von der Ärztin und erzähle ihr, ich

würde bald nach Göteborg ziehen und dann häufiger zu Besuch kommen können. Ich kann ihr ansehen, dass sie mich bemitleidet. Aber mir geht es ziemlich gut. Denn gleich werde ich dich sehen, und der Gedanke daran macht mein Herz leicht und froh.

Als ich beim Fähranleger ankomme und dich nicht sofort entdecke, befürchte ich schon, dass du es dir anders überlegt hast. Aber dann erkenne ich dich. Du sitzt auf einem Zaun und lässt die Beine baumeln. Du rufst meinen Namen, und ich komme zu dir und halte deine Hände. Du sprudelst förmlich über vor Leben. Deine blasse, leuchtende Haut, deine frechen Augen und dein schöner Mund, der sich zu einem strahlenden Lächeln verzieht. Wenn ich dich zu lange ansehe, weiß ich am Ende nicht mehr, wo und wer ich bin.

Auf der Überfahrt sprichst du ununterbrochen. Ich liebe es, dir zuzuhören. Du fragst nach Vater – wie es ihm geht und wie es mir damit geht, alles Mögliche. Aber plötzlich verstummst du und siehst mich nachdenklich an.

»Was hast du bloß für ein furchtbares Leben gehabt. Ich danke dir, dass du es aufgeschrieben und mir geschickt hast. Du schreibst so schön. Wo hast du das gelernt?«

»Ach was, mir fällt es nur leicht, Worte aufzuschnappen und sie mir zu merken.«

»Ich finde, du solltest ein Buch schreiben, so eine Art Enthüllungsroman über deinen Vater. Und dann wirst du Millionär.«

»Vielleicht. Wer weiß.«

»Nachdem ich das gelesen habe, wollte ich deinen Vater echt hassen. Wirklich. Aber ich habe mich gefragt, ob er sich gegen Ende vielleicht geändert hat? Ein bisschen? Was meinst du?«

Darüber muss ich eine Weile nachdenken.

»Doch, da ist was mit ihm passiert, das stimmt.«

Ich lege meinen Arm um deine Schultern, du legst deinen Kopf an meine Brust.

»Wenn ich mir überlege, was ihr alles nicht durftet. Hast du überhaupt schon mal Sex gehabt?«

Ich schüttele verlegen den Kopf.

»Willst du es ausprobieren? Also, ich fände das toll.«

Du bist so süß, du bringst mich zum Lachen.

»Nein, danke. Alles gut. Das kommt von allein. Gerade jetzt finde ich es herrlich, dich im Arm zu haben.«

»Sag Bescheid, wenn du deine Meinung änderst.«

»Du magst Sex, oder?«

»Ich liebe Sex! Aber wenn man sechzehn ist und das sagt, dann denken die Leute doch, dass man nicht ganz dicht ist, oder dass deine Eltern bekloppt sein müssen. Oder beides.«

Die Zeit vergeht wie im Flug, und schon sind wir da. Ich verstaue meine Tasche in einem Schließfach am Hafen. Wir fahren am Abend mit der letzten Fähre zurück. Ich ziehe noch heute in Großmutters Wohnung in Göteborg. Ich möchte die Stadt erkunden, mich im Internet für die Schule fit machen und dann ab Herbst aufs Gymnasium gehen. Ich werde der Älteste sein, aber das stört mich überhaupt nicht. Und ich werde den Führerschein machen. Einen richtigen.

Du fragst mich, ob wir bei ViaTerra vorbeigehen wollen, aber ich will nicht, da gibt es nichts, was ich sehen will. Unser Ziel sind die Klippen, und der Weg führt über die Heide.

Noch blüht sie nicht, das dauert noch, aber von den Millionen winziger Knospen, die ungeduldig darauf warten, aufgehen zu dürfen, kann man schon einen rosa Schimmer sehen.

Wir klettern bis ganz nach oben, zum Hin Håle. Du nimmst meine Hand und drückst sie.

»Stell dir mal vor, wie es hätte enden können«, flüsterst du. »Wenn ihr nicht gekommen wärt, du und Franz.«

Ich habe wirklich versucht, das Bild zu verdrängen, aber immer wieder sehe ich Vics Gesicht, als er den Felsen hinunterstürzt. Er wirkte überrascht, nicht ängstlich. Vielleicht begriff er erst ganz, was geschehen war, als er auf dem Felsen aufschlug. Es muss so schnell gegangen sein, dass er bestimmt nicht gelitten hat.

»Und stell dir mal vor, was passiert wäre, wenn du mein Bein nicht festgehalten hättest«, sage ich.

»Aber das habe ich eben. Komm, wir setzen uns. Das hab ich mal im Internet gelesen. Wenn wir ganz still sind, tief atmen und die schrecklichen Erinnerungen nach oben in den Himmel schweben lassen, dann können wir gereinigt im Hier und Jetzt ankommen.«

»Und was hat man dann davon?«

»Gegenwart.«

Das Wort hängt in der Luft. So einfach. Schön.

»Wer weiß das schon so genau«, sagst du. »Das kann auch gequirlte Scheiße sein, aber wir können es doch wenigstens ausprobieren, oder?«

Wir setzen uns hin, nah beieinander, ich kann deinen Atem an meinem Hals spüren. Ich verliere jedes Zeitgefühl, tauche in ein mentales Vakuum ab. Erst als es merklich kühler wird, spüre ich meine Umgebung wieder. Aber da geschieht etwas Seltsames. Die Dunkelheit jenes schrecklichen Abends und das Heulen des Windes, an das ich mich gar nicht erinnert hatte, fallen in sich zusammen, werden zu

Staub und verschwinden. Zurück bleiben der unendliche Himmel und das unendliche Meer.

Du seufzt.

»Siehst du, jetzt fühlt es sich besser an, oder?«

Das ist wirklich so. Wie ein Zauber.

Der Himmel über uns tut sich auf. Die Zukunft ist dieser Augenblick. Alles, was geschehen wird, hat seinen Ursprung in diesem Moment jetzt. Ich habe mich noch nie so frei gefühlt. Also wird es doch ein wunderbarer Tag.

Du machst ein Foto vom Meer und eins von mir.

»Wenn ich mich in Zukunft über irgendeinen Scheiß aufrege, seh ich mir das Foto an«, sagst du. »Dann werde ich mich daran erinnern, wie lächerlich mein Problem im Vergleich zu dem ist, was du erlebt hast. Und wie schön du bist!«

Es ist kalt geworden. Die Sonne, die mittags noch vom Himmel gebrannt hat, ist jetzt von dünnen Wolken verdeckt und schafft es nicht durchzudringen. Blass und rund hängt sie wie ein großer Käse über uns. Draußen auf der kleinen Insel steht der Leuchtturm. Die vielen Jahrzehnte in salziger Meeresluft haben die weiße Farbe abgetragen und den grauen Farbton freigelegt. Der Wind ist schwach, die Wellen streicheln die Felsen sanft. Das Wasser sieht wie Glas aus. Da plötzlich steigt ein feiner Nebel auf, schwebt, tanzt und streichelt die Wasseroberfläche.

»Sieh nur, Meeresnebel!«, rufe ich begeistert. »Das habe ich im Sommer noch nie gesehen. Den gibt es sonst nur im Herbst und im Winter.«

»Ich habe so einen Nebel auf unserem See schon oft gesehen. Wie entsteht der eigentlich?«

Mit Naturphänomenen kenne ich mich dank Großmutter sehr gut aus, ich mag das.

»Meeresnebel entsteht, wenn kalte Luft über warmes Wasser strömt«, erkläre ich. »Die Verdunstung des Wassers lässt es aussehen, als würde es qualmen. Der Nebel steigt bis zu fünfzehn Meter über der Wasseroberfläche auf.«

»Das ist so schön«, sagst du und nimmst meine Hand. Ein weicher, pulsierender Rhythmus bewegt mich.

Schweigend beobachten wir, wie sich der Meeresnebel ausbreitet, größer wird – und dann sieht er wie ein Lebewesen aus, das auf dem Meer tanzt.

Du brichst das Schweigen.

»›Mächtiger und sinnlicher als jeder sexuelle Akt‹, was würdest du sagen, hat das zu bedeuten?«, fragst du.

»Keine Ahnung. Woher hast du das?«

»Das hat dein Vater gesagt. Das war das Letzte, was er zu mir gesagt hat.«

»Er hat immer gern mit solchen tiefsinnigen Ausdrücken um sich geworfen.«

»Ja, aber ich hatte den Eindruck, dass er es ernst meinte.«

»Schade, dass du ihn nicht fragen kannst.«

»Ich glaube, er fühlte sich ziemlich einsam, das tu ich auch manchmal.«

»Mein Vater? Sehr selten!«

»Doch, das war er. Und wenn man so einsam ist, wird man irgendwann fies.«

Mich irritiert zwar, dass du ausgerechnet jetzt über ihn redest, aber ich verstehe dich. Man kann sich die Geschichte der anderen unendlich oft anhören, aber sich nur anhand der eigenen Erfahrungen ein Bild machen. Wenn du das allerdings nochmal ansprichst, werde ich sagen, was ich denke. Dass er nämlich bekommen hat, was er verdient.

»Hasst du ihn?«, fragst du.

»Manchmal. Aber dann wieder träume ich davon, dass er

gesund wird, seine Strafe absitzt und später als ganz normaler Vater zurückkommt. Verrückt, was?«

»Ganz und gar nicht. Man braucht doch einen Vater. Ich
liebe meinen.«

Du schweigst so lange, dass ich schon vermute, dass du
eingeschlafen bist. Aber dann hebst du den Kopf und siehst
mich an.

»Was meinst du? Sind wir eigentlich richtige Sektenkin-
der?«

»Ich bin ganz sicher eins. Aber du nicht, das glaube ich
nicht.«

»Sei dir da mal nicht so sicher. Meine Eltern sind doch
total eingelullt worden, und das hat mich bestimmt auch
beeinflusst. Deren Vergangenheit war immer so eine Ver-
schlusssache, darüber wurde nicht geredet. Auch meine
Mama tut oft so geheimnisvoll. Aber was wird jetzt aus
uns?«

»Wir müssen das Beste daraus machen und unsere Lehren ziehen. Ich möchte zum Beispiel Lehrer werden. Anderen Kindern helfen.«

Ich fühle mich ganz feierlich. Es fühlt sich gut an, mit dir
über die Zukunft zu sprechen.

»Aber ich habe bestimmt einen Haufen Zeug, das mir
ins Gehirn eingetrichtert wurde, von dem ich gar nichts
weiß«, sage ich. »Die Leute werden mich seltsam finden, es
wird bestimmt eine ganze Weile dauern, normal zu werden.«

Du schneidest eine Grimasse. Lachst und runzelst
gleichzeitig die Stirn.

»Wer will denn schon normal sein? Für meine Kumpels
ist es normal, am Wochenende Gras zu rauchen, sich voll-
laufen zu lassen und sich wie Deppen aufzuführen. Wer will
denn so sein?«

»Nein, du hast recht. Vielleicht gibt es ja einen Mittelweg?«, sage ich.

»Stell dir vor, unser Leben ist wie eine Autobahn, die vor uns liegt. Und da kommen eine Menge Ausfahrten, für die wir uns auf eigenes Risiko entscheiden. So einfach!«, sagst du.

Ich denke darüber nach, aber mir ist das zu wahllos, zu sehr dem Zufall überlassen.

»Oder eher so: Wir hinterlassen Spuren durch jede unserer Handlungen«, sage ich. »Jeden Tag haben wir die Wahl zwischen richtig und falsch. Am Ende aber reagiert auch unsere Umgebung auf unsere Handlungen.«

»Das hast du bestimmt irgendwo gelesen. Aber es klingt cool«, sagst du. »Komm, wir müssen uns beeilen, damit wir die Fähre nicht verpassen.«

Wir gehen auf dem Weg zum Hafen durch kleine Nebelbänke. Der Kies knirscht unter unseren Füßen. Als wir an der Pforte von ViaTerra vorbeikommen, spüre ich, wie die Einsamkeit ihre langen Klauen nach mir streckt und versucht, mich zurückzuholen. Aber ich weiß ja jetzt, dass wir hier und jetzt leben sollen. Und das fällt mir leicht, weil du neben mir gehst. Ich lege meinen Arm um deine Schultern. Stecke meine Nase in deine Haare und atme deinen süßen Duft ein.

Als wir die Insel verlassen, ist die Luft feucht, und der Meeresnebel umhüllt die Fähre. Hinter uns erhebt sich das Herrenhaus vor einem anthrazitgrauen Himmel, bis es immer kleiner wird und im Nebel verschwindet.

Danksagung

Vielen Dank an alle, die mir geholfen, mich unterstützt und ermuntert haben, dieses Buch und die beiden Vorgänger *Die Sekte. Es gibt kein Entkommen* und *Die Sekte. Deine Angst ist erst der Anfang* zu schreiben.

Ich danke Dan, meinem geliebten Mann und meinem allerersten Leser. Du machst es mir schwer, die fünfundzwanzig gestohlenen Jahre zu bereuen. Denn ohne sie hätte ich dich niemals kennengelernt.

Und ich danke meinen Eltern, Olle und Ella Westam, die niemals die Hoffnung aufgegeben haben, eines Tages mit mir wiedervereint zu sein.

Auch meinem Sohn John, seiner Frau Noha und meinen Enkelkindern danke ich sehr. Verzeih mir, John! Ich kann mich nicht oft genug bei dir dafür entschuldigen, dass du in einer Sekte aufwachsen musstest.

Mein Bruder Kristoffer und seine Frau Isabella sind eifrige Leser, die gern ihre Meinung äußern. Dafür herzlichen Dank.

Meiner großen Familie danke ich von Herzen, allen Cousinen und deren Kindern, meinen Tanten und Onkeln. Ihr habt so viel zu meinen Büchern beigetragen. Alles von Testlesen über Computerkenntnisse bis Wissen über Schwangerschaften. Einen besonderen Dank an meinen Cousin Martin Larsson für deine Hilfe bei diesem dritten Band.

Meiner Verlegerin Karin Linge Nordh gilt mein Dank, weil du mit deinen Vorschlägen und Ansichten dazu beigetragen hast, dass dieses Buch noch besser geworden ist.

Dank auch an meine Lektorin Lisa Jonasdotter Nilsson für ihre harte Arbeit an dem Manuskript, ich habe in diesem Prozess so viel gelernt!

Ich danke Maria Enberg und Edith Enberg von *Enberg Literary Agency* für unerschöpflichen Optimismus und großartige Unterstützung.

Allen Mitarbeitern bei dem Bokförlaget Forum möchte ich danken, weil sie mich so enthusiastisch willkommen geheißen haben: Marie Björk, Sara Lindegren, Adam Dahlin und alle anderen.

Ich danke auch Marie Sundberg, die den neuen Umschlag entworfen hat.

Einen lieben Dank an Ann-Catrin Sköld Pilback, meiner Mentorin, Sprachpolizistin und Freundin, die an meine Bücher geglaubt hat, von Anfang an, und selbstlos geschuftet hat, damit sie noch besser werden. Und an Magnus Pilback, weil du mich immer angespornt hast.

Dank an meine Testleser: Johan Zillén, Edith Enberg, Britta Larsson, Andrea Lindblom, Cecilia Lindblom, Jonas Ornstein, Helena Braggins, Jan Kammis und Boel Persson.

Jenna Miscavige Hill habe ich zu verdanken, dass ich begriffen habe, wie viel schrecklicher es für Kinder in einer Sekte ist, als ich es mir vorstellen konnte.

Ich danke Jonas Ornstein, der mich von Anfang an zu diesem Projekt ermuntert hat und mich ermutigt hat, Risiken einzugehen.

Lars Elgeskog, Meteorologe am SMHI, danke ich für sein Wissen über Stürme und andere spannende Wetterphänomene.

Und Ulla McLean, die mir einen Einblick in das Gefängnis von Skogome und den schwedischen Strafvollzug gewährt hat.

Eva Sköld danke ich dafür, dass sie mir meine Fragen unermüdlich beantwortet hat.

Lotta Olsen hat mir klargemacht, wie Außenstehende Sekten betrachten, und hat mir Tipps gegeben, die ich auch bei meinen Vorträgen anwende. Vielen Dank dafür.

Lawrence Wright hat mir zu verstehen gegeben, dass es meine Pflicht ist zu schreiben.

Ich danke allen meinen Freunden in den USA und in Schweden, die sich mit diesem Thema beschäftigen und Aussteigern helfen: Noomi Andemark, Erica Hindborg, Magnus Utvik, Håkan Järvå, Helena Löfgren, Anna Emgård, Ron Miscavige, Becky Miscavige, Steve Hall, Leah Remini, Paul Haggis, Marc und Claire Headley, Marty Rathbun, Mike Rinder, Janis und Paul Grady, Amy Scoobe, Mat Pesch, um nur ein paar zu nennen. Einen besonderen Dank an Håkan, weil du meinen Figuren immer treffsichere Diagnosen gestellt hast.

Geniveve Ruskus möchte ich für ihre Freundschaft danken sowie für den Einblick in die Welt der Rechtsprechung.

Anna Lindman. Du bist mein Felsen. Ich danke dir, dass du es mir so leicht machst, Dinge auszusprechen.

Ich danke allen Journalisten, die mir geholfen haben, meine Geschichte zu verbreiten: Anna Flemmert, Lotta Modin, Jonas Danielsson, Christopher Friman, Frida Funnemyr, Malou Silvers, Ebba von Sydow, Andreas Nordstedt, Annie Wernersson, Lars-Olof Strömberg, Linda Andersson, Patrik Ljungman, Margite Fransson, Ola Hedin und noch viele mehr.

Ich danke außerdem allen Lesern, für ihre intelligenten Fragen, Anregungen und Lobeshymnen.

Auch den Buchbloggern möchte ich herzlich danken, dass ihr meine Bücher besprecht und die Debatte über Sekten lebendig haltet.

Ich danke besonders Maria Spångberg vom Chapmangymnasiet, Christopher Hall und Alice Leiding vom Campeongymnasiet und Katarina Svensk von der Tärna Folkhögskola und allen Schülern dieser Schulen dafür, dass ihr helft, die Botschaft meiner Bücher zu verbreiten.

Ein herzlicher Dank gilt den Buchclubs, mit denen ich das Vergnügen hatte, Lesungen zu machen und zu diskutieren.

Ich danke Ulrika Larsson und allen Mitarbeitern von der Akademibokhandeln in Halmstad und den Mitarbeitern von Halmstads Bokhandel. Ihr seid Feuergeister!

Dank dir, Shadab Amoor, für deine Buchempfehlungen, die mich beim Schreiben inspiriert haben.

Dem Marketing- und Vertriebsteam bei Bonniers Bokklubbar, Adlibris, Bokus und Storytel danke ich für die fantastische Zusammenarbeit.

Jonas und den Mitarbeitern von Adviser Partner danke ich sehr für eure Unterstützung in dem ersten harten Jahr.

Meiner ehemaligen Verlegerin Frida Rosesund danke ich besonders herzlich, weil du immer an meine Bücher geglaubt und dich so sehr für sie eingesetzt hast.

Ein Zwillingspaar im erbitterten Kampf gegen einen gefährlichen Kult …

544 Seiten. ISBN 978-3-7341-1167-9

Alex und Dani Brisell sind eineiige Zwillinge und unzertrennlich, seit ihre Eltern sie im Teenageralter im Stich gelassen haben. Als sie 22 sind, verschwindet Dani am Mittsommerabend spurlos. Monatelang gibt es kein Lebenszeichen von ihr. Die Menschen in ihrem Umfeld versuchen Alex davon zu überzeugen, endlich weiterzumachen und zu vergessen, was passiert ist. Doch sie hat nur ein Ziel: Sie muss ihre Schwester finden! Dann geschehen in ihrem Leben weitere mysteriöse Dinge, die Alex langsam an ihrem Verstand zweifeln lassen. Alles deutet darauf hin, dass ein unberechenbarer Kult Dani als Sklavin in seinen Fängen hält, und Alex fürchtet, dass sie selbst die Nächste ist, die verschwinden wird …